JULIANNA GROHE

Räuberherz

Drachenmond Verlag

DRACHENMOND VERLAG

Astrid Behrendt
Rheinstraße 60
51371 Leverkusen
http: www.drachenmond.de
E-Mail: info@drachenmond.de

Lektorat: Kornelia Schwaben-Beicht
Korrektorat: Michaela Retetzki
Satz: Marlena Anders
Layout: Astrid Behrendt
Umschlagdesign und Titelbild:
Alexander Kopainski
Bildmaterial: Shutterstock

Druck: Booksfactory

ISBN 978-3-95991-210-5

Prolog

Das Mädchen, das er ausgewählt hatte, stapfte in der Dämmerung mit gesenktem Kopf die Straße entlang, die Kapuze der schwarzen Jacke tief ins Gesicht gezogen.

Endlich. Er wusste, sie war perfekt für seinen Plan: nichtssagend, ordentlich, zuverlässig, hartnäckig, leidensfähig und vor allem … allein.

Sie würde nicht schwach werden – und dann würde er es hoffentlich auch nicht.

Als das Mädchen um die Ecke gebogen kam, war er mit einem Satz ins Gebüsch gesprungen. Er war stark und schnell – sie würde keine Chance haben, ihm zu entkommen. Kein Normalsterblicher hatte das. Aber seine Stärke war zugleich seine größte Schwäche. Verursacht durch diesen unbezähmbaren Hunger, der ihn zum Rauben zwang. Ohne Rücksicht auf Verluste.

Bitterer Selbsthass durchströmte ihn, erfüllte ihn mit Dunkelheit, nahm ihm die Luft zum Atmen, während sein Herz vor gespannter Aufregung schneller pumpte. Er krallte seine Hand um einen Ast, als wollte er jemanden würgen.

Am liebsten hätte er der Kleinen zugerufen: »Verschwinde von hier! Renn so schnell du kannst, bevor es zu spät ist! Lauf um dein Leben!« Aber er blieb stumm und biss die Zähne zusammen. Weil er keine andere Wahl hatte.

Doch wenn er Erfolg haben und das neue Medikament wirken würde, könnte das alles bald der Vergangenheit angehören.

Dann wäre er endlich frei.

Und das Mädchen ebenso, denn dann würde er es nicht mehr brauchen.

Raschelnd wirbelte eine Bö das trockene Laub auf. Ein Straßenschild ganz in der Nähe bewegte sich quietschend im Herbstwind. Das Mädchen wischte sich eine dunkle Haarsträhne aus dem Gesicht.

Er wusste, dass sie freundlich war. Dieser düstere Grufti-Look passte überhaupt nicht zu ihr.

Er hatte sie beobachtet, genau studiert. Seit Tagen schon. Er musste sichergehen, denn einen Fehler durfte er sich nicht erlauben.

Morgen. Morgen war Halloween. Da würden all die gruseligen, gefährlich aussehenden Gestalten durch die Stadt geistern.

Doch niemand wusste, dass er die gefährlichste von allen war. Verdammt dazu, ein Ungeheuer zu sein.

Wenn er raubte.

Gothic-Girl

Beim ersten Mal, als ich den Schatten in der Dämmerung sah, dachte ich mir noch nichts Böses dabei. Es war sicher nur ein seltsam gewachsener Busch, der da auf der Anhöhe stand, wo kein Laternenlicht mehr hinreichte. Nichts, was mich ängstigen sollte, schließlich war ich kein kleines Kind mehr, sondern schon beinahe siebzehn Jahre alt – und in gefühlten Jahren sogar deutlich älter. Aber trotzdem überkam mich beim Anblick der dunklen Silhouette ein ungutes Gefühl.

Fröstelnd zog ich den Reißverschluss meiner zerschlissenen Jacke weiter nach oben, während der Herbstnebel die Häuser und Bäume von Brookville langsam, aber unaufhörlich verhüllte.

Obwohl ich mich nicht fürchten wollte, beschleunigten sich wie von allein meine Schritte, bis ich endlich die richtige Auffahrt erreichte. Ich versteckte mich hinter einem Baumstamm und wartete ab, ob mir jemand folgte. Aber da war niemand. Und dennoch ziepte es unruhig in meinem Magen.

Dass ich so schreckhaft war, lag bestimmt daran, dass morgen Halloween war und alle Leute schon eifrig ihre Häuser schmückten, um einander das Gruseln zu lehren. Ein bisschen freute ich mich sogar auf die beleuchteten Kürbisse, Skelette und Spinnennetze.

Eilig huschte ich durch das raschelnde Herbstlaub zur Hintertür.

»Kack, verdammter!«, fluchte ich, als ich auf den bröckeligen Steinstufen zur Veranda stolperte. Ohne Licht konnte man kaum etwas erkennen.

Mit Schwung warf ich mich gegen die unverschlossene Tür, von der die Farbe schon zum größten Teil abgeblättert war, bis sie sich mit einem lautstarken Knarzen öffnete. Ich schlüpfte hinein, drückte sie wieder zu und schob rasch den Riegel vor. Endlich zu Hause.

Sofern man diese verlassene Ruine ein Zuhause nennen konnte. Irgendeinen Erbschaftsstreit gab es da, hatte ich gehört, weshalb in dem Gebäude seit einigen Jahren niemand mehr wohnte – zumindest so lange, bis ich hier einfach eingezogen war.

Damit ganz sicher niemand hereinkommen konnte, schob ich zusätzlich einen gusseisernen Beistelltisch vor die Tür und ließ dann meinen Rucksack von der Schulter rutschen. Dabei fiel der dicke Wälzer aus der Bibliothek heraus, in dem ich draußen bis zum Einbruch der Dämmerung gelesen hatte. Geliehene Bücher kosteten zum Glück nichts.

Ich schlurfte in das ehemalige Wohnzimmer und zündete die Laterne an, die einen schwachen Lichtschein auf das Lager warf, das ich hier aufgeschlagen hatte. Viel besaß ich ja nicht. Dann schüttete ich mir den letzten Rest Cornflakes in eine Schüssel.

Es gab keine Milch dazu, aber das machte mir nichts aus. Auf Luxus konnte ich gut verzichten, solange ich nur nicht wieder zu meinem Vater zurückmusste. Nur … wie es weitergehen sollte, wenn der Winter kam, wusste ich nicht.

Nachdem ich auch den letzten Krümel aus der Schüssel geleckt hatte, nahm ich das Buch wieder zur Hand. Tauchte ein in eine andere Welt, eine Welt, die mir half durchzuhalten, die mir half, der Wirklichkeit zu entfliehen und die unheimlichen Geräusche des alten Hauses auszublenden.

Ich liebte Romane. Durch sie entstanden die wunderbarsten Geschichten, Gedanken und Bilder in meinem Kopf.

Erst als meine Augen vom Lesen bei Kerzenlicht tränten, legte ich das Buch beiseite, zog mein Nachthemd an und kroch in den Schlafsack. Dann löschte ich das Licht und machte mich auf eine weitere harte Nacht gefasst, denn eine Isomatte war auf Dauer kein Matratzenersatz und in der Dunkelheit ließen sich die quälenden Gedanken nicht mehr vertreiben.

Ich dachte an die Schule, die ich übernächstes Jahr unbedingt erfolgreich beenden musste, an meine Großeltern, bei denen ich aufgewachsen war, und an meinen unberechenbaren Vater, der mich vor drei Wochen beinahe erwürgt hätte.

Ich schüttelte mich, um all die Bilder aus meinem Kopf zu verbannen, und überlegte stattdessen, wie ich mir etwas zu essen beschaffen könnte.

Als mein Wecker in der Früh klingelte, kroch ich mühsam aus dem Schlafsack. Montag. Jeder Knochen tat mir weh.

Alles wie gehabt, dachte ich gequält.

Wenn ich auch nur ansatzweise geahnt hätte, dass sich am heutigen Tag mein ganzes Leben ändern sollte, wäre ich nicht zur Schule gegangen, sondern hätte so schnell wie möglich das Weite gesucht. Wäre in eine andere Stadt gezogen, in ein anderes Land. Oder besser gleich auf einen anderen Kontinent!

Der Morgen begann schon miserabel mit einem knurrenden Magen. Wenn ich hungrig war, war ich unausstehlich, aber zum Glück war niemand da, an dem ich meine schlechte Laune hätte auslassen können.

Das Wasser aus der Regentonne, mit dem ich mir die Zähne putzte und mich wusch, war eiskalt, und obendrein war seit gestern auch noch mein Deo aufgebraucht. Unglücklich schnupperte ich an meinem schwarzen Hoodie mit dem Aufdruck *Darkness is my illumination*, den ich nun schon den dritten Tag hintereinander anziehen musste. Außer Deo benötigte ich dringend Waschpulver und Shampoo.

Seufzend zog ich mich an, überdeckte meine Sommersprossen und Pickel mit jeder Menge blass machendem Make-up, trug sorgfältig den geliebten schwarzen Lippenstift auf und machte mich auf den Weg – die Zeit für das Frühstück sparte ich ja ein. Zum Glück war es nicht weit, denn die Hausruine lag auf meinem ehemaligen Schulweg.

Es war noch dunkel, und die Sträucher am Straßenrand warfen bizarre Schatten auf den Gehweg. Unwillkürlich schaute ich zu der Stelle, an der mir am Vortag der große menschenförmige Busch aufgefallen war.

Er war noch da, was dafür sprach, dass es tatsächlich eine Pflanze war. Aber … Ich kniff die Augen zusammen. … hatte sich der Schatten gestern nicht ein bisschen weiter rechts befunden, direkt am Weg? Ein Schauer lief mir über den Rücken.

Es muss eine optische Täuschung sein, beschloss ich tapfer und ging eilig weiter den Berg hinab.

Vielleicht war nicht nur Halloween schuld. Seit meine Großeltern vor einem Jahr bei einem Autounfall ums Leben gekommen waren und ich zu meinem Vater hatte ziehen müssen, war ich viel zu ängstlich geworden.

Unbehelligt erreichte ich die Brookville Highschool, zog mir die Kapuze des Hoodies über die ungewaschenen Haare, holte meine Sachen aus dem Spind und schlich mit gesenktem Blick zum Klassenraum. Manchmal wünschte ich mir, ich wäre unsichtbar. Das wäre cool! Dann könnte ich herkommen und lernen, ohne dass meine Mitschüler mich bemerken würden, oder ich könnte den Lehrern jede Menge Streiche spielen.

Aber leider war ich das nicht, stellte ich wieder einmal fest, als ich mich auf meinen Stuhl fallen ließ und mein Nebenmann Daniel mich lautstark mit »Iiiih! Ach, du bist's nur« begrüßte.

Ich schnaubte genervt und holte meine Schulsachen aus der Tasche. Vielleicht ließ er mich ja in Ruhe, wenn ich ihn ignorierte.

Natürlich nicht. Daniel hatte heute wohl mal wieder extraschlechte Laune und brauchte ein Opfer. »Ey, Ella, warum nimmst du die Kapuze nicht mal ab, damit wir deine zauberhafte Visage bewundern können?«

Vereinzelt ertönte hämisches Gekicher, woraufhin ich meinen Kopf noch tiefer senkte und tat, als würden mich meine Aufzeichnungen vom letzten Mal brennend interessieren. Dabei huschte mein Blick, ohne dass ich es wollte, zu Lucas, dem Mädchenschwarm der Klasse, und mein Herz klopfte schneller. Er saß schräg vor mir und ließ sich von Annabell anhimmeln. Blond, langbeinig, Cheerleader – noch Fragen?

Ich hätte auch gerne diesen Bambi-Augenaufschlag draufgehabt, mit dem sie Lucas gerade bedachte, aber ich hatte keine Ahnung, wie man flirtete. Im Grunde wusste ich noch nicht einmal, wie man freundlich war.

»Will Ella sich den Tag versauen, muss sie nur in den Spiegel schauen!«, trompetete Daniel jetzt quer durch die Klasse.

»Gibt's dich auch in witzig?«, entgegnete ich verletzt.

Leider hatte er recht. Ich war keine Schönheit. Meine normalerweise kastanienbraunen Haare trug ich seit einigen Wochen zum Zeichen der Rebellion pechschwarz getönt, meine Haut war pubertär unrein, mein Busen ein Witz. Dazu gesellten sich kleine Röllchen am Bauch.

Ich war im vergangenen Jahr bei meinem Vater etwas moppelig geworden. Süßigkeiten waren ein hervorragender Seelentröster. Aber zumindest das Speckproblem würde sich in den nächsten Tagen von ganz allein erledigen, wenn es mir nicht gelang, Essen zu beschaffen.

Nur meine kleine Nase, die mochte ich. Und meine Augen. Sie besaßen lange Wimpern und hatten einen warmen Braunton.

Einen Teufel würde ich tun und die Kapuze absetzen, damit Lucas auch noch meine fettigen Haare sah!

Sehnsüchtig wünschte ich mich an ein ruhiges Plätzchen, an dem ich mein Buch weiterlesen konnte, anstatt mich von Daniel ärgern zu lassen, der nun auch noch grinsend versuchte, meine Federtasche vom Tisch zu stoßen und mich dabei »Goth-Ella« nannte, was er so ähnlich wie »Godzilla« klingen ließ.

Meine Oma hatte immer gesagt, ich würde mich in meinen Büchern verkriechen. Vielleicht hatte sie recht gehabt. Aber was sollte ich sonst auch tun, wenn die Wirklichkeit einfach ätzend war?

In diesem Moment ließ mein Magen ein protestierendes Grummeln hören, dessen Lautstärke einen ausgewachsenen Bären in die Flucht getrieben hätte. Gott, hatte ich Hunger! Und natürlich hatte Daniel es gehört und lachte sich scheckig.

»Ich glaub, unsere Goth-Ella ist endlich auf Diät! Bestimmt hat sie Schiss, dass unser Abschlussfoto aus der Luft aufgenommen werden muss, damit ihr Hintern mit draufpasst!«

Beinahe wäre mir Dampf aus den Ohren gekommen. »Wenn ich deine Visage sehe, gefällt mir mein Arsch gleich viel besser!«, zischte ich zurück und hätte mich am liebsten mit ebenjenem auf ebenjene gesetzt. Wenn man mich in die Enge trieb, vergaß ich regelmäßig mein gutes Benehmen. Wahrscheinlich war das der Grund, weshalb es Daniel so viel Freude bereitete, mich zu ärgern.

»Tja«, tönte nun Lucas, der sich zu uns umgedreht hatte, herablassend. »Wie man sich füttert, so wiegt man.«

Gekränkt senkte ich den Kopf. Warum, verdammt noch mal, war mir seine Meinung wichtig, wo ich doch genau wusste, dass er sich nichts aus mir machte – sich nie etwas aus mir machen würde? Leider hatte er mit seinen Worten auch noch recht, denn ich war nur durch all den Billigfraß und meine Sorgen so pummelig geworden. Schön für Lucas, dass er das wohl alles nicht kannte.

Ein Mädchen mit aschblondem Pixie Cut betrat den Raum und ließ sich auf den Platz neben mir fallen. Jenna.

»Hi, Ella«, begrüßte sie mich fröhlich und holte ihre Bücher hervor.

Jenna war meine beste Freundin. Doch seit dem Tod meiner Großeltern war unsere Freundschaft etwas abgekühlt, was meine Schuld war. Ich hatte mich zurückgezogen. Aber wie sollte ich auch mit ihr über meinen spielsüchtigen Vater reden? Etwa so: »He, Jenna, die grünblauen Abdrücke an meinem Hals ... das meinte mein Dad nicht so. Er war nur ein bisschen aufgebracht, weil ich mein Sparbuch vor ihm versteckt habe.«

Nein. Darüber konnte ich nicht sprechen, obwohl mir klar war, dass Jenna mit ihrem ausgeprägten Gerechtigkeitssinn sich heftig über ihn aufgeregt und mich sofort unterstützt hätte.

Doch die Scham war größer.

Ich log einfach, wenn Jenna fragte, wie es zu Hause lief. Wir verabredeten uns kaum noch, und wenn, dann nur bei ihr. Viel Zeit hatte ich nach der Schule ja nicht, denn mein Vater hing lieber im Spielkasino herum, als zu arbeiten oder sich um den Haushalt zu kümmern. So blieb alles an mir hängen, denn ich hatte es gerne ordentlich. Und dann war da noch die Schule. Ich lernte wie besessen, denn auf keinen Fall wollte ich so enden wie mein Vater, der fast unser gesamtes Geld verschleudert hatte. Da fehlte die Zeit für Freundschaften, schließlich benötigte ich für das College ein Stipendium.

»Hi«, antwortete ich Jenna mit gesenktem Blick. Ich mochte sie. Richtig gerne. Aber all die Lügen standen wie eine Mauer zwischen uns. Nicht einmal ihr hatte ich erzählt, dass ich von zu Hause abgehauen war.

Es war ein Schock gewesen, als ich bemerkt hatte, dass mein Vater das Sparbuch doch noch gefunden und alles verspielt hatte, was ich von meinen Großeltern geerbt und mit Ferienjobs und Zeitungsaustragen angespart hatte. Da war mir endgültig der Kragen geplatzt. Ich wollte unbedingt studieren, aber wovon sollte ich das nun bezahlen? Mit seiner beschissenen Spielsucht hatte er mir meine Zukunft versaut.

Ich konnte es bei ihm nicht länger ertragen. Also hatte ich meine Sachen gepackt und war abgehauen.

Jenna schnupperte in meine Richtung, und ich schloss gequält die Augen. »Äh, Ella ... irgendwie müffelst du«, sagte sie leise. Jenna war nicht der Typ, der jemanden vor anderen bloßstellte.

Ich biss mir auf die Lippe. »Ja, tut mir echt leid, mein Deo war alle.«

Daniel hatte uns trotzdem gehört. »Boah! Ella, du Stinktier! Uäh!« Er stöhnte übertrieben laut, sodass auch der Letzte im Raum es mitbekam.

»Iiih! Puh! Würg!«, ertönte es von einigen Mitschülern.

Lucas lachte besonders laut. Ich ballte unter dem Tisch die Fäuste.

»He, Stinkerella! Soll ich dir mal ein Deo besorgen?«, grölte Daniel.

Ja, bitte! »Haha. Witzig. Hast wohl dein Clownskostüm grad in der Reinigung?«, murmelte ich und senkte den Kopf, damit niemand die heiße Röte bemerkte, die mein Gesicht überzog.

»Daniel, es ist nicht nett von dir, Ella zu ärgern«, schaltete Jenna sich ein. »Überleg doch mal, wie du dich dabei fühlen würdest!«

»Ach, lass den Blödmann nur«, winkte ich ab. »Das kratzt mich nicht.« Schließlich war ich ein cooler Goth!

Es war wirklich nett von Jenna, sich für mich in die Bresche zu werfen. Immer fand sie passende Worte. Leider ging mir Diplomatie vollständig ab, und bei Daniel hätte sie ja doch nichts genützt. Der war einfach von Kopf bis Fuß ein Kotzbrocken.

Zum Glück betrat in diesem Moment endlich Mr Brewster, unser Biolehrer, das Klassenzimmer, und die anderen ließen mich in Ruhe.

Als stinkender, wortkarger Streber mit Pickeln hatte man es hier nicht leicht. Nur noch die beiden letzten Jahre auf der Highschool beenden, dann habe ich meinen Abschluss und kann fort von hier, dachte ich und unterdrückte einen Anfall von Verzweiflung. Endlich fort aus Brookville, dem langweiligsten Ort des gesamten Staates Pennsylvania.

»Willst du nachher mein Deo benutzen?«, flüsterte Jenna mir zu. »Ich habe es in der Sporttasche.«

Dankbar schenkte ich ihr ein schwaches Lächeln. »Das wäre toll!« Nur … viel helfen würde es nicht, denn es war wohl mittlerweile auch mein Pulli, der stank. Ich brauchte wirklich dringend neues Waschmittel.

»Ella Bowen, nimm bitte die Kopfbedeckung ab!«, befahl Mr Brewster, nachdem er uns begrüßt hatte. »Es regnet hier drinnen ausgesprochen selten.«

Missmutig zog ich die Kapuze herunter.

»Haha!«, lachte Daniel, als er meine fettigen Haare sah. »Du siehst aus wie mit 'nem Böller frisiert!«

»Habt ihr kein Klo zu Hause, oder warum lässt du deine ganze Scheiße hier ab?!«, zischte ich wütend zurück.

»Ruhe da hinten!«, unterbrach uns der Lehrer und begann, uns mit dem Thema ›Stoffwechsel‹ zu beglücken.

Ich unterdrückte ein Gähnen und bemühte mich, dem Unterricht zu folgen.

»Hast du Lust, heute Abend bei mir Halloween zu feiern?«, flüsterte Jenna mir zu, während Mr Brewster gerade den energetischen Verlauf einer Enzymreaktion an die Tafel zeichnete. »Heather, Vicky, Finley und Noah kommen auch!«

Es war wirklich nett von ihr, mich trotz allem einzuladen. Sofort wusste ich wieder, warum Jenna meine Freundin war. Aber obwohl ich echt Lust gehabt hätte, musste ich absagen.

»Oh Mann, sorry, Jenna, aber mein Dad zwingt mich, mit ihm zur Halloweenparty seines Kumpels zu gehen. Es tut mir leid, ich wäre tausendmal lieber zu dir gekommen!« Verlegen puhlte ich an dem Kreuz, das ich mir mit einem schwarzen Stoffband um den Hals gebunden hatte.

Dass mein Vater gar keine Freunde besaß, wusste Jenna zum Glück nicht.

Ich hätte so ziemlich alles dafür gegeben, mal wieder einfach nur ›Ella‹ zu sein und mit Freunden eine unbeschwerte Party feiern zu können. In Wahrheit besaß ich jedoch weder ein Kostüm noch konnte ich das allerkleinste Häppchen zum Büfett beisteuern.

»Ella Bowen, hättest du die Güte, dein Privatgespräch zu unterbrechen und mir stattdessen zu verraten, wo das Temperaturoptimum für die Wirkung von Enzymen beim menschlichen Organismus liegt?«, fuhr der Lehrer mich an.

Ich schenkte ihm ein freches Grinsen und flötete: »Aber gerne doch, Mr Brewster! Bei achtundneunzig Komma sechs Grad Fahrenheit. Sind die Temperaturen höher, verlieren die Enzyme ihre Aktivität aufgrund der für Eiweiße charakteristischen Zerstörung der Tertiärstruktur.«

Erstaunt nickte der Lehrer und knöpfte sich einen anderen Schüler vor.

Jenna warf mir einen bewundernden Seitenblick zu.

»Hab ich gestern noch im Biobuch gelesen«, flüsterte ich achselzuckend. Meistens reichte es, wenn ich mir eine Seite ein Mal ansah, um die Informationen zu speichern.

»Du bist zwar so fett, dass du ’ne eigene Postleitzahl brauchst, aber von Bio haste echt Ahnung!«, beehrte Daniel mich mit seinem zweifelhaften Lob.

»Ach, geh doch ein bisschen auf dem Highway spielen!«

Er war wirklich ein Arschloch. Gedanklich drosch ich ihm mehrmals in die blasierte Fresse. Zum Glück war Jenna an meiner Seite und ließ sich auch von meinem merkwürdigen Verhalten in letzter Zeit nicht vertreiben.

Als es endlich klingelte, sprangen Jenna und ich auf und verließen gemeinsam den Raum. Auf dem Weg zur nächsten Stunde gab sie mir von ihrem Brot ab, als ich log, dass ich mein Essen dummerweise vergessen hätte. Das besänftigte meinen schmerzenden Magen ein wenig. Irgendwann würde ihr auffallen, dass ich mein Essen seit Tagen ständig vergaß.

In der Mittagspause saßen wir, wie meistens, gemeinsam mit Victoria, Heather, Noah und Finley an einem Tisch in der Cafeteria.

Victoria flirtete heftig mit einem Jungen vom Nachbartisch, was wir großzügig ignorierten. Als die anderen ihr Mittagessen vertilgten, behauptete ich, nichts essen zu wollen, während ich verstohlen die Hand auf meinen Bauch presste und hoffte, dass er nicht wieder anfangen würde, laut zu knurren.

»Ich weiß gar nicht, wie ihr diesen Fraß herunterbekommt«, tönte ich schlecht gelaunt. »Die Nudeln sind ein einziger verkochter Klumpen! Da grille ich mir lieber heut Abend ein paar knusprige Käfer!« Betont lässig schaute ich in die Runde. Ich liebte es, mit dem Gothic-Image zu spielen. Lieber ein schräger Vogel, als bemitleidet zu werden.

»Bäh, Käfer!« Jenna rümpfte die Nase. Dann verzog sich ihr Gesicht zu einem schelmischen Grinsen, das mich besorgt auf meiner Unterlippe kauen ließ. »Was ist denn nun eigentlich mit dem Augenbrauenpiercing, das du dir schon so lange machen lassen willst, Ella?« Herausfordernd blickte sie mich an.

»Na ja, du weißt doch, dass mein Ohrläppchen sich gerade wieder entzündet hat!«, verteidigte ich mich halbherzig und errötete, denn in Wirklichkeit hatte ich höllische Angst vor Schmerzen und betrachtete Tattoos und Piercings lieber bei anderen. »Ich warte besser noch ein bisschen.«

Jenna war mein wandelndes Gewissen, die Freundin, die mein Wertesystem auf nette Art wieder zurechtrückte, wenn ich auf dumme Gedanken kam. Das ging so weit, dass ich meinte, ihre mahnende oder ermunternde Stimme zu hören, selbst wenn sie nicht in der Nähe war. Vermutlich kompensierte ich damit die fehlenden Eltern …

Mit wissendem Blick ließ Jenna das Thema auf sich beruhen und lenkte das Gespräch auf die bevorstehende Halloweenparty, während ich mich über die Reste ihrer Nudeln hermachte, die sie nicht geschafft hatte.

»Muss man ja nicht wegwerfen«, nuschelte ich auf die irritierten Blicke der anderen hin mit vollem Mund.

Nach der Schule entwickelten meine Beine ein Eigenleben und machten sich ganz von selbst auf den Weg zum Discounter – dabei hatte ich keinen müden Cent mehr in der Tasche. Vor allem das Regal mit den Backwaren zog mich magisch an. Es war niemand in der Nähe, der mich hätte sehen können. Schon wollte ich die Hand nach einem knusprig frischen Brötchen ausstrecken, als in meinem Kopf die andere Stimme erklang, die ich manchmal zu hören meinte: Die Stimme meiner Großmutter. »Ella, du bist ein gutes Kind. Du hast das Herz auf dem rechten Fleck. Du bist nicht wie dein Dad und wirst es auch nie sein.«

Das hatte sie stets gesagt, wenn mein Vater wieder einmal bei uns aufgetaucht war und um Geld gebettelt hatte. Ich hatte mich so für ihn geschämt.

Meine Mom war an Krebs verstorben, als ich noch sehr klein war, und weil mein Vater nicht mit mir zurechtkam, hatten meine Großeltern mich zu sich genommen. Es war allein ihr Verdienst gewesen, dass ich bisher nicht auf die schiefe Bahn geraten war und nur gute Noten nach Hause brachte.

Seufzend ließ ich die Klappe vor den Brötchen wieder zufallen. Es musste einen anderen Weg geben.

Schon seit Tagen suchte ich nach einem Job. Aber niemand wollte mir auf die Schnelle Arbeit geben, und um auf den Strich zu gehen, war ich nicht verzweifelt genug.

Während ich noch überlegte, wandte ich mich verunsichert um, denn es fühlte sich so an, als ob mich jemand beobachten würde. Aber da war niemand.

Hatte mich vielleicht der Kaufhausdetektiv im Visier? Er brauchte sich nicht zu sorgen, ich würde nicht stehlen. Stattdessen verließ ich mit hängendem Kopf den Laden.

In der Main Street war ein guter Platz, das wusste ich, weil ich dort schon Bettler gesehen hatte.

Die Kapuze tief ins Gesicht gezogen, hockte ich mich auf das Gehwegpflaster, beschriftete eine herausgerissene Heftseite mit ›ICH HABE HUNGER‹ und legte sie vor meinen Rucksack – in der Hoffnung, dass eine gute Seele mir etwas zuwerfen würde.

›Ich habe Hunger‹ klang gut, fand ich. Das erweckte Mitleid. So machten es die anderen Bettler doch auch. Besser noch wäre ›Mein Hund hat Hunger‹ gewesen. Das hatte ich letzte Woche vor dem Supermarkt bei einem Obdachlosen gesehen. Aber leider besaß ich keinen. Vielleicht sollte ich mir einen zulegen, wenn das Bettelgeschäft gut lief. Hunde waren toll! Als ich noch klein war, hatten meine Großeltern einen Terrier, der in meinem Bett schlafen durfte.

Voll Elan setzte ich meinen herzzerreißendsten Blick auf, mit dem Erfolg, dass ein Kind im Skelettkostüm seine Mutter fragte: »Warum guckt das Mädchen so komisch? Muss die mal Pipi?«

So weit zu meinem Welthungerhilfe-Blick. Ich stieß die Luft aus und ließ meine Brauen zurück in Normalposition rutschen.

Eine Stunde später hockte ich immer noch dort und musste den mitleiderregenden Blick nicht mehr spielen, als es begann, unangenehm kühl zu werden. Lauter lustig oder gruselig maskierte Gestalten zogen vorüber. Sicher unterwegs zu einer großartigen Halloweenparty, dachte ich neiderfüllt und unterdrückte das Zähneklappern.

Ich wagte nicht, darüber nachzudenken, was passieren würde, wenn zufällig einer meiner Mitschüler auf dem Weg zu einer Party vorbeikäme – womöglich sogar Lucas – und mich hier erkannte.

War da am Ende schon jemand? Zwar konnte ich kein bekanntes Gesicht entdecken, hatte jedoch nach wie vor das unbestimmte Gefühl, dass ich beobachtet wurde. Verstohlen linste ich unter der Kapuze hervor, aber da war nichts Auffälliges.

Ganz im Gegenteil. Es war, als wäre ich doch noch unsichtbar geworden. Keiner beachtete mich, und wenn doch, dann machten die Leute einen großen Bogen, als hätte ich eine ansteckende Krankheit. Hätte sich mein Selbstbewusstsein nicht längst irgendwo in unterirdischen Höhlen versteckt, wäre es mir spätestens jetzt abhandengekommen.

Nur selten einmal erbarmte sich jemand und warf ein paar Cent auf meinen Rucksack, aber das war nicht genug.

Traurig starrte ich auf den Gehweg.

»He, Püppchen, verschwinde hier!«, wurde ich auf einmal lautstark angepöbelt.

Erschrocken schaute ich hoch. Ein armselig gekleideter Kerl mit verhärmtem Gesicht und zugeschwollenen Augen stand direkt vor mir. Hastig rappelte ich mich auf, denn er sah nicht gerade danach aus, als wollte er nett zu mir sein.

»Das is' mein Platz, verzieh dich, sonst setzt's was!«, drohte er mit glasigem Blick.

»Oh! Ich wusste gar nicht, dass Ihnen das Kaufhaus gehört!«, zwitscherte ich liebenswürdig und schnappte mir meinen Rucksack mit dem kümmerlichen Häufchen Geld.

»Hä?«, fragte er irritiert. Ironie war wohl nicht so sein Ding. »Sieh zu, dass du hier wegkommst, sonst mach ich dir Beine!«

»Nein danke, die habe ich schon.« Ich wandte mich zum Gehen, denn noch mehr Ärger konnte ich wirklich nicht gebrauchen.

»He, du!«, rief er mir auf einmal unerwartet freundlich hinterher. »Nun sei nich' gleich beleidigt! Willste auch was?« Er hielt mir ein winziges Tütchen mit Pulver darin entgegen. »Bin ja kein Unmensch.« Er lachte keuchend.

»Was ist das?« Argwöhnisch trat ich näher.

»Reine Glückseligkeit, meine Kleine«, behauptete er. »Das Ende aller Sorgen, die pure Freude. Ein paar Krümel hiervon und alles wird gut, das versprech ich dir.«

»Drogen!« Abwehrend hob ich die Hand. »So was nehme ich nicht!«

»Psst!«, zischte er und ließ die Tüte hastig wieder in seiner Tasche verschwinden. »Stell dich nich' so an, du bescheuerte Göre! Was hast du denn gedacht, was es ist?«

»Lass man stecken«, erklärte ich ihm. »Es reicht, so auszusehen wie ich. Keine Lust, so auszusehen wie du!«

Dann machte ich, dass ich davonkam, bevor er begriff, dass ich ihn gerade beleidigt hatte.

Vielleicht war ich doch nicht für die Bettlerszene geeignet.

Vor einem anderen Geschäft fand ich einen neuen Platz, doch auch hier waren die Leute nicht freigiebiger.

Endlich, nach einer frustrierenden weiteren halben Stunde, war das Glück mir doch noch hold. Eine nett aussehende alte Dame kam auf mich zu. »Also wirklich, Mädchen!« Sie blieb stehen und schaute missbilligend auf mich herab. »Was sitzt du denn hier bei der Kälte auf dem Boden?«

Ich hob den Kopf und bemühte mich noch einmal um einen herzzerreißenden Blick, in der Hoffnung, dass ich wenigstens sie erweichen konnte.

»Aber, Kindchen, du bist ja noch blutjung! Wo sind denn deine Eltern, um Himmels willen?«

»Äh … tot?«, stotterte ich verlegen. »Jedenfalls zu fünfzig Prozent.«

Verwundert runzelte sie die Stirn. »Na, komm erst einmal mit. Hast du Hunger? Dumme Frage«, beantwortete sie es selbst, »das steht ja auf deinem Schild, und du bist keine Lügnerin, oder?«

Stumm schüttelte ich den Kopf und fühlte mich ein wenig schäbig, weil ich durchaus oft log. Vor allem in letzter Zeit.

»Was hältst du von einer Pizza? Da drüben gibt es Stücke auf die Hand.«

Ich rappelte mich auf. Für Pizza hätte ich töten können. »Oh ja!«, entfuhr es mir. Taumelnd kam ich zum Stehen, weil meine Glieder so steif gefroren waren.

»Hoppla! Langsam, Liebes.« Die alte Dame ging neben mir her zum Imbiss. »Bist du etwa von zu Hause ausgerissen? Hast du denn niemanden, der dich sucht?« Sie schaute mich so voll Mitleid an, dass ich den Blick abwenden musste.

Verlegen knetete ich den Gurt meines Rucksacks. Wer sollte mich schon vermissen? Mein Vater lebte in seiner eigenen Welt. Ihm war vermutlich noch nicht einmal aufgefallen, dass ich nicht mehr dafür sorgte, dass seine stinkenden Socken gewaschen wurden und eine warme Mahlzeit auf den Tisch kam.

»Du möchtest nicht darüber reden, oder?«, fragte sie und musterte mich prüfend.

»Lieber nicht«, gestand ich verlegen.

»In Ordnung. Was hättest du gerne auf deiner Pizza?«

Wir waren vor dem Imbiss angekommen, und der intensive Geruch nach frisch gebackenem, knusprigem Teig und italienischen Kräutern ließ mich fast in die Knie gehen.

Alles! »Salami bitte«, sagte ich, denn das war die günstigste Variante.

Sie bestellte die Pizza und eine Cola gleich dazu. Dann musterte sie mich. »Nimmst du Drogen?«

»Nein!«, stieß ich hervor. »So etwas würde ich niemals tun!« Schon das zweite Mal heute, dass jemand dachte, ich wäre ein Junkie! Sah ich wirklich so mies aus?

»Das ist gut, mein Kind.«

Der Verkäufer reichte mir das Pizzastück und die Cola.

»Gehst du zur Schule?« Lächelnd beobachtete meine Wohltäterin, wie ich das Essen in Sekundenschnelle verschlang und die Cola gierig hinterherschüttete.

Ich nickte als Antwort mit vollem Mund und musste ein Rülpsen unterdrücken. »Mhm!«, bestätigte ich.

Sie schien zufrieden. »Da hat aber jemand wirklich Hunger, nicht wahr? Noch ein Stück?«

Es gelang mir einfach nicht, der Höflichkeit halber ›Nein‹ zu sagen, und als ich mich nicht wehrte, bestellte sie kurzerhand das Gleiche noch einmal.

Schließlich leckte ich mir satt über die Lippen und grinste zufrieden. »Das war lecker! Danke!«

»Es war mir ein Vergnügen.« Sie lächelte gütig. »Weißt du, dass es Wohngruppen für Jugendliche gibt, die – egal aus welchen Gründen – nicht zu Hause bleiben können?«

»Nein!«, antwortete ich überrascht. Ich hatte gedacht, ich würde in ein Heim am anderen Ende Pennsylvanias gesteckt werden und müsste fort aus Brookville, wenn ich mich weigerte, bei meinem Vater zu leben. Das könnte die Lösung für mich sein! Dann würde ich sogar auf meiner Schule bleiben können.

»Meine Tochter arbeitet in solch einer Einrichtung, ich möchte dir gerne ihre Telefonnummer geben.« Die fremde Dame holte einen Kugelschreiber und einen alten Einkaufszettel aus ihrer Handtasche und notierte auf dessen Rückseite eine Nummer. »Versprich mir, dass du sie anrufen wirst!«, sagte sie und steckte mir, zusätzlich zu dem Zettel, noch einen Zehner zu.

»Ich werde anrufen!«, stieß ich hervor. »Danke!« Mehr konnte ich nicht sagen, weil meine Kehle plötzlich so eng war.

»Dann werde ich von dir hören, Kindchen. Bis bald und alles Gute!«

Sie winkte und ging davon, während ich begann, mein mühsam Erbetteltes zu zählen. Jetzt würde es für den Einkauf reichen. Zufrieden betrat ich den Discounter. Mittlerweile ging bereits die Sonne unter. Mir schauderte ein wenig bei dem Gedanken, gleich in das verfallene Haus zurückkehren zu müssen, denn ein paar der verkleideten Gestalten, die die Straßen immer zahlreicher bevölkerten, sahen wirklich gruselig aus.

Bedächtig legte ich Brot, Äpfel, Käse, Seife, Haarwaschmittel und Waschpulver in meinen Korb.

Als ich eben nach einem Deodorant griff, ließ mich eine tiefe Männerstimme direkt hinter mir zusammenzucken. »Da hatte ich also recht, dass du nichts stehlen würdest.«

Erschrocken fuhr ich herum und musterte den Fremden vor mir argwöhnisch.

Er war bestimmt einen ganzen Kopf größer als ich, sodass ich zu ihm aufsehen musste, und trug einen langen, dunklen Mantel und halbhohe Stiefel. Nachtschwarz glänzende Haare, die einen Hauch zu lang waren, umspielten seinen Kopf. Ich blinzelte nervös, denn er sah aus wie die etwas ältere Version des männlichen Hauptdarstellers eines Highschool-Liebesfilms.

Der Typ war heiß. Verdammt heiß! Er sah sogar noch besser aus als Lucas. Die Frauen mussten ihm zu Füßen liegen.

»Herzen kann man stehlen!«, entfuhr es mir zusammenhanglos.

Ella, reiß dich zusammen, ermahnte ich mich, aber ich konnte nicht anders als ihn anzustarren, denn er war die Sorte Mann, die einem nachts sehnsüchtige Träume bescherte …

Er war so perfekt, dass er seinen Lebensunterhalt problemlos als Model hätte verdienen können. In Gedanken sah ich ihn auf einem Zeitschriftencover nur mit Designerunterwäsche bekleidet. Ich schluckte und schüttelte den Kopf, um das Bild zu vertreiben.

Als Gott diesen Mann erschuf, hatte er angeben wollen, so viel stand fest.

Das Faszinierendste jedoch waren seine leuchtenden Augen, die von langen dunklen Wimpern gerahmt wurden. Sie mussten blau sein, aber es wirkte eher, als wären sie aus schimmerndem Eis.

Mir kam der Vampir aus einem meiner Romane in den Sinn. Der war auch überirdisch schön gewesen, und seine Augen hatten sogar die Farbe gewechselt.

Wie gebannt schaute ich den Mann an, bis mir klar wurde, dass er Halloween-Kontaktlinsen tragen musste. Niemand hatte solche Augen.

Der Fremde musterte mich abschätzig. »Herzen …«, echote er, als hielte er mich für schwachsinnig.

Und irgendwie kam ich mir auch so vor, während ich angesichts dieses Prachtexemplars um Worte rang.

»Äh, ich wollte sagen, dass ich noch nie in meinem Leben gestohlen habe!«, stotterte ich. War er etwa der Ladendetektiv und hatte mich vorhin schon beobachtet?

»Gut.« Ohne ein weiteres Wort drehte er sich um und ging.

Verwirrt blickte ich ihm hinterher. Warum hatte er mich angesprochen? Der Typ war echt unheimlich, und ich war froh, dass er weg war.

Auf dem Heimweg kamen mir in der Dunkelheit zwei Jugendliche entgegen, die sich als Vampir und Zombie verkleidet hatten. Der eine hatte eine klaffende Wunde im Gesicht, deren blutrote Farbe verblüffend echt wirkte. Sie rannten an mir vorbei, da es zu regnen begonnen hatte, und wünschten mir ein fröhliches Halloweenfest. Mit einem Anflug von Neid grüßte ich zurück und eilte weiter.

Nachdem die beiden in einem dunklen Hauseingang verschwunden waren, befand sich außer mir niemand mehr auf der Straße. Nur aus den hell erleuchteten Fenstern, die bizarre Lichtflecken auf den Gehweg warfen, drangen Gelächter und Musik heraus.

Obwohl weit und breit niemand zu sehen war, meinte ich, hinter mir Schritte zu hören. Doch jedes Mal, wenn ich stehen blieb und mich umschaute, verstummte das Geräusch. Wieder hatte ich das beklemmende Gefühl, beobachtet zu werden. Mit klopfendem Herzen stapfte ich schneller den Berg hinauf und wischte mir fahrig mit dem Ärmel über das regennasse Gesicht.

Als ich endlich die Auffahrt zu dem verlassenen Haus erreichte, bemerkte ich auf der Anhöhe wieder diesen eigenartigen Schatten, der wie eine menschliche Gestalt wirkte.

Es sind nur Büsche, beruhigte ich mich. *Sei kein Angsthase, Ella Bowen!* Wer würde sich zwei Tage hintereinander an den gleichen Platz stellen, noch dazu, wo es mittlerweile in Strömen goss?

Da – eben hatte sich etwas bewegt!

Mit vor Furcht rebellierendem Magen hetzte ich zum Haus. Erst als ich die Tür hinter mir geschlossen, verriegelt und den gusseisernen Tisch davorgeschoben hatte, beruhigte sich mein Herzschlag.

Nachdem ich die Laterne entzündet hatte, zog ich mein nasses Zeug bis auf die Sneakers aus, das Schlafshirt über und wusch erst einmal alle meine Oberteile in einem Eimer. Sie würden morgen noch feucht sein, also musste ich so früh wie möglich zur Schule gehen und den Händetrockner in der Toilette benutzen, um sie trocken zu föhnen.

Nach dem Unterricht würde ich gleich die Tochter der netten alten Dame anrufen. Vielleicht würde ich dann bald in eine fröhliche WG einziehen, in der es genug zu essen, fließend Wasser und eine Heizung gab, und konnte meinen Schulabschluss machen, ohne zurück zu meinem Vater zu müssen.

Draußen peitschte der Sturm den Regen gegen die Spanplatten, mit denen die Fenster vernagelt worden waren, und trieb feuchte Kälte in das marode Haus.

Als ich gerade gedankenversunken mein schwarzes Lieblingsshirt mit der Aufschrift *Ach wie gut, dass niemand weiß, auf wen & was ich alles scheiß* wusch, war auf einmal ein lautes Geräusch von der Tür her zu hören. Da war jemand! Entsetzt sprang ich auf und starrte zur Tür. Meine Beine zitterten.

Einen Augenblick lang war alles still. Dann dröhnte ein lautes Krachen durch das gesamte Haus.

Jemand rammte mit solcher Wucht gegen die Tür, dass der schwere Beistelltisch mit ohrenbetäubendem Knall auf der Seite landete und quer durch den Flur rutschte. Die Flamme der Laterne flackerte vom Luftzug, und im nächsten Moment füllte eine hochgewachsene Männergestalt den Türrahmen aus.

»Was wollen Sie?«, stieß ich mit bebender Stimme hervor, während mein Herzschlag wie ein Presslufthammer dröhnte.

Gehörte er zu den neuen Hausbesitzern und wollte einfach nur nach dem Rechten sehen? War er ebenfalls ein Obdachloser, der eine Bleibe benötigte? Oder … war er jemand, der ein wehrloses Opfer suchte? Ein Räuber? Vergewaltiger? Vielleicht sogar ein Mörder?!

Zitternd versuchte ich, im schwachen Laternenschein das Gesicht des Fremden zu erkennen.

»So allein in diesem Haus?«, fragte er mit gefährlich ruhiger Stimme, die mir ein Schaudern über den Rücken jagte.

»Quatsch, ich bin nicht allein!«, log ich verzweifelt. »Meine Freunde müssen jeden Moment zurückkommen. Wir wollten hier unsere Halloweenparty feiern, weil es so schön gruselig ist!«

»Freunde?« Er lachte gehässig. »Komisch, die habe ich hier noch nicht gesehen! Wo waren sie denn in den letzten Tagen?« Mit raubtierhafter Geschmeidigkeit trat er näher. »Nein. Niemand wird kommen, um dir zu helfen«, verkündete er mit grausamer Gelassenheit.

Er war es, der mich auf dem Heimweg beobachtet hatte! Es traf mich wie ein Blitzschlag.

Erfüllt von blankem Entsetzen wollte ich fliehen, doch ich kam nicht einmal bis zum Türrahmen, da hatte er mich bereits am Shirt gepackt. Ein schmerzhafter Ruck am Hals stoppte mich. Ich taumelte mit dem Rücken gegen seine massive Gestalt und wäre gestürzt, wenn er mich nicht immer noch festgehalten hätte. Ein ersticktes Schluchzen entfuhr mir, als mir klar wurde, dass ich gegen ihn keine Chance hatte.

Höhnisch lachend hob er die Hand und berührte mich mit den Fingern leicht an der Schläfe. Etwas, das sich wie ein elektrischer Schlag anfühlte, ließ mich erzittern. Und während mir noch durch den Kopf schoss, dass mir sein Duft bekannt vorkam, knickten meine Beine wie

Strohhalme unter mir weg. Alles drehte sich vor meinen Augen, und es gelang mir nicht mehr, mit ihnen einen Punkt zu fixieren.

Weder mein Körper noch mein Kopf gehorchten mir.

Ich hörte Worte, die ich nicht verstand. »Ganz ruhig, ich werde dir nicht wehtun.«

Hände hielten mich unter den Achseln. Arme hoben mich hoch, als wäre ich leicht wie eine Feder.

Eine helle Stimme, die leise wimmerte. War das meine?

Ich wusste, dass ich mich wehren müsste, es wenigstens versuchen sollte, aber ich war wie gelähmt.

Wilde Muster rasten auf mich zu.

Dann wurde mir schwarz vor Augen.

(Alb-)Traum auf zwei Beinen

»Ah«, stöhnte ich gepeinigt, als ich langsam wieder zu mir kam, und rieb mir die schmerzende Stirn. Ein modriger Geschmack lag auf meiner Zunge, und ich fühlte mich zutiefst elend. Als ich mühsam die Augen aufschlug, erblickte ich über mir eine dunkle Holzdecke.

Eine dunkle Holzdecke? Wo kam die denn her? Wo war ich? Und was, um Himmels willen, war passiert?

Nur langsam kehrte die Erinnerung zurück. Ich war in der Hausruine gewesen, hatte gerade meine Wäsche geschrubbt und … *Scheiße!* Der fremde Mann! Mit einem Schlag war alles wieder da. Was hatte er mit mir gemacht?! Zischend sog ich den Atem ein. War ich überhaupt noch in Brookville? Panisch wollte ich aufspringen, doch ein heftiger Schwindel erfasste mich, sodass ich zurückfiel – glücklicherweise weich. Das Zimmer drehte sich vor meinen Augen.

Bis auf mein hektisches Keuchen war es totenstill. Krampfhaft zwang ich mich, ruhiger zu atmen. Ein, aus. Und noch einmal. Bloß nicht zu viel nachdenken, sonst würde mich die Panik überrollen.

Nur langsam gelang es mir, den Blick zu fokussieren. Ich lag auf einem Bett in einem Alkoven.

Als ich mich behutsam aufsetzte, stellte ich fest, dass ich immer noch nur mein Schlafshirt und die Sneakers trug. Der schwere goldbraune Vorhang am Bett stand offen, sodass ich das Zimmer überblicken konnte. Außer mir war niemand hier.

Zitternd schaute ich mich um. Es war ein behaglich eingerichteter Raum mit viel dunklem Holz und einer geschmackvoll gemusterten Tapete. Außer dem Bett und einer Schrankwand über eine gesamte Wandfläche gab es einen Sessel, der aussah, als wäre er eine Antiquität, daneben einen Beistelltisch. Auf dem Dielenboden lag ein gemusterter Teppich, an den Wänden hingen mehrere goldgerahmte Landschaftsbilder, und an der Decke glitzerte ein riesiger Kronleuchter mit elektrischen Kerzen. Meine Großmutter wäre entzückt gewesen, denn die gesamte Einrichtung erinnerte an ihre Lieblingsfilme, die auf alten Landsitzen spielten.

Warum zur Hölle befand ich mich in diesem Zimmer, das aussah, als sollte man sich darin wohlfühlen?

Mühsam stand ich auf und stützte mich am Schrank ab, denn immer noch drehte sich alles um mich. Mir war übel, als hätte ich zu viel Alkohol getrunken. Vorsichtig ging ich zum Fenster und schaute hinaus.

Ich befand mich im ersten Stock eines Hauses. Draußen stand die Sonne tief am Himmel und beschien einen sorgfältig gepflegten Garten, nein, es war eher ein Park, denn ich konnte weit und breit keine Begrenzung erkennen. Wie lange war ich ohnmächtig gewesen, wenn es jetzt bereits Nachmittag war?

Egal, wie elend ich mich fühlte, ich musste hier sofort raus! Wer konnte schon sagen, wann der Fremde zurückkehren würde und was er dann mit mir vorhatte?!

Ich öffnete die beiden Fensterflügel und spähte hinunter. Wenn ich mich weit hinauslehnte, konnte ich einen der Zweige des Baumes neben dem Haus erreichen. Die sahen eigentlich ganz stabil aus, auch wenn der Herbstwind sie kräftig durchrüttelte. Durchs Haus die Flucht zu wagen, wäre dumm, denn irgendwo dort würde sich der Entführer herumtreiben.

Ungelenk kletterte ich auf das Fensterbrett, hielt mich am Rahmen fest und lehnte mich so weit es ging hinaus. Scheiße, war das kalt hier oben im Nachthemd! Wackelig schob ich mich noch ein Stück weiter und ergriff den nächsten Ast, der mir recht stabil erschien. Probehalber rüttelte ich daran.

Was waren schon meine Alternativen? Lieber riskierte ich ein paar Prellungen, als hier hilflos abzuwarten, was als Nächstes geschehen würde.

Was wollte der Fremde von mir? Warum hatte er mich entführt? War er jemand, der anderen gerne Schmerzen zufügte? Wollte er Lösegeld? Oder Schlimmeres?!

Ich musste so schnell wie möglich weg!

Es kostete mich all meinen Mut, den Ast zu packen und mich nach draußen zu schwingen. Er krachte bedrohlich unter meinem Gewicht. Gerade noch konnte ich einen kräftigeren Ast ergreifen, bevor der erste vollständig abbrach.

Keuchend saß ich nun im Baum und rieb mir meine aufgeschürften Knie. Verdammt, tat das weh!

Mit zusammengebissenen Zähnen kletterte ich hinab. Das letzte Stück musste ich mich fallen lassen, und dann endlich hatte ich wieder festen Boden unter den Füßen. Mein Herzschlag hätte jedes Messgerät gesprengt.

Hektisch sah ich mich um. Das Gebäude, dem ich eben entkommen war, war eine große, düstere Jugendstilvilla. So schnell ich konnte, rannte ich durch den Garten auf den angrenzenden Wald zu.

Zwar war da noch ein anderes Häuschen, nahe bei der Villa, aber dort wollte ich nicht hin. Bei meinem Glück wohnte da jemand, der mit dem Hausherrn verwandt war oder für ihn arbeitete, und ich konnte nicht riskieren, seinen Handlangern in die Fänge zu geraten.

Mein Atem ging keuchend, und meine Beine flogen nur so dahin.

Ich hetzte durch das herbstfeuchte Unterholz und betete, dass meine Flucht noch nicht bemerkt worden war.

Irgendwann sah ich in der Ferne grauen Stein durch die Bäume blitzen und hielt hoffnungsvoll darauf zu. Aber als ich näher kam, erkannte ich, dass es eine Mauer war. Eine unüberwindbar hohe Mauer – oben zusätzlich gesichert durch Draht.

Verzweifelt folgte ich ihrem Verlauf und hatte schließlich, als ich eine ganze Weile später erneut die baumgesäumte Auffahrt zu der Villa erblickte, traurige Gewissheit: Die Mauer umschloss das gesamte Grundstück. Mittlerweile hatte es zu dämmern begonnen.

Aber noch war nicht alles verloren, denn ein mächtiges, verschnörkeltes Eisentor befand sich links von mir am Ende der Allee aus alten, knorrigen Bäumen. Erneut schöpfte ich Hoffnung. Nicht einmal Stromleitungen oder Stacheldrähte waren zu sehen.

Wenn ich es schaffte, darüberzuklettern, war ich frei. Ich rannte los. Jede Sekunde, die ich vertrödelte, konnte mein Verderben sein.

Es hätte mich stutzig machen müssen, dass das Tor nicht besser gesichert war. Wer würde solch eine unüberwindbare Mauer um ein

Grundstück ziehen und dann das Tor vergessen? Aber auf welche Art das Tor gesichert war, hätte ich mir nicht im Traum vorstellen können.

Und es war auch wirklich zu verrückt, denn kaum hatte ich die Auffahrt von der Seite her betreten, schnellte einer der Alleebäume direkt vor mir herunter. Bumm! Wie eine Fliegenklatsche knallte er mit voller Wucht so dicht vor mir auf die Erde, dass einer der Zweige meine Wange streifte und einen schmerzhaften Kratzer hinterließ.

Zu Tode erschrocken, sprang ich zurück.

Was zum Teufel war das? Wenn ich auch nur einen Schritt weiter gewesen wäre, hätte er mich mit voller Kraft erwischt!

Verwirrt schaute ich den Baum an, der sich sofort wieder aufgerichtet hatte. Das konnte nicht sein! Ich musste mich getäuscht haben. Um sich schlagende Gewächse gab es in Fantasyromanen, aber doch nicht in Wirklichkeit!

Noch einmal tastete ich mich vor, und sogleich schnellte der Baum erneut auf die Erde, als wäre sein Stamm aus Gummi.

Tränen der Verzweiflung brannten in meinen Augen. Es hätte so leicht sein können. Und jetzt sollte meine Flucht an einem beschissenen knorrigen Baum scheitern?

Vielleicht war es nicht auf der gesamten Allee so, und ich konnte auf der anderen Seite hindurch? Ich hob einen Stein auf und warf ihn zum Test mitten auf die Auffahrt.

Rums! Diesmal klatschten von beiden Wegseiten Bäume herab.

In einer anderen Situation hätte ich vermutlich applaudiert, denn das hier war wirklich phänomenal.

Noch einmal versuchte ich es, diesmal an einer anderen Stelle, und stellte fest: Die Bäume konnten sogar zielen!

Ich startete einen letzten Versuch und warf einen Stein direkt gegen das Tor. Vielleicht befanden sich die auslösenden Kontakte nur auf dem Weg?

Diesmal krachten die beiden letzten Bäume so kompromisslos gegen das Tor, dass es ohrenbetäubend schepperte.

»Ich sehe, du hast Spaß mit meinen Hainbuchen«, ertönte gleich darauf eine amüsierte Männerstimme direkt hinter mir.

Mit einem Aufschrei fuhr ich herum und streckte die Hände abwehrend von mir.

Aber als ich sah, wer da stand, sanken sie hilflos herab.

Er war es. Das heiße Unterwäschemodel aus dem Supermarkt. Er war mein Entführer!

Ich schätzte ihn auf etwa fünfundzwanzig Jahre. Sein unwiderstehlicher Duft und der Blick seiner merkwürdig intensiv blauen Augen, der unverwandt auf mir lag, schädigten meinen Verstand nachhaltig.

»Alles gesehen?«, fragte der Fremde grimmig. »Dann kannst du deinen Mund wieder schließen.« Er verdrehte die Augen, woraufhin ich feuerrot anlief.

Mir war noch nie zuvor ein Mann begegnet, der so viel Macht, Arroganz und Gefahr zugleich ausstrahlte.

»Der … Vampir!«, stammelte ich fassungslos.

Er hob die Augenbrauen, als wäre ich ein kleines Kind, das sich ausgesprochen lächerlich benahm. »Nein. Kein Vampir.«

Natürlich nicht. Das war mir auch klar, aber mein Hirn verweigerte leider jegliche konstruktive Zusammenarbeit mit meinem Sprachzentrum.

»Sie … Sie haben mich … entführt!«, stieß ich zittrig hervor, während er mich weiterhin abwartend musterte. Ich musste mich zwingen, ein- und auszuatmen.

»Korrekt.«

Ohne nachzudenken, holte ich aus, um ihm mit voller Wucht zwischen die Beine zu treten.

Wie er es schaffte, auszuweichen und meinen Fuß auf halbem Wege abzufangen, war mir schleierhaft, denn in meiner Panik war ich wirklich schnell gewesen. Aber als ich auf einem Bein herumhüpfen musste, um das Gleichgewicht zu halten, merkte ich, dass ich etwas sehr Dummes getan hatte. Schraubstockartig hielt er meinen Knöchel gepackt. Es brannte an der Berührungsstelle.

»Hören Sie auf!«, schrie ich und schlug nach ihm, woraufhin er mich mit einem verächtlichen Lachen losließ.

Keuchend stand ich vor ihm und fühlte mich hilflos. Ich war auf diesem beschissenen Grundstück gefangen, und es gab offensichtlich niemanden, der mir hätte zu Hilfe kommen können.

»Warum haben Sie mich entführt?«, krächzte ich.

»Weil ich dich brauche«, entgegnete er, als wäre damit alles klar.

Er brauchte mich?! Instinktiv trat ich einen Schritt zurück. Wie meinte er das? Wollte er mich tatsächlich vergewaltigen?

»Nein!« In Panik wirbelte ich herum und floh Richtung Wald. Lief so schnell wie noch nie zuvor in meinem Leben. Als ich mich umsah, konnte ich ihn nicht entdecken. Trotzdem hetzte ich weiter, rannte und rannte. Zweige schlugen mir ins Gesicht, Steine ließen mich straucheln, bis ich ein besonders dichtes Gebüsch entdeckte und zitternd hineinkroch. Hier würde er mich so rasch nicht finden können. Mittlerweile hatten sich etliche weitere Kratzer zu meiner bisherigen Ausbeute hinzugesellt.

»Verdammt, verdammt, verdammt!«, wimmerte ich tonlos.

Was hätten die Heldinnen meiner Bücher an meiner Stelle getan? Bestimmt hätten die eine glänzende Idee gehabt und sich geschickt aus der Affäre gezogen. Aber in meinem Schädel herrschte leider nur gähnende Leere. Mein Herz wummerte und drohte, die Brust zu zersprengen.

»Denkst du nicht, wir haben jetzt genug Fangen gespielt?«, ertönte in diesem Moment die spöttische Stimme des Fremden und ließ mich vor Schreck schrill aufschreien. Er musste direkt neben dem Gebüsch stehen. Wie hatte er mich so rasch entdeckt? »Es ist ein wenig kindisch, finde ich.«

Ich schluchzte laut auf und kroch rücklings von ihm weg, wie eine Krabbe auf der Flucht, bis mir klar wurde, dass ich genauso gut gleich aufgeben konnte.

Das Spiel war aus.

Krampfhaft unterdrückte ich die Tränen und kam heraus. Mein Bauch fühlte sich an, als hätte jemand mit der Faust hineingeschlagen. Ich hatte keine Chance.

»Wollen Sie mich vergewaltigen?«, flüsterte ich um Atem ringend und starrte dabei auf seine dunklen Stiefelspitzen. Was redete ich denn da? Mein Gehirn konnte nicht vernünftig arbeiten, denn es kostete mich alle Konzentration, nicht an dem Angstkloß in meinem Hals zu ersticken.

Für einen Augenblick herrschte Stille, dann begann er schallend zu lachen. Verstört sah ich auf.

»Dich?!«, höhnte er, als er sich endlich wieder beruhigt hatte. »Hast du in letzter Zeit mal in den Spiegel gesehen?« Er schüttelte sich und trieb mir mit seinen Worten heiße Röte ins Gesicht. »Ich liebe echte

Frauen, keine pubertierenden Halbwüchsigen. Frauen mit Schönheit, Grazie und Esprit. Mit dir würde ich nicht mal in einem Bett schlafen, wenn du eine Hämorrhoide an meinem Allerwertesten wärst!«

Okay. Das war deutlich.

Aber war das jetzt gut oder schlecht für mich? Ich rieb mir über die blutigen Kratzer an meinen Armen und blickte ihm verwirrt in die kalten Augen. »Was wollen Sie dann von mir?«

»Du sollst hier arbeiten. Meiner Freundin unter die Arme greifen, den Haushalt erledigen.«

Erstaunt blinzelte ich. *Arbeiten?* Ungläubig warf ich einen Blick auf die riesige alte Villa, über der unheilvoll ein Schwarm schwarzer Vögel kreiste. »Weshalb nehmen Sie sich dann keine Angestellten? An Geld scheint es Ihnen ja nicht zu mangeln!«

Er wirkte belustigt. »Zu viele Geheimnisse, die ausgeplaudert werden könnten. Ich habe … nun, sagen wir mal … spezielle Vorlieben.«

Angeekelt verzog ich das Gesicht, denn sofort kamen mir Bilder von gefesselten Frauen und Peitschen in den Sinn.

Wie wollte er verhindern, dass *ich* etwas ausplauderte? Oh … Ich verstand. »Ich soll … für immer hierbleiben?!«, rief ich entsetzt.

»So ist es.«

»Aber …«, ich schluckte, »… aber was, wenn ich das nicht will?«

»Dann muss ich dich töten. Deine Entscheidung. Du wirst dieses Grundstück nicht lebend verlassen.«

Er hatte es so emotionslos dahingesagt, dass ich mir im ersten Moment nicht sicher war, ob ich ihn richtig verstanden hatte. Der Herbstwind blies sein nachtschwarzes Haar wild durcheinander, während er mich und meine aufgerissenen Augen kalt musterte.

Im Gegensatz zu ihm war ich alles andere als emotionslos. Töten! Der war ja total irre!

Doch sosehr ich auch danach suchte: Kein Funken Humor war in seinem Gesicht zu erkennen. Der Typ meinte es bitterernst!

Ich schlang die Arme um meinen Bauch, um die innere Kälte zu vertreiben, die bei seinen Worten in mir emporkroch. Meine Körperfunktionen gerieten völlig durcheinander. Abgesehen davon, dass mein Herz raste, rumorte es in meinem Magen.

»Bitte … ich müsste mal …«, begann ich gequält.

»Nein«, fuhr er mich an. »Das musst du allein entscheiden.«

Verständnislos blickte ich ihn an und presste meine Beine zusammen. »Mach ich doch! Bitte. Es eilt!«

»Richtig. Dann sag einfach, wie du dich entschieden hast.«

»Ich muss aufs Klo!«, brüllte ich ihn an, weil es das Letzte war, was ich gebrauchen konnte, wenn ich mir vor diesem kriminellen Schönling in die Hose machte.

Überrascht blinzelte er. So was war er wohl von seinen Schönheit-, Grazie- und Esprit-Puppen nicht gewohnt. Dann drehte er sich um, bedeutete mir, ihm zu folgen, und ging mit großen Schritten zur Villa, vorbei an Rosenbeeten, einem moosbewachsenen Springbrunnen und steinernen Fabeltierfiguren mit scheußlichen Fratzen.

Die Villa war ein altes Gemäuer aus grauem Stein. Viele Giebel, Erker, Vorsprünge, die hohen Bogenfenster und sogar zwei Türme gaben ihr etwas Schlossartiges. Links und rechts vom Eingang wachten zwei Greife aus Stein. Mir schauderte, als ich in ihre toten Augen blickte, während ich hinter meinem Entführer herhastete.

Er öffnete die massive Eingangstür und bedeutete mir, einzutreten. Es verschlug mir glatt die Sprache, als ich die weitläufige Eingangshalle sah und mich in einen historischen Roman hineinversetzt fühlte. Vertäfelte Wände, antike Möbel, ein riesiger Kronleuchter und eine breit geschwungene Treppe hinauf in den ersten Stock empfingen die Besucher. Sogar eine alte Ritterrüstung stand in der Ecke.

Hier setzte sich der Stil des Zimmers, in dem ich aufgewacht war, fort. Das Zimmer, welches – das sickerte langsam in mein überfordertes Hirn – wohl meines sein sollte.

Der Fremde hielt mir eine weitere Tür auf, hinter der sich ein Gäste-WC befand. Mit so viel Abstand wie möglich drückte ich mich an ihm vorbei und verschloss die Tür hektisch mit dem Schlüssel.

Auf dem Klositz brach ich zusammen. Wimmerte hysterisch in meine Faust hinein, damit er es nicht hörte, während ich vor und zurück schaukelte, als könnte ich mich dadurch selbst beruhigen.

In was für einen Horrorstreifen war ich da bloß hineingeraten? War mein Leben nicht schon beschissen genug?!

Ganz fest krallte ich meine Hände ineinander. Bestimmt wollte er mich in Sicherheit wiegen, mir erst Hoffnung machen, um dann zuzusehen, wie sie erlosch, wenn ich begriff, dass er mich doch umbringen würde. Er musste total verrückt sein, wenn er auf den Gedanken kam, mich zu entführen und als Sklavin zu halten.

Ob er mich im Garten verscharren würde, wenn ich nicht spurte? Hatte er da vielleicht schon das Loch ausgehoben, welches mein Grab sein sollte? Ich presste die Hand auf den Mund, um mein Entsetzen daran zu hindern, sich Gehör zu verschaffen. Je länger ich an dieses Loch dachte, desto schlimmer wurde es.

Ich musste mich dem, was draußen auf mich wartete, stellen, sonst würde ich in wenigen Augenblicken durchdrehen. Doch ich durfte ihm nicht zeigen, wie groß meine Angst war, beschloss ich, während ich spülte und mir dann die Hände wusch. Ich musste mich zusammenreißen, durfte mir keine Unachtsamkeit, keinen Fehler leisten, wenn ich aus dieser Sache irgendwie heil herauskommen wollte.

Energisch wischte ich mir mit dem Handrücken die Tränen ab und spritzte Wasser in mein rot verheultes Gesicht.

Okay. Da war dieser finstere Schönling – und da war ich. In jedem meiner geliebten Bücher wäre das der Moment gewesen, wo er sich auf wundersame Weise unsterblich in die Protagonistin hätte verlieben müssen. Doch stattdessen fand er mich potthässlich und verlangte, dass ich als Sklavin für ihn schuften sollte. Andernfalls würde er mich töten. Und vielleicht auch, wenn ich es tat.

Tolle Ausgangslage.

Verdammt, ich war ein Mädchen, das mit Typen wie Daniel fertigwurde und auf dem T-Shirt *Mein Leben, meine Regeln* stehen hatte. Ich würde das irgendwie schaffen. Hoffte ich. Nach einem tiefen Atemzug schloss ich die Tür auf.

Im Flur wartete der Fremde immer noch auf mich.

»Okay, Mister«, sagte ich, um hundert Prozent herausfordernder, als ich mich fühlte. »Ich hab ein paar Fragen.« *Zum Beispiel, ob Sie sie noch alle beisammenhaben.*

Spöttisch hob er die Augenbrauen. »Das war wohl zu befürchten.« Mit einer nachlässigen Handbewegung bedeutete er mir, ihm zu folgen, und ging voraus in ein Wohnzimmer. Nein, das war kein Zimmer, das war ein Saal! In diesen Raum hätte das gesamte Haus meines Vaters hineingepasst.

Was hätte ich jetzt dafür gegeben, stattdessen dort sein zu können. Gegen diesen Typen war mein Vater ein Lämmchen!

Er schaltete eine Stehlampe an und warf anschließend ein paar Holzscheite in das Kaminfeuer, das aufloderte und den Raum in warmgoldenes Licht tauchte. Als er sah, dass ich steif im Türrahmen stand, deutete er auf eines der beiden weinroten Sofas.

Mit geradem Rücken sank ich in die Polster. Er setzte sich mir gegenüber, verschränkte die Arme und musterte mich mit kaltem Blick. Mir wurde unangenehm bewusst, dass ich noch immer im Nachthemd war.

»Was genau soll ich hier arbeiten?« Zum Glück war das Licht gedämpft. Nervös knetete ich meine Hände.

»Ich erwarte, dass du die Mahlzeiten zubereitest, abwäschst, putzt und die Wäsche machst.« Seine Eisaugen ließen mich nicht los.

»Diesen ganzen alten Kasten putzen? Das schaff ich niemals alleine!«

Verstohlen sah ich mich um. Allein diesen Raum zu säubern, würde bestimmt Stunden dauern. Vitrinen mit Geschirr, Kommoden mit hübsch arrangierten Stillleben aus Tischlampen, Kerzenleuchtern, Vasen und Nippes darauf, ein Tischchen mit eingelassenem Schachbrett, ein riesiger alter Globus, ja sogar ein Wappen über dem Kamin. An der Holztäfelung hingen Ölgemälde, die meiner Meinung nach in ein Museum gehörten: edle, kostbar gekleidete Damen, forsche Ritter, Landschaften. Und dann die schweren alten Teppiche, die ich vermutlich gar nicht allein bewegen konnte.

Bei dieser prunkvollen Umgebung fühlte man sich doch gleich wie Aschenputtel im Ballsaal. Aber auf den gruseligen Prinzen hätte ich gern verzichtet.

»Es werden nicht alle Räume bewohnt, und die Gästezimmer müssen nur selten gereinigt werden. Sechs Stunden am Tag wirst du arbeiten, inklusive Vorbereitung von Frühstück und Abendessen. Das ist wohl nicht zu viel verlangt.«

Ein Schnauben entfuhr mir, das ich aufgrund meines Selbsterhaltungstriebs sofort unterdrückte. *Nicht zu viel verlangt?!* Jede Sekunde, die ich gezwungen wurde, hierzubleiben, war zu viel!

Seine Augen waren bei meinem Schnauben schmal geworden, doch er fuhr ohne Kommentar fort. »Sonntags hast du frei, und nachmittags kannst du tun, wo immer dir der Sinn nach steht, fernsehen, spazieren gehen, lesen oder auch baden. Baden wäre übrigens eine gute Idee.«

Böse funkelte ich ihn an. Wenn er mich nicht entführt hätte, bevor ich in den Genuss der neuen Seife und des Deos gekommen wäre, würde ich auch besser aussehen und riechen und nicht in einem ausgeleierten Schlafshirt vor ihm sitzen.

Aber die Sache mit dem Lesen gefiel mir.

»Sie werden mir nicht wehtun und auch sonst nichts von mir verlangen außer diesen Haushälterinnen-Job?«, fragte ich misstrauisch.

»So ist es.«

Kritisch beäugte ich ihn, um herauszufinden, ob er log. Ich konnte es beim besten Willen nicht sagen, aber mein Gehirn weigerte sich, die andere Möglichkeit weiter durchzuspielen.

»Bekomm ich Gehalt?« Keine Ahnung, woher ich den Mut zu dieser Frage nahm, aber schon im gleichen Moment fiel mir ein, dass er mir ja nie Gelegenheit geben würde, es auszugeben.

Nie mehr shoppen. Nie mehr in meine geliebte Bücherei gehen können.

»Nein, aber was du benötigst, sollst du erhalten. An Geld mangelt es nicht.«

Da wäre ich jetzt nicht drauf gekommen …

»Was ich will? Echt jetzt?«, fragte ich nach. Vor meinem inneren Auge erschien ein Fantasyroman als teures Hardcover, der mir neulich in der Buchhandlung aufgefallen war. »Aber ich darf es nicht selbst besorgen, richtig?«

»Nein. Du wirst keinen Kontakt zur Außenwelt haben.«

Das alles war total verrückt.

»Man wird mich suchen, das ist Ihnen hoffentlich klar?«

Lässig zuckte er mit den Achseln. »Lass das bitte mein Problem sein.«

Man würde mich nicht suchen. Dummerweise hatte ich Dad in meinem Abschiedsbrief geschrieben, dass ich jedem verraten würde, was er für ein Vater war und was er getan hatte, wenn er mich als vermisst meldete. Bisher hatte er meine Warnung respektiert. Vielleicht war es ihm aber auch einfach egal.

Doch selbst wenn er die Polizei über mein Verschwinden informierte – niemand würde mich befreien kommen, das war mir klar. Erst kürzlich hatte ich in der Zeitung gelesen, dass in den USA rund einundfünfzigtausend Kinder und Jugendliche vom FBI gesucht wurden. Wer bitte sollte mich hier finden?

Ich nickte und stand auf, gefasster, als ich es in Wirklichkeit war. »Ich brauche Kleidung.« Das abgewetzte Nachthemd trug nicht gerade zu meinem Wohlbefinden bei.

»Alles, was du benötigst, befindet sich oben im Zimmer und in deinem Bad direkt nebenan. Abendessen gibt es in einer Stunde.«

»Okay.«

Nein! Nichts war okay!

An der Tür stoppte ich und drehte mich noch einmal zu ihm um. Er hatte mir den Rücken zugekehrt, stand vor einem der hohen Fenster, die von schweren Vorhängen gerahmt wurden, und blickte hinaus. Das Feuer des Kamins warf unheilvolle Schatten an die Wände und tauchte die Silhouette des Fremden in flackerndes Orange.

»Wie würden Sie mich töten? Schnell oder qualvoll?«, fragte ich mit belegter Stimme.

Er wandte den Kopf und sah mich auf eine Art an, die mich schaudernd ahnen ließ, dass er der Teufel persönlich war. Vielsagend hob er die Augenbrauen.

Ich spürte, wie mein Magen rebellierte, und verließ fluchtartig den Raum.

Das zum Thema, nicht zeigen, dass ich Angst hatte …

Als ich einen raschen Blick zurückwarf, bemerkte ich, dass sein Gesichtsausdruck sich gewandelt hatte. Das Harte hatte sich seltsamerweise in etwas Weiches verändert, das ich nicht deuten konnte, und das sofort wieder verschwunden war. Hastig eilte ich weiter.

Als ich oben ankam, zitterte ich am ganzen Körper und hatte keinen blassen Schimmer, welche der vielen massiven Holztüren mit verschnörkelten Griffen zu dem mir zugedachten Zimmer führte. Also arbeitete ich mich Tür für Tür über den Flur vor, dessen alter Dielenfußboden bedrohlich unter meinen Schritten knarrte. Es dauerte eine ganze Weile, bis ich den Raum, in dem ich zu mir gekommen war, endlich wiedergefunden hatte. Aber nun wusste ich zumindest, dass vom Flur fünf Schlafzimmer abgingen, mindestens zwei Bäder, eine Sauna und ein Fitnessraum.

War nur zu hoffen, dass ich das nicht alles jeden Tag würde putzen müssen …

Wie war ich nur in diesen Schlamassel hineingeraten? Und wie konnte ich da wieder herauskommen? Gegen das hier kamen mir das Leben bei meinem Vater und die Schule wie Zuckerschlecken vor!

Ich biss die Zähne zusammen, um nicht hysterisch zu werden, denn die Fakten waren klar:

1. Ich sollte die Hausarbeit für einen Typen machen, der nicht ganz dicht war und eindeutig etwas ungreifbar Unheimliches an sich hatte. Die Arbeit würde sich auf ein paar Stunden pro Tag begrenzen, sodass ich den Rest der Zeit für mich hätte. Kochen und Putzen waren kein Problem. Das war ich gewohnt, seit ich bei meinem Vater gewohnt hatte.

2. Mein Entführer hatte zwar gesagt, dass er mich hier festhalten und zur Arbeit zwingen würde, aber auch versichert, dass er mir nichts tun würde.

3. Wenn ich *nicht* tat, was er von mir verlangte, würde er mich töten. Vielleicht aber auch, wenn ich es tat.

4. Mir blieb keine Wahl.

Ich wollte leben.

Es war nur so verdammt schwer, sich damit abzufinden, denn tief in meinem Inneren wollte ich die Hoffnung auf Freiheit nicht aufgeben.

Jenna meldete sich in meinem Hinterkopf zu Wort – positiv wie gewohnt: »Bestimmt ergibt sich bald eine Möglichkeit zur Flucht, bestimmt lässt seine Aufmerksamkeit irgendwann nach!«

Ich knallte die Zimmertür hinter mir zu, ließ mich auf das Bett sinken und vergrub verzweifelt mein Gesicht in den Händen, denn leider ging mir Jennas Optimismus ab.

Heilige Scheiße!

Kochen, putzen, waschen, bügeln für einen Psychopathen mit abartigen Gelüsten. Ein Traum. Genau so hatte ich mir den Rest meines Lebens schon immer vorgestellt.

Aber es nützte nichts, sich in Selbstmitleid zu suhlen. Ich musste stark sein.

Ich straffte die Schultern und erhob mich, um im Kleiderschrank nach etwas Brauchbarem zu suchen. Dabei bemerkte ich, dass auf dem kleinen Tischchen neben dem Ohrensessel eine Schale mit frischem Obst und ein Strauß Rosen standen. Da hatte sich jemand Mühe gegeben. Seine Freundin vielleicht? Es beruhigte mich etwas, denn das tat man doch nicht, wenn man jemanden demnächst umbringen wollte, oder?

Ich öffnete den Schrank und stellte fest, dass er bis oben hin mit hochwertiger Kleidung in ekelhaft fröhlichen Farben gefüllt war. Jeans, T-Shirts und Pullis, es sah alles sehr bequem und zweckmäßig aus. Und – wahllos holte ich ein paar Stücke heraus – alles war genau in meiner Größe. Selbst der BH. 75A.

Mir schauderte. Er musste in der Hausruine gewesen sein und meine Sachen durchwühlt haben. Eine gruselige Vorstellung.

Unwillkürlich blickte ich zur Zimmertür. Es steckte kein Schlüssel, er konnte also jederzeit hereinkommen. Krampfhaft bemühte ich mich, das Zittern zu unterdrücken, welches schon wieder von mir Besitz ergreifen wollte.

Mit ein paar frischen Kleidungsstücken ging ich über den Flur in das Badezimmer, welches sich direkt neben meinem Raum befand. Erleichtert stellte ich fest, dass dessen Tür abschließbar war. Das Bad gefiel mir: graugrün lasierte Holzwände, eine frei stehende Wanne auf Löwenfüßen im Erker, eine Dusche, eine Frisierkommode mit verschnörkeltem Spiegel darüber und ein hübscher Teppich auf dem Dielenboden. Hell, freundlich und gemütlich.

Meine Anspannung ließ ein wenig nach, doch dann durchfuhr es mich, dass er mich vielleicht mit Kameras auch hier beobachten konnte.

Akribisch suchte ich alles ab, fand aber nichts.

Nachdem ich die Raffrollos an den Fenstern heruntergelassen hatte, entkleidete ich mich und duschte. Seife, Haarbürste und was ich sonst noch benötigte – er hatte wirklich für alles gesorgt. Nur Schminkutensilien gab es leider nicht. Ohne mein Gothic-Make-up fühlte ich mich noch hilfloser.

Zähneknirschend schlüpfte ich in eine Jeans und ein Shirt mit einem bunten Muffin aus Glitzerpailletten darauf. Es war, als würde ich mich für eine Faschingsparty verkleiden.

Als ich fertig war, machte ich mich daran, das Haus zu erkunden. Draußen dämmerte es bereits, und die leise tickende Standuhr im Gang ging auf sechs Uhr zu. Auf Zehenspitzen schlich ich über den Flur und stoppte sofort, als es mir bewusst wurde. Schleichen war albern, schließlich sollte ich ab morgen hier arbeiten, da war es doch sicher erlaubt, sich mit den Gegebenheiten vertraut zu machen.

Die Räume hier oben hatte ich bei der Suche nach meinem Zimmer bereits kennengelernt. Zwei waren schlicht eingerichtete Gästeschlafzimmer. Dann gab es noch einen größeren Raum mit einer Sitzecke, einem alten Sekretär und einem Himmelbett, das von traumhaft duftigen Stoffen umhüllt wurde, alles hell und freundlich. Da es bewohnt aussah, vermutete ich, dass es das Zimmer seiner Freundin sein musste. Sie schienen getrennt zu schlafen, denn gegenüber lag ein weiteres großes Zimmer, in dem eindeutig ein Mann lebte: dunkle Farben, puristisch eingerichtet und ein liegen gebliebenes Jackett auf dem ungemachten Bett.

Die Räumlichkeiten unterm Dach, zu denen eine schmale Stiege hinaufführte, ignorierte ich vorerst, denn da war es finster und unheimlich. Viel mehr interessierte mich das Erdgeschoss.

Gerade stieg ich die breite Treppe hinab, als ich ein Geräusch hörte. Eine Art Keuchen. Ziemlich gespenstisch.

Wie erstarrt blieb ich am Fußende der Treppe stehen und versuchte, in der unbeleuchteten Halle etwas zu erkennen. War seine Freundin etwa schon zurück und die beiden frönten den angekündigten speziellen Gelüsten, von denen niemand wissen durfte? Dabei wollte ich nun wirklich auf keinen Fall Zeuge werden.

Wieder hörte ich es. Was zur Hölle war das? Vorsichtig machte ich einen weiteren Schritt, als ein dunkler Schatten auf mich zuschoss. Entsetzt sprang ich zurück, stolperte über die Treppenstufe hinter mir und landete schmerzhaft auf dem Po.

Schon war die Kreatur bei mir. Ich schrie wie am Spieß, bis ich erkannte, was es in Wirklichkeit war.

»Was zum Teufel …?«, fluchte ich lachend und versuchte, den harmlosen Berner Sennenhund, der da schwanzwedelnd über mir stand, wegzuschieben.

Das Tier bellte und schleckte mir einmal quer über das Gesicht.

»Aus, du haariges Etwas!«, schimpfte ich, während ich mich aufrappelte, und tätschelte ihm den Kopf. »Deinetwegen hätte ich beinahe einen Herzinfarkt erlitten!«

Ob das *sein* Tier war? Wie konnte jemand, der so Furcht einflößend war, einen so sympathischen Hund besitzen?

»Ich sehe, du hast Arthur bereits kennengelernt«, ertönte die Stimme des Hausherrn, der gerade aus einer der Türen trat, die von der Eingangshalle abgingen.

Sofort sprang der Hund zu ihm und leckte ihm die Hand ab. Wenigstens einer in dieser Villa, der den Besitzer mochte …

Mein Entführer musterte mich. »Ohne diese Pandabären-Augen siehst du beinahe wie ein Mensch aus«, sagte er zynisch.

Ich schnaubte. Das waren coole Smokey Eyes gewesen, und ich hatte am Vortag jede Menge Zeit darauf verwendet, meine Augen schwarz zu umranden.

»Komm mit, ich zeige dir das Haus!«, sagte der Fremde in einem Tonfall, der keinen Widerspruch duldete.

Er sollte ruhig glauben, dass ich mich fügte, aber ich würde alles dransetzen, eine Fluchtmöglichkeit zu finden! Widerwillig stapfte ich ihm hinterher und ließ mich Raum für Raum durch das Erdgeschoss führen. Arthur folgte uns.

»Da ist mein Arbeitszimmer.« Der Mann deutete auf die Tür, durch die er eben gekommen war. »Der Zutritt ist verboten!«, blaffte er streng.

Eingeschüchtert nickte ich. Ein Raum weniger sauber zu halten. Aber was gab es dort, was ich nicht sehen durfte?

Er ging bereits weiter durch einen Gang zur Küche. Auch hier: Landhausstil und Antiquitäten gepaart mit zeitgemäßer Technik und jeglichem Komfort. Beeindruckend.

»Warum holen Sie sich nicht einfach Angestellte für diesen Riesenschuppen?«, fragte ich forsch. »Wenn genügend Geld im Spiel ist, sieht das Personal doch angeblich über alles hinweg!«

Mein Entführer verzog gequält den Mund. »Sicherlich über vieles, da gebe ich dir recht. Aber auch hier gibt es wohl Grenzen. Ich hatte schon verschiedene Haushälterinnen, aber keine von ihnen hat es länger als ein paar Wochen ausgehalten.«

Ich schluckte trocken. Himmel! Von was für »Vorlieben« redeten wir denn hier?!

Möglichst unauffällig wollte ich zur Tür zurückweichen, doch er beobachtete mich mit einem Blick, der zu sagen schien: Du kannst hinlaufen, wo du willst, ich werde dich jederzeit überall finden … und zerquetschen.

»Aber … Sie sind kein Killer oder so was?«, fragte ich mit dünner Stimme und zwang meine Füße, stehen zu bleiben.

»Nein.«

Ich hatte keinen blassen Schimmer, ob er die Wahrheit sagte.

Zittrig sog ich den Atem ein und ließ ihn nicht aus den Augen, während wir in den schummrig beleuchteten Keller hinabstiegen, in dem er mir den Hauswirtschaftsraum und das Vorratslager zeigen wollte. Es roch ein wenig feucht und muffig. Hier unten würde es vermutlich nicht so störende Blutflecken hinterlassen, wenn er … Nein! Keine Panik, Ella, ermahnte ich mich.

Wir erreichten ein Gewölbe, in dem an die hundert Weinflaschen lagerten.

»Wer soll denn das ganze Zeug trinken?«, rief ich erstaunt.

»Das *Zeug* sind Kostbarkeiten«, erklärte er mit überdrüssig erhobenen Augenbrauen. »Dieser Romanée-Conti zum Beispiel«, er zog eine Flasche hervor und hielt sie mir hin, »ist mittlerweile über eintausend Dollar wert.«

Abwehrend hob ich die Hände. »Schnell zurücklegen! Nicht dass der mir aus den Fingern rutscht!«

Ein amüsiertes Lächeln huschte für einen winzigen Moment über sein Gesicht, doch es war so schnell verschwunden, dass ich mir nicht sicher war, ob es jemals da gewesen war. »Gehen wir wieder hoch.«

Erleichterung erfüllte mich, als wir die unheimlichen Kellergewölbe hinter uns gelassen hatten. Hier oben wirkte alles ein bisschen weniger angsteinflößend.

Schließlich gelangten wir in einen weitläufigen Raum, in dem sich Tausende von Büchern befanden, die geradezu darauf warteten, von mir gelesen zu werden. Staunend trat ich an eines der deckenhohen Regale heran und betrachtete die Buchrücken. Einige alte Werke hatte wohl seit mehreren Jahren niemand mehr berührt, geschweige denn abgestaubt, andere schienen ganz neu.

Neugierig zog ich ein Taschenbuch heraus, auf dessen Cover eine fröhliche junge Frau im Sommerkleid beschwingt über eine Blumenwiese tanzte. Fragend sah ich zu meinem Entführer.

»Meine Freundinnen haben die Bibliothek nach und nach erweitert«, erklärte er schulterzuckend. »Ich selbst komme kaum zum Lesen.«

»Freund*innen*?«, rutschte es mir erstaunt heraus. *Mehrere gleichzeitig?!* Das wurde ja immer schlimmer!

»Meine jetzige und die davor«, erklärte er mit gerunzelter Stirn und nahm mir das Buch ab, um es wieder an seinen Platz zu schieben.

Also gut, meine Fragen zu diesem Thema würden sicherlich bald beantwortet werden, wenn wir ab sofort auf so engem … äh, in dieser vermutlich 700-Quadratmeter-Villa zusammenleben würden.

»Wie soll ich Sie eigentlich anreden?«, fragte ich stattdessen und bemühte mich, ihn nicht ständig anzustarren. Aber dieses männlich-finstere Gesicht mit den silbrig-blauen Augen übte eine hypnotische Wirkung auf mich aus. Besonders, wenn er mir so nah war wie jetzt. Unauffällig machte ich einen kleinen Schritt von ihm weg.

»Ich bin Crys. Du darfst mich duzen.«

An das »Du« würde ich mich nie gewöhnen können! In der Regel duzte ich meine Geiselnehmer nicht …

Ich nickte. »Chris von Christopher?«, erkundigte ich mich höflich.

»Nein. Crys wie Crystal.« Mit finsterem Gesicht ging er weiter in das Kaminzimmer.

Aha. Das dazu. »Du darfst mich auch duzen! Mein Name ist Ella«, murmelte ich aufgebracht.

Crys stoppte und drehte sich um. Mist! Er hat mich gehört, dachte ich erschrocken.

Seine vollen Lippen zuckten spöttisch, während er seinen Blick langsam an mir herabgleiten ließ. »Ich weiß.«

Natürlich kannte er meinen Namen. Er kannte sogar meine Körbchengröße.

»Aber ich denke, ich werde dich lieber ›Bella‹ nennen – das ist Italienisch und heißt ›die Schöne‹.«

Wütend funkelte ich ihn an. »Am Sonntag hab ich frei. Dann versuch ich, darüber zu lachen.«

Da war sie wieder, meine unkontrollierbare Seite: Immer wenn man mich in die Enge drängte, ging mein Selbsterhaltungstrieb auf Stand-by.

Doch Crys ignorierte meinen Zorn. »Für die Zubereitung von Frühstück und Abendessen bist du zuständig. Tagsüber hast du deine Ruhe, dann sind wir nicht da.«

»Sie … äh, du und deine Freundin?«, hakte ich nach. »Sonst wohnt hier niemand?«

»Nein. Zumindest keine Menschen.«

»Sondern?« Schaudernd kamen mir die um sich schlagenden Bäume in den Sinn.

»Arthur hast du ja schon kennengelernt …«

In diesem Moment wurde die Haustür geöffnet. »Darling? Ich bin wieder da!«, rief eine freundliche Stimme, die ein wenig matt klang.

Angespannt drehte ich mich zur Tür um.

Eine weizenblonde Schönheit betrat den Raum. Schlank, mit ebenmäßigen Gesichtszügen und hohen Wangenknochen. Sofort fühlte ich mich noch unzulänglicher als sonst. Überschwänglich stürmte sie auf Crys zu und warf sich in seine Arme.

Okay, er wirkte trotz seiner düsteren, kalten Ausstrahlung und seiner Skrupellosigkeit anziehend, aber sie tat regelrecht so, als wäre dieser Kriminelle ihr Ein und Alles! Wie konnte man so jemanden lieben?! Jetzt küsste sie ihn, als wollte sie mit ihm verschmelzen, steckte ihm die Zunge tief in den Hals und klammerte sich an ihn.

Angewidert wollte ich mich abwenden, doch da hatte sie mich schon entdeckt und ließ ihn endlich los.

»Oh, hallo! Du musst Ella sein!«, begrüßte sie mich herzlich. »Wie schön, dass du da bist! Ich bin Summer.«

Mein Kiefer klappte auf, weil sie geradezu so tat, als wäre ich ein willkommener Gast.

Der Name ›Summer‹ passte zu ihr. Sie war wie der Sommer: hell, warm und freundlich. Eigentlich sah sie einfach nett aus, und der Gedanke, dass sie und Crys abartige Sexpraktiken durchführen könnten, erschien mir auf einmal sehr weit hergeholt.

Auf den zweiten Blick wirkte sie allerdings nicht mehr ganz so taufrisch. Ein paar Kilo zusätzlich hätten ihr gutgetan, und von ihrer Nasenfalte bis zum Mundwinkel hatte sich eine tiefe Linie eingegraben. Dabei schien sie dafür viel zu jung – ich schätzte sie auf Mitte zwanzig.

Mit gerunzelter Stirn nickte ich ihr zu, weil ich nicht wusste, was ich sonst tun sollte. Was erwarteten die Herrschaften von ihrer Sklavin? Musste ich jetzt vielleicht immer knicksen?

Irgendwie war die Situation, milde ausgedrückt, skurril.

»Gefällt dir dein Zimmer?«, ging Summer über mein Schweigen hinweg. »Ich habe es extra für dich vorbereitet. Sollte es nicht deinen Geschmack treffen, sag einfach Bescheid und wir ändern es. Wir möchten, dass du dich wohlfühlst.«

Ich konnte nicht anders, als aufzulachen. Machte sie Witze?

Crys verzog sofort finster die Augenbrauen, aber Summer sprach weiter, ohne auf meinen Sarkasmus einzugehen. »Allerdings geht es mir im Moment nicht so gut, deshalb brauche ich dringend Hilfe. Dieses riesige Haus kann ich allein nicht in Ordnung halten, und als auch die letzte Putzhilfe vor zwei Wochen gekündigt hat, weil James …« Sie stockte und warf Crys einen Blick zu. »Nun ja, jedenfalls ist es wunderbar, dass du da bist!« Mit einer müden Geste fuhr sie sich durch die Haare. »Ich habe Essen mitgebracht. Ich hoffe, du magst Chinesisch?«

Weil es hier ja wohl völlig egal zu sein schien, was ich mochte, zuckte ich mit den Schultern.

Summers traurigen Blick ignorierend, fragte ich mich, was mit ihr los war, dass sie so abgespannt wirkte. Obwohl … Vielleicht ließ es einen schneller altern, wenn man mit einem Kriminellen zusammenlebte, dachte ich böse.

Sie tauschte einen hilflosen Blick mit Crys, der mir daraufhin in einem Ton, der keine Widerrede duldete, befahl, mit seiner Freundin in die Küche zu gehen und ihr beim Aufdecken zu helfen.

Innerlich kochte ich vor hilfloser Wut, als ich Summer folgte. Mir blieb ja nichts anderes übrig, als für die beiden zu arbeiten. Aber sie konnten mich nicht dazu zwingen, ihnen in den Arsch zu kriechen und so zu tun, als gefiele es mir!

Während ich das Besteck aus der Küchenschublade holte, versuchte Summer, mich in ein Gespräch zu verwickeln. Aber da war sie an die Falsche geraten. Keine Chance, mich zum Small Talk zu überreden, denn das stand nicht in meiner Stellenbeschreibung.

Nachdem sie sich redlich bemüht hatte, mir eine Reaktion zu den Themen Lieblingsmusik, neueste Kinofilme und Wetter zu entlocken, gab sie es irgendwann achselzuckend auf.

Mürrisch trug ich das Besteck ins Esszimmer nebenan, schmiss es mit einer gewissen Genugtuung einfach auf den Tisch und stemmte herausfordernd die Hände in die Hüften.

»Ist es so recht?«, fragte ich provokant. »Zu Hause machen wir es immer so!« Zufrieden beobachtete ich, wie sie die Stirn runzelte. Ha! Der hatte ich es aber gezeigt, feierte ich meinen kleinen Sieg.

Summer warf einen raschen Blick zur Tür und schaute dann nachdenklich wieder zu mir. Innerlich wurde ich unsicher. War ich zu weit gegangen? Würde sie jetzt Crys rufen, damit er mich bestrafte? Was blühte mir hier, wenn ich nicht gehorchte?

Ich durfte auf keinen Fall wertlos für sie werden. Crys hatte deutlich genug klargemacht, was passieren würde, wenn er keine Verwendung mehr für mich hatte. Das durfte ich in meinem berechtigten Zorn nicht vergessen.

Doch während ich noch überlegte, was ich nun tun sollte, sagte Summer mit einem leisen Seufzen: »Macht nichts. Es wird schon gehen«, und ging zurück in die Küche.

Verwirrt schaute ich ihr hinterher, um dann, die Zähne zusammengepresst, das Besteck doch noch ordentlich auf dem Tisch zu verteilen.

»Hatte ich jetzt eigentlich schon die Teller herausgeholt?«, murmelte Summer, als sie mit dem Essen zurückkam. »Ach ja, da sind sie ja!«

Stumm half ich ihr, die Verpackungen zu öffnen, aus denen es herrlich duftete. Ich überlegte kurz, ob ein Hungerstreik vielleicht ein Mittel sein könnte, meine verfahrene Situation umzukehren, aber dann ließ mein knurrender Bauch mich kapitulieren, noch bevor ich hätte anfangen können.

Wenig später fragte Summer: »Haben wir eigentlich schon Gläser?«

Ohne Antwort folgte ich ihr in die Küche. Allerdings wunderte ich mich ziemlich, denn sie hatte die Gläser gerade eine Minute zuvor selbst auf den Tisch gestellt.

Auch wenn ich tat, als wäre mir alles egal, prägte ich mir schon einmal ein, wo sich das Geschirr und die anderen Küchenutensilien befanden. Schließlich würde ich in dieser Küche eine Menge Zeit verbringen müssen. Der Gedanke daran zog die gefühlten Eisenketten um meinen Brustkorb fester.

»Entschuldige bitte, Ella, dass ich keine angenehmere Gesprächspartnerin bin.« Summer lächelte mich matt und so liebenswürdig an, dass ich mich zwingen musste, nicht zurückzulächeln. »Ich bin ziemlich erschöpft von der Arbeit und werde wohl nach dem Essen direkt ins

Bett gehen. Aber ich hoffe wirklich von ganzem Herzen, dass du dich hier – trotz allem – wohlfühlen wirst!«

Obwohl ihre Haut blass und ihr Blick ein wenig glasig war, hatte sie die Ausstrahlung einer wunderschönen, gütigen Königin. Es fiel mir schwer, sie zu verabscheuen.

»Wir werden immer gemeinsam zu Abend essen«, erklärte sie, während sie die Kerzen im Leuchter auf dem Esstisch anzündete. »Du sollst zwar im Haushalt helfen, aber wir wollen dir nichts Böses. Ich bin so froh, dass du hier bist. Und bestimmt werden wir Freundinnen!«

»Sie ist zum Arbeiten hier, nicht zum Faulenzen und Quatschen!«, wurde sie von Crys ruppig unterbrochen, der, gefolgt von Arthur, hereinkam und sich am gedeckten Tisch niederließ. Der Hund legte sich unter dem Tisch zu seinen Füßen hin.

»Aber, Darling!«, rief Summer missbilligend, während wir uns ebenfalls an die viel zu lange Tafel setzten, an der problemlos zwölf Personen Platz gefunden hätten. Er am Kopfende und wir an beiden Seiten neben ihm. »Ella wird fleißig sein, nicht wahr, Liebes?«, fragte sie an mich gewandt, mit einem so freundlichen Blick, dass ich unwillkürlich nickte. »Du hast doch selbst gesagt, dass sie es gewohnt ist, für sich zu sorgen, und dass es in ihrer Hausruine ungewöhnlich ordentlich und sauber war. Sie hat es schwer gehabt, und was spricht dagegen, dass es ihr bei uns gut geht?«

Ich musste schlucken, während Crys seinen Blick abfällig über mich gleiten ließ. Er knurrte irgendetwas in seinen Dreitagebart und griff dann nach dem Servierlöffel, um sich aufzufüllen.

Errötend senkte ich meinen Kopf. Tat mir ja auch leid, dass mein Anblick sein ästhetisches Empfinden störte. Weshalb hatte er denn ausgerechnet mich entführt, wenn er mich so furchtbar fand?

»Crys wird morgen deine Sachen holen«, sagte Summer. »Wenn du magst, kannst du von hier aus auch weiter für die Schule lernen. Wir könnten dich für einen Homeschooling-Lehrgang anmelden, wenn du deinen Abschluss trotzdem machen möchtest.« Sie besaß den Anstand, leicht verschämt zu gucken.

Crys schnaubte nur. Vermutlich dachte er, dass das sinnlos wäre, weil ich selbst mit einem solchen Abschluss niemals mehr das College besuchen würde – es sei denn, mir würde es gelingen, aus diesem Haus und dieser irren Situation doch noch zu entkommen. Daran musste ich unbedingt arbeiten.

Die restliche Mahlzeit verlief schweigend. Verstohlen beobachtete ich die beiden. Mir fiel auf, dass nicht nur Summer blass aussah, sondern auch Crys. Zwar war seine Haut weiterhin etwas dunkler als meine, doch es kam mir so vor, als wäre sie vorhin brauner gewesen. Als hätte man im Laufe des Abends zum Cappuccino noch einen gehörigen Schluck Milch gegossen. Ob die beiden krank waren?

Nach dem Essen räumten Summer und ich gemeinsam ab und stellten das Geschirr in die Maschine, während Crys sich wortlos in sein Arbeitszimmer zurückzog. Ich vermutete, dass er nicht viel von Hausarbeit hielt. Kein Wunder, dass Summer Hilfe benötigte!

Alles in dieser Küche war Hightech vom Feinsten, was einen interessanten Gegensatz zum historischen Gebäude bildete. Unsichtbarer Dunstabzug, Induktions- und Gasfeld, Eiswürfelmacher-Kühlschrank, vollautomatische Kaffeemaschine, Pyrolyse im Backofen, Dampfgarer … Meine Augen wurden immer größer, während Summer sich bemühte, mir alles zu erklären. Ich würde in einer Profiküche arbeiten. Aber anstatt mich darüber zu freuen, machte es mir noch mehr Angst.

Ich hatte keine Ahnung, was Crys und Summer von Beruf waren, aber sie mussten Geld haben.

Was, wenn ich ihren Ansprüchen nicht gerecht wurde?

»Gibt es hier Kochbücher?«, fragte ich zaghaft, denn meine kulinarischen Fähigkeiten beschränkten sich auf die Basics. Als meine Großmutter noch lebte, hatten wir oft gemeinsam gekocht. Dabei war es fröhlich und entspannt zugegangen. Alles, was ich konnte, hatte ich von ihr gelernt. Allerdings bezweifelte ich, dass ich damit Crys und seine Freundin dauerhaft zufriedenstellen würde.

»Aber ja! Ein ganzes Regal voll! Moment … Ich glaube, es war hier.« Sie öffnete eine Schranktür, hinter der sich allerdings Weingläser befanden, und dann noch eine weitere. »Na also, da sind sie ja.«

Mit Sorge im Bauch begutachtete ich die Sammlung. »Wie soll ich wissen, was ihr gerne esst?«, fragte ich.

Beruhigend wollte Summer mir den Rücken tätscheln, aber ich zuckte zurück. Sofort ließ sie ihre Hand sinken.

»Wir können morgen besprechen, was es die Woche über geben soll und was im Haus vorrätig sein muss. Mit der Zeit wirst du das alles wissen. Niemand verlangt von dir, dass du von Anfang an alles perfekt machst!«

Ich verzog das Gesicht. Sie hatte gut reden! »Und woher soll ich die Lebensmittel bekommen? Ich vermute mal ganz stark, dass ich nicht selbst einkaufen darf …«

»Nein.« Zerknirscht sah sie mich an. »Du schreibst einfach auf, was fehlt, und dann wird es bestellt und geliefert.«

Ah! Ein Lieferwagen würde kommen. Vielleicht konnte mir diese Information nützen …

Als die Küche wieder aufgeräumt und blitzblank war, ging ich ins Bett. Starrte ausdruckslos an die Zimmerdecke und kämpfte mit pochenden Kopfschmerzen und Tränen.

Weil ich mich von aller Welt verlassen fühlte.

Weil ich mich nach dem Trost meiner Großeltern sehnte und weil es noch nicht mal irgendeinen anderen Ort auf dieser verdammten Erde gab, an den ich mich wünschen konnte, an dem ich geborgen gewesen wäre.

Das alles war zu viel für mich.

Ich schloss die Augen, um die liebevoll lächelnden Gesichter meiner Großeltern heraufzubeschwören, die sich verabschiedeten, um ins Theater zu gehen. Es war das letzte Mal gewesen, dass ich sie lebendig gesehen hatte.

Damals war ich krank gewesen und hatte sie nicht begleiten können. Grandpa gab mir einen dicken Schmatzer auf die Wange und versprach, anschließend noch zur Tankstelle zu fahren, um mir eine große Packung Schokoladeneis gegen die Halsschmerzen mitzubringen. Ich liebte Schokoeis. Vor allem das mit den knackigen Schokostückchen dazwischen.

Sie stiegen in ihr Auto, und Granny warf mir noch eine Kusshand zu, während Grandpa vorsichtig rückwärts vom Hof fuhr, denn es schneite stark.

Sie kamen nicht beim Theater an, und ich hatte seitdem nie wieder Schokoladeneis angerührt.

Mit der Hand dämpfte ich mein Schluchzen. Keiner sollte wissen, wie verzweifelt ich war. Denn dass ich mir vor Crys keine Blöße geben durfte, war klar. Er würde jede Schwäche verhöhnen. Für ihn war ich ein notwendiges, hässliches Übel.

Obwohl ich todmüde war, konnte ich lange Zeit nicht einschlafen. Zu groß war meine Angst vor Crys und vor der Zukunft. Dass jederzeit jemand hereinkommen konnte, ließ mich nicht ruhiger werden. Schließlich nahm ich kurzerhand den Stuhl und klemmte ihn sorgsam unter die Türklinke, sodass man sie nicht mehr herunterdrücken konnte.

Dass er die Tür zur Hausruine auch aufbekommen hatte, verdrängte ich aus meinem Kopf.

Die alte Villa

Irgendwann mussten mir doch die Augen zugefallen sein, denn ich wurde von einem Geräusch an der Tür geweckt. Orientierungslos setzte ich mich auf. Mein Körper quittierte es mit einem fiesen Schwindelgefühl, und sofort war auch der Kopfschmerz zurück. Verwirrt rieb ich mir die Augen, bis mir wieder einfiel, wo ich mich befand und was geschehen war: Ich war Haushaltssklavin bei einem durchgeknallten Schönling und seiner nicht minder schönen Freundin.

Ein erneutes Scharren ließ mich zusammenzucken. Mit klopfendem Herzen lauschte ich. Da! Da war es wieder! Ein Kratzen am Türholz.

Leise kletterte ich aus dem Bett und schlich zur Tür. Ich hielt die Luft an. Hoffentlich war das nur Arthur. Wenn es ein Mensch wäre, dann hätte der doch versucht, die Tür zu öffnen, oder nicht?

Aber was, wenn es etwas … Übernatürliches war?

So ein Quatsch, Ella!, wies ich mich innerlich selbst zurecht. Geister gibt es nicht. Aus dem Alter, daran zu glauben, war ich heraus. Allerdings hatte ich bis vor Kurzem auch nicht gewusst, dass es aggressive Hainbuchen gab … (Memo an Ella: Nachfragen, was das für ein Mechanismus in den Bäumen ist!)

Nein. Übersinnliches gab es nicht. Aber jetzt, im Dunkel der Nacht, in dieser alten Villa, schien es auf einmal irgendwie gar nicht mehr so abwegig.

Wieder kratzte es an der Tür, doch ich wagte es nicht, den Stuhl zur Seite zu nehmen und nachzusehen. Zitternd huschte ich zurück ins Bett und zog mir die Decke bis an die Nasenspitze.

Endlich verstummte das Geräusch. Aber es waren keine Schritte zu hören – nichts deutete darauf hin, dass sich jemand zurückzog. Nur Stille.

Ich fluchte leise, denn nun würde ich wieder für eine ganze Weile nicht mehr einschlafen können.

Am nächsten Morgen klopfte es an der Tür. Noch benommen, rollte ich mich auf die andere Seite. »Dad?«, murmelte ich müde.

Ungewöhnlich, dass er klopfte. Üblicherweise kam er ungebeten herein und pöbelte erst einmal herum, weil er am Abend wieder einmal Geld verloren hatte und einen Sündenbock brauchte.

Verschlafen blinzelte ich und erinnerte mich auf einen Schlag. Ich war nicht bei meinem Vater. Ich war nicht einmal mehr in der Hausruine!

»Bist du wach?«, ertönte Summers Stimme.

Niedergeschlagen starrte ich an die Zimmerdecke und wartete, dass mein hektischer Atem sich wieder beruhigte.

»Ella?« Sie klopfte erneut, woraufhin ich ungelenk aufstand, den Stuhl unter der Klinke entfernte und die Tür öffnete.

Ich fühlte mich wie gerädert, und die Kopfschmerzen waren noch da.

Summer war bereits fertig angezogen. Sie trug eine graue Hose und eine schlichte, aber edle Bluse dazu. »Magst du mit mir runterkommen? Dann bereiten wir heute gemeinsam das Frühstück vor.« Sie wippte von einem Bein auf das andere.

»Okay.« Irritiert runzelte ich die Stirn. Hatte sie es eilig? Musste sie mal auf Toilette? »Gib mir fünf Minuten«, sagte ich und eilte ins Bad.

Kurz darauf betrat ich die Küche, wo Summer bereits Toastbrot, Obst, Eier und Speck zurechtlegte. Geduldig erklärte sie mir, wie sie und Crys das Frühstück gerne hätten. Summer bevorzugte Obst und grünen Tee, während Crys Kaffee trank. Pur und stark.

Passt zu dem Kerl. Finster und bitter, dachte ich.

Ich selbst liebte morgens heiße Schokolade, aber vielleicht wäre es sinnvoll, langsam erwachsen zu werden und diesen neuen Lebensabschnitt mit guten Vorsätzen für eine gesündere Ernährung zu beginnen. Also wählte ich ebenfalls Tee.

Als ich es mit Summers Unterstützung sogar geschafft hatte, ein Feuer im Esszimmerkamin zu entfachen, kam Crys, gefolgt von Arthur, herein. Er sah besser aus … nein, falsche Wortwahl, denn natürlich sah er genauso umwerfend aus wie am Vortag. Er sah gesünder und fitter aus. Seine Haut hatte wieder diesen dunklen Schimmer. Er schien – im Gegensatz zu Summer, deren Augen ein wenig zugeschwollen waren – gut geschlafen zu haben. Was ihn aber nicht gesprächiger machte. Er würdigte mich keines Blickes, sondern setzte sich und schaufelte Rührei auf seinen Teller.

Mit zusammengepressten Lippen nahm ich ebenfalls Platz.

Das Frühstück verlief größtenteils schweigend, weil beide während des Essens Zeitung lasen. So blieb mir Zeit, mich umzuschauen und sie zu beobachten. Crys wirkte ruhig. Allerdings nicht entspannt ruhig, sondern eher wie ein Raubtier auf der Lauer. Irgendwie unberechenbar. Ich hatte den Eindruck, dass er mich keinen Moment lang aus den Augen ließ, auch wenn er mich nicht direkt ansah.

Summer hingegen schien mir heute Morgen reichlich nervös. Unruhig rutschte sie auf dem Stuhl herum und fuhr sich ständig durch die langen blonden Haare. Ich fragte mich, ob ihr ein schwieriger Arbeitstag bevorstand. Als sie dann auch noch fahrig ihre Teetasse umstieß, stand ich auf, um ein Tuch aus der Küche zu holen. Aus dem Augenwinkel sah ich, dass Crys ihr seufzend die Hand tätschelte. Eine irgendwie nette Geste, die so gar nicht zu ihm passen wollte.

Als ich mit dem Lappen zurückkehrte, verließ Summer gerade das Esszimmer, um sich für die Arbeit fertig zu machen. Ich hatte nicht gefragt, was sie beruflich machte. Das würde ich wohl noch früh genug erfahren. Vorerst hatte ich keine Lust auf Small Talk mit Entführern.

»Und? Hast du dich entschieden, für mich zu arbeiten?«, sprach Crys mich an, während ich den Tee aufwischte.

Ich fuhr herum. Unbemerkt war er aufgestanden und lauerte nun an der Tür. Diesen Mann sollte man besser nicht aus den Augen lassen.

»Hab ich denn eine Wahl?«, gab ich spitz zurück.

»Man hat immer eine Wahl.« Er lehnte sich am Türrahmen an und strahlte wieder diese absolute Selbstsicherheit aus. »Allerdings freue ich mich, dass du dich für das Leben entschieden hast. Das macht die Sache für uns alle leichter.«

»Erzähl's deinem Pfleger!«, platzte es aus mir heraus, als wäre er ein Typ wie mein Schulkamerad Daniel und nicht der Mann, der mich entführt hatte und gegen meinen Willen zwang, hierzubleiben.

Keinen Wimpernschlag später hatte er meine Kehle gepackt und drückte mich gegen die Wand. »In Anbetracht deiner aussichtslosen Lage bist du ein wenig zu vorlaut.«

Ich röchelte und versuchte, mich zu wehren, doch er war unglaublich stark. An der Stelle, wo er mich festhielt, brannte meine Haut.

Langsam beugte er seinen Kopf zu mir herunter. Ich konnte den warmen Atem auf meinem Gesicht fühlen, als er bedrohlich leise flüsterte: »Finde dich gefälligst mit der Situation ab!«, um mich dann so abrupt loszulassen, dass ich taumelte.

Ich schnaubte zornig, schwieg aber lieber. Diesen Mann sollte ich besser nicht weiter provozieren. Schließlich hing ich sehr an meinem armseligen Leben.

»Ich sehe, wir verstehen uns«, sagte Crys herablassend und verließ das Esszimmer, gefolgt von Arthur, der vor dem Kamin gelegen und unseren Disput knurrend verfolgt hatte.

Regungslos blieb ich zurück und starrte eine ganze Weile den großen Gobelin an der Wand an, auf dem eine barocke Jagdszene abgebildet war.

»Fuck!«, murmelte ich schließlich und schluckte die Tränen herunter. »So eine gottverdammte Scheiße!«

Als ich gerade das Geschirr in die Spülmaschine räumte, kam Summer noch einmal in die Küche.

»Ich wünsche dir einen netten Tag«, rief sie. »Mach dich erst einmal mit allem vertraut. Keiner erwartet Wunder von dir. Heute Abend bringe ich noch einmal etwas zu essen mit, du musst also nicht kochen. Aber nimm dir alles, was du magst, wenn du bis dahin Hunger bekommst. Und lass bitte zwischendurch Arthur hinaus.«

Als ich hörte, wie die Haustür hinter ihr zufiel, huschte ich zum Eingang und sah Summer und Crys aus dem Fenster nach, die gemeinsam zur Garage gingen. Arthur kam zu mir getrottet und drängte sich an mich, damit ich ihn streichelte. Während ich ihn hinter dem Ohr kraulte, beobachtete ich, wie Summer in einem himmelblauen Cabriolet unbehelligt die Hainbuchenallee passierte, bevor Crys ihr in einem protzigen mattschwarzen SUV folgte.

Mit finsterem Blick musterte ich die Bäume. Warum zum Henker schlugen die nicht nach Crys und Summer? Auch das hohe Eisentor öffnete sich anstandslos, um sich sogleich wieder zu schließen, nachdem die Wagen hindurchgerollt waren.

»Und was machen wir beiden Hübschen jetzt?«, fragte ich Arthur, der mich mit seinen treuen Hundeaugen fixierte. »Mhm. Erst einmal muss ich den Mechanismus für diese beschissenen Bäume finden«, überlegte ich laut. »Da sollte es doch irgendwo einen Schalter geben!«

Arthur machte ein schnaubendes Geräusch und legte sich in die Eingangshalle, während ich begann, das Haus zu durchsuchen.

Aber soviel ich auch suchte – und ich fand wirklich eine Menge Knöpfe und Schalter –, nirgendwo entdeckte ich eine Möglichkeit, die Bäume abzuschalten. Das herauszufinden, hatte Stunden gedauert, weil ich bei jedem Schalter, bei dem ich nicht sofort erkennen konnte, wofür er war, die »Steinprobe«, wie ich sie nannte, machen musste. Aber jedes verdammte Mal schnellten die Bäume herab, wenn der Stein zwischen sie traf.

Am Anfang war Arthur noch schwanzwedelnd mit nach draußen gekommen, weil er dachte, wir würden jetzt spielen. Aber ich ignorierte den Ball, den er vor mir fallen ließ, auch wenn er noch so flehentlich den Kopf schräg legte. Stattdessen suchte ich erfolglos weiter nach einer Möglichkeit zur Flucht.

Irgendwann stand ich vor der Stiege zum Dachgeschoss. Unschlüssig legte ich meine Hand auf das abgenutzte Holz des alten Treppengeländers und schaute hinauf. Ganz schön dunkel da oben.

Aber wenn ich den Schalter für die Bäume finden wollte, musste ich wohl da rauf. Mit einem mulmigen Gefühl im Bauch knipste ich das Licht an und schlich Stufe für Stufe nach oben, während Arthur mich hechelnd von unten beobachtete. Vermutlich hielt er mich für total bescheuert.

Eine knarrende Stufe ließ mich zusammenzucken. Ich schalt mich selbst für meine Nervosität und summte leise, um die drückende Stille zu durchbrechen. Bis mir bewusst wurde, dass es die Melodie von ›Killing me softly‹ war.

Mit angehaltenem Atem schob ich die erste Tür auf, die vom Flur abging, und trat in ein Gästezimmer. Es sah ordentlich aus. Als ich gerade mit dem Finger über das Nachttischchen wischte, um zu prüfen, ob da Staub lag, hörte ich ein Geräusch, ein Trappeln, das sich nach unten entfernte. Erschrocken lief ich zurück, um nachzusehen, ob es

Arthur gewesen war, aber der saß immer noch am Fuße der Treppe und schaute zu mir hinauf. Sonst war niemand zu sehen.

Ich schluckte. Verdammt unübersichtlich, so eine alte Villa.

Ganz oben gab es noch ein weiteres Gästezimmer mit Bad. Ich fragte mich, für wen Crys so viele Schlafgelegenheiten benötigte. Außerdem entdeckte ich noch einen riesigen Abstellraum, in den ich mich allerdings nicht hineinwagte, weil er mit Kisten und alten Möbeln vollgestellt war, hinter denen überall etwas lauern konnte.

Ach was, es gab keine Gespenster! Ich schmunzelte über mich selbst.

Aber es gab auch keine brutalen Bäume ...

Der einzige Schalter, den ich hier oben entdecken konnte, der nicht irgendein Licht anknipste, befand sich im Bad. Ich betätigte ihn und rannte nach draußen – mit einer gewissen Erleichterung, den Dachboden hinter mir lassen zu können.

Doch nachdem ich auch diesen letzten Schalter erfolglos mit der Steinprobe getestet hatte, wäre ich vor Verzweiflung am liebsten in lautes Gebrüll ausgebrochen. Es war wie verhext!

Enttäuscht trat ich gegen den Sockel einer Statue. »Verdammte Kacke!« Der nackte Jüngling begann, bedrohlich zu wackeln.

»Na, na, na, junges Fräulein!«, tadelte mich eine heisere Männerstimme.

Erschrocken fuhr ich herum. Suchend blickte ich umher, konnte aber niemanden entdecken. »Wer ist da?«

Ein Brummen antwortete mir, und ich folgte dem Geräusch zu einem Blumenrondell. Inmitten all der blutroten Rosen kniete ein alter Mann auf einer Schaumstoffmatte und jätete Unkraut. Er ging bestimmt schon auf die hundert zu. War er vielleicht dieser James, der meine legalen Vorgängerinnen vertrieben hatte?

»Hallo!«, grüßte ich.

Er hob den Kopf und musterte mich aus wässrigen Augen, die unter seinen Brauen fast verschwanden. »Guten Tag!«

Er betonte es so, dass mir klar wurde, wie sehr er meine saloppe Begrüßung missbilligte.

»Sind Sie James?«

Der Alte schnaubte. »Nein, der ist noch kleiner als ich. Ich bin Leander Morris, der Gärtner.«

Nun wusste ich, wer den Park so gut pflegte, wo doch Crys und Summer den ganzen Tag über arbeiteten.

»Werden Sie auch gegen Ihren Willen festgehalten?«, fragte ich aufgeregt. Vielleicht war ich hier doch nicht so allein, wie ich geglaubt hatte!

»Ich bin freiwillig hier.« Das faltige Gesicht des Alten verzog sich. »Habe schon für Crys' Eltern gearbeitet. Ist eine gute Arbeit.«

Zornig stützte ich die Hände in die Hüften. »*Ich* bin nicht freiwillig hier!«, empörte ich mich.

»Sicher, weiß ich.« Mit offensichtlichem Unbehagen rieb er sich über den weißen Vollbart.

»Dann wissen Sie bestimmt auch, wie ich hier wieder rauskomme?« Fast hätte ich aufgeschluchzt. »Für mich ist das keine gute Arbeit – ich sollte noch zur Schule gehen!«

»Tut mir leid, Mädchen. Ich bin nur der Gärtner.« Er drehte mir den Rücken zu und widmete sich erneut den roten Rosen.

Doch so rasch wollte ich mich nicht abwimmeln lassen. »Dann verraten Sie mir bitte wenigstens, was mit diesem Mechanismus in den Bäumen ist! Wo schaltet man den aus?«

»Das kann nur Crys«, erklärte Mr Morris knapp.

Ich gab es auf und ging wieder zum Haus. »Beschissene Bäume, verfickte Villa, Arschloch Crys!«, fluchte ich laut vor mich hin, weil es mir irgendwie half, mich nicht so schrecklich hilflos zu fühlen.

Hinter mir knurrte der Hund missbilligend.

Seufzend tätschelte ich ihm den Kopf. »Ach, Arthur, was soll ich bloß machen?«

Er blinzelte, dann schnappte er meinen Ärmel und zog mich mit sich zur Küche.

»Du willst bestimmt etwas fressen!«, erkannte ich und öffnete den Schrank, in dem sich das Hundefutter befand.

Während er zufrieden seinen Napf leerte, aß ich einen Joghurt, denn die Mittagszeit war mittlerweile längst vorüber.

Anschließend machte ich mich missmutig daran, die Küche zu säubern und das Erdgeschoss zu saugen. Falls es mir nicht gelingen sollte zu entkommen, war es besser, wenn ich meine Arbeit erledigt hatte. Crys' Zorn wollte ich nicht auf mich ziehen. Es reichte, wie er sich mir gegenüber verhielt, wenn ich nichts falsch gemacht hatte.

Während ich um die Ritterrüstung in der Eingangshalle herum saugte, beschloss ich, mich direkt bei den Alleebäumen zu verstecken, bis Crys und Summer nach Hause kamen, und rasch hinauszuschlüpfen, wenn sie den Mechanismus ausschalteten, damit die Wagen hindurchfahren konnten.

»Nicht wahr, Prinz Schepperblech, Ihr würdet mich retten, falls Crys mir ans Leder will, oder?« Ich machte einen albernen Knicks vor der Rüstung und stellte mir vor, darin würde mein persönlicher Held stecken, der mich erretten und sich in mich verlieben würde. Dann wandte ich mich seufzend ab und zog den Staubsauger ein Stück weiter.

Aus dem Fenster zum Garten konnte ich ab und zu einen Blick auf Mr Morris erhaschen, der immer noch Unkraut jätete. Langsam, aber stetig. Solange der alte Herr da draußen herumgeisterte, konnte ich mir kein geeignetes Versteck suchen. Verdammt!

Also säuberte ich missmutig auch noch die Räume im ersten Stock und stellte dabei fest, dass sowohl Summer als auch Crys neben ihrem Zimmer ein großes Bad und einen Ankleideraum besaßen. Die könnten sich vermutlich eine ganze Armada an Bediensteten leisten! Warum taten sie es nur nicht?

Zum Schluss deckte ich den Esstisch für das Abendessen. Als es draußen dämmerte, beschloss ich, dass es nun zu dunkel zum Arbeiten im Garten für Mr Morris sein musste. Mit klopfendem Herzen ging ich in die Küche, von wo aus eine Tür auf die Terrasse führte. Durch diesen Hintereingang konnte ich ungesehen zurück in das Haus gelangen, falls mein Fluchtversuch misslingen sollte.

Verstohlen schlich ich um das Haus herum und huschte hinter den Alleebäumen, die sich im Wind unruhig hin und her bewegten, als würden sie meine Nähe spüren, Richtung Tor.

Von hier wegzukommen, würde nicht leicht sein. Das war mir klar. Ganz abgesehen davon, dass ich keine Ahnung hatte, wo ich mich befand und wie weit Brookville entfernt lag, konnte es durchaus sein, dass es im Umkreis der Villa Leute gab, die in *seinen* Diensten standen. Die mich ausliefern würden, wenn ich um Hilfe bat. Über die Strafe, die mir dann blühte, wollte ich jetzt lieber nicht nachdenken.

Bebend schlang ich die Arme um mich, während ich wartete. Nicht nur die herbstliche Kälte, sondern auch die Furcht ließen mich frösteln.

Ich rieb mir die eisigen Hände und hüpfte auf der Stelle, als ich auf einmal aus dem Augenwinkel eine kleine dunkle Gestalt vorbeihuschen und im Gebüsch verschwinden sah. Ich erstarrte.

Ängstlich spähte ich in das Gebüsch, konnte aber beim besten Willen nichts mehr erkennen. Es musste ein Tier gewesen sein, beschloss ich. Bestimmt ganz harmlos.

Seit ich hier war, sah ich wirklich an jeder Ecke Gespenster.

Mutig bog ich einen Zweig zur Seite. Nichts. So langsam zweifelte ich an mir selbst.

In diesem Moment nahte ein Auto und das Tor öffnete sich. Ich flog herum und rannte zurück zur Allee, denn schon befand sich Crys' Angeberschlitten auf der Auffahrt.

Jetzt oder nie! Aber würden die Killerbäume stillhalten? Ich durfte nicht zaudern, denn das Tor schloss sich bereits wieder.

Todesmutig setzte ich einen Fuß auf den Weg. Doch bevor ich auch nur nach Luft schnappen konnte, donnerte einer der Bäume direkt vor mir so heftig auf die Erde, dass der Sand des Weges durch die Luft flog. Mit einem entsetzten Schrei sprang ich zurück. Himmel! Was war das bloß für eine Teufelsmechanik?!

Mir blieb keine Zeit zum Lamentieren, denn der SUV erreichte bereits die Garage. Gleich würde Crys ins Haus gehen und merken, dass ich nicht da war.

So schnell ich konnte, rannte ich zum Hintereingang, zog Jacke und Schuhe aus und warf sie in einen Küchenschrank. Mein Herz raste und mein Atem ging keuchend. Ich musste mich beruhigen, sonst würde Crys sofort Bescheid wissen. Im Flur hörte ich ihn bereits reden. Vermutlich telefonierte er. Oder war es Leander Morris, der gerade ausplauderte, was ich versucht hatte?

Ruhelos knetete ich meine angstkalten Hände. Diese verdammten Bäume!

Am liebsten hätte ich mich im Bett verkrochen, die Decke über den Kopf gezogen und das Leben und seine Erbarmungslosigkeit ausgesperrt.

Als Crys kurz darauf die Küche betrat, tat ich so, als wäre ich gerade beim Aufdecken und bemühte mich um einen gelassenen Gesichtsausdruck.

»Guten Abend«, grüßte ich mit dünner Stimme, obwohl ich ihm in Wahrheit alles andere wünschte.

Er trug eine Anzughose und ein Hemd, welches seine trainierte, schlanke Figur zur Geltung brachte. Hastig drehte ich mich weg, damit er nicht bemerkte, wie ich ihn schon wieder anstarrte.

»Gar keine Hausschuhe an?« Spöttisch hob er die Augenbrauen und musterte prüfend meine Socken.

Das Gefühl, dass er mich durchschaute und jede noch so winzige Kleinigkeit über mich wusste, wuchs. Und es feuerte die Panik, die bereits in meinem Magen rumorte, weiter an.

»Äh … nein«, bestätigte ich das Offensichtliche. Damit er mein Unbehagen nicht sah, senkte ich den Kopf über die Schublade, in der die Servierlöffel lagen. Die schwarzen Haare fielen vor mein Gesicht.

»Du wolltest fliehen.« Er sagte es ganz ruhig.

Entsetzt ruckte mein Kopf hoch. Er wusste es! Oh Gott!

Unbewusst machte ich einen Schritt von ihm weg und beobachtete verängstigt jede seiner Bewegungen. Was würde er tun?

Aber zunächst einmal tat er nichts, sondern musterte mich mit diesem hochmütig überlegenen Ausdruck in seinen glitzernden Augen. Raubtieraugen. Wie für die Jagd gemacht. Und er spielte mit seiner Beute, bevor er sie verschlang. Wahrscheinlich besaß er auch ein Raubtierherz. Es war nur eine Frage der Zeit, bis er mich erlegen würde.

In mir wuchs Wut, die die Furcht verdrängte. Was glaubte er eigentlich, wer er war?! Zornig ballte ich die Fäuste.

»Natürlich! Hast du etwa gedacht, ich würde mich freiwillig hier auf ewig einsperren lassen?«, zischte ich und knallte die Schublade zu. »Was hast du denn erwartet?«

Er runzelte die Stirn, was ihn noch finsterer wirken ließ, seiner beschissenen Attraktivität jedoch keinen Abbruch tat. »Komm mit!«, befahl er barsch und ging zur Tür.

Mit weit aufgerissenen Augen blickte ich ihm hinterher, aber meine Füße wollten sich kein Stück weit von der Stelle bewegen. Was hatte er mit mir vor?

»Schwing dein fettes Hinterteil endlich hierher, oder muss ich nachhelfen?«, blaffte Crys vom Gang her.

Ich biss die Zähne zusammen und folgte ihm in den großen Wohnzimmersaal. Die Genugtuung, mich mit Gewalt dorthin befördern zu können, wollte ich ihm nicht geben.

Prinz Schepperblech in der Eingangshalle rührte leider keinen Finger seines eisernen Handschuhs zu meiner Hilfe. Toller Ritter.

»Warum brennt hier kein Feuer?«, schnauzte Crys mich an, als ich den Raum betrat.

Irritiert sah ich ihn an. »Sollen die Kamine den ganzen Tag über brennen? Das wusste ich nicht. Die Heizung ist doch an.«

Er schichtete ein paar Holzscheite auf und entzündete sie. Nach kurzer Zeit loderte das Feuer und ließ den flackernden Schein seiner Flammen auf dem Boden vor dem Kamin tanzen. Wie am Vortag setzte er sich auf das eine Sofa und ich mich auf das andere.

»Obwohl du hier nicht freiwillig bist, heißt das nicht, dass du es nicht gemütlich haben darfst, Bella.«

Er nannte mich tatsächlich ›Bella‹! Aufgebracht funkelte ich ihn an. *Bella Bowen*. Suuuper Idee … Klang wie eine Spielfigur zum Sammeln.

Arthur ließ sich zu meinen Füßen nieder, aber ich beachtete den Hund nicht, sondern blickte Crys unverwandt an. Zumindest äußerlich war er makellos. Aber dabei nicht glatt oder langweilig, sondern eher auf eine nervenaufreibende Art makellos. Vielleicht war er ein Schauspieler? Die Ausstrahlung und das Aussehen dafür hatte er definitiv.

»Ich denke, ich muss ein paar Dinge noch einmal deutlich machen.« Lässig fuhr er sich durch die Haare, und ich musste ein Seufzen unterdrücken.

Ich senkte den Blick, um ihm nicht zu zeigen, wie sehr er mich, trotz seiner Psychopathen-Art, faszinierte.

»Du wirst dieses Grundstück ohne meine Einwilligung nicht verlassen können.«

Ach neee! Das war mir auch schon aufgefallen. Ich ballte die Fäuste und drückte den Rücken durch, der klammheimlich in sich zusammensinken wollte.

»Ernsthaft, Bella, du kannst nicht entkommen! Jeder Versuch könnte tödlich enden. Die Bäume würden dich zerschmettern, und oberhalb der Mauer fließt nicht nur Pferdekoppel-Kitzelstrom!«

Ich biss die Zähne zusammen, um ihm nicht alle schlimmen Schimpfwörter an den Kopf zu schleudern, die ich kannte – und das waren viele! Zum Glück redete er gleich weiter und beachtete meinen zornroten Kopf nicht.

»Es ist alles tausendprozentig abgeriegelt, und deine kläglichen Versuche, den Gärtner zu bezirzen, kannst du dir sparen.«

Also doch! Mr Morris hatte gepetzt!

»Auch Versuche, den Postboten anzusprechen oder den Herrn vom Lieferservice, sind von vornherein zum Scheitern verurteilt. Du wirst hier nicht herauskommen! Finde dich gefälligst damit ab!«

Meine Augen sprühten Blitze. »Kannst du nichts Sinnvolleres tun, als mich vollzuquatschen?«, fauchte ich, ohne nachzudenken. »Dachrinne putzen oder dich erschießen?«

Aufgebracht stand ich auf, um in mein Zimmer zu flüchten. Er sollte nicht sehen, dass ich kurz davor war, wie ein kleines Mädchen loszuheulen. Nicht wissen, dass ich nicht halb so mutig war, wie ich tat.

»Bella!«, hielt er mich in der Tür zurück.

Ohne mich umzudrehen, blieb ich stehen und zog in Erwartung einer Strafe für meine Frechheit unwillkürlich den Kopf ein. Aber ich hatte mich getäuscht.

»Summer hat recht, wir werden dich gut behandeln.« Seine Stimme klang unerwartet sanft. »Du bekommst vernünftiges Essen, wirst genug Freizeit haben und bist in Sicherheit.«

In Sicherheit! Freizeit! Ha! Die Silbe ›Frei‹ allein schon war der pure Hohn.

»Das wage ich zu bezweifeln«, erwiderte ich kühl, selbst überrascht, wie lässig die Worte über meine Lippen gekommen waren. Ich hob meine rechte Hand, zeigte ihm den Stinkefinger und ging nach oben, wo ich meine Zimmertür sofort wieder mit dem Stuhl sicherte.

Der Vollidiot hatte mir auch noch spöttisch hinterhergelacht! Er schien meine Kampfeslust eher amüsant als provokativ zu finden. Das war ja wohl echt das Letzte!

Ich sank auf mein Bett, zog die Beine an, umschlang sie mit den Armen und begann zu schluchzen. Mich erfüllte eine so tiefe Hoffnungslosigkeit, dass ich sie kaum ertragen konnte.

So etwas hatte ich nur ein einziges Mal zuvor gefühlt, nämlich als die Dame von der Polizei kam, um mir vom Tod meiner Großeltern zu berichten und mich zu meinem Vater zu bringen.

Granny, Grandpa ... Wehmut machte sich in mir breit, und ich wünschte mir nichts sehnsüchtiger, als die Zeit zurückdrehen zu können, um zu Hause bei ihnen zu sein.

Irgendwann schlief ich tränenüberströmt und erschöpft ein.

Ein leises Klopfen weckte mich. »Ella, Liebes? Das Abendessen steht bereit! Kommst du?«

Mühsam rappelte ich mich auf. »Bin gleich da«, gab ich Summer mürrisch zurück und rieb mir über die Augen.

Draußen war es schon fast dunkel. Aus dem Fenster konnte ich keine Lichter erblicken. Weit und breit kein anderes Haus in Sicht.

Summer wartete vor der Tür, als ich öffnete und sie mit verheulten Augen ansah. Als sie ansetzte, etwas Tröstendes zu sagen, hob ich die Hand.

»Nicht!« Mitleid konnte ich jetzt nicht ertragen.

Mit gesenktem Kopf ging ich neben ihr her nach unten und setzte mich an den Tisch, ohne Crys eines Blickes zu würdigen. Appetitlos stocherte ich in meinem Salat herum, den Summer vom Italiener mitgebracht hatte. Sie erwarteten tatsächlich von mir, mich einfach so in mein Schicksal zu fügen, aber das würde ich nicht tun. Das konnte ich nicht.

Meine Entführer unterhielten sich über ihre Arbeit, als wäre nichts gewesen, während ich weiterhin hartnäckig schwieg. Crys hatte irgendetwas mit Antiquitäten zu tun, die er für ein Auktionshaus schätzte, und Summer arbeitete als Schmuckdesignerin für ein bekanntes Label. Das hatte ich mittlerweile herausgehört.

Ich hielt den Blick weiterhin gesenkt, damit meine verräterischen Augen nicht wieder Crys anschauten, den ich doch zutiefst verabscheute.

Ja, er war ein Hingucker. Aber innen war er vergammelt und grottenhässlich!

»Möchtest du auch ein Stück Pizza, Ella?«, riss Summer mich aus meinen Gedanken und hielt mir einen Teller hin.

Ohne Antwort nahm ich mir ein Stück herunter und kaute darauf herum. Alles schmeckte wie Gummi.

»Deine Sachen habe ich übrigens mitgebracht«, teilte Crys mir mit. »Die Tasche stelle ich nachher in dein Zimmer. Die geliehenen Bücher habe ich allerdings in die Bücherei zurückgeschickt und deine Kleidung direkt in die Wäsche getan – das war widerlich.«

»Geh doch mit was Giftigem spielen!«, murmelte ich.

Nach dem Essen stand Crys auf und gab Summer einen Kuss, den sie mit sinnlich geschlossenen Augen empfing. Angeekelt stöhnte ich auf.

Ohne mich zu beachten, ging Crys in sein Arbeitszimmer. Trotz seiner Warnung hatte ich natürlich versucht, hineinzugelangen, aber an der Tür befand sich ein Knauf, sodass man sie von außen nicht ohne Schlüssel öffnen konnte.

Summer holte einen Stift und Papier und wir besprachen, was ich in den nächsten Tagen kochen sollte und welche Lebensmittel dafür besorgt werden müssten. Anschließend säuberte ich die Küche und Summer verabschiedete sich eilig.

»Sei mir nicht böse, Ella, ich gehe schon mal hoch. Schließlich war ich den ganzen Tag von Crys getrennt.« Sie zwinkerte mir zu und verließ den Raum.

Ich verdrehte die Augen. War ja klar. Die Leibeigene Ella durfte sich um den Abwasch kümmern, während die feinen Herrschaften sich oben verlustierten.

Als ich endlich fertig war, holte ich meine Jacke und die Straßenschuhe aus dem Versteck im Küchenschrank, löschte das Licht und ging nach oben. Doch gerade als ich in Richtung meines Zimmers abbiegen wollte, ließ mich ein Schrei zusammenfahren.

Das war doch Summer gewesen?!

Was war geschehen? Hatte sie sich verletzt? Ich fuhr herum und eilte den Gang entlang zu ihrem Zimmer. Vor der Tür verharrte ich und lauschte. Ein Wimmern und dumpfe Geräusche drangen heraus. Hatte sie Schmerzen?

Schon lag meine Hand auf der Klinke, um die Tür aufzureißen, da stöhnte Summer laut auf. »Oh ja, Crys! Ja!«

Als hätte ich mich verbrannt, riss ich die Hand zurück. Schlagartig wurde mir klar, was hier gespielt wurde. Die beiden hatten Sex! Ich machte auf dem Absatz kehrt. Crys' Worte über seine speziellen Vorlieben ging mir durch den Kopf. Vielleicht hielt er gerade eine Peitsche in der Hand und …

Uaaah! Zu Tode erschrocken machte ich einen Satz zurück, denn kurz bevor ich meine offen stehende Tür erreicht hatte, kam auf einmal ein grauer Schatten aus meinem Zimmer und versperrte mir den Weg. Eine Katze. Drohend erhob sie ihre Tatze und starrte mich mordlüstern an.

Na gut, mordlüstern war vielleicht ein klein wenig übertrieben, aber dieses Vieh schaute definitiv ziemlich aggressiv zu mir auf. Wenn man wie ich als Kind einmal von einer aggressiven Jungkatze angefallen worden war, hatte man keine Lust, sich noch einmal die Arme blutig kratzen zu lassen.

Ängstlich machte ich einen weiteren Schritt zurück und gab ihr den Weg frei, woraufhin sie lässig zur Treppe trabte und nach unten verschwand. Das Biest hatte mich ganz schön erschreckt.

Ob es die Katze gewesen war, die in der Nacht an meiner Tür gekratzt hatte? Und vielleicht auch der Schatten vorhin im Park?

In meinem Zimmer fand ich tatsächlich meine Habseligkeiten inklusive Schultasche vor. Es war schön, die vertrauten Gegenstände wieder bei mir zu haben. Fotos, Bücher und sogar mein abgeliebter Kuschelhase, den eigentlich nie jemand zu Gesicht bekommen sollte – er passte nicht so gut zu meinem Gothic-Image.

Nur die Geldbörse mit meinem Ausweis war nicht dabei. Die musste Crys an sich genommen haben.

Bevor die Katze zurückkommen konnte, schloss ich die Tür und machte mich bettfertig – immer noch die Vorstellung von Summer und Crys beim Sex in meinem Kopf.

Viele eklige Bilder.

Hund, Katze, graue Maus

Am nächsten Morgen ging ich zeitig nach unten, um das Frühstück vorzubereiten. Meine Hoffnung auf Flucht hatte einen argen Dämpfer erlitten, was bedeutete: Wenn ich überleben wollte, musste ich mich vorerst fügen.

Den Tisch hatte ich gedeckt, das Obst geschnitten, der Duft von frisch gebrühtem Kaffee lag in der Luft, und gerade war ich dabei, die Teekanne für Summer auf den Tisch zu stellen, als Crys ins Esszimmer kam. Mit einem kühlen Nicken setzte er sich an den Tisch und nahm die Zeitung zur Hand.

Kein »Toll, dass du schon alles vorbereitet hast« oder »Das sieht aber lecker aus«.

Ich seufzte. Loben musste ich mich ab jetzt wohl selbst. Vermutlich konnte ich mich noch glücklich schätzen, dass er nichts auszusetzen hatte.

Seine Haut schimmerte wieder dunkler im Vergleich zu gestern und auch vorgestern Abend. Was musste er in seinem Job machen, das ihn so anstrengte?

Ich ging zurück in die Küche und goss vorsichtig das Rührei in die Pfanne. Die Zubereitung hatte ich bei meiner Großmutter gelernt. Auch die Rezepte, die Summer gestern Abend vorgeschlagen hatte, waren kein Problem für mich. Pasta mit Tomatensoße, Salat mit Hühnerfleisch, Gemüseauflauf. Ich hegte den Verdacht, dass sie extra leichte Gerichte ausgewählt hatte, um mich nicht gleich zu überfordern. Das war sehr nett von ihr. Sie war insgesamt nett, gestand ich mir ein.

Ganz im Gegensatz zu Crys.

Ich hatte keine Ahnung, warum sie sich mit einem solch hinterhältigen, kriminellen Eisklotz wie ihm eingelassen hatte. Vermutlich war sie ihm hörig.

Summer betrat das Esszimmer, als ich gerade das Rührei servierte. Ich reichte ihr einen Becher mit grünem Tee – aufgegossen genau so, wie sie es mir gezeigt hatte. Sie schien ihn zu brauchen. Zwar wirkte sie ruhiger als am Vorabend, doch ihre Haut hatte eine ungesunde graue Farbe und unter ihren Augen zeichneten sich bläuliche Schatten ab. War wohl eine anstrengende Nacht gewesen … Angewidert verzog ich den Mund.

Summer blieb vor mir stehen und musterte mich kritisch.

»Ella, wie reinigst du eigentlich deine Haut?« Sie betrachtete mein Gesicht. »Und was für eine Creme benutzt du?«

Errötend senkte ich den Blick, weil ich nicht wollte, dass sie sich meine Pickel ansah. »Äh … ich nehm Seife, und im Winter irgend so 'ne Creme vom Discounter. Die riecht gut«, murmelte ich und wollte mich abwenden.

Aber sie kam noch dichter. »Mhm. Du hast trockene, empfindliche Haut. Ich werde dir etwas dafür mitbringen.«

»Nö, lass man«, gab ich mich spröde, denn ich wollte ihr nichts schuldig sein, und setzte mich eilig auf meinen Platz. »Weshalb ist der Gärtner ein ganz normaler Angestellter, während ich hier gefangen bin?«, fragte ich Crys. »Für ein bisschen Geld würd ich glatt als ganz normale Angestellte für euch arbeiten, dann müsstet ihr mich auch nicht die ganze Zeit beherbergen und bewachen. Dafür würd ich sogar die Schule schmeißen, hab eh keinen Bock drauf.«

Natürlich würde ich das nicht tun! Schließlich wollte ich meinen Schulabschluss machen und dann studieren. Aber das musste er ja nicht wissen. Vielleicht würde Crys darauf eingehen und mich freilassen. Dass ich sofort mit der Polizei zurückkehren würde, brauchte ich ihm ja nicht auf die Nase binden.

Er musterte mich spöttisch. »Netter Versuch, Fräulein.«

Wütend runzelte ich die Stirn. »Warum ist er frei und ich nicht?«, rief ich aufgebracht. »Ihr könnt doch einfach wieder eine Putzhilfe einstellen!«

Crys zuckte mit den Schultern. »Du wirst doch hoffentlich nicht erwarten, dass ich jede meiner Handlungen mit dir diskutiere?« Damit hob er die Zeitung vors Gesicht, um mir klarzumachen, dass dieses Gespräch beendet war.

Mit zusammengepressten Lippen beugte ich mich über meinen Teller, während Summer sich bemühte, mich in ein Gespräch über das Wetter zu verwickeln.

Aber ich schwieg.

Wie konnte sie bloß über das Wetter reden, wo sie gerade einen Menschen entführt hatten? Über das *Wetter!*

Irgendwann gab Summer es seufzend auf und ging hinaus, um sich für die Arbeit fertig zu machen.

»Leander Morris wird dir am Nachmittag die Kiste mit den Lebensmitteln hereinbringen«, richtete Crys doch noch das Wort an mich.

»Okay. Sonst noch Wünsche, mein Herr und Meister?«, fragte ich ironisch.

Seine Miene verfinsterte sich. »Mach es einfach sauber und ordentlich – Summer hat es gern schön«, knurrte er und stand auf. »Ach ja, die Betten müssten frisch bezogen werden.«

Mit gerümpfter Nase sah ich ihm hinterher, als er das Esszimmer verließ.

»Summer hat es gern schön«, äffte ich ihn leise nach. Ich hätte es auch gern schön! Nämlich in Freiheit.

Ich schnappte mir die Zeitung. Wenn ich schon keinen Kontakt mehr zur Außenwelt haben durfte, wollte ich wenigstens wissen, was es Neues gab. Ob jemand bemerkt hatte, dass ich entführt worden war? Zumindest in der Schule musste mein Fehlen aufgefallen sein.

Aber in der Zeitung stand nichts über mich. Allerdings war es auch die *New York Times*. Die würde wohl kaum über ein verschwundenes Mädchen aus Brookville berichten. Leider ließ die Zeitung auch keine Rückschlüsse darüber zu, in welchem Teil der Staaten ich mich befand.

Summer rief laut »Auf Wiedersehen!«, als sie gemeinsam mit Crys das Haus verließ, woraufhin ich aufstand, um den Tisch abzuräumen.

Als die Küche wieder ordentlich war, ging ich in den Keller, um die Putzutensilien aus dem Hauswirtschaftsraum zu holen. Jetzt, da ich allein im Haus war, erschien es mir hier unten noch unheimlicher.

Das Gewölbe unter der alten Villa mit seinen rohen Steinwänden, die jedes Geräusch hallen ließen, und die schlechte Beleuchtung machten mich nervös, sodass ich mich beeilte, rasch alles zusammenzusuchen.

Auf einmal berührte mich etwas am Bein. Mit einem gellenden Schrei sprang ich erschrocken zur Seite. Der Stiel des Wischmopps knallte scheppernd zu Boden.

Erleichtert stellte ich fest, dass es wieder nur die Katze war, die mich aus schmalen Augen musterte. Sie war eigentlich ganz hübsch, ihr dichtes Fell besaß einen samtigen Grauton.

Ich stieß die Luft wieder aus. »Hallo, Miezekätzchen«, flötete ich misstrauisch und ließ sie nicht aus den Augen. Mit hochgerecktem Schwanz kam sie näher und drängte sich an mein Bein. »Ja, meine Süße, so ist es brav. Aber nun darfst du ganz schnell wieder verschwinden!«

Das Tier antwortete mit einem lang gezogenen Maunzen. Dann stolzierte es in den Nebenraum, in dem Crys seinen Weinvorrat lagerte. Besorgt folgte ich der Katze, und das war gut, denn soeben sprang sie auf einen Sims zwischen den Regalen, streckte die Pfote aus und schlug damit gegen eine vermutlich sauteure Champagnerflasche, die daraufhin gefährlich ins Wanken geriet.

»Das wirst du schön sein la…!«, schrie ich und sprang hinzu.

Doch schon hatte sie noch einmal ausgeholt. Die Flasche kippte endgültig, rollte zum Rand und fiel herab, bevor es mir auch nur gelungen war, den Raum zur Hälfte zu durchqueren. Mit ausgestreckten Armen hechtete ich vorwärts, um das Unglück zu verhindern.

Zu spät.

Kurz nach dem teuren Gesöff knallte ich bäuchlings auf den Boden und landete in einem Regen aus Alkohol und Glasscherben.

»Scheiße!«, jammerte ich und rappelte mich auf, wobei ich mir einen fiesen Splitter in die Handfläche trieb.

Die Katze sprang leichtfüßig vom Sims und stolzierte aus dem Raum. Verstört sah ich ihr nach.

Crys. Wird. Mich. Töten.

Dieser Champagner war bestimmt ein kleines Vermögen wert gewesen.

Aufschluchzend begann ich, die Scherben einzusammeln, und überlegte, ob es klug wäre, sie in der Mülltonne zu verstecken. Aber früher oder später würde es ihm ja doch auffallen. Die Flasche hatte gewiss nicht umsonst an einer so exponierten Stelle gestanden. Der ganze Raum stank nach Alkohol.

Arthur tapste die Treppe herunter und kam zu mir. Als wollte er mich trösten, stupste er mir seine Schnauze ins Gesicht und leckte über die Tränen, die meine Wange herunterströmten.

»Ach, Arthur!« Ich schlang meine Arme um seinen dicken Nacken und barg mein Gesicht in seinem Fell. »Was soll ich denn jetzt bloß tun?«

Er hielt ganz still, bis ich keine Tränen mehr übrig hatte, und seltsamerweise fühlte ich mich tatsächlich ein kleines bisschen besser.

Schließlich beseitigte ich den Schlamassel und schleppte dann Staubsauger, Wischlappen und den Eimer mit den Putzmitteln in das Obergeschoss. Die Katze des Grauens folgte mir und beobachtete mich bei der Suche nach frischer Bettwäsche, die ich schließlich in einer Kammer neben dem Fitnessraum fand. Ich bedachte das Tier mit einem finsteren Blick, woraufhin sich das blöde Vieh ungerührt zu putzen begann.

Während ich Crys' Bett abzog, gesellte sich auch Arthur zu uns. Die beiden Tiere saßen einhellig nebeneinander im Zimmer und schauten mir zu. Anscheinend kamen sie gut miteinander aus.

Nachdem ich das Bett frisch bezogen hatte (für einen kurzen Moment hatte ich mit dem Gedanken gespielt, Crys die rosafarbene Blümchen-Bettwäsche aufzuziehen), ging ich zu Summers Zimmer, um das ich bisher einen großen Bogen gemacht hatte.

Was würde mich dort erwarten? Handschellen, Peitschen und Geruch nach Sex?

Widerstrebend öffnete ich die Tür, aber zum Glück wirkte alles ganz normal. Mit spitzen Fingern zog ich das Laken ab und bemühte mich, nicht allzu angestrengt darüber nachzudenken, was die beiden gestern darauf getrieben hatten. Von der Tür her ließ die Katze ein Maunzen ertönen, das beinahe wie ein Kichern klang.

Ich drehte mich um und fixierte sie anklagend. »Du hast gut lachen! Dabei dürfte dir die Sache mit der Rolligkeit ja auch nicht fremd sein …«

Von Arthur ertönte ein lang gezogenes Schnauben. Wenn ich es nicht besser gewusst hätte, hätte ich geglaubt, dass er sich über meine Worte amüsierte. Irritiert schüttelte ich den Kopf und machte mit meiner Arbeit weiter.

Als das gesamte Obergeschoss gesaugt, die Betten bezogen waren und eines von drei Badezimmern blitzblank glänzte, ging ich nach unten, um etwas zu trinken.

Da geschah etwas äußerst Merkwürdiges. Überrascht und erschrocken zugleich hörte ich aus dem Kaminzimmer Stimmen. Verwirrt verharrte ich am Fuße der Treppe. Waren Crys und Summer etwa schon zurück? Oder war das vielleicht Mr Morris, der die Lebensmittel gebracht hatte und ein Selbstgespräch führte?

Ich nahm allen Mut zusammen und wagte mich weiter. Jetzt hörte ich sie ganz genau – zwei Männerstimmen: eine etwas einfältig klingende tiefere Stimme und eine hellere, nasale, die sich gerade heftig echauffierte. Leider konnte ich nicht alles verstehen.

»Meine Süße … Ja, was denkt die … verdammte Muschi?! … Rollig!«

Neugierig schlich ich auf die nur angelehnte Tür zu. Wer war das?

Die dunkle, schleppende Stimme antwortete gerade: »Ich finde, sie schmöckt guet.«

Ruckartig stieß ich die Tür auf und schaute mich dann verdutzt um. Arthur und die Katze saßen einhellig auf dem Tierfell vor dem Kamin. Sonst war niemand zu sehen.

Aber da musste jemand sein! Ich blinzelte. »Was zur Hölle …?«, stieß ich hervor.

Die beiden waren mit den Köpfen herumgefahren.

»Miau!«, erklang es von der Katze, die sich nun anmutig erhob, sich reckte und dann hinausging, nicht ohne sich vorher noch einmal nachlässig an meinem Bein zu reiben. Auch Arthur suchte das Weite.

Verwirrt starrte ich ihnen nach. »Ich glaub, dieser Psychodruck ist zu groß für mich. Ich sollte eine Pause machen! Ich fang schon an, Stimmen zu hören«, murmelte ich kopfschüttelnd und ging in die Küche, wo ich mir ein Glas Wasser einschenkte.

Im gleichen Moment klingelte es an der Tür. Als ich öffnete, stand Mr Morris mit einer großen Kiste Lebensmittel davor.

»Oh, warten Sie, ich nehm Ihnen das ab«, rief ich und wunderte mich, dass der alte Herr nicht schon unter dem Gewicht zusammengebrochen war, denn die Kiste war verdammt schwer. »Möchten Sie vielleicht hereinkommen und auch etwas trinken?«

»Ne, ne, Mädchen, mein Platz ist im Garten«, winkte er ab und stieg die Eingangstreppe wieder hinunter.

»Ich kann Ihnen auch etwas nach draußen bringen«, bot ich an. »Vielleicht lieber einen Tee zum Aufwärmen?«

»Lass mal. Ich brauche nichts.«

Verzweifelt schaute ich ihm nach. Zu gerne hätte ich etwas menschliche Gesellschaft gehabt. Das Alleinsein in diesem alten Kasten und die Sorge, wie Crys auf den vernichteten Champagner reagieren würde, machten mir Angst. Meine Güte, ich hörte schon Tiere sprechen!

»Mr Morris, warten Sie bitte!«, rief ich ihm hinterher. »Hier im Haus läuft eine graue Katze herum! Darf sie das? Gehört sie hierher?«

Und kann sie vielleicht reden? Aber das fragte ich nicht, denn sonst würde er mich für geistesgestört halten.

»Jaja, das hat schon seine Richtigkeit«, brummte er und schlurfte davon.

Na toll. Konversation ging anders.

Niedergeschlagen ging ich in die Küche, räumte die Lebensmittel ein und putzte anschließend im Erdgeschoss weiter. Schrubbte mit aller Kraft, denn die Bewegung half gegen meine Furcht.

Aber die ganze Zeit gingen mir die merkwürdigen Stimmen nicht aus dem Kopf. Das war bestimmt ein Trick gewesen, eine Aufnahme, um mich zu ärgern. Ich war nicht verrückt, höchstens ein klitzekleines bisschen angespannt. War ja auch nicht verwunderlich bei all dem, was ich hier durchmachte.

Als meine Arbeitszeit vorbei war, putzte ich trotzdem weiter, um mich abzulenken. Vielleicht stimmte es Crys und Summer milde, wenn alles schön ordentlich war?

Erst als die Zeiger der alten Standuhr immer näher Richtung fünf Uhr rückten, duschte ich und zog mich um, denn meine Klamotten rochen noch nach Alkohol. Dann entzündete ich Feuer in den Kaminen des Erdgeschosses und bereitete das Essen vor. Ich durfte das hier nicht auch noch versauen.

Und alles nur wegen einer beschissenen, überteuerten Flasche Prickelwasser. Seufzend stellte ich Teller und Gläser auf ein Tablett und balancierte es ins Esszimmer.

»Guten Abend, Bella!«, erklang auf einmal die tiefe Stimme des Hausherrn direkt hinter mir. Ich hatte ihn nicht kommen gehört.

Erschrocken fuhr ich herum, und das Tablett entglitt mir. Sämtliche Teller und Gläser zersprangen klirrend auf dem Boden. Nach Atem ringend vor Entsetzen schlug ich die Hand vor den Mund und starrte ihn an.

Scheiße!

Jetzt war ich wirklich fällig. So was von fällig. Jetzt würde er gleich … Er würde …

Ein Wimmern entfuhr mir.

Ich wagte nicht, ihn aus den Augen zu lassen, sondern wich Stück für Stück vor ihm zurück. So viele Scherben an einem einzigen Tag.

Mit finsterem Blick musterte er mich. Die Angst ließ meine Hände schweißnass werden. Zitternd drängte ich mich an die Wand. *Bitte nicht.* Tränen schossen in meine Augen, als mir in den Sinn kam, dass er mir vermutlich mit einer einzigen Handbewegung das Genick brechen konnte.

Aber er tat es nicht. Stattdessen hockte er sich hin und begann, die Scherben vom Boden aufzusammeln.

Es dauerte ein bisschen, bis wieder Leben in mich kam. »Es tut mir leid«, flüsterte ich tonlos und floh hinaus, um aus dem Keller Handfeger und Schaufel zu besorgen.

»Die Flasche Champagner ist vorhin auch heruntergefallen«, gestand ich, als ich zurückkehrte. »Der Bollinger«, fügte ich mit letzter Kraft hinzu.

Crys' Kopf fuhr herum. »Stand da ›Vieille Vignes Françaises‹ drauf?« Seine Augen waren schmal.

»Ich glaub … ja.« Meine Stimme war kaum zu hören, denn erneut kroch würgende Furcht meinen Rücken hinauf.

Aber es geschah nichts. Crys brüllte noch nicht einmal. Nur seine Kiefer mahlten, während er stumm fortfuhr, die Scherben einzusammeln.

Mit zugeschnürtem Hals fegte ich die Reste zusammen. Über mein Gesicht liefen Tränen der Anspannung. War das alles? Würde er es tatsächlich bei einem bösen Blick bewenden lassen? Damit er mein Schniefen nicht hörte, wischte ich mir unauffällig die Feuchtigkeit mit dem Ärmel von der Wange.

Als das Gröbste beseitigt war, stand Crys auf. »Hör endlich auf zu heulen! Das macht dich noch hässlicher.« Es klang, als würde er durch zusammengebissene Zähne sprechen.

Hastig verließ er den Raum.

Als Summer zurückkehrte, war nichts mehr von meinem Missgeschick zu sehen und das Essen zubereitet. Inzwischen hatte ich mich etwas beruhigt. Sie hatte mir einige Kosmetikprodukte mitgebracht und erklärte während des Essens, wie ich damit umzugehen hatte.

Crys verzog genervt das Gesicht. »Könntet ihr bitte das Thema wechseln? Ich möchte während der Mahlzeit ungern über Bellas Hautunreinheiten nachdenken müssen.«

»Wenn ich dich so reden höre, fällt mir ein, dass ich den Müll ja noch rausbringen muss!« Verletzt funkelte ich ihn an.

Oh! Schon wieder der Ella-in-die-Enge-getrieben-Modus.

Doch auch wenn er das Gesicht eines Engels besaß, hatte er nicht das Recht, Menschen, die nicht so schön waren wie er, herablassend zu behandeln!

Crys' Mundwinkel zuckten, während wir uns ein Blickduell lieferten, bei dem ich leider den Kürzeren zog, weil seine eisblauen Augen eine derartige Stärke ausstrahlten, dass ich nicht standhalten konnte.

Stattdessen schaute ich zu Summer, die die schlechten Schwingungen im Raum überhaupt nicht zu bemerken schien, sondern nachdenklich in ihren Nudeln rührte. Ihre Hand zitterte leicht. Ich kannte sie ja nur kurz, aber sie wirkte wirklich angeschlagen. Ob sie krank war?

»Wegen der kaputt gegangenen Sachen …«, begann ich stockend, »also … das war wirklich keine Absicht und tut mir ehrlich leid!«

»Jetzt guck nicht schon wieder wie ein verängstigtes Kaninchen!«, herrschte Crys mich an. »Das nervt.«

Dünnhäutig kniff ich die Augen zusammen, woraufhin Summer mir freundlich die Hand tätschelte und Crys einen missbilligenden Blick zuwarf.

»Keine Sorge, Ella, so ein Missgeschick kann doch jedem mal passieren.«

Stumm zog ich meine Hand weg und senkte den Kopf, um konzentriert eine Portion Nudeln auf meine Gabel zu drehen.

Ich wollte sie nicht mögen.

Nach dem Essen erhoben sich Crys und Summer gleichzeitig. Wieder schienen sie es eilig zu haben, nach oben zu kommen. Über den Grund wollte ich lieber nicht nachdenken.

Als ich die Küche endlich aufgeräumt hatte und ins Badezimmer ging, war ich todmüde. Körperlich und seelisch. Ich hatte es noch nicht einmal geschafft, herauszufinden, wo der Lieferwagen die Lebensmittel ablud, um auf diesem Wege fliehen zu können.

Nachdem ich mit einem mürrischen Blick in den Spiegel Summers Pflegeprodukte benutzt hatte, machte ich mich für die Nacht fertig, doch als ich mein Schlafzimmer betrat, fand ich die Katze mitten auf meinem Nachttisch vor – den Schwanz aufgeplustert und mit angriffslustigem Blick.

»Na, du Biest, was willst du denn hier?« Abwartend blieb ich an der Tür stehen, während das Tier die Pfote hob und meinen Wecker Stück für Stück vom Nachttisch herunterschob. Scheppernd schlug er auf dem Boden auf, noch bevor ich ihn greifen konnte.

»Verdammtes Höllenvieh!«, fluchte ich lautstark.

Während ich die herausgefallenen Batterien aufsammelte, hörte ich erneut ein schabendes Geräusch vom Nachttisch. Gerade noch rechtzeitig griff ich zu, bevor die Lampe dem Wecker folgen konnte. Wütend stellte ich sie auf dem Boden ab. Dann versuchte ich, das Tier vom Nachttisch zu vertreiben. Aber es ließ sich nicht beirren, sondern schlug nach meiner Hand, sodass kurz darauf ein leuchtender Kratzer meinen Handrücken zierte.

»Aua!« Hastig sprang ich zurück, während die Katze geschmeidig vom Nachttisch auf mein Bett sprang, um sich dort zu putzen.

Na, das konnte ja heiter werden! Wo sollte ich denn jetzt schlafen? Vielleicht durfte ich eines der Gästezimmer benutzen? Oder ich könnte den Besen holen und sie aus meinem Bett verscheuchen? Ratlos rieb ich mir den Hals, während ich sie finster musterte.

Unschlüssig stand ich da, bis die Katze sich am Fußende zu einem Knäuel zusammenrollte und die Augen schloss. Und weil ich viel zu müde war, schlüpfte ich vorsichtig unter meine Bettdecke, woraufhin das Tier träge ein Auge öffnete, sich aber nicht weiter rührte.

»Wehe, du benimmst dich nicht!«, drohte ich ihr und reckte mich, um das Licht meiner Nachttischlampe auf dem Fußboden zu löschen. Solange sie mich nicht biss, kratzte oder auf mein Bett pinkelte, konnte ich mit ihrer Anwesenheit leben.

Ihr leises Schnurren begleitete mich in den Schlaf.

Es war noch dunkel, als ich aus einem Albtraum erwachte, der mir tonnenschwer auf der Brust lag. Ich wollte mich aufsetzen, aber das Gewicht auf meinem Oberkörper war immer noch da.

Die Katze!

Im Halbdunkel des Zimmers konnte ich erkennen, dass sie aufrecht auf mir saß, mich anschaute und drohend ihre Tatze vorstreckte, als ich den Kopf hob. Stöhnend ließ ich mich zurücksinken. »Blödes Vieh!«

Todesmutig hob ich den Arm und schob sie von mir herunter, was mir einen schmerzhaften Dreifachkratzer auf dem bisher unverletzten Handrücken einbrachte. »Fuck!«, fluchte ich und sprang aus dem Bett. Na toll. Jetzt war ich hellwach.

»Reicht es nicht, dass mir dein Herrchen das Leben zur Hölle macht?«, rief ich aufgebracht. »Ich hab den ganzen Tag geschrubbt und bin todmüde. Also lass mich jetzt gefälligst schlafen!« Wütend hielt ich ihr die Tür auf.

Nachdem sie sich gähnend gereckt hatte, bequemte sich das Tier endlich aus meinem Zimmer. Freunde würden wir wohl nicht werden.

Ein Blick auf die Uhr zeigte mir, dass mein Wecker in einer halben Stunde klingeln würde. Und weil ich jetzt sowieso keinen Schlaf mehr finden würde, duschte ich und ging nach unten, um das Frühstück vorzubereiten.

Als Summer später das Esszimmer betrat, sah sie noch kränklicher als am Vortag aus. Zugeschwollene Augen, leichenblass und unsichere Bewegungen. Was war nicht in Ordnung mit ihr?

»Guten Morgen!«, begrüßte sie mich mit leiser Stimme und gähnte, während sie sich durch die blonden Haare fuhr, um sie aufzulockern.

Verwundert musterte ich sie. Zwischen ihren Fingern hatte sich ein ganzes Büschel Haare verfangen. Als sie meinen Blick bemerkte, schob sie hastig die Hand hinter den Rücken. Wortlos reichte ich ihr den Tee.

»Hast du gut geschlafen?«, fragte Summer freundlich und setzte sich.

»Die Katze war heute Nacht bei mir«, murmelte ich, während ich ihr Toast und Ei hinüberschob.

»James?«

Mit nachdenklich gerunzelter Stirn nahm ich mir ein Stück Apfel. »Die Katze ist ein Kater und heißt James?«

Summer nickte und nippte an ihrem Tee. »Aber vor dem kleinen Schlawiner musst du dich in Acht nehmen.«

»Weshalb?« Hatte er etwa schon öfter Champagnerflaschen zerstört?

»Na, weil …«

In diesem Augenblick betrat Crys das Esszimmer. Automatisch hielt ich die Luft an, als sein Blick kritisch über den Tisch schweifte. Dann nickte er mir knapp zu und setzte sich. Ohne ein Wort schenkte er sich Kaffee ein, nahm einen Toast und bestrich ihn mit Marmelade.

Als er in das Brot biss, starrte ich fasziniert auf seinen Mund. Sogar diese alltägliche Bewegung hatte bei ihm etwas Erotisches.

Wie es wohl war, von ihm geküsst zu werden? Also … so aus rein technischer Sicht natürlich, nicht, weil ich auf Kriminelle stand!

In meinem Hinterkopf schlug sich Jenna mit der Hand gegen die Stirn.

Seine Hautfarbe war wieder etwas dunkler als am Abend zuvor. Merkwürdig. Das musste am Morgenlicht liegen.

Crys sah auf und ertappte mich beim Starren. Verärgert runzelte er die Stirn, sodass ich schleunigst den Blick senkte und mich mit heißen Ohren über meinen Teller beugte. Ich musste dringend aufhören, ihn ständig anzuschauen.

»Ella, das ist ein hervorragendes Frühstück, lieben Dank!«, lobte Summer.

Ich verzog das Gesicht und schwieg. Was bleibt mir denn auch anderes übrig, als alles so zu machen, wie ihr es wollt?, dachte ich düster.

Erst als Crys sein Frühstück beendet hatte und den Raum verließ, konnte ich aufatmen.

»Ich hab ein paar Rezepte rausgesucht«, sprach ich Summer an. Durch das frühe Aufstehen hatte ich Zeit gehabt, Kochbücher zu wälzen. Ich wurde schon richtig gut im Brave-Hausfrau-sein.

Nur … würde mir das wohl nie für eine eigene Familie nützen.

Der Gedanke ließ mich schlucken. Nein, ich wollte und konnte mich nicht mit meinem Schicksal abfinden.

»Oh, das ist gut. Dann zeig mal her.«

Dummerweise war sie sofort mit meinen Vorschlägen einverstanden, sodass ich mir eingestehen musste, dass sie nicht nur schön und liebenswürdig, sondern auch noch pflegeleicht war.

Kurz nachdem Summer gegangen war und ich gerade die leere Pfanne abräumen wollte, kam Crys zurück. Sofort versteifte sich mein gesamter Körper.

»Bella!«, schnauzte er mich an.

Oh, da war aber jemand gereizt!

»Dieses Verhalten werde ich nicht länger dulden.«

Argwöhnisch beobachtete ich, wie er sich mit grimmigem Blick vor mir aufbaute.

»Wie du dich mir gegenüber benimmst, ist mir relativ egal, solange du deine Arbeit ordentlich machst. Aber ich erwarte, dass du nett zu Summer bist. Sie hat dir nichts getan.«

Entrüstet funkelte ich zurück. Jetzt wollte er mir also auch noch vorschreiben, dass ich gefälligst den ganzen Tag lang gute Laune zu verbreiten hatte! Mit beiden Händen umklammerte ich den Pfannengriff, damit ich nicht mit ihr zuschlug. Zum Beispiel auf Crys' Kopf. Ein wunderbarer Gedanke. Dann sein Smartphone suchen und die Polizei anrufen. Problem gelöst.

Erfüllt von hilfloser Wut, weil ich gegen ihn, der so viel schneller und stärker als ich war, ja doch nichts ausrichten konnte, stellte ich die Pfanne zurück und stemmte die Hände in die Hüften. »Ach! Sie hat mir also nichts getan? Beihilfe zur Entführung gilt neuerdings nicht mehr als Straftat?«

»Sie ist genauso unschuldig wie du.«

»Die Arme«, ätzte ich. »Und du bist wahrscheinlich auch nur ein Opfer?«

»Nein«, antwortete er langsam mit bitterem Unterton. »Ich bin der Grund.«

Eine unerwartete Traurigkeit lag über seinen Zügen, die mich zutiefst verwirrte. Mit einem Mal wünschte ich mir, sie wegwischen zu können, ihn zu trösten und ihm ein Lächeln zu entlocken.

Wo kam das denn jetzt plötzlich her? Schockiert von meinen eigenen Gedanken, drehte ich mich weg und streichelte den neben mir sitzenden Arthur, damit Crys nichts von meinem Gefühlsumschwung bemerkte. Auf keinen Fall durfte ich mich von ihm einlullen lassen.

»Okay, ich werd mich bemühen«, stieß ich schließlich zwischen zusammengepressten Zähnen hervor und griff wieder nach der Pfanne, um sie in die Küche zu tragen.

Dummerweise vergaß ich in seiner nervenaufreibenden Gegenwart die simpelsten Dinge. Gehen zum Beispiel. Mit großen Schritten wollte ich an ihm vorbeieilen. Dann wurde mir bewusst, dass das bestimmt viel zu sehr nach Flucht aussah, also ging ich langsamer, mit schwungvollen Bewegungen, und erwischte mit der Pfanne prompt den Türrahmen, sodass es schepperte.

Automatisch ruckte mein Kopf verlegen zu Crys herum, der meinen misslungenen Abgang verfolgt hatte. Für einen winzigen Moment huschte ein Lächeln über sein Gesicht, bevor es sofort wieder diesen abweisenden Ausdruck bekam. Er verdrehte die Augen. »Nun gut, dann wäre das ja geklärt«, sagte er ekelhaft selbstgefällig. »Wir machen uns jetzt auf den Weg zur Arbeit. Du weißt ja, was zu tun ist.«

Er sollte sich besser auf den Weg in die Geschlossene machen!

Wütend stieg ich hinab in den Keller und lieferte mir mit dem Wischmopp ein erbittertes Blickduell. Putzen für meinen Entführer war das Letzte. Vielleicht könnte dem Wischmopp ein Unfall zustoßen? »Hoppla, da bin ich doch aus Versehen mit meinem pummeligen Arsch auf dem Stiel gelandet und hab ihn zerbrochen!«, oder so was in der Art.

Aber natürlich wagte ich es nicht, schließlich war ich ja nicht lebensmüde.

Unheimlicher Besuch

Ich hasse ihn, sagte ich mir später beim Putzen mantraartig auf. Ich hasse ihn. Bei Gott, wie ich ihn hasste.

Als ich merkte, wie es Crys gelang, mir die Stimmung sogar in Abwesenheit zu vermiesen, verbot ich mir jeden Gedanken an ihn.

Auch James machte mir weiterhin das Leben schwer. Sprang überraschend hinter Prinz Schepperblech hervor und erschreckte mich damit zu Tode, kippte den Putzeimer um und pinkelte zu guter Letzt auch noch in den Wäschekorb.

Trotz allem gab ich dem Kater später bei der Vorbereitung des Abendessens ein Stückchen Hühnerfleisch. Warum, konnte ich selbst nicht sagen, denn ich fand das Biest furchtbar.

James vertilgte das Geflügel in Rekordgeschwindigkeit und verschwand dann durch die Katzenklappe in der Hintertür nach draußen.

»Bitte, gern geschehen!«, rief ich ihm spöttisch hinterher und streute eine Prise Kräuter in die Vinaigrette. Der Kater war genau so arrogant wie sein Herrchen. Und auch die raubtierhafte Geschmeidigkeit der Bewegungen war beiden zu eigen.

Crys faszinierte mich. Vielleicht, weil er gleichzeitig geheimnisvoll, gefährlich, berechnend und fürsorglich war (jedenfalls bei Summer) – und dummerweise verflucht attraktiv.

Mist.

Schon wieder hatte ich an ihn gedacht.

Als so weit alles vorbereitet war, ging ich in die Bibliothek, um mir die Zeit zu vertreiben. Neugierig zog ich ein dünnes Büchlein aus dem Regal, auf dessen Cover sich ein blond gelocktes Busenwunder mit herunterrutschender Carmen-Bluse einem Muskelprotz im Schottenrock entgegenbog – ›Susanna und der stolze Highlander‹. Unschlüssig betrachtete ich die beeindruckende Bauchmuskulatur des Coverhelden. Nicht mein übliches Genre, doch auf gehaltvollere Kost konnte ich mich gerade unmöglich konzentrieren. Das hier war genau das Richtige, um der Wirklichkeit für einen Moment zu entfliehen.

Zufrieden setzte ich mich und öffnete das Buch.

Susannas zitternde Hände tasteten in der Dunkelheit nach dem Griff des Tores. Noch blieb das hallende Geräusch von Schritten hinter ihr aus, aber wie lange noch? Sie musste so schnell wie möglich von hier fort, denn niemals würde sie diesen grausamen Laird heiraten, niemals!

Arthur und James kamen herein. Der Hund ließ sich zu meinen Füßen nieder, während der Kater auf die Sessellehne sprang und mich unverwandt musterte.

Ich ignorierte ihn und las weiter, um zu erfahren, wie die schöne Susanna verstohlen aus dem Tor trat, die letzten Kraftreserven ihres geschundenen Körpers mobilisierte und mit wehenden Haaren floh.

Niemand durfte es wissen (vor allem nicht meine Mitschüler!), aber manchmal hatte ich mir solche romantischen Romane, in denen die Protagonistin durch die Hölle gehen musste, um am Ende sicher in den starken Armen ihres Ritters, Lords, Wikingers oder Highlanders zu landen, aus der Bücherei ausgeliehen. Sie ließen mich mit einem guten Gefühl zurück, egal, wie beschissen es das Leben gerade mit mir meinte.

Doch heute gelang es mir nicht, mich darauf zu konzentrieren. Seufzend legte ich das Buch beiseite, da es Zeit war, den Tisch zu decken.

Kurz darauf kehrten Crys und Summer von der Arbeit zurück.

»Das sieht sehr schön aus!«, lobte Summer den sorgfältig gedeckten Tisch mit dem Blumenschmuck in der Mitte.

Ich hatte Mr Morris einen Strauß Rosen abgeschwatzt – hauptsächlich, um mit ihm ins Gespräch zu kommen. Das hatte mir aber leider bei meinen Fluchtplänen nicht weitergeholfen. Der Gärtner blieb verschlossen wie eine Auster.

Das Abendessen verlief erwartungsgemäß: Crys ignorierte mich, während Summer sich redlich bemühte und mir von ihrer Arbeit und den Schmuckstücken, die sie herstellte, erzählte. Dabei wirkte sie unkonzentriert und kratzte sich mehrmals am Arm.

War ich die Einzige, die sich Sorgen um sie machte?

Überhaupt fand ich, dass Crys seine Zuneigung für Summer viel zu wenig zeigte. Wenn sie ihn zur Begrüßung umarmte und sich an ihn schmiegte, wirkte es auf mich sogar, als wären ihm ihre Zärtlichkeiten zu viel.

Da war etwas merkwürdig an ihrer Beziehung – irgendetwas, was ich nicht greifen konnte. Es war, als würde man ein Gericht abschmecken, an dem eine fehlende Zutat die Gesamtkomposition störte. Ein Hauch zu wenig Zucker, ein fehlendes Gewürz … Eine Nuance nur, aber sie bewirkte, dass der Geschmack nicht rund war. Nur, was da nicht stimmte, hatte ich noch nicht herausfinden können.

Auch heute hatten Summer und Crys es wieder verdammt eilig, nach oben zu kommen.

Mein Gott, machten die das etwa jeden Tag?

In meinem Zimmer fand ich erneut James vor. Er kickte einen meiner Stifte vom Tisch und rollte ihn ausdauernd auf den Dielen herum. Ein entnervendes Geräusch, wenn man schlafen wollte.

Irgendwann verstummte es. Gerade wollte ich erleichtert aufatmen, als der Kater auf einmal mit einem Satz in mein Bett sprang und genau auf meinen Beinen landete. Erschrocken quietschte ich auf. Glücklicherweise rollte er sich dann friedlich am Fußende zusammen, aber es dauerte eine ganze Weile, bis ich es wagte, mich zu entspannen. Vermutlich wollte er sich bei mir einschmeicheln, damit ich ihm wieder etwas zu fressen gab. Denn beim Essen ergaunern war dieses Tier ganz schön clever.

Am nächsten Vormittag umschlich er mich beim Putzen, fixierte mich aus unergründlichen Augen, maunzte und tapste mit den Vorderpfoten, bis ich schließlich genervt »Katzenfutter« auf den Einkaufszettel schrieb.

Weil es Samstag war, hatte Crys frei und schlief noch. Summer war trotzdem früh aus dem Haus gegangen, sie wollte noch den Entwurf für einen Armreif fertigstellen.

Merkwürdig wurde es nur, als Arthur und der Kater später gemeinsam zu mir kamen. James stupste den Hund an, woraufhin der mich am Ärmel in die Küche zog. Fast sah es so aus, als ob sich die beiden abgesprochen hätten.

Nachdem ich Arthur ein wenig Hundefutter gegeben hatte und James ein Stück Lachs, fuhr ich fort, den Fußboden der Eingangshalle zu wischen. Allerdings wurde ich erneut in meiner Arbeit unterbrochen, als Crys die Treppe herunterkam. Zunächst bemerkte er mich nicht.

Aber ich ihn!

Mit offenem Mund starrte ich zu ihm auf.

Er trug nur eine Jeans, sodass ich nicht anders konnte, als auf seinen makellosen Oberkörper zu schauen. Breite Schultern, definierte Arm-, Brust- und Bauchmuskulatur, dazu diese wundervolle hellbraun schimmernde Haut. Auf seiner linken Brust hatte er eine faustgroße Tätowierung in Rot und Schwarz, aber ich konnte auf die Entfernung nicht erkennen, was es darstellen sollte.

Er war tausendmal attraktiver als der stolze Highlander von Susanna …

Wie konnte jemand so abgrundtief Schlechtes so perfekt aussehen? Nicht diese strahlend schöne Art von Perfektion. Eher eine finstere, noch viel faszinierendere Art.

Beinahe hätte ich laut aufgeseufzt, als er nun auch noch gähnte und sich dabei genüsslich rekelte.

Fußboden. Wischen. Jetzt!

Ich zwang mich, den Blick abzuwenden und widmete mich wieder meiner Arbeit, bis ich sein geknurrtes »Bella!« hörte und herumfuhr.

»Ja?«, stieß ich mit trockenem Mund hervor, bemüht, nicht auf sein anbetungswürdiges Sixpack zu starren. Stattdessen schaute ich auf seine nackten Füße. Aber auch die waren dummerweise schön.

»Heute Abend kommt Besuch.«

Erstaunt blickte ich auf. *Besuch?*

»Ich will, dass du Essen für sechs Personen vorbereitest. Steak, Salat und gebackenes Brot mit Kräuterpesto. Die Zutaten werden nachher geliefert. Außerdem müssen die Gästezimmer vorbereitet werden.«

Überrumpelt nickte ich.

Schon wieder wanderte mein Blick ungewollt über seinen nackten Oberkörper. Vor allem diese interessante Linie aus dunklen Haaren, die von seinem Bauchnabel aus im Bund der tief sitzenden Hose verschwand, faszinierte mich.

Crys folgt meinem Blick. »Hör auf, so blöde zu glotzen, und mach endlich weiter!«, fuhr er mich an und machte auf der Treppe kehrt, um wieder nach oben zu gehen, wobei ich ihn leise fluchen hörte.

Das Blut schoss mir ins Gesicht.

Ich musste hier so schnell wie möglich raus. Die Gelegenheit heute Abend würde ich nicht ungenutzt verstreichen lassen.

Nachdem ich am Nachmittag endlich alles erledigt hatte, was er befohlen hatte, begann ich, das Abendessen vorzubereiten. Kurz darauf kam Crys in die Küche und lehnte sich an den Tresen. Er trug jetzt ein T-Shirt. Irgendwie schade.

»Vor achtzehn Uhr musst du nach oben in dein Zimmer verschwunden sein. Den Rest übernehmen Summer und ich.«

Wenn er nicht wollte, dass die Besucher mich sahen, konnte das doch nur bedeuten, dass er befürchtete, sie würden mir helfen! Ein Hauch von Hoffnung ließ mich die scharfe Erwiderung, die mir auf der Zunge lag, verschlucken. Ohne ihn anzusehen, nickte ich und schnitt weiter eine Gurke in Scheiben.

»Du wirst in deinem Zimmer essen. Ich will dich dann hier unten nicht mehr sehen! Verstanden?«

Mit fest um das verlockende Küchenmesser gekrallter Hand nickte ich erneut.

Natürlich hatte ich schon darüber nachgedacht, was ich mit einem scharfen Messer oder einem hübschen Schluck Rohrreiniger im Getränk so alles anstellen könnte. Aber mir war leider bitter bewusst, was geschehen könnte, wenn ich vorher erwischt wurde.

Als Crys aus der Küche ging, ließ ich das Messer kräftig in die Gurke sausen. »Arschloch!«, flüsterte ich, so leise, dass er mich nicht hören konnte, aber dennoch blickte er zurück und musterte mich spöttisch, bevor er weiterging. Hatte er mich etwa doch verstanden? Dann müsste er Ohren wie ein Luchs haben.

Als ich alles vorbereitet hatte, das Brot bereits im Backofen duftete und der Tisch gedeckt war, kam Summer herein. Sie hatte sich nach der Arbeit umgezogen und trug nun ein hübsches kurzes Kleid, das ihre endlos langen Beine gut zur Geltung brachte.

»Danke dir, Ella, das sieht köstlich aus.« Lächelnd schnappte sie sich ein Salatblatt aus der Schüssel und steckte es in den Mund. »Ich mache jetzt hier weiter. Hast du schon etwas für dich selbst vorbereitet?« Sie nahm mir den Pfannenwender aus der Hand und widmete sich dem Fleisch, das bereits in der Pfanne brutzelte.

Oje! »Das hab ich ganz vergessen.«

Gerade schlug die alte Standuhr in der Eingangshalle sechsmal. Es war an der Zeit, schleunigst zu verschwinden, damit Crys nicht böse wurde. Während ich hastig eine Scheibe Brot mit Butter bestrich, füllte Summer einen Teller mit Salat.

»Tut mir leid, dass du nicht dabei sein kannst. Ich weiß auch nicht, was Crys hat!« Sie schenkte mir ein mitleidiges Lächeln und reichte mir den Teller. »Er ist sonst nicht so.«

Ich behielt mir vor, in diesem Punkt anderer Meinung zu sein. War doch vorauszusehen, dass er nicht wollte, dass ich seinen Gästen verriet, was für ein beschissener Sklavenhalter er war!

»Schon gut. Ich werd es mir gemütlich machen und ein wenig lesen«, gab ich zurück, weil sie sich meinetwegen nicht schlecht fühlen sollte. Bei dem Gedanken zuckte ich zusammen. Wurde ich etwa plötzlich zum Menschenfreund, obwohl ich mir doch alle Mühe gab, Summer zu verabscheuen?

Einen Teller in jeder Hand, wollte ich mein Essen zur Treppe balancieren, doch als ich die Eingangshalle erreichte, stoppte ich so abrupt, dass mir beinahe das Brot heruntergerutscht wäre.

Crys begrüßte dort soeben vier Männer.

Nein. Das waren nicht nur irgendwelche Männer. Das waren Prachtstücke! Jeder Einzelne war perfekt. So sehr, dass es geradezu unheimlich war, alle fünf auf einem Haufen zu sehen. Erst nach einer kleinen Ewigkeit fiel mir auf, dass mein Mund offen stand. Was zum Teufel sollte das hier werden? Eine inoffizielle Wahl zum »Sexiest Man Alive«?

Als sie mich bemerkten, musterten sie mich von Kopf bis Fuß, um dann verächtlich zu grinsen.

Okay. Sie waren nicht nur ebenso gut aussehend, sondern auch genau so arrogant wie der Gastgeber.

Egal. Ich musste meine Chance nutzen.

»Was hast du hier noch zu suchen?«, schnauzte Crys mich an, trat drohend einen Schritt auf mich zu und deutete nach oben. »Geh hoch! Sofort!«

So zornig hatte ich ihn noch nie erlebt. »Ich wollte mir nur …«

Sein Knurren schnitt mir das Wort ab. »Was du willst, interessiert hier nicht!«

Ha! Er hatte bestimmt Schiss, dass ich seinen Freunden alles verriet. Mutig trat ich einen Schritt näher auf die Gruppe zu, woraufhin mir eine köstliche Duftmischung in die Nase stieg.

»Wissen deine Gäste eigentlich, dass du mich …«

»Verschwinde!«, brüllte er zornig und baute sich so bedrohlich vor mir auf, dass ich einknickte und herumwirbelte.

Einer der Männer – der Älteste – lachte amüsiert auf.

Tränen schossen in meine Augen. Hastig floh ich die Treppe hinauf. Erst vor meiner Zimmertür, außer Sichtweite, blieb ich zitternd stehen, um zu lauschen, aber sie zogen sich ins Esszimmer zurück, sodass ich nicht mehr hören konnte, was sie sprachen.

Was hatte es bloß mit diesen Freunden von Crys auf sich? Dass er sie alle von seiner Arbeit im Auktionshaus kannte, hielt ich für unwahrscheinlich. So viele hochattraktive Typen auf einem Haufen konnte es dort nun wirklich nicht geben!

Außer ihrer Schönheit war da noch etwas anderes, etwas schwer zu Greifendes, in dem sich diese Männer ähnelten. War es ihre einen Hauch dunkler schimmernde Haut? Oder war es ihr anziehender Geruch?

Als sich mein Herzschlag wieder beruhigt hatte, setzte ich mich grübelnd an meinen Tisch und aß das Brot und den Salat.

Waren die Männer vielleicht verwandt?

Trotz des Risikos, dass die Besucher Crys in seinen kriminellen Aktivitäten unterstützen könnten, durfte ich nicht aufgeben. Wann würde sich noch mal solch eine Gelegenheit zur Flucht bieten? Vielleicht gelang es mir, einen von ihnen auf dem Flur abzufangen, wenn sie später in ihre Zimmer gingen. Dann würde ich um Hilfe bitten können, ohne dass Crys es merkte.

Um sie einschätzen zu können, wäre es bestimmt gut, wenn ich ihren Gesprächen ein wenig lauschen würde, beschloss ich. Verstohlen huschte ich zurück zur Treppe und schlich auf Zehenspitzen nach unten. Prompt knarrte eine der alten Stufen besonders laut. Mit angehaltenem Atem blieb ich stehen und horchte. Meine leeren Teller hatte ich für den Notfall dabei. So könnte ich behaupten, ich hätte nur das Geschirr in die Küche bringen wollen, falls ich erwischt wurde. Doch alles blieb ruhig.

Unten angekommen, verharrte ich im Gang vor dem Esszimmer. Hier verstand ich beinahe alles, was gesprochen wurde.

»Dann wollen wir mal zum angenehmsten Teil des Abends übergehen«, sagte soeben einer der Gäste, und ich hörte, wie die Stühle zurückgeschoben wurden.

Hastig versteckte ich mich hinter der Küchentür, was dämlich war, denn wenn mich hier jemand entdeckte, war ich ziemlich in Erklärungsnot. Doch glücklicherweise kam niemand.

Was taten sie da? Was hatte der Mann mit »angenehmster Teil des Abends« gemeint?

Als mich etwas am Bein berührte, hätte ich beinahe laut aufgeschrien.

»James!«, schimpfte ich den Kater im Flüsterton aus, der sich jetzt zu meinen Füßen niederließ und mich unverwandt anstarrte. Vor lauter Erleichterung kraulte ich ihn ausnahmsweise am Kopf.

Im Esszimmer war es nun ganz still. Was machten die denn da bloß? Keine Schritte, keine Stimmen, kein Lachen – nichts!

Brennend vor Neugier tastete ich mich zur Tür vor und bemerkte irritiert, dass James versuchte, mir den Weg zu versperren.

»Verschwinde!«, hauchte ich und schob ihn beiseite, woraufhin er ein energisches »Miau« ausstieß.

Mist! Das hatten sie bestimmt gehört! Schnell weg hier!

Ich war bereits auf dem Weg zur Treppe, als mich auf einmal ein lautes Stöhnen erstarren ließ.

Summer?!

Besorgt knetete ich meine Finger. Was war da los? Hatte sie Schmerzen? Sex konnte es diesmal ja wohl nicht sein, nicht mit all den Männern. Oder doch …?

»Verdammt!«, fluchte ich lautlos, schlich zitternd vor Nervosität zur Esszimmertür und beugte mich vor, um durch das Schlüsselloch zu schauen. Wenn Crys mich jetzt erwischte, war ich geliefert, das war klar. Aber ich musste einfach wissen, was da los war.

Zunächst konnte ich nur einen ganz kleinen Ausschnitt des Zimmers erkennen, denn leider befand sich gerade dort der ausgesprochen wohlgeformte Hintern eines Mannes. Doch dann bewegte er sich einen Schritt zur Seite, und ich erkannte mit Entsetzen den Esstisch … und dass Summer darauf lag. In Unterwäsche.

Verstört sog ich den Atem ein, weil der Anblick so unerwartet war.

Mit einer Mischung aus Abscheu und Faszination beobachtete ich, wie Summer sich unter den Berührungen der Männer, die um den Tisch herumstanden und ihr begierig über die Haut strichen, keuchend wand.

Ich blinzelte benommen, wollte nach oben rennen und konnte doch den Blick nicht von dieser seltsamen Szenerie abwenden.

Wurde Summer dazu gezwungen? Stand sie unter Drogeneinfluss? Oder ließ sie etwa alles freiwillig über sich ergehen?

Mein Magen zog sich angewidert zusammen.

Während ich noch wie paralysiert in das Zimmer blickte, tapste Arthur heran und drückte seinen Kopf gegen meine Seite, damit ich ihn streichelte. Geistesabwesend streckte ich die Hand nach ihm aus, aber er hörte nicht auf zu drücken, fast, als wollte er mich von der Tür wegschieben, was natürlich absurd war. Er war schließlich ein Hund und kein Sittenwächter!

Ich ignorierte ihn und konzentrierte mich weiter auf die Geschehnisse im Esszimmer.

Crys stand an Summers Kopf und murmelte ihr etwas ins Ohr. Jetzt bog sie ekstatisch den Rücken durch und seufzte. Es wirkte fast, als ob sie die Berührungen genoss!

War das da etwa ... Gruppensex?! Waren Summer und Crys so drauf?!

Aber warum waren die Männer dann vollständig angezogen? Irgendetwas stimmte hier doch nicht! Aber noch bevor ich den Gedanken zu Ende führen konnte, verdunkelte sich das Schlüsselloch.

Erschrocken wollte ich aufspringen, aber da knallte mir die Zimmertür bereits gegen den Kopf. Ich stöhnte schmerzerfüllt auf und wollte fliehen, als ich bereits am Arm gepackt und zurückgerissen wurde. Keuchend fuhr ich herum.

Es war der Mann mit den dunklen Haaren, der mich vorhin höhnisch ausgelacht hatte, als ich von Crys abgekanzelt worden war. Er war vermutlich um die vierzig, der Älteste der Gäste.

Mit dem Fuß stieß er die Esszimmertür zu, sodass sie wieder ins Schloss fiel und wir allein im Gang standen.

»Na, wen haben wir denn da?«

Erbarmungslos zog er mich in die Eingangshalle, wo man uns nicht hören konnte.

»Lassen Sie mich los!« Ich zerrte verzweifelt an meinem Arm.

»Warst du etwa neugierig, Kleine?«, fragte er mit einem falschen Lächeln, das seiner Schönheit jedoch keinen Abbruch tat. »Solche Dinge sind noch nicht für deine Augen bestimmt. Ich bezweifle, dass du dabei schon mitspielen möchtest ...«

Hilflos blickte ich zu ihm auf. »Bitte!«, flehte ich und versuchte weiter erfolglos, ihm meinen Arm zu entwinden. Er schwankte noch nicht einmal, obwohl ich all meine Kraftreserven mobilisierte. »Was passiert mit Summer?«, stieß ich hervor, woraufhin er mit einem kalten Funkeln in den Augen seine Hand hob und über meine Wange strich. Seine Iriden schimmerten eisblau wie die von Crys.

Die Berührung löste ein seltsames Kribbeln in mir aus, und meine Beine wurden so schwach, dass ich jegliche Gegenwehr aufgab. Überrascht starrte ich ihn an, nicht mehr in der Lage, mich zu rühren. Nur die Gedanken rasten in Lichtgeschwindigkeit durch meinen Kopf.

»Ich bin übrigens Ice«, stellte er sich höflich vor, als wäre die Situation ganz alltäglich. »Keine Sorge, Summer genießt es«, versicherte er mir mit einem süffisanten Lächeln.

In meinem Bauch brodelte es, wie so oft, wenn meine Gefühle zu stark waren oder ich Angst hatte.

»Ich muss zur Toilette!«, ächzte ich.

Zum Glück ließ Ice mich daraufhin los. Bestimmt dachte er, ich würde ihm gleich auf die Füße kotzen.

Verdient hätte er es.

Fluchtartig hetzte ich die Treppe empor, gefolgt von seinem spöttischen Gelächter. »Lass dir das eine Lehre sein, nicht durchs Schlüsselloch zu spionieren!«

Erst als ich die Badezimmertür hinter mir abgeschlossen hatte und auf dem Klo saß, beruhigte sich mein Atem. Immer noch hatte ich das Bild von Summer auf dem Tisch und den Männern um sie herum vor meinen Augen.

»Oh Gott!«, wimmerte ich verzweifelt. »Ich halt das nicht aus!«

Wie konnte ich weiterhin in diesem Haus wohnen? Wie sollte ich Summer und Crys jemals wieder in die Augen sehen?

Es dauerte lange, bevor ich mich aus dem Bad wagte. James lag auf meinem Bett und beobachtete mich, wie ich wieder den Stuhl unter die

Klinke klemmte und akribisch kontrollierte, ob die Tür auch wirklich nicht mehr zu öffnen war.

Die Bilder wollten nicht aus meinem Kopf.

Stundenlang lag ich wach und lauschte auf die Geräusche im Haus. Aber bis auf das Knacken in den alten Balken war alles still. Erst weit nach Mitternacht hörte ich, wie sich alle auf ihre Zimmer zurückzogen.

Mehrere Male in dieser Nacht musste ich noch hinaus auf den Flur zum Klo, weil mein Magen durchdrehte. Erst gegen Morgen gelang es mir, einzuschlafen.

Kribbeln auf der Haut

Prompt verschlief ich den Wecker. Als ich die Augen aufschlug, war es bereits hell. Mir ging es furchtbar. Der Kopf schmerzte, mein Magen ziepte nervös, und ich hatte Angst. Richtig Angst.

Vor Crys' Reaktion, wenn er erfahren würde, dass ich nicht auf meinem Zimmer geblieben war. Und wegen dieser ›Vorlieben‹, die ich nicht verstand. Die mich anwiderten.

Weil niemand gesagt hatte, dass ich auch am Morgen in meinem Zimmer bleiben sollte, stand ich schließlich auf und ging in die Küche. Unten war niemand, anscheinend schliefen alle noch.

Ich hatte keine Ahnung, was die Gäste frühstücken wollten, also machte ich zunächst einmal Feuer in den Kaminen des Erdgeschosses und brühte Kaffee auf. Anschließend nahm ich eine Schüssel mit Seifenwasser und wischte den Esstisch ab, bis meine Hände ganz rau waren. Ich hatte das Bedürfnis, herunterzuscheuern, was gestern Abend darauf geschehen war. Aber was ich gesehen hatte, war in meine Netzhaut eingebrannt.

»Guten Morgen, Ella«, begrüßte Summer mich mit müder Stimme.

Kurz angebunden, ohne meine Tätigkeit zu unterbrechen, grüßte ich zurück. Wusste sie, was ich gesehen hatte? Wusste es Crys?

»Du brauchst nichts vorzubereiten, schließlich hast du sonntags frei, und die Gäste sind schon abgereist«, informierte Summer mich freundlich.

»So früh?« Verblüfft schaute ich auf und erschrak. »Wie siehst du denn aus?«, entfuhr es mir. Hatten die Männer sie etwa misshandelt?

Ihre Haut war bleich, die Augen lagen tief in den Höhlen, umrandet von dunklen Ringen, und auf ihrem T-Shirt zeichneten sich ganze

Büschel ausgefallener blonder Haare ab. Das Schlimmste aber war, dass sie auf ihren Armen und im Gesicht überall kleine blutige Stellen hatte.

»Das waren die Insekten. Es hat so schrecklich gejuckt«, klärte Summer mich verlegen auf. Sie seufzte. »Ich weiß, ich sehe furchtbar aus!«

Stirnrunzelnd betrachtete ich ihre Wange, auf der schon die ganze Zeit ein Muskel zuckte, und überlegte, wie sie das meinte. Wo sollten so plötzlich derartig aggressive Mücken herkommen? Wir hatten schließlich November!

Aber bevor ich noch etwas dazu sagen konnte, kam Crys in den Raum. Er sah ebenfalls blass und müde aus, als er zu Summer ging und ihr einen liebevollen Kuss auf die Wange gab. Da er im Gegensatz zu ihr sonst morgens immer wie das blühende Leben wirkte, verwunderte mich sein Aussehen. Er nahm sich einen Kaffee und verschwand sofort hinter der Zeitung.

Weil ich irgendwie Mitleid mit ihr hatte, sagte ich Summer, dass ich das Frühstück heute allein vorbereiten könne, und schickte sie mit einem Becher Tee ins Esszimmer.

Während des Essens blickte ich gedankenversunken aus dem Fenster und kaute unglücklich auf meinem Toast herum. Er schmeckte wie Pappe. Jeglicher Appetit war mir beim Anblick der Tischplatte vergangen, auf der … Ich zwang mich, diesen Gedankengang zu unterbrechen.

»Seid mir nicht böse, aber ich lege mich noch einmal hin«, sagte Summer, als sie ihren Tee ausgetrunken hatte, und stand leicht schwankend auf.

Besorgt blickte ich ihr hinterher.

»Ich bin dann auch mal weg«, murmelte ich und erhob mich ebenfalls.

»Warte, Bella!«, befahl Crys, aber ich wollte nicht warten.

»Ich hab frei«, erklärte ich bestimmt und griff nach meinem Teller, um ihn in die Küche zu tragen, doch er stellte sich mir so abrupt in den Weg, dass ich beinahe gegen ihn geprallt wäre.

Mit klopfendem Herzen sah ich zu ihm auf und trat einen Schritt zurück. »Was?«, fauchte ich, völlig durcheinander von seiner Schönheit und seinem anziehenden Geruch. Männlich-herb mit einer süßlich-frischen Note und einer riesigen Portion Unwiderstehlichkeit …

Mit schmalen Augen musterte er mich. »Ich weiß, dass du uns gestern beobachtet hast.«

Ich schluckte. »Ich ... ihr ...«, stotterte ich.

»Es reicht für dich, zu wissen, dass niemand zu irgendetwas gezwungen wurde.«

»Warum tut ihr so etwas? Ich verstehe nicht, was ihr da treibt!«, brach es dann aus mir heraus.

»Darüber werde ich nicht mit dir diskutieren. Komm damit zurecht oder lass es bleiben! Es ist mir egal.«

Ich wollte schlucken, doch in meinem Hals steckte ein ganzer Kloß fest. Wenn es ihm egal war, weshalb zum Teufel stand er dann immer noch da, musterte mich so prüfend und wartete meine Reaktion ab?

»Ach, renn doch vors Auto!«, zischte ich ihn hasserfüllt an und wollte mich an ihm vorbeidrücken. Dabei berührten meine Finger versehentlich seine Hand, und sofort durchzuckte mich ein leichter Schauer. Überrascht drehte ich mich zu ihm.

Dass man einen leichten Schlag bekam, wenn man einen Menschen berührte, hatte ich ja schon öfter erlebt, aber das hier war ganz anders – mehr ein wohliges Gefühl als ein Schmerz. Eigentlich fühlte es sich sogar ziemlich gut an!

Ohne nachzudenken, hob ich die Hand, um ihn noch einmal zu berühren, aber sofort trat er mit seltsam gequältem Blick einen Schritt zurück und verließ so hastig den Raum, dass es beinahe wie Flucht wirkte.

Mit großen Augen schaute ich ihm nach.

Was war das denn gewesen?

Den Rest des Tages verbrachte ich im Park, suchte erfolglos nach einem zweiten, weniger gut gesicherten Tor oder einer Möglichkeit, über die Mauer zu fliehen, und setzte mich schließlich frustriert auf die Bank am See, um zu lesen. Die herbstliche Kälte ließ mich zittern, doch hier draußen war das Gefühl des Gefangenseins nicht so übermächtig.

Erst als Susanna und ihr Highlander ihr Happy End gefunden hatten, ging ich zum Haus zurück.

In den folgenden Tagen erledigte ich wie benommen meine Arbeit. Noch nie in meinem Leben war ich so verzweifelt gewesen. Alle meine

Fluchtideen waren hinfällig, seit ich wusste, dass Mr Morris Lebensmittel und Post direkt am Tor entgegennahm – bewacht von den Alleebäumen.

Nach der Arbeit, wenn ich mich eigentlich in die wundervolle Welt der Bücher verkriechen durfte, zuckte ich bei jedem Geräusch zusammen. Leider gab es viele unheimliche Geräusche in einer alten Villa, und der verrückte Kater machte sich einen Spaß daraus, mich zu erschrecken. Doch seit ich ihn fütterte, zerstörte er wenigstens nichts mehr und kratzte oder biss mich auch nicht.

Ich redete kaum, lächelte nicht und hatte die ganze Zeit über Bauchschmerzen. Aus dem Spiegel sah mir morgens ein blasses Gesicht mit geröteten Augen entgegen, obwohl ich nicht geweint hatte. Ich hätte es gern getan, doch ich schien keine Tränen mehr übrig zu haben.

Ich war nicht mehr ich selbst. Die alte Ella war interessiert, aufmerksam und schlagfertig gewesen. Nun fühlte ich nur dumpfen Schmerz. Und gerade jetzt kamen auch wieder die Gedanken an meine Großeltern hoch. Ich vermisste sie so sehr, dass mir die Kehle eng wurde und sich mein Herz wie wund gescheuert vor Elend anfühlte.

Manchmal meinte ich aus dem Augenwinkel zu sehen, wie Crys mir einen besorgten Blick zuwarf, aber sobald ich zu ihm hinschaute, war da nur Eis in seinen Augen.

Summer wiederum bemühte sich redlich, mich aufzuheitern, allerdings ging es ihr selbst von Tag zu Tag schlechter. Dass sie richtig krank war, wurde mir klar, als sie mich eines Tages ausschimpfte, weil ich das Gemüse zu stark gesalzen hatte. Das war überhaupt nicht ihre Art. Sonst war sie stets geduldig mit mir gewesen. Anschließend brach sie in Tränen aus und entschuldigte sich mehrmals.

Mittlerweile war ich jedoch nicht mehr sicher, ob es wirklich eine körperliche Krankheit war, die ihren Zustand bewirkte, denn sie begann, Dinge zu sehen, die es nicht gab.

Da waren zunächst einmal die Mücken. Ich hatte ihr ganzes Zimmer kontrolliert, aber da war kein einziges Insekt zu sehen gewesen. Ob es vielleicht Flöhe waren? Angeschleppt von den Tieren?

Ich verwarf den Gedanken, als sich Summer beim nächsten Frühstück hysterisch das Gesicht zerkratzte und schrie: »Nehmt die Käfer weg, nehmt sie weg!«

Verständnislos schaute ich sie an, denn da war nichts. Crys erklärte ihr, dass die Käfer weg wären, und las dann seelenruhig weiter in seiner Zeitung.

Wie konnte ihn das so kalt lassen?

Als Summer hinauswankte, um sich die imaginären Insekten vom Körper zu waschen, konnte ich mich nicht zurückhalten. »Was ist mit ihr los?«, fragte ich Crys und schaute ihn anklagend an.

Dunkelheit flackerte in seinem Blick auf. »Ich möchte nicht darüber reden.«

»Das kann dir doch nicht egal sein!«, rief ich fassungslos. »Sie ist deine Freundin, du musst sie unbedingt zum Arzt bringen!«

Lediglich seine zu Fäusten geballten Hände zeigten, dass er seine Fassung nur mit äußerster Mühe wahrte. »Ich kann …« Er stockte und seufzte, was mich mehr als alles andere irritierte, denn bisher war er stets Herr der Lage gewesen.

Es ließ mich hoffen, dass er doch ein Herz besaß, aber das war ein Trugschluss.

»Hast du nichts zu tun?«, blaffte er mich an, stand auf und feuerte die Zeitung auf den Frühstückstisch.

»Verdammt, sie liebt dich! Du kannst sie doch nicht einfach so hängen lassen!«, schrie ich ihm hinterher. Summer war die Einzige, die mich in diesem Haushalt nett behandelte. Was sollte aus mir werden, wenn sie zusammenbrach?

Er wandte sich um, öffnete den Mund, schloss ihn aber gleich wieder und marschierte direkt in sein Arbeitszimmer.

Gedankenversunken schaute ich ihm nach. Irgendetwas stimmte hier nicht. Irgendetwas stimmte hier ganz und gar nicht.

Später beim Putzen von Summers Bad, als beide bei der Arbeit waren und ich Zeit zum Nachdenken hatte, kam mir schließlich ein schrecklicher Verdacht.

In der Schule hatten wir im Unterricht über Suchtmittel und was sie im Körper eines Menschen anrichteten gesprochen. Mr Brewster hatte uns Bilder von Drogensüchtigen gezeigt. Ich erinnerte mich, dass die ebenfalls psychotisches Verhalten an den Tag gelegt und eingefallene Gesichter, zugeschwollene Augen und diesen glasigen Blick gehabt hatten. Bei manchen hatte es sogar ähnliche Wunden wie in Summers Gesicht gegeben.

Ich stockte mitten in der Wischbewegung, und das Putzwasser tropfte ungehindert am Waschtisch herunter.

Das musste es sein! Crys gab ihr Drogen!

Ich rannte in Crys' Schlafzimmer und durchsuchte alle Schränke und Schubladen. Doch ich fand nichts. Keine Drogen, keine Spritzen, noch nicht einmal ein Medikament.

Dann kam mir sein Arbeitszimmer in den Sinn. Soweit ich wusste, durfte selbst Summer dort nicht hinein!

Zu allem entschlossen, stieg ich die Treppe hinunter und rüttelte an der Tür, aber wie zu erwarten, war sie verschlossen.

»Verdammt!«, fluchte ich.

Was zur Hölle tat er ständig in seinem Arbeitszimmer?

Den ganzen Tag kreisten meine Gedanken um dieses Thema, und je länger ich auf Crys' und Summers Rückkehr wartete, desto gereizter wurde ich.

Als er am Abend endlich heimkehrte, erwartete ich ihn in der Eingangshalle.

»Gibst du Summer Drogen?«, fragte ich ihn geradeheraus. Die ganze Zeit hatte ich überlegt, welche Worte ich wählen sollte, wie ich ihn fragen konnte, ohne dass er böse wurde, aber letzten Endes lief es immer wieder auf diese simple Frage hinaus. Und vermutlich war es egal, wie ich es formulierte – er würde in jedem Fall zornig werden.

Bedächtig schloss Crys die Tür und wandte sich mir zu.

Ich gab mir Mühe, seinem hypnotischen Blick standzuhalten, forschte nach der Wahrheit in seinem Gesicht.

Mein Körper versteifte sich, als er auf mich zutrat. Instinktiv hob ich die Hände und kniff die Augen zusammen in Erwartung eines Schlages.

Aber nichts geschah.

Zögernd hob ich die Lider und schaute direkt in seine eisblauen Augen, so dicht stand er vor mir. Ich drehte den Kopf zur Seite und machte einen Schritt zurück, um seiner Nähe irgendwie zu entkommen.

Doch stattdessen folgte er mir, legte seine Hand an mein Kinn und drehte es so, dass ich ihm wieder in die Augen sehen musste.

Ein sanfter Schauer durchfuhr mich – ausgehend von der Stelle, an der er mich berührte. Sofort ließ er mich wieder los.

»Ich gebe Summer keine Drogen«, sagte Crys leise und ließ mich dabei keine Sekunde aus den Augen.

»Aber was ist dann mit ihr los?«, fragte ich mit dünner Stimme, denn nach wie vor stand er viel zu dicht.

Er trat zurück, als wäre es ihm gerade ebenfalls bewusst geworden.

Nur mühsam gelang es mir, mich wieder daran zu erinnern, worum es in unserem Gespräch gegangen war. »Merkst du nicht, dass sie Halluzinationen hat?«, warf ich ihm an den Kopf. »Und mit jedem Tag wird sie dünner und unkonzentrierter!«

»Das ist nicht dein Problem«, antwortete er schroff und wandte sich ab, um seine Jacke an die Garderobe zu hängen.

Seine Emotionslosigkeit machte mich rasend. »Doch, denn schließlich wohne ich auch hier! Schon vergessen?«, fauchte ich aufgebracht.

Crys wandte den Kopf und hob spöttisch die Augenbrauen. »Wie könnte ich. Kümmere dich vernünftig um Summer und das Haus und lass mich mit deinen Wahnvorstellungen in Ruhe.« Damit ließ er mich fassungslos im Flur stehen, ging in sein Arbeitszimmer und schloss sich ein.

»Hau ruhig ab!«, brüllte ich ihm hinterher. »Damit verschönerst du diesen Raum!«

Als hätte man die Luft aus einem Ballon gelassen, sanken meine Schultern herab. Ich war kein Stück weitergekommen. Arme Summer. Aber was sollte ich tun?

Am nächsten Tag ging Summer nicht zur Arbeit. Ungeschminkt und teilnahmslos lag sie auf dem Sofa und blätterte in einer Frauenzeitschrift.

Ich versorgte sie mit Getränken, Obst und leichten Häppchen. Mehrere geplatzte Äderchen in ihrem Gesicht fielen mir auf. Ihre Nase schien dicker als noch vor ein paar Tagen und deren Haut grobporiger.

»Du solltest wirklich zum Arzt gehen«, beschwor ich sie.

Mürrisch runzelte sie die Stirn. »Ich brauche keinen. Ich brauche Crys. Nur mit ihm fühle ich mich wirklich lebendig.«

Ich blinzelte. »Äh … echt jetzt?«, fragte ich betreten. Das musste wahrscheinlich so ein merkwürdiges Liebesdings sein, bei dem ich nicht mitreden konnte, weil ich noch nie einen festen Freund gehabt hatte.

»Genau! Er ist einfach wunderbar! Wenn er im Bett so richtig …«

»Stopp!«, unterbrach ich sie hastig und war versucht, mir die Ohren zuzuhalten, denn das wollte ich nun wirklich nicht hören. »Ich glaub dir ja, dass er ein toller Lover ist, aber nichtsdestotrotz siehst du echt mies aus!«

Scherzhaft schlug sie mit der Zeitschrift nach mir. »Du willst also damit sagen, dass ich hässlich bin?«

»Nein!«, rief ich. »Aber du siehst einfach nicht gesund aus.« Ich verfluchte die Tatsache, dass es hier keinen vernünftigen Erwachsenen gab, der mir wenigstens diese Sorge von den Schultern nehmen konnte.

»Dann bring mir doch bitte meinen Schminkkoffer, damit ich mich herrichten kann, bevor Crys nach Hause kommt.«

War das etwa ihre einzige Sorge?

Ich seufzte. »Schlaf besser ein bisschen«, empfahl ich ihr und ließ sie allein, um mich der Hausarbeit zu widmen.

Doch als ich zwischendurch nach Summer schaute, war sie wach und starrte mit leerem Blick an die Zimmerdecke. Das Essen hatte sie nicht angerührt.

»Alles in Ordnung?«, fragte ich besorgt und nahm den Teller mit dem trocken gewordenen Obst an mich, um es zu entsorgen.

»Ella, gibt es hier in der Gegend manchmal Erdbeben?« Sie klang, als wäre sie mit ihren Gedanken weit entfernt.

Verwirrt antwortete ich: »Nicht dass ich wüsste.«

»Merkwürdig. Weshalb bewegen sich dann bloß die Wände? Das ist ziemlich unheimlich!« Sie rieb sich heftig über die Oberarme und umklammerte dann ihre Beine, die sie an sich gezogen hatte.

»Aber da bewegt sich nichts!«, antwortete ich beklommen. Mein Magen klumpte zusammen. »Ich geh dann mal, die Wäsche machen. Brauchst du noch was?«

»Crys«, murmelte sie dumpf, woraufhin ich eilig das Weite suchte.

Auch an den folgenden Tagen verließ Summer das Haus nicht, sondern blieb in ihrem Bett. Schlecht gelaunt lag sie da und wurde im Verlaufe des Tages immer unruhiger.

»Wann kommt Crys endlich?«, fragte sie ständig, bis meine Nerven zum Zerreißen gespannt waren.

Ich brachte ihr Zeitschriften und Bücher, aber sie meinte, dass sie sich darauf nicht konzentrieren könne.

»Soll ich dir etwas vorlesen?«, schlug ich vor und hielt ihr meine aktuelle Lektüre ›Jane Eyre‹ entgegen.

Sie nickte langsam. »Na gut, wir können es ja mal versuchen.«

»Es war unmöglich, an jenem Tage spazieren zu gehen«, begann ich vorzulesen und hoffte, dass ich sie ein wenig ablenken konnte.

Als ich zu der Stelle kam, an der die Romanheldin stundenlang in ein Zimmer gesperrt wurde, zeigte Summer endlich eine Gefühlsregung.

»Unglaublich!«, schimpfte sie. »Wie kann man so mit dem armen Kind umgehen?«

Ich verkniff mir einen spitzen Kommentar über Menschen, die andere einsperrten, und las einfach weiter.

Als Jane gerade an der neuen Schule eintraf, wurde die Zimmertür geöffnet und Crys kam herein. Mitten im Satz unterbrach ich und ließ das Buch sinken. Mit leicht überrascht wirkendem Blick betrachtete er die Szene.

Im gleichen Augenblick sprang Summer quietschend auf, warf sich in seine Arme und umschlang ihn auch gleich noch mit den Beinen, sodass er kurz ins Wanken geriet.

»Immer mit der Ruhe!«, rief er lachend.

Während die beiden begannen, sich abzuschlabbern, verließ ich leise das Zimmer, um das Abendbrot vorzubereiten.

Summer blieb weiterhin im Bett. Sie wirkte müde, schwach und ausgelaugt. Ihr Blick geisterte wild hin und her, wenn sie nicht gerade stumpf vor sich hin starrte. Als ich gegen Nachmittag mein Arbeitspensum erfüllt hatte, bat sie mich, ihr wieder vorzulesen.

Ich zog mir den Stuhl ans Bett und schlug das Buch auf. Als Jane Eyre im Roman gerade das erste Mal auf Mr Rochester traf, begann Summer, unruhig zu zappeln,und setzte sich auf. Aus zusammengekniffenen Augen taxierte sie mich.

»Summer? Ist alles in Ordnung?«, fragte ich verunsichert.

»Du willst mich umbringen, richtig?«, flüsterte sie mit Grabesstimme.

Ich schnappte nach Luft. »Nein! Warum sollte ich?«, fragte ich erschüttert und erhob mich, um Sicherheitsabstand zwischen uns zu bringen, ohne sie weiter aufzuregen. Sie machte mir Angst. »Ich … geh dann mal frischen Tee aufbrühen …«

Doch noch bevor ich die Zimmertür erreicht hatte, sprang Summer erstaunlich kraftvoll aus dem Bett und packte mich mit beiden Händen von hinten am Hals. »Ich weiß, dass du mich töten willst!«, kreischte sie schrill in mein Ohr und drückte zu.

Panisch schlug ich um mich, doch sie entwickelte schier übermenschliche Kräfte.

»Hör auf!«, wollte ich rufen, brachte aber nur ein heiseres Röcheln heraus.

Unbeirrt hielt sie mich gepackt. Immer fester presste sie meine Kehle zusammen, bis mir schwindelig wurde und ich Sterne vor den Augen sah. Es gelang mir nicht, ihre Hände von meinem Hals zu lösen und mich aus ihrem Griff zu befreien.

Als ich schon in die Bewusstlosigkeit abzugleiten drohte, war da auf einmal ein Fauchen. Ich hörte Summer kreischen und spürte, wie sich endlich ihre Hände lockerten.

Nach Luft ringend, sank ich zu Boden.

Als die Lichtblitze vor meinen Augen nachließen, erkannte ich James, der mit gesträubtem Fell beobachtete, wie Summer mit schmerzverzerrtem Gesicht durch das Zimmer hüpfte und jaulte. Auf ihren Händen prangten blutige Streifen.

Anscheinend hatte der Kater sie angesprungen und sich in Summers Händen verkrallt.

Benommen saß ich da. Erst als Arthur auf einmal laut bellend in der Tür erschien und mich am Ärmel packte, kam wieder Leben in mich. Er zerrte, bis ich schwankend auf die Beine gekommen und hinter ihm her, hinaus auf den Flur gestolpert war.

Dort nahm mein Gehirn seine Tätigkeit endlich wieder auf. Schluchzend flüchtete ich in mein Badezimmer und verschloss mit zitternden Fingern die Tür. Dann sank ich auf den Boden, umschlang die Knie mit meinen Armen und weinte lautlos.

Warum hatte Summer das getan? Weshalb dachte sie, dass ich sie töten wollte? War sie verrückt geworden?

Waren es tatsächlich Drogen oder vielleicht ein inoperabler Hirntumor, der ihre Gedanken verwirrte? Das würde erklären, weshalb Crys nichts unternahm – nichts unternehmen konnte.

Aber was sollte werden, schoss es mir durch den Kopf, wenn Summer daran verstarb? War ich dann nutzlos geworden? Würde Crys dann zu Ende bringen, was seine Freundin gerade bei mir versucht hatte?

Je länger ich darüber nachdachte, desto klarer wurde mir, dass ich mich in Lebensgefahr befand.

Summer war wahnsinnig geworden und wollte mir die Lichter ausknipsen.

Falls sie es nicht schaffte und stattdessen irgendwann aufgrund ihres schlechten Gesundheitszustandes versterben würde, war ich überflüssig geworden. Doch auch wenn ich den Haushalt nicht in Ordnung hielt, weil ich mich vor Summer verstecken musste, war ich nutzlos.

Also egal, wie ich mich entschied: Ich war geliefert.

Angst kroch erneut meinen Rücken empor, brodelte in meinem Bauch und raubte mir die Luft zum Atmen. In verzweifelter Hilflosigkeit zerrte ich an meinen Haaren und brüllte meinen Schmerz hinaus, bis meine Stimme brach.

Ein Kratzen an der Tür ließ mich zusammenfahren.

War das Summer?

Mit einem Satz war ich von der Tür weg und kauerte mich hinter die frei stehende Wanne. Wer konnte schon sagen, ob sie sich nicht eine Waffe geholt hatte, um mich zu töten?

»Ja?«, krächzte ich zittrig.

Aber es drangen keine Schüsse durch die Tür, und keine Axt zerschmetterte ihr Holz.

Niemand antwortete, nur ein leises Hecheln war zu hören.

War das Arthur?

Was, wenn nicht? Mir fehlte der Mut, nachzuschauen. Hier drinnen empfand ich zumindest die Illusion von Sicherheit, aber irgendwann musste ich ja doch das Bad verlassen.

Ich richtete mich auf und straffte die Schultern. Ab sofort durfte ich Summer einfach nicht mehr den Rücken zukehren, konnte sie für keinen Moment aus den Augen lassen und musste ständig mit dem Schlimmsten rechnen.

Auf Zehenspitzen schlich ich zur Tür, um zu lauschen.

Stille.

Zaghaft öffnete ich sie einen winzigen Spalt und spähte hinaus. Der Flur war leer.

Also nahm ich mir ein Herz und huschte so leise ich konnte die Treppe nach unten, immer auf der Hut. Doch in der Eingangshalle war nur das Ticken der alten Standuhr zu hören, und der Einzige, der dort wartete, war der stumme Prinz Schepperblech.

Ich ging in die Küche. Bald würde Crys heimkehren und sein Abendessen erwarten. Doch bevor ich damit begann, goss ich ein Glas Wasser in meine schmerzende Kehle und schüttete dann eine Extraportion Futter in die beiden Fressnäpfe meiner Lebensretter, die bei diesem Geräusch sofort in die Küche geflitzt kamen. Dankbar streichelte ich den beiden das Fell.

Wenn James und Arthur nicht gewesen wären, wäre ich jetzt tot.

Ich musste mich zusammenreißen. Mit bebenden Fingern begann ich mit den Vorbereitungen für das Abendessen.

Als ich ein Geräusch vom Flur her hörte, während ich mit fahrigen Bewegungen Möhren schälte, fuhr ich erschrocken herum. Die ganze Zeit hatte ich die Tür nicht aus den Augen gelassen, und die Terrassentür stand trotz des Herbstwetters einen Spaltbreit offen, damit ich jederzeit fliehen konnte, falls Summer in die Küche kommen sollte.

Aber es war nur Crys.

Erleichtert aufatmend wandte ich mich wieder dem Gemüse zu.

»Guten Abend!«, rief ich so fröhlich, wie ich nur konnte, und hoffte, dass er meine Heiserkeit nicht bemerken würde. Eifrig schälte ich weiter, als wenn nichts gewesen wäre.

Als er nicht antwortete, warf ich ihm einen unsicheren Blick zu und zuckte zusammen. Er hatte mich ja schon so manches Mal mit seinem grimmigen Blick gemustert, aber gegen seinen momentanen Gesichtsausdruck war das noch freundlich gewesen!

»Es ist eiskalt hier, warum steht die Terrassentür offen?«, fragte er bedrohlich ruhig.

»Äh … mir … war so warm beim Kochen«, schwindelte ich und mied seinen Blick.

Er deutete mit dem Finger auf mich. »Was zum Teufel ist das?«, fuhr er mich an und kam näher.

»Was meinst du?«, fragte ich argwöhnisch und wich zurück, bis ich mit dem Rücken gegen den Geschirrschrank stieß.

»Das an deinem Hals«, knurrte er grimmig, hob die Hand und schob mein Haar beiseite.

Mit einer Bewegung, die ich bei jedem anderen Mann als zärtlich gedeutet hätte, strich er über die Haut meiner Kehle.

Wie gebannt schaute ich zu ihm auf, weil er so faszinierend war. Weil er so nahe stand. Und weil dieser verführerische Duft von ihm ausging, der mich alles andere vergessen ließ.

Reich und schön. Für die meisten Frauen eine unwiderstehliche Kombination. Einmal mehr erlag auch ich seiner unvergleichlichen Anziehungskraft.

Als mir bewusst wurde, dass ich ihn anstarrte, wollte ich hastig zur Seite ausweichen, aber er packte mich an den Oberarmen und zog mich so nah an sich heran, dass unsere Nasenspitzen beinahe aneinanderstießen. Erschrocken schnappte ich nach Luft.

»Wie ist das passiert?«, grollte er.

Der seltsam besorgte Ton in seiner Stimme verwirrte mich.

»Das … also, ich …« Verzweifelt suchte ich nach einer Lüge, die ich ihm auftischen konnte. Er würde mir ja doch nicht glauben, dass seine Freundin mich angegriffen hatte. »… ich bin mit dem Ausschnitt vom Pulli an einem Haken hängen geblieben.«

»Hängen geblieben?«, wiederholte er ernst, ließ mich los und trat einen Schritt zurück, sodass ich wieder atmen konnte.

»Genau. Im Keller, an dieser Aufhängevorrichtung für den Besen«, improvisierte ich dilettantisch, wie ich an seinem Gesicht ablesen konnte. Er glaubte mir kein Wort. »Ist aber nicht schlimm, tut gar nicht mehr weh«, beteuerte ich und wandte mich eilig ab, um die Möhre zu Ende zu schälen.

Crys verließ ohne ein weiteres Wort die Küche.

Aufatmend legte ich Karotte und Schäler beiseite und ging ins Gästebad, um meinen Hals im Badezimmerspiegel zu betrachten. Ein dunkelrotes Würgemal hob sich gut sichtbar von meiner blassen Haut ab.

Ich rannte nach oben, um mir ein Halstuch aus meinem Schrank zu holen. Wenn man die Abdrücke auf meiner Haut nicht mehr sah, geriet das Ganze hoffentlich rasch in Vergessenheit.

Stimmen drangen über den Flur zu mir. Summer und Crys schienen sich ganz ruhig und vernünftig zu unterhalten, was mich wunderte. Hatte sie ihre Psychose einfach so überwunden?

Gemeinsam mit Crys erschien sie zum Abendessen. Sie hatte sich die Haare gerichtet, sich angezogen und wirkte gefasst. Beinahe war es, als hätte sie nie versucht, mich umzubringen.

Aber eben nur beinahe.

Die Mahlzeit verlief in angespanntem Schweigen. Crys schaufelte schlecht gelaunt die Nudeln in sich hinein, ich war still wie immer, seit ich hierher verschleppt worden war, und Summer wirkte erschöpft und niedergeschlagen.

Ich ließ sie keine Sekunde lang aus den Augen.

Zum Glück leistete Crys uns beim Abdecken Gesellschaft, sodass ich nicht mit Summer alleine bleiben musste. Ich war froh darüber, auch wenn ich nicht verstand, warum er heute nicht direkt in seinem Arbeitszimmer verschwand, wie sonst.

Während ich mich anschließend um den Abwasch kümmerte, gingen die beiden gemeinsam nach oben. Besorgt atmete ich tief durch.

Wie sollte das bloß weitergehen?

Am nächsten Morgen wirkte Summer ruhiger als am Tag zuvor, doch ihr misstrauischer, leicht gehetzter Blick, der mir folgte, während ich das Frühstück vorbereitete, machte mir Sorge.

Die ganze Zeit über fürchtete ich mich vor einem weiteren Anfall.

Zu Recht.

»Du willst Crys für dich!«, brach es plötzlich beim Aufdecken aus ihr heraus, und sie stürzte sich auf mich. »Gib es zu, du kleine Schlampe!«

Entsetzt floh ich aus dem Esszimmer. Erst oben auf dem Treppenabsatz, aus sicherer Entfernung, beobachtete ich, wie Crys seine tobende Freundin in das Arbeitszimmer drängte und es von außen verschloss. Hinter der Tür hörte man sie randalieren und kreischen. Irgendetwas zerbrach klirrend.

Verzweifelt versuchte ich, die Tränen zu unterdrücken.

Crys trat an die Treppe und blickte zu mir nach oben. Auf seinem Gesicht lag für einen winzigen Moment ein Ausdruck der Hilflosigkeit und Trauer. Doch sofort war da wieder nur seine kühle Maske.

»Steh nicht dumm herum, hol Koffer vom Dachboden und fang an, Summers Sachen einzupacken!«, brüllte er mich an.

Wollte er sie nun doch in eine Klinik bringen? »Was für Sachen braucht sie denn?«, fragte ich verwirrt.

»Alles!«, kam es hart zurück. »Und beeil dich gefälligst!«

Meine Augen wurden groß. *Alles?*

Was hatte das zu bedeuten?

Ratlos kletterte ich die Stiege zum Dachgeschoss hinauf. Ich ignorierte das Unbehagen, welches der unheimliche, schlecht beleuchtete Abstellraum in mir auslöste, holte zwei große Koffer und schleppte sie in Summers Zimmer. Dort packte ich eilig alles zusammen. Zwei Koffer reichten bei Weitem nicht aus, stellte ich fest, aber das musste erst einmal genügen. Ich schleppte die Gepäckstücke hinunter in die Eingangshalle.

»Crys? Ich bin fertig!«, rief ich zaghaft, woraufhin er aus dem Arbeitszimmer kam und hinter sich abschloss.

War Summer dort etwa immer noch eingesperrt?

»Gut. Jetzt geh in dein Zimmer!«, befahl er. »Da bleibst du, bis ich zurückkomme.«

»Aber warum?«, fragte ich. Meine Hände zitterten so sehr, dass ich sie ineinander verschränken musste. »Ich versteh nicht, was hier los ist. Es macht mir Angst!«

Für einen Moment lang hielt Crys inne und taxierte mich mit diesen unheimlich leuchtenden Augen. Manchmal schien es so, als hätten sie schon alles gesehen. Jede Facette dieses beschissenen Lebens.

»Es geht dich nichts an«, stieß er schließlich hervor und ballte die Hände zu Fäusten.

»Aber was …« Die weiteren Worte blieben mir im Halse stecken, denn nun bröckelte seine mühsame Beherrschung.

Drohend kam er näher. »Los jetzt!«, brüllte er mich an.

Die Lautstärke verdoppelte sich durch die Weite der Eingangshalle, gellte in meinen Ohren und schmerzte in meinem Herzen. Wortlos drehte ich mich um und hastete mit einem trockenen Schluchzen nach oben.

Im Gärtnerhaus

Ich erfuhr nicht, was unten weiter geschah, denn mein Zimmer besaß kein Fenster nach vorn. Doch nach einer Weile ertönte Summers Geschrei aus der Eingangshalle.

Noch als die Haustür bereits hinter ihnen zugefallen war, konnte ich ihr hysterisches Kreischen hören. Ich hielt mir die Ohren zu, weil ich es nicht ertragen konnte, sie so zu erleben.

Dann endlich herrschte Stille.

Während ich noch mit weichen Knien durch mein Zimmer wanderte, näherten sich Schritte, und es klopfte an meiner Zimmertür.

»Ella?«, hörte ich die Stimme des alten Gärtners.

Hastig wischte ich mir die Tränen aus den Augen und öffnete.

Auch wenn ich es nie gedacht hätte, war mir sein mürrisches Gesicht in diesem Augenblick das Liebste auf der ganzen Welt. Aufschluchzend warf ich mich in seine Arme.

»Sie müssen mich hier herausholen! Bitte!«

»Ist ja gut, Mädchen, deshalb bin ich ja da!« Unbeholfen wand er sich aus meinem Griff und tätschelte mir den Arm. »Du kommst erst einmal mit zu mir«, erklärte er. »Hol dir, was du brauchst, und dann komm rüber.« Damit drehte er sich um.

»Ich soll mit ins Gärtnerhaus?«, fragte ich enttäuscht, denn ich hatte einen Moment lang gehofft, dass er mich doch noch freilassen würde. »Aber …« Ich brach ab, denn er war schon auf dem Weg zurück. Egal. Ich konnte all die Fragen, die mir auf der Seele brannten, auch später noch stellen.

Rasch stopfte ich meine Sachen in den alten Rucksack und schleppte ihn zum Gärtnerhaus.

Leander Morris wohnte in einem winzigen Reetdachhäuschen, an dessen steinernen Mauern Rosensträucher emporrankten. Von außen wirkte es gepflegt und gemütlich.

Ich stellte meinen Rucksack auf der Holzbank neben dem Eingang ab und klopfte.

»Komm rein, es ist offen!«

Neugierig trat ich ein.

Dunkle Dielen, weiß getünchte Wände und eine niedrige Holzdecke empfingen mich. Ich war überrascht, wie wohnlich es hier war, obwohl der Gärtner allein lebte – hübsche alte Möbel, ein bis oben hin gefülltes Bücherregal, gemusterte Vorhänge vor den Sprossenfenstern und ein Strauß Herbstblumen auf dem Esstisch. Kein leicht säuerlicher Geruch nach altem Mann, wie ich es befürchtet hatte.

»Mach endlich die Tür wieder zu, es wird kalt!«, ertönte von irgendwoher die Stimme von Mr Morris.

Ich gehorchte, streifte meine Schuhe ab und ging meinen neuen Gastgeber suchen. Lange dauerte es nicht, denn außer dem Wohnzimmer gab es im Erdgeschoss nur noch eine enge Küche, ein Bad und das Schlafzimmer. Doch erst als ich die schmale Stiege zum Dachgeschoss hinaufkletterte, fand ich ihn. Er war gerade dabei, Bettzeug für mich herauszulegen.

Die kleine Mansarde mit ihren niedrigen Dachschrägen und rohen Balken gefiel mir. Statt eines Schranks, für den hier kein Platz gewesen wäre, gab es nur Kommoden. An einer Wand befand sich ein breites Bett, daneben eine Tür, die zu einem Abstellraum führte.

»Es ist schön hier!«, sagte ich höflich und bewunderte die Aussicht über den Garten. Man konnte bis hinüber zur Villa schauen.

»Das Haus hat meine Frau – Gott hab sie selig – eingerichtet«, erklärte der Alte und stieg mühsam wieder hinunter. »Früher haben wir in diesem Zimmer geschlafen, aber mittlerweile ist das Treppensteigen für mich zu beschwerlich. Deshalb kannst du hier oben übergangsweise einziehen.«

»Übergangsweise?« Ich folgte ihm.

»Bis du wieder drüben wohnen kannst.« Er war unten angekommen und deutete mit dem Kinn Richtung Villa. »Wird wohl nicht lange dauern.« Er ging in die Küche und schaltete den Wasserkocher an.

»Warum bin ich hier, und was ist mit Summer?« Diese Unwissenheit war zermürbend.

»Sie kommt nicht wieder«, erklärte Mr Morris, als wäre das sonnenklar.

»Aber warum?«, fragte ich erstaunt. Summer und Crys hatten sich doch nie gestritten. Weshalb trennten sie sich so plötzlich? Warf Crys seine Freundin etwa raus, weil sie krank war?

»Dazu kann ich nichts sagen«, entgegnete Mr Morris und füllte Teeblätter in ein Teesieb, »aber ich denke, dass Summer sich erst einmal erholen muss.«

Ständig diese Rätsel! Warum wollte mir niemand verraten, was wirklich los war?

»Ich versteh immer noch nicht, weshalb ich jetzt hier bin«, sagte ich ungeduldig.

»Weil es drüben im Augenblick gefährlich ist.« Mitleidig schaute der Gärtner mich an.

Wie bitte?! Was war drüben gefährlich, wenn Summer doch weg war? Etwa Crys? Sicher, der hatte sich bisher nicht gerade durch Liebenswürdigkeit ausgezeichnet, doch er hatte mir nie wehgetan!

»Aber …«

»Keine Fragen mehr«, fiel der Gärtner mir ins Wort und holte eine Teekanne aus einem Regal, unter dem Sträuße aus getrockneten Kräutern baumelten, die einen würzigen Duft verströmten. »Bring lieber endlich deinen Rucksack nach oben, und dann hilf mir, die Sandwiches zuzubereiten, anstatt mir meine Zeit zu stehlen!« Bedächtig füllte er kochendes Wasser in die Kanne und hängte das Teesieb hinein. »Ich habe ihm gleich gesagt, dass es eine dumme Idee ist, einen neugierigen Teenager bei mir einzuquartieren«, brummte er in seinen grauen Bart. »Das bringt nur Unruhe ins Haus.«

Trotz seiner harten Worte meinte ich, ein winziges freundliches Funkeln in seinen trüben Augen zu erkennen.

Es war also Crys gewesen, der mich hier in Sicherheit wissen wollte. Was ich mit dieser Information anfangen sollte, war mir allerdings unklar.

»Was ist mit den Tieren?«, fragte ich und begann, das Brot zu bestreichen. »Die brauchen doch Futter und Auslauf!«

»Um die kümmere ich mich solange.«

»Okaaaay …« Trotz des riesigen Fragezeichens in meinem Kopf nahm ich die Information erst einmal so hin.

Nachdem ich Mr Morris geholfen hatte, alles vorzubereiten, setzten wir uns an den Esstisch. Er nahm sich ein Sandwich und biss hinein. Ein wenig steif nippte ich an meinem Tee, denn seine ganze Körperhaltung strahlte aus, dass ich ihn störte.

Er erinnerte mich an meinen Großvater. Der war auch von der Sorte »raue Schale – weicher Kern« gewesen.

Liebevoll dachte ich daran zurück, wie er mit mir rodeln oder im Wald spazieren gegangen war, Drachen hatte steigen lassen und mit welcher grenzenlosen Geduld er mir das Schwimmen beigebracht hatte. Plötzlich war sie wieder da, die Sehnsucht nach meinen Großeltern und der Heimat, die ich dort gehabt hatte. Ich lächelte traurig und lehnte mich seufzend zurück.

»Glaub ja nicht, dass du hier den ganzen Tag vor der Glotze sitzen kannst – ich habe nämlich keinen Fernseher!«, erklärte mir Mr Morris mit vollem Mund.

»Das macht nichts, ich lese viel lieber«, entgegnete ich ungerührt. »Sie auch?«, erkundigte ich mich neugierig und deutete auf das überfüllte Bücherregal. Neben vielen Bänden über Pflanzen befand sich auch eine beeindruckende Menge an Romanen und Biographien darin.

»Mhm«, nickte der Alte.

»Ich kann kochen und putzen, während Sie den Garten pflegen!«, schlug ich vor, denn ich hatte das Bedürfnis, mich nützlich zu machen, wenn er mich schon bei sich aufnahm.

»Na, das ist ja wohl auch das Mindeste«, kam die knurrige Antwort, doch mittlerweile war ich mir sicher, dass er nur so tat, aber in Wahrheit kein schlechter Kerl war.

»Und dann könnte ich die Wände noch schwarz streichen«, meinte ich nachdenklich und freute mich diebisch über seinen entsetzten Blick. »Wär doch cool. Dazu vielleicht rote Samtgardinen und eine Lichterkette aus Totenköpfen?« Mit unschuldigem Augenaufschlag beobachtete ich, wie seine Gesichtszüge entgleisten, bis ich nicht mehr ernst bleiben konnte.

Als er sah, wie ich mir das Lachen verbiss, wanderten seine Mundwinkel nach oben. »Na, na, Ella! Du kannst doch einem alten Mann nicht so einen Schrecken einjagen!«

Verschmitzt grinste ich zurück und genoss das Gefühl, endlich einmal wieder mit jemandem gemeinsam lachen zu können.

Nach dem Imbiss ging Mr Morris erneut hinaus an die Arbeit.

Während ich das Geschirr abwusch, durchdrang auf einmal ein schriller Schrei die Stille. Erschrocken öffnete ich das Fenster. Tatsächlich! Eine Frauenstimme. Sie brüllte unablässig einen Namen. »Cryyyyyys!«

Das war doch Summer? Mit klopfendem Herzen flitzte ich zum Hauseingang und verriegelte mit dem innen steckenden Schlüssel die Tür. Nicht, dass sie hereinkam und mich wieder anfiel! Der Schreck saß mir noch in den Gliedern.

Eine ganze Weile stand ich am Fenster und spähte hinaus. Doch da war nichts zu sehen. Weil das hysterische Schreien an meinen Nerven zerrte, suchte ich den Staubsauger. Sein Lärm würde Summer übertönen. Doch als auch das letzte Fleckchen des Hauses abgesaugt war, kreischte Summer noch immer nach Crys. Sehnsüchtig und verzweifelt.

Mittlerweile dämmerte es. Ich nahm allen Mut zusammen und beschloss, draußen nachzusehen, was da los war. Erleichtert stellte ich fest, dass die Schreie von der anderen Seite des Tores kamen. Schließlich wusste ich, wie gefährlich Summer in ihrem Wahn werden konnte.

Schlurfende Schritte näherten sich. Ohne mich umzudrehen, wusste ich, dass es Leander Morris war.

»Sie tut mir leid«, sagte ich leise.

»Wir können nichts machen, sie muss da durch!«, erklärte er und rieb sich unbehaglich über seinen Bart. Ich merkte ihm an, dass er ebenfalls betroffen war.

»Sie ist süchtig, oder?«, fragte ich und beobachtete seine Reaktion genau. »Das ist doch nicht nur Liebeskummer!«

Seufzend zuckte er mit den Schultern.

»Kann Crys sie nicht beruhigen? Wo ist er überhaupt?«

»Nicht da«, kam die knappe Antwort.

»Können wir ihr wenigstens eine Decke und etwas zu essen bringen?«

»Nein.« Mr Morris wandte sich ab. »Geh jetzt besser rein, ich weiß nicht, wann Crys zurückkommt.«

»Ich würd Summer ja etwas bringen, aber ich finde den Schalter nicht, mit dem man diese bescheuerten Bäume abstellen kann!«, wagte ich einen weiteren Vorstoß.

Der Gärtner gluckste. »Hast du etwa irgendwo einen Mechanismus gesehen?«, fragte er kryptisch und ließ mich einfach stehen.

Mit gerunzelter Stirn folgte ich ihm.

Als ich nach dem Abendessen ins Bett kroch, war Summer immer noch am Tor. Ihr Geschrei war in ein heiseres Flehen übergegangen, das noch schwerer zu ertragen war. Lange lag ich wach und presste mir die Hände auf die Ohren, um es nicht hören zu müssen. Schließlich versuchte ich zu lesen, aber es gelang mir nicht, mich zu konzentrieren.

Wo war der Mistkerl nur? Und warum half er ihr nicht, verdammt noch mal?

Ein verrückter Gedanke formte sich in mir: Hatte er sie vielleicht meinetwegen fortgeschickt? Um mich vor ihr zu schützen?

Nein, das wäre ja absurd. Warum sollte ihm mein Wohlergehen plötzlich am Herzen liegen? Bisher hatte er aus seiner Abscheu ja keinen Hehl gemacht.

»Geh weg, du störst mich«, pflaumte Mr Morris mich an. Er kniete in einem Beet und jätete Unkraut.

An diesem Vormittag hatte ich schon den Frühstückstisch abgedeckt, das Geschirr gereinigt und das Bad geputzt. Gesaugt hatte ich ja bereits am Vortag. Anschließend hatte ich zwei Stunden lang gelesen, und jetzt war mir wirklich, wirklich langweilig. Das Wetter war so schön! Die Sonne schien, und es war erstaunlich warm für einen Novembertag.

»Kann ich Ihnen nicht helfen?«, bettelte ich und bückte mich, um hilfreich ein Büschel herauszureißen, das sich zwischen den verblühenden Stauden breitgemacht hatte.

»Finger weg!«, donnerte der Gärtner erbost. »Das ist ein teures Ziergras!«

Errötend setzte ich die Pflanze wieder an ihren Platz und drückte die Erde rundherum notdürftig fest. »Aber ich möcht es so gerne versuchen, Mr Morris!«

»Was hat sich Crys bloß dabei gedacht, diese Göre hierherzubringen …?«, murmelte er vor sich hin und erhob sich ächzend, um ein Stückchen weiter wieder auf die Knie zu gehen.

»Ach, Mr Morris!« Ich schenkte ihm ein liebreizendes Lächeln, das er mit einem Brummen quittierte. »Lassen Sie es mich doch bitte einmal versuchen. Sie werden sehen, ich lerne schnell!«

Seufzend antwortete er: »Nun gut. Diese Pflanze hier – schau sie dir genau an –, das ist Quecke. Die muss aus den Beeten raus und darf sich auf keinen Fall ausbreiten, sonst haben wir ein Problem. Hier, nimm das.« Er hielt mir eine Hacke entgegen. »Du musst die ganze Pflanze herausholen, sonst bildet sich aus den Wurzelresten neue Quecke.«

»Okay!«, antwortete ich fröhlich, kniete mich ins Beet und begann, einen Wurzelstrang herauszuziehen. »Der hört ja gar nicht wieder auf!«, rief ich erstaunt und hielt ein meterlanges Stück in die Höhe.

Mr Morris gab als Antwort ein genervtes Brummen von sich.

»Giersch kann man ja essen, das weiß ich von meinem Großvater«, erzählte ich unbeeindruckt. »Aber was ist mit diesem Bandwurm hier? Ist der auch zu irgendetwas nütze?«

»Du gibst ja doch keine Ruhe, oder?« Mit einem weiteren Aufseufzen hob der alte Gärtner den Kopf. »Also gut. Diese Wurzeln kann man trocknen, zermahlen und damit Getreidemehl strecken. Die Ausläufer können in einer Suppe gekocht werden.« Er arbeitete weiter, während er sprach. »Als Teedroge wird Quecke traditionell bei Entzündungen der Harnwege eingesetzt.«

»Eine Droge?«, fragte ich irritiert und hatte sofort wieder Summer vor Augen. Irgendwann am frühen Morgen musste sie weggefahren sein, denn seitdem war von ihr weder etwas zu hören noch zu sehen gewesen.

Der Gärtner verzog das Gesicht, als würde er ebenfalls über etwas Unerfreuliches nachdenken. »›Teedroge‹ ist der Fachbegriff. Einigen wir uns stattdessen auf das Wort ›Arznei‹.«

Eine ganze Weile noch arbeiteten wir einträchtig im Garten, und Mr Morris beantwortete erstaunlich geduldig meine Fragen.

»Ist Crys noch bei der Arbeit?«, erkundigte ich mich später beim Abendessen.

»Scheint so«, kam die knappe Antwort.

»Das ist aber ungewöhnlich.« Ich warf einen Blick auf meine Uhr. »Normalerweise ist er längst zurück!«

»Mhm«, machte der Alte und senkte den Kopf über seinen Teller.

Mitten in der Nacht weckte mich ein Geräusch. Mit klopfendem Herzen fuhr ich hoch, denn schon wieder hatte ich davon geträumt, wie sich Summers Finger unbarmherzig um meinen Hals legten. Angespannt lauschte ich.

Als ich kurz davor war, wieder einzuschlafen, hörte ich es erneut. Ein Klacken. Da, schon wieder! Es kam eindeutig vom Fenster. Argwöhnisch schob ich die Gardine ein Stück beiseite und bemühte mich, in der Dunkelheit etwas zu erkennen.

Nebel lag über dem Park. Während ich noch unschlüssig von einem Fuß auf den anderen tapste, hörte ich jemanden laut meinen Namen rufen. Es war Crys. Sofort öffnete ich das Fenster und lehnte mich hinaus. Er stand direkt unter mir am Haus.

»Na endlich!«, rief er mit hörbarer Erleichterung.

»Was ist denn los?«, fragte ich verwirrt.

»Komm runter!«

»Aber es ist mitten in der Nacht!« Fröstelnd schlang ich meine Arme um den Oberkörper.

»Jetzt komm endlich!«, drängte er.

Gehorsam zog ich mir eine Strickjacke über und schlüpfte in meine Hausschuhe. Dann kletterte ich die Stiege hinab und suchte im Halbdunkel nach dem Lichtschalter für die Flurbeleuchtung.

»Bella!«, brüllte Crys ungeduldig.

»Ja doch«, murmelte ich leise, denn ich wollte Mr Morris nicht aus seinem wohlverdienten Schlaf reißen. Ich fand den Schalter, knipste das Licht an und eilte zur Haustür.

»Mach schon auf!«, befahl Crys von draußen.

Was hatte er denn so Dringendes? War er verletzt? Und wo war bloß der verdammte Schlüssel? Endlich entdeckte ich am Hakenbrett neben der Tür einen Bund und probierte den ersten Schlüssel.

»Bella!«

»Ich beeile mich ja schon!« Auch der dritte passte nicht. Dass die sich aber auch alle so ähnlich sehen mussten.

»Warum dauert denn das so lange?!«

Der fünfte Schlüssel war der richtige. Ich wollte ihn gerade umdrehen, als auf einmal jemand hinter mir laut »Stopp!« schrie.

Zu Tode erschrocken fuhr ich herum. Als ich sah, dass es nur Mr Morris gewesen war, hielt ich mir erleichtert die Hand ans Herz.

»Himmel!«, stöhnte ich. »Was ist denn das hier für eine Aufregung mitten in der Nacht?«

»Finger weg vom Schlüssel!«, befahl er eindringlich.

Verwirrt schaute ich zur Tür, hinter der Crys jetzt wieder meinen Namen rief, und zurück zum Gärtner. »O… kay.« Ich trat einen Schritt zur Seite.

»Geh sofort hoch in dein Zimmer!«, befahl Mr Morris. »Ich kümmere mich darum.« Er deutete zur Tür.

»Was soll das Ganze?«, fragte ich verständnislos. »Kann mir bitte endlich jemand erklären, was hier los ist?«

»Bitte, Ella!«, sagte der Gärtner mit solchem Nachdruck, dass ich lieber gehorchte.

Widerstrebend kehrte ich in mein Zimmer zurück und schaute aus dem Fenster. Das Flurlicht warf einen matten Schein nach draußen, sodass ich erkennen konnte, was die beiden Männer taten.

Trotzdem begriff ich es nicht.

Weshalb hielt Crys das faltige Gesicht von Mr Morris mit beiden Händen umfasst? Eine halbe Ewigkeit lang standen die beiden so da. Bewegungslos.

Das war echt abgefahren.

Irgendwann ließ Crys den Gärtner los, der daraufhin zu Boden sackte. Erschrocken schrie ich auf, wollte nach unten stürmen, um zu helfen, stoppte aber, weil Mr Morris ja gesagt hatte, ich solle oben bleiben, rannte wieder zum Fenster.

Scheiße! Was sollte ich bloß tun?

Wie erstarrt beobachtete ich, dass Crys dem Gärtner beinahe liebevoll über das schüttere Haar strich und dann Richtung Villa davonging. Er warf noch einen seltsam hilflosen Blick hinauf zu mir, woraufhin ich hastig die Gardine zurückfallen ließ.

Erst als Crys verschwunden war, wagte ich mich zu Mr Morris hinunter, der sich mittlerweile ins Haus zurückgeschleppt hatte. Ich verschloss die Haustür und half ihm in sein Bett. Der Arme konnte sich nur mühsam aufrecht halten, fast war es, als hätte die Begegnung mit Crys ihm jegliche Kraft geraubt.

»Ich geh mal davon aus, dass Sie mir nicht verraten werden, was das da gerade eben war, richtig?«, fragte ich zaghaft, während ich seine Beine auf das Bett hob und ihn zudeckte.

Erschöpft ließ er den Kopf in sein Kissen sinken. »Geh schlafen, Ella.«

Ich schnaubte und holte ihm ein Glas Wasser, das ich auf den Nachtschrank stellte. »Sie müssen mir versprechen, dass Sie rufen, wenn Sie Hilfe brauchen!«

»Mhm«, war die einzige Antwort.

Doch als ich den Raum verließ, hörte ich, wie er leise »Danke!« murmelte.

Warum nur hatte ich das Gefühl, dass eigentlich ich ihm danken müsste? Dass er mich vor etwas wirklich Schlimmen bewahrt hatte?

Tausend Theorien geisterten mir durch den Kopf, die alle daran scheiterten, dass Crys den Gärtner nur im Gesicht berührt hatte.

Da waren keine Drogen, kein Gift und auch kein Schlag an den Kopf gewesen. Oder war etwas in der Zeit geschehen, die ich gebraucht hatte, um nach oben zu gelangen?

Und ein Vampirbiss konnte es auch nicht gewesen sein – ich hatte den Hals des Gärtners genau angesehen, als ich ihm ins Bett geholfen hatte. Sofort schalt ich mich selbst für diesen Gedanken. Vampire! Absurd.

Honey

In dieser Nacht schaute ich noch zweimal nach Mr Morris, aber er schnarchte friedlich. Am nächsten Tag wollte ich ihm das Frühstück ans Bett bringen, aber als ich aus dem Bad kam, stand er bereits in der Küche und kochte Tee.

»Wie geht es Ihnen?«, fragte ich besorgt.

»Bin ja nicht aus Zucker!«, grantelte er zurück.

»Na, wenn Sie schon wieder schlechte Laune verbreiten können, muss es Ihnen besser gehen«, stellte ich zufrieden fest.

Er knurrte, aber ich hatte das leichte Lächeln bemerkt.

Jetzt bei Sonnenschein kamen mir die Ereignisse der letzten Nacht weniger dramatisch, dafür aber viel seltsamer vor. Zumal Mr Morris nichts mehr anzumerken war. Vielleicht hatte der Gärtner den Schwächeanfall von ganz allein gehabt und Crys hatte ihn einfach nur gestützt?

Aber man lässt doch einen geschwächten alten Herrn nicht einfach auf der Türschwelle liegen!, wisperte Jennas empörte Stimme in meinem Kopf.

»Was hat Crys gestern Nacht bei Ihnen …«, begann ich, als wir am Frühstückstisch saßen, aber Mr Morris unterbrach mich sofort.

»Weshalb lernst du eigentlich nicht für die Schule? Willst du strohdumm bleiben?«

»Ich bin nicht dumm!«, fuhr ich auf.

Mit nicht mal fünf Jahren hatte ich lesen gelernt, konnte mir ganze Buchseiten nahezu wortwörtlich merken, und auch das Vokabellernen war ein Klacks für mich.

»Dann sieh zu, dass du endlich etwas tust und hier nicht nur faul herumhängst!«

Empört spitzte ich die Lippen. Gestern hatte ich seine ganze Bude auf Vordermann gebracht und ihm den Rest des Tages im Garten geholfen. Das konnte man ja wohl schwerlich als faul bezeichnen! Schon wollte ich zu einer scharfen Erwiderung ansetzen, da fiel mir sein lauernder Gesichtsausdruck auf, und ich begriff. Er wollte mich provozieren.

»Wozu soll ich lernen? Ich komme hier ja doch nicht raus«, seufzte ich.

»Das ist doch dummes Zeug, Ella. Niemand kann vorhersagen, wie das Leben weitergeht. Sieh zu, dass du die Nase in deine Bücher steckst, statt mich mit deinen Fragen im Garten zu nerven. Crys ist bei der Arbeit. Geh rüber und hol deine Schulsachen!«

Die Eingangstür der Villa war nicht verschlossen. Ich vermutete, dass man mit aggressiven Bäumen als Wächter keine weitere Sicherung benötigte.

Fast verstohlen trat ich ein, denn ich hatte das Gefühl, etwas Verbotenes zu tun. Sofort kam Arthur, um mich schwanzwedelnd zu begrüßen, und auch James saß auf der Treppe und beobachtete mich mit unergründlichem Blick.

»Na, ihr zwei? Soll ich euch gleich mal ein bisschen Futter geben?« Ich folgte den beiden in die Küche. Es war schön, wieder bei den Tieren zu sein.

Später im Gärtnerhaus schlug ich dann tatsächlich meine Schulbücher auf und stellte fest, dass mir der vertraute Vorgang des Lernens mehr Freude bereitete als gedacht. Es war ein kleines bisschen wie nach Hause kommen. So konnte ich Mr Morris beim Abendessen stolz berichten, was ich heute alles dazugelernt hatte.

»Summer meinte sogar, dass ich an einem Homeschooling-Kurs teilnehmen könnte«, erzählte ich ihm. »Eigentlich wollte ich später Ärztin werden …« Ich brach ab, denn es war zu deprimierend, über all das nachzudenken, was nicht mehr sein würde.

In diesem Moment klopfte es an der Tür und Crys steckte den Kopf herein. Besorgt blickte ich ihm entgegen. Ging Gefahr von ihm aus? Würde er Mr Morris oder mich angreifen?

Trotz meiner Angst fühlte ich ein merkwürdiges freudiges Kribbeln im Bauch, als ich in seine ausdrucksvollen diamantblauen Augen schaute.

»Guten Abend«, grüßte er ruhig. Nichts war mehr von dem getriebenen Mann der letzten Nacht zu merken. »Ich möchte euch jemanden vorstellen.« Mit diesen Worten zog er eine hochgewachsene, etwa zwanzigjährige Frau in den Türrahmen und legte den Arm besitzergreifend um sie. »Das ist Honey. Sie wird ab jetzt bei mir wohnen.«

Meine Kinnlade klappte herunter.

Wie bitte? Er hatte schon eine Neue? Keine zwei Tage, nachdem er Summer vor die Tür gesetzt hatte?!

Erschüttert betrachtete ich die junge Frau, die uns höflich anlächelte, während Jenna in meinem Kopf empört mit der Zunge schnalzte.

Honeys aschblonde Haare wellten sich in glänzenden Kaskaden über ihre Schultern, und ihre blauen Augen strahlten Crys verliebt an.

Missmutig gestand ich mir ein, dass sie eine echte Schönheit war. Anders als Summer – etwas jünger und stärker geschminkt –, aber nicht minder attraktiv. Sie hätte problemlos für eines dieser Wikinger-Romancover Modell stehen können.

Mit selbstzufriedenem Gesicht nahm Crys Honeys Hand. »Bella, du kannst morgen zurückkehren, dann ist alles wie vorher.«

Er schaute mich noch nicht einmal an bei seinen Worten.

Alles wie vorher … Schäumend vor Wut ballte ich die Fäuste, während Honey uns mit einem fröhlichen Lächeln zum Abschied zuwinkte. Als die Tür hinter ihnen ins Schloss gefallen war, stieß ich die angehaltene Luft wieder aus.

»Von wegen alles wie vorher!«, schnaubte ich erbost. »Da drüben geht's ja zu wie auf einem beschissenen Bahnhof!«

»Na, na, junges Fräulein, achte auf deine Wortwahl!«, rügte mich Mr Morris halbherzig. »Und steck die Nase gefälligst nicht ständig in anderer Leute Angelegenheiten.«

Zornig, weil ich über mein kümmerliches Leben so gar nicht selbst bestimmen durfte, schloss ich mich im Badezimmer ein und stellte mich vor den Spiegel, um meinem unscheinbaren, sommersprossigen Abbild böse Blicke zuzuwerfen. Mit Crys' Freundinnen konnte ich mich beim besten Willen nicht messen. Zwar hatte ich – dank Summers Pflegeserie – kaum noch Hautunreinheiten und mein Hosenbund saß durch die viele Arbeit und das gesunde Essen schon ziemlich locker, nichtsdestotrotz sah ich immer noch einfach … mhm … normal aus.

Nicht einmal meine coole schwarze Haartönung konnte meinem Anblick etwas Pep geben, denn sie war schon fast herausgewaschen und mein ursprüngliches Kastanienbraun kam wieder hervor.

Moment mal! Wo kam denn bloß die Idee her, dass ich mit Crys' Frauen in Konkurrenz treten wollte? Irritiert schüttelte ich den Kopf. Ich wollte irgendwann einen netten, treuen Freund haben, der mich so liebte, wie ich war! Keinen psychopathischen Entführer!

Resolut spritzte ich mir kaltes Wasser ins Gesicht und ging zurück zu Mr Morris. »Kann ich morgen wirklich wieder rüber in die Villa?«

Er nickte und warf mir ein gebrummtes »Mhm« hin.

»Warum erst morgen?«, hakte ich nach, aber der Gärtner knurrte nur abweisend und begann, den Tisch abzudecken. Der Alte knurrte öfter als Arthur.

Hatte es etwas mit Crys' speziellen Vorlieben zu tun? War er vielleicht sexsüchtig, und ich hatte weggemusst, damit er nicht über mich herfiel? Verriet mir womöglich niemand etwas, weil das kein Thema für eine Sechzehnjährige war?

Damit ließ sich auch Summers Rausschmiss erklären: Sie war krank und als Bettgefährtin im Moment nicht zu gebrauchen, da musste Frischfleisch her.

Aber wie passte das mit Crys' Besuch bei uns mitten in der Nacht zusammen? War seine Sucht etwa so groß, dass er auf die Schnelle nach jemandem für Sex gesucht hatte und deshalb mal eben zu mir rübergekommen war?

Doch warum hatte er dann Mr Morris so seltsam am Gesicht berührt? Das hatte nun wirklich nichts Erotisches gehabt.

Ich schüttelte den Kopf, als könnte ich damit all die verstörenden Bilder vertreiben.

Am nächsten Vormittag, nachdem Crys und seine neue Freundin zur Arbeit gefahren waren, verabschiedete ich mich von Mr Morris, der so tat, als wäre er sehr erleichtert. Aber weil seine Augen dabei ein kleines bisschen feucht glänzten, nahm ich ihm das nicht ab und versicherte, dass ich ihn ganz oft besuchen würde.

Dann kehrte ich in die Villa zurück, wo mich die Tiere begeistert begrüßten und sogleich um Futter bettelten. Nachdem ich sie mit einem Leckerli verwöhnt hatte, konnte ich es mir nicht verkneifen, einen verstohlenen Blick in Summers altes Zimmer zu werfen, in das nun Honey eingezogen war.

Mit offener Kinnlade blieb ich im Türrahmen stehen, denn Summers heller, weiblicher Stil war einem bunten Chaos gewichen. Die ehemals schlicht weißen Vorhänge des Himmelbettes wurden von Girlanden aus pinkfarbenen Stoffblumen umrankt, auf dem Bettbezug thronten mehrere Teddybären und überall lagen Kleidungsstücke und High Heels herum.

»Oh Gott!«, stöhnte ich bestürzt und zuckte zusammen, weil neben mir ein leises »Wuff« ertönte, als würde Arthur mir zustimmen wollen.

Ich machte einen Schritt in den Raum und sah mich um. »Da hat Crys' Neue aber ganze Arbeit geleistet!«, staunte ich.

Über dem Kopfende des Bettes hingen – einem Kunstwerk gleich – etwa dreißig Handtaschen an der Wand. Der Sekretär war zum Schminktisch umfunktioniert, der vor lauter Make-up überquoll, und neben ihm hing eine großformatige Fotografie an der Wand. Die Frau auf dem Bild trug Jeans und ein hautenges Sportoberteil, dessen Reißverschluss sie gerade mit aufreizendem Blick öffnete, sodass ihre wohlgeformten Brüste halb zu sehen waren, denn darunter trug sie nichts. Neugierig trat ich näher an das Bild heran.

Was zum Teufel …?!

Ich erkannte zwei Dinge. Erstens, dass die junge Frau Honey selbst war, und zweitens, dass dieses Oberteil nur aufgemalt war!

Bodypainting.

Honey war nackt, wie Gott sie schuf. Sosehr ich auch suchte, ich konnte noch nicht einmal einen Slip erkennen.

Obwohl ich dieses Bild wirklich krass fand, nötigte es mir auch einen gewissen Respekt ab. Um sich so fotografieren zu lassen, brauchte es Mut.

Am Nachmittag klopfte es an meine Zimmertür, während ich gerade Englischvokabeln büffelte.

»Hallo, Bella, ich bin's, Honey! Darf ich reinkommen?«

»Wenn's sein muss …«, antwortete ich mürrisch, weil ich eigentlich absolut keinen Bock auf Crys' Betthäschen hatte. »Aber mein Name ist Ella!«, fügte ich hinzu, als die Tür sich öffnete.

»Ich dachte, Crys hätte gesagt …« Honey brach irritiert ab und betrachtete mich prüfend. »Aber warum …?« Netterweise brachte sie auch diesen Satz nicht zu Ende. »Egal! Das ist wohl so ein Bruder-Schwester-Ding. Ich wollte dich eigentlich fragen, ob du Lust auf eine Mädchenparty hast?«

»Eine Mädchenparty?«, echote ich abfällig, während ich darüber nachdachte, was sie da eben mit ›Bruder-Schwester-Ding‹ gemeint hatte.

»Oh, das wird toll!«, Honey klatschte vorfreudig in die Hände. »Wir können uns gegenseitig schminken und ich steck dich in alle möglichen schicken Klamotten!«

Zweifelnd blickte ich an mir selbst herunter und schüttelte den Kopf.

»Keine Sorge! Wir werden auf jeden Fall was Passendes für dich finden, ich hab da Ahnung. Schließlich arbeite ich in einer Boutique, weißt du, aber später möchte ich gerne Designerin werden, wenn ich nicht mehr modeln kann.«

Boutique, Designerin, modeln … Die vielen Wörter wirbelten durch mein Hirn. »Okay«, sagte ich so verwirrt, dass ich mich von Honey hinüber in ihr Zimmer ziehen ließ.

Sie drückte mich auf den Stuhl vor ihrem Schminktisch. »Ach, ich weiß jetzt schon, dass wir tolle Freundinnen werden!«, quietschte sie vergnügt, während sie mir lila Lidschatten auftrug und sich dabei von meinem gequälten Gesichtsausdruck nicht aus der Ruhe bringen ließ. »Ich freu mich riesig, dass Crys mich gleich gebeten hat, bei ihm einzuziehen. Er ist so ein süßer Typ!«

Ich verzog das Gesicht, als hätte ich Schmerzen. Und irgendwie war ihr Geplapper tatsächlich eine Plage. Wehmütig dachte ich an Summer in ihren besseren Zeiten.

Tolle Freundinnen? Mit diesem Mädel, das das Aussehen (und vermutlich auch den IQ) einer Schaufensterpuppe besaß? Wohl kaum.

Tapfer erduldete ich die Farborgie in meinem Gesicht, denn es konnte nicht schaden, mich mit ihr gut zu stellen. Sonst schminkte ich mich eher mit dunklen Farben und war bemüht, mein Gesicht hinter Haaren und meinen Körper in weiten Pullis zu verbergen.

»Du weißt schon, dass ich hier gefangen gehalten werde?«, fragte ich bedeutungsvoll und beobachtete sie prüfend. Vielleicht war sie mein

Ticket in die Freiheit! Dumm genug, um einen Fehler zu begehen, war sie sicherlich.

»Natürlich!«, nickte sie eifrig. »Crys hat mir auch genau erklärt, weshalb. Aber ich finde, selbst wenn du diese extrem seltene Krankheit hast, wegen der du das Grundstück nicht verlassen darfst, können wir es uns hier doch schön machen!«

Ich riss die Augen auf. »Extrem seltene Krankheit?!«, stieß ich empört hervor. »Ich bin nicht krank! Crys hat mich entführt!«

»Jaja, ich wusste schon, dass du das sagen würdest.« Honey lächelte verschmitzt.

So langsam wurde ich richtig wütend. »Wie meinst du das?«, fauchte ich.

»Na, Crys hat mir genau erklärt, dass es Teil deiner Krankheit ist, dass du Wahnvorstellungen hast und vergisst, dass er dein Bruder ist. Zuerst hat mir das ja ein bisschen Sorgen bereitet, gebe ich zu, schließlich bin ich keine Krankenschwester. Aber als ich dich dann gesehen habe, wusste ich sofort: Honey, habe ich gedacht, das Mädchen ist in Ordnung! Oh, schnuppere mal, dieses Parfüm! Das wird dir gefallen! Ich mache nur ein ganz bisschen drauf.«

Entgeistert starrte ich sie an, während sie mich in eine süßliche Duftwolke hüllte.

Ich und krank? Crys mein Bruder? Nicht mal im Traum! Tickte der Typ noch ganz sauber?

»Wahnvorstellungen …«, murmelte ich. *Na, vielen Dank auch.* »Ich bin nicht verrückt! Geh doch einfach zu meiner Schule und frag nach! Ich spiele hier nicht freiwillig die Putzsklavin!«

Für einen Augenblick hörte sie auf, meine Wangen mit Rouge zu bepinseln, und betrachtete mich nachdenklich. »Du glaubst das wirklich, oder?« Mitleidig seufzte sie.

Ich blickte zur Zimmerdecke und atmete tief durch, damit meine Faust sich nicht auf den Weg in ihr Gesicht machte. »Ich glaub das nicht nur, das ist die volle Wahrheit! Frag deinen sauberen neuen Freund doch mal nach meinem Ausweis oder nach gemeinsamen Kinderfotos von uns!«, schleuderte ich ihr entgegen.

Ha! Jetzt hatte ich sie! Jetzt musste sie mir glauben!

Aber nein. Kein Begreifen, keine Entrüstung.

Honey kicherte.

»Was?«, zischte ich und wartete mit schmalen Augen auf eine Erklärung.

»Bleib so mit den Augenlidern. Ich stelle mir gerade vor, wie süß Crys als Kind ausgesehen haben muss!«, gluckste sie und fuhr mit dem Mascarabürstchen eifrig über meine Wimpern. »Ich muss wirklich mal Fotos anschauen. Bestimmt hatte er süße dunkle Löckchen!«

Resignierend ließ ich den Kopf sinken, woraufhin Honey einen spitzen Schrei von sich gab. »Nun habe ich die Wimperntusche über deiner Stirn verteilt! Du musst still halten, Ella!«

Oh. Mein. Gott.

Crys schien seine Freundin leider ausschließlich wegen ihres zauberhaften Aussehens erwählt zu haben. Himmel, war das Mädel hohl!

Während Honey den Mascara-Unfall beseitigte, überlegte ich, wie ich sie zur Vernunft bringen konnte.

»Wenn ich dir die Telefonnummer meines Vaters gebe, würdest du dann dort anrufen und nachfragen, ob er eine Tochter namens Ella Bowen hat, die vor etwa sechs Wochen spurlos verschwunden ist? B. O. W. E. N! Bitte, Honey!«, flehte ich und spürte, wie meine Augen vor Hilflosigkeit feucht wurden.

Wieder musterte sie mich einen Moment lang, und mir wurde klar, dass sie das immer dann tat, wenn sie nachzudenken versuchte.

»Ella, du musst dich beruhigen, sonst verläuft die Schminke. Ich mag dich echt, aber es ist wirklich nicht nett von dir, mich so zu beunruhigen. Lass uns jetzt bitte von etwas Schönerem reden, zum Beispiel davon, was für Klamotten du unbedingt in dieser Wintersaison tragen solltest!«

Vor Verzweiflung kamen mir nun wirklich die Tränen. »Ich muss noch putzen!«, stieß ich hervor und floh nach unten.

»Aber morgen probieren wir aus, was dir gut steht!«, schallte es mir in unverminderter Sorglosigkeit hinterher.

Am späten Nachmittag hockte ich auf dem Boden in der Eingangshalle und wischte, obwohl meine offizielle Arbeitszeit längst vorbei war, den Staub von den Beinschienen der Ritterrüstung. Der hatte mich schon die ganze Zeit gestört.

»Nicht wahr, Prinz Schepperblech, das war nötig?«, murmelte ich geschäftig.

»Prinz Schepperblech?«, gluckste Crys amüsiert, und ich fuhr herum.

»Ich hab gar nicht mitbekommen, dass du schon da bist!«, sagte ich verlegen.

»Das liegt vermutlich daran, dass ich durch den Kücheneingang gekommen bin, weil ich eine Kiste …« Er hielt inne und schnupperte in meine Richtung. »Was stinkt denn hier so penetrant?«

Ratlos schaute ich an mir herab und nahm nur den Hauch Parfüm wahr, den Honey vorhin über mich gesprüht hatte. Eigentlich sollte ich sauber riechen, denn heute Morgen hatte ich mich gewaschen und auch Deo benutzt.

Crys zuckte die Achseln und ging zur Treppe – vermutlich, um seine Dumpfschnepfe im Obergeschoss abzuknutschen, dachte ich gehässig und schämte mich im gleichen Moment für diesen Gedanken. Ich wusste auch nicht so recht, weshalb ich derart empfindlich auf Honeys Anwesenheit reagierte. Dabei sollte ich mich besser auf die wichtigen Dinge konzentrieren.

»Moment mal!«, rief ich ihm daher energischer nach, als ich mich fühlte, und stemmte die Fäuste in die Hüften. »Was soll eigentlich der ganze Scheiß mit meiner angeblichen Krankheit? Und dass ich deine Schwester sein soll, ist ja wohl das Allerletzte!«

Er wandte den Kopf, und mir schien, dass Belustigung in seinen Augen aufflackerte. »Hast du ein Problem damit, meine Schwester zu sein? Wärst du etwa lieber etwas anderes?« Er wackelte anzüglich mit den Augenbrauen.

»Du bist ein mieses Schwein, Crys!« Heiße Röte überzog mein Gesicht. »Glaub ja nicht, dass ich mich in die Gruppe deiner Betthäschen einreihen will!«, brüllte ich und warf ihm den Schwamm hinterher, als er grinsend die Treppe hinaufstieg.

»Na, dann ist ja alles in Ordnung«, rief er mir über die Schulter zu, als der Schwamm neben ihm auf die Stufe klatschte. »Interessantes Make-up übrigens!«

Als Honey zum Abendessen herunterkam und sah, was es gab, machte sie ein langes Gesicht.

»Magst du kein Asiatisch?«, erkundigte ich mich.

»Doch, aber ich esse keine Nudeln. Du weißt schon …« Sie strich sich über den nicht vorhandenen Bauch. »… die schlanke Linie!« Ein Zahnpastawerbung-Lächeln im Gesicht, setzte sie sich an den Tisch.

Ich errötete, weil ich an meine eigene Figur denken musste, und warf Crys einen schnellen Seitenblick zu. Aber der beachtete mich nicht.

»Soll ich dir was anderes machen?«, bot ich Honey an.

»Ach, lass nur, ich kenne das schon.« Geduldig puhlte sie Nudel für Nudel aus dem Essen und schob sie an den Rand ihres Tellers.

Hinter dem Vorhang meiner Haare verdrehte ich die Augen. Sollte sich die blöde Kuh doch von in O-Saft getunkter Watte ernähren!

Crys und seine neue Freundin flirteten währenddessen, als ob niemand sonst im Raum wäre. Merkte er denn nicht, dass Honey im Grunde gar nichts zu sagen hatte? Das Einzige, wovon sie schwatzte, waren irgendwelche berühmten Model-Freundinnen und die neueste Mode. Ich konnte mir beim besten Willen nicht vorstellen, dass Crys das interessierte.

Summer war um Längen interessanter gewesen!

Weiter aufgeheizt wurde meine schlechte Laune durch die Wut darüber, dass er seiner neuen Flamme das Lügenmärchen mit meiner angeblichen Krankheit aufgetischt hatte.

»Bruderherz, hast du Honey eigentlich schon vom neuen Aufenthaltsort unseres Vaters berichtet?«, mischte ich mich irgendwann hinterlistig in das Gespräch ein.

Crys runzelte warnend die Stirn, aber ich ließ mich nicht beirren.

»Bestimmt ist es dir ein wenig unangenehm vor deiner neuen Freundin, aber ich denke, dass es besser für eine Beziehung ist, keine solchen Geheimnisse voreinander zu haben. Von meinen Problemen weiß sie ja auch schon und geht sehr tolerant damit um. Und ich persönlich finde ja sogar, dass der Nachbar es verdient hatte, wo er doch einfach den überhängenden Ast von Dads geliebter japanischer Zwergeiche …«

»Bella …!«, sagte Crys drohend, während Honey mit großen Augen zwischen uns hin und her sah.

»Ich weiß. Aber Daddy hätte ihn ja nicht gleich mit der Kettensäge …« Ich machte eine vielsagende Bewegung mit der Hand an meinem Hals entlang und wartete gespannt auf Crys' Reaktion.

Oha. Die hervorspringenden Muskeln an seinem Kiefer ließen nichts Gutes erahnen. War ich vielleicht gerade ein klitzekleines bisschen zu weit gegangen?

»Honey, bitte sei so gut und geh schon mal nach oben, ich komme gleich nach«, sagte Crys beherrscht.

Gehorsam sprang sie auf und ging hinaus. Sein Blick folgte ihr.

»Ähm, ich werd dann auch mal … Ist noch viel zu tun.« Hastig schob ich meinen Stuhl zurück, um zu flüchten.

»Hinsetzen!«, befahl Crys, ohne mich anzusehen.

Ergeben ließ ich mich zurücksinken.

Erst als das Klicken der Tür verkündete, dass nur noch wir beide im Raum waren, drehte er sich langsam zu mir um. Sein Gesichtsausdruck war finsterer als der Himmel draußen. Eingeschüchtert senkte ich den Blick auf meine Hände, die sich unwillkürlich gegenseitig kneteten.

Crys schwieg eine ganze Weile, bis ich die Anspannung kaum mehr aushielt und unter meinen Haaren hervor über den Tisch zu ihm schielte. So böse sah er eigentlich nicht aus. Eher nachdenklich. Gerade rieb er sich über den Bartschatten und betrachtete mich dabei.

Mit trockenem Mund schluckte ich und kämpfte gegen das Unbehagen an. Schließlich hatte er nicht das Recht dazu, sauer zu sein. *Ich* hatte das Recht dazu! Kämpferisch hob ich das Kinn.

»Bella, wir haben genau zwei Möglichkeiten.«

Oh, oh, das klang nicht gut …

»Entweder du benimmst dich so, dass hier alles glatt läuft und Honey sich wohlfühlt …«, er schwieg einen quälenden Moment lang, »… oder ich habe keine weitere Verwendung mehr für dich.«

Ich vergaß, wie man atmete. Die Beherrschtheit, mit der er sprach, ließen seine Worte noch beängstigender wirken.

»Entscheide dich bitte.«

Ich blinzelte. »Okay«, piepste ich schließlich. »Keine Geschichten mehr über unsere Eltern.«

Das Geheimnis der Tiere

Als ich nach dem Abendessen missmutig den Abwasch erledigte, kam Honey noch einmal in die Küche, um eine Flasche Wasser zu holen.

»Also weißt du, Ella«, Honey kicherte, »mit der Geschichte, dass euer Vater angeblich im Knast sitzt, hast du mir wirklich einen Schrecken eingejagt! Aber Crys hat mich gewarnt, dass du manchmal solche Späße machst.«

Ich seufzte. »Sorry«, presste ich mühsam hervor. »Kommt nicht wieder vor.« Dabei tat es mir kein Stück leid!

Honey wollte schon wieder verschwinden, als mir einfiel, dass wir besser noch über den Speiseplan für die nächsten Tage sprechen sollten, damit sie nicht wieder die ganze Mahlzeit zerpflücken musste.

»Lieb, dass du fragst«, sagte sie lächelnd. »Ich mag Eier, aber bitte ohne das Eigelb – das hat zu viele Kalorien –, Gemüse, Salat, fettarmes Fleisch, Kürbiskerne und Fisch.«

»Mehr nicht?« Ich machte große Augen, worauf sie mit dem Kopf schüttelte.

Ich unterdrückte ein Stöhnen, weil ich nicht so recht wusste, wie ich das mit Crys' Vorstellungen von einer ordentlichen Mahlzeit vereinbaren sollte.

Nun gut. Das hatte er sich selbst eingebrockt.

»Gute Nacht, Ella!«, flötete Honey und verschwand nach oben.

Zumindest darin glich sie ihrer Vorgängerin. Die hatte es ja auch immer verdammt eilig gehabt, zu Crys zu kommen. Wie es Summer wohl gerade ging?

Schlecht gelaunt stieß ich die Küchentür hinter Honey zu. Im gleichen Moment ertönte ein lautes Fauchen.

»Au! Scheiße, Scheiße, Scheiße!«, jammerte jemand gequält.

Erschrocken wirbelte ich herum und riss die Tür wieder auf. »Oh, Entschuldi…« Das Wort blieb mir im Halse stecken, weil ich niemanden sah. Dann wanderte mein Blick nach unten und ich erblickte den Kater, der sich gerade mit gesträubtem Schwanz davonmachte.

Ich stutzte. Hatte ich *ihn* mit der Tür erwischt?

Verwirrt schaute ich mich noch einmal um. Das konnte nicht sein! Aber wer hatte dann gesprochen?

»James?«

Auf einmal fielen mir all die Situationen ein, bei denen ich gemeint hatte, Stimmen zu hören, aber nur die Tiere in der Nähe gewesen waren, wenn ich nachgesehen hatte.

Jetzt war es so weit. Ich war wirklich verrückt geworden.

Aber falls nicht, gab es nur eine schlüssige Erklärung, auch wenn sie noch so unvorstellbar war. Ich riss die Tür auf und stürmte hinter dem Kater her.

»Moment mal! Schön hiergeblieben, Freundchen!« Da das Tier nicht gehorchte, musste ich schwerere Geschütze auffahren. »James, ich werde dich dein Leben lang als süße, kleine Muschikatze bezeichnen, wenn du nicht sofort stehen bleibst!«, brüllte ich und beobachtete ungläubig, wie er abrupt stoppte und langsam den Kopf drehte. Seine gelben Augen funkelten böse und er hatte die Ohren angelegt.

Mein Unterkiefer klappte herunter. Vor Aufregung ignorierte ich seine aggressiven Signale und hockte mich vor ihn.

»Du … du … verstehst mich also wirklich!«, stammelte ich.

Bestimmt eine halbe Minute lang fixierte James mich nur. Dann ließ er sich auf den Hinterbeinen nieder und begann sich zu putzen, als wäre nichts gewesen.

Nun gut, er wollte es so. Zielstrebig griff ich nach seinem Kinn und säuselte: »Ja, was ist denn das für eine niedliche Muschi, ja, so ein feines Pussikätzchen!«

Mein Plan ging auf. Mit gesträubtem Fell wich er vor mir zurück.

»Wir können uns natürlich gerne wie zivilisierte Leute unterhalten, wenn dir das lieber ist«, schlug ich gespannt vor.

»Naaa guuut«, maunzte er endlich.

Seine Stimme klang hoch und leicht nasal. Zwar zog er alle Vokale auffällig in die Länge, aber ich konnte ihn einwandfrei verstehen. Mit offenem Mund starrte ich ihn an.

»Aber nenn mich nie wieder Muschi oder Pussi! Da hab ich ganz andere Assoziationen«, empörte sich der graue Kater.

Nur langsam begriff ich in voller Tragweite, dass er mich tatsächlich verstand, ja sogar mit mir redete!

»Was ist? Hat es dir die Sprache verschlagen?«, schnurrte er spitz.

Stumm nickte ich und rang nach Luft. Das hier war aber auch wirklich total verrückt. Hol mich der Teufel, ein sprechender Kater!

»Bilde dir jetzt bloß nichts darauf ein, dass ich mit dir rede«, erklärte er missmutig. »Das machen wir sonst nur mit dem Chef.«

»Wir?«, stieß ich perplex hervor und musste mich mit der Hand abstützen, sonst wäre ich einfach hintenübergekippt.

»Natürlich! Arthur kann auch sprechen. Sonst wäre es hier tagsüber ziemlich langweilig. Allerdings sind seine intellektuellen Fähigkeiten eher begrenzt«, lästerte er.

»Aber ihr unterhaltet euch nur mit Crys? Seine Freundinnen wissen nichts davon?«

»Nein, natürlich nicht! Nur Summer wusste davon, sie hat Arthur einmal dabei erwischt. Was meinst du, was los wäre, wenn jemand erfahren würde, dass es hier sprechende Tiere gibt! Da du es nun leider auch herausgefunden hast, müssen wir eben das Beste daraus machen. Zum Beispiel könntest du mir gleich mal Futter geben!«

»Das würde dir so passen! Du hattest gerade erst dein Fressen!« Kopfschüttelnd stand ich auf und kehrte verwirrt in die Küche zurück, um einfach da weiterzumachen, womit ich beschäftigt gewesen war: mit dem Abwasch. In meinem überforderten Hirn schwirrte es. Und erst während ich bedächtig ein Messer abtrocknete, sickerte es bei mir nach und nach durch, dass es in diesem Haus tatsächlich sprechende Tiere gab.

Sprechende Tiere! War das zu fassen?!

Mitten in der Bewegung brach ich ab und lief in die Eingangshalle. »Arthur? James? Wo steckt ihr?«

Der Berner Sennenhund kam mir schwanzwedelnd entgegen. Wo James sich herumtrieb, war nie so genau vorherzusagen.

»Jetzt verrate mir bitte mal, wie es kommt, dass ihr sprechen könnt!« Resolut stemmte ich die Hände in die Hüften. »Das funktioniert doch eigentlich gar nicht!«

Arthur schaute mich aus seinen sanften Hundeaugen an und streckte mir hechelnd die Zunge entgegen. »Weiß ich nöd«, antwortete er mit tiefer, schleppender Stimme.

Vor Freude, dass es tatsächlich auch bei Arthur klappte, quietschte ich begeistert auf. Ein Hund der sprechen konnte … Und dann auch noch mit Schweizer Dialekt!

»James meint, dass wäri wegen Crys«, fuhr er fort.

»Wegen Crys?«, fragte ich verständnislos. »Was bedeutet das?«

»Weiß ich nöd«, wiederholte er ein wenig einfältig. »Wollen wir Stäckliholen spielen?«

Ich stöhnte auf. »Das müsst ihr doch wissen! Seit wann könnt ihr denn sprechen?«

»Ich glaube, scho immer. Wollen wir jetzt Stäckliholen spielen?« Bittend schaute er mich mit seinen treuen Augen an.

Innerlich schlug ich mir die Hand vor die Stirn. »Heute kein Stöckchenholen mehr, es ist schon dunkel. Morgen«, versprach ich, und Arthur trottete davon.

Gedankenversunken beendete ich den Abwasch, löschte das Licht und ging nach oben.

Nachdem ich die Zähne geputzt und sorgfältig mein Gesicht gereinigt hatte, entdeckte ich James, der sich schon wieder auf meiner Bettdecke niedergelassen hatte. Während ich mich umzog, ließ er mich nicht aus den Augen.

»Ähm, könntest du bitte weggucken?«, bat ich ihn.

»Das hat dich doch gestern noch nicht gestört«, meinte er und leckte sich lässig über die Pfote.

»Stimmt, aber da wusste ich ja auch noch nicht, dass du sprechen kannst!«

»Es wäre dir also egal, wenn ein stummer Mann dich nackt sähe?«

»Nein! Ich meine … Ach, vergiss es!« Genervt griff ich nach meinem Nachthemd und ging damit ins Bad.

Als ich zurückkam, lag James immer noch dort. Energisch schob ich ihn ans Bettende, was er mit einem warnenden Tatzenhieb quittierte.

»Entweder du machst Platz oder morgen gibt es keine Leckerli!«, drohte ich, woraufhin er sich doch noch brav zu meinen Füßen zusammenrollte.

»Leckerli …«, meckerte er. »Ihr Menschen sagt zu eurem Essen doch auch nicht Leckerli. Ich würde es bevorzugen, wenn du mit mir nicht wie mit einem Baby sprechen würdest.«

»Ah, okay.« Ich löschte das Licht. »James?«, fragte ich nach einer Weile.

»Mhm«, kam es schläfrig zurück.

»Wie kommt es, dass du sprechen kannst?«

»Das liegt daran, dass ich ein verdammt schlauer Kerl bin!«

Ich lachte auf. »Mag schon sein, aber wie funktioniert das?«

»Mund auf, und Zunge und Lippen bewegen. Kannst du beizeiten auch mal ausprobieren, aber jetzt bitte nicht mehr.«

Ich schnaubte und ärgerte mich, weil er mir nichts verraten wollte. »Ich denke, dass es mir ziemlich schwerfallen wird, mit dir nicht wie mit einem Baby zu sprechen, du süßes, kleines Kuschelkätzchen«, sinnierte ich seufzend.

»He, Ella! Nicht gemein werden!«

»Du kannst ja antworten, das würde mich ein klein wenig motivieren, es doch zu versuchen.« Ich grinste in die Dunkelheit.

»Na gut«, maunzte er unwillig. »Es hat mit Crys zu tun. Als er mich das erste Mal gestreichelt hat, hat sich irgendwas verändert. Auf einmal konnte ich eure Sprache verstehen und irgendwann sogar selbst reden.«

Nachdenklich kaute ich auf meiner Unterlippe.

»Weshalb hast du mir eigentlich am Anfang das Leben so schwer gemacht?«

»Mich nervt es, dass Crys sich jedes Jahr eine neue Frau ins Haus holt, und dann noch das ständig wechselnde Personal … Die anderen Haushaltshilfen habe ich prima vertreiben können. Oder sie haben es mit der Angst bekommen, weil sie gemerkt haben, dass hier irgendetwas seltsam ist. Allerdings muss ich zugeben, dass du ganz in Ordnung bist.«

Ich schmunzelte. »Sag mal, habt *ihr* Crys verraten, dass ich fliehen wollte?«, schoss es mir in den Sinn.

Na klar! Die beiden hatten mich auf Schritt und Tritt beobachtet.

»Nun ja …«, wand sich der Kater, » … vielleicht haben wir ihm das eine oder andere erzählt …«

»Ihr seid seine Spione!«, stieß ich empört hervor.

Er antwortete nicht, sondern drehte sich nur bedächtig auf die andere Seite.

»Dann habt ihr ihm auch von Summers Angriff auf mich berichtet?«

»Mhm …«, gab er vage zurück.

Nachdenklich blickte ich ins Dunkel des Zimmers. »Danke«, sagte ich nach einer Weile leise. »Vor allem für eure Hilfe, als sie mich erwürgen wollte.«

»Schon gut«, brummte James, als wäre es nicht der Rede wert gewesen. »Aber nun würde ich wirklich gerne ein Nickerchen machen. Ich brauche meinen Schönheitsschlaf.«

»Sollte ich auch tun. Vielleicht hilft es …« Gequält verzog ich meinen Mund, als ich an Supermodel Honey dachte. »Nur eine letzte Frage noch! Kannst du mir nicht helfen, von hier zu fliehen?«

Er schnaubte. »Selbst wenn ich es könnte, wäre ich schön blöd. Wer soll mich dann füttern und tagsüber an der Stelle am Nacken kraulen, an die ich nicht rankomme?«

»Du kannst mir also nicht helfen?«

»Nein. Und ich werde mich auf keinen Fall mit dem Chef anlegen.«

Okay. Das war vermutlich klug.

»Aber hast du wenigstens einen Tipp, wie ich die Bäume ruhig bekomme?«

»Noch mal nein.«

»Würdest du mir helfen, wenn ich dir einen ganzen Sack von deinem Lieblingsfutter verspreche?«, versuchte ich, ihn zu ködern.

»Nur Crys kann dich hier herauslassen.«

Ich seufzte. So ein Mist!

Erschöpft drehte ich mich auf die Seite. Kurz darauf schlief ich ein und träumte fürchterlich.

Nachdem Honey am nächsten Nachmittag die Post von Mr Morris entgegengenommen und den an sie adressierten Brief geöffnet hatte, tanzte sie übermütig durch die Eingangshalle.

»Ich habe Montag ein Mode-Shooting! Für Dior!«, kreischte sie und küsste mich überschwänglich auf die Wange.

»Äh … das ist toll?«

»Genau! Das ist fantastisch, genial, phänomenal!«

Ich hatte gar nicht gewusst, dass sie so einen großen Wortschatz hatte …

»Zur Feier des Tages machen wir beide auch eine Modenschau. Und wenn dir ein Teil gefällt, darfst du es behalten, okay?«

»Hurra«, antwortete ich matt.

Ohne meinen Unwillen zu beachten, zog sie mich in ihr Zimmer. »Probier das hier mal an!« Sie hielt mir ein leichtes Kleidchen entgegen.

Seufzend gehorchte ich und streifte es über. Ich und Kleider. Das passte nicht. Ich war eher der Jeans und Sneakers-Typ. Erstaunlicherweise sah es aber nicht so schlecht an mir aus wie befürchtet, nur ungewohnt.

»Schon ganz gut, aber nicht deine Farbe. Und jetzt das!«

Ich zog das Kleid wieder aus, wobei ich den Blick in den Spiegel vermied, denn in Unterwäsche sah man jede meiner Rundungen. Stattdessen schlüpfte ich in eine bunt gemusterte Tunika, die ich von alleine im Leben nicht angerührt hätte.

»Dazu eine enge Jeans, du hast tolle Beine. Dann verdrehst du jedem Kerl in der Schule den Kopf!«, jubelte Honey.

»Ich darf nicht mehr zur Schule gehen, ich werde hier gefangen gehalten«, erinnerte ich sie geduldig.

»Ja, richtig. Aber bestimmt geht es dir bald besser, und dann werde ich dafür sorgen, dass du das bestgekleidetste Mädchen an deiner Schule bist! Allerdings nützt kein Glamour, wenn du so herumschlurfst!«

Empört runzelte ich die Stirn. »Ich schlurfe nicht!«

»Doch das tust du. Das hast du überhaupt nicht nötig bei deinem hübschen Gesicht! Du bewegst dich, als wolltest du dich verstecken!«

Würde ich mich ja auch am liebsten …

Ich schnaubte. *Hübsches Gesicht.* Haha. Sie brauchte wirklich nicht zu lügen, nur damit ich mich besser fühlte.

Obwohl ich meinen Unwillen deutlich zum Ausdruck brachte, gelang es Honey mit irgendeinem perfiden Trick, mir ein Catwalktraining zu verpassen, das sich gewaschen hatte.

»Sei kein Feigling, Ella! Du wirst sehen, das macht Spaß!«

Sie schaffte es sogar, mich in ein Paar High Heels zu zwingen, mit denen ich dann vor ihr im Flur auf und ab gehen sollte.

»Schultern zurück, Becken etwas nach vorne!«, kommandierte sie.

Ich bemühte mich nach Kräften, aber das hier war gar nicht so leicht. »Bei mir sieht das doch total lächerlich aus«, maulte ich. »Dafür bin ich nicht gebaut!« Ich zupfte an meinem Speckbauch, der allerdings nicht mehr so schwabbelig war.

Mehr schlecht als recht drehte ich mich vor Honey und stakste durch den Gang wieder zurück.

»Mit der Hüfte schwingen, Kinn hoch, Rücken gerade!« Honey ließ sich von mir nicht aus dem Konzept bringen. »Auf dem Ballen auftreten, nicht so trampeln!«

Ich kicherte, weil ich an die Topmodel-Casting-Sendungen im Fernsehen denken musste, die ich in längst vergangener Zeit zusammen mit Jenna angeschaut hatte.

Jenna. Ich schluckte. Es wäre schön gewesen, sie jetzt bei mir zu haben. Ich vermisste sie schrecklich. Was sie wohl glaubte, was mit mir geschehen war?

»Wunderbar! Und immer schön freundlich! Du hast so ein gewinnendes Lächeln, Ella!«, rief Honey von hinten.

Das aufgesetzte Grinsen entglitt mir, denn auf einmal stand Crys im Gang. Ich hatte ihn nicht kommen hören.

Er sah mich für einen kurzen Augenblick regungslos an und schluckte dann. »Was macht ihr denn da?«, stieß er schließlich hervor.

»Catwalktraining!«, antwortete Honey fröhlich und gab Crys einen nicht jugendfreien Kuss.

Nachdem er sie endlich von seinem Hals gepflückt hatte, wandte er sich mit pikiertem Blick mir zu. »Zieh den Fummel aus, Bella, das ist einfach lächerlich! Du siehst aus wie ein bunter Ball!«

Sofort sanken meine durchgedrückten Schultern wieder nach unten. Doch er sollte nicht merken, wie sehr seine Worte mich verletzt hatten. »Ach, Bruderherz«, seufzte ich gespielt lässig. »Wären Mom und Dad neun Monate vor deiner Geburt doch besser spazieren gegangen.« Herausfordernd funkelte ich ihn an und machte auf dem Absatz kehrt, um in Honeys Zimmer zu verschwinden.

»Das war aber nicht nett, Crys!«, hörte ich Honey ihn auf dem Gang leise tadeln. »Sie sah doch toll aus! Du raubst ihr ja das letzte bisschen Selbstbewusstsein!«

»Hör auf, dem Mädchen Flausen in den Kopf zu setzen!«, knurrte er, während ich mit feuchten Augen die blöden High Heels von meinen Füßen schleuderte.

»Ah, ich verstehe!«, rief Honey begeistert aus, als hätte sie ein Rätsel gelöst. »Du willst nicht, dass die Jungs deiner kleinen Schwester hinterhergucken!«

Innerlich schlug ich mir die Hand an die Stirn.

»Schwachsinn!«, schnaubte Crys gereizt und ging wieder nach unten.

Ich riss mir die Tunika vom Leib und schlüpfte wieder in meinen Pulli. Dann eilte ich mit gesenktem Kopf an Honey vorbei in mein Zimmer. Ich hätte ihren mitleidigen Blick nicht ertragen. Niedergeschlagen rutschte ich mit dem Rücken an meiner geschlossenen Zimmertür hinunter, bis ich am Boden kauerte.

Warum bloß betonte Crys ständig, wie ätzend er mich fand? Reichten denn nicht seine herablassenden Blicke?

Das Schlimmste aber war, dass es mir nicht egal war und ich innerlich wie eine Verdurstende nach einem freundlichen Lächeln oder einem lieben Wort von ihm lechzte.

Ein ziemlich verstörender Gedanke.

Ich verstand nicht, weshalb er diese Macht über mich hatte.

Vielleicht lag es an meinem verfluchten Selbstwertgefühl, das an dem Tag, an dem meine Großeltern starben, mit ihnen im Auto zermalmt worden war?

Schluchzend wischte ich mir mit dem Handrücken über die feuchte Nase.

So konnte es jedenfalls nicht weitergehen, das würde ich nicht aushalten. Ich durfte mich von ihm nicht so quälen lassen. Das musste ein Ende haben!

Ich war eine mutige junge Frau! »Tschakka!« Crys sollte mich kennenlernen!

»Was soll denn bitte ›Tschakka‹ bedeuten?«, erkundigte sich eine näselnde Stimme unter meinem Bett heraus.

Hatte ich das laut gesagt? »Hallo, James. Was machst du denn da?« Verlegen wischte ich mir über die Augen.

»Ein kleines Schläfchen. Hatte die vergebliche Hoffnung auf ein wenig Ruhe«, antwortete er unzufrieden.

»Die Hoffnung hatte ich auch, immerhin ist dies mein Zimmer!«, gab ich spitz zurück. Es war mir peinlich, dass er mich in einem schwachen Moment erwischt hatte.

James schwieg hoheitsvoll.

Wenn man beobachtet wurde, machte es keinen Spaß, sich in seinem Elend zu suhlen. Also erhob ich mich und ging ins Bad, wo ich mir Wasser ins Gesicht spritzte, um die rot geweinten Augen zu kühlen.

Dann erst wagte ich mich nach unten.

Ich hörte, wie Crys in seinem Arbeitszimmer hantierte – dem geheimnisvollen, stets abgeschlossenen Raum.

Todesmutig zeigte ich der Tür einen Stinkefinger und ging weiter in die Küche, wo ich wenig heroisch das Abendessen zubereitete. Mit durchgedrücktem Rücken. Fisch und Gemüse. Bäh.

»Kann ich bitte Futter haben?«, ertönte eine tiefe, bettelnde Stimme direkt hinter mir, als ich gerade den Lachs in die Pfanne legte.

»Herrgott, Arthur! Du sollst dich nicht so anschleichen!« Ich schaltete die Dunstabzugshaube eine Stufe tiefer.

»Ich han mich nöd angeschlichen«, verteidigte sich der Hund und kratzte sich ausgiebig hinter dem Ohr. »Ich han Hunger.«

Seufzend verdrehte ich die Augen. »Jetzt muss ich erst einmal das hier fertig machen, dann bekommst du was.«

»Okaaay. Ich mach solange Sitz, ja?«

»Guter Junge.«

Immer noch wütend auf Crys und mich selbst, säbelte ich Zucchini und Paprika klein.

»Aber du vergissisch das nöd?«

Himmel! Waren alle Hunde so wie dieses spezielle Exemplar? »Nein, Arthur, ich vergesse dein Futter schon nicht«, antwortete ich geduldig.

»Mhm, das duftet köstlich!« Honey kam hereingetanzt und fischte sich ein Stück Paprika aus der Pfanne. »Mit wem hast du denn eben geredet?«

»Mit mir selbst«, grummelte ich, ohne aufzusehen. »Die Krankheit – du weißt schon.«

»Ah, okay. Kein Problem, ich rede auch manchmal mit mir selbst. Vor dem Spiegel und so.« Sie holte Teller und Besteck und brachte alles hinüber ins Esszimmer.

Überrascht sah ich ihr hinterher. Ich hatte nicht erwartet, dass sich Crys' neue Prinzessin an der Hausarbeit beteiligen würde.

Draußen wurde es schon dunkel. Der Winter kam mit großen Schritten. Ich rechnete nach und seufzte. Morgen musste der erste Advent sein.

Advent.

Meine Großeltern kamen mir in den Sinn, und eine unwillkommene Feuchtigkeit sammelte sich in meinen Augen. Jedes Jahr hatten Granny und ich das ganze Haus liebevoll dekoriert, es hatte nach Kerzen, Tanne und Plätzchen geduftet und die Fichte im Vorgarten hatten wir mit einer Lichterkette geschmückt.

Ich bemühte mich, den Kloß in meinem Hals herunterzuschlucken und das Beste aus meiner Situation zu machen.

»Wollen wir vielleicht zusammen für Weihnachten dekorieren?«, fragte ich Honey, als sie in die Küche zurückkehrte, um Gläser zu holen. Ich hatte keine Ahnung, ob in dieser Villa irgendwo Weihnachtsdekoration versteckt war, aber notfalls konnte Honey ja etwas besorgen.

»Oh ja«, jubelte sie begeistert, »wir könnten …«

»Vergesst es!«, wurde sie von Crys, der soeben hereinkam, unterbrochen. »Mir kommt kein Weihnachtskitsch ins Haus.«

Fast hätte ich den Pfannenwender fallen gelassen, denn sein unerwartetes Erscheinen, ja seine bloße Anwesenheit brachte mich zuverlässig aus der Fassung.

»Wir dekorieren nur ein klitzekleines bisschen und ganz schlicht«, versuchte ich, ihn zu überzeugen. Bittend legte ich den Kopf schräg. »Weihnachten ohne Adventsschmuck wäre wirklich zu traurig.«

Er musterte mich, während Honey und ich gespannt abwarteten. »Glaubst du etwa an Gott, Bella?«, fragte Crys lauernd.

»Ähm … Ja, eigentlich schon …« Der Tod meiner Großeltern hatte meinen bis dato unerschütterlichen Glauben allerdings gehörig ins Wanken gebracht. Es war nicht leicht, zu verstehen, warum Gott so etwas zuließ.

»Eigentlich …«, äffte Crys mich nach. »Klingt nicht sehr überzeugend.«

»Was ist mit dir?«, gab ich spitz zurück. »Glaubst du nicht an Gott?«

Er presste die Lippen zusammen. »Falls es ihn wirklich gibt, lässt er Dinge geschehen, die furchtbar sind«, antwortete er schließlich finster. Dann drehte er sich auf dem Absatz um und verließ die Küche.

Nachdenklich sah ich ihm hinterher und fragte mich, was ihn so zynisch gemacht hatte. Beinahe wäre mir der Fisch angebrannt.

»Ich gucke morgen in der Stadt mal nach Weihnachtsschmuck«, sagte Honey, um mich aufzumuntern. »Crys wird sich schon wieder beruhigen!«

»Und ich werde mal schauen, was ich draußen so alles finde. Mit Dingen aus der Natur kann man tolle Sachen zaubern. Wie lange fährst du eigentlich von hier bis nach Brookville?«, wechselte ich das Thema. »Ich habe damals, als Crys mich … mhm …hergebracht hat, irgendwie nicht … so genau aufgepasst«, improvisierte ich. »Oder kaufst du lieber in Indiana oder Pittsburgh ein?« Es konnte nicht schaden, zu wissen, wo ich mich befand, falls sich doch noch eine Gelegenheit zur Flucht ergeben sollte.

»Er hat gesagt, dass du das fragen wirst«, teilte Honey mir mit sichtlichem Unbehagen mit.

»Ach.« Gereizt runzelte ich die Stirn. »Hat er das?«

»Er hat auch gesagt, dass dich die Antwort furchtbar aufregen würde und einen neuen, ähm, Schub hervorrufen könnte.«

»Was für einen Schub?«, rief ich entgeistert.

»Na ja, wegen deiner Gesundheit …« Honey flüsterte beinahe, als würde meine »kranke« Seite es dann nicht hören.

Wenn es nicht so lächerlich gewesen wäre, hätte ich ihr den Hals umgedreht. Oder ihm.

»Manchmal könnte ich meinem sauberen Brüderchen wirklich …«, schnaubte ich wütend.

»Du bist immer so frech, wenn du mit ihm redest, und ich frage mich, woher du den Mut dazu nimmst«, meinte Honey bewundernd.

Wenn sie wüsste! »Wie meinst du das?«, fragte ich.

»Nun ja, ich finde ihn manchmal ein wenig … einschüchternd«, gestand sie. »Aber auch furchtbar süß!«, fügte sie schnell hinzu, als ob Kritik an Crys etwas Verbotenes wäre.

Süß … Es schüttelte mich, denn dieses Wort war so ziemlich das letzte, mit dem ich ihn bezeichnen würde.

Beim Abendessen beobachtete ich aufmerksam, wie Crys und Honey miteinander umgingen. Bei Summer hatte ich das Gefühl gehabt, dass die beiden auf Augenhöhe miteinander redeten. Honey hingegen schien für ihn eher ein niedliches Ding zu sein, das stets fröhlich und einfach zu handeln war.

Was er auch sagte, sie stimmte zu und freute sich über jedes Wort, das er an sie richtete. Es war kaum zu ertragen, wie sie ihn anhimmelte.

Allerdings hatte Honey auch ihre guten Seiten.

»Ella, ich kümmere mich heute um den Abwasch, dann kannst du noch ein bisschen lesen«, schlug sie hilfsbereit vor, als alle satt waren. »Schließlich hast du schon das ganze Abendessen allein vorbereitet.«

»Ähm …« Unsicher schaute ich zu Crys. »Kein Problem, das macht mir überhaupt nichts aus.« Ich hatte Mühe, den spöttischen Unterton aus meiner Stimme zu verbannen, der sich hineinschleichen wollte.

»Ermutige Bella besser nicht zum Lesen. Sie glaubt das ganze Gesülze aus ihren Büchern«, machte Crys sich über mich lustig. »Sie hofft, dass irgendwann ihr Märchenprinz kommt!«

»Genau. Mit einer weißen Kutsche, und damit fährt er mich höchstpersönlich zum Ball.« Wütend spitzte ich die Lippen, was er mit einem kurzen Auflachen quittierte, das mich noch weiter auf die Palme brachte.

Erbost schob ich meinen Stuhl zurück und knallte das benutzte Geschirr auf das Tablett. »Cinder*Ella* geht dann mal in die Küche, den Abwasch erledigen.« Mit zusammengepressten Lippen verließ ich den Raum.

Weihnachtszeit

Ein feucht klingendes Geräusch ertönte vom Fußende meines Bettes, als ich später unter meine Bettdecke geschlüpft war und das Licht gelöscht hatte.

»Katzenwäsche?«, erkundigte ich mich höflich.

»Ja«, antwortete James mit vollem Mund. »Da unten ist es etwas schmutzig.«

»Du leckst dir hier in meinem Bett die Eier?«, fragte ich pikiert.

»Nicht ganz richtig. Poloch. Da hängt noch was.«

»Igitt! Ich glaube, mir wird schlecht«, entfuhr es mir. »Behalte die Details bitte für dich, wenn du nicht hochkant aus dem Zimmer fliegen willst!«

»Dann stelle nicht so dumme Fragen, wenn du die Antwort nicht ertragen kannst«, schmatzte der Kater uncharmant. »Es reicht ja wohl, dass ich mir die ganze Zeit über Honeys Geschwätz anhören muss. Ich gestehe, es hat mich geschüttelt, als sie dir mitgeteilt hat, dass sie *Syphilis* als einzige Obstsorte nicht mögen würde.«

Ich musste lachen. »Sie ist wirklich nicht gerade die hellste Kerze auf der Torte. Was Crys wohl an ihr findet?«

Statt einer Antwort sprang James mit einem athletischen Satz auf meine Fußspitze, die ich gerade unter der Bettdecke bewegt hatte. »Ha!«

Erschrocken quietschte ich auf. »Was machst du denn da?«

»Sorry«, murmelte er verlegen und legte sich wieder hin. »Der Instinkt.«

Ich seufzte. »James, weißt du, wie weit es von hier bis nach Brookville ist? Crys und Honey wollen es mir nicht verraten.«

»Die Zweitgenannte weiß es vermutlich nicht. Ohne Navi findet sie kaum ins Wohnzimmer.«

Ich grinste, weil ich wusste, weshalb James so schlecht auf Crys' Freundin zu sprechen war. Honey hatte kürzlich gesagt, dass sie die Tiere nicht füttern werde, weil sie Nassfutter eklig finde. Das hatten James und sogar Arthur ihr sehr übel genommen.

»Nun sag schon! Weißt du es?«, fragte ich erneut.

»Keine Ahnung«, kam die wenig hilfreiche Antwort. »Crys hat mich als Jungtier aus dem Tierheim geholt. Seitdem habe ich das Grundstück nicht verlassen.«

»Musstest du noch nie zum Tierarzt?«, erkundigte ich mich erstaunt.

»Nö.«

Ungewöhnlich, dachte ich. »Aber woher weißt du dann so viel, wenn du hier noch nie rausgekommen bist?«

»Mr Morris hat mir das Lesen beigebracht.«

Ich riss die Augen auf. »Du kannst lesen?«

»Mhm«, kam es mit vollem Mund zurück. »Aber meistens lese ich nur Zeitung. Das Umblättern von Buchseiten gestaltet sich etwas schwierig, musst du wissen.«

»Wow«, stieß ich perplex hervor.

Drei Tage später holte ich mir Tannenzweige und allerlei Gestrüpp aus dem Garten, ließ mir vom Gärtner Blumendraht geben und schaffte es, damit zwei beachtliche Kränze zu binden. Honey hatte mir rotes Schleifenband mitgebracht, und so hängte ich einen an der Eingangstür der Villa auf und brachte den anderen zu Mr Morris.

Eigentlich war Crys' neue Freundin ganz in Ordnung. Aufgedreht, chaotisch und einfach gestrickt, aber doch ganz nett, musste ich mir eingestehen. Trotz unseres Altersunterschiedes von fünf Jahren war es nach den furchtbaren letzten Tagen mit Summer eine Wohltat, sich mit einer gesunden, gut gelaunten Frau unterhalten zu können.

Als ich gerade die Kranzschleife an der Außenlampe des Gärtnerhauses festknotete, kam Crys' Wagen die Einfahrt heraufgerollt.

»Was machst du da?«, grollte er, kaum dass er ausgestiegen war, und trotz seines abweisenden Gesichtsausdruckes schlug mein Herz schneller.

Mit aller Macht musste ich mir in Erinnerung rufen, dass er vergeben war, ein Entführer und dass ich ihn hasste. Vergeben. Entführer. Hassen. Okay.

Doch auch wenn ich es noch so oft wiederholte, es half nicht. Denn sobald er mich anblickte, wurde ich schwach. Seine Nähe gab mir mittlerweile sogar ein Gefühl von Sicherheit. Wann war das passiert?

»Wonach sieht es denn aus?«, gab ich schnippisch zurück, um ihn nicht spüren zu lassen, was ich in Wahrheit empfand.

»Ich hatte gesagt, dass ich keine Weihnachtsdeko will.« Dass er leise sprach und dabei direkt auf mich zukam, machte seine Worte umso bedrohlicher.

»Das hast du«, antwortete ich kleinlaut. »Und ich war wirklich sehr zurückhaltend in der Villa. Nur einen Kranz habe ich aufgehängt und die Kaminsimse mit …«

»Du willst dich mir widersetzen?«, schnitt er mir das Wort ab und trat noch einen Schritt näher, sodass er nun dicht vor mir stand.

»Ähm … ja?« Unsicher blinzelte ich zu ihm auf.

Ich meinte, dass Crys' Mundwinkel leicht zuckten, aber seine Stimme klang weiterhin erbost. »Was soll Leander bitte mit diesem Kitsch?«

»Ich hoffe, dass er sich darüber freut, wo doch seine Frau nicht mehr für ihn schmücken kann«, sagte ich leise.

Crys nickte langsam und musterte mich einen Moment lang nachdenklich, als würde er in meinem Gesicht nach etwas Bestimmtem suchen.

Verlegen blies ich mir eine Strähne meiner mittlerweile wieder vollständig kastanienbraunen Haare aus dem Gesicht. Als sie sofort wieder zurückfiel, hob Crys seine Hand. Beinahe wäre ich aus Angst vor einem Schlag zurückgewichen, aber er strich mir nur mit einer unerwartet sanften Bewegung die störrische Haarsträhne zurück.

Es kribbelte an meinem Ohr. Sofort zog er die Hand weg. Mit riesigen Augen schaute ich zu ihm auf, während das Herz in meiner Brust vor sich hin stolperte.

Für einen Moment lang taten wir nichts anderes als einander anzusehen. Es war, als gäbe es da irgendetwas zwischen uns, was sich nicht mit Worten beschreiben ließ.

Dann wandte er sich abrupt ab und stieg in sein Auto, um es in die Garage zu fahren. Kraftlos sank ich auf die Bank vor Mr Morris' Häuschen und blieb noch eine ganze Weile dort sitzen.

James erwartete mich in der Küche, als ich hereinkam, um das Abendessen vorzubereiten, und strich aufdringlich um meine Beine. »Nur ein kleines Häppchen ...«, schnurrte er bettelnd.

Draußen sah ich Crys mit Arthur auf der Wiese herumtollen. Mit Engelsgeduld warf er das Stöckchen. Versonnen beobachtete ich die beiden. Wenn Crys mit den Tieren spielte und sich unbeobachtet glaubte, kam eine ganz andere Seite von ihm zum Vorschein. Dann war er ein unbeschwerter, geduldiger und liebevoller Mann und nicht der arrogante, finstere und verletzende Bösewicht. Diese geheime Seite an ihm war unglaublich liebenswert.

Als ich nicht reagierte, weil ich in Gedanken ganz woanders war, schlug James seine Krallen drohend in meine Hose.

»He!«, rief ich empört, packte ihn am Nackenfell und entfernte ihn von meinem Bein. »Hau ab und fang Mäuse! Oder besser Spinnen!« So ein altes Gemäuer war ein Paradies für achtbeiniges Getier, hatte ich festgestellt.

Der Kater wollte sich gerade missmutig trollen, als mir ein beunruhigender Gedanke kam. »Stopp, warte mal, James!«, rief ich ihm nach. »Können hier eigentlich noch andere Tiere sprechen?!« Vor meinem inneren Auge sah ich die riesige Spinne, die heute Morgen in meiner Badewanne gesessen hatte.

Langsam drehte er sich um. »Das verrate ich, wenn du mir von diesem köstlichen Nassfutter gibst. Dem in der roten Dose!«, sagte er mit einem listigen Blinzeln.

Verdrossen gab ich mich geschlagen und holte neben einem Salatkopf auch das Katzenfutter heraus. James ließ sich mit der Antwort Zeit, bis er den letzten Tropfen Soße aus seinem Napf geschleckt hatte. Dann endlich verriet er mir, dass Arthur und er die einzigen sprechenden Tiere weit und breit waren.

»Stell dir doch mal vor, Mäuse könnten reden«, erklärte der Kater pikiert. »Das würde einem wirklich den Appetit verderben. Oder die Insekten! Nein danke. Es reicht, dass Arthur dumm ist wie eine Fliege!«

»Das isch aber nöd nett von dir, James«, ertönte die lang gezogene Stimme des Hundes, der eben in die Küche getrottet kam.

»Ach, Arthur, er meint das nicht so, oder?« Auffordernd fixierte ich den Kater, der daraufhin den Kopf schüttelte.

»Na gut, du bist nicht dumm wie eine Fliege. Höchstens so dumm wie eine Maus.«

»James!«, rief ich empört, legte den Salatkopf auf das Schneidebrett und holte ein Messer heraus. »Nun ist es aber gut!«

Sicher war Arthur nicht gerade herausragend klug, doch das war kein Grund, sich über ihn lustig zu machen!

Die Tiere hörten tatsächlich schlagartig auf, sich zu zanken, was mich wunderte. Als im gleichen Moment die Tür aufging und Honey hereinkam, war mir klar, weshalb.

»Ich wollte mal nachschauen, was du heute zauberst, und habe dich reden gehört!«, rief sie fröhlich und begutachtete, wie ich den Salat in mundgerechte Stücke schnitt. »Führst du wieder Selbstgespräche?«

»Äh, ich …« Ich wurde rot.

»Na, das ist aber auch kein Wunder, wo du den ganzen Tag über allein bist. Ich werde mal mit Crys reden, ob du nicht wenigstens mal Besuch von deinen Freundinnen haben kannst.«

»Wohl kaum«, murmelte ich und nahm Tomaten aus der Schale, um sie abzuwaschen.

»Aber du hast doch Freundinnen, oder?«, hakte Honey nach.

Ich nickte knapp.

Ob Jenna mich ebenso vermisste wie ich sie?

»Mhm, sieht lecker aus! Mach bitte noch ein bisschen Avocado rein«, bat Honey mich und deutete auf den Salat.

Ich verdrehte die Augen, als sie wieder aus der Küche tänzelte.

»Honey isch eigentlich ganz nett, oder, Ella?«, fragte Arthur. »Und so schön.«

»Ja, das ist sie«, gab ich mürrisch zu und tätschelte dem Hund die Seite.

»Gleicher IQ wie du«, ärgerte James den Hund und verdrehte seinen Kopf, um sich eine Stelle auf dem Rücken zu reinigen.

Ich seufzte.

Beim Abendessen nahm ich meine gute Meinung von Honey zurück, als sie mich nachdenklich anschaute und sagte: »Ella, du musst dir unbedingt die Augenbrauen zupfen. Die wachsen ja schon über der Nase zusammen!«

Mein Blick huschte zu Crys, der mich natürlich genau in diesem Moment beobachtet hatte. Errötend senkte ich den Kopf über meinen Teller, sodass meine Haare vor das Gesicht fielen.

»Keine Lust auf Schmerzen«, nuschelte ich und schob mir eine Gabel Salat in den Mund.

»Ich werde dir helfen«, beschloss Honey fürsorglich. »Schließlich kannst du dich nicht mit deinen Freundinnen austauschen.« Sie warf Crys einen bittenden Blick zu. »Sweetheart, kann Ella nicht wenigstens mal telefonieren? Mir wird allein bei dem Gedanken daran, dass ich meine Mädels nicht erreichen könnte, angst und bange!«

Das brachte mich auf die Idee, dass ich versuchen könnte, ihr das Smartphone zu entwenden. Bei Crys und Summer hatte ich mich nicht getraut, aber Honey war naiv genug, es offen liegen zu lassen. Eine Tastensperre wäre kein Problem – ich benötigte nur den Notruf.

»Nein«, gab Crys in einem Tonfall zurück, der keine Widerrede duldete.

»Wie schade«, sagte Honey betrübt.

»Aber was ist mit Mr Morris?«, fragte ich. »Könnte er nicht mal mit uns zu Abend essen? Schließlich ist er ebenfalls ganz allein!«

Seit meinem Aufenthalt im Gärtnerhaus hatte ich den mürrischen alten Mann ins Herz geschlossen. Der Gedanke, wie er einsam drüben über seiner Mahlzeit saß, bedrückte mich.

Crys' eisiger Blick durchbohrte mich einen Augenblick lang. »Reicht es nicht, dass du ihm ohne meine Erlaubnis das Haus putzt?«, fragte Crys unwirsch.

Ich erschrak. Woher wusste er das? Hatte Mr Morris es ihm verraten?

Der Alte hatte mir leidgetan. Die harte Arbeit im Garten, seine Frau verstorben und dazu noch der ganze Haushalt – da war ich eben mal kurz mit dem Staubsauger und einem Lappen durch die Zimmer gehuscht. Weil das Häuschen so klein war, hatte das nicht einmal eine halbe Stunde gedauert.

»Also …«, stotterte ich, »… ich bin immer erst nach den Arbeitsstunden rübergegangen, ehrlich!« Meine Hände wurden feucht.

»Nach welchen Arbeitsstunden?«, fragte Honey verständnislos dazwischen.

Aufgelöst sah ich zu Crys, weil ich nicht wusste, wie ich mich aus dieser Nummer herausreden sollte. Über seinem Gesicht lag eine Gewitterwolke.

»Ich meine …«, begann ich mit dünner Stimme, »… ähm …«

Im Raum herrschte Totenstille.

Nach einer gefühlten Ewigkeit stieß Crys genervt die Luft aus. »Bella soll jeden Tag etwas für die Schule tun und sich an der Arbeit im Haushalt beteiligen«, erklärte er Honey, und ich atmete auf.

Elegant gelöst. Er hatte es so formuliert, dass er noch nicht einmal gelogen hatte.

Honey nickte zustimmend. »Schulbildung ist wichtig.«

Ich zuckte mit den Schultern und schob schnell ein Tomatenstück in meinen Mund.

»Meinetwegen kann Leander mit uns zu Abend essen«, sagte Crys völlig unerwartet. »Doch ich fürchte, er wird es nicht wollen.«

Beinahe hätte ich mich an der Tomate verschluckt. Perplex blickte ich ihn an. War das sein Ernst? Eben noch dachte ich, er würde mich jeden Moment zusammenbrüllen, und nun erfüllte er mir diesen Wunsch?

Er war bei Weitem nicht so hartherzig, wie er immer tat.

»Danke«, sagte ich mit einem unsicheren Lächeln. Gleich morgen früh würde ich dem Gärtner die gute Nachricht überbringen.

Meine Idee, den alten Mann zu unserer launigen Tischrunde dazu zu bitten, stellte sich als schwierig heraus, genauso wie die Umsetzung meines Handy-Plans.

Ich hatte die Chance genutzt, als Honey und Crys in den Fitnessraum gegangen waren, wie sie es öfter taten. Aber sosehr ich in Honeys Zimmer auch suchte, ich konnte kein Smartphone entdecken. Vermutlich schloss Crys es jeden Abend sorgfältig in seinem Arbeitszimmer ein. Zuzutrauen wäre es ihm.

Mr Morris hatte sich erst, nachdem ich am nächsten Tag mit Engelszungen auf ihn eingeredet hatte, widerstrebend dazu bereiterklärt, am Abendessen teilzunehmen.

Steif und mit gebeugtem Nacken saß er nun da, beäugte misstrauisch den Auflauf mit Hähnchen und Gemüse unter ein wenig Light-Käse und schwieg hartnäckig. Crys' gerunzelte Stirn nach dem Motto ›Hab ich doch gleich gesagt, dass das eine blöde Idee ist‹ ignorierte ich und startete einen weiteren Versuch, den Gärtner in das Gespräch mit einzubinden.

»Ist denn zu dieser Jahreszeit noch viel im Garten zu tun?«

Mr Morris nickte und begann zu essen.

»Ähm, Laub harken und so?«, mühte ich mich weiter ab.

»Mhm«, murmelte er mit vollem Mund, und ich merkte ihm an, wie unwohl er sich gerade fühlte. »Und die Pflanzen zurückschneiden und Blumenzwiebeln setzen.«

»Oh, das klingt nach viel Arbeit!«, rief Honey bewundernd, woraufhin ich ihr ein dankbares Lächeln schenkte.

»Ja«, bestätigte der Alte kurz angebunden. Dann herrschte erneut unbehagliches Schweigen.

Mist. Das hatte ich mir anders vorgestellt!

Angespannt kaute ich auf meiner Unterlippe herum, denn ich wollte wirklich gern, dass der Alte ab sofort nicht mehr alleine zu Abend essen musste.

»Neulich habe ich in der Zeitung einen Gärtnerwitz gelesen«, startete ich einen letzten Versuch, dem Gespräch eine lockere Wendung zu geben. »Zwei Gärtner unterhalten sich. Sagt der eine: ›Es heißt ja, dass es Pflanzen guttut, wenn man mit ihnen spricht.› ›Okay‹ antwortet der andere. ›Dann gehe ich jetzt nach draußen und beleidige das Unkraut!‹«

Hoffnungsvoll guckte ich in die Runde. Der Witz war doch gut, oder nicht?

Aber Mr Morris schaute noch nicht einmal auf, sondern schlang weiter sein Essen hinunter, und Crys verdrehte die Augen. Das war wohl nichts gewesen. Aber so schnell gab ich mich nicht geschlagen.

»Ich kenn noch einen«, fuhr ich eifrig fort. »Was ruft eine Schnecke, die auf einer Schildkröte sitzt?« Nach einer kurzen Kunstpause beantwortete ich die Frage selbst. »Huiii!«

Ich musste über meinen eigenen Witz kichern, aber das Lachen blieb mir im Halse stecken, als ich die Reaktionen der anderen sah.

Crys hob die Brauen, als wollte er sagen: »Es reicht!«, und Honey zuckte tröstend mit den Schultern. Nur Mr Morris nickte mir schmunzelnd zu.

»Tja …« Beschämt senkte ich den Blick, legte mein Besteck auf dem Teller zusammen und erhob mich. »… ich werd dann mal eben den Nachtisch …«

»Was passiert, wenn man Viagra im Garten verstreut?«, wurde ich auf einmal von Mr Morris unterbrochen.

Ungläubig ließ ich mich auf meinen Stuhl zurücksinken und lauschte dem alten Mann mit großen Augen. Wo kam das denn plötzlich her?

»Man kann die Regenwürmer als Nägel verwenden!« Beifall heischend blickte Mr Morris in die Runde.

Zuerst herrschte verblüffte Stille. Dann ertönte auf einmal ein tiefes Lachen von Crys. Ein Geräusch, das so fremd und warm klang, dass es mir direkt in den Magen fuhr, und in das Honey und ich schließlich mit einstimmten.

Mr Morris grinste schief und zwinkerte mir zu. Ich lächelte, bis ich bemerkte, dass Crys aufgehört hatte zu lachen und mich nachdenklich musterte.

Sommerwetter

»So bald schon?«

Aufgebracht kam Crys mit dem Smartphone am Ohr aus seinem Arbeitszimmer, während ich gerade wieder einmal die Eingangshalle wischte. Das war eine Sisyphusarbeit, denn trotz des hochsommerlichen Wetters schleppten Mensch und Tier ständig Schmutz ins Haus.

Neugierig blickte ich auf und wischte mir den Schweiß von der Stirn. Seit neun Monaten saß ich hier nun bereits fest, doch so ungehalten hatte ich Crys schon lange nicht mehr erlebt.

Er hatte recht behalten. Es ging mir nicht schlecht bei ihm. Der Mensch war anscheinend sehr anpassungsfähig. Ab und zu verspürte ich sogar ein starkes Glücksgefühl. Aber das trat dummerweise meistens dann auf, wenn Crys in der Nähe war.

Ich erledigte brav den Haushalt und hatte den Rest des Tages Zeit für mich, las mich durch Crys' gesamte Bibliothek, ging mit Arthur im Park spazieren und arbeitete für den Homeschooling-Kurs, zu dem Crys mich tatsächlich angemeldet hatte. Da ich schon immer leicht und gerne gelernt hatte, war es kein Problem gewesen, die Aufgaben als festen Programmpunkt in meinen Tagesablauf einzubauen. Es gab mir das Gefühl von Struktur in einem fremdbestimmten Leben und einen Hauch von Hoffnung, mein Ziel, Medizin zu studieren, doch noch erreichen zu können.

Mein Geburtstag im Dezember war verstrichen, ohne dass ich jemandem davon erzählt hatte. Ich hatte keine Lust auf eine Enttäuschung gehabt, denn an die Geburtstage, wie meine Großeltern sie mir ausgerichtet hatten – mit Ständchen am Morgen, einer bunten Lichterkette um meinen Teller und einem überfüllten Gabentisch –, konnte nichts herankommen.

Still und heimlich hatte ich stattdessen mit mir selbst gefeiert, indem ich mir kurzerhand putzfrei genommen und einen Liebesroman gelesen hatte. Weil ich ansonsten gehorsam meinen Pflichten nachkam, war es niemandem aufgefallen.

Und irgendwann im vergangenen Dreivierteljahr hatte ich auch die Hoffnung auf Freiheit aufgegeben und mich mit meiner Situation arrangiert. Was sollte ich auch anderes tun, wenn jeder Fluchtversuch scheiterte? Und mittlerweile hatte ich wirklich alles versucht – für die Sache mit der Flaschenpost, die ich über die Mauer geworfen hatte, hatte es am meisten Ärger gegeben, aber nie hatte Crys die Hand gegen mich erhoben. Überhaupt vermied er es, mich zu berühren.

Meine Angst vor ihm hatte nachgelassen und war einer Normalität und dem unbestimmten Wissen gewichen, dass er mir nichts antun würde, auch wenn ich nicht erklären könnte, woher diese Überzeugung kam.

Vielleicht war es die Art, wie umsichtig und fürsorglich er normalerweise jede Person seines Haushalts behandelte. Vielleicht lag es aber auch daran, wie er mich ansah, wenn er dachte, ich würde es nicht bemerken. Irgendwie intensiv.

»Wir hatten doch gesagt, nur einmal im Jahr, und das wäre erst wieder im November!«, erklärte Crys soeben der Person am anderen Ende der Leitung.

Nachdenklich blickte ich auf die Ärmel seines Hemdes, mit denen sich Crys jetzt angespannt über die Stirn fuhr, und fragte mich zum wiederholten Mal, weshalb seine Kleidungsstücke selbst im Hochsommer stets langärmelig waren. Wollte er damit vielleicht die Einstichstellen seiner »Schüsse« verbergen? In letzter Zeit häuften sich nämlich die Anzeichen für die Richtigkeit meiner Drogen-Theorie.

»Ich habe keine Lust, mir schon wieder …« Er brach ab, als er mich entdeckte, und runzelte die Stirn. Mit dem Fuß zog er die Arbeitszimmertür hinter sich zu und ging weiter Richtung Garderobe.

Mein Herz klopfte schneller, als mir auffiel, dass das Schloss nicht zuschnappte. Damit er mir nichts anmerken konnte, bewegte ich den Wischmopp in weiten Schwüngen über den Fußboden und zwang meinen Blick auf die Spuren, die Crys' Schuhe auf den frisch gewischten Steinfliesen hinterlassen hatten.

»… Ja, ich weiß, dass seine Schwester gestorben ist.« Geistesabwesend nahm er seinen Autoschlüssel von der Konsole und verließ das Haus. »Aber das ist doch nun schon eine ganze Weile … Können wir nicht trotzdem …« Die Eingangstür fiel hinter ihm zu, sodass ich nichts mehr verstehen konnte.

Das war die Gelegenheit! Ich lehnte den Wischmopp an die Wand und lief mit klopfendem Herzen zum Fenster, um zu kontrollieren, dass er wirklich wegfuhr. Dann drehte ich mich zu der massiven Eichentür seines Arbeitszimmers um, die bisher stets verschlossen gewesen war.

Endlich.

Das erste Mal, seit ich hier festsaß!

Mein Bauch kribbelte aufgeregt. Nun würde ich schließlich doch noch erfahren, was Crys dort verbarg.

Honey war schon bei der Arbeit, und ich wusste, dass Arthur und James es sich auf der Terrasse in der Sonne gemütlich gemacht hatten. Niemand würde bemerken, was ich tat.

Meine Hände waren auf einmal schweißnass und das nicht nur von der Augusthitze. Mit wackeligen Knien schlich ich zum Arbeitszimmer und zog die Tür einen Spaltbreit auf.

Staunend schnappte ich nach Luft. Das hier war kein Arbeitszimmer, das war ein verdammtes Hexenlabor!

Grundsätzlich ähnelte der Raum zwar dem Rest des Hauses: ein Fußboden aus dunklen Dielen, getäfelte Wände, antike Möbel, ein Kamin. Auch der große Schreibtisch und die Schrankwand, gefüllt mit gebundenen Büchern und Fachzeitungen, waren durchaus als normal zu bewerten.

Aber was zur Hölle hatte ein moderner Labortresen, der mich an das Chemielabor meiner Schule erinnerte, in der Mitte des Raumes verloren?

Mikroskop, Bunsenbrenner, Pipetten, Reagenzgläser, Tiegel und Spatel – alles da, was ein Chemiker benötigte. In Rundkolben auf Stativen, die mit einem Schlauch verbunden waren, blubberte eine giftgrüne Flüssigkeit.

Oh. Mein. Gott.

Um sich schlagende Bäume. Sprechende Tiere. Und nun Frankensteins Labor. Was kam als Nächstes?

Ich bemühte mich, ruhig zu bleiben, als ich begriff, weshalb ich in Crys' Zimmer keine Drogen gefunden hatte. Er bewahrte sie hier auf. Hier, wo er sie herstellte!

Arbeitete er in Wirklichkeit gar nicht in einem Auktionshaus als Experte für Antiquitäten, sondern als Drogendealer?

Ich atmete tief durch. Er hatte gelogen, als er sagte, dass er Summer keine Drogen geben würde. Das war jetzt sonnenklar. Und ich musste davon ausgehen, dass er auch Honey welche gab. Aufgewühlt knetete ich meine Hände, denn das ging mir viel näher, als ich jemals gedacht hätte.

Wider Erwarten hatte Honey nämlich recht behalten: Wir waren Freundinnen geworden. Zwar konnte ich mit ihr keine tiefschürfenden Gespräche führen – die einzigen Themen, die sie wirklich interessierten, waren Mode, Make-up und Crys. Aber die Auswahl an potenziellen Freundinnen war für mich eben nicht allzu groß.

Ich erduldete, dass sie mir die Augenbrauen zupfte, mich in stylishe Klamotten steckte und meine Haltung korrigierte. Honey war stets fröhlich und nett zu mir, und das war schließlich wichtiger als ein beeindruckender Intelligenzquotient.

Korrektur: Sie war *fast* immer fröhlich.

In letzter Zeit hatte ich beunruhigende Veränderungen an ihr bemerkt. Sie wirkte müde, sah blass und abgespannt aus und wurde noch dünner, als sie es ohnehin schon war. Und dann war da ihr beinahe schon zwanghafter Drang, sich Crys an den Hals zu schmeißen und mit ihm nach oben zu verschwinden, der bei mir die Alarmglocken schrillen ließ.

Wenn Crys ihr jetzt ebenfalls Drogen gab, wäre das eine Katastrophe, denn über kurz oder lang würde die Sache so enden wie mit Summer, und das könnte ich nicht noch einmal ertragen.

Während ich noch verzweifelt in das Arbeitszimmer starrte und wünschte, ich hätte den Mut, das Labor einfach zu zerstören, klappte hinter mir die Eingangstür. Zu Tode erschrocken fuhr ich herum.

Crys! Er war noch einmal zurückgekommen! Ich musste schnell …

Aber da war er schon bei mir.

Der Stoß, mit dem er mich von der Tür wegbeförderte, ließ mich stürzen. Hart schlug ich auf den Fliesen auf und rutschte auf den noch feuchten Steinplatten fast bis zur Wand. Tränen des Schmerzes und Schocks schossen mir in die Augen. Ich rappelte mich auf, wollte fliehen, aber er packte mich grob an den Schultern.

»Ich sagte, dass dieser Raum für dich tabu ist!«, brüllte er zornerfüllt. Seine Hände krallten sich so fest, dass es schmerzte.

Zitternd vor Angst, war ich mir auf einmal gar nicht mehr so sicher, dass er mir nichts tun würde.

»Was gibt es daran nicht zu verstehen?« Er schüttelte mich. »Sind deine Ohren nicht in Ordnung oder liegt das Problem dazwischen?«

»Ich … ich …«

»Hast du irgendetwas angefasst?«, fragte er nun bedrohlich leise, mit zusammengepressten Zähnen. Er beugte sich vor, was noch viel furchteinflößender war.

Ich konnte nur hilflos den Kopf schütteln und stumm seinen Blick erwidern.

Unvermittelt ließ er mich los, fast, als hätte er sich verbrannt, und trat einen Schritt zurück.

»Du wirst kein Wort darüber verlieren! Zu niemandem!«, befahl er. »Und noch etwas: Sollte ich dich jemals wieder in diesem Raum erwischen, wirst du das bereuen.« Mit zur Seite geneigtem Kopf fragte er in einem gefährlich sanften Tonfall: »Habe ich mich deutlich genug ausgedrückt?«

»Lass Honey in Ruhe!«, krächzte ich. »Reicht es nicht, was du mit Summer gemacht hast?«

Seine Augen wurden schmal.

Ich wollte zurückweichen, aber da war die Treppe. »Bitte!«, flehte ich. »Gib ihr nichts mehr von diesem Teufelszeug!« Meine Stimme brach.

Er musterte mich unter seinen langen Wimpern hervor. »Das ist es also, was du denkst?«, flüsterte er.

Obwohl meine Hände zitterten, nickte ich standhaft.

»Du glaubst, dass ich ihr Drogen gebe?«

Schnaubend deutete ich zum Arbeitszimmer. »Das ist ja wohl offensichtlich!«

Er lachte so grausam auf, dass ich zusammenzuckte. »Muss ich mir jetzt von einer kleinen, hässlichen Putze sagen lassen, was ich zu tun und zu lassen habe?« Mit kaltem Blick drehte er sich um und ließ mich einfach stehen.

Erschüttert starrte ich ihm nach. Anscheinend war es ihm scheißegal, wie es anderen Menschen ging. Es interessierte ihn nicht die Bohne, was er mit seinen Suchtstoffen anrichtete! In mir explodierte ein Ball aus gleißender Wut.

»Kannst du dich nicht einfach in eine Ecke legen und sterben, du Monster?«, brüllte ich ihm nach. »Aber leise bitte, ich muss hier arbeiten!«

Crys war mit einem Satz bei mir. Erschrocken wich ich nach hinten zurück und hielt den Wischmopp wie eine Waffe vor mich.

Nutzlos.

Als wäre es ein Zahnstocher, schlug er ihn aus meiner Hand und drängte mich an die Wand. Mit einer Hand packte er die Haare in meinem Nacken und riss sie nach hinten, sodass mein Schädel schmerzhaft gegen die Wand stieß und ich gezwungen war, zu ihm aufzuschauen. Vielleicht war ich mit ›Monster‹ ein klitzekleines bisschen zu weit gegangen? Zischend sog ich die Luft zwischen meine Zähne.

»Fick dich!«, stieß ich hervor.

Sein Gesicht kam meinem so nah, dass ich beinahe schielen musste, und trotz meiner Angst fühlte ich den absurden Drang, diese zusammengepressten Lippen weichzuküssen.

Und das war eigentlich das Schlimmste. Dass ich mich trotz allem nicht in der Lage sah, ihm zu widerstehen.

Crys fixierte mich wie ein Raubtier seine Beute. »Vielleicht werde ich *dich* einmal ficken.«

Mit aufgerissenen Augen schnappte ich nach Luft.

»Aber es könnte sein, dass du dir anschließend wünschst, wir wären uns nie begegnet.«

Tonnenschwer hingen seine Worte in der Stille der Eingangshalle, die nur vom Ticken der Standuhr unterbrochen wurde.

Ich schluckte hart in seinem Stahlgriff. »Das wünsche ich mir schon die ganze Zeit!«

Unerwartet strich er mit seinem Daumen über meine Wange. Mit einem dunklen Lachen ließ er dann so plötzlich von mir ab, dass ich taumelte.

»Mut hast du, kleine Bella, das muss man dir lassen.«

Während mein Herz noch raste, drehte Crys sich um, holte Unterlagen aus seinem Arbeitszimmer, die er wohl vergessen hatte, kontrollierte, dass die Tür diesmal wirklich verschlossen war, und verließ dann erneut das Haus.

Weil meine Knie mich nicht länger trugen, rutschte ich langsam an der Wand hinunter zu Boden. Mit vor den Mund gepresster Hand versuchte ich, das Schluchzen zu unterdrücken.

Verdammt!

Innerhalb von ein paar Minuten war mein mühsam erkämpftes, wackeliges Arrangement mit der Gefangenschaft und der Zweckgemeinschaft mit Crys und Honey wie ein Kartenhaus in sich zusammengekracht.

Jetzt, wo ich wusste, was Crys in seinem Arbeitszimmer tat, konnte ich so nicht weiterleben, denn dieses Geheimnis erstickte mich: Er vergiftete Menschen, zwang sie in die Abhängigkeit!

Neue Erkenntnisse

Am Nachmittag, nachdem ich mein Lernpensum bewältigt hatte, nutzte ich die Gelegenheit, mit Honey zu sprechen. Den ganzen Vormittag über hatte ich darüber nachgedacht, wie ich es geschickt anstellen sollte, ihr zu helfen, ohne das Thema »Drogen« zu erwähnen. Schließlich war mir mein Leben durchaus lieb.

Sie war wie meistens, wenn sie kein Shooting hatte, früher als Crys von ihrer Arbeit in der Boutique heimgekehrt und hatte sich in ihr Zimmer zurückgezogen. Das tat sie in letzter Zeit öfter, anstatt wie früher mit mir zu quatschen oder mir irgendwelche Schönheitstipps aufzuzwingen.

Behutsam klopfte ich an ihre Zimmertür und öffnete sie, als von drinnen ein gepresstes »Herein!« erscholl.

Ich fand Honey in einer merkwürdigen Pose vor, bei der sie sich ausschließlich auf den Händen abstützte.

»Äh … Was machst du da?«

»Yoga!«, kam die knappe Antwort, aber das war mir natürlich klar. Mich wunderte eher, dass sie überhaupt in der Lage war, in dieser Position zu sprechen!

»Das ist … die Seitenkrähe«, hechelte sie. »Die stärkt … die Armmuskulatur, … das Gleichgewicht und die … Koordination.« Honey ließ sich auf die Matte plumpsen. »Und sie hilft, die Nerven gesund zu erhalten.« Sie griff nach ihrer Wasserflasche. »Komisch. Sonst halte ich das länger durch«, seufzte sie und schraubte den Deckel ab, während mir ein ahnungsvoller Schauer über den Rücken lief.

»Ich fand das schon ziemlich beeindruckend! Das könnte ich keine Sekunde lang!«, lobte ich sie. »Ähm, sag mal, Honey, warum nimmst du eigentlich nicht mehr Aufträge für Fotoshootings an? Dir bleibt schließlich nicht unendlich viel Zeit, in der du deine Model-Karriere vorantreiben kannst!«, bemühte ich mich, sie zu überzeugen.

Nachdenklich wischte sie sich mit dem Handrücken über die fein geschwungenen Lippen. »Das stimmt sicher, aber du weißt ja, wie ungern mein Sweetheart und ich getrennt sind, und für die meisten Shootings müsste ich ein paar Tage verreisen.«

Insgeheim verdrehte ich die Augen. Mein Sweetheart … So nannte sie ihn jetzt ständig. Ob Crys es mochte, so betitelt zu werden?

»Du bist so schön, es wäre eine Schande, wenn du diese Chancen nicht ergreifen würdest!«, versuchte ich, ihr zu schmeicheln. »Ich kann mir nicht vorstellen, dass Crys dem ernsthaft im Weg stehen würde. Stell dir nur mal vor, wie traumhaft so ein Shooting an einem warmen Palmenstrand sein könnte! Ich wette, wenn du etwas flexibler wärst, könntest du es ohne Probleme auf ein Cover schaffen!«

Für einen Moment legte sie den Kopf schief und sah mich aus ihren aparten Augen nachdenklich an. Mir fiel selbst auf, dass es klang, als würde ich sie krampfhaft aus dem Haus haben wollen. Nur gut, dass Honey nicht wusste, dass ich in Wahrheit gar nicht Crys' kleine Schwester war. Sonst würde sie bestimmt denken, dass ich darauf aus war, ihr den Freund auszuspannen. Dabei wollte ich doch nur, dass ihr das Fortschreiten ihrer Sucht bewusst wurde, dass sie begriff, wie sehr sie schon von Crys und seinem Chemielabor abhängig war.

Ob er seinen Freundinnen das Mittel heimlich verabreichte? War Honey überhaupt klar, dass sie süchtig war? Und warum um alles in der Welt tat er das überhaupt?

»Du hast recht, Ella. Da sollte ich wohl wirklich mal drüber nachdenken.«

Auch wenn das mit dem Nachdenken bei Honey dauern konnte, nickte ich begeistert.

»Aber jetzt verrate mir mal, was es heute zum Abendessen gibt!«

Irritiert über den Themawechsel, antwortete ich: »Zucchini und gebratenes Putenfilet.« Ich stand auf, weil mich das daran erinnerte, dass ich das Fleisch noch aus der Kühlung holen musste.

»Mhm, lecker …«, seufzte Honey zufrieden und beobachtete, wie ich zur Tür ging. »Ella!«, ermahnte sie mich streng. »Was habe ich dir gesagt?«

Automatisch straffte ich mich, weil ich schon wusste, was kommen würde. Honey war bei diesem Thema wirklich erbarmungslos.

»Schultern zurück! Du bist kein Troll, du bist eine junge Frau, ich buchstabiere: G. Ö. T. T. I. N! Denk immer daran!«

Ich verdrehte die Augen bei dieser Postkartenweisheit. »Ja, sicher.« *Ich und Göttin … Haha.* Ich war die hässliche kleine Putze.

»Aber wir müssen dringend dafür sorgen, dass du neue Klamotten bekommst, das hier geht gar nicht mehr!«

Errötend zupfte ich beim Hinausgehen an meinem T-Shirt, das tatsächlich bald schon als »bauchfrei« gelten konnte. Ich musste noch gewachsen sein, denn dicker geworden war ich nicht.

»Wann wurde Mandela geboren?«

»18.7.1918«, antwortete ich brav und rührte die Zucchinistreifen im Topf um. »Was denken Sie darüber, dass Mandela im Befreiungskrieg offiziell zur Gewalt aufgerufen hat?«

Während ich das Abendessen vorbereitete, saß Mr Morris, wie es seit einiger Zeit zur Gewohnheit geworden war, bereits bei mir in der Küche, trank ein Glas Tee und fragte mich ab.

Es hatte damit begonnen, dass er mir aus seinem Gewächshaus frische Kräuter zum Würzen mitgebracht hatte. Aber mittlerweile war klar, dass er auch ohne diesen Vorwand gerne vorbeikam. Irgendwie war er zum Großvaterersatz für mich geworden.

»Nelson Mandela war ein großer Mann, aber in diesem Punkt bin ich nicht seiner Meinung«, kam die Antwort des Gärtners.

»Aber was, wenn man sich nur verteidigt?« Behutsam wendete ich die Geflügelfilets in der Pfanne. »Ich denke schon, dass man sich mit Kampftraining vorbereiten sollte, wenn man befürchtet, dass die Gegenseite Gewalt anwenden wird.«

Auf einmal stand Crys in der Tür. »Hui, Bella!« sagte er spöttisch. »Du bist ja richtig angriffslustig!«

Seit unserem Zusammenstoß vor seinem Arbeitszimmer hatten wir nur das Nötigste miteinander gesprochen.

»Hätte ich mir ja denken können, dass Mr Schwerverbrecher mich auslacht!«, fauchte ich zurück. »Für dich sind ja auch Entführung und Freiheitsberaubung nur eine Lappalie!«

Mr Morris beobachtete uns interessiert.

»*Mr Schwerverbrecher*«, wiederholte Crys belustigt. »Jetzt wirst du aber gemein.«

Ich schnaubte, nahm Servietten und das Essbesteck und brachte alles nach draußen, denn wenn das Wetter so schön war wie heute, aßen wir auf der Terrasse, die sich direkt an die Küche anschloss. Widerwillig gestand ich mir ein, dass ich die Wortgefechte mit Crys mochte.

Als ich zurückkehrte, saß er dem Gärtner gegenüber und hatte ebenfalls ein Glas Tee vor sich stehen.

»… und dann hat Arthur sich fürchterlich vor dem Frosch erschrocken«, sagte Mr Morris gerade, und Crys lachte auf.

Mir schien es, als ob sich der anfängliche Widerwille des Gärtners, am Leben in der Villa teilzuhaben, in Luft aufgelöst hatte.

»Was grinst du so zufrieden, Mädchen?«, wollte der Alte wissen.

»Ach, nichts«, erwiderte ich hastig und widmete mich erneut dem Geflügel. Zum Glück kam in diesem Moment Honey in die Küche.

»Das Essen ist fertig!«, verkündete ich und richtete die Zucchinistreifen mit Pute auf Tellern an. Darüber gab ich eine scharfe Mangosoße, die das Ganze ein wenig aufpeppen sollte.

Honey wirkte müde. Besorgt schaute ich zu Crys, um zu sehen, wie er reagierte. Doch der blickte nicht seine Freundin an, sondern mich. Irritiert runzelte ich die Stirn und wandte mich ab, um das Essen nach draußen zu tragen.

»Am Wochenende habe ich ein Shooting auf den Bahamas«, verkündete Honey, als wir uns alle gesetzt hatten.

Hui, das war aber schnell gegangen!

»Chanel«, ergänzte sie mit einem glücklichen Strahlen auf dem Gesicht.

Crys guckte leicht säuerlich, was mich mit Genugtuung erfüllte. Bestimmt sorgte er sich jetzt, dass Honey von ihm und seinen Drogen loskommen könnte. Oder er ärgerte sich, dass sie nicht nur das brave Hausweibchen war, sondern eine eigene Karriere hatte.

»Ich bin ja nur für eine Nacht weg, Sweetheart! Freust du dich denn gar nicht für mich?«, fragte Honey enttäuscht, woraufhin Crys und ich synchron zusammenzuckten.

Ich, weil sie ihn wieder ›Sweetheart‹ genannt hatte, und er vermutlich, weil er in Zugzwang geriet. Mr Morris wiederum hüstelte verlegen in seine Serviette.

»Doch, Honey, das ist sehr schön«, stieß Crys mit einem etwas verkrampft wirkenden Lächeln hervor und tätschelte ihre Hand.

Er sah blass aus ... wie eigentlich jeden Abend. Aus Erfahrung wusste ich, dass sich das gab, wenn er schlief. Morgen würde er wieder seine ganz normale Gesichtsfarbe haben, diesen satten, schimmernden Cappuccino-Ton.

»Ich springe für ein erkranktes Topmodel ein. Das ist eine große Ehre!«

Zustimmend nickte ich Honey zu. »Was für eine wundervolle Chance!«, sagte ich und spießte ein Stück Zucchini auf meine Gabel.

»Am Wochenende darauf kommen übrigens Gäste«, sagte Crys.

Fragend musterte ich ihn, denn wir hatten nie Gäste, und in seiner Stimme schwang irgendetwas mit, was ich nicht benennen konnte – etwas Dunkles, Trauriges.

Moment mal. Wir hatten *doch* schon einmal Gäste gehabt!

Ich erstarrte. »Kommen etwa wieder diese Schönlinge?«, rief ich entsetzt und blickte unwillkürlich zu Honey.

Bei dem Gedanken, dass die Typen, die an Summer herumgetatscht hatten, diesmal über sie herfallen könnten, schüttelte es mich. Mittlerweile hatte ich mitbekommen, dass sie sich etwa alle zehn Wochen reihum bei einem der Männer trafen. Wusste Honey, was sie für abartige Dinge taten?

Crys' Gesichtsausdruck verfinsterte sich. »Rede vernünftig von ihnen, Bella. Sie haben Respekt verdient.«

Honey hatte auch Respekt verdient! »Kennst du seine sauberen Freunde?«, fragte ich sie aufgebracht und ignorierte Crys. »Weißt du, was die hier wollen?«

Crys richtete sich zornig auf. »Halt den Mund! Du hast ja keine Ahnung!«, fuhr er mich so hart an, dass ich zusammenzuckte.

Wütend funkelte ich zurück.

»Aber, Sweetheart, was ist denn los?« Honey sah irritiert zwischen uns hin und her. »Warum schreist du deine Schwester so an?«

Ha!, dachte ich gehässig. Berechnend warf ich Honey meinen mitleiderregendsten Bambi-Blick zu.

Genervt stöhnte Crys auf und feuerte seine Serviette neben den Teller. »Mir ist der Appetit vergangen.« Er stand auf und verschwand im Haus.

»Mir übrigens auch!«, rief ich ihm bebend vor hilfloser Entrüstung hinterher.

»Warte, Sweetheart, ich komme mit!« Mit einem entschuldigenden Winken zu Mr Morris und mir eilte Honey ihrem Freund hinterher.

Bedrückt suchte ich den Blick des Gärtners. Aber der beugte sich über sein Essen und schaufelte hastig den Rest in sich hinein. »Kann ich noch ein bisschen Wasser haben?«, nuschelte er mit vollem Mund.

Seufzend reichte ich ihm den Krug. Er wollte also auch nicht darüber sprechen, was hier los war. Aus Erfahrung wusste ich leider, dass da kein Nachbohren half.

»Wenn Honey übers Wochenende weg ist, soll ich dann besser wieder zu Ihnen kommen?«, fragte ich den Alten schließlich.

Nachdenklich rieb er sich über den Bart. »Nein. Eine Nacht schafft er.«

»Was schafft er eine Nacht?«, hakte ich neugierig nach. »Ohne Sex auszuhalten?«

Der Gärtner prustete das Wasser, an dem er eben genippt hatte, zurück ins Glas. »Achte auf deine Wortwahl, junges Fräulein!«, wies er mich zurecht. »Eigentlich hatte ich den Eindruck, dass du dich schon viel gewählter ausdrückst als noch vor einem Dreivierteljahr!«

»Tut mir leid«, erwiderte ich mit wenig schuldbewusstem Grinsen. »Aber wenn mir endlich jemand verraten könnte, was das Problem ist, würde ich erst gar nicht auf solche Gedanken kommen!«

»Es steht mir nicht zu, dir etwas darüber zu sagen.« Mr Morris wischte sich mit dem Handrücken einen Tropfen Soße aus dem Bart und stand auf. »Mach dir nicht so viele Gedanken darüber, Ella.«

Er brachte sein Geschirr in die Küche.

Gequält verzog ich das Gesicht. Wenn das meine Neugierde dämpfen oder mich beruhigen sollte, war es gründlich danebengegangen. Ich wollte diese psychopathischen Lustmolche nicht im Haus haben!

»Ella, komm mal schnell!«, erscholl Honeys lauter Ruf am nächsten Tag bis in die Bibliothek, in der ich saß und Vokabeln lernte. »Ich hab was für dich!«

Neugierig folgte ich ihrer Stimme nach oben.

»Schau nur!« Mit einem zufriedenen Lächeln saß sie im Schneidersitz auf ihrem Bett, um sich herum verteilt ein riesiger Haufen Kleidungsstücke. Begeistert hielt sie ein Sommerkleid mit floralem Aufdruck in die Höhe. »Na, was sagst du?«

»Ist das für mich?« Skeptisch betrachtete ich das Chaos.

»Natürlich! Ich habe Crys erklärt, dass du dringend neue Sachen brauchst, und er hat gesagt, ich soll kaufen, was ich für nötig halte. Wahrscheinlich hatte er ein schlechtes Gewissen, weil er dich gestern Abend so angemeckert hat.« Sie warf mir das Kleid zu. »Zieh mal an, ich will sehen, ob es passt!«

Zweifelnd schlüpfte ich hinein. »Ganz schön kurz«, meinte ich verlegen und drehte mich vor dem Spiegel.

»Ach was, das gehört so! Du hast schöne Beine, die kannst du ruhig zeigen.«

»Ich habe Maden als Beine«, murmelte ich und betrachtete meine blassen Stampfer. Selbst im Hochsommer wurde ich eher rot als braun. Meine Großmutter hatte gesagt, das hänge mit dem Rotstich in meinen Haaren zusammen.

Aber insgesamt saß das Kleid gut. Zumindest sah man keinen Bauch mehr, das musste sich tatsächlich irgendwann in den letzten Monaten unter Honeys Ernährungsstil-Drill zurechtgewachsen haben.

»Aber nein, die sehen toll aus. Du hast abgenommen!«

»Hab ich nicht«, seufzte ich. Das wusste ich genau, weil ich mich manchmal heimlich auf die Waage in Honeys Badezimmer gestellt hatte. Allerdings war ich in den vergangenen Monaten gewachsen … vor allem auf Brusthöhe und am Becken.

»Okay, das vielleicht nicht, aber du bist größer geworden! Gut, dass du Crys' Schwester bist, sonst hätte ich Sorge, dass du ihn mir abspenstig machen könntest, so hübsch, wie du bist!« Sie lachte.

Ich wurde knallrot. Im vergangenen halben Jahr hatte sich die Art meiner Gefühle zu Crys weiter verändert. Dabei nützte es leider nichts, dass er eine zauberhafte Freundin hatte und mich sowieso meistens mies behandelte. Mein Herz hatte da ein sehr ungesundes Eigenleben entwickelt.

Und ich konnte ihm noch nicht einmal aus dem Weg gehen.

Bedrückt zog ich mir das Kleid wieder über den Kopf.

»Probier auch die anderen Sachen!«

Honey zwang mich in ein Kleidungsstück nach dem anderen. Schüttelte manchmal den Kopf, nickte oft zufrieden. Sie musste die halbe Stadt leer gekauft haben. Glücklicherweise verhüllten die Sachen meinen Körper deutlich besser als die zu klein gewordenen Kleidungsstücke vom letzten Herbst.

Ein Gefühl der Dankbarkeit erfüllte mich und trieb mich dazu, sie warnen zu wollen. »Sag mal, kennst du Crys' Freunde eigentlich schon?«, fragte ich, obwohl ich genau wusste, dass Crys sie noch nie zu einem der Treffen mit seinen Freunden mitgenommen hatte. Ich bemühte mich, nicht allzu viel Bedeutung in meine Worte zu legen.

Überhaupt gingen Honey und Crys selten aus. Ich konnte mich nicht erinnern, wann sie das letzte Mal im Kino gewesen waren. Meistens zogen sie sich abends früh zurück.

»Noch nicht«, verkündete sie fröhlich und hielt mir einen Spitzen-BH entgegen. »Wie sind sie denn so?«

Ich verzog den Mund. »Vor allem schön«, murmelte ich missmutig. »Aber auch sehr, sehr seltsam!«

»Wahrscheinlich allesamt Herzensbrecher, nicht wahr?« Honey lachte. »Jetzt probier den mal! Deine Brüste sprengen die ollen Bustiers. Aus denen bist du echt rausgewachsen.«

Ich lachte bei ihrer Wortwahl auf.

Ob es an der Trauer um meine Großeltern und an der schwierigen Situation mit meinem Vater gelegen hatte, dass mein Körper eine Zeit lang jegliches Wachstum eingestellt hatte und nun meinte, aufholen zu müssen?

»Du solltest dich vor seinen Freunden in Acht nehmen, denke ich«, versuchte ich, Honey wieder auf das Thema zu bringen, während ich mit dem BH-Verschluss kämpfte.

»Alles klar! Und im Notfall habe ich ja dich und Crys an meiner Seite!« Honey kicherte sorglos, und mir wurde klar, dass sie mich nicht ernst nahm.

Gerne wäre ich noch deutlicher geworden und hätte erzählt, was ich gesehen hatte, aber ich brachte es nicht über die Lippen. Vielleicht fand Honey es ja gar nicht schlimm, mit mehreren Männern gleichzeitig ...

Allein bei dem Gedanken daran schüttelte es mich.

War ich besonders prüde? Schließlich hatte ich bisher nicht gerade viel Erfahrung mit dem anderen Geschlecht gesammelt.

Also ließ ich das Thema ruhen und betrachtete mich stattdessen kritisch im Spiegel.

»Sag ich doch, Ella: Du bist sexy!«, grinste Honey.

Ich streckte ihr die Zunge raus und zog den BH rasch wieder aus.

Samstag in aller Frühe brachte Crys die aufgedrehte Honey zum Flughafen. Froh über die himmlische Stille, aß ich in Ruhe mein Frühstück auf, las dabei die Zeitung und machte mich dann an den Abwasch.

»Ist das hirnamputierte Welthungerhilfe-Maskottchen endlich weg?«, schnurrte James wenig charmant und strich um mein Bein, im Versuch, noch etwas Futter abzustauben.

Ich schob ihn mit dem Fuß beiseite, um Platz zum Arbeiten zu haben. »Benehmen Sie sich bitte, Mister Katz!«, kritisierte ich ihn halbherzig. »Ich mag Honey. Außerdem gehört sie schließlich zum Chef!«

»Keine Ahnung, warum.« Er reckte sich genüsslich. »Schade, dass man dumme Frauen nicht leise stellen kann! Bei einer hässlichen Frau kann man wenigstens das Licht löschen«, sinnierte er.

Ich musste ein Prusten unterdrücken. »Da bin ich aber froh, dass du für mich das Licht angelassen hast!«

»Aber nicht doch, Ella! Du bist nicht hässlich! Du bist weich und freundlich, und du duftest so lieblich ...«

Ich schnaubte. »Auch wenn du noch so viel Süßholz raspelst – bei mir kriegst du erst wieder heute Mittag Futter, alter Schwerenöter!« (Das Wort hatte ich gestern gerade in einem Roman gelesen und es hatte mir gefallen ...)

»Du brichst mir das Herz, Prinzessin.« Nachdem er mir vielsagend sein Hinterteil zugedreht hatte, stolzierte James mit hocherhobenem Schwanz davon.

Schmunzelnd begann ich, das abgetrocknete Geschirr einzuräumen, und summte dabei leise vor mich hin.

»So gut gelaunt heute Morgen?«

Ich zuckte zusammen, als Crys unerwartet die Küche betrat, während ich mich gerade reckte, um die Gläser in den Schrank zu stellen. Das letzte entglitt mir beinahe.

Crys kam hinzu und nahm sich ein Glas. Instinktiv wich ich zurück, denn er stand viel zu dicht. Mein Blick fiel auf seinen linken Unterarm, an dem der Ärmel ein wenig hochgerutscht war. Ich erschrak. Mehrere ungesund gerötete Einstichstellen leuchteten mir entgegen.

Er also auch! Ich schluckte.

Als Crys meinen Blick bemerkte, schob er den Hemdsärmel rasch nach unten. Dann schenkte er sich Wasser ein.

Keiner von uns sagte ein Wort.

Während ich den Rest des Geschirrs in den Schrank stellte, verfolgte er mich mit den Augen. Verunsichert nahm ich einen feuchten Lappen, um im Esszimmer den Tisch abzuwischen. In Wahrheit aber wollte ich seiner erdrückenden Präsenz entfliehen. Mit der ihm eigenen raubtierhaften Eleganz folgte er mir.

»Ist dir etwa langweilig, jetzt, wo Honey weg ist?«, fragte ich bissig, als ich fertig war und vor ihm stehen bleiben musste, weil er den Durchgang zur Küche versperrte.

Nachdenklich strich er sich mit dem Zeigefinger über die volle Unterlippe. Fasziniert verfolgte ich die Bewegung. Es war wie bei einem Krimi. Irgendwie bedrohlich, aber man konnte nicht weggucken.

Ich blinzelte, als mir bewusst wurde, dass ich ihn anstarrte. Verdammt. Er brauchte nur so etwas mit seinem Finger zu veranstalten, und schon schaltete mein Gehirn auf Stand-by. Fehlte nur noch, dass ich bei seinem Anblick zu sabbern anfing!

Jedes Mal wenn ich mich mit ihm in einem Raum befand, nahm er all meine Sinne gefangen. Mein Bauch kribbelte, mein Herz pochte schneller, immerzu wollte ich ihn ansehen und berühren. Dabei war er beinahe zehn Jahre älter als ich!

Dass ich seine Freundin sympathisch fand, bereitete mir zusätzliche Magenschmerzen. Ich war nicht so eine, die anderen den Freund neidete! Jedenfalls hatte ich das bisher geglaubt.

»Genau genommen ist mir auch *mit* Honey langweilig«, murmelte er leise, während er beiseitetrat, aber ich hatte ihn sehr wohl verstanden.

»Warum lebst du dann mit ihr zusammen?«, rief ich entrüstet. »Das hat sie nicht verdient!«

Bei meinen Worten schien er ein wenig zusammenzuzucken. »Weil sie schön ist.«

Nun gut. Wenigstens war er ehrlich.

Ich nahm all meinen Mut zusammen. »Wenn deine Freunde wieder herkommen, passiert dann mit Honey das Gleiche wie mit Summer?« Meine Stimme zitterte und meine Handflächen schmerzten, so heftig hatte ich die Hände zu Fäusten geballt.

Crys' Augen verengten sich zu wutsprühenden Schlitzen, woraufhin ich unwillkürlich einen Schritt nach hinten machte.

»Hast du irgendetwas gesehen, dass dich annehmen lässt, wir hätten Summer Gewalt angetan?«, fragte er mit trügerischer Beherrschung und kam näher.

Ich wich weiter zurück. »Nein, aber …«

Er unterbrach mich, die Stimme jetzt erhoben. »Hat Summer jemals *gesagt,* dass irgendetwas gegen ihren Willen geschehen wäre?«

Stumm schüttelte ich den Kopf und bemühte mich, mir meine Angst nicht anmerken zu lassen. Mittlerweile stand ich mit dem Rücken am Küchenschrank, er direkt vor mir, sodass ich zu ihm aufblicken musste.

»Dann misch dich gefälligst nicht in anderer Leute Angelegenheiten ein, wenn du keine Ahnung hast!«, brüllte er und ließ dabei seine Hand so hart direkt neben mir gegen den Schrank donnern, dass ich zusammenfuhr.

Das war der Moment, in dem meine Furcht mich wieder mal in den Aggressionsmodus umspringen ließ. Mit gerecktem Kinn stellte ich mich auf die Zehenspitzen, um ihm direkt ins Gesicht zu sehen.

»Aber ich lebe nun mal auch in diesem Haus!«, gab ich zurück. »Und ich verstehe nicht, wie man es toll finden kann, sich von mehreren Männern gleichzeitig betatschen zu lassen!« Zittrig sog ich den Atem ein. »Verdammt, Crys, das macht mir Angst!«

Schlagartig wurde er ruhig. Und blieb es auch eine ganze Weile, während ich mich trotzig bemühte, die aufsteigenden Tränen wegzublinzeln.

»Entschuldige, Ella«, seufzte er schließlich und trat einen Schritt zurück. Beinahe wäre ich in Ohnmacht gefallen, weil dies so ziemlich das Letzte war, was ich von ihm erwartet hatte. »Ich vergesse immer wieder, wie jung du eigentlich bist.«

Es klang schön, wenn er meinen Namen richtig aussprach, doch die Tatsache, dass er mich als Kind betrachtete, kratzte schmerzhaft an meinem Ego. Aber er hatte ja recht. Ich verhielt mich kindisch und naiv.

»Lass mich vorbei«, flüsterte ich erschöpft, weil er mir weiterhin den Weg versperrte. »Es gibt Personen in diesem Haushalt, die haben heute nicht frei.«

Während ich mich an ihm vorbeidrängelte, griff er urplötzlich nach mir und zog mich an sich, sodass ich mich völlig perplex in einer Umarmung wiederfand. Mein Gesicht kam auf seiner Brust zu liegen, als er die Nase in meinen Haaren vergrub.

Heilige Scheiße! Was war denn das auf einmal? Mein Herz raste, während ich stocksteif verharrte. Ich spürte seinen muskulösen Bauch an meiner Brust, und ein Teil meines Unterbewusstseins wunderte sich, dass dieses merkwürdige Kribbeln ausblieb, welches ich sonst jedes Mal verspürte, wenn Crys mich berührte.

»Crys? Du solltest nicht …« Meine Stimme versagte.

Verdammt, das hier fühlte sich fantastisch an! Warm und geborgen. Wie von selbst schlangen sich meine Arme ebenfalls um ihn, und mir wurde bewusst, wie rasend ich mich danach gesehnt hatte, einmal von ihm umarmt zu werden. Ohne nachzudenken, schmiegte ich mich eng an ihn und lauschte fasziniert seinem Aufseufzen.

Während ich sanft über Crys' Rücken streichelte, erinnerte ich mich, dass meine Großeltern die Letzten gewesen waren, die mich so liebevoll gehalten hatten.

Obwohl … irgendwie war diese Umarmung anders, stellte ich fest, als meine Hand sich selbsttätig in Crys' Nacken schob, um dort mit den Haaren zu spielen. Sofort war da wieder diese merkwürdige elektrische Aufladung, die wie ein sanfter Stromstoß auf meiner Haut prickelte.

Ich wusste nicht, was dieser Mann an sich hatte, aber immer, wenn er in meiner Nähe war, konnte ich nur daran denken, mich ihm an den Hals zu werfen. Oder ihn zu ermorden.

»Moment mal!« Crys stutzte und schob mich energisch von sich weg.

Schweren Herzens löste ich meine Umklammerung. Schöne Momente gingen einfach jedes Mal viel zu schnell vorbei.

Ich wollte ihn noch nicht loslassen und mich der Wirklichkeit stellen. Einer Wirklichkeit, in der Crys eine Freundin hatte, die ihm bestimmt gerade in den Sinn gekommen war. Gleich würde er mir sagen, dass er mich nur hatte trösten wollen. Oder dass er sich einen bösartigen Scherz mit mir erlaubt hatte.

Ich ballte die Fäuste hinter dem Rücken und wappnete mich gegen seine Worte. Egal, was er sagte, es würde wehtun.

Aber es kam anders.

»Du hast meine Haut gar nicht berührt!«, stieß er in einem geradezu erschütterten Tonfall hervor und betrachtete mich, als wäre ich eine Außerirdische.

Verwirrt schaute ich ihn an. »Doch, eben gerade am Hals …?«

»*Wolltest* du mich umarmen?«

»Also hör mal!«, rief ich errötend. »Du hast doch angefangen!«

»Aber danach! Du hast mitgemacht, oder?« In seiner Stimme schwang ein Hauch Unsicherheit mit.

»Und wenn es so wäre?«, fragte ich misstrauisch.

»Du wolltest mich umarmen, gib es zu!« Sein Gesicht verzog sich zu einem zufriedenen Lächeln, bei dem sich ein anbetungswürdiges Grübchen …

Stopp, Ella, nicht schon wieder!

Hastig drückte ich mich an ihm vorbei und floh in den Keller, um aus dem Hauswirtschaftsraum meine Putzsachen zu holen. Sein dunkles Lachen folgte mir.

Er lachte viel zu selten.

Ich wischte mir den Schweiß von der Stirn und bearbeitete krampfhaft die Kalkablagerung am Ausguss von Crys' privatem Badezimmer, bemüht, nicht darüber nachzudenken, dass er hier jeden Tag duschte. Nackt.

Ich merkte, wie ich errötete, obwohl niemand im Raum war, vor dem ich mich schämen musste. *Himmelherrgott noch mal, Ella!*

Innerlich verpasste ich mir selbst eine Ohrfeige.

Seit er mich heute Morgen in den Arm genommen hatte, spielten meine Gedanken verrückt. Es war zum Mäusemelken.

Vorher war Crys nur der attraktive Entführer gewesen, der mich betäubt und geraubt hatte. Der mich zu einem Leben als Sklavin zwang, mir drohte und mich beschimpfte. Der sich stets kalt und abweisend gab. Und den ich trotzdem verdammt anziehend gefunden hatte.

Doch jetzt war er auf einmal ein mitfühlender Mensch. Jemand, der mich in die Arme genommen hatte, als ich verzweifelt gewesen war.

Aufgewühlt schrubbte ich noch heftiger.

Natürlich musste genau in diesem Augenblick Crys in sein Zimmer kommen und ins Bad hineinschauen. Für mein Seelenheil war es dringend notwendig, dass er am Montag endlich wieder zur Arbeit verschwand.

»Soll ich uns etwas zum Mittagessen besorgen?«, fragte er.

Irritiert musterte ich ihn. »Ist dir die Hitze aufs Gehirn geschlagen?« Bloß nicht anmerken lassen, was ich fühlte.

Er runzelte die Stirn. »Entschuldige bitte mal«, sagte er, »ich wollte nur nett sein!«

»Nett ...« Vielsagend klimperte ich mit den Wimpern. Er war so ziemlich alles, aber als ›nett‹ konnte man ihn nun wirklich nicht bezeichnen. »Chinesisch wäre schön!«, sagte ich schnell, weil seine Stirn sich bereits umwölkte.

Er nickte.

Ein Glucksen kroch in meiner Kehle empor, als Crys verschwand.

Nett!

ungehauen

Wir aßen drinnen, denn in der Augustsonne war es mittags auf der Terrasse nicht auszuhalten. Dass Crys und ich so ganz allein hier das Mittagessen einnahmen, war … ungewohnt. Sonst war Honey immer dabei gewesen. Der Platz in meinem Brustkorb war auf einmal beengt und nahm mir die Luft zum Atmen.

Es war einfach unmöglich, Crys, der eine unglaubliche Präsenz besaß, zu ignorieren. Unbehaglich rutschte ich auf meinem Stuhl herum, während das Schweigen wie eine dunkle Gewitterwolke über uns hing.

»Geht es dir hier gut, Ella?«, durchbrach Crys so unerwartet die Stille, dass mir Wasser aus dem Glas, das ich eben zum Mund geführt hatte, in meinen Ausschnitt schwappte.

»Verdammt!« Notdürftig tupfte ich mit der Serviette an meinem Dekolleté herum. »Äh, also …« Was zum Teufel wollte er jetzt von mir hören? »… Abgesehen davon, dass ich hier gefangen bin und mein Leben bedroht wird, wenn ich nicht spure, …« Einen Moment lang war ich versucht, den Satz unvollendet in der Luft hängen zu lassen. »… grundsätzlich schon.« Herausfordernd hob ich das Kinn.

Crys nickte nachdenklich. »Würdest du gerne nach Hause zurückkehren?«

»Na klar, ich …« Mitten im Satz stockte ich, als mir klar wurde, dass das eine durchaus berechtigte Frage war. Wo war mein Zuhause? Das alte Abbruchhaus hatte diesen Titel wohl kaum verdient. Trotzdem wünschte ich mir mein eigenes Leben zurück, hätte gerne eine Wahl.

Seufzend trank ich ein wenig Wasser, um Zeit zu gewinnen.

»Würdest du manchmal gerne hier raus?«, stellte ich eine Gegenfrage, um von mir abzulenken. »Ich meine, mal etwas ganz anderes machen als arbeiten und ansonsten hier in der Villa zu sein?«

»Oh ja!«, kam seine Antwort wie aus der Pistole geschossen. »Sofort, wenn ich nur könnte!«

Neugierig wartete ich ab, doch er verrührte nur geistesabwesend seinen Reis mit der Soße, anstatt sich zu erklären.

»Wieso? Du lebst doch hier in Saus und Braus!«

»Nicht alles ist so, wie es scheint ...«, orakelte Crys.

Ich verdrehte die Augen. »Fromme Sinnsprüche helfen mir auch nicht weiter. Vielleicht erklärst du mir einfach mal, was es mit den Brutalo-Bäumen und deinem Labor auf sich hat.« Provozierend musterte ich ihn. »Was soll diese ganze Geheimniskrämerei? Vor wem sollte ich denn etwas ausplaudern?«

Crys schnaubte. »Du würdest es selbst dann nicht verstehen, wenn ich es dir erklären würde.«

»Versuchs doch mal! Manchmal hilft es, schwierige Dinge auszusprechen.«

Nach dem Tod meiner Großeltern hatte ich viel mit Jenna darüber geredet. Das hatte es irgendwie leichter gemacht. Mit meinem Vater war das nicht gegangen. Der hatte genügend eigene Sorgen.

Crys seufzte. »Manche Dinge sind so schwierig, dass man sie nicht aussprechen kann. Lass uns lieber über etwas Erfreulicheres reden. Was liest du gerade?« Mit dem Kinn deutete er zur Kommode, auf der ich das Buch abgelegt hatte, welches ich am Nachmittag weiterlesen wollte.

Seine Worte hallten in meinem Kopf nach. *So schwierig, dass man es nicht aussprechen kann.* Ein Geheimnis. Na super. Jetzt war ich noch neugieriger. Verdammt neugierig.

»Eine Biografie über Vincent van Gogh.«

Ungläubig musterte er mich. »Das ist aber kein Liebesroman ...«

»Oje!«, gab ich gespielt bestürzt zurück. »Das habe ich noch gar nicht gemerkt! Ich dachte, dass er noch eine Prinzessin ehelichen würde. Dann lege ich es wohl besser zurück und nehme mir ›Der feurige Wikinger‹ oder so was in der Art!«

Crys lachte amüsiert auf und zauberte dadurch ein heißes Kribbeln in meinen Bauch. Dieses sexy Grübchen, das sich da nun schon zum zweiten Mal an einem Tag auf seiner Wange zeigte! Das war ja öfter als im letzten halben Jahr zusammen …

»Du überraschst mich! Diese Biografie hat außer mir noch niemand in diesem Hause gelesen.« Lauernd beobachtete er mich. »Wie denkst du über das Verhalten seiner Mutter? Bist du der Meinung, es hatte Einfluss auf sein Schaffen, oder hast du die Stelle noch nicht gelesen?«

Er wollte mich testen, denn diese Szene befand sich bereits im ersten Kapitel. Ich warf ihm einen finsteren Blick zu. Nun gut, das konnte er haben!

»Ich denke, dass ihre Ablehnung und die daraus resultierende seelische Verletzung seine geniale Kunst erst möglich gemacht haben. Aber was meinst du zu dem, was die Radikalen des Pariser Kunstbetriebs seinem Bekannten, dem Maler Monet, vorwarfen?«, fragte ich herausfordernd. Mal sehen, wie genau er das Buch kannte!

»Du meinst das Jahr 1870, als die Impressionisten noch nicht anerkannt waren?« Ein kaum wahrnehmbares Lächeln spielte um seine Mundwinkel.

»1875«, verbesserte ich ihn triumphierend.

»Ich gebe mich geschlagen.« Schmunzelnd hob er beide Hände. »Du hast ein außerordentlich gutes Gedächtnis! Du könntest bestimmt …« Er verstummte.

»Genau«, griff ich seine Worte gnadenlos auf. »Ich *könnte!* Zum Beispiel studieren. Wenn ich hier nicht eingesperrt wäre.« Anklagend fixierte ich ihn.

Er nickte bedächtig und schob sein Besteck zusammen. »Was für ein Studium hattest du denn im Sinn?«

»Medizin. Ich würde gern Kinderärztin werden.«

Crys fuhr sich durch die leicht zerzausten Haare und schwieg. Nach einer Weile erhob er sich und brachte sein benutztes Geschirr in die Küche.

Achselzuckend stand ich ebenfalls auf.

Sollte er etwa ein schlechtes Gewissen haben?

Nachdem ich auch meine nachmittägliche Arbeitszeit hinter mich gebracht hatte, setzte ich mich ins Kaminzimmer und bearbeitete

Aufgaben aus dem Homeschooling-Kurs. Das war schon zur Routine geworden.

James und Arthur gesellten sich zu mir und nervten mich mit Zwischenfragen.

Der Unterricht funktionierte so: Crys lud die Aufgaben herunter und gab mir dann sein Notebook, damit ich sie bearbeiten konnte. Den Zugriff auf das Internet hatte er blöderweise gesperrt.

»Nein, Radon ist nichts zu essen, sondern ein Edelgas und radioaktiv!«, erklärte ich Arthur auf seine Nachfrage hin gerade, der zugehört hatte, als ich laut die Elemente aufsagte, die ich für Chemie lernen sollte.

»Apropos Essen: Zum Abendessen reicht ein Salat, denke ich«, ertönte es auf einmal von der Zimmertür her.

Drei Köpfe ruckten zu ihm herum, denn keiner von uns hatte Crys kommen hören.

Wohlwollend beäugte er, wie ich mit den beiden Tieren auf dem Teppich hockte. »Na, ihr habt es hier aber gemütlich!« Er ließ sich auf einem Sessel nieder.

Ich runzelte die Stirn. »Ähm, ich versuche hier zu lernen!«

»Lass dich nicht von mir stören!« Lässig schlug er die Beine übereinander, verschränkte die Hände im Nacken und erweckte ganz den Anschein, als ob er sich hier häuslich einrichten wollte.

Oje.

Bis morgen Abend war ich allein mit einem gelangweilten Crys. Himmel, das würde ich nicht überstehen, ohne durchzudrehen.

Zum Glück waren da wenigstens noch Mr Morris und die Tiere!

Ich tat, als wäre Crys nicht anwesend, und beugte mich erneut über mein altes Schulbuch. Aber wie um Gottes willen sollte ich mich konzentrieren, wenn Crys schräg hinter mir saß und mich beobachtete?

»Du ziehst das wirklich durch mit deinem Lernstoff, oder?«, fragte er nach einer Weile.

Ich zuckte mit den Schultern und sah zu ihm hin. »Wenn ich es nicht täte, hätte ich die Hoffnung aufgegeben. Und dann würde ich verrückt werden.« Was sollte ich die Sache schönreden?

Seine hellen Augen weiteten sich für einen winzigen Moment.

»Du hast einen gewissen Hang zur Melodramatik, Bella. Als wäre das hier die Hölle auf Erden für dich«, sagte er mit missmutig gehobenen Augenbrauen.

In mir begann es zu brodeln, weil er sich über mich lustig machte. »Hast du nichts Besseres zu tun, als mir auf die Nerven zu gehen?«, schnauzte ich ihn an. »Zum Beispiel Drogen köcheln?«

Seine Augen wurden schmal, aber er schwieg. Oha! Bei dem Thema verstand er keinen Spaß … Ich aber auch nicht.

Denn dass er die Schuld an Honeys Zustand trug, stand für mich außer Frage, auch wenn er es noch so vehement abstritt.

Auf der anderen Seite hatte er sich heute wirklich viel Mühe mit mir gegeben. Als ich sah, wie sich etwas Trauriges über seine schönen Züge legte, setzte ich zu einer Entschuldigung an.

»Ich wollte nicht …«

Aber er schnitt mir mit einer Handbewegung das Wort ab, stand auf und verließ den Raum so plötzlich, wie er hereingeschneit war.

Schweigend sahen wir ihm hinterher.

»Oje!«, sagte ich betroffen zu den Tieren, nachdem die Tür hinter Crys zugefallen war. »Das war nicht nett von mir.«

»Ich glaube, jetzt isch der Chef truurig«, vermutete Arthur bedrückt.

»Ach was«, entgegnete James und begann, seinen Bauch angestrengt mit der Zunge zu bearbeiten, »wer austeilt, muss auch einstecken können.«

Seufzend beugte ich mich wieder über mein Chemiebuch.

Mit dem grimmigen Crys war der Umgang für mich leichter gewesen. Irgendwie wurde alles viel komplizierter, wenn er Gefühle zeigte.

Beim Abendessen leistete uns zum Glück, wie inzwischen immer, Mr Morris Gesellschaft. Ich hatte einen Salat zubereitet und die Reste vom Mittagessen aufgewärmt, während Crys sich weiterhin in seinem Arbeitszimmer verschanzt hatte. Gerade als ich die Gläser füllte, kam er auf die Terrasse. Merkwürdigerweise trank er meistens Wasser, selten einmal Wein, was meiner Meinung nach so gar nicht zu einem vermeintlichen Drogendealer passte.

Aber hier passte ja so einiges nicht …

Aus den Augenwinkeln beobachtete ich ihn. War er mir noch böse?

»Guten Abend, Leander!«, begrüßte er den Gärtner ruhig und nickte auch mir zu, was mich erleichtert aufatmen ließ.

Wir setzten uns und ich gab jedem Salat auf seinen Teller.

»Guten Appetit!«, wünschte ich und unterhielt mich dann angeregt mit Mr Morris über die Mendel'schen Regeln, zu denen ich heute meine Biologieaufgaben angefertigt hatte.

Crys gab sich wortkarg.

»Haben Sie diesen berühmten Versuch mit den Erbsenpflanzen auch einmal probiert?«, erkundigte ich mich, bemüht, Crys' Anwesenheit zu ignorieren.

»Nein«, antwortete der Gärtner. »Aber ich hatte früher Rassekaninchen. Da habe ich mich auch mit der Vererbungslehre beschäftigt.«

»Weshalb bist du eigentlich von zu Hause ausgerissen?«, unterbrach Crys uns zusammenhanglos, während ich gerade eine Gabel voll Salat in den Mund steckte.

Vor Überraschung verschluckte ich mich.

Was war denn heute mit ihm los?! Bisher hatte er es stets vermieden, über Persönliches zu sprechen, als wollte er unbedingt eine gewisse Distanz wahren.

»Wieso interessiert dich das plötzlich?«, fragte ich verwirrt. »Seit wann hast du eine menschliche Seite?«

In meinem Hinterkopf flüsterte eine bösartige Stimme: Er beachtet dich nur, weil Honey weg ist. Du bedeutest ihm nichts!

Mr Morris hüstelte verhalten. Er hatte sich wohl auch verschluckt.

»Denkst du etwa, ich wäre unsozial?«, fragte Crys pikiert.

»Etwa nicht?«, forderte ich ihn heraus.

Dass sich das Gespräch von meiner Vergangenheit wegbewegt hatte, war mir nur recht, denn ich wollte sein Mitleid nicht. Falls er überhaupt in der Lage war, eine solche Regung zu empfinden …

»Ich bin aufmerksamer, als du glaubst«, sagte er leise, und irgendwie klang es nach einer Drohung.

»Wann etwa?«, entgegnete ich mit aufmüpfig gerecktem Kinn, während Mr Morris stoisch sein Essen fixierte.

Man sah dem Gärtner an, wie unwohl er sich gerade fühlte.

Vielsagend ließ Crys seinen Blick über meinen Körper gleiten, und mein Gesicht nahm die Farbe einer reifen Tomate an, weil ich erwartete, dass er nun einen Kommentar über die Entwicklung meiner weiblichen Formen abgeben würde.

Doch zum Glück sagte er stattdessen: »Ich weiß zum Beispiel, dass du vorhin das dritte Buch in dieser Woche zu Ende gelesen hast. Nicht mehr lange und du hast dich wie die ›Raupe Nimmersatt‹ durch meine gesamte Bibliothek gefressen.«

Ich blinzelte und zählte nach. Er hatte recht. Die van Gogh-Biographie war das dritte Buch.

»Das stimmt«, gab ich zu. »Aber was hatte Honey für ein Kleid an, als sie heute Morgen das Haus verließ?«

»Bestimmt dieses Sixtiesmäßige mit dem ausgestellten Rock.«

»Falsch. Sie trug einen Hosenanzug«, erklärte ich triumphierend. »Und welche …«

»Wollen wir jetzt ernsthaft über Kleidung sprechen?!«, unterbrach er mich. »Wirst du etwa auch zu einem dieser Püppchen, mit denen man sich ausschließlich über Mode unterhalten kann? Ich hätte etwas mehr Niveau von dir erwartet.«

Wütend klappte ich meinen Mund wieder zu. War das jetzt ein Kompliment oder eine Beleidigung?

Wenn er ›Püppchen‹ nicht mochte, weshalb hatte er sich dann ausgerechnet Honey ausgesucht?

»Ähm, ich gehe dann mal wieder rüber«, brummte der Gärtner, legte sein Besteck zusammen und erhob sich. »Reißt euch bitte nicht die Köpfe ab, wenn ich weg bin.«

Betreten schaute ich Crys an, der nur die Schultern hob. Nachdem der Gärtner fort war, schwiegen wir. Die Atmosphäre hatte sich irgendwie verändert, seit wir allein waren.

»Weißt du, Ella, ich genieße es, dass man sich mit dir über so viele verschiedene Dinge unterhalten kann. Ich muss gestehen, dass ich dich … interessant finde.«

Mein Kopf fuhr hoch. »Interessant?«

Crys nickte.

Verwirrt musterte ich ihn. »Oh-wie-süß-guck-mal-das-putzige-Erdmännchen-interessant oder wow-was-für-eine-heiße-Tigerkatze-interessant?«, fragte ich misstrauisch.

Crys blinzelte überrascht. »Ähm … eher cool-was-die-Affen-machen-interessant.«

»Affen?«, schnappte ich.

»Nun ja, eben schlauer als andere Tiere, geschickter und liebevoll im Umgang miteinander.«

Ich schwieg perplex, dann sprang ich abrupt auf. »Bis später, war nett, mit dir zu plaudern, aber ich habe noch zu tun«, rief ich und ergriff meinen Teller.

»Ella, warte!«, rief er. »Das war ein Kompliment!«

»Ziemlich merkwürdiges Kompliment!«, maulte ich pikiert und ließ mich zurück auf meinen Stuhl sinken.

Er verglich mich ernsthaft mit Affen!

Aber wenigstens sagte er nicht mehr ständig »Bella« zu mir. Eigentlich nur noch, wenn er mich provozieren oder necken wollte. Vor allem, wenn es ihm ernst war, nannte er mich mittlerweile bei meinem richtigen Namen.

Crys zuckte die Achseln und lächelte, wobei er einen Mundwinkel höher zog als den anderen. »Du wolltest es wissen. Und es entspricht alles der Wahrheit. Ich habe dich beobachtet.«

»Beobachtet?«, wiederholte ich. »Was willst du damit sagen?«

»Ich weiß nun, dass du nicht nur fleißig und ordentlich bist, sondern auch fürsorglich. Noch nie hast du vergessen, die Tiere zu füttern oder mit Arthur im Garten zu spielen. Ich weiß, dass du romantische Bücher liebst, aber auch gerne die alten englischen Klassiker liest und dabei Worte nachschlägst, die du nicht kennst. Und du scheinst jeden Satz zu behalten, den du einmal gelesen hast. Ich weiß auch, dass du deine Arbeitszeit zuverlässig einhältst und hart schuftest. Du hättest jeden Grund, unglücklich zu sein und zu jammern, aber du tust es nicht – ganz im Gegenteil. Du verbreitest gute Laune, wo du nur kannst.«

»Tu ich das?«, fragte ich missmutig. Ich war ein düsterer Goth! Ich verbreitete keine gute Laune! Memo an Ella: Dringend den schwarzen Lippenstift suchen und wieder benutzen.

Crys ging nicht auf meine Bemerkung ein. »Ganz gleich, was du machst, du bist mit dem Herzen dabei. Immer sehe ich die Wertschätzung und Zuneigung zu den Dingen und Geschöpfen, um die du dich kümmerst, in deinen Augen.«

»So ein Quatsch«, murmelte ich verlegen. »Ich mag gar nicht alle Geschöpfe. Spinnen zum Beispiel! Die finde ich echt eklig.«

Crys grinste. »Sogar mich magst du, gib es zu, Bella!«

»Träum weiter!« Aus schmalen Augen funkelte ich ihn an.

Das durfte er auf keinen Fall wissen!

»Oh doch! Diese Mischung aus Wut und Faszination, aus Angst und Zuneigung – in deinem Gesicht kann man lesen wie in einem offenen Buch. Und das … gefällt mir.«

Ich errötete – ob vor Verlegenheit oder Zorn, wusste ich nicht. Gerade wollte ich ihm gehörig meine Meinung sagen, da fuhr er fort.

»In meiner Welt muss man sich verstellen. Jeder verfolgt seine eigenen Ziele, und dabei ist niemand ehrlich. Auch ich nicht. Ich bin vermutlich sogar der schlimmste Lügner von allen, doch nur auf diese Weise kann ich überleben.«

Ich schluckte. Seine Worte verwirrten mich mehr, als ich mir selbst eingestehen mochte. Deshalb war ich sehr froh, als er begann, sein Geschirr zusammenzustellen, um zu gehen.

Gedankenverloren drehte ich mein Glas im Kreis.

Er ist vergeben, sagte ich mir wieder und wieder und rief mir Honeys schönes Gesicht vor Augen, um nicht auf dumme Gedanken zu kommen. Was sie wohl gerade machte? Ich hoffte, sie hatte richtig viel Spaß. Am liebsten wäre es mir, sie würde immer noch weit weg an einem schönen Sandstrand für Fotos posieren, wenn Crys' Freunde hereinschneiten. Aber das war wohl Wunschdenken.

Was, wenn es mit ihr nach dem Besuch der Männer auch so rapide abwärtsgehen würde?

»Ich will nicht, dass deine Freunde kommen«, murmelte ich bedrückt, als Crys bereits an der Terrassentür war.

Er stoppte abrupt und wandte sich zu mir um. Einmal mehr warf er mir einen finsteren Blick zu. »Dein Problem«, knurrte und ließ die Tür hinter sich zufallen.

Seufzend erhob ich mich, denn seine abrupten Stimmungsumschwünge verstand ich nicht.

Während ich das Geschirr in die Küche brachte und mich an den Abwasch machte, überlegte ich bereits, welches Buch ich mir gleich aus der Bibliothek holen sollte. Vielleicht irgendetwas mit Liebe. Genau. Etwas richtig Romantisches – gegen die schlechte Laune.

Als ich wenig später die Sprossenleiter am raumhohen Regal der Bibliothek erklomm, um an die weiter oben stehenden Romane zu kommen, kribbelte es vorfreudig in meinem Bauch.

Egal, welche Gemeinheiten Crys mir an den Kopf geworfen hatte, wenn ich erst einmal in die fantastische Welt eines Buches eingetaucht war, würde es vergessen sein. Vielleicht dieser historische Roman aus dem mittelalterlichen England? Oder lieber der Science-Fiction-Roman da hinten? Auf den hatte ich schon lange ein Auge geworfen. Angestrengt angelte ich nach dem Buch – zu faul, die Leiter herunterzusteigen, sie zu verrücken und wieder hinaufzuklettern.

Dass genau in diesem Augenblick Crys hereinkam und mich durch sein plötzliches Auftauchen erschreckte, war pures Pech.

Unaufhaltsam drehte die Leiter sich auf einem Bein, als ich aus dem Gleichgewicht geriet, und kippte schließlich nach hinten. Erschrocken versuchte ich, mich am Regal festzuhalten, erwischte aber nur ein paar schwere Wälzer, die ich mit mir riss, als ich schließlich hintenüberstürzte. Mit einem Satz sprang Crys hinzu, doch es war zu spät. Zusammen mit der massiven Leiter stürzte ich auf ihn. Mit einem entsetzten Fauchen schoss James aus dem Raum.

Das Nächste, was ich begriff, war, dass ich samt Leiter auf Crys lag, der schmerzerfüllt stöhnte.

Was allerdings mindestens genau so verstörend war, war seine plötzliche Nähe, denn ich war mit dem Rücken direkt auf seinem Bauch gelandet.

Jetzt strich er leicht über meine bloßen Arme. Irgendwie liebevoll. Die Berührung jagte eine Schockwelle durch mein System, sodass ich aus der Erstarrung erwachte. Sofort nahm er die Hand weg. Er hatte es wohl auch gespürt.

»Es tut mir so leid! Ist alles in Ordnung mit dir?«, fragte ich besorgt. Ungelenk schob ich die Leiter beiseite, um mich von ihm herunterzurollen.

Er stöhnte auf. »Ja, aber es wäre nett, wenn du deinen Ellenbogen aus meinem Magen nehmen könntest«, sagte er gepresst.

Hastig stand ich auf, während Arthur seinem hilflosen Herrchen aufmunternd über das Gesicht schleckte.

Crys' Körper hatte meinen Aufprall gemindert, sodass ich wohl mit ein paar blauen Flecken davonkommen würde, aber ihn hatte es voll erwischt.

Ich wollte ihm hochhelfen, aber er ignorierte meine Hand und rappelte sich mühsam alleine auf. »Verdammt!« Zischend sog er die Luft ein, als er schwankend zum Stehen kam, das eine Bein leicht angewinkelt.

»Warte, ich helfe dir!«, rief ich erschrocken und griff nach seiner Hand.

Da durchfuhr mich schon wieder dieses Kribbeln, als würde ein feiner elektrischer Impuls von seinem Körper ausgehen. Nicht schmerzhaft, sondern eher … unwiderstehlich.

»Finger weg!«, fuhr Crys mich so aggressiv an, dass ich bestürzt zurückzuckte. »Hol den Gärtner! Der hat mehr Kraft.«

Der alte Mann?

»Ich schaffe das schon!«, versicherte ich ihm besorgt.

»Hol. Jetzt. Sofort. Leander!«, brüllte Crys mir direkt ins Gesicht.

Verwirrt, dass er sich nicht von mir helfen lassen wollte, wich ich zurück und hob beschwichtigend die Hände. »Ist ja gut! Bin schon weg.«

Die Vorleserin

Und ich habe noch gesagt: ›Reißt euch nicht die Köpfe ab!‹, grummelte Mr Morris in seinen Bart, als wir in die Villa zurückkehrten.

»Es war ein Unfall!«, beteuerte ich und hielt ihm die Haustür auf.

Crys hatte sich bereits allein in den Sessel gehievt und schaute uns mit leicht verkniffenem Gesicht entgegen. Er hatte sein Hosenbein bis zur Wade hochgekrempelt, sodass man den angeschwollenen Knöchel sah.

»Bella hat mich umgehauen!«, witzelte er trotz der Schmerzen und brachte mich damit zum Kichern.

Was für ein Gegensatz zu seinem Verhalten vorhin. Wenn er wollte, konnte er richtig charmant sein!

»Ist aber halb so wild«, beruhigte Crys den Gärtner, der sich nun ungelenk hinkniete, um den verletzten Knöchel zu untersuchen.

»Ich vermute eine Prellung«, sagte der Alte. »Der Knöchel muss hochgelegt und gekühlt werden. Ella, hilf mir, Crys nach oben in sein Zimmer zu schaffen!«

Jeder auf einer Seite, stemmten wir Crys in die Höhe und schleppten ihn mühsam die Treppe hinauf, während er sich auf unseren Schultern abstützte. Puh! Der war ganz schön schwer.

Es war merkwürdig, ihn so nah zu spüren, sein Arm über meiner Schulter, meiner um seinen Rumpf. Fast wie eine Umarmung. Allerdings fehlte dieses seltsame Kribbeln. Warum war es mal da, wenn ich ihn berührte, und dann wieder nicht?

Mein Herz trommelte gegen den Brustkorb.

Was machte er jetzt? Schnupperte er etwa an meinem Haar?

Ich schielte zu Crys auf, aber er sah schon wieder geradeaus. Es kam mir allerdings so vor, als würde er sich nun schwerer auf mich stützen.

»Crys?«, fragte ich irritiert. »Alles klar?«

»Es geht schon«, zischte er mühsam, und ich begriff, dass er sich wegen der starken Schmerzen schwerer auf mich lehnte. Aber warum spielte dann die ganze Zeit dieses leichte Lächeln um seine Mundwinkel?

»Sollen wir vielleicht doch besser einen Arzt rufen?«, fragte ich besorgt, als er sich auf seinem Bett ausgestreckt hatte.

Sofort schüttelten beide Männer den Kopf.

»Aber …« Zweifelnd schaute ich auf Crys hinab, dem Mr Morris gerade ein Kissen unter den verletzten Knöchel schob.

»Ella, hol ihm zwei Kühlpacks und ein Handtuch, das reicht. Es ist nur eine leichte Prellung«, bestimmte der Gärtner und verabschiedete sich daraufhin.

Ich begleitete ihn zur Haustür und brachte anschließend Kühlkissen und Handtuch hoch. Unsicher blieb ich im Türrahmen stehen. Es fühlte sich verkehrt an, mit Crys allein in dessen Schlafzimmer zu sein.

»Hast du etwa Angst vor mir, Ella?«, neckte er mich.

Ich verzog vielsagend den Mund und er lachte.

»Dir scheint es besser zu gehen, wenn du schon wieder Kraft hast, mich zu ärgern!«, vermutete ich und setzte mich ans Fußende des Bettes. »Na, dann wollen wir dir mal einen schönen Umschlag machen.«

Ohne nachzudenken, strich ich sanft über den geschwollenen Knöchel, um zu spüren, wo er heiß war. Sofort begann es an meinen Fingern zu summen und zu kribbeln. Ein berauschendes Gefühl.

Als Crys zischend den Atem einsog, nahm ich hastig die Hände von seinem Knöchel und das Kribbeln hörte schlagartig auf. Seltsam.

»Habe ich dir wehgetan?«, frage ich ein wenig atemlos. Ich konnte die Kiefermuskeln an seiner Wange sehen, die hervortraten, weil er die Zähne fest aufeinanderpresste.

Im gleichen Moment legte sich eine merkwürdige Sanftheit über Crys' Gesicht. Seltsamerweise wirkte er mindestens ebenso verwirrt wie ich.

»Nein, es geht schon. Jetzt kümmere dich endlich um den verdammten Verband!« Die harten Worte widersprachen seinem Gesichtsausdruck, der nach wie vor – ich konnte mir nicht helfen – fassungslos wirkte.

»Soll ich doch lieber einen Arzt …?« Ich traute mich kaum, ihn noch einmal zu berühren.

»Nein«, knurrte er. »Los jetzt!«

Achselzuckend hob ich seinen Schenkel an, um das Handtuch darunterzulegen.

Oh, ein gutes Bein. Warm, fest und muskulös.

Kaum hatte ich ihn berührt, schoss wieder dieser kribbelige Hauch durch meine Hand. Ich befeuchtete meine trockenen Lippen mit der Zunge, während ich behutsam die Kühlkissen um seinen Knöchel legte. Crys gab ein leises Stöhnen von sich, beschwerte sich jedoch nicht, sodass ich einfach weitermachte.

Jedes Mal wenn ich versehentlich an seine Haut kam, spürte ich dieses seltsame elektrische Prickeln.

»Fertig«, sagte ich schließlich zufrieden und sah Beifall heischend zu ihm auf.

»Stimmt«, erwiderte er gepresst. Auf seinem Gesicht glänzte ein leichter Schweißfilm.

»Brauchst du noch etwas?« Unsicher erhob ich mich, denn irgendetwas geschah hier gerade, was ich absolut nicht verstand.

»Wärst du so gut, mir noch ein Glas Wasser zu bringen?« Seine Stimme klang rau und er musterte mich mit merkwürdigem Blick.

Ich schaute an mir herunter, ob irgendetwas nicht in Ordnung war, aber ich hatte mich weder beschmutzt noch saß mein T-Shirt schlecht.

»Natürlich, mein Herr und Meister!«, säuselte ich, um meine Unsicherheit zu überspielen, und eilte aus dem Zimmer. Auf der Treppe musste ich mich am Geländer festhalten, um nicht zu stürzen, so weich waren meine Knie.

Verdammte Scheiße, was war bloß los mit mir?

Jennas Stimme erhob sich kichernd in meinem Hinterkopf. »Du hast dich in diesen Crys verknallt!«

So ein Quatsch. Ich schwärmte höchstens ein bisschen für ihn. Alles andere wäre ja total krank! Abgesehen davon, dass er vergeben war, hätte ich damit jedes Stockholm-Syndrom-Klischee erfüllt. Verknallen in den Entführer … Ich war ja nicht blöd!

Mein Magen flatterte. Doch. War ich. Leider.

Im Gästebad kontrollierte ich mein Aussehen. Da war nichts. Die stinknormale Ella-Visage – er hatte keinen Grund, mich so seltsam anzusehen.

Ich beugte mich über das Waschbecken und spritzte kaltes Wasser in mein Gesicht. Ich brauchte einen klaren Kopf und zwar sofort!

»Geht es dir gut, Ella?«, ertönte Arthurs besorgte Stimme, der soeben angetrottet kam.

»Jaja, danke, alles okay, ich bin wohl nur ein bisschen … durcheinander. Wegen Crys' Sturz.«

Der Hund folgte mir, als ich in die Küche ging, um das Wasser zu holen.

»Bei dir auch alles klar?«, fragte ich, angestrengt bemüht, ihm meinen verwirrten Gemütszustand nicht zu zeigen.

»Ja, danke, aber ich müsste nomal use. Kommst du mit, Ella? Bitte, bitte!« Seine großen warmen Hundeaugen flehten mich an.

»Tut mir leid, mein Süßer, ich kann jetzt nicht mit raus. Crys hat sich verletzt. Ich muss mich um ihn kümmern. Morgen wieder, ja?«

»Ella?«, schallte es in diesem Augenblick von oben. »Wo bleibst du?«

»Komme schon!« Ich verdrehte die Augen.

Nachdem ich den Hund hinausgelassen hatte, atmete ich tief durch und brachte das Glas Wasser nach oben.

Crys saß an das Kopfteil des Bettes gelehnt und beobachtete, wie ich hereinkam.

»Bitte schön, der Herr«, flötete ich betont gelassen und stellte das Glas auf seinem Nachtschrank ab. »Sonst noch Wünsche?«

Nachdenklich hielt er sein Kinn in der Hand, strich mit dem Daumen über seine volle Unterlippe und musterte mich mit einem Raubkatzenblick.

Wie hypnotisiert starrte ich auf seine Lippen. Innerlich schlug ich mir kräftig auf den Hinterkopf.

»Mir ist langweilig. Kannst du mir bitte etwas vorlesen?«, fragte er schließlich mit flehendem Blick.

»Vorlesen?«, wiederholte ich entgeistert und riss mich von seinen Lippen los, um stattdessen in seine Augen zu schauen.

Auch nicht besser. Diese leuchtenden eisblauen Pupillen waren wirklich faszinierend.

Um Fassung ringend, räusperte ich mich. »Soweit ich weiß, ist dein Fuß verletzt, nicht Hand und Augen!« Ich wollte mich abwenden, aber seine Reflexe waren exzellent. Mit einer geschmeidigen Bewegung lehnte er sich zu mir, packte meinen Arm und zog mich zu sich heran. Es kribbelte.

»Bitte, Ella!«

Ich mochte es, wie er meinen Namen aussprach. Prompt errötete ich. »Soll ich … dir vielleicht den Fernseher anmachen?«, stotterte ich und blickte auf seine Hand, die meinen bloßen Arm umfasst hielt.

Sofort ließ er mich los, sodass ich hastig einen Schritt zurücktreten konnte.

»Nein.«

»Na gut«, gab ich nach. »Was möchtest du hören?«

Ich konnte mir nicht vorstellen, dass es mir gelingen würde, einen Mann wie ihn mit meinen Vorlesekünsten zu fesseln.

»Vielleicht einen Thriller? Oder liest du nur aus Liebesromanen vor?«, neckte er mich.

Moment mal … Crys neckte mich?! Irritiert runzelte ich die Stirn. »Dein Kopf hat aber nichts abbekommen, oder?«

Ich suchte das Weite, bevor er mir das Kissen an den Kopf werfen konnte, mit dem er gerade ausholte. Sein dunkles Lachen folgte mir.

Als ich schließlich mit einem Krimi zurückkehrte, klopfte er auffordernd neben sich auf die Bettdecke. »Möchtest du dich zu mir setzen?«

Ich spürte, wie mich eine Gänsehaut überzog. Bereits die Vorstellung löste ein nervöses Kribbeln in meinem Bauch aus.

Ich zögerte. Allein mit ihm in einem Zimmer war schon schwierig, aber direkt neben ihm auf seinem Bett! Mein Mund wurde staubtrocken, denn mein Gehirn spielte verrückt und gaukelte mir Bilder vor, auf denen er sich gemeinsam mit mir auf ebendiesem Bett wälzte.

»Nein!«, piepste ich, senkte den Kopf, bis die Haare mein Gesicht verdeckten, und tat, als würde ich den Klappentext des Buches lesen.

»Bist du etwa schüchtern?« Crys klang, als würde ihn irgendetwas köstlich amüsieren. Ich, um präzise zu sein.

Mein Kopf ruckte hoch. »Ich? Nein, natürlich ni… Doch. Ich hole mir einen Stuhl.«

Er warf seinen Kopf in den Nacken und lachte. Ein warmes, volles Lachen, das ganz tief aus dem Bauch heraus zu kommen schien. Mit großen Augen sah ich ihn an. So hatte ich ihn noch nie lachen gehört.

»Keine Sorge, ich werde mich ganz ehrbar verhalten.«

»Okay«, willigte ich widerstrebend ein und ließ mich auf dem Bettrand nieder.

»Ella ...«

Erneut klopfte er neben sich auf die Matratze. Das Grübchen in seinem Mundwinkel raubte mir jegliche Konzentration. Weil ich mich nicht vollständig lächerlich machen wollte, rutschte ich etwas näher und schlug, ohne ihn anzusehen, das Buch auf. Crys verschränkte die Arme hinter dem Kopf und lehnte sich mit erwartungsvoller Miene zurück.

»Ich bin keine gute Vorleserin«, gestand ich verlegen.

»Da ich mich nicht mehr daran erinnern kann, wann mir das letzte Mal jemand etwas vorgelesen hat, bist du auf jeden Fall die beste Vorleserin, die ich je hatte.«

Ich zuckte mit den Achseln und begann, laut zu lesen.

Zu meinem Leidwesen blieb er nicht auf Abstand. Mehrmals berührte seine Hand wie unabsichtlich die bloße Haut meines Armes und löste diese leichten elektrischen Stromstöße aus, die meinen ganzen Körper zum Beben brachten, während sein männlicher Duft meine Sinne umnebelte.

»Das Bett ist breit genug, wir brauchen hier nicht platzsparend zu sitzen«, murmelte ich konsterniert und rückte von ihm ab, näher an den Bettrand, was ihn sehr zu amüsieren schien, denn er stieß ein raues Lachen aus, dessen Klang direkt in meinen Magen fuhr.

Während ich versuchte weiterzulesen, spürte ich die ganze Zeit seinen Blick auf meiner Haut brennen. Ich schielte zu ihm hinüber. Im Sitzen war er nur ein kleines Stück größer als ich, perfekt zum Küssen.

Also aus rein anatomisch-theoretischen Gründen.

In meinem Hinterkopf lachte Jenna mich schallend aus.

Nun breitete Crys auch noch lässig seine Arme aus und legte sie auf dem Kopfteil des Bettes ab. Einer kam genau hinter mir zu liegen, was mich so sehr aus dem Konzept brachte, dass ich mich gleich mehrfach verhaspelte. Als er dann auch noch begann, mich hauchzart am Nacken zu kraulen, war meine Konzentration endgültig dahin.

Ich wandte den Kopf, um ihn anzusehen. Sein Gesicht war viel zu dicht vor meinem.

»Hände weg und guck deinen verletzten Fuß an!«, befahl ich energisch. »Sonst hole ich stattdessen einen Wikinger-Liebesroman!« Ich wedelte nachdrücklich mit dem Buch. Ein wenig erschrak ich selbst über meine bis dahin unentdeckte sadistische Ader. »Darin stehen dann Sätze wie: ›Er hatte ein Gemächt von der Größe eines Hinkelst…‹«

»Gott bewahre, kein Groschenheftchen!«, unterbrach er mich belustigt, streckte sich der Länge nach aus, faltete die Hände in seinem Nacken und schloss die Augen. »Lies weiter, ich bin ganz brav.«

Automatisch fiel mein Blick auf seine muskulösen Arme und die breite Brustpartie. Mit trockenem Mund richtete ich meine Aufmerksamkeit hastig wieder auf den Text. Das Buch in meinen Fingern zitterte.

In diesem Augenblick knurrte sein Bauch hörbar, was mich wunderte, denn wir hatten doch erst vor Kurzem gegessen.

»Hunger?«, fragte ich erstaunt. »Soll ich dir etwas holen?«

Sein Kiefer mahlte, als ob er um Beherrschung ringen würde. Er ließ die Hand, die er unvermittelt nach mir ausgestreckt hatte, wieder sinken. »Nein. Lies weiter!«

Seine plötzliche Gereiztheit verwunderte mich. Was löste diese Stimmungsumschwünge aus?

James kam hereinstolziert und machte es sich zu unseren Füßen auf dem Bett bequem, nachdem er Crys' Fußverband kritisch beäugt hatte.

»Das war ich«, erklärte ich ihm nicht ohne Stolz. »Aber er wird es wohl leider überleben.«

Crys schnaubte und wackelte nachdenklich mit den Zehen seines gesunden Fußes. »Sag mal, seit wann unterhältst du dich denn mit dem Miezekätzchen?« Lauernd schaute er von James zu mir.

Oje! Fettnäpfchenalarm.

Unschlüssig rieb ich mir über die Stirn. »Seit ich festgestellt habe, wie empfindlich es auf ›Miezekätzchen‹ reagiert?«

»Und wie reagiert es darauf?«

»James, kann es sein, dass ihr vergessen habt, eurem Herrchen etwas zu erzählen?«, erkundigte ich mich kopfschüttelnd. Jetzt erst fiel mir auf, dass die Tiere tatsächlich nie mit mir gesprochen hatten, wenn Crys mit im Raum gewesen war. Wie hatten sie das so lange geheim halten können?

»Nun jaaa…«, näselte der Kater verlegen. »Es könnte vielleicht sein, dass wir eventuell nicht daran gedacht haben …« Er ließ den Satz unvollendet im Raum verklingen.

Ich zuckte mit den Schultern. »Das kommt wohl davon, wenn das Herrchen ständig so schlecht gelaunt ist, dass man es mit der Angst zu tun bekommt.« Herausfordernd schaute ich auf Crys neben mir herab und klimperte mit den Wimpern.

Einige Sekunden verstrichen, in denen unsere Blicke einander festhielten. Dann hob Crys statt einer Antwort seine Hand zu meinem Gesicht und strich mir sanft über die Wange. Wieder durchfuhr mich ein leichtes Kribbeln. Es gelang mir nicht, den Blickkontakt zu unterbrechen, bis er endlich die Hand wegzog.

»Jetzt lies schon weiter!« Seine Stimme klang auf einmal anders. Irgendwie rauer.

»Du könntest mir vorher erklären, weshalb deine Tiere sprechen können!«, bat ich verunsichert.

»Lies weiter!« Er schloss erneut die Augen.

Weil seine Stimme deutlich machte, dass er sich nicht umstimmen lassen würde, fuhr ich schließlich fort. Eine ganze Weile durfte ich ohne Unterbrechung lesen, bis irgendwann ein brennendes Haus in der Geschichte vorkam und Crys mit aufgerissenen Augen hochfuhr.

»Verdammt!«, stieß er hervor. »Ich habe den Bunsenbrenner angelassen!«

»In deiner Hexenküche?«, fragte ich finster.

Er nickte mit missbilligend gerunzelter Stirn, hob die Hüfte leicht an und angelte den Schlüssel aus der hinteren Hosentasche seiner Jeans, wodurch ich gar nicht anders konnte, als ihm auf den Schritt zu gucken.

Nervös befeuchtete ich meine trockenen Lippen und schaute rasch zurück auf das Buch.

Verfluchte Hormone. Weshalb gelang es ihm mit der kleinsten Bewegung, aus mir einen triebgesteuerten Lüstling zu machen?

»Geh bitte rasch nach unten und dreh den Gashahn am Brenner ab.« Er reichte mir den Schlüssel.

Abwehrend hob ich die Hände. »Vorlesen mach ich gerne, aber mit deinem Giftgepansche da unten will ich nichts zu tun haben.«

»Bitte, Ella«, sagte er geduldig.

»Keine Chance!« Nachdrücklich verschränkte ich die Arme vor dem Bauch.

»Wenn die Flüssigkeit im Kolben verkocht, steht heute Nacht die ganze Villa in Flammen.«

»Ist nicht mein Problem!« Vorsichtshalber rutschte ich aus dem Bett, damit er mich nicht packen konnte, sollte er wütend werden.

»Ich meine es ernst! Mit dem verletzten Fuß komme ich hier nicht weg, also musst du es tun!«

Grimmig schüttelte ich den Kopf.

»Denk doch bitte auch mal an die Tiere!« Er deutete zu James am Bettende. »Würdest du wollen, dass er sein Heim verliert? Oder Arthur?«

Ich stöhnte, denn damit hatte er mich. »Versprichst du, mir anschließend zu erklären, was du da unten treibst? Ich möchte die Wahrheit erfahren!«

Er presste die Lippen zusammen, und ich konnte sehen, wie er mit sich rang. »Wie du willst«, sagte er schließlich.

»Aber glaub ja nicht, dass du mich hinters Licht führen kannst!« Ich stand auf. »Ich hab in Chemie aufgepasst!«

Er lachte nicht, als ich den Raum verließ.

Missmutig stapfte ich die Treppe hinunter ins Arbeitszimmer und drehte den Gashahn zu. Die Flamme des Bunsenbrenners erlosch. Ich schnupperte an der klaren Flüssigkeit, die im Kolben köchelte. Ein stechender Geruch. Ich meinte, einen Hauch Chlor zu erkennen.

Am liebsten hätte ich das Zeug weggeschüttet. Sollte er doch von vorn anfangen! Aber ich traute mich nicht.

Als ich schließlich zurückkehrte und ihm verdrossen den Schlüssel zuwarf, wirkte er angespannt. Abwehr leuchtete aus seinen Augen.

»Also?«, sagte ich herausfordernd und hockte mich im Schneidersitz auf das Bett.

»Du lässt nicht locker, oder?«

Ich schüttelte den Kopf. »Würdest du es tun?«

»Vermutlich nicht.« Er seufzte. »Also gut, glaub es oder nicht, aber das da unten sind Tests für ein Medikament.«

Misstrauisch legte ich den Kopf schief. »Medizinische Drogen?«

»Ich habe dir bereits mehrfach versichert, dass ich keine Drogen herstelle!« Zornig blickte er mich an.

»Aber wofür ist es dann?«, fragte ich hartnäckig. »Wenn du so gerne Experimente machst, hast du dir den falschen Job ausgesucht.«

Er fuhr sich durch die Haare und zerzauste sie leicht, aber ich durfte mich nicht davon aus dem Konzept bringen lassen.

»Es ist so … ich experimentiere für ein Medikament gegen eine sehr seltene … Krankheit.«

Geduldig wartete ich ab, dass er weitersprach.

»Sie ist so selten, dass die Pharmaunternehmen kein Interesse daran haben, ein Medikament zu entwickeln.«

»Du kennst dich mit der Herstellung von Medikamenten aus? Ich dachte, du arbeitest mit Antiquitäten!«

»Eine Exfreundin von mir war Chemikerin in der Pharmazie. Sie hat mir alles beigebracht, was ich wissen muss«, sagte er mir mit sichtlichem Unbehagen.

Prüfend musterte ich ihn. War das die Wahrheit? »Für wen tust du das? Für Summer?«

Eine Krankheit wäre eine mögliche Erklärung für Summers damaligen Zustand.

»Nein. Für mich.«

Ich stutzte. »Du bist krank?«

Mit starrem Blick nickte er.

»Aber … aber …« Mir fehlten die Worte.

»Können wir das Thema jetzt endlich …«

»Du siehst kerngesund aus!«, stieß ich hervor und musterte ihn verwirrt. Nur seine Haut war blass, aber das war sie jeden Abend. Welche Krankheit sollte das sein?

Aber bevor ich fragen konnte, sagte er: »Es gibt etwas, mit dem ich die Symptome mildern kann, jedoch bisher nichts, um die Ursache zu bekämpfen.«

»Hast du deshalb die Einstichstellen an deinem Arm? Du testest deine Mixturen an dir selbst?« Himmel, das war ja furchtbar!

Crys nickte. »Können wir jetzt bitte …«

Ich schüttelte den Kopf und hob den Finger. »Nur zwei Fragen noch: Wer weiß von deinen Versuchen?«

»Nur Leander Morris. Und jetzt du.«

»Ist es ansteckend?«

»Du meinst, ob du in Gefahr bist? Nein.« Crys schüttelte den Kopf. »Und hiermit ist das Thema beendet.« Sein bestimmter Tonfall zeigte mir, dass ich ihn nicht mehr würde umstimmen können, obwohl in meinem Kopf tausend Fragen herumschwirrten.

Ich atmete tief durch. »Okay. Ich geh mal Arthur wieder reinlassen und dann ins Bett.« Die Lust am Vorlesen war mir vergangen. »Brauchst du noch irgendetwas für die Nacht?«

Ich benötigte Ruhe, um alles sacken zu lassen. Außerdem musste ich hier dringend raus und aufhören, meinen Sklavenhalter anzuschmachten wegen dieses verdammten stockholmigen Ella-Syndroms.

»Nein. Ich komme zurecht.«

In seinem Blick lag etwas Tieftrauriges, was mir das Herz zerreißen wollte, als ich das Zimmer verließ.

Auf einmal sollte er ein kranker Mann sein, der verzweifelt nach einem Medikament forschte? Das Schlimmste war: Ich glaubte ihm. Er hatte keinen Grund zu lügen, denn wem sollte ich es schon verraten?

Erst weit nach Mitternacht fand ich in den Schlaf. Ich träumte gerade von Crys, Spritzen, die er in seinen Unterarm rammte, und einer Krankheit, die ihn innerlich verbrannte, als mich ein Klappern hochfahren ließ. Draußen war es noch stockdunkel. Verwirrt lauschte ich ins Dunkle hinein. Was war das für ein Geräusch?

Ich knipste die Nachttischlampe an. Erst kurz vor fünf.

Verschlafen schob ich James beiseite, der es sich in meiner Kniebeuge gemütlich gemacht hatte.

»Hey! Was ist denn das für eine Art, mit seinem Bettgenossen umzugehen?«, empörte sich der Kater.

Ohne Antwort stand ich auf und öffnete meine Zimmertür. »Crys? Alles in Ordnung?«, rief ich besorgt in den Flur hinaus. Vielleicht war er bei dem Versuch aufzustehen gestürzt?

»Das war bestimmt Arthur, der Tollpatsch«, ließ James missmutig verlauten und reckte sich.

»Psst!« Jetzt hörte ich wieder etwas!

Barfuß schlich ich zur Treppe und lauschte. Irgendjemand war da unten in der Eingangshalle!

Mit klopfendem Herzen beugte ich mich weit über das Treppengeländer und versuchte, in der Dunkelheit etwas zu erkennen.

Einbrecher? Oder vielleicht die Polizei, die doch noch gekommen war, um mich zu befreien?

Auf einmal flammte das Licht in der Halle auf und ließ mich geblendet blinzeln.

»Honey!«, rief ich überrascht, als ich erkannte, wer da gerade den nächsten Koffer durch die Tür hereinwuchtete. »Was machst du denn schon hier? Sollte dein Rückflug nicht erst heute Abend gehen?« Ich lief die Treppe hinab, um ihr mit dem Gepäck zu helfen.

»Mir geht's nicht gut, deshalb bin ich jetzt schon zurückgeflogen.« Mit unsicheren Bewegungen versuchte sie, den Griff ihres Rollkoffers einrasten zu lassen.

Ich glaubte ihr sofort, denn sie war leichenblass und hatte bläulich schimmernde Schatten unter den Augen.

»Lass nur, ich mach das schon.« Behutsam nahm ich ihr den Griff aus der zitternden Hand. »Geh bloß schnell ins Bett! Oder soll ich besser einen Arzt rufen?« (Oh, ein Déjà-vu! So was in der Art hatte ich doch erst vor Kurzem zu ihrem Freund gesagt …)

»Das wäre vielleicht das Beste. Aber erst mal muss ich zu Crys. Ich hatte solche Sehnsucht nach ihm, dass es kaum auszuhalten war!«

Schon wieder hatte ich ein Déjà-vu. Die blasse Haut, zitternde Hände, Honeys krankhafte Sehnsucht nach Crys … all das erinnerte mich an Summer!

Ein eisiger Schauer lief mir über den Rücken.

Hatte Crys mich angelogen? Waren doch Drogen im Spiel?

Hilflos sah ich ihr nach, wie sie mit wehenden Haaren die Treppe hinaufstürmte.

Ich gab Honey eine Minute Vorsprung, bis ich ihr nach oben folgte. Auf Zehenspitzen schlich ich zu Crys' Schlafzimmer, um zu lauschen.

Ein schwaches Murmeln drang durch den Türspalt, nichts, was ich verstehen konnte. Also nahm ich all meinen Mut zusammen und öffnete die Tür einen Spaltbreit. Spritze, Pulver oder Tabletten – ich war gewappnet für jeden Anblick.

Nur nicht für das, was ich nun zu sehen bekam.

Schockiert starrte ich auf das Knäuel aus Gliedmaßen und nackter Haut, das sich auf dem Bett wand. Honey musste sich in rasender Geschwindigkeit alle Kleider vom Leib gerissen und auf Crys gestürzt haben. Sie umklammerte ihn wie eine Krake! Als sie nun auch noch leidenschaftlich stöhnte, drückte ich mit hochrotem Gesicht die Tür wieder zu.

Erschüttert schlug ich mir die Hand vor den Mund. Die beiden hatten ja wohl wirklich Sehnsucht nacheinander gehabt!

Bei dem Bild, das sich eben in meine Netzhaut eingebrannt hatte, zerriss es mir das Herz.

»Ella!«, dröhnte mir Crys' zornerfüllte Stimme hinterher, der mich offenbar bemerkt hatte.

So schnell ich konnte, flitzte ich zurück in mein Zimmer und schob den Stuhl unter die Klinke.

Hoffentlich hatte er sich beruhigt, bevor es ihm gelang, mich in die Finger zu bekommen. Obwohl … ich an seiner Stelle wäre vermutlich dauerhaft ziemlich angepisst, wenn mich jemand beim Sex erwischen würde …

Schlimmer als ein Vampir

Es geht mir wieder richtig gut!«, verkündete Honey beim späten Frühstück. »Wahrscheinlich musste ich mich nur einmal im eigenen Bett gesund schlafen.«

Ich unterdrückte ein Schnauben. ›Gesund schlafen‹ nannte man das nun also …

Crys warf mir einen warnenden Blick zu. Auch er sah heute Morgen wieder besser aus.

Er hatte nicht versucht, zu mir zu gelangen. Vermutlich hatte sein Fuß noch geschmerzt, oder er war zu beschäftigt gewesen. Trotzdem hatte ich mich erst heute Morgen zum Frühstück wieder aus dem Zimmer gewagt. Beide hatten zum Glück das Thema Sex nicht angesprochen, was mir sehr recht war.

»Wird das abgebrochene Shooting deiner Karriere nicht schaden?«, erkundigte ich mich bei Honey, die schon wieder ganz vergnügt wirkte und mit erstaunlich ruhigen Händen ihre Tasse Kaffee hielt.

»Schon, aber das macht mir nichts aus. Ich habe festgestellt, dass es zu Hause einfach am schönsten ist und ich gar keine Aufnahmen an exotischen Orten machen will!«

»Nicht?«, fragte ich zweifelnd.

»Lass es gut sein, Ella!«, kam Crys' barsche Anweisung, der schon wieder erstaunlich flink unterwegs war.

»Dass es dir in den Kram passen würde, war ja klar!«, blaffte ich zurück.

Meine Laune war verdammt schlecht und mein Herz irgendwie schwer. Grimmig schob ich den Stuhl nach hinten und stand auf, um mein Geschirr in die Küche zu bringen. Ich musste hier raus.

Zum Glück war Sonntag – mein freier Tag. Ich rief nach Arthur und verließ die Villa, die mir heute mehr als sonst wie ein Gefängnis erschien. Vielleicht würde ich auch Mr Morris einen Besuch abstatten – alles war besser, als Crys und Honey beim Turteln zu beobachten.

Die Sommerhitze schlug mir entgegen, als ich zwischen den blühenden Rosenbeeten entlangspazierte. Arthur umkreiste mich währenddessen schwanzwedelnd. Wenigstens einer mit guter Laune.

Ich wanderte zu der großen Rasenfläche am See, die weit von der Villa entfernt lag. Der Anblick von Blumenfülle und des in der Sonne glitzernden Wassers, gerahmt von überhängenden Bäumen, wirkte beruhigend auf mich.

Ausgelassen tollte Arthur herum und forderte mich wieder und wieder dazu auf, ein Stöckchen zu werfen.

»Einmal noch, Ella, bitte, bitte! Richtig wiit werfen. Du wirsch nöd glauben, wie schnell ich bin. Nur einmal noch!«

»Doch, werde ich glauben!«, erwiderte ich mit einem schiefen Lächeln. »Schließlich hast du mir das nun schon eine halbe Stunde lang bewiesen!«

»Ella?«, tönte es da ganz in der Nähe. »Eeeeeella!«

Honey.

Ich seufzte. »Schluss mit lustig, Arthur.«

»Nur noch einmal …«

»Psst! Denk daran, dass sie dich nicht hören darf«, unterbrach ich ihn. »Hier sind wir!«, rief ich dann laut.

Im knappen Sommerkleidchen kam sie auf die Wiese geschwebt. »Endlich habe ich dich gefunden!« Mit einem fröhlichen Lächeln schüttelte sie ihre aschblonde Mähne auf. »Ich wollte dich fragen, ob du Lust hast, im See zu baden. Die Hitze bringt mich um!«

»Wir zwei allein?«, fragte ich vorsichtshalber, denn der Gedanke, dass Crys mich neben seiner Modelgazelle im Bikini sehen würde, ließ meine schlechte Laune auf einen Schlag zurückkehren.

»Ja. Crys möchte seinen Knöchel noch etwas schonen.«

»Okay.«

»Sag mal, Ella, eure Eltern sind ja nun schon vor einer ganzen Weile verstorben …«, begann Honey sanft.

Oha! Interessant! Ich hatte mich schon immer gefragt, wie Crys ihr erklärt hatte, weshalb seine arme, kranke Schwester bei ihm lebte.

»... und gestern bist du ja ... also ... du hast ja gesehen ... Und ich frage mich ...«

Ich verkniff das Gesicht. »Soll das hier etwa ein Aufklärungsgespräch werden?«, rief ich abwehrend. »Kein Bedarf! Das hat mein Dad bereits erledigt. Detaillierter, als ich es wissen wollte.«

»Okay!«, sagte Honey mit unverhohlener Erleichterung. »Dann ist ja alles in Ordnung.«

Nichts war in Ordnung!

Mit einem tiefen Seufzer zwang ich meine Gedanken in eine andere Richtung, denn das, was ich da fühlte, durfte nicht sein.

Die Woche verging, und Crys ließ sich nicht anmerken, dass während Honeys Abwesenheit zwischen uns irgendetwas Seltsames geschehen war.

Es tat weh, dass er mich so gleichgültig behandelte. Dabei fühlte ich seine Berührungen noch immer auf meiner Haut prickeln. Wieder und wieder liefen die Szenen jenes Tages, an dem wir allein gewesen waren, wie ein Film in meinem Kopf ab.

Sein Knöchel war in Rekordgeschwindigkeit verheilt, was mich vermuten ließ, dass er die starken Schmerzen simuliert hatte, um ... Tja. Um was eigentlich?

Um mir näherzukommen? Das hätte er doch viel einfacher haben können – bedachte man die Leichtigkeit, mit der es ihm gelang, meinen Verstand lahmzulegen.

Die Verwirrung lenkte mich ein wenig von meiner Sorge wegen des bevorstehenden Besuches ab. Trotzdem steigerte sich meine Unruhe im Verlauf der Woche, bis ich am Samstagmorgen ein Nervenbündel war, das beinahe stündlich zur Toilette rannte.

»Ein Durchfall hat, oft über Nacht, so manchen Flirt zu Fall gebracht!«, ließ mich James an seiner Sammlung dämlicher Ekelsprüche teilhaben, die er von sich gab, seit er entdeckt hatte, dass mir kritische Situationen jedes Mal auf den Magen schlugen. Ich verfluchte das Witzebuch, aus dem er sie vermutlich hatte.

Er ließ sich mitten in der Küche nieder und bettelte um Futter.

Erbost streckte ich ihm die Zunge heraus. »Geh raus, Mäuse fangen!«, fauchte ich, während ich mit fahrigen Bewegungen einen Apfel zerkleinerte.

»Was soll ich fangen?«, fragte Crys, der genau in diesem Augenblick die Küche betrat. Als er mein Outfit sah, weiteten sich seine Augen für einen winzigen Moment.

Wegen der Hitze trug ich eines der luftigen Sommerkleider, die Honey mir besorgt hatte. Es fühlte sich schrecklich ungewohnt an, und ich errötete unter seinem Blick.

»Besser niemanden!«, erwiderte ich missmutig und schnitt mir prompt in den Finger. »Au, Scheiße!« Genervt steckte ich mir den verletzten Finger in den Mund, um das Blut abzulutschen. »Ich habe James gemeint.«

Den Finger im Mund, ging ich zum Medizinschrank, um mir ein Pflaster zu holen. Prompt fiel mir die Packung herunter. Mit einer geschmeidigen Bewegung bückte sich Crys danach und nahm ein Pflaster heraus.

»Zeig mal her!« Er ergriff meinen Finger und es prickelte.

Und dann tat er etwas, das mir wirklich den Atem stocken ließ: Er hob ihn an seinen Mund und fuhr mit der Zunge hypnotisch langsam über die Wunde, während er mir unentwegt in die Augen schaute.

Das war … Er konnte doch nicht …

Wie gelähmt starrte ich ihn fassungslos an, denn seine Geste hatte etwas so Intimes, ja fast schon Erotisches, dass ich fürchtete, ohnmächtig werden zu müssen.

Mein Herz machte einen verzweifelten Hüpfer, und mir wurde wieder bewusst: Dieser Mann war ein Jäger und ich dabei, ihm geradewegs in die Arme zu stolpern.

»Bist du ein Vampir, oder was?«, flüsterte ich heiser.

Mit einem gequälten Grinsen ließ er meine Hand sinken und klebte mir eilig ein Pflaster um die lädierte Fingerkuppe. »Schlimmer«, raunte er und verzog den Mund.

Als wäre nichts gewesen, wandte Crys sich ab, ergriff eine Flasche Wasser und ließ mich mit zitternden Knien stehen.

Schlimmer? Was sollte denn das heißen? Wollte er mir Angst machen? Mich noch mehr verwirren? Ich schaute auf meinen Finger, den er eben noch … Super. Hatte geklappt.

Honey kam herein und riss mich aus meinen Gedanken. »Was ist hier denn passiert?« Sie deutete auf das blutverschmierte Apfelstück.

»Ich habe nicht aufgepasst und mich geschnitten«, erklärte ich und spülte das Stückchen unter dem Wasserhahn ab, um es mir anschließend in den Mund zu schieben. »Du weißt schon: Wegen meiner Krankheit und so weiter …« Manchmal konnte ich mir solche Bemerkungen einfach nicht verkneifen.

»Ach so!« Sie betrachtete mich lächelnd. »Das Kleid steht dir übrigens super! War wirklich Zeit für was Neues.«

Verlegen zupfte ich an meinem knielangen, bunt geblümten Sommerkleid herum, dessen Ausschnitt mir ein wenig gewagt vorkam.

»Dein Bruder wird zufrieden sein. Aber denk daran. Auch ein solches Kleid kann nur wirken, wenn es mit Selbstbewusstsein getragen wird. Das hat meine Catwalktrainerin immer gesagt«, fügte sie hinzu.

Automatisch straffte ich meinen Rücken und nahm die Schultern zurück, während ich nachdenklich das Obst zu Ende schnitt.

Das Gute an der Bruder-Schwester-Lüge war, dass sie mir jedes Mal half, wieder auf den Boden der Tatsachen zu kommen. Crys war tabu. Er hatte eine Freundin.

Auch wenn die Art, wie Crys mich eben behandelt hatte, so gar nichts Brüderliches an sich gehabt hatte.

Ich seufzte leise, während Honey begann, das Frühstücksgeschirr auf einem Tablett zu stapeln. Auf einmal hielt sie inne und begann, nachdenklich auf ihrer Wange zu kauen.

»Ella, was würdest du eigentlich von Familienzuwachs halten?«

»Was?!« Beinahe wäre mir die Packung Eier, die ich gerade aus dem Kühlschrank geholt hatte, aus der Hand gerutscht. »Familienzuwachs? Puh, also das kommt jetzt aber echt plötzlich!«

Mein Magen zog sich schmerzhaft zusammen. Dieser Satz hatte mich noch rasanter heruntergeholt als die Bruder-Schwester-Sache.

»Na ja, es wäre ja so klein, dass man es überall mit hinnehmen kann. Die machen nicht viel Arbeit.«

»Und bist du schon … also weißt du schon …?« Ich brachte es nicht heraus.

»Nein, nein.« Sie trug das Tablett zur Terrassentür. »Aber ich hab mich schon ganz genau erkundigt, was man beachten muss.«

Mit der Hüfte schob sie die Tür auf, um den Tisch auf der Terrasse zu decken, welche bereits von warmer Morgensonne beschienen wurde.

Na ja, wie man ein Kind machte, wusste sie zumindest schon mal. Das hatte ich ja vor ein paar Tagen eindrucksvoll vor Augen geführt bekommen.

Ich bemühte mich, gegen den Kloß in meinem Hals anzuschlucken, und schlug ein Ei mit so viel Kraft auf, dass es schon auf der Arbeitsfläche auslief. »Verdammt!« Hastig wischte ich mit dem Lappen hinterher.

Tante Ella. Klang doch super. Würde ich neben Putze eben auch noch Nanny spielen.

Ich stellte mir vor, dass das da im Rührbecher Crys war, während ich die Eier kräftig verquirlte. Aber vermutlich war es eher mein Herz.

Wie war ich nur auf die Idee gekommen, er könnte mehr für mich empfinden? Himmel, die Hitze der letzten Tage hatte mein Gehirn anscheinend zerschmolzen!

Und nun wollte er mit Honey eine Familie gründen …

Ich legte den Schneebesen beiseite und goss das Rührei in die Pfanne.

»Das Kleine wird bestimmt sehr süß«, bemühte ich mich, mir etwas Nettes herauszuquetschen, als Honey wieder in die Küche kam. Schließlich konnte sie nichts für meine dämlichen Gefühle.

Ein Kind der beiden musste einfach entzückend sein und würde wahrscheinlich zu einer strahlenden Schönheit heranwachsen.

Mit schwerem Herzen wendete ich das Ei. »Aber was wird dann aus deiner Karriere?«

»Das ist doch kein Problem. So ein Zwerg braucht in den ersten paar Wochen ein bisschen mehr Betreuung, aber danach kann ich wieder ganz normal arbeiten gehen. Du bist ja da, und Arthur wird ihm sicher auch das eine oder andere beibringen.«

»Arthur als Lehrer?« Ich runzelte die Stirn. Der war ja lieb und zuverlässig, aber nicht gerade der Hellste.

»Na ja, wo man hinpinkelt und wie man Sitz macht und so!«

»Sitz macht?!«, schnappte ich.

»Du hast ja recht, vielleicht gehe ich mit ihm doch lieber in die Hundeschule, auch wenn es nur ein ganz Kleiner werden soll. Weißt du, ich dachte an einen Chihuahua oder so was.«

»Du willst dir ein Schoßhündchen kaufen?«, rief ich entgeistert und ließ den Pfannenwender fallen.

Jetzt war sie an der Reihe mit verständnislos gucken. »Denkst du, dass dein Bruder die Idee doof findet?«

Ich stellte mir sein Gesicht vor, wenn Honey ihm ein kläffendes Hündchen in pinkfarbenem Pulli in den Arm drückte, und musste kichern. »Keine Ahnung!«

Mit einem unangemessenen Gefühl von Leichtigkeit im Bauch schloss ich die Vorbereitungen für das Frühstück ab und ließ mich dann auf der Terrasse auf meinen Stuhl fallen. Ich schloss die Augen und reckte das Gesicht der warmen Morgensonne entgegen. Beinahe hätte ich vergessen können, was uns heute Abend erwartete.

Crys kam mit einem frischen Becher Kaffee heraus und ließ sich mir gegenüber nieder. Er wirkte angespannt.

»Freust du dich auf den Besuch deiner Freunde?«, fragte ich spitz und füllte mir ein wenig Rührei auf den Teller. Mein Magen ziepte. Nicht mehr lange, und ich würde schon wieder zum Klo laufen.

Die Muskeln an seinem Kiefer spielten, während er mich ansah. »Natürlich.«

Natürlich … Wer's glaubte!

»Ich bin jedenfalls schon sehr gespannt!«, rief Honey vergnügt, die anscheinend wieder mal als Einzige nichts von den merkwürdigen Schwingungen mitbekommen hatte. Sie gab Crys einen Kuss und setzte sich ebenfalls. »Ella meint, sie sind alle so gut aussehend, dass ich mich vor ihnen in Acht nehmen soll?«

Crys' Blick schien mich zu durchbohren. »So. Meint sie das?«

Ich sank in mich zusammen und stopfte mir rasch etwas Ei in den Mund, um ja nicht antworten zu müssen.

»Aber, Sweetheart! Bist du etwa eifersüchtig?« Honey giggelte fröhlich und legte ihre Hand auf seine. »Keine Sorge. Ich hab kein Interesse an anderen. Ich will nur dich!«

Bäh! Bei dem Gesülze verging einem ja der Appetit.

»Ich gehe schon mal mit Arthur in den Garten«, erklärte ich und stand auf. »Lasst alles stehen, ich räume das nachher weg.« Mit einem Pfiff rief ich den Hund und flüchtete. Aus dem Augenwinkel bemerkte ich, dass Crys mir nachblickte.

Sollte er ruhig. Ich war selbstbewusst und stark. Er konnte mich nicht aus der Ruhe bringen. Hoffentlich. Automatisch straffte ich meinen Rücken auf Honey-Art.

Erst im Schatten der Bäume, wo sein Blick mich nicht mehr erreichte, konnte ich aufatmen.

Eine ganze Weile rannte ich mit Arthur durch den Park, bis wir auf der Wiese am See anhielten. Der Hund bestand darauf, dass ich ihm den Ball ins Wasser werfen sollte. Er badete für sein Leben gern.

Mit aller Kraft schleuderte ich das voll gesabberte Ding weit hinaus auf den See. Das hatte etwas Befreiendes.

Während ich wartete, dass Arthur den Ball zurückbrachte, kam der alte Gärtner herangeschlurft und betrachtete zufrieden mein neues Kleid. »Du bist ganz schön gewachsen, Ella!«, meinte er und nahm den Ball auf, den Arthur hechelnd vor ihm ablegte.

»Sie meinen, weil ich die da bekommen habe?«, fragte ich und sah betrübt an mir herunter.

Mr Morris hüstelte. »Ich meinte eher, dass du erwachsen geworden bist, Ella!«, sagte er, wobei er ein Schmunzeln unterdrückte. »Dein Kleid gefällt mir. Viel besser als ständig diese schlampigen Jeans und Shirts!«

»Mhm …«, antwortete ich unschlüssig und zupfte am Stoff herum.

Diesmal schleuderte der Gärtner den Ball ins Wasser, und Arthur schoss hinterher.

»Können Sie nicht vielleicht heute zum Abendessen mit Crys' Freunden dazukommen?«

Der Gärtner schüttelte vehement den Kopf. »Auf keinen Fall«, brummte er. »Und du gehst da auch nicht hin!«

»Warum eigentlich nicht?«, fragte ich. Vielleicht konnte ich ihn damit aus der Reserve locken. »Schließlich haben Sie eben selbst gesagt, dass ich sozusagen erwachsen bin. Warum schließt Crys mich aus wie ein kleines Kind?«

Nicht, dass ich bei dem, was nach dem Abendessen geschehen könnte, dabei sein wollte! Es ging mir ausschließlich darum, das Geheimnis um seine merkwürdigen Kumpanen zu lüften.

»Er will dich schützen, glaub mir, Ella.«

Mit diesen kryptischen Worten humpelte Mr Morris davon, während ich ihm verwirrt hinterherblickte.

Schützen? Genervt stieß ich die Luft aus und kümmerte mich dann wieder um Arthur, dessen nasse Rute hartnäckig gegen mein bloßes Bein klatschte.

»Jaja, ich mach ja schon!« Ich griff den Ball, den er mir stolz vor die Füße gelegt hatte, und warf erneut. Es platschte, als der große Hund sich ins Wasser stürzte und hinauspaddelte. Dann war es wieder still.

Nachdenklich lauschte ich dem Grillenzirpen, das sich mit dem leisen Rauschen der Weiden am See mischte. Warum musste alles so kompliziert sein? Und wieso hatte ich die ganze Zeit das Gefühl, dass ich etwas ganz Entscheidendes übersah?

Während ich noch gedankenverloren über den See blickte, verspürte ich auf einmal ein warnendes Jucken im Nacken und fuhr herum. Crys stand hinter mir. Ich hatte ihn nicht kommen hören. Erschrocken sog ich die Luft ein.

»Was hast du Honey erzählt?« Crys packte mich so unvermittelt an den Armen, dass mein Atem stockte, während mich der unvermeidliche Stromschlag durchfuhr.

Erschrocken sah ich zu ihm auf. »Ich habe nicht … ich …«, stotterte ich. Mein Herz flatterte wie ein gefangener Vogel in meiner Brust, während die Wut in Crys' Augen nicht gerade dafür sorgte, dass es sich beruhigte.

»Ich hab nicht, ich hab nicht!«, äffte er mich nach. »Wenn auch nur ein winzig kleines bisschen Hoffnung bestände, dass du dann dein Hirn einsetzt, würde ich dich windelweich prügeln. Du musst endlich begreifen, um was es hier geht!« Seine Finger umschlossen meine Oberarme so fest, dass es schmerzte.

»Es könnte helfen, wenn du es mir einfach erklären würdest!«, keifte ich zurück, bemüht, angesichts seiner Wut den Blick nicht zu senken.

Arthur schüttelte sich direkt neben uns, sodass das Wasser aus seinem Fell spritzte.

Crys ging nicht auf meine Worte ein. »Hör auf, Honey Angst zu machen, und bleib heute Abend in deinem Zimmer!« Er schüttelte mich, um seinen Worten Nachdruck zu verleihen, während Arthur uns verwirrt bellend umkreiste und nicht wusste, wen er beschützen sollte.

»Crys, du tust mir weh!«, schrie ich, ohne mich zu wehren. Sah ihm einfach nur in die schimmernden Augen.

So unvermittelt, dass ich beinahe gefallen wäre, ließ er mich los.

»Bleib weg von ihnen, hörst du?«, mahnte er noch einmal eindringlich. »Ich will nicht, dass sie dich sehen.« Die letzten Worte kamen leise und mit dem Unterton von Hilflosigkeit. Gar nicht mehr hart und zornig, sondern mehr wie der Mann, mit dem ich vor ein paar Tagen zusammen auf dem Bett gesessen hatte.

»Aber warum denn nicht?«, fragte ich ratlos. »Erklär es mir endlich! Bitte! In meiner Fantasie male ich mir sonst die schlimmsten Horrorszenarien aus. So furchtbar kann es nicht sein, sonst wären sie nicht deine Freunde, oder?«

Crys seufzte. Auf einmal wirkte er wie ein sehr viel älterer Mann. Ein Mann, der die bittere Last der Welt auf seinen Schultern trug. »Mach einfach, was ich dir sage, Ella. Es ist mir todernst damit.«

Ich schluckte und nickte dann widerwillig. »Pass auf Honey auf«, bat ich leise.

Seine Augen schienen für einen endlosen Moment in meinen zu versinken.

»Ich werde tun, was ich kann«, murmelte er schließlich. Dann wandte er sich abrupt ab und kehrte mit zügigen Schritten zur Villa zurück. Arthur folgte seinem Herrchen schwanzwedelnd.

»Ja, lasst mich nur alle alleine mit meinen Fragen«, murmelte ich böse und kickte einen Stein in den See. »Scheiß Männer!«

»Das ist total stylish!«, quietschte Honey mir direkt ins Ohr und steckte eine letzte Haarklammer in das Monster auf meinem Kopf.

Entgeistert musterte ich mein verfremdetes Spiegelbild.

Sie hatte mir das seitliche Haar von den Schläfen bis zum Nacken eng an den Kopf gelegt und es hinten fixiert. Das restliche Deckhaar war in der Mitte zu einem Berg, der dem Mount Everest Konkurrenz machte, toupiert und darübergelegt. Nachdem sie abschließend kiloweise Haarspray versprüht hatte, wackelte nichts mehr.

»Ich glaub, mir wird schlecht«, stöhnte ich. »Ich seh aus wie ein Indianer! Werde ich das jemals wieder herausbekommen?!«

»Keine Sorge, das ist ja kein echter *Mohawk,* sondern nur ein *Faux Hawk.*« Zufrieden zupfte Honey eine Haarsträhne zurecht. »Diese Frisur war auf der Fashion Week total angesagt!«

»Das ist keine Frisur, das ist ein Unfall.«

Honey kicherte. »Na gut, es ist vielleicht ein wenig gewagt für die Straße, aber glaub mir, die Mode-Leute waren ganz wild darauf!«

»Kannst du nicht auch etwas weniger Ausgefallenes? Schließlich hat Crys ja befohlen, dass ich in meinem Zimmer bleiben muss. Niemand wird mich sehen«, bettelte ich.

Honey ließ sich erweichen, entfernte geduldig das Ungeheuer von meinem Kopf und machte mir stattdessen eine hübsche Flechtfrisur.

»Es macht solchen Spaß, sich für ein Event schick zu machen, oder?«, flötete sie überdreht.

Ein *Event* ... Ich dachte an den Besuch im vergangenen November. Wenn Honey wüsste ... Ob es bei den Treffen der Männer üblich war, an der Freundin des jeweiligen Gastgebers herumzugrabbeln?

Innerlich zerriss es mich vor Verzweiflung, weil ich mit Honey nicht darüber sprechen durfte. Sie nicht beschützen konnte. Weder vor Drogen, falls Crys gelogen hatte, noch vor Psychopathen.

Unwillig stapfte ich in die Küche, um alles vorzubereiten. Wegen des schönen Wetters sollte es ein Barbecue auf der Terrasse geben. Während ich gerade Fleisch marinierte, kam Crys herein.

»Denk daran, was ich dir gesagt habe, Ella«, mahnte er eindringlich und knallte etwas auf die Arbeitsplatte. »Benutz den hier heute Abend für dein Zimmer.«

Honey tanzte in die Küche. Sie trug ein eng geschnittenes Sommerkleid, das wenig der Fantasie überließ, und eine elegante Hochsteckfrisur. »Wie gefalle ich dir?«, fragte sie Crys und wirbelte einmal im Kreis herum, dass der Saum flog.

»Sehr schön«, urteilte er gleichmütig und wandte sich zum Gehen.

»Und was sagst du zu Ellas Kleid?«, rief Honey begeistert. Eine gewisse Portion Stolz schwang in ihrer Stimme mit. »Steht es ihr nicht wunderbar?«

Ich hatte erwartet, dass er bei mir genauso gleichgültig wäre, doch er drehte sich noch einmal um und musterte mich so gründlich, dass ich errötete. »Definitiv.«

Ich blinzelte verwirrt.

Erst als er, gefolgt von Honey, die Küche verließ, betrachtete ich den kleinen Gegenstand, den er auf die Arbeitsplatte gelegt hatte.

Ein Schlüssel. Vermutlich für meine Zimmertür.

Perplex starrte ich darauf.

Raptor Formae

Diesmal schaffte ich es, alles für das Barbecue pünktlich vorzubereiten und rechtzeitig auf meinem Zimmer zu sein. Ich hatte mir zwei Bücher mitgenommen und wollte es mir so richtig gemütlich machen.

Aber stattdessen lauschte ich die ganze Zeit nur auf die Geräusche, die von der Terrasse heraufdrangen: sich unterhaltende Männerstimmen, ab und zu ein dunkles Lachen und zwischendurch Honeys Kichern. Sie schien sich pudelwohl zu fühlen.

Seufzend wischte ich mir den Schweiß von der Stirn, denn die Abendsonne schien direkt in mein Zimmer und erhitzte es auf Saunatemperatur. Natürlich hätte ich die Fensterläden zuklappen und das Fenster schließen können, aber dann hätte ich mich noch mehr eingesperrt gefühlt und nicht mitbekommen, was draußen vor sich ging.

Ich griff nach dem historischen Liebesroman und begann zu lesen. Zumindest versuchte ich es. Aber diesmal konnte mich sogar ein gut gebauter Highlander namens Cailean MacDougall nicht ablenken.

Oh Mann, war das heiß hier oben! Ich musste dringend an die frische Luft. Es durfte mich nur niemand sehen.

Kurzerhand zog ich meinen Bikini unter dem Sommerkleid an, schnappte mir ein Handtuch, schloss meine Zimmertür wieder auf und huschte zur Treppe. Dort lauschte ich auf Geräusche von unten, und als nichts zu hören war, schlich ich die Treppe hinab zur Haustür.

Zu gerne hätte ich auf der Terrasse Mäuschen gespielt. Gerade lachten alle laut auf.

Ich hatte keine Ahnung, weshalb Crys mir den Zimmerschlüssel überlassen hatte. Warum sollte er Leute in sein Haus einladen und als »Freunde« bezeichnen, denen er nicht vertraute?

Das Telefonat, welches ich mit angehört hatte, kam mir wieder in den Sinn. Das konnte einer von ihnen gewesen sein. Crys hatte seine Freunde nicht so schnell wieder einladen wollen, aber ich wusste nicht, weshalb und aus welchem Grund er es nun doch getan hatte.

Nachdem ich die Eingangstür leise hinter mir geschlossen hatte, blieb ich stehen und betrachtete nachdenklich die Autos der Gäste. Verstohlen fasste ich an einen Türgriff. In mir begann sich eine verwegene Idee zu formen.

Beim dritten Wagen hatte ich Glück. Die Tür war unverschlossen. Welcher Autodieb sollte es auch hier auf das Grundstück schaffen?

Mein Herz klopfte aufgeregt, während ich einen Blick zur Villa warf. Niemand hatte mich gesehen.

Über einen durch Hecken verdeckten Nebenweg schlich ich, so schnell es meine Flipflops zuließen, Richtung See. Dort schlüpfte ich aus meinem Kleid, warf es neben dem Handtuch über die weiß getünchte Bank am Ufer und watete ins Wasser. Erleichtert ließ ich mich in das erfrischende Nass sinken und schwamm ein paar Züge hinaus.

Es war wunderschön hier draußen in der Abendsonne. Das Wasser glitzerte, die Grillen zirpten und die Weiden am Ufer brachen die Lichtstrahlen zu einem flirrenden Tanz auf der Wasseroberfläche. Meine kleine Welt war fast perfekt … bis ein leises Lachen vom Ufer her ertönte.

»Da hat sich aber jemand entwickelt, seit wir uns das letzte Mal gesehen haben!«

Erschrocken schnappte ich nach Luft und fuhr so hastig herum, dass ich Wasser einatmete und mit einem Hustenanfall beinahe unterging.

Es war der jüngste von Crys' Freunden. Ich schätzte ihn auf Anfang zwanzig. Mit einem Blick, den man fast schon als Unverschämtheit werten konnte, beobachtete er mich.

»Entwickelt in jederlei Hinsicht!« Lässig grinsend lehnte er an einem Baum direkt am Ufer und schaute zu, wie ich, rot bis zum Haaransatz, unschlüssig auf der Stelle paddelte.

Er hatte einen Dreitagebart und dunkelblonde Haare, die ihm bis auf die Schultern fielen. Sie waren leicht verwuschelt, was irgendwie sexy aussah. Mit blitzenden Augen beobachtete er meine Notlage eine ganze Weile. Schließlich fragte er: »Soll ich reinkommen, oder kommst du freiwillig her, damit wir uns ein wenig unterhalten können?« Einladend hielt er mir das ausgebreitete Handtuch entgegen.

Dummerweise stand er direkt dort, wo mein Kleid hing. Wenn ich also nicht im Bikini zum Haus zurücklaufen wollte, musste ich wohl oder übel zu ihm.

»Na super, ein Poolboy«, moserte ich leise. »Wer hat denn da meinen Wunsch nach einem Märchenprinzen falsch verstanden …?«

Mit betont unbeteiligtem Gesichtsausdruck schwamm ich zum Ufer.

Cool aus dem Wasser steigen funktionierte leider nur in James-Bond-Filmen, weshalb ich mehr oder weniger auf allen vieren an Land kroch. Genervt ging ich auf ihn zu und riss ihm das Handtuch aus den Händen, bevor er auf die Idee kam, es mir umzulegen, denn er guckte mich jetzt schon so an, als wäre ich aus Schokolade. Hastig wickelte ich das Handtuch um mich.

»Glotzen Sie gefälligst nicht so!«, fauchte ich, woraufhin er wieder lachte.

»Ui! Eine kleine Wildkatze!« Erneut glitt sein Blick interessiert über meinen Körper.

Seine Augenfarbe ähnelte der von Crys, und auch bei ihm waren sowohl Gesichtszüge als auch Gestalt umwerfend schön.

Mein Gesicht wurde heiß, als mir bewusst wurde, dass ich ihn anstarrte und mich damit keinen Deut besser verhielt als er.

»Gefällt dir, was du siehst?«, schnurrte Mr Sexy und musterte mich mit schief gelegtem Kopf.

»Was?«, schnappte ich.

Er lachte amüsiert. »Mache ich dich etwa nervös?« Neckend zog er eine Braue in die Höhe.

»Natürlich nicht«, log ich. »Was suchen Sie überhaupt hier draußen?«

»Warum so förmlich? Wollen wir uns nicht duzen? Ich bin Shards.« Auffordernd streckte er mir seine Hand entgegen.

»Shards wie Scherben?«, fragte ich ungläubig. Wer war denn so fies und nannte sein Kind *Shards?*

»Genau. Und du, meine Süße, bist …?« Weiterhin hielt er mir geduldig seine Hand entgegen und fixierte mich mit einem dieser Blicke, die Lucas, der Mädchenschwarm meiner Schule, auch draufgehabt hatte.

Diese Art, bei der man glaubte, das einzige attraktive Mädchen auf der Welt zu sein, und die einem die Knie in Pudding verwandelte. Jenna hatte ihn den ›Herzensbrecherblick‹ genannt. Ich war leider nie in seinen Genuss gekommen und daher einigermaßen hilflos, als der Schönling vor mir ihn nun anwendete.

Bereitwillig ergriff ich seine ausgestreckte Pranke. »E … Ella«, stotterte ich, weil mich bei seiner Berührung ein leichter Stromstoß durchfuhr – genau wie bei Crys. Eigentlich hatte ich erwidern wollen: »… auf jeden Fall nicht ›deine Süße‹!« Mit einem Ruck riss ich meine Hand zurück.

»Ella.« Er ließ sich den Klang auf der Zunge zergehen. »Was tut ein Mädchen wie du hier?«

Ein Mädchen wie ich? »Ähm … baden?«, stammelte ich dümmlich und hätte mir am liebsten selbst eine Backpfeife verpasst. Hastig griff ich nach meinem Kleid.

Shards lachte auf. »Du bist witzig! Ich meinte damit natürlich, ob du Crys' Mädchen bist!«

Ungelenk versuchte ich, das Kleid über meine nasse Haut zu streifen, ohne dass das Handtuch herunterfiel. Der Typ hatte schon genug von mir gesehen.

»Ja. Das Mädchen für alles.«

Shards' Augen weiteten sich. »Soll das heißen, Crys raubt bei … ähm … hat zwei Frauen am Laufen?«

Überrascht musterte ich ihn. *Crys raubt* … Was hatte Shards damit sagen wollen? Seinem verlegenen Gesichtsausdruck sah man an, dass er sich verplappert hatte.

Fieberhaft überlegte ich, was er gemeint haben könnte. Raubte Crys etwa Blut für sich, wegen seiner Krankheit? Das könnte eine Erklärung für die Einstichstellen an seinem Arm sein. Aber weshalb hatten Summer und Honey davon nichts bemerkt? Und auch keine verräterischen Einstichstellen am Arm gehabt? Verdammt, das ergab doch alles keinen Sinn!

Ich beschloss, zu pokern. »Nein. Ich bin die Putzhilfe«, antwortete ich betont lässig und rubbelte mir mit dem Handtuch über die nassen Haare. »Aber keine Sorge, ich weiß Bescheid über sein kleines … Problem.«

»Du weißt, dass er ein Raptor Formae ist?«, stieß Shards überrascht hervor.

Ein was?! Meine Augen mussten die Größe von Billardkugeln angenommen haben. *Raptor Formae?* Was zum Teufel sollte denn das sein? Meinte er Crys' Krankheit?

»Natürlich!«, behauptete ich dreist – verzweifelt bemüht, glaubhaft zu wirken. Dieser Shards war zwar ein Leckerchen, aber kein guter Geheimnisbewahrer … »Oder denkst du, ich könnte so lange hier wohnen, ohne zu merken, was los ist? Er hat mir sogar sein Labor gezeigt.« Ich schlüpfte in meine Flipflops.

Was zur Hölle war ein *Raptor Formae?!*

»Welches Labor?«

Oh Mist. Hatte ich jetzt selbst zu viel verraten? Womöglich wusste Shards gar nichts von den Versuchen. Crys würde mich umbringen, wenn er erfuhr, dass ich sein Geheimnis ausgeplaudert hatte – und zwar wortwörtlich!

»Ach, nichts. Aber sag mal, Shards …« Ich versuchte, Honeys gewinnendes Lächeln nachzuahmen, und fuhr dabei mit meinen Fingern durch die feuchten Haare, um sie aufzuschütteln. (Verdammt, war ich mies im Flirten!) »… das ist wirklich ein dolles Ding mit dieser Raptor-Formae-Sache, oder? Allerdings kenne ich die Details nicht. Magst du es mir erklären?«

Ob er merkte, was ich da versuchte? Crys hätte es gemerkt. Er hatte behauptet, in mir lesen zu können wie in einem Buch.

Nachdenklich kräuselte Shards seine Stirn. »Nun ja … Eigentlich sollen wir darüber nicht reden.«

»Ich erzähle es niemandem weiter, versprochen!«, zwitscherte ich und strahlte ihn an, während ich über die nächste Frage nachgrübelte: Wer hatte ihnen verboten, darüber zu sprechen? »Und weil ich hier ja so selten herauskomme, freue ich mich über jede Unterhaltung.« Bittend legte ich den Kopf schräg und klimperte versuchsweise mit den Wimpern. »Also er raubt …?«, begann ich ermunternd und tat, als wüsste ich genau, wovon ich redete.

Shards erwiderte mein Lächeln und ließ sich im Gras nieder. Auffordernd klopfte er neben sich.

Sah aus, als hätte er angebissen.

Gespannt setzte ich mich und zog meine Beine an den Körper.

»Du kennst doch sicher Geschichten über Vampire, nicht wahr?«

Nicht sein Ernst jetzt, oder? Meine Kinnlade klappte nach unten. Zum Glück betrachtete er während des Erzählens seine Schuhspitzen, sodass er es nicht bemerkte.

»Die sind natürlich Quatsch. Schließlich gibt es keine Vampire.«

Erleichtert stieß ich die angehaltene Luft wieder aus.

»Die Legenden sind aus einem ganz anderen Grund entstanden«, berichtete Shards mit gesenkter Stimme, »nämlich unseretwegen: den Raptor Formae.«

Wie? Er hatte auch diese Krankheit?

»Ah, klar! Das hatte ich mir schon fast gedacht!«, beeilte ich mich zu erwähnen, während ich mit den Armen krampfhaft meine Beine umklammerte, damit er mein Zittern nicht bemerkte.

Wovon zur Hölle sprach er?

Und … wollte ich es wirklich wissen?

»Seit wann es Menschen wie uns gibt, kann ich dir gar nicht genau sagen, aber ich vermute, dass schon Heinrich der Achte ein Raptor Formae war.«

»Der mit den vielen Ehefrauen?« Mit großen Augen sah ich Shards an, der so dicht neben mir saß, dass sein warmer Atem meine Haut streifte.

»Genau.« Shards nickte anerkennend. »Mit Frauen geht es am problemlosesten. Bin ich froh, dass ich nicht auf Männer stehe!« Er lachte fröhlich.

Obwohl ich kein Wort verstand, stimmte ich pflichtschuldig in sein Lachen ein.

»Außerdem besteht während eines besonders intensiven Raubs bei einem Mann ja auch das Problem mit der Wandlung.«

Vor Verwirrung nickte ich wie ein Wackeldackel. »Richtig, die Wandlung.«

»Am besten funktioniert der Raub natürlich beim Sex, wenn die Partnerin erregt ist. Da gibt es am wenigsten Verlust.«

Weil er mich nun interessiert beobachtete, zuckte ich lässig mit den Augenbrauen und nickte lächelnd, während ich innerlich dachte: Kann bitte jemand diesen beschissenen Horrorfilm ausschalten?!

Shards nahm meine Reaktion zufrieden zur Kenntnis und rutschte ein winziges Stück näher, bis die Haut seines Oberarms meine bloße Schulter leicht touchierte. Sofort prickelte es an der Berührungsstelle. Mein dummer Körper erzitterte, als Shards' Wärme ihn traf.

Ich tat, als würde ich es nicht bemerken. Wenn er seine Finger nicht bei sich behielt, konnte ich immer noch abhauen, aber zuerst musste ich verstehen, was das alles zu bedeuten hatte.

Das Rot der untergehenden Sonne begann, sich im ruhigen Wasser des Sees zu spiegeln.

»Bei einem Raub …«, setzte ich an, Licht in das Chaos in meinem Gehirn zu bringen, und blinzelte schüchtern zu ihm auf. »Mir ist noch nicht ganz klar, was … was genau dabei weggenommen wird.«

Ich schaffte es kaum, einen zusammenhängenden Satz zu formulieren, denn der durch seine Berührung ausgelöste Stromschlag kribbelte bereits in meinem gesamten Körper und fühlte sich so fantastisch an, dass ich leise aufseufzte. Es war schwer, mich neben diesem Traummann zu konzentrieren.

Erst war Shards ganz still. Als ich schon dachte, dass ich aufgeflogen wäre, weil um seine Lippen so ein seltsam zufriedenes Lächeln spielte, sagte er: »Es ist auch nicht ganz so einfach. Wir rauben nicht Blut, sondern …«

Ausgerechnet jetzt unterbrach ihn ein lauter Ruf. »Hier treibst du dich also herum!«

Erschrocken sprang ich auf. Die anderen Gäste und Crys kamen über die Wiese auf uns zu.

Die *Raptor Formae.*

Oh Mann, das würde Ärger geben! Der Ausdruck auf Crys' Gesicht sprach Bände.

»Wir behalten dieses Gespräch besser für uns«, schlug ich Shards leise vor, und er nickte mit einem Anflug von Verlegenheit.

Vermutlich war ihm gerade erst bewusst geworden, was er da alles ausgeplaudert hatte.

Es sei denn, er hatte mich verarscht. Was durchaus möglich war, denn alles, was er mir erzählt hatte, klang völlig absurd.

»Crys hat verdammtes Glück«, murmelte Shards in sich hinein.

Ich verstand nicht, was er damit sagen wollte, und hatte auch keine Muße, weiter darüber nachzudenken. Besorgt blickte ich Crys entgegen, dessen Brauen sich zu einem einzigen finsteren Strich zusammengezogen hatten, während er mit großen Schritten näher kam.

»Was hast du hier draußen zu suchen?«, fuhr er mich an.

Beschämt blinzelte ich, weil er mich vor den Gästen so abkanzelte. »Ich war nur kurz schwimmen, weil es in meinem Zimmer so heiß war«, verteidigte ich mich kleinlaut.

»Hallooo!«, begrüßte mich jetzt auch der älteste der Männer süffisant – der Dunkelhaarige mit dem harten Blick, der mich bei ihrem letzten Besuch beim Spionieren ertappt hatte. »Da ist aus dem kleinen Entlein aber ein hübscher Schwan geworden! Wo sind denn die Pickel hin?«

Er grinste und mein Gesicht begann zu brennen.

»Hör auf, Ice! Sie ist nicht volljährig«, knurrte Crys.

Während ich noch überlegte, ob das, was dieser Ice gesagt hatte, ein Kompliment sein sollte und falls ja, weshalb es mir dann Gänsehaut machte, befahl Crys: »Verschwinde in dein Zimmer, Ella. Sofort!« Er klang dabei ganz ruhig, aber mittlerweile kannte ich ihn zu gut, als dass ich die enorme Anspannung in seiner Stimme hätte überhören können.

Doch bevor ich auch nur den ersten Schritt machen konnte, um zu verschwinden – und das wollte ich wirklich schleunigst! –, lachte Shards auf und legte seinen Arm um meine bloßen Schultern. Ich verspürte den unwiderstehlichen Drang, mich an ihn zu schmiegen. Schmachtend strahlte ich zu ihm auf. Er war einfach zuckersüß! Ich wollte nicht, dass dieses Kribbeln jemals wieder aufhörte.

»Keine Sorge, Kumpel«, erklärte er Crys und streichelte dabei über meinen bloßen Oberarm. »Ella und ich haben uns hier draußen nur ganz harmlos unterhalten!«

Er hatte den Satz noch nicht beendet, da schoss Crys vor und stieß ihn heftig weg von mir. Ein drohendes Grollen ertönte aus seiner Kehle. »Nimm deine Finger von ihr!«

Verständnislos blickte ich zwischen den Männern hin und her.

Shards jedoch blieb gelassen, lachte und legte Crys in einer jovialen Geste die Hand auf die Schulter.

»Aber, aber! Das wirkt ja fast so, als wärst du eifersüchtig! Du willst uns doch wohl diese bezaubernde Gesellschaft nicht vorenthalten!« Mit einem Lächeln ließ er den Blick genüsslich über meinen Körper gleiten. Gleichzeitig wanderte seine Hand zu Crys' Hals empor.

Mein Magen ziepte unbehaglich, während ich den Moment verfluchte, in dem ich mich dazu entschieden hatte, baden zu gehen. Unsicher wich ich zurück. Hätte ich doch bloß auf Crys gehört!

»Lass es gut sein, Shards«, ächzte Crys und krümmte sich. »Sie hat nichts mit dem Kodex ...!« Seine Worte gingen in ein ersticktes Stöhnen über.

Was ging hier vor sich? Verständnislos beobachtete ich ihn. Weshalb verzerrte sich Crys' Gesicht auf einmal zu einer schmerzerfüllten Fratze? Und weshalb sah Shards dabei so selbstzufrieden aus, während die anderen Männer nur mit verkniffenen Gesichtern drum herumstanden?

Entgeistert begriff ich, dass es irgendetwas mit dem direkten Hautkontakt zu tun haben musste.

»Hast du Sorge, dass wir der Kleinen etwas antun würden, Crys?« Shards' Stimme klang freundlich, aber seine Augen waren schmal. »Wirst du etwa weich, mein Bester?«

Von seinem Opfer kam nur ein Röcheln als Antwort.

»Warum machst du das, Shards?«, fragte ich verwirrt, als Crys auf die Knie sank.

»Ella, nicht! Lauf ...!«, krächzte Crys matt und verdrehte die Augen.

Endlich kam Leben in mich. Ohne nachzudenken, stürzte ich zu ihnen und warf mich dazwischen, um die beiden auseinanderzudrücken. Egal, wie gern ich Shards jetzt schon hatte – das hier konnte nicht richtig sein.

Aber es war, als würde man ein Wattebällchen gegen eine Wand werfen. Shards grinste nur schief. Die beiden waren viel stärker als ich. Es gelang mir nicht, sie auseinanderzubekommen.

»Genug! Lass ihn los!«, erklang jetzt Ice' tiefe Stimme.

Sofort ließ Shards von Crys ab. »Haha! Die Kleine hat Feuer!«, lachte er, während ich Crys aufhalf. »Süß, dass sie dich retten wollte!«

Crys verzog das Gesicht zu einer gequälten Grimasse und rieb sich über die Stelle am Hals, wo Shards ihn berührt hatte. »Ella, geh zum

Haus und sag Honey Bescheid, dass wir jetzt einen Drink wollen«, befahl er mit rauer Stimme.

Bittend schaute ich ihn an. »Kann ich nicht noch ein bisschen mit Shards …«

»Geh hoch und benutze endlich, was ich dir gegeben habe! Morgen früh kannst du ausschlafen.« Flehend sah Crys mich an.

»Na gut«, maulte ich lang gezogen und stapfte unwillig zum Haus zurück.

Hinter mir verklangen die Stimmen der Männer, die sich jetzt, als wäre nichts gewesen, über Whisky unterhielten.

Erst nach und nach sickerte es in mein Hirn, dass Shards Crys anscheinend die Luft abgedrückt hatte. Und alle hatten drum herumgestanden und zugeschaut!

Das war so verrückt wie unbegreiflich.

Nachträglich am ganzen Körper bebend, erreichte ich Honey auf der Terrasse. »Los! Wir müssen hier weg! Dieser Shards hat Crys angegriffen!«

Ungläubig wandte sie mir ihr schönes Gesicht zu. »Angegriffen? Was hat er denn getan?«

»Na, er hat Crys so am Hals gepackt, bis der ganz blass im Gesicht wurde und zu Boden gegangen ist!«

Von Weitem hörte ich schon die Männer, die scherzend näher kamen.

»Bestimmt hast du da etwas missverstanden, Ella«, sagte Honey nervenaufreibend ruhig und fuhr sich durch die Haare. »Crys sieht doch ganz normal aus! Das war bestimmt nur so ein Jungs-Spaß.«

Tief in mir drinnen war ich überzeugt, dass Honey recht hatte. Shards war so ein wundervoller Mann, warum sollte er Crys etwas antun wollen? Auf der anderen Seite vertraute ich Crys. Wenn er sagte, ich sollte mich in Sicherheit bringen, hatte das bestimmt einen guten Grund.

»Komm schon, Honey!«, drängte ich.

»Du kannst ganz unbesorgt in dein Zimmer gehen. Zu mir sind sie sehr höflich.«

Resignierend eilte ich zur Terrassentür. »Bitte, pass auf dich auf!« Als ich schon drinnen war, fiel mir noch etwas ein. »Sie hätten jetzt übrigens gerne einen Drink!«

Die Männer hatten die Terrasse beinahe erreicht.

Obwohl ich zu gerne noch ein wenig in Shards' Nähe gewesen wäre, ging ich nach oben in mein Zimmer. Und weil ich mir nicht sicher war, was ich von der ganzen Situation halten sollte, gehorchte ich Crys und drehte auch noch den Schlüssel im Schloss um.

Raptor Formae. Was zur Hölle bedeutete das? Nervös tippte ich mit den Fingernägeln gegen das Holz der Tür. Ich musste es unbedingt morgen, wenn die Männer weg waren, in einem Lexikon nachschlagen.

»Was soll die Unruhe?«, erklang es auf einmal hinter mir.

Wie von der Tarantel gestochen, fuhr ich herum.

»James! Hast du mich erschreckt!«, japste ich, als ich ihn auf meinem Bett entdeckte.

»Wer sollte es denn sonst sein? Der minderbegabte Köter?« Beleidigt putzte er sich die Pfote.

Ich antwortete nicht, sondern lauschte angestrengt auf die Geräusche von unten.

»Was hast du denn? Du siehst aus, als wäre dir ein Geist begegnet!« James streckte sich, während er vergeblich auf eine Antwort wartete. »Wie wäre es mit einem kleinen Abendsnack?« Mit einem eleganten Satz sprang er vom Bett.

»Ich kann nicht in die Küche«, erklärte ich ihm.

Der Kater ließ sich vor der Tür nieder und blickte zu mir auf. »Wieso denn nicht? Schlüssel umdrehen, Tür auf, runtergehen. Ist nicht so schwer, wie es klingt.«

»Crys hat es verboten, weil die Raptor Formae da sind.« Ob James wusste, was das bedeutete?

»Dieser Männerclub vom Chef?«

»Männerclub? Es hat etwas mit dieser merkwürdigen Raubsache zu tun. Ich vermute, dass ihr deshalb auch sprechen könnt«, überlegte ich laut. »Jedenfalls sind seine Freunde anscheinend gefährlich.«

»Keine Ahnung. Ich fand sie bis jetzt einfach nur seltsam und bin ihnen aus dem Weg gegangen. Lass mich raus!« Auffordernd setzte er sich vor die Tür.

Mir kam eine Idee. »Nur, wenn du sie für mich belauschst! Dann verspreche ich dir auch eine doppelte Portion Katzenfutter morgen!«

Er wackelte mit den Schnurrhaaren. »Okay. Aber erst mal muss ich in den Park, mein Revier kontrollieren.«

Er musste Pipi …

Aber den Kommentar verkniff ich mir, denn auf so was reagierte er empfindlich. Ich griff nach dem Schlüssel, drehte ihn ganz langsam im Schloss, um ja kein Geräusch zu machen, und öffnete die Tür einen winzigen Spalt, um hinauszuspähen. Niemand zu sehen. Erleichtert ließ ich James durch den Türspalt schlüpfen.

»Kratz bitte viermal an der Tür, wenn du wieder hereinwillst, damit ich sicher sein kann, dass du es bist!«, flüsterte ich, bevor ich mich wieder einschloss.

Was Shards mit Crys gemacht hatte, verunsicherte mich.

Raptor Formae. Eine ominöse Krankheit. Leichte Stromschläge bei Hautkontakt. Sie raubten, ähnlich wie Vampire, aber kein Blut …

Mit leerem Blick schaute ich aus dem Fenster, während es draußen dunkel wurde.

Auf einmal schoss mir ein verrückter Gedanke durch den Kopf. Was, wenn das, was ich damals mit Summer und den Männern beobachtet hatte, dieser ominöse ›Raub‹ gewesen war?

Wenn man sich erst einmal mit dem Gedanken angefreundet hatte, dass es um sich schlagende Bäume und sprechende Tiere gab, kam einem auch das nicht mehr völlig abwegig vor …

›Raub‹ über Hautkontakt! Na klar! Deshalb hatten sie alle an Summer herumgetatscht!

Alle bis auf Crys, fiel mir ein, während ich unruhig im Zimmer auf und ab ging. Nur was hatten sie ihr geraubt?

Machten sie bei Honey etwa gerade das Gleiche? Eine Gänsehaut überzog mich. Ich musste hier weg! Fort aus diesem Horrorhaushalt.

Wo blieb James, verdammt noch mal?

Irgendwann ließ ich mich auf das Bett sinken, nahm den Roman vom Nachtschrank und versuchte zu lesen. Aber es gelang mir nicht. Ständig lauschte ich auf Geräusche, und meine Gedanken schweiften wieder zu diesem Raptor-Formae-Mysterium und zu dem Plan, der mir beim Anblick der Autos in den Sinn gekommen war.

Endlich kratzte es viermal an der Tür. Mittlerweile war es zwei Uhr nachts.

»Wer ist da?«, fragte ich vorsichtshalber. Als von draußen ein lautes »Miau« erklang, öffnete ich einen Spalt. Man konnte nicht vorsichtig genug sein.

Es war tatsächlich James. Mit hochgerecktem Schwanz stolzierte er herein und sprang direkt auf mein Bett, wo er sich zu putzen begann.

»Nun erzähl endlich!«, rief ich ungeduldig. »Was hast du herausbekommen? Haben sie Honey angefasst?«

Er gähnte ausgiebig. »Ich hab nichts gesehen. Als ich wieder hereingekommen bin, war Honey schon auf dem Weg nach oben, sie wollte wohl schon ins Bett.«

Ich runzelte die Stirn. Honey und zu müde zum Feiern? Das war ein Alarmsignal!

»Sie haben es auch mit ihr gemacht!«, rief ich aufgebracht. »Deren Berührungen machen krank!«

James wackelte abwägend seinem Kopf. »Kann schon sein. Auf jeden Fall haben sie gestritten, nachdem das blonde Magerdummchen weg war.«

»Gestritten? Worüber?« Himmel! Musste man James wirklich jedes Wort einzeln aus der Nase ziehen? Ich fixierte den Kater grimmig.

»Crys will nicht, dass bei den Treffen geklaut wird«, ließ er sich endlich zu einer Antwort herab. »Meines Erachtens durchaus verständlich. Schließlich ist es ziemlich albern, sich bei jeder Begegnung gegenseitig zu bestehlen.«

»Wahrscheinlich haben sie über dieses Rauben mit Hautkontakt gesprochen, von dem Shards mir erzählt hat«, überlegte ich.

»Jedenfalls meinte Ice, er sei nicht bereit, etwas zu verändern, und dass Crys weich werden würde«, fuhr James würdevoll fort. »Crys war daraufhin ziemlich sauer, aber er musste einlenken, schließlich ist Ice das Alphatier.«

Ich musste über James' Wortwahl grinsen, auch wenn die Sache an sich überhaupt nicht lustig war. »Das ist mir auch schon aufgefallen.«

Ein warmes Gefühl durchflutete mich, weil Crys sich für Honey eingesetzt hatte. Er war bei Weitem nicht so hartherzig, wie er immer tat und wie ich bis vor Kurzem noch gedacht hatte.

»Kurz danach haben sich alle in ihre Zimmer zurückgezogen. Nur Shards nicht, der raucht noch auf der Terrasse.«

Mr Sexy. Der Mann mit dem Schlafzimmerlächeln, der Crys angegriffen hatte. Und mir den Kopf verdrehte.

James rollte sich ein und legte die Pfote vor seine Augen, um mir zu signalisieren, dass die Unterhaltung hiermit beendet war.

Ich zog mich um und schlüpfte auch ins Bett. Aber anstatt zu schlafen, lag ich mit hinter dem Kopf verschränkten Armen da und grübelte.

Mir fiel Crys' Reaktion ein, als Shards seinen Arm um mich gelegt hatte. Ich begriff, dass er mich hatte beschützen wollen und dafür den Angriff durch Shards riskiert hatte.

Irgendwann musste ich über meinen Grübeleien eingeschlafen sein, denn ein leises Klopfen an meiner Tür ließ mich aufschrecken.

»Ella?«, flüsterte eine wohlklingende Männerstimme.

Shards! Leise kletterte ich aus dem Bett und schlich zur Tür.

Wieder klopfte es.

Er ist gekommen, um mich zu besuchen, dachte ich mit einem glücklichen Lächeln. Gekommen, um mir alles zu erklären.

»Shards!«, flüsterte ich sanft seinen Namen und hob die Hand, um den Schlüssel umzudrehen.

Im selben Moment stieß James ein warnendes Fauchen aus und bewirkte, dass der logisch begabte Teil meines Gehirns die Arbeit wieder aufnahm. Als ich dem Tier einen Blick zuwarf, war sein Schwanz auf doppeltes Volumen gesträubt.

»Ella, mach auf!«, säuselte es von draußen.

Wie gerne hätte ich es getan.

»Besser zulassen, oder?«, flüsterte ich James zerknirscht zu.

Er nickte nachdrücklich mit dem Kopf. »Auf jeden Fall!«

»Jetzt mach endlich auf, ich weiß, dass du mich hörst, Ella!« Shards' Stimme klang mittlerweile leicht ungehalten, aber sofort schwenkte er wieder in diesen sanften, vertrauenserweckenden Tonfall um. »Du hast doch wohl keine Angst vor mir, oder?«

Doch! Aber trotzdem fühlte ich mich seltsamerweise stark zu ihm hingezogen.

Mucksmäuschenstill zwang ich mich, abzuwarten.

»Stell dich nicht so an! Nun öffne schon, bevor jemand aufwacht!«

Aha! Hier zeigte jemand sein wahres Gesicht!

Erleichterung durchflutete mich, dass James mich gerade noch rechtzeitig aus meiner geistigen Umnachtung gerissen hatte.

Im gleichen Augenblick rüttelte Shards grob an der Tür. Erschrocken wich ich zum Fenster zurück und öffnete es. Falls er sich mit Gewalt Zutritt verschaffen sollte, würde ich hinausklettern. Er klopfte noch einmal.

»Frigides Miststück!«, hörte ich ihn schimpfen, gleich darauf ließ mich ein donnernder Tritt gegen die Tür zusammenfahren.

Meine Kehle wurde eng, während ich mit weichen Knien fluchtbereit auf die Fensterbank kletterte. Wie konnte ich ihn gleichzeitig so attraktiv und so furchteinflößend finden?

Dann endlich hörte ich seine sich entfernenden Schritte auf dem Flur, und schließlich fiel eine Tür ins Schloss.

Sicherheitshalber rückte ich den schweren Sessel vor die Tür und kletterte zurück ins Bett, wo ich mir mit heftig klopfendem Herzen die Decke bis zum Hals hochzog.

Gut, dass Shards mich geweckt hatte, sonst hätte ich glatt noch verschlafen. Dabei hatte ich mir so einen wunderbaren Plan zurechtgelegt!

Unkonzentriert las ich noch zwanzig Seiten. Dabei zappelte ich vor Nervosität mit den Beinen herum, bis sich der Kater schließlich genervt streckte.

»Bei der Unruhe, die du verbreitest, kann man nicht schlafen«, maunzte er.

Mit einem zufriedenen Lächeln ließ ich ihn aus dem Zimmer.

Perfekt!

Endlich war sie da, meine Chance zur Flucht.

Nichts wie weg

Ich nahm den Rucksack und steckte ein paar Klamotten und eine Flasche Wasser hinein. Mit bebenden Fingern öffnete ich meine Tür und spähte auf den Flur hinaus. Niemand zu sehen. Nur ein leises Schnarchen drang aus einem der oberen Zimmer. Auf Zehenspitzen schlich ich die Treppe hinunter zur Haustür, bemüht, keine der knarzenden Dielen zu erwischen.

Die Haustür war nicht abgeschlossen. Wie gewohnt. Crys rechnete nicht damit, dass jemand Unbefugtes das Grundstück betreten könnte.

Oder verlassen.

Geduckt rannte ich los. Immer im Schutz der Pflanzen, die zu dieser Jahreszeit in üppiger Fülle den Weg säumten. Der Kies der Auffahrt knirschte viel zu laut unter meinen Schritten. Wenn mich nur niemand entdeckte!

Dann wäre ich geliefert.

Der matte Schein des Mondes wies mir den Weg zu den parkenden Autos. Mit klopfendem Herzen duckte ich mich hinter einem schwarzen Cabriolet. Welcher war noch gleich offen gewesen? Ah! Hier, der Silberfarbene.

Mit unsicheren Fingern tastete ich nach dem Griff des Kofferraums. Da drin wollte ich mich verstecken, denn ich spekulierte darauf, dass er vor der Abfahrt nicht geöffnet wurde. Die Männer hatten jeder nur eine kleine Tasche dabeigehabt, die würden sie hoffentlich auf dem Beifahrersitz oder dem Rücksitz abstellen.

Die Heckklappe ließ sich glücklicherweise lautlos öffnen. Ich legte meinen Rucksack hinein und kletterte hinterher. Bevor ich die Klappe wieder zuzog, steckte ich eine Socke aus meinem Rucksack dazwischen, damit das Schloss nicht ganz zuschnappen konnte.

Sobald der Wagen morgen früh das Tor passieren würde, hatte ich es geschafft. Beim erstbesten Halt würde ich herausklettern. Bis der Fahrer begriffen hatte, was los war, war ich hoffentlich längst über alle Berge. Es musste einfach klappen!

In der Enge des Kofferraums wurde es stickig, und ich begann zu schwitzen. Mein Mund war staubtrocken. Mühsam angelte ich nach der Wasserflasche in meinem Rucksack, ohne dabei die Heckklappe loszulassen. Bei meinem Glück wäre sie vermutlich genau in dem Augenblick aufgeschwungen, in dem zufällig jemand aus dem Fenster schaute.

Mittlerweile spürte ich die Finger, die den Griff hielten, kaum noch, und meine Beine waren eingeschlafen. Kein Wunder, so eingequetscht, wie ich dalag.

Endlich begann die Morgensonne, durch den Spalt des Kofferraums zu leuchten. Hochkonzentriert wechselte ich die Hand.

Nach und nach wurde es in meinem Versteck brütend heiß und mir schwindelte. Erneut trank ich einen Schluck. Oh Gott, hoffentlich kamen die bald! Wenn ich hier drinnen noch viel länger aushalten musste, würde ich ohnmächtig werden. Es waren bestimmt schon vier Stunden vergangen, seit ich mich hier hineingequetscht hatte.

Endlich erklangen Schritte und Männerstimmen, und mein Herz begann zu rasen. Die Männer verabschiedeten sich voneinander, dann wurde ein Auto angelassen und fuhr davon. Auch bei dem Fahrzeug, in dem ich lag, wurde eine Tür geöffnet und wieder zugeschlagen. Ich hielt die Luft an.

Der Fahrer hatte den Kofferraum nicht angerührt! Mein Plan schien aufzugehen.

Jetzt wurde der Motor angelassen. Oh Gott! Gleich würde ich das Tor passieren! *Freiheit, ich komme!*

Ich streckte mein Bein so weit es ging, weil ich es in dieser Position nicht mehr spürte, während draußen noch ein Wagen davonfuhr.

Wann fuhr denn meiner endlich los? Warum dauerte das so lang? Ich versuchte zu schlucken, aber da war kein bisschen Feuchtigkeit mehr in meinem Mund.

Erneut ein Geräusch. Die Autotür wurde noch einmal geöffnet. Vor Schreck keuchte ich auf. Nein!

»Na, schon Sehnsucht nach mir gehabt?«, hörte ich Crys mit belustigter Stimme sagen.

Auch das letzte verbliebene Auto fuhr davon. Nur das mit mir stand immer noch hier.

»Die Kofferraumklappe ist nicht richtig geschlossen.«

Oh, Fuck. Die bittere Erkenntnis ließ mich aufstöhnen: Das Display musste es angezeigt haben!

Vielleicht hätte ich es wissen müssen, aber solche Anzeigen hatte der in die Jahre gekommene Wagen meines Vaters nicht besessen.

Panik umklammerte meine Kehle. Bitte, bitte, lass ihn die Klappe nur herunterdrücken! Hektisch zog ich an der eingeklemmten Socke, riss mit aller Kraft daran. Aber sie hing fest.

Verdammt!

Ein Schwall frische Luft und grelles Sonnenlicht drangen zu mir herein und ließen mich blinzeln.

Ich war geliefert.

Shards schaute auf mich herab. Schon beim Klang seiner Stimme hatte ich geahnt, dass er es war.

Ich seufzte. Er sah noch attraktiver aus als gestern Abend. Als er mich entdeckte, weiteten sich seine Augen überrascht. Mühsam zog ich die Beine unter mich, meine eingeschlafenen Füße kribbelten, als würden tausend Nadeln darauf einstechen.

Das Spiel war aus.

Zittrig sog ich den Atem ein und wollte mich aufrichten. Im gleichen Augenblick breitete sich auf Shards' Gesicht ein verschlagenes Lächeln aus und er drückte die Klappe wieder zu. Sie prallte auf meine Stirn, sodass ich Sterne sah und im Kofferraum zusammenbrach.

»Ah!«, stöhnte ich schmerzerfüllt auf, als ich wieder Luft bekam, und hielt mir den Kopf.

Ich durfte jetzt auf keinen Fall ohnmächtig werden!

Die Gedanken jagten durch meinen dröhnenden Schädel. Was um Himmels willen hatte Shards nun vor?

Der tiefer sinkende Wagen signalisierte mir, dass er wieder eingestiegen war. Die Fahrertür fiel zu. Konnte es sein, dass er mir helfen wollte und mich deshalb nicht verriet? Er war bisher so freundlich zu mir gewesen! Hatte ich doch eine Chance auf Freiheit?

Leider sagte mein Verstand etwas anderes, denn er vertraute James' Instinkt. Und auch Jenna in meinem Hinterkopf schrie ganz laut: »Steig wieder aus!« Von Shards ging Gefahr aus.

Große Gefahr.

Der Motor sprang mit einem satten Brummen an.

Oh Gott! Ich musste hier raus, bevor wir das Tor passieren konnten! Wie war ich nur auf diese hirnrissige Idee gekommen?

Zitternd tastete ich nach einem Griff, aber der Kofferraum war geschlossen, und von innen gab es keine Möglichkeit, ihn zu öffnen.

»Hilfe!«, wimmerte ich heiser und suchte fieberhaft nach einer Lösung, während der Wagen losrollte. Galle schoss in meinen Hals. Ich würgte sie mühsam herunter.

Die Rückbanklehne! Das war die Lösung! Ich suchte nach den Hebeln, mit denen man sie vom Kofferraum aus umlegen konnte. Endlich gelang es meinen zitternden Finger, sie zu erfassen. Ich mobilisierte meine letzten Kräfte, legte die Lehne mit einem Ruck um und schob mich im gleichen Moment hinterher. Shards drehte sich überrascht um, doch da öffnete ich bereits die Autotür und stürzte aus dem Wagen auf die Allee. Der Schwung des Fahrzeugs riss mich mit sich, sodass ich mich mehrmals überschlug. Dann blieb ich liegen. Währenddessen passierte Shards ohne anzuhalten das Tor. Meinen Rucksack nahm er mit sich. Ich hörte ihn spöttisch rufen: »Bis zum nächsten Mal, süße Ella!«

Während sein Lachen noch in meinen Ohren klang, schlug direkt dort, wo ich eben noch entlanggekullert war, die mächtige Krone eines der Bäume ein und hinterließ abgebrochene Zweige.

Ich musste sofort von der Auffahrt herunter!

Ächzend wollte ich mich aufrappeln, doch mein eingeschlafener Fuß knickte weg, sodass ich auf Hände und Knie stürzte. Während ich noch damit beschäftigt war, die Orientierung wiederzugewinnen, traf ein massiver Ast heftig in meine Seite.

Ich bekam keine Luft mehr. Nur durch eine blitzschnelle Drehung konnte ich dem nächsten Baum entgehen, der auf mich zielte.

Bloß fort! Um Atem ringend, hechtete ich zwischen den Bäumen hindurch auf den sicheren Rasen. Beim Aufprall durchzog ein stechender Schmerz meine bereits von dem Ast malträtierten Rippen.

Ich wimmerte, während die Bäume hinter mir wütend rauschten. Aber sie konnten mich nicht mehr erreichen.

Schluchzend krümmte ich mich zusammen.

Mein Magen rebellierte, und diesmal gelang es mir nicht mehr, die Säure hinunterzuwürgen. Ich drehte mich zur Seite und übergab mich ins Gras. Anschließend blieb ich mit geschlossenen Augen auf dem Rücken liegen und rang nach Luft.

Ein Schatten fiel auf mich. Mühsam öffnete ich die Augen.

Es war Crys.

Ich blinzelte mit brennenden Lidern zu ihm auf. Es hatte keinen Sinn, jetzt zu lügen. Er wusste, was ich getan hatte.

Kapitulierend ließ ich meine Augen wieder zufallen. Egal, was er jetzt mit mir machen würde, ich hätte mich nicht wehren können.

Ohne ein Wort zu sagen, half er mir auf.

Jetzt wird er mich fertigmachen, dachte ich mit gesenktem Kopf. Doch nichts dergleichen geschah.

»Ella«, flüsterte er stattdessen aufgewühlt und zog mich an sich.

Willenlos ließ ich mich gegen ihn sinken und begann an seiner Brust, verzweifelt zu schluchzen. »Es tut mir leid! Ich wollte …«

»Sch…«, machte er beruhigend und strich mit seiner Hand sanft über meinen Rücken. Immer wieder. »Ist schon gut.«

Wenn er mich nicht gestützt hätte, wäre ich zu Boden gesunken, weil meine Beine mich nicht mehr trugen.

Er schob mich nicht von sich, sondern hielt mich, bis ich mich endlich von alleine löste. Auf seinem Shirt prangte ein Fleck Erbrochenes. Mit leerem Blick starrte ich darauf. Ich konnte nicht denken. Als ob mein Kopf aus Watte bestände.

»Komm, Kleines. Wir gehen rein.« Er hielt mich mit beiden Händen fest, als wüsste er genau, dass ich mich sonst nicht hätte auf den Beinen halten können, und musterte mich prüfend.

Ich schwankte.

Kurzerhand hob Crys mich hoch, als wäre ich leicht wie eine Feder, und schob einen Arm unter meine Knie. Meine Augen fielen zu und mein Kopf sank an seine Schulter. Ich hatte keine Kraft mehr. Widerstandslos ließ ich mich von ihm in die Villa tragen und wunderte mich, was da so laut klapperte, bis ich begriff, dass es meine Zähne waren.

Ich spürte das Spiel seiner Muskeln, lauschte seinen Atemzügen und fühlte mich in seinen Armen wunderbar geborgen.

Er trug mich in die Küche und setzte mich auf einem Stuhl ab.

»Ausgerechnet das Auto von Shards musstest du dir aussuchen«, murmelte er, während er den Wasserkocher anschaltete und mich anschließend in eine Decke hüllte.

»Wir haben Hochsommer!«, krächzte ich verwirrt.

»Genau. Aber du frierst.« Er wartete, bis das Wasser kochte, und füllte es in einen Becher. Anschließend gab er einen Teebeutel hinein und stellte das Getränk vor mir auf den Tisch. »Vorsicht, heiß!«

»Warum schimpfst du nicht?« Mit unsicheren Fingern griff ich nach dem Becher und nahm einen winzigen Schluck.

Sein Gesichtsausdruck wurde weich. »Schau dich doch an! Ich denke, du bist genug bestraft.«

Der seltsam zärtliche Ton in seiner Stimme verwirrte mich.

Er zog sich einen Stuhl heran und setzte sich mir gegenüber. »Ich kann dich ja verstehen. Vermutlich hätte ich auch versucht, jede Gelegenheit zur Flucht zu nutzen, doch ich wünschte, du würdest bleiben und dich hier wohlfühlen.« Er zog den Teebeutel aus meinem Becher und warf ihn in den Abfalleimer.

Mit großen Augen blickte ich ihn stumm an. Bedächtig trank ich einen weiteren Schluck.

»Ich geh mal mein Shirt wechseln, es riecht etwas säuerlich.« Mit einem schiefen Grinsen deutete er auf den Kotzfleck an seiner Brust. »Das solltest du übrigens auch besser tun.«

»Ich bin so müde«, seufzte ich. War vermutlich kein Wunder nach der kurzen Nacht.

Crys musterte mich nachdenklich. »Ich bringe dich hoch«, entschied er dann und ergriff meinen Arm.

Er half mir auf und führte mich behutsam die Treppe hinauf zu meinem Badezimmer.

»Kommst du alleine zurecht?«, fragte er und beäugte mich ungewöhnlich besorgt.

»Ich weiß nicht, wer Sie sind, aber verschwinden Sie sofort aus Crys' Körper!«, murmelte ich irritiert.

Mit einem warmen Lachen schob er mich ins Badezimmer.

Unter der Dusche drehte ich den Hahn so weit auf, wie es ging, damit das heiße Wasser meine Angst mit sich in den Abfluss spülen konnte. Weil mir noch schwindelig war, ließ ich mich auf den Boden der Duschwanne sinken, während das Wasser weiter auf mich herabprasselte.

Das war verdammt knapp gewesen. Mein toller Plan war so was von in die Hose gegangen. Immer noch saß ich hier fest, und Crys schien sich vom Bösewicht in meinen Beschützer verwandelt zu haben.

Das alles war zu viel für mich.

Sehr lange saß ich dort und wartete darauf, dass das Zittern endlich aus meinen Gliedern verschwand. Ich konnte mich nicht aufraffen, das Wasser abzustellen, selbst als der Schaum längst weggespült war.

Während ich mich eine ganze Weile später abtrocknete, klopfte es an der Tür.

»Ella? Ist alles in Ordnung bei dir? Du bist jetzt schon fast eine halbe Stunde da drin!« Honey klang besorgt. »Ich hab dir Frühstück gemacht.«

»Bin gleich fertig!« Ganz vorsichtig rubbelte ich über meine Haare, um die schmerzende Stelle an meinem Kopf nicht zu berühren, wo die Kofferraumklappe mich getroffen hatte. Der Blick in den Spiegel war keine freudige Überraschung. Leichenblass, mit dunklen Ringen unter den Augen, aufgesprungenen Lippen und einer prachtvollen Beule an der Schläfe, schaute mir mein Spiegelbild entgegen. Dank der Bäume war auch die Seite meines Oberkörpers entstellt. Rote Striemen mischten sich mit bläulichen Verfärbungen. Ich war ein Regenbogen.

Seufzend wickelte ich das Handtuch um mich und öffnete die Tür.

»Wie geht es dir?«, fragte Honey besorgt.

»Frag lieber nicht.« Mit hängendem Kopf lief ich an ihr vorbei in mein Zimmer.

»Ich verstehe nicht, weshalb du weglaufen wolltest! Klar, Crys ist ein bisschen überbehütend, aber er meint es nur gut!« Sie folgte mir. »Es fehlt dir doch hier an nichts, oder?«

Doch! An Freiheit.

»Bitte versprich mir, dass du so was nie wieder machst, du hast mir einen Riesenschrecken eingejagt!«, hörte ich sie hinter mir sagen.

»Dann müsst ihr aber auch versprechen, dass ihr keine so merkwürdigen Typen mehr einladet!«, schoss ich zurück und ging zum Schrank.

»Merkwürdig?« Honey lachte. »Reagierst du jedes Mal so ablehnend auf Männer?«

»Nur, wenn sie unheimlich sind.« Ich riss die Tür auf und holte frische Kleidungsstücke heraus.

»Aber Crys' Freunde sind doch toll! So gut aussehend und dazu noch liebevoll und aufgeschlossen, obwohl sie mich kaum kennen!« Ich hörte, wie Honey sich auf meinem Sessel niederließ.

Stocksteif stand ich da und stierte in den geöffneten Schrank. *Liebevoll? Aufgeschlossen?* Ich schluckte. Crys' Freunde mussten es wieder getan haben.

Ahnungsvoll drehte ich mich um und schaute Honey endlich richtig an. Erschöpft saß sie in meinem Sessel, die langen Beine ausgestreckt. Ihr Gesicht wirkte aufgedunsen und ihre Haut hatte einen gräulichen Farbton angenommen, durch den dunkle Augenringe schimmerten – ein bisschen wie bei mir. Aber das Schlimmste waren die aufgekratzten Stellen in ihrem Gesicht. Noch waren es nur vier blutige Wunden.

Entsetzt sank ich auf mein Bett, weil meine Beine mich nicht mehr tragen wollten, als mein Gehirn den Zusammenhang herstellte.

»Was haben sie mit dir gemacht?«, krächzte ich.

»Die Jungs waren einfach zauberhaft …«, seufzte Honey verträumt.

Mir wurde übel. Abwehrend streckte ich die Hand aus. »Ich will es nicht hören!« Mein Magen rebellierte, sodass ich zurück ins Bad stürzte und die Tür geräuschvoll hinter mir zuschlug.

»Ella?«, rief Honey von draußen verwirrt. »Alles okay bei dir?«

Nein! »Geht gleich wieder!«, presste ich hervor. Ich musste nur rasch entscheiden, welches Körperteil ich zuerst über die Schüssel hängen sollte.

»Wenn du mich brauchst, ruf einfach!« Ich hörte, dass Honey die Treppe hinunterging.

Ich fröstelte.

Zu genau hatte ich noch Summers Erscheinungsbild im Endstadium vor Augen. Und zu guter Letzt war sie mir an die Kehle gegangen.

Das also bewirkte der Raub. Man wurde krank und wahnsinnig.

Sehn-süchtig

Als meine Körperfunktionen sich endlich normalisiert hatten, schleppte ich mich nach unten in die Bibliothek. Ich hatte keinen Appetit auf Frühstück. Zuerst musste ich herausfinden, was ein Raptor Formae war, sonst würde ich platzen.

Ungeduldig suchte ich nach einem Fremdwörterlexikon. Hoffentlich besaß Crys im Zeitalter des Computers so etwas.

Als ich endlich ein abgegriffenes Exemplar mit muffigem Eigengeruch gefunden hatte, blätterte ich mich hastig zum Buchstaben R durch. R wie Raptor Formae.

Aber es war wie verhext. Dieses Wort war nicht zu finden. Allerdings entdeckte ich Teile davon, die meiner Meinung nach passten:

Raptus: lat. Raub, plötzl. Anwandlung/plötzl. Zornausbruch

Okay. Das passte. Shards hatte auch von rauben gesprochen. Aber das andere war: *Forma: lat. Gestalt/Figur*

Verwirrt runzelte ich die Stirn. Wie jetzt? Er raubt die Figur? Was sollte das denn bitte bedeuten?

Frustriert klappte ich das Buch zu und schob es ins Regal zurück.

Ich sollte lieber doch etwas essen, denn mein malträtierter Bauch fühlte sich ganz flau an.

Als ich die Küche betrat, räumte Honey gerade Geschirr in die Spülmaschine.

»Geht es dir besser?« Sie stellte mir ein Schüsselchen Obstsalat hin.

»Klar!«, antwortete ich lässiger, als ich mich fühlte, und angelte im Schrank nach einem Glas. »Du weißt ja: mein nervöser Magen.« Ich füllte kaltes Wasser ein.

»Brauchst du ein Medikament?«

»Nein danke«, winkte ich ab.

»Na gut. Ich werde in der Sonne ein Nickerchen machen, bin noch ziemlich müde.«

Honey sah nicht mehr, wie ich die Lippen aufeinanderpresste. Während ich mein Glas leerte, kam James auf mich zu und beäugte meine Gesichtsfarbe.

»Mir fällt da noch ein schöner Witz ein«, näselte er.

»Lass es besser«, wehrte ich ab. »Mir geht es jetzt schon nicht gut!«

Doch James ließ sich nicht beirren. »Ein Mann betritt die Apotheke und verlangt nach einem Präparat gegen den Durchfall.«

Ich verdrehte die Augen.

»Die Apothekerin verkauft ihm etwas. Als der Mann gegangen ist, stellt sie allerdings mit Entsetzen fest, dass sie ihm aus Versehen ein Beruhigungsmittel verkauft hat. Am nächsten Tag ...«

»Will ich wirklich wissen, was am nächsten Tag war?«, fragte ich genervt und schob eine Scheibe Brot in den Toaster, aber statt einer Antwort begann James, sich zu putzen.

Im gleichen Augenblick kam Honey zurück, um sich eine Flasche Wasser aus dem Kühlschrank zu holen. »Mit wem redest du?«

Das war knapp. Beinahe hätte sie den Kater beim Sprechen ertappt!

»Ach ...« Missmutig funkelte ich zu James. »Nur mit dem blöden Miezekätzchen!«

Sein Fell sträubte sich. Zum Glück beachtete Honey ihn nicht. Ich grinste zufrieden.

»Ach so.« Sie verschwand wieder.

Es hatte auch Vorteile, wenn andere dachten, dass ich nicht ganz richtig in der Birne sei ...

Arthur kam hereingetrottet und trank lautstark sein Wasser.

»Willst du die Pointe jetzt hören oder nicht?«, fragte James beleidigt, als die Terrassentür hinter Honey zugefallen war.

»Wenn du es nicht lassen kannst«, stöhnte ich, während ich mir einen Löffel Obstsalat in den Mund schob.

»Nun gut. Ausnahmsweise«, sagte James hoheitsvoll, obwohl wir beide genau wussten, wie sehr er darauf brannte. »Aber nur, wenn der intelligenzbefreite Köter aufhört, hier so laut herumzuschlabbern!«

Arthur brummte und ließ sich zu meinen Füßen nieder.

»Also«, setzte James erneut an. »Am nächsten Tag kommt der Mann wieder. Die Apothekerin erkennt ihn sofort und entschuldigt sich ausdrücklich für das Missgeschick, welches ihr passiert sei.«

»Ella, weisch du scho, dass Honey auch einen Hund haben will?«, unterbrach Arthur den Kater hechelnd.

Ich verzog das Gesicht und nickte.

»Ruhe!«, zischte James. »Unterbrich mich nicht ständig!«

»Schon gut, James. Mach weiter, wir sind alle sehr gespannt«, versuchte ich ihn zu beschwichtigen, während ich das Brot aus dem Toaster angelte und auf einen Teller legte.

Ich mochte die Tiere, auch wenn sie manchmal eine echte Plage waren. Sie lenkten mich hervorragend von meinen Sorgen ab.

»Aber wehe, ich werde noch ein weiteres Mal unterbrochen!«, drohte James. »Also. Der Mann antwortet: ›Ach, nicht so schlimm. Ich mach mir zwar immer noch in die Hose, aber es regt mich nicht mehr auf.‹«

Gespannt wartete der Kater auf meine Reaktion. Ich lachte pflichtschuldig. Dabei war mir überhaupt nicht zum Lachen zumute. Mein Kopf tat höllisch weh.

Gedankenverloren löffelte ich meinen Obstsalat.

»Ich mache mir Sorgen um Honey«, sagte ich bedrückt. »Mit ihr scheint das Gleiche zu passieren wie mit Summer letztes Jahr. Ihr dürft mich auf keinen Fall mit ihr allein lassen!« Traurig blickte ich die beiden an.

»Wir passen schon auf dich auf, nicht wahr, James?«

»Sicher! Dosenöffner muss man sich warmhalten«, schnurrte der Kater nonchalant.

Ich hörte, wie die Arbeitszimmertür geöffnet wurde, und das Geräusch von Schritten. Crys. Sofort versteifte sich mein Rücken. Er blieb im Türrahmen stehen und betrachtete mich.

»Komm bitte mit in mein Arbeitszimmer, Ella!«, sagte er ernst.

Oje! Jetzt kam sie doch noch, die Standpauke.

Weil ich mich zu hastig bewegte, schwindelte mir, als ich ihm folgte. Ich sollte besser noch mehr essen, aber mein Magen fühlte sich schon wieder so komisch an.

Crys schloss die Tür des Arbeitszimmers hinter uns und lehnte sich an den Schreibtisch. »Geht es dir besser?«

Ich nickte schüchtern, aber die Kopfbewegung bekam mir nicht gut. »Ein bisschen.« Verlegen betrachtete ich die elektronischen Geräte und die gluckernden Flüssigkeiten in seinen Versuchsaufbauten.

Als Crys tief aufseufzte, hob ich den Kopf. Er sah erschöpft aus, und seine Haut wirkte blasser als sonst. Mitleid und auch ein zärtliches Gefühl durchfluteten mich, und ich verstand nicht mehr, wie ich Shards hatte attraktiver als ihn finden können.

»Bella.« Er versuchte, seiner Stimme den gleichen kalten, überlegenen Klang zu geben wie früher, aber ich durchschaute ihn. »Wenn ich dir sage, dass du auf deinem Zimmer bleiben sollst, meine ich das auch so!«

»Ich weiß«, murmelte ich unglücklich, aber überhaupt nicht mehr ängstlich. »Es war dämlich von mir.«

»Dämlich?«, schnappte er. »Du hast ja keine Ahnung, in welche Gefahr du dich gebracht hast, indem du Shards auf dich aufmerksam gemacht hast!«

Ich stutzte. »Wieso aufmerksam gemacht? Ich hab doch gar nichts getan. Er war einfach nur sehr nett zu mir.«

Für einen kurzen Moment schloss Crys seine Augen, während ich nervös von einem Bein auf das andere trippelte.

»Dieser Mann ist gefährlich.« Er schien seine Wut nur mühsam im Zaum zu halten.

Mein Herz klopfte schneller. Allerdings nicht, weil Crys sauer auf mich war, sondern weil er sich um mich sorgte.

»Aber du bist doch da«, sagte ich leise.

»Ach, Ella!« Mit einer hilflos-zornigen Bewegung fuhr er sich durch das dunkle Haar. »Ich bin kaum weniger gefährlich!«

Ich kicherte über seinen Witz, woraufhin er gequält die Luft ausstieß. »Was mache ich bloß mit dir?«

Mein Lächeln wurde breiter. Unwillkürlich trat ich einen Schritt auf ihn zu, und sein köstlicher Duft stieg mir in die Nase. Diese fruchtig-frische und gleichzeitig so männliche Mischung, die aber seltsamerweise kein Parfüm war. Seine Nähe war berauschend.

Und ich schien ihn ebenfalls nicht kaltzulassen. Mit weichem Blick streckte er die Hand nach mir aus.

Kurz davor, mich in seine Arme zu werfen, fiel mir ein, dass er ja mit Honey zusammen war, und ich stoppte abrupt. Der Gedanke war wie ein Guss kaltes Wasser.

Erschrocken trat ich einen Schritt zurück. Hatte er es für einen Augenblick lang ebenfalls vergessen? Oder trieb er ein fieses Spiel mit mir?

Langsam ließ er seinen Arm sinken. »Ella ...«

Er wirkte tieftraurig, aber ich musste stark sein, sonst würde er mir das Herz brechen. Abwehrend hob ich die Hand.

»Es könnte für den Anfang helfen, wenn du mir erklären würdest, was ein Raptor Formae ist«, stieß ich hervor.

Crys' Augen weiteten sich. »Woher weißt du davon?«, fuhr er mich an und trat drohend einen Schritt näher, sodass ich meinen Kopf in den Nacken legen musste, um zu ihm aufsehen zu können.

Er versuchte es schon wieder! Versuchte, mich mit seiner Nähe zu verunsichern.

Und hatte Erfolg. Aber das durfte ich ihn nicht merken lassen.

Entschlossen stellte ich mich auf die Zehenspitzen, um mit ihm wenigstens halbwegs auf Augenhöhe zu sein. »Ich bin nicht blöd!«, gab ich zurück.

Sein Mundwinkel zuckte. »Nein. Das bist du nicht.«

Wieder hob er seine Hand, und wieder stoppte er, kurz bevor er meine Haut berührte. Verwirrt sank ich zurück auf meine Fersen.

»Also?« Trotz meines plötzlich trockenen Mundes bemühte ich mich um Fassung.

»Hat Shards dir das verraten?«

»Ich hab ihn ausgefragt«, gestand ich verschämt.

»Armer Kerl!« Eigenartigerweise fand er das lustig.

Ich erinnerte mich an meine kläglichen Flirtversuche und errötete.

»Du wirst auch bei mir nicht lockerlassen, oder?«

Statt einer Antwort schüttelte ich den Kopf.

»Nun gut. Du hast es so gewollt.« Er ging so dicht an mir vorbei zur Tür, dass ich ganz unruhig von seiner Nähe und seinem Duft wurde, und hielt sie auf. »Komm mit nach draußen, wir gehen ein wenig spazieren.«

»Das Ganze hier.« Ich deutete zurück auf sein Labor, während ich ihm folgte. »Ist das wirklich wegen einer Krankheit, oder eher, weil du ein ...«

»Nicht hier!«, schnitt er mir das Wort ab.

Mit einer zermürbenden Mischung aus Besorgnis und brennender Neugierde folgte ich ihm in den Garten.

Wir ließen die gepflegten Beete um das Haus herum hinter uns und schlugen den Weg zum See ein. Ich beobachtete Crys heimlich von der Seite. Mit zusammengepressten Lippen blickte er stur geradeaus. Als wir die Wiese beim See überquerten, schwieg er immer noch.

»Es sind tatsächlich keine Drogen, die deine Freundinnen krank machen«, durchbrach ich schließlich die Stille, weil ich die Ungewissheit einfach nicht mehr aushalten konnte. »Es hat irgendetwas mit diesem Raptor-Formae-Kram zu tun, oder?«

Wieder kamen mir heiße Blutsauger in den Sinn, und ich musste unpassenderweise kichern. Das Geräusch schmerzte in meinem Kopf. Nun bin ich völlig irre geworden, dachte ich verwirrt. Mittlerweile hatten wir die Bank am Ufer erreicht.

Crys' Augen funkelten so böse, dass mir das Lachen im Halse stecken blieb. »Du denkst, das Ganze ist ein riesengroßer Witz, oder?«, herrschte er mich an. »Aber das ist es nicht! Es geht hier um Menschenleben und nicht um irgendwelche Spielchen!«

Beschämt blinzelte ich zu ihm auf. »Das habe ich nie gedacht!«, rechtfertigte ich mich. »Aber du musst zugeben, dass diese Sache ziemlich verrückt ist!«

Seine zu Fäusten geballten Hände lösten sich, und der harte Ausdruck verschwand aus seinen Augen. »Das stimmt.« Er seufzte gequält, während er sich mit einer geschmeidigen Bewegung auf der Bank niederließ.

»Erklär es mir!«, forderte ich energischer, als mir zumute war, und baute mich vor ihm auf. »*Raptus* bedeutet Raub. Aber *Forma?*« Gespannt wartete ich auf seine Erklärung.

Sein Blick ruhte auf dem klaren Wasser des Sees, als er nach einer scheinbar endlosen Pause antwortete. »Schönheit.« Er hauchte es mit beinahe tonloser Stimme, so, als wäre es zu schwer, es auszusprechen. »Wir rauben sozusagen Schönheit.«

Meine Augen weiteten sich ungläubig. »Wie kann man denn Schönheit rauben?«

»Über die Haut.«

Das wurde ja immer abgefahrener! Doch Crys schien es bitterernst zu meinen. Benommen betrachtete ich den Muskel, der sich an seiner Wange abzeichnete.

»Das Ganze funktioniert also über Hautkontakt?«, bemühte ich mich, zu verstehen. Das würde zumindest einiges erklären. »Deshalb kribbelt es auch jedes Mal so komisch, wenn du mich berührst! Aber was passiert dadurch mit dem Opfer?«

Beim Wort *Opfer* kniff er seine Augen zu Schlitzen zusammen. Nach einer kurzen Pause, in der er sichtlich um Fassung rang, antwortete er. »Es sind ähnliche Auswirkungen wie beim Konsum von Crystal Meth.« Er sprach leise und schnell, als wollte er es endlich hinter sich bringen, und schaute dabei die ganze Zeit starr in die Ferne. »Deshalb ist auch noch nie einer von uns erwischt worden. Alle gehen davon aus, dass die Frauen drogensüchtig sind.«

»Wie praktisch«, erwiderte ich schneidend. »Aber warum um Himmels willen macht ihr so etwas Grausames?«

Abrupt wandte er sich mir zu. »Weil wir es müssen. Es ist Teil unserer Nahrung und ebenso wichtig für uns wie Lebensmittel.« Seine Augen blitzten mich verletzt an. »Wage ja nicht zu behaupten, es würde mir Freude bereiten!«

Sein Blick ließ mich zurückweichen, doch ich konnte nicht lockerlassen.

»So, wie Vampire den unbändigen Drang haben, Menschen das Blut auszusaugen?«

»Es gibt keine Vampire!«, knirschte er, und wenn ich ihn nicht schon so lange kennen würde, hätte ich spätestens jetzt die Flucht ergriffen.

»Ich weiß, das hat Shards auch gesagt, aber bis vor Kurzem hatte ich auch keine Ahnung, dass es Raptor Formae gibt!« Beklommen schob ich eine Haarsträhne hinter mein Ohr. »Wirst du schöner durch den Raub?«

»Nein. Ich habe schon immer gut ausgesehen.« Crys verzog den Mund. »Er erhält mich am Leben.«

Oh! »Wie oft musst du das denn machen?«

»Täglich mindestens ein Mal«, antwortete er gepresst. »Ein bisschen Spielraum ist da, bevor die Gier zu groß wird.«

Ich schluckte. »Nur mal theoretisch: Was würde denn passieren, wenn du auf … Diät gehen würdest?«

Er schnaubte verächtlich. »Dasselbe wie bei Menschen, die keine Nahrung mehr zu sich nehmen: Ich werde blass, schlapp und verhungere schließlich.«

Okay. Klang nicht nach einer Option.

Mit ausreichend Sicherheitsabstand ließ ich mich neben Crys auf der Bank nieder und war froh, nicht mehr stehen zu müssen, denn meine Beine fühlten sich heute seltsam schwach an. Die Informationsfülle schlug mir auf den Magen.

Oh. Mein. Gott.

Schönheit rauben zum Abendessen. Freunde, die die eigene Partnerin betatschen durften. Sucht per Hautkontakt. Was kam als Nächstes?

»Diese ganze Raptor-Formae-Sache klingt so absurd, dass ich das Buch zuklappen würde, wenn das hier ein Roman wäre«, murmelte ich.

Crys lächelte matt.

Eine ganze Weile blickten wir stumm auf den See hinaus.

»Deshalb habt ihr auch diese merkwürdigen Namen, oder? Crystal, Ice und Shards.«

»Richtig. Die anderen beiden heißen Glass und Meth. Alles Namen für Crystal Meth. Ice hat sie für uns ausgesucht. Ein kleiner Witz, weil wir so wirken wie die Droge.«

»Was ist mit deiner Familie? Wissen sie, was du bist?«

»Meine Eltern sind bei einem Raubüberfall getötet worden, bevor ich das wurde, was ich jetzt bin. Deshalb gehört mir dieser alte Kasten.« Grimmig deutete er zur Villa. »Aber wenigstens haben sie mir mehr als genug Geld hinterlassen.« Lässig zuckte er mit den Achseln, aber ich konnte ihm seine Traurigkeit ansehen.

»Das tut mir sehr leid.«

»Kein Problem. Es ist schon bald acht Jahre her.«

Ich schluckte, denn ich spürte, dass es ihm viel näher ging, als er preisgeben wollte.

Nachdenklich beobachtete ich zwei Enten, die gemächlich auf dem See trieben, unterdrückte die Erinnerung an meine verstorbenen Großeltern und grübelte stattdessen über dieses Vampir-Ding nach. Der Gedanke war wirklich abgefahren. »Wie alt bist du?«

»Sechsundzwanzig.«

»Und wie lange bist du schon sechsundzwanzig?«

»Verdammt, Ella, es gibt keine Vampire!«

Ich unterdrückte ein ertapptes Grinsen. »Also?«

»Wir altern genauso wie normale Menschen und sind genauso sterblich. Mit dem Unterschied, dass wir unser Leben lang besonders attraktiv auf gewöhnliche Sterbliche wirken.«

»Klingt ganz schön eitel!«

Er verzog den Mund. »Tatsache. Alles an mir – mein Aussehen, meine Stimme, sogar mein Geruch – ist darauf ausgelegt, Frauen anzulocken.«

Ich errötete. Stimmt. Hatte leider auch bei mir funktioniert.

Es war ein blödes Gefühl, Opfer dieser Anziehungskraft geworden zu sein, ohne es überhaupt bemerkt zu haben. Verdammt, ich fand ihn immer noch toll!

»Muss super sein, wenn weibliche Wesen einem reihenweise zu Füßen liegen«, stichelte ich und verspürte ein leichtes Gefühl der Befriedigung, als Crys zusammenzuckte, sich nach vorn auf die Oberschenkel abstützte und den Kopf hängen ließ.

»Die Frauen lieben mich nicht«, erklärte er mit einem bitteren Lachen. »Sie sind nur süchtig nach Hautkontakt mit mir.«

»Oh!« Schlechtes Gewissen und Mitleid durchfluteten mich.

Er musste furchtbar traurig und einsam sein und versteckte dies sorgfältig hinter einer meterdicken Schicht aus Eis.

»Am Anfang bin ich einfach nur ein beliebiger, besonders attraktiver Mann für sie. Aber mit dem ersten Raub mache ich sie willenlos.«

Erstaunt blickte ich auf. »Also erst, wenn du sie berührst, kannst du Einfluss nehmen?«

Er nickte. »Ich versuche, es nach Möglichkeit zu vermeiden, denn es ist kein befriedigendes Gefühl.«

Daher war er Hautkontakt mit mir stets ausgewichen!

Mitleidig reckte ich mich nach ihm und strich liebevoll über seinen Rücken. Etwas Düsteres, das ich nicht fassen konnte, flackerte in seinen Augen auf und er atmete scharf ein. Die Luft schien förmlich zu knistern, als er mich ansah.

»Entschuldige!«, flüsterte ich erschrocken. »Ich dachte, wenn ich deine Haut nicht berühre …«

»Schon gut.« Mit einem tiefen Atemzug wandte Crys sich erneut dem See zu, wo die Enten soeben aus dem Wasser aufstiegen und davonflogen.

Irgendwie war mir furchtbar heiß. Das musste an Crys' Nähe liegen.

»Also, die Frauen lieben dich in Wirklichkeit gar nicht. Aber wie ist es mit dir? Hast du deine Freundinnen geliebt? Oder sind sie nur Nahrung für dich?«

»Ich hege durchaus … zärtliche Gefühle für Honey!«, murmelte Crys pikiert.

Zärtliche Gefühle sagte ja wohl alles. Missbilligend kräuselte ich die Lippen. Himmel! Wie sollte ich Honey mit diesem Wissen jemals wieder unter die Augen treten können?

»Mr Morris weiß über all das Bescheid?«

Crys nickte. »Leander ist eine wirklich treue Seele und hat schon für meine Eltern gearbeitet. Ich denke, er sieht in mir den Enkelsohn, den er nie hatte. Er und seine Frau waren es auch, die nach meiner Wandlung für mich gesorgt haben, als ich fast verrückt wurde wegen dieser Gier-erfüllten Finsternis in meinem Herzen.«

Weil seine Traurigkeit kaum auszuhalten war, sprach ich schnell weiter. »Dann hast du in der Nacht, als Summer gehen musste, tatsächlich bei ihm geraubt?«

»Richtig«, antwortete er knapp. Ich sah ihm an, wie unangenehm es ihm war.

»Aber was hast du Mr Morris entzogen? Ich würde ihn nicht gerade als schön bezeichnen …«

Crys zuckte unbehaglich mit den Schultern. »Neulich Nacht … das war eine Ausnahme!«

»Was für Kräfte hast du noch?«, bemühte ich mich, das Thema zu wechseln. »Gedankenlesen?«

»Ella. Zum letzten Mal: Ich bin kein verdammter Vampir!«, knurrte er.

»Nichts gegen Vampirromane! Die sind toll!«, rief ich empört und rieb mir mit der kalten Hand über meine Stirn. Die Abkühlung tat gut.

»Du liebst auch Highlander-Romane und Wikinger mit Gemächt wie ein Hinkelstein«, grummelte Crys, und ich musste kichern. »Aber nein«, fuhr er fort. »Telepathie beherrsche ich nicht. Allerdings kann ich die Körperfunktionen von Lebewesen und Pflanzen manipulieren.«

Meine Augen weiteten sich. »Krass!«, entfuhr es mir begeistert. »Daher die gewalttätigen Bäume und sprechenden Tiere!« Aufgeregt wippte ich mit den Füßen. »Weshalb raubst du eigentlich nicht bei Pflanzen oder Tieren anstatt bei Menschen?«

»Funktioniert leider nicht. Das wäre, als wenn man versuchen würde, einen Delfin mit Elefantenmilch zu säugen. Die Unterschiede sind zu groß.« Aus seinem verkniffenen Gesicht las ich, dass er all das bereits probiert hatte und gescheitert war.

Körperfunktionen manipulieren.

»So hat Shards dich zu Boden gezwungen!«, rief ich.

Auf diese Weise hatte Crys mich auch ohnmächtig werden lassen und entführen können, wurde mir jetzt klar. »Warum hast du dich eigentlich nicht gegen ihn gewehrt? Ist er stärker als du?«

Crys' Gesicht verschloss sich. »Die Fragestunde ist hiermit beendet.« Er stand auf und stapfte, ohne sich noch einmal nach mir umzusehen, Richtung Villa.

Ich zog die Augenbrauen nach oben. Oha! Da hatte ich wohl einen wunden Punkt getroffen. Nachdenklich erhob ich mich ebenfalls und schwankte schon wieder, weil sich alles um mich herum zu drehen begann. Langsam machte ich einen Schritt vorwärts und bereute es sogleich, denn mein Magen krampfte sich schmerzhaft zusammen. Nach einem weiteren Schritt krümmte ich mich und übergab mich in ein Gebüsch.

Himmel! Was war heute bloß los mit mir? Es musste an der Hitze liegen. An zu wenig Schlaf. Oder an meinem übersensiblen Magen, der bei Angst sofort durchdrehte.

Kein Wunder, bei dem, was ich in den letzten beiden Tagen erlebt hatte.

Ich wischte mir mit einem Taschentuch den Mund ab und bemühte mich, Crys zu folgen, der schon weit vorausgegangen war. Doch das war gar nicht so einfach, denn meine Extremitäten schienen ein merkwürdiges Eigenleben entwickelt zu haben. Ich biss die Zähne zusammen und beeilte mich, denn ich wollte noch so viel wissen.

»Warum funktioniert das Rauben am besten bei Frauen?«, fragte ich, als ich ihn beinahe eingeholt hatte. »Weshalb trefft ihr Raptor Formae euch?« Meine Stimme klang seltsam dumpf. »Und wie bist du überhaupt einer geworden?«

Nachdem er meine ersten beiden Fragen ignoriert hatte, blieb er nun so unvermittelt stehen, dass ich in ihn hineintaumelte. Für einen winzigen Moment traf mich ein Schwall seines Lockduftes und ich schloss verzaubert die Augen.

»Ich sagte: Die Fragestunde ist beendet!« Er war herumgefahren, im Gesicht pure Abweisung.

Desorientiert blinzelte ich zu ihm auf und rang um Konzentration.

»Ich möchte darüber nicht mehr reden, und wehe dir, wenn du irgendjemandem davon erzählst!«

»Was ist mit Arthur und James?« Das war verflucht noch mal kein Geheimnis, das man so einfach wegstecken und für sich behalten konnte! »Darf ich …?« Es gelang mir nicht, den Satz zu beenden, weil die Worte aus meinem Kopf verschwunden waren. Seltsam. Eben waren sie noch da gewesen.

»Halt die Tiere da raus!«

Als ich flehend meinen Kopf schräg legte, fuhr er sich mit der Hand ungeduldig durch die Haare. »Du kannst meinetwegen mit Leander darüber sprechen. Er weiß Bescheid.«

Ich nickte. Na toll! Wo der Gärtner doch ein wahres Ausbund an Mitteilungsfreudigkeit war …

Schweigend gingen wir weiter. Obwohl mir tausend Fragen durch den Kopf schwirrten, blieb ich stumm, denn Crys würde mir nicht mehr antworten. Stattdessen konzentrierte ich mich auf das merkwürdige Blitzen vor meinen Augen. Das war irgendwie lustig! Abwechselnd kniff ich die Lider zusammen und riss sie wieder auf, weil es dann bunter wurde.

Ich war stehen geblieben, denn meine Beine versagten ihren Dienst. Crys bemerkte nichts, sondern marschierte einfach weiter. Bestimmt war er noch sauer auf mich. »Crys?«, krächzte ich mit dünner Stimme. In meinem Kopf drehte sich alles.

Ich könnte mich hier für einen Augenblick hinsetzen und ausruhen, schließlich war das Wetter so schön. Allerdings blendete die Sonne viel zu stark. Mein Gott, war ich müde!

Meine Knie knickten ein, und weil ich keine Kraft mehr hatte, mich zu halten, schloss ich die Augen und ließ mich einfach fallen. Doch kurz bevor ich schlaff auf dem Boden aufschlug, ergriffen mich starke Hände.

»Himmel! Ella!«

Wie ein nasser Sack sank ich gegen ihn. Und es war mir scheißegal, denn er roch so verdammt gut. Und er fühlte sich auch noch gut an! Genüsslich schmiegte ich meine glühende Wange an seine muskulöse Brust, froh, einen festen Halt zu haben, wo doch der Boden unter mir so schwankte.

Sein gezischtes »Scheiße!« war das Letzte, was ich hörte, bevor ich das Bewusstsein verlor.

Jemand kühlte meine Stirn mit einem feuchten Lappen.

Ein frischer, männlicher Duft.

»Verdammt, warum wacht sie nicht auf?«

Die aufgebrachte Stimme war mir vertraut. Crys.

»Was, wenn es eine Hirnblutung ist?«, fragte eine andere Männerstimme, die mir ebenfalls bekannt vorkam. Mr Morris? »Du musst das Mädchen in die Klinik bringen.«

»Das habe ich durchgecheckt, alles in Ordnung.«

Die beiden Männer redeten weiter, aber ich verstand ihre Worte nicht mehr.

Ich begriff nur, dass Crys sich schreckliche Sorgen machte. Viel mehr, als zu erwarten wäre!

Auch Honeys Stimme meinte ich zu hören. Sie klang beunruhigt und dünn. Jemand hielt eine Trinkflasche an meine Lippen und nötigte mich, zu schlucken. Ob ich es tat, merkte ich nicht.

Irgendwo in meinem Gehirn hatte sich die Information, dass Crys gefährlich war, verankert. Aber weshalb fühlte ich mich dann so herrlich geborgen und sicher, wenn ich spürte, dass er in meiner Nähe war?

Wieder versank ich in Dunkelheit.

Gut und böse

Aufgeweckt durch eine warme Sommerbrise, die mein Gesicht umspielte, stieg ein betörender Duft in meine Nase. Meine Wange lag an etwas wunderbar Warmes geschmiegt. Im Zimmer herrschte Ruhe, nur durchbrochen von gleichmäßigen Atemzügen.

Mit einem wohligen Seufzer öffnete ich die Augen und war schlagartig wach.

»Crys?« Ich schnappte nach Luft, denn er lag genau neben mir und hatte seinen Arm fest um mich geschlungen.

Er konnte doch nicht … Er hatte doch hoffentlich nicht … bei mir geraubt?

»Nein!«, keuchte ich und zuckte vor ihm zurück, was mein Kopf mit bohrendem Schmerz beantwortete. Verzweifelt schluchzte ich auf. Ich wollte nicht so enden wie Summer und vermutlich auch Honey! Als suchtkranke ungeliebte Massenware, die rausgeworfen wurde, wenn sie nicht mehr von Nutzen war.

»Guten Morgen, Ella«, murmelte Crys und richtete sich verschlafen auf, um von mir abzurücken.

Mein treuloser Körper missbilligte die plötzliche Leere an meiner Seite. Fassungslos blickte ich mich um. Ich lag in meinem Bett. So weit – so gut. Aber was zur Hölle tat er hier?!

»Was ist hier los?«

Rasch kontrollierte ich unseren Bekleidungszustand. Crys trug wie immer ein langärmeliges Shirt und Hose und ich ein Nachthemd. Eigentlich alles ganz anständig, aber warum lag er dann neben mir, als wären wir ein Paar?! Unauffällig rückte ich noch ein Stück weiter zur Wand.

Sein Gesicht verschloss sich augenblicklich. Geschmeidig schwang er die Beine aus dem Bett und stand auf.

»Keine Sorge, ich habe nicht bei dir geraubt.« Seine Stimme ließ nicht erkennen, was er dachte.

Fasziniert blickte ich auf den Bund der langen, leichten Hose, die erregend tief auf seinen Hüften saß und einen Spalt Haut freigab. Schlagartig war mein Mund trocken.

»Du warst bewusstlos, und ich wollte dich in diesem Zustand nicht allein lassen«, erklärte er die Situation.

»Bewusstlos?« Mühsam rollte ich mich zum Bettrand und versuchte ebenfalls aufzustehen, aber sofort drehte sich wieder alles, als säße ich auf einem Karussell. »Oh!«, japste ich erschrocken.

Im selben Augenblick war Crys schon bei mir, packte mich an den Schultern und stützte mich, als ich stand.

Ich fühlte keine Angst vor ihm. Als wäre es normal, so nah bei ihm zu stehen und mich halten zu lassen. Meine Finger wanderten von ganz allein auf seine trainierte Brust. Mhm. Das fühlte sich gut an.

Langsam hob er die Hand und strich eine Haarsträhne hinter mein Ohr zurück. Ganz sanft, als wäre ich zerbrechlich. Automatisch schloss ich die Augen und seufzte auf.

»Ella, ich …«, begann er mit rauer Stimme und brach ab.

Sein Atem strich hauchzart über meine Haut, während etwas in meinem Bauch prickelnd nach mehr verlangte. Nur ein wenig nach vorne lehnen und zwischen uns würde kein Abstand mehr sein.

Ohne nachzudenken, schmiegte ich mich an ihn und genoss das berauschende Gefühl seines männlichen Körpers an meinem. Er sah nicht nur gut aus, er fühlte sich mindestens ebenso gut an! Ich schlang meine Arme um ihn und sog seinen herb-fruchtigen Duft ein. Himmlisch! Am liebsten würde ich ihn nie wieder loslassen.

Die Luft vibrierte förmlich vor Spannung, während er mich ebenfalls in die Arme schloss und seine Wange auf meine Haare legte.

Erst als von unten das Klappern einer Tür zu hören war, schossen mir die Gründe, die verboten, ihn zu dicht an mich herankommen zu lassen, wieder in den Kopf.

Ich wollte mich losreißen. Nein, ich musste mich losreißen! Körperlich wie seelisch durfte ich ihn nicht so nah an mich heranlassen.

Energisch wand ich mich aus seiner Umarmung, obwohl ich mich kaum auf den Beinen halten konnte. Das hier durfte nicht noch einmal vorkommen, dachte ich, bemüht, das wunderbare Gefühl, welches seine Nähe in mir hinterlassen hatte, auszublenden.

Mit einem Seufzen, das aus tiefster Seele zu kommen schien, ließ er die Hände sinken und sofort war sein Blick wieder distanziert. Das hier schien für ihn genauso schwer wie für mich!

»Leg dich lieber hin und ruh dich aus. Es wird ein wenig dauern, bis es dir besser geht.« Auffordernd deutete er zum Bett.

»Es ist nicht hilfreich, wenn du nett bist!«, fauchte ich, woraufhin ein schwaches Lächeln über seine Züge huschte.

Ich hätte heulen können, weil das alles zu viel für mich war. Crys und seine wechselnden Freundinnen. Crys und dieses Raptor-Formae-Ding. Crys und ich. Innerlich zerriss es mich.

Mir fielen die unzähligen Male ein, bei denen er Hautkontakt mit mir vermieden hatte. Er hatte mich schützen wollen, begriff ich.

Aufgewühlt suchte ich in seinem ebenmäßigen Gesicht nach Antworten.

War er gut? War er böse? Oder lag die Wahrheit vielleicht irgendwo dazwischen?

Crys wurde ungeduldig, weil ich nicht reagierte. »Du bist krank und kannst dich kaum auf den Beinen halten. Leg. Dich. Wieder. Hin!«

Angesichts seines energischen Tons kam Leben in meinen Körper und ich ließ mich auf die Matratze zurückplumpsen.

Autsch. Auch das war Gift für meinen schmerzenden Schädel.

»Was ist denn überhaupt mit mir los?« Fragend sah ich zu ihm auf und rieb mir die Schläfe.

»Hast du dir vielleicht irgendwo den Kopf gestoßen?« Er nahm die Bettdecke und breitete sie fürsorglich über meine Beine.

Ich runzelte die Stirn. »Aber ja, die Kofferraumklappe!«, fiel es mir ein. »Dann habe ich also eine Gehirnerschütterung?«

»Ja.« Er wirkte nachdenklich. »Aber das allein kann es nicht sein.«

»Okay … aber warum hast du mich dann nicht in eine Klinik gebracht?«

»Keine Sorge, dein Gehirn ist in Ordnung.«

»Wie? In Ordnung? Woher willst du das wissen?« Anklagend funkelte ich ihn an.

»Weil ich es gespürt habe!«, grollte er. »Um Körperfunktionen manipulieren zu können, muss man in der Lage sein, sie zu fühlen.«

»Entschuldige«, murmelte ich verlegen, »ich hatte keine Ahnung, dass du auch so etwas kannst. Aber weshalb bin ich dann erst eine ganze Weile nach der Kopfverletzung ohnmächtig geworden?«

Sein Gesichtsausdruck verfinsterte sich augenblicklich. »Hat der Bastard dich angefasst?« Die weißen Stellen an den Knöcheln seiner geballten Fäuste ließen erahnen, dass er nur mühsam die Beherrschung wahren konnte.

Verwirrt schaute ich ihn an. »Wer?« In meinem Kopf gab es anscheinend nur Watte und Umdrehungen. Vorsichtshalber ließ ich mich in die Waagerechte zurücksinken.

»Shards natürlich!«, rief Crys ungehalten.

»Shards? Aber der war doch nett!« Und so charmant und gut aussehend und ... Im gleichen Moment fiel mir ein, wie Shards mich am See an der nackten Haut meiner Schulter berührt hatte. Daraufhin hatte es so seltsam gekribbelt.

Ich Dummkopf hatte gedacht, ihn und die Situation im Griff zu haben, aber in Wahrheit hatte er, ohne dass ich es bemerkt hatte, eiskalt bei mir geraubt. Mit aufgerissenen Augen sog ich den Atem ein. Und später hatte er mir auch noch mit der Kofferraumklappe beinahe den Schädel eingeschlagen.

»Also doch! Ich habe es geahnt, dass er seine dreckigen Finger nicht bei sich behalten kann!« Crys' Stimme vibrierte geradezu vor unterdrückter Wut. »Das Schwein bringe ich um!«

Ein warmes Gefühl erfüllte mich, weil ich ihm nicht halb so egal war, wie er immer tat. Aus irgendeinem Grunde schien er mich beschützen zu wollen!

»Ähm ... kann ich vor dem Gemetzel vielleicht etwas zu essen bekommen?«, fragte ich lächelnd, denn mittlerweile hatte ich großen Hunger.

Crys' harte Lippenlinie wurde weicher. »Sicher. Ich bringe dir Frühstück.« Er wandte sich zum Gehen.

»Meine Ohnmacht war also die Folge eines Raubs?«, hielt ich ihn zurück und wischte mir über die feuchte Stirn. Gott, ich musste fürchterlich aussehen und riechen.

»Vermutlich hatten deine Entzugserscheinungen zusammen mit der Gehirnerschütterung so heftige Auswirkungen. Du warst beinahe achtundvierzig Stunden lang weggetreten.«

»So lange?«, rief ich erstaunt. Kein Wunder, dass ich furchtbaren Kohldampf hatte. »Aber warum ist das nie passiert, wenn du mich berührt hast?«

»Ich habe nie bei dir geraubt. Dafür braucht es längeren Hautkontakt und …« Er hielt inne und sah auf einmal sehr in sich gekehrt aus.

»Hast du etwa doch?«, fragte ich gespannt und überlegte, wann das gewesen sein könnte.

»Mhm, nein. Nein.«

Ich glaubte ihm kein Wort.

»Was möchtest du gerne frühstücken?«, versuchte er, das Thema zu wechseln, aber so einfach kam er mir nicht davon.

»Woran merke ich denn, wann geraubt wird?«, hakte ich beharrlich nach.

Nachdenklich musterte er mich. »Du spürst es nicht nur an der Berührungsstelle, sondern im gesamten Körper. Also, worauf hast du Appetit?«

»Egal. Etwas Leichtes.«

Sehr nachdenklich blickte ich ihm hinterher, als er das Zimmer verließ. Irgendetwas zwischen uns war neu. Irgendein hauchzartes ›Anders‹ war dazugekommen.

Als er mir wenig später Tee, Obst und Toast brachte, schlüpften James und Arthur hinter ihm durch die Tür.

»Ich konnte die Viecher nicht vertreiben«, erklärte Crys schmunzelnd und stellte das Tablett auf meinem Nachttisch ab. Den Roman, in dem ich zuletzt gelesen hatte, schob er dafür kurzerhand herunter, sodass er auf den Boden fiel.

Ich zuckte zusammen, ebenso wie James, der unter mein Bett flüchtete. »So geht man nicht mit Büchern um!«, schimpfte ich, schob mich mühsam in eine Sitzposition und nahm mir ein Stück Apfel.

Crys legte das Buch ordentlich beiseite und ließ sich auf dem Sessel nieder, von wo aus er mich beobachtete.

»Ich hab dich vermisst, Ella«, brummte Arthur und legte seine Schnauze auf die Bettdecke. »Ohne dich isch es dusse langweilig.«

Liebevoll lächelte ich den Hund an und kraulte ihn hinter dem Ohr. »Bald gehen wir wieder gemeinsam nach draußen!«

Sofort sprang der Kater auf mein Bett und setzte sich dicht neben mich, wo er mit den Vorderbeinen auf der Stelle zu treten begann. »Mal seh'n, ob hier ein behaglicher Platz ist …«, murmelte er, tapste weiter und rollte sich schließlich auf meinem Schoß zusammen.

Ich biss vom Toast ab und versuchte, mich nicht von Crys' glühenden Blicken irritieren zu lassen, während ich aß. Umsonst.

Er soll weggucken!, dachte ich mit pochendem Herzen. Es sollte verboten werden, Leute auf diese Art anzusehen, wenn man solch eine Anziehungskraft besaß.

»Wo ist eigentlich Honey?«, fragte ich nervös und spülte ein Stück Melone mit Tee herunter. Nun, wo ich etwas zu mir genommen hatte, fühlte ich mich deutlich besser.

»In ihrem Zimmer. Es geht ihr nicht so gut.« Er mied meinen Blick.

»Es ist wie bei Summer, oder?«, fragte ich beklommen. »Deine feinen Kumpel haben alle gleichzeitig geraubt, und jetzt ist sie schwer suchtkrank, bekommt Halluzinationen und wird zu guter Letzt aggressiv.«

Crys schwieg, doch die Muskeln an seinem Kiefer spielten, was Antwort genug war.

»Aber weshalb bist du dann nicht bei ihr, wenn es ihr schlecht geht?«, fragte ich spitz und fühlte mich mies, weil ich versuchen musste, ihn zu vertreiben, obwohl sich alles in mir nach seiner Nähe sehnte.

Nicht so, wie ich mich nach Shards gesehnt hatte. Nein, es war ein tieferes Gefühl. Wärmer und gleichzeitig flatterig in meinem Bauch, wie ein ganzer Schwarm Schmetterlinge.

»Glaub mir, Ella, die Antwort willst du gar nicht wissen.«

»Oh.« Perplex rieb ich mir über meine schmerzende Schläfe. »Wie lange hat sie noch …?«, begann ich. ›Bevor sie durchdreht‹ hatte ich eigentlich enden wollen, aber ich verkniff es mir. Crys war schon aufgebracht genug.

»Iss endlich! Und dann ruh dich aus.« Er erhob sich aus dem Sessel.

Okay. Das Gespräch war also mal wieder beendet. Ich seufzte, denn dieses Warten auf Antworten war wirklich zermürbend.

»Was ist mit Kochen und Putzen?«, fragte ich und rutschte aus dem Sitz zurück in eine liegende Position. Der aufgeschreckte James trollte sich protestierend an das Bettende.

»Ich habe mir frei genommen.« Er strich mir leicht über das Haar und verließ dann, gefolgt von Arthur, das Zimmer.

Erstaunt schaute ich ihm nach.

Das nächste Mal wurde ich mitten in der Nacht von dem Geräusch meiner Tür geweckt. Jemand kam in mein Zimmer. Als rücksichtslos das Deckenlicht angeschaltet wurde, erkannte ich Honey.

»Wo ist Crys?«, rief sie empört. »Sag mir sofort, wo er steckt!«

Verständnislos rieb ich mir die Augen. »Keine Ahnung. Wie spät ist es denn?«

»Schon Mitternacht! Und er ist immer noch nicht nach Hause gekommen!« Fahrig strich sie sich mit der Hand durch die aschblonde Mähne.

Erschüttert fiel mir auf, dass ihre sonst glänzenden Haare stumpf und an den Spitzen kaputt wirkten. Von Nase zu Mundwinkel hatten sich tiefe Falten gegraben – viel zu tief für ihr Alter. Das musste an der entzogenen Schönheit liegen.

»Nun sag schon! Wo steckt er?«

Ahnungsvoll setzte ich mich auf. »… Tut mir leid, Honey, aber ich habe keinen blassen Schimmer, wo mein Bruder ist!« (Konnte nicht schaden, sie in ihrer aktuellen Verfassung an unser Verwandtschaftsverhältnis zu erinnern …) »Ich habe die ganze Zeit geschlafen. Hast du schon versucht, ihn über Handy zu erreichen?«

»Ja! Aber er hat es einfach ausgeschaltet!« Unruhig ging sie im Zimmer auf und ab, umschlang sich mit den Armen oder kratzte über ihre Haut.

Wo war der fröhliche Sonnenschein hin?

Diese süchtige, rasende Honey erinnerte mich verdammt an Summer in ihrer letzten Phase hier und machte mir Angst. Wenn sie sich jetzt auf mich stürzen würde, hatte ich in meinem gegenwärtigen Zustand keine Chance.

»Lass das Handy hier und geh schlafen. Wenn ich ihn erreicht habe, wecke ich dich sofort.«

Nachdem es mir bislang nicht gelungen war, an ein Smartphone zu gelangen, fand ich meinen Trick einen Versuch wert.

»Du glaubst doch wohl nicht, dass ich jetzt schlafen kann?«, ereiferte sie sich. »Er muss sofort zurückkommen und mich in den Arm nehmen!«

In den Arm nehmen …? Mir schauderte. *Rauben!*

Hilflos zuckte ich mit den Achseln. »Ich kann da doch auch nichts tun.«

James hatte sich erhoben und kauerte nun, lauernd wie ein Wachhund, neben mir.

»Verdammte Scheiße!«, keifte Honey, verließ mein Zimmer und knallte die Tür hinter sich zu.

Betroffen sank ich in mein Kissen zurück.

Wo mochte Crys stecken? Das letzte Mal, als er bis spät in die Nacht hinein verschwunden war, hatte er anschließend Honey mitgebracht.

»Crys!«, rief ich überrascht, als ich aufwachte und ihn mit überkreuzten Beinen im Sessel vorfand, von wo aus er mich mit undurchschaubarer Miene beobachtete. »Du bist wieder da!« Erleichtert lächelte ich ihn an und setzte mich auf. Meine Kopfschmerzen waren beinahe verschwunden.

»Richtig. Wie geht es dir heute Morgen?«

»Besser. Wo warst du denn? Honey hat sich ziemlich aufgeregt!«

Er zuckte vielsagend mit den Augenbrauen, antwortete aber nicht. Enttäuscht schürzte ich die Lippen. Hatte ich ernsthaft geglaubt, er würde es mir freiwillig verraten? »Du kannst es ruhig sagen. Es gibt nicht viele Personen, bei denen ich es ausplaudern könnte.«

»Da ist aber jemand neugierig!«, spöttelte er.

»Wer nicht neugierig ist, erfährt nichts. Das ist von Goethe«, gab ich spitz zurück.

»Aber wenn jemand zu neugierig ist, nimmt es oft ein böses Ende. Das ist von mir.« Er grinste jetzt breit.

Ha! Das Lachen sollte ihm vergehen. »Galileo Galilei hat aber gesagt: ›Die Neugier steht immer an erster Stelle eines Problems, das gelöst werden will‹.« Herausfordernd blickte ich ihn an.

»Das ist ja schön und gut, aber vielleicht möchte ich gar nicht, dass du dich in meine Probleme einmischst!«

»Vielleicht sind es aber mittlerweile auch meine Probleme, weil ich in der ganzen Scheiße knöcheltief mit drinstecke?« So langsam wurde ich sauer.

»Mir scheint, es geht dir besser, wenn du schon wieder frech werden kannst.« Crys erhob sich.

Jetzt wollte der Mistkerl einfach abhauen? Erbost schnaubte ich. »Manchmal könnte ich dich echt erwürgen! Dann verrate mir wenigstens, weshalb ihr euch alle zehn Wochen trefft.«

»Weil wir es so wollen.« Er öffnete die Tür und war schon fast auf dem Flur.

»Ist das so eine Art Kumpelabend mit lecker Fingerfood aus weiblicher Schönheit?«, brüllte ich ihm hinterher, obwohl mir klar war, dass ich auf diese Weise bestimmt keine vernünftige Erklärung erhalten würde.

Mit einem Satz war er bei mir, sein Gesicht dicht vor meinem, die Hände auf der Matratze abgestützt. »Wage nicht zu behaupten, das wäre witzig! Das ist es nämlich nicht. Nicht für mich.«

Erschrocken blinzelte ich. »Ich wollte doch nur wissen …«, stotterte ich, verwirrt von seiner plötzlichen Nähe. Wenn er sich nur ein kleines Stück weiter vorbeugte, würden unsere Lippen …

Jäh zog er sich zurück. »Und ich möchte nicht darüber sprechen.«

»Vergiss das Erwürgen«, fauchte ich, als er wieder zur Tür ging. »Ich werde dich mit bloßen Händen zerstückeln. Ganz langsam!« Düster funkelte ich ihn an, doch er lachte nur leise vor sich hin.

»Es ist nicht so leicht, wie du denkst, einen Raptor Formae zu töten«, sagte er spöttisch über seine Schulter.

»Apropos! Ich könnte sterben für ein Bad«, gab ich unbeeindruckt zurück.

Sein Mundwinkel zuckte. »Den Wunsch kann ich dir erfüllen.«

Er verließ den Raum, und durch die geöffnete Tür konnte ich hören, wie er in meinem Badezimmer das Wasser in die Wanne laufen ließ. Als alles bereit war, half er mir hinüber und ließ mich allein zurück. Er hatte großzügig Badeschaum in das warme Wasser gegeben, sodass es blumig duftete. Sogar ein Badetuch lag bereit. Genießerisch kletterte ich ins Wasser und legte den Kopf an den Wannenrand. Von hier aus konnte ich aus dem Fenster den strahlend blauen Himmel und die Baumwipfel des Parks sehen.

Ich schloss meine Augen, und sofort kreisten meine Gedanken wieder um die mysteriösen Raptor Formae.

Wie war es möglich, dass jemand über Berührung Einfluss auf die Körperfunktionen anderer Menschen nehmen konnte? Was passierte mit den süchtigen Opfern, und gab es eine Möglichkeit, Crys von diesem Schicksal zu befreien?

»Ella?« Es klopfte. »Alles in Ordnung bei dir?« Crys steckte seinen Kopf durch die Tür.

Hastig schob ich Schaum über meinen Körper. »Raus mit dir!«, rief ich empört. »Alles okay, ich komme allein klar!«

Auf seinem Gesicht breitete sich ein gefährliches Grinsen aus. »Schade!«

»Raus!«, wiederholte ich entrüstet, und er gehorchte. Aber vom Flur erklang sein samtiges Lachen.

Ich verdrehte die Augen. Warum bloß sendete er so widersprüchliche Signale? Mal beschimpfte er mich und stieß mich von sich, mal flirtete er fast! Und ich dumme Kuh sprang voll drauf an. Nachdenklich griff ich nach dem Shampoo und schäumte meine Haare ein.

Als ich aus der Wanne stieg, merkte ich, dass mich schon dieses Bad kräftemäßig an meine Grenzen gebracht hatte. Meine Beine zitterten, während ich rasch in ein frisches Nachthemd schlüpfte. Ich verzichtete auf das Föhnen und wand mir stattdessen ein Handtuch um den Kopf.

Draußen vor der Tür erwartete Crys mich. »Fertig?«

Ich nickte und hielt mich im Türrahmen fest, weil der Schwindel erneut einsetzte.

Crys wollte helfend nach meinem Arm greifen, aber ich wehrte ihn ab. »Geht gleich wieder.« Er sollte mich nicht mit der Hand am bloßen Arm berühren.

Doch er hörte nicht, sondern packte mich kurzerhand und hob mich hoch.

Ich quietschte laut auf. »Lass mich sofort runter, du Höhlenmensch!«

Er lachte, während er mich in mein Zimmer trug. »Was glaubst du denn, wer dich nach deinem Zusammenbruch zurück ins Haus, die Treppe hinauf und in dein Bett getragen hat?« Mit dem Daumen strich er fast unmerklich über meinen nackten Schenkel.

»Die viel wichtigere Frage wäre: Wer hat mich anschließend in mein Nachthemd gesteckt?«, gab ich pikiert zurück.

Crys grinste und setzte mich behutsam auf dem Bett ab. »Man sollte besser keine Fragen stellen, deren Antworten man nicht hören will ...«

Mit aufgerissenen Augen starrte ich ihn an.

Er schmunzelte über meinen entsetzten Blick. »Keine Sorge, es war Honey.« Er nahm die Bettdecke, um mich zuzudecken, während ich versuchte, ihn mit dem Kissen auf den Kopf zu treffen. »Schluss jetzt, Ella! Ruh dich aus.«

Er beugte sich über mich, strich mit der Rückseite des Zeigefingers zärtlich über meine Wange und suchte dabei meinen Blick.

Ich bekam keine Luft mehr. Es kribbelte, als sein Finger weiter wanderte und leicht über meine Lippen fuhr.

»Crys?«, flüsterte ich atemlos und presste die Hände gegen seine Brust, wobei ich selbst nicht genau wusste, ob ich es tat, um ihn zu spüren oder um ihn wegzuschieben. »Was tust du?«

Mittlerweile wusste ich genug über seinen Umgang mit Frauen, um zu wissen, dass ich ernsthaft in Gefahr war, auf diesem Bett vernascht zu werden als neues Raptor-Formae-Opfer. Und wenn ich ganz ehrlich war, hoffte ein Teil von mir es selbstzerstörerischerweise sogar! Doch mein Verstand – der zum Glück noch die Oberhand hatte – sagte mir, dass das eine schlechte Idee wäre. Eine verdammt schlechte Idee.

Ich drückte fester, doch Crys packte meine Handgelenke und zwang sie neben meinen Kopf, sodass ich nur noch hilflos mit den Beinen zappeln konnte. Sein Gesicht war viel zu dicht!

»A... aber ...«, stammelte ich, »... Honey!«

Crys brummte und ließ mich wieder frei. »Keine Sorge, ich werde dir nicht zu nahe treten.« Seine Kiefer mahlten.

»Aber das bist du schon!« Hochrot im Gesicht schaute ich ihn an und wusste nicht, ob ich mich über sein Verhalten freuen oder schnellstmöglich weglaufen sollte.

Ein übermütiges Funkeln erschien in seinen Augen, als er sich noch einmal zu mir herabbeugte. »Nicht so, wie ich es gerne tun würde!«, flüsterte er direkt in mein Ohr.

Bevor er sich wieder aufrichtete, streiften seine Lippen meine Haut und ein erneuter Stromstoß durchfuhr mich.

Ich sog scharf die Luft ein und bemühte mich, standhaft zu bleiben. Aber es gelang mir nicht. Wie von selbst streckten sich meine Arme sehnsüchtig nach ihm aus, während mein Herz sich schmerzhaft zusammenzog, als mir eines klar wurde: Ich liebte ihn.

Keine Ahnung, wie es dazu kommen konnte.

Ich liebte die Art, wie er mich manchmal anlächelte. So ehrlich und ungezwungen. Ich liebte es, wenn er mich neckte. Ich liebte, wie er weiterhin versuchte, mich zu verschrecken, obwohl uns mittlerweile beiden klar war, dass er mich beschützen wollte. Ja, ich liebte es sogar, wenn er mich ›Bella‹ nannte!

Ich liebte ihn von ganzem Herzen. Aus vollster Seele.

Trotz allem.

Nicht klar war mir allerdings, inwieweit ich es freiwillig tat.

Tränen stiegen in meine Augen, ohne dass ich es verhindern konnte.

Crys stand regungslos an meinem Bett und schaute auf mich herab, während sein Brustkorb sich hektisch hob und senkte.

»Aber ich habe doch gar nicht … Wieso …?« Er verstummte und wirkte ungewohnt hilflos.

Ich verstand nicht, was er damit sagen wollte, und es war mir auch egal. Immer noch reckte ich ihm flehend die Arme entgegen, im vollen Bewusstsein, dass er mir wehtun würde.

»Ella, ich … ich kann … ich darf das nicht!«, presste er hervor. Dann floh er aus dem Zimmer und ließ mich allein und zutiefst enttäuscht zurück.

Minutenlang lag ich einfach nur da, versuchte die Tränen, die über meine Wangen strömten, zu ignorieren, und kaute brutal auf meiner Unterlippe herum, bis sie blutete.

Wie mein Herz.

Grace

Als Crys das nächste Mal hereinkam, hatte er eine fremde Frau dabei. »Das ist Grace«, erklärte er mit einem Gesichtsausdruck, der klarmachte, dass er nicht darüber diskutieren würde. »Sie wird ab sofort bei uns leben.«

Meine Gesichtszüge entgleisten, als mir bewusst wurde, was das bedeutete: Er wollte den Dolch, den er bereits in mein wundes Herz gestoßen hatte, auch noch umdrehen.

Innerlich zerriss es mich. »Wo ist Honey?«, flüsterte ich schwach.

»Wir haben uns getrennt.«

»Getrennt«, wiederholte ich fassungslos.

Das hatte er also neulich Nacht getrieben, als er so lange fort gewesen war: Er hatte ein neues Opfer aufgerissen!

»Du bist wirklich eiskalt«, flüstere ich mit zugeschnürtem Hals und knetete die Bettdecke mit meinen Händen.

»Reiß dich zusammen!«, drohte er und sah dabei so dämonisch aus, dass mir ein Schauer über den Rücken lief.

Wie war ich bloß auf die hirnrissige Idee gekommen, er könnte etwas für mich empfinden?

Ein höfliches Räuspern riss uns aus dem stummen Blickduell. Crys wandte sich seiner neuen Flamme zu, die ihn auffordernd ansah. Grace war nicht minder schön als Summer und Honey. Allerdings war sie im Gegensatz zu den anderen beiden schwarzhaarig und von Kopf bis Fuß durchtrainiert, was ihre knappe Kleidung – sie trug Tanktop und Hotpants – hervorragend betonte.

»Das ist meine Schwester Bella«, erklärte Crys ihr emotionslos. »Ich habe dir ja schon von ihr erzählt.

Das Wort *Schwester* riss mich aus meiner Erstarrung zurück in die kalte Realität. Haltung bewahren!, befahl mir der klägliche Rest meiner Selbstachtung.

»Hallo, Grace!«, stieß ich hervor, während das Pochen in meinen Ohren anhielt. »Ich bin *Ella!*«

»Was denn nun?«, wandte sie sich fragend an Crys, aber der zuckte nur mit den Achseln und verließ den Raum.

»Ella!«, beharrte ich, denn es war schlimm genug, mich von Crys jedes Mal aufs Neue lächerlich machen zu lassen.

Grace' Lächeln wirkte aufgesetzt. »Du bist krank?«

»Ja«, bestätigte ich müde. Und zumindest im Augenblick entsprach das sogar der Wahrheit.

»Aber es ist nicht ansteckend, oder?«

»Nein, natürlich nicht!«, antwortete ich peinlich berührt.

»Na, dann ist es ja gut.«

Ihr kühler, hochmütiger Ton gefiel mir nicht.

»Ich hoffe, du fühlst dich wohl bei uns«, rang ich mir trotzdem ab, im verzweifelten Bemühen, freundlich zu sein. Schließlich würden wir hier einige Zeit zusammenleben müssen.

»Aber sicher«, erwiderte sie. »Fitnessraum, Sauna – hier kann ich es aushalten!« Jetzt wirkte ihr Lächeln echt und sehr zufrieden.

Ich war mir nicht sicher, ob ich mich an Grace gewöhnen würde.

Sobald sie ohne Gruß und ohne die Tür zu schließen mein Zimmer verlassen hatte, schossen mir Tränen der Hilflosigkeit und Wut in die Augen.

Wie konnte er nur so herzlos sein? Ich hatte mich noch nicht einmal von Honey verabschieden dürfen!

Ich unterdrückte ein Schluchzen und schlug auf mein Kopfkissen ein, bis James ins Zimmer geschlendert kam. Energisch wischte ich mir die Tränen aus den Augen, während er kontrollierte, ob es irgendeine Ecke gab, die er mit dem Kopf neu markieren musste.

»Wusstest du von ihr?«, fragte ich und deutete anklagend Richtung Flur.

Mit gerümpfter Nase sprang der Kater zu mir aufs Bett. »Sie riecht zu stark nach Parfüm«, mokierte er sich und nahm am Fußende Platz.

»Stimmt.« Auch mir war der penetrante orientalische Duft unangenehm in die Nase gekrochen. »Aber das war nicht meine Frage!«

»So ist es doch jedes Mal«, meinte der Kater pragmatisch und begann, sich zu putzen. »Bei Honey ging es nur etwas schneller.«

»Wie meinst du das?«

»Na ja, sie wurde schon nach neun Monaten krank, nicht erst nach einem Jahr. Und deshalb hat der Chef sie früher rausgeworfen als die anderen.« Er leckte über seine Pfote und wischte sich anschließend damit über den Kopf. Dann wiederholte er den Vorgang mehrmals.

Hat das raschere Voranschreiten ihrer Krankheit mit dem vorgezogenen Besuch der Raptor Formae zu tun?, überlegte ich bedrückt.

»Crys muss sich jedes Jahr zur gleichen Zeit eine neue Freundin suchen?«

»Mhm«, bestätigte James. Er hatte seine Katzenwäsche beendet und rollte sich genüsslich zusammen. »Grace ist ein Alphaweibchen«, murmelte er, bevor er die Augen schloss. »Das wird nicht einfach.«

Da hatte er wohl nicht unrecht. Ich verzog gequält den Mund. Fragte sich nur, wie ich in die neue Hackordnung hineinpasste.

Ich trank einen Schluck Wasser und ließ mich wieder zurücksinken. Immer noch fühlte ich mich entsetzlich schwach. Aber ich fand keinen Schlaf, denn vom Flur her war lautes Poltern zu hören. Anscheinend räumten sie bereits Honeys altes Zimmer aus und Grace' Möbel hinein.

Mein Magen zog sich zusammen. Wie oft sollte ich das noch mitmachen?

Am Nachmittag versuchte ich aufzustehen. Es ging – zumindest, wenn ich es langsam angehen ließ und keine ruckartigen Bewegungen mit dem Kopf machte.

Besorgt über das, was mich jetzt wieder erwarten würde, tapste ich zu Grace' Zimmer und spähte durch die geöffnete Tür.

Das fröhliche Honey-Chaos war einem grell-cleanen Chic gewichen: weiß glänzende Oberflächen kombiniert mit Schwarz und dazu riesige Warhol-Prints am Kopfende des Bettes.

Ich atmete tief durch, um nicht schon wieder zu weinen, und schlich zurück in mein Zimmer, bevor mich jemand beim Spionieren erwischte. Ich wollte niemandem begegnen. Jedenfalls keinem Menschen.

Nachdem ich die Tür hinter mir geschlossen hatte, rollte ich mich im Bett zusammen und drehte mich mit dem Gesicht zur Wand. Schlang einen Arm um meinen Bauch, wie um mich selbst zu halten, wo es doch sonst niemand tat.

Wenig später kam Crys herein und ließ sich auf dem Sessel nieder. Unwillig drehte ich mich um und musterte ihn finster.

»Was willst du?«, schnauzte ich ihn an. »Geh mit deinem Harem spielen!«

Er schnaubte nur müde und zuckte mit den Schultern. Fast sah er ein wenig hilflos aus. »Geht es dir besser?«, fragte er höflich-neutral und schlug die ausgestreckten Beine übereinander. »Du hast schon mehr Farbe im Gesicht!«

Ich runzelte die Stirn. Warum gelang es mir nicht einmal mehr, ihn zu provozieren?

»Mhm«, gab ich knapp zurück, bemüht, mir nicht anmerken zu lassen, wie elend ich mich fühlte. »Was ist mit Honey?«, fragte ich leise. Es war mir scheißegal, ob das eine Frage war, die Crys nicht hören wollte. »Wie geht es ihr? Wo hast du sie hingebracht?« Mein Unmut über sein Verhalten war vermutlich deutlich zu hören. Aber ich machte mir Sorgen um sie, denn schließlich hatte ich mich gut mir ihr verstanden.

»Ich habe sie zu ihren Eltern geschickt.«

»Oh«, sagte ich leise. Wenigstens war sie dann nicht allein, wenn die Entzugserscheinungen einsetzten. »Hast du das bei Summer auch so gemacht?«

Crys nickte.

Es war gut zu wissen, dass er zumindest dafür sorgte, dass seine verstoßenen Freundinnen bei ihren Lieben waren und die schwere Zeit des Entzugs nicht allein durchstehen mussten, bis sie wieder gesund waren.

»Aber wird Honey nicht herkommen und nach dir rufen, wie Summer letztes Jahr?« Das dürfte peinlich werden, wo sich Grace doch bereits in das gemachte Nest kuschelte …

»Wohl kaum. Ihre Familie lebt in Australien.«

So weit weg? Das hatte ich gar nicht gewusst. Schon traurig. Da hatten wir monatelang unter einem Dach gelebt und ich hatte mich noch nicht einmal nach ihrer Familie erkundigt. Betroffen schwieg ich.

Crys gab seine entspannte Haltung auf und stützte sich mit den Armen auf den Oberschenkeln ab. »Du hältst mich für eine Bestie«, stellte er düster fest. »Und ich kann es dir noch nicht einmal verdenken. Schließlich hast du recht.« Abgrundtiefe Traurigkeit klang aus seinen Worten und schnürte mir den Hals zu.

Ich war mir nicht sicher, was ich da in seinen Augen las. Es sah wie starke Emotionen aus oder als hätte er Schmerzen. Der Ausdruck in seinem Gesicht weckte in mir den Wunsch, ihn in den Arm zu nehmen. Ihm irgendwie Mut zu machen.

»Nein!«, protestierte ich. »Das denke ich nicht! Zumindest … selten«, endete ich und spürte selbst, wie lahm das klang.

»Schon gut, Ella, du musst nicht lügen.« Er stand auf. »Man kann sich sein Leben eben nicht aussuchen«, sagte er bitter, stand auf und ging.

Es gelang mir nicht, den Kloß in meinem Hals herunterzuschlucken.

Verdammt! Er hatte es nicht verdient, dass ich Mitleid mit ihm hatte.

Am nächsten Morgen hielt ich es im Zimmer nicht mehr aus. Gegen Crys' Anweisung verließ ich das Bett und zog mich an. Solange ich mich langsam und gleichmäßig bewegte, würde es schon gehen.

Im Haus war es noch ruhig. Nur die Tiere waren bereits wach und verlangten ihr Futter. Während ich auch für uns Menschen das Frühstück zubereitete, waren im ersten Stock Geräusche zu hören. Anscheinend waren Crys und die neue Frau an seiner Seite schon aufgestanden.

Bei dem Gedanken an Grace machte sich ein komisches Gefühl in meiner Herzgegend breit, doch ich wollte ihr eine Chance geben, auch wenn sich alles in mir dagegen sträubte. Bei Honey hatte es schließlich auch ein bisschen gedauert, bis wir miteinander warm geworden waren.

Ich gab mir besonders viel Mühe, arrangierte den Aufschnitt auf einer Platte, garnierte das Ganze mit Tomaten- und Gurkenscheiben und stellte es auf das Tablett. Als der Kaffeeduft verführerisch durch das Haus zog, betrat Grace die Küche.

»Guten Morgen!«, begrüßte ich sie. »Hast du gut geschlafen in deinem neuen Zuhause?«

»Mhm.« Sie klang missmutig, und ich vermutete, dass sie ein Morgenmuffel war, den man in der Früh besser in Ruhe ließ.

Während ich das Tablett an ihr vorbei Richtung Esszimmer trug, lächelte ich ihr freundlich zu. Vielleicht konnte ich sie damit ein wenig gnädiger stimmen.

»Habt ihr auch Tee?«, stoppte sie mich.

»Klar! Was für eine Sorte hättest du gern?« Ich stellte das Tablett noch einmal ab, um den Wasserkocher zu füllen.

Ein spitzer Aufschrei ließ mich innehalten. »Das ist ja widerlich!« Grace deutete mit spitzem Finger zur Aufschnittplatte. »Ich esse keinen Käse, der neben totem Tier liegt!«

»Oh, du bist Vegetarierin? Das wusste ich nicht.«

Woher auch? Mir sagte ja niemand etwas.

Also trennte ich Käse und Wurst und verteilte alles auf zwei Teller. Unter meinen Achseln sammelte sich Schweiß. Es würde schwer werden, Grace zufriedenzustellen, das ahnte ich schon jetzt.

»Lass mal gut sein, mir ist der Appetit darauf vergangen«, maulte sie. »Wo ist Marmelade?«

Crys kam herein und ich atmete auf, weil ich jetzt nicht mehr mit der Hyäne allein war.

»Guten Morgen, die Damen«, grüßte er und gab seiner neuen Freundin einen Kuss auf die Wange.

Ich beobachtete die beiden verstohlen und registrierte mit Genugtuung, dass er sie nicht auf den Mund geküsst hatte.

Während ich darauf wartete, dass das Teewasser kochte, setzten sich die beiden ins Esszimmer. Ich hörte ihre Stimmen bis in die Küche und fühlte mich ausgeschlossen. Honey hatte morgens immer ein wenig mit mir geschwatzt und geholfen, das Frühstück vorzubereiten. Grace hingegen schien sich zu fein dafür zu sein.

Als würde er spüren, dass ich Nähe und Trost benötigte, ließ sich Arthur dicht neben mir nieder. »Ihr Gruch biißt in minere Nase«, brummte er leise.

»Bestimmt ist sie eigentlich sehr nett. Sonst hätte Crys sie wohl kaum ausgewählt!«, sagte ich schwach, obwohl ich Grace ebenfalls – im wahrsten Sinne des Wortes – nicht riechen konnte.

»Mein Instinkt sagt mir etwas anderes«, schaltete sich James ein und begann, athletisch seinen Rücken zu lecken. »Sie strahlt negative Schwingungen aus.«

Ich musste lachen, weil der Kater sich so merkwürdig ausdrückte, doch im Inneren verstärkten die Worte der Tiere das unwohle Gefühl in meinem Bauch.

Beherrscht nahm ich die Teekanne und brachte sie zum Esstisch. Grace beachtete mich nicht, denn sie erzählte Crys gerade von irgendeiner Trainingstechnik, die im Moment furchtbar angesagt war. Crys wiederum wirkte unkonzentriert. Ich servierte den Tee und setzte mich dann ebenfalls an den Tisch.

»Woher weißt du so viel über Krafttraining?«, erkundigte ich mich mit höflichem Interesse.

»Hat Crys dir denn noch gar nichts über mich erzählt?«, fragte Grace pikiert.

»Ähm …«, stotterte ich unbehaglich, aber zum Glück redete sie gleich weiter.

»Ich bin Fitnesstrainerin. Eine der besten, behaupten viele, aber das ist natürlich übertrieben.« Sie schaute so selbstbewusst nach Widerspruch heischend zu Crys, dass klar war: Sie fand es in Wahrheit überhaupt nicht übertrieben.

Aha. Daher ihre durchtrainierte Figur.

»Ich arbeite in dem Studio, in dem Crys auch manchmal trainiert.« Sie schenkte ihm einen schmalzigen Blick, der mir beinahe die Galle in den Hals trieb. »Außerdem betreue ich Promis als Personal Trainer.«

»Ach so«, gab ich unbeeindruckt zurück und biss von einem Stück Obst ab, weil mir nichts weiter zu sagen einfiel. Aber das brauchte ich auch gar nicht, denn Grace wandte sich schon wieder an ihren Freund.

»Für die Definition des Bizeps sind drei Sätze à zwanzig bis fünfundzwanzig Wiederholungen mit den Kurzhantelcurls einfach das Beste«, erklärte sie. »Für den Trizeps dagegen empfehle ich dir Kickbacks. Crys, hörst du mir eigentlich zu?«

»Mhm?«, murmelte er und löste den Blick vom Fenster, um Grace anzuschauen, die ihn säuerlich fixierte. »Doch, doch, du hast natürlich recht. Kickbacks sollte ich dringend intensiver trainieren.«

Ich unterdrückte ein amüsiertes Prusten. Crys' Arme waren perfekt, so wie sie waren: athletisch und wohlgeformt. Arme, in die man sich hineinschmiegen wollte, die einen umfassen und an sich ziehen sollten …

Verwirrt blinzelte ich, als mir auffiel, in welche Richtung sich meine Gedanken da schon wieder ganz klammheimlich bewegten.

Crys war ein Arschloch. Und tabu für mich.

Memo an Ella: Tabu. T. A. B. U.! Okay.

Grace hatte anscheinend bemerkt, dass ich ihren Fitness-Monolog lächerlich fand. »Du solltest nicht so viel Toast in dich hineinstopfen, Ella. Kohlehydrate machen fett!« Sie musterte mich aus zusammengekniffenen Augen.

Betroffen senkte ich den Blick und schwieg. Schließlich wollte ich nicht gleich am ersten Tag mit ihr aneinandergeraten. Von Arthur, der es sich neben Crys' Stuhl gemütlich gemacht hatte, ertönte ein leises Knurren, das man jedoch auch als Schlafgeräusch interpretieren konnte. Es war lieb von ihm, mir zu zeigen, dass er missbilligte, was Grace von sich gab.

»Mir gefällt Bella, wie sie ist!«, sagte Crys in die unangenehme Stille hinein.

Überrascht hob ich den Kopf. Von ihm hätte ich als Letztes erwartet, dass er für mich in die Bresche sprang. Fast schon liebevoll ruhte sein Blick auf mir, während ein kaum wahrnehmbares Lächeln um seine Mundwinkel spielte.

In meinem Magen begannen ganze Vogelschwärme aufgeregt zu flattern. Ich konnte nicht aufhören, ihn anzustarren, und er erwiderte meinen Blick.

»Nun ja«, sagte Grace mit missbilligendem Unterton. »Ein bisschen Training würde ihr schon guttun!«

Ihre gehässigen Worte rüttelten mich wach. Hastig erhob ich mich, denn wenn ich nicht sofort den Raum verließ, würde ich meine gute Erziehung vergessen. »Dann mache ich mich mal besser an die Arbeit, ist ja auch ein bisschen wie Training«, erklärte ich, nahm mein Geschirr und stolzierte in Honey-Haltung zur Tür.

»Du sollst dich heute noch schonen, Ella!«, mahnte Crys. »Geh bitte in dein Zimmer und ruh dich aus.«

»Ist das nicht ein wenig übertrieben?«, hörte ich Grace noch sagen, während ich den Raum verließ. »Sie sieht doch ganz gesund aus!«

Ich missachtete Crys' Anordnung, holte den Staubsauger und begann, das Obergeschoss zu saugen. Ein kleiner Akt der Rebellion. Grace' Zimmer ließ ich dabei geflissentlich aus. Das konnte die blöde Ziege schön selbst erledigen!

Anschließend, als Crys und Grace bereits zur Arbeit gefahren waren, machte ich im Erdgeschoss weiter. Ganz langsam verpuffte die Wut und hinterließ Erschöpfung. Vielleicht hatte Crys doch recht gehabt und ich sollte mich besser hinlegen.

»Mir ist irgendwie nicht so gut«, gestand ich dem Hund, der mich Raum für Raum begleitet hatte. Ich ließ den Staubsauger in der Eingangshalle stehen und wankte zur Treppe.

Ein Schwindelanfall überwältigte mich, sodass ich mich mitten auf der Treppe hinsetzen musste.

»Ella?«, brummte Arthur besorgt. »Sölled mir Mr Morris holen?«

»Nein, nein, es geht gleich wieder!« Ich rappelte mich auf. »Besser, ich leg mich doch ein bisschen hin!«

Im Bett ließ das Schwindelgefühl glücklicherweise nach. Als ich die Augen wieder öffnete, saßen beide Tiere vor meinem Bett und beobachteten kritisch jede meiner Bewegungen.

»Jetzt schaut mich nicht so an, als ob ich gleich verrecken würde!«

»Wenn es dir so hervorragend geht, warum bist du dann leichenblass und hast dunkle Augenringe bis zum Kinn?«, fragte James trocken.

»Hab ich?« Erschrocken fuhr ich mit der Hand zu meinem Gesicht.

Arthur nickte. »Ich glaube, du muesch zum Tierarzt.«

Verächtlich stöhnte James auf.

»Ich werde mich nachher ein wenig auf der Terrasse in die Sonne legen«, beschloss ich laut. »Aber erst mal will ich schlafen.«

Kein Wunder, dass ich so blass war, schließlich hatte ich in den vergangenen Tagen das Haus nicht verlassen.

Sobald ich mich auf die Seite gerollt hatte, schlief ich ein. Ich träumte von einer schönen, grausamen Hexe, die mir mit ihren Krallen das Gesicht zerkratzte, nachdem sie mich bewegungsunfähig gezaubert hatte. Seltsamerweise hatte sie große Ähnlichkeit mit Grace. Verzweifelt versuchte ich, meine Arme zu heben, um mich zu schützen, aber ich konnte mich beim besten Willen nicht rühren. Hitze durchflutete meinen Körper und feuchter Schweiß klebte auf meiner Haut.

Nach Luft schnappend schlug ich die Augen auf, und mir wurde klar, woher der seltsame Traum gekommen war. James und Arthur hatten es sich links und rechts von mir im Bett gemütlich gemacht, sodass ich mich kaum noch rühren konnte. Sie strahlten eine Hitze aus, welche die sommerlichen Temperaturen vervielfachte.

»Ist ja lieb von euch, dass ihr mich gar kocht, aber ich müsste mal aufs Klo!«, sagte ich und zog das Laken unter Arthur hervor, damit ich aus dem Bett klettern konnte.

»Oh, da fällt mir etwas ein!«, rief James mit blitzenden Augen und begann einen weiteren schlechten Witz auf meine Kosten: »›Herr Doktor, ich habe jeden Morgen um sieben Uhr Stuhlgang!‹«

Seufzend blieb ich stehen, denn er würde ja doch nicht lockerlassen, bis ich ihn mir zu Ende angehört hatte.

»›Ja, aber das ist doch sehr gut!‹, antwortet der Arzt. Darauf der Patient: ›Aber ich steh erst um halb acht auf!‹« Zufrieden erwartete James meine Reaktion, während Arthur ein dunkles Kichern von sich gab.

Ich verdrehte die Augen. »Nun ja. Trotzdem nett von euch, dass ihr versucht, mich aufzumuntern.« Ich verzog mich ins Badezimmer, bevor James auf weitere grandiose Ideen kommen würde.

Nachdem ich mich frisch gemacht und die verschwitzten Klamotten gewechselt hatte, schnappte ich mir ein Buch und legte mich auf der Terrasse auf eine Liege, um mich von der Nachmittagssonne bescheinen zu lassen. James nahm neben mir auf den erwärmten Steinplatten Platz. Kurz darauf kam Arthur mit einem Apfel im Maul und ließ ihn in meinen Schoß plumpsen.

»Guck mal, Ella, damit du schnell wieder Kraft häsch, mit mir zu spielen«, sagte er mit treuem Blick.

»Das ist sehr lieb von dir«, lobte ich ihn und legte den Apfel neben mir auf dem Tisch ab. Er war ein wenig feucht. Ich tätschelte dem hechelnden Arthur das Fell und warf James, dem anzusehen war, dass ihm ein Kommentar über Hundesabber an Äpfeln auf der Zunge lag, einen warnenden Blick zu. »Morgen kann ich bestimmt wieder mit dir im Park toben.«

Mr Morris kam auf die Terrasse und brachte mir ein Glas Wasser aus der Küche. »Wie geht es dir, Ella?«

Ich runzelte die Stirn. »Kann es sein, dass ihr euch abgesprochen habt?« Misstrauisch schaute ich in die Runde. »Ihr müsst mich nicht umsorgen!«

»Aber Crys hat doch gseit …«, begann Arthur, bevor er von Mr Morris unterbrochen wurde. »Keine Panik, wir wollen nur nicht, dass du dich übernimmst.«

»Was hat Crys gesagt?«, fragte ich irritiert, erhielt aber keine Antwort. Plötzlich hatten es alle ganz eilig, wegzukommen.

Kopfschüttelnd schlug ich das Buch auf.

Eigentlich hätte ich so langsam beginnen müssen, etwas zum Abendessen vorzubereiten, aber ich konnte mich nicht aufraffen. Nach dem Desaster beim Frühstück musste ich dringend den Speiseplan mit Grace besprechen. Was würde Crys sagen, für den das Abendessen nur mit einem Stück Fleisch eine vollständige Mahlzeit bedeutete, wenn ich ab sofort nur noch vegetarisch kochen würde? Oder musste ich jetzt immer zwei vollständige Gerichte zubereiten?

Ich seufzte. Hoffentlich würde Grace freundlicher mir gegenüber werden. Das würde einiges leichter machen.

Irgendwann, als mein Magen vor Hunger bereits zu schmerzen begann, rappelte ich mich auf und ging in die Küche, wo ich den Apfel abwusch und aufaß. Dann blätterte ich in den Kochbüchern nach vegetarischen Rezepten und beschloss schließlich, einfach einen Salat zu machen und dazu für Crys ein Stück Filet anzubraten.

Als ich mich bückte, um das Fleisch aus der Kühltruhe zu holen, wurde mir erneut schwindelig. Schwankend kehrte ich zu meiner Liege auf der Terrasse zurück. Tränen schossen in meine Augen, weil ich mich so schlapp und nutzlos fühlte.

Aus dem Haus ertönte ein lautes Scheppern.

»Welcher Idiot hat denn den beschissenen Staubsauger direkt hinter der Haustür stehen gelassen?«, ertönte Grace' erboste Stimme.

Oje! Den hatte ich ja völlig vergessen! Hastig richtete ich mich auf, um ihr zu helfen, aber da kam sie schon heraus.

»Ella, denkst du nicht, dass du zu alt für solche Streiche bist?«

»Streiche?«, echote ich verwirrt. »Ich habe den Staubsauger doch nicht absichtlich dort stehen lassen! Warum sollte ich so etwas tun?«

Bedeutungsvoll hob Grace die perfekt geschwungenen Brauen. »Tja. Gute Frage! Aber schön, dass du es dir hier in der Sonne so fein gemütlich gemacht hast.«

Mein Gesicht wurde heiß. Gerade wollte ich zu einer gepfefferten Antwort ansetzen, da kam Crys ebenfalls auf die Terrasse.

»Ich habe Pizza mitgebracht! Für dich vegetarisch«, sagte er zu Grace.

Sie eilte zu ihm und schmiegte sich an seinen Hals. »Guten Abend, mein Schatz!«, flötete sie. »Hast du mich auch so vermisst?«

Mir wurde schlecht.

Die Frau hatte zwei Gesichter, und ich konnte nur hoffen, dass Crys das rechtzeitig bemerkte.

»Was liest du, Bella?«, erkundigte er sich, nachdem er die Kartons auf dem Terrassentisch abgestellt hatte, und nahm mein Buch auf. »Wieder eine Geschichte mit Märchenprinz und weißer Kutsche?« Spöttisch schaute er auf mich herab.

»Genau. Mit wunderschönen Pferden davor! Sechsspännig«, fauchte ich wütend.

Er lachte und fuhr mir zärtlich durch die Haare, was Grace mit einem schmalen Lächeln quittierte.

Geständnisse

Er bemerkte natürlich nicht, dass seine neue Freundin eine falsche Schlange war, denn schließlich war sie schön.

Da kann man schon mal über den einen oder anderen Charakterfehler hinwegsehen, dachte ich bitter, nachdem zwei Wochen ins Land gegangen waren. Mittlerweile war ich wieder völlig gesund und kümmerte mich wie gehabt um den Haushalt. Crys hatte es seiner neuen Freundin damit erklärt, dass ich mir dadurch ein großzügiges Taschengeld verdiente. Sie hatte nicht weiter nachgefragt – vermutlich, weil es ihr gefiel, sich von mir bedienen zu lassen.

Leider ließ Grace weiterhin keine Möglichkeit aus, mir das Leben schwer zu machen und mir zu zeigen, wie unzulänglich sie mich fand.

Nie war ihr das Essen recht und ständig fand sie eine Gelegenheit, zu erwähnen, dass ich nicht schlank und durchtrainiert genug sei. Hatte ich in ihrem Zimmer geputzt, war das der Anlass, sich darüber aufzuregen, dass ich angeblich irgendetwas berührt oder verlegt hätte.

Was nicht stimmte, denn freiwillig hätte ich ihre Sachen selbst mit der Kneifzange nicht angefasst! Die Tiere hätten es bezeugen können, aber das durfte ich natürlich nicht sagen.

Weil Crys krampfhaft versuchte, neutral zu bleiben, machte er uns beide stinkwütend – Grace vielleicht sogar noch ein wenig mehr als mich, wie ich erkannte, als ich zufällig ein Gespräch zwischen den beiden mit anhörte.

Es war mein freier Sonntag und ich saß mit einem Buch auf der lauschigen Bank am See, als die beiden ganz in der Nähe spazieren gingen, ohne mich zu bemerken.

»Ständig beobachtest du sie mit diesem merkwürdigen Blick!«, warf Grace Crys mit aufgebrachter Stimme vor.

Ich horchte auf, weil mich brennend interessierte, über was sie sich da so aufregte. Wenn man schon so lange Zeit auf diesem Grundstück gefangen war, kam jede Ablenkung wie gerufen.

»Ach, Gracie«, stöhnte Crys. »Was du dir immer einbildest.«

»Ich hab doch wohl Augen im Kopf!«, gab sie zurück. »Wenn man so seine Schwester anguckt, dann weiß ich auch nicht! Das ist ja ekelhaft!«

Ich erstarrte. Schwester? Meinte sie etwa mich?

Crys antwortete nicht, sondern marschierte stumm weiter.

Als Grace bemerkte, dass sie zu weit gegangen war, schaltete sie sofort wieder in den Zuckerpuppen-Modus. »Schatz, ich meine das ja nicht böse, und ich habe sie wirklich gern …«, säuselte sie versöhnlich.

In mir stieg die Wut auf bei dieser dreisten Lüge. Grace war ja wohl so ziemlich der letzte Mensch auf Erden, der mich gern hatte!

»… aber ich habe das Gefühl, dass Ella eifersüchtig auf mich ist. Sie lässt keine Gelegenheit aus, mir Streiche zu spielen.«

Wie bitte?!

»Ich weiß, sie ist noch ein Kind, aber so langsam verliere ich die Geduld«, fuhr Grace mit weicher Stimme fort. »Es tut mir von Herzen leid, das sagen zu müssen, aber ich habe keine Ahnung, wie lange ich das noch ertragen kann.« Sie seufzte schwer.

Die blöde Kuh sollte bloß nicht so hilfsbedürftig tun! Zornig ballte ich die Fäuste. Von wegen Kind! In knapp drei Monaten wurde ich schon achtzehn, und Grace war schließlich selbst erst Mitte zwanzig!

»Vielleicht wäre es das Beste – auch für Ella –, wenn sie mal wieder unter die Leute und auf andere Gedanken käme«, setzte sie zum Todesstoß an. »Hast du mal darüber nachgedacht, sie auf ein gutes Internat zu schicken?«

Selbst von hier aus konnte ich sehen, wie sie mit ihren verlängerten Wimpern klapperte.

»Da würde hervorragend für sie gesorgt werden, und sie wäre unter Gleichaltrigen. Es ist nicht gut für ein junges Mädchen, ständig allein zu sein.«

Mir war schlecht, denn es war klar, dass ich nicht die geringste Chance gegen Grace hatte. Sie wusste genau, welche Knöpfe sie drücken musste, und es würde ihr ohne Weiteres gelingen, mich loszuwerden. Vielleicht nicht gleich heute, aber irgendwann würde Crys einknicken. Schließlich brauchte er Grace.

Die Frage war, ob er zulassen würde, dass ich dieses Grundstück lebend verließ. Ich wusste bereits zu viel.

Mein Magen flatterte unruhig.

Als Crys und Grace weit genug entfernt waren, sodass ich ungesehen zum Haus zurückkehren konnte, musste ich dringend aufs Klo. Als ich das Bad wieder verließ, empfing mich James mit seinem neuesten Witz. Anscheinend hatte er wieder in seinem Witzebuch gelesen.

»Herr Doktor, Herr Doktor, ich hab Durchfall, kann ich damit baden? – Ja, wenn Sie die Wanne voll kriegen.«

»Ich wünsch dir Würmer«, antwortete ich müde und hielt mir den Bauch. »Gaaanz viele!«

»Das ist aber nicht nett!«, rief James mir hinterher, als ich zu meinem Zimmer schlich, um den Rest des Vormittags im Bett zu verbringen.

Das Bewusstsein, hier nun unerwünscht zu sein, und die Angst vor der Art und Weise, wie ich hier herauskommen würde, hatte zur Folge, dass meine Bauchschmerzen chronisch wurden. Es gelang mir kaum noch, meine häuslichen Pflichten zu erfüllen, und sogar meine Schularbeiten waren mir egal. Ich las nur noch seichte Liebesromane – für alles andere fehlte mir die Kraft. Und ich lachte nicht mehr – jedenfalls behauptete Arthur das mit sorgenvoll verzogener Schnauze.

Manchmal ertappte ich mich sogar beim Heulen.

James bemühte sich redlich, mich mit seinen dämlichen Witzen aufzuheitern, aber es gelang ihm nicht, denn tief in mir starb etwas jämmerlich ab. Etwas, das mehr als die Sorge vor der Zukunft war.

Endgültig am Ende meiner Leidensfähigkeit angelangt war ich, als ich genau eine Woche später Grace und Crys in der Bibliothek erwischte, wo ich mir ein neues Buch holen wollte.

Wie versteinert blieb ich im Türrahmen stehen und starrte auf das Bild, welches sich mir bot.

»Ja! Jaaa!«, keuchte Grace gerade, die mit hochgeschobenem Rock mitten auf dem antiken Tisch lag und mit lautem Stöhnen den Rücken durchbog, während Crys vor ihr auf dem Boden kniete – sein Kopf vergraben zwischen ihren durchtrainierten angewinkelten Schenkeln.

Mit aufgerissenen Augen schaute ich zu, wie er eine Hand zwischen ihre Beine schob und sie dort mit dem Finger bearbeitete – sehr zu Grace' Zufriedenheit, wie ich an ihrem seligen Stöhnen deutlich erkennen konnte.

»Oh Gott!«, schrie sie ekstatisch auf und wand sich unter seinen Berührungen. »Ja! Genau so!«

Ich schluckte hart und krallte die Hand in den Türrahmen, während es mir nicht gelang, den Blick abzuwenden. Wie ein hypnotisiertes Kaninchen verharrte ich auf der Stelle, obwohl ich genau wusste, dass ich gehen sollte. Musste.

Auf Grace' verzerrtem Gesicht lag glänzender Schweiß. Sie keuchte lauter und stammelte unverständliche Wörter.

»Komm, Grace!«, befahl Crys mit merkwürdig emotionsloser Stimme.

Und Grace kam. Himmel, und wie sie kam! Ihr Körper zuckte heftig, und mit einem heiseren Stöhnen warf sie den Kopf zur Seite.

Und während die Wellen ihres Orgasmus langsam abebbten, sah sie mich.

Scheiße!

Ich wollte augenblicklich im Boden versinken.

Grace hingegen wirkte keineswegs peinlich berührt.

Ganz im Gegenteil. Mit triumphierendem Lächeln blickte sie mir direkt in die Augen, als wollte sie sagen: »Siehst du? Crys gehört mir!«

Aufschluchzend wirbelte ich herum und rannte hinaus in den Park. Mein Gesicht brannte.

Natürlich war mir bewusst gewesen, dass die beiden keine platonische Beziehung führten, doch es mit eigenen Augen gesehen zu haben, erschütterte mich.

Und es zerriss mir das Herz.

Die Verzweiflung trieb mich weit in das Wäldchen hinein. Zweige peitschten an meine bloßen Arme und in mein Gesicht, zerkratzten meine Haut, doch ich stürmte weiter bis ganz an die hintere Grundstücksgrenze. Tränenüberströmt blieb ich stehen.

Es war durchaus möglich, dass sie Crys ganz bewusst zu diesem kleinen Intermezzo in der Bibliothek überredet hatte, schließlich hatte

Grace vorhin genau gesehen, dass das Lesezeichen in meinem Buch kurz vor dem Ende steckte. Sie hatte den Roman sogar noch in die Hand genommen und mich nach der Geschichte gefragt – und das, obwohl sie sich bis dato nie für meine Bücher interessiert hatte.

Ganz im Gegenteil! Sonst machte sie eher fiese Bemerkungen in der Art, dass ich lieber etwas für meine Figur tun solle, anstatt ständig herumzusitzen und Schundromane zu lesen.

Ich musste fliehen. Sofort! Bloß wie?

Keuchend starrte ich die unüberwindbar scheinende, durch Strom gesicherte Mauer hinauf, zu der ich unbewusst gelaufen war. Irgendwie musste ich da hinübergelangen. Suchend schaute ich mich um. Vielleicht mit einem besonders starken und langen Ast? Beispielsweise die riesige Astgabel dort drüben. Wenn ich mit ihr die Halterung des Elektrozauns erreichen und dahinterhaken könnte … Holz leitet keinen Strom. Beziehungsweise nur leicht, wenn es sehr feucht war. Aber der letzte Regen war lange her. Das konnte ich riskieren. Ich musste. Prüfend befühlte ich den Ast. Trocken.

Die Frage war bloß, wie ich anschließend über die Stromleitungen kommen würde. Wie viel Ampere mochten da hindurchgehen? Bloß nicht darüber nachdenken. Ein bisschen Strom konnte ich sicher verkraften. Und anschließend würde ich mich auf der anderen Seite der Mauer fallen lassen. Das war noch der leichteste Teil des Ganzen.

Selbst wenn ich mir dabei den Fuß verstauchen würde, wäre es egal. Wenn ich erst einmal in Freiheit war, würde ich mich noch lange genug erholen können.

Tapfer stemmte ich den Ast in die Höhe und angelte nach dem Elektrozaun. Verdammt! Ich kam nicht ran! Auf den Zehenspitzen reckte ich mich empor und versuchte es wieder, bis der Ast endlich hängen blieb. Nachdem ich meine schweißfeuchten Hände an der Hose trocken gewischt hatte, griff ich nach dem Ast und zog daran. Er saß fest.

In der Ferne war lautes Hundegebell zu hören. Arthur! Bestimmt suchte er mich. Vielleicht sogar gemeinsam mit Crys.

Mir blieb keine Zeit.

Ich stützte die Füße an der Mauer ab und hangelte mich Stück für Stück nach oben. Versuchte, nicht daran zu denken, dass der Sturz ziemlich schmerzhaft werden würde, falls das Holz brechen sollte. Und verdrängte, dass mich oben noch die Stromleitung erwartete, deren leises Summen unheilvoll in meinen Ohren klang.

Das Bellen kam näher. Ich musste mich beeilen, aber das hier war gar nicht so leicht!

Zischend sog ich die Luft durch die Zähne, als sich ein kleiner Splitter in meine Handfläche bohrte. Ich ignorierte den Schmerz und kletterte weiter. Nur noch ein kleines Stück. Dann war der beschissene Elektrodraht das Einzige, was zwischen mir und der Freiheit stand.

Schon bekam ich die Mauerkante zu fassen, als auf einmal eine besorgte Stimme direkt unter mir sagte: »Das solltest du besser nicht tun!«

Vor Schreck rutschte ich ab, fiel und stürzte rücklings direkt in Crys' Arme.

»Uff!«, keuchte ich, als die Luft vom Aufprall aus meiner Lunge gepresst wurde.

Behutsam stellte er mich auf die Beine, ließ mich jedoch nicht los, sondern hielt mich von hinten umklammert, während Arthur bellend vor Begeisterung um uns herumsprang.

Aus mir jedoch war jegliche Kraft gewichen. Teilnahmslos hing ich in Crys' Armen und spürte, wie er seine Wange auf meinen Kopf legte und leise seufzte.

»Wenn man diesen Draht berührt, verursacht das nicht nur höllische Schmerzen, sondern möglicherweise auch Verbrennungen«, erklärte er mit rauer Stimme.

Ich spürte seinen Atem in meinem Haar und sein Duft vernebelte mir die Sinne. »Oh«, flüsterte ich und rang nach Luft, krampfhaft bemüht, die Fassung zu wahren.

Umsonst.

»Crys, ich halte das nicht länger aus«, schluchzte ich. Erneut rannen mir Tränen über das Gesicht.

Ein leises Knurren vibrierte in seiner Kehle. Sanft drehte er mich zu sich und wartete, bis ich den Mut fand, zu ihm aufzusehen. Mit dem Daumen wischte er die Feuchtigkeit von meiner Wange. Es kribbelte.

»Ich auch nicht. Du hast ja keine Ahnung, wie du mich quälst, Ella!« sagte Crys mit zusammengepresstem Kiefer.

»Ich dich?« Perplex blinzelte ich. Wollte er mich etwa verarschen?

Er nickte nur, ohne jeglichen Humor.

Was sollte das? Warum behandelte er mich plötzlich wieder, als würde er sich etwas aus mir machen? Tat er das, um mich um den Finger zu wickeln? Damit ich weiter brav meinen Dienst versah?

Ich schloss die Augen und holte tief Luft. »Wie meinst du das?«

»Weil ich dir nicht zu nahe kommen darf«, antwortete er tonlos. Seine Augen glänzten ungewohnt.

Zum Glück war mein Verstand wach und warnte mich.

»Was treibst du für ein mieses Spiel mit mir?«, zischte ich empört und wich von ihm zurück. »Du setzt deine Scheißfähigkeiten ein, um mich gefügig zu machen!«

»Kein Spiel, das musst du mir glauben. Es liegt in meiner Natur, ich kann nicht anders«, beteuerte er eindringlich. »Aber ich kämpfe dagegen an, jeden Tag, jede Minute, jede Sekunde, das musst du mir glauben!« Er trat erneut näher. »Die Versuche im Labor mache ich nicht zum Spaß. Ich will, dass sich etwas ändert!«

»Dann erkläre es mir! Was genau braust du da zusammen?«, fragte ich scharf und ärgerte mich darüber, dass es mir nicht gelang, das Zittern in meinen Händen zu unterdrücken.

»Im Augenblick experimentiere ich mit einem Antiandrogen«, sagte er und beäugte meine zerschundenen Knie.

»Du spritzt dir unerforschte triebhemmende Substanzen?«, stieß ich hervor.

Für einen winzigen Moment wirkte er überrascht. Er konnte nicht wissen, wie sehr mich das Thema Medizin interessierte.

Dann nickte er. »Ich finde keine Möglichkeit, die Wandlung rückgängig zu machen. Deshalb versuche ich, etwas zu entwickeln, was den Drang zu rauben unterdrückt.« Mit tieftraurigem Gesichtsausdruck nahm er mein Gesicht in beide Hände und hauchte einen prickelnden Kuss auf meine Stirn.

Versuche. Triebhemmende Medikamente. Kein klarer Gedanke konnte sich in meinem Kopf formen, denn alles, was ich wahrnahm, waren Crys' Lippen auf meiner Haut.

Mit einem Ruck löste ich mich von ihm und zwang mich, logisch zu denken.

»Dein Instinkt treibt dich also dazu, mir auf die Pelle zu rücken, aber du kämpfst heroisch dagegen an?«, fragte ich aufgewühlt.

Müde hob er die Schultern.

Nicht gerade sehr schmeichelhaft, auch wenn mein Verstand mir sagte, dass es gut so war. Ich wusste, dass ich nicht stark genug wäre, ihm zu widerstehen.

»Diese Kraft, mit der du Frauen willenlos machst, wie funktioniert die?«

Seine Brauen zogen sich düster zusammen. »Wenn man mich sieht, hört, riecht oder auch berührt, ist es wie bei einem ganz normalen Mann. Wenn ich jedoch raube, wirke ich unwiderstehlich, und diese Wirkung hält ein paar Tage an.«

»Das bedeutet, ich müsste normal denken können, solange du nicht bei mir geraubt hast«, schlussfolgerte ich.

Er nickte.

Warum verdammt noch mal gelang es mir dann nicht? Warum hatte ich diese bescheuerten Gefühle für ihn, obwohl er doch alles tat, um mich von sich zu stoßen, und stattdessen mit Grace schlief?

Crys sah meinen Blick. »Glaub mir, ich habe versucht, dich auf Abstand zu halten, damit du nicht in Gefahr bist!«, beteuerte er.

»Ja genau. Und mich trotzdem immer wieder berührt. Hat super geklappt.«

Verlegen verzog er den Mund. »Stimmt«, gab er geknickt zu. »Aber du kannst nicht süchtig sein, weil ich nicht geraubt habe.«

»Bis auf einmal«, stellte ich ihm eine Falle.

»Woher …?« Er stockte. »Oh, du hast mich hereingelegt!«

Herausfordernd hob ich das Kinn. »Also?«

»Ja, einmal ist es passiert«, gestand er. »Als du meinen Knöchel versorgt hast. Aber ich habe das nicht gewollt, das musst du mir glauben! Es muss an der Verletzung und an Honeys Abwesenheit gelegen haben. Doch aus irgendeinem Grund bist du nicht süchtig geworden. Ich verstehe es selbst nicht.«

Mit schmalen Augen musterte ich ihn und überlegte, ob er die Wahrheit sagte. »Aber du hast doch behauptet, du raubst nicht bei mir, weil ich keine Schönheit abzugeben habe.«

Er lacht bitter auf. »Ach, Ella, wenn du wüsstest!«

Zufrieden lächelnd fragte ich: »Kann ich es doch?«

»Das ist kein Spaß, sondern gefährlich!« Er runzelte die Stirn. »Es geht hier nicht um Eitelkeiten. Das Rauben macht extrem schnell abhängig.«

»Aber ich bin nicht süchtig geworden, obwohl du bei mir geraubt hast«, überlegte ich. »Das muss doch etwas zu bedeuten haben!«

Wenn es funktionierte, und er bei mir … Was-auch-immer nehmen konnte, ohne dass ich davon abhängig wurde, müsste Crys nie wieder andere Frauen dazu zwingen und sie krank machen!

»Los, versuch es!«, rief ich aufgeregt, griff nach seiner Hand und presste sie auf mein Brustbein.

Davon überrumpelt, machte er einen riesigen Satz zurück. »Himmel, Ella! Bist du jetzt vollkommen übergeschnappt?«, brüllte er.

Sofort fiel Arthur mit lautem Bellen ein. Der Arme konnte Streit nicht ertragen.

Verletzt funkelte ich Crys an. »Es ist zumindest einen Versuch wert und bestimmt hilfreicher als deine grausamen Selbstexperimente!« Ich deutete auf seinen Ärmel, der die Einstichstellen verbarg.

Crys atmete tief ein. »Nein. Es ist Wahnsinn, dafür deine Gesundheit zu riskieren!« Seine hell glitzernden Augen versuchten, mir seinen Willen aufzuzwingen. Wieder dieser Beschützerinstinkt!

Ich konnte kaum denken, nur in seinen Augen versinken. »Es ist bloß … weil ich dich so mag«, rutschte es mir heraus.

›Mag‹ traf es nicht annähernd.

»Das wollte ich nicht«, antwortete Crys bedrückt.

Gekränkt funkelte ich ihn an. »Wenn das jetzt ein Kompliment werden soll …«

»Lass mich ausreden, Ella!«, unterbrach Crys mich mit einer abrupten Handbewegung, sodass ich verstummte. »Ich wollte mich von dir fernhalten und habe alles darangesetzt, damit du mich hasst. Aus Angst, dir nicht widerstehen zu können, solltest du mir deine Liebe schenken. Aus Angst, dir zu schaden.«

Mein Unterkiefer klappte dümmlich herab. »… mir nicht widerstehen können?«, krächzte ich.

Zerknirscht lächelte er mich an. Ein betörendes, schiefes Grinsen. »Ach, Ella, in deiner Nähe ist alles so leicht, frei von Gewalt und Lügen. Du bist wie ein offenes Buch und trotzdem … faszinierend.«

Seine Stimme klang gefasst. »Von Anfang an war es verdammt schwer, dich so barsch zu behandeln, aber ich musste dich auf Abstand halten. Zuerst, damit du deine Arbeit tun würdest, später, damit du nicht merken würdest, was ich für dich empfinde. Ich war gemein zu dir, obwohl ich dich am liebsten in den Arm genommen und beschützt hätte. Obwohl ich diese Gefühle für dich hatte, die ich auf keinen Fall zulassen durfte. Es zerriss mir das Herz, deine Verzweiflung zu sehen, und wie du dich bemüht hast, mit der Situation zurechtzukommen.«

»Aber … aber …«, schnappte ich, verstummte und klappte den Mund wieder zu, denn seine Worte stellten meine kleine Welt auf den Kopf. Mein Herz pochte laut. Er mochte mich. Himmel! Crys mochte mich! So gerne, dass er mich sogar vor sich selbst beschützte!

Oder war das wieder nur so ein Raptor-Formae-Anlocktrick? Misstrauisch musterte ich ihn. »Warum schläfst du dann mit Grace?«

Mit einer verzweifelt wirkenden Geste rieb er sich über die Stirn. »Du musst mir glauben, Ella, ich empfinde nichts für sie!«

»Das sah aber vorhin verdammt anders aus!«, ätzte ich.

Es hatte keinen Sinn, Mitleid mit ihm zu haben oder ihn anzuschmachten. Er würde mich wieder und wieder verletzen, denn es konnte keine Zukunft für uns zwei geben.

Als ich mich mit geballten Fäusten zum Gehen wandte, spürte ich den Splitter in meiner Handfläche. Mit einem wütenden Ruck zog ich ihn heraus.

»Ich muss rauben, deshalb brauche ich eine Partnerin. Das hat nichts mit Liebe zu tun«, sagte er leise.

Abrupt blieb ich stehen. »Wer hat denn etwas von Liebe gesagt?«, fragte ich heiser über meine Schulter hinweg und war mir nicht sicher, ob ich die Antwort hören wollte.

Es war, als würde er in sich zusammensacken. »Die ganze Zeit, in der ich versucht habe, dich auf Abstand zu halten, hätte ich nie gedacht, dass es so viel schwerer sein würde, dir meine Zuneigung zu gestehen.« Er seufzte tief. »Und ich kann es dir noch nicht einmal verdenken. Ich bin ein Ungeheuer.«

»Das bist du nicht!«

Er lächelte schwach. »Du bist so anders als die Frauen, mit denen ich bisher zu tun hatte. Reichtum und modischer Schnickschnack interessieren dich nicht. Du hast ein phänomenales Gedächtnis, kennst dich mit Kochen, aber auch in der Medizin aus, liest Shakespeare, Orwell und Tolstoi, und trotzdem ist es dir nicht peinlich, zuzugeben, dass du auch Hinkelstein-Romantik magst. Ich liebe es, wie du auf deiner Lippe kaust, wenn du im Roman an einer spannenden Stelle bist. Ich liebe die Art, wie du mit den Tieren umgehst, ich liebe deinen hellwachen Blick, und ich liebe es, wie du lachst.«

»Seit wann …?«, stieß ich wenig hilfreich hervor, denn als er »liebe« ausgesprochen hatte, war mein Gehirn vollständig auf Stand-by gegangen.

Crys verstand mich trotzdem. »Der Tag, an dem Shards dich mit Blicken nahezu auszog«, antwortete er wie aus der Pistole geschossen. »Zumindest war das der Moment, in dem mir endgültig klar wurde, wie stark meine Gefühle für dich sind. Ich fürchte, begonnen hat es allerdings schon, als du an deinem ersten Tag hier versucht hast, mir in die Kronjuwelen zu treten.« Er lächelte verlegen und fuhr sich dann mit einer verzweifelten Geste durch das Haar. »Du bist das Beste, das es je in meinem armseligen Leben gab, ein zauberhaftes Geschenk, mein wertvollster Schatz, und genau deshalb darf ich dich nicht berühren.«

Perplex lehnte ich mich gegen den Stamm eines Baumes, unfähig, das unerwartete Geständnis zu verarbeiten.

Mein Körper wollte ihn, sehnte sich nach ihm, und auch etwas anderes tief in mir bettelte, dass ich nachgeben sollte, aber noch war mein Verstand mächtiger.

»Woher würdest du wissen, dass meine Zuneigung zu dir echt ist und nicht an deinen Lockstoffen liegt?«

Er ballte die Hände zu Fäusten. »Das einzige Mal, wo ich bei dir geraubt habe, ist lange genug her. Wenn du Gefühle für mich hast, dann sind sie echt.«

Er liebte mich und ich liebte ihn. Dennoch konnten wir nicht zusammen sein. Stattdessen sollte ich ertragen, dass er Sex mit anderen Frauen hatte. Langsam hob ich den Kopf und suchte seinen Blick.

»Dann lass mich gehen, bitte, denn ich halte es nicht aus, dich mit Grace zusammen zu sehen«, sagte ich kläglich.

Er atmete schwer, und ich konnte sehen, wie er mit sich rang. »Du verlangst zu viel«, flüsterte er. »Ich weiß nicht, wie ich es ohne dich schaffen soll.« Dann drehte er sich um und eilte mit großen Schritten davon.

Arthur versuchte mich dazu zu bewegen, mitzukommen, aber ich schickte ihn fort.

Mit tränenfeuchtem Blick sah ich den beiden hinterher und überlegte, ob einer der Querbalken des Dachbodens und ein guter Strick nicht eine praktikable Lösung wären.

Aber irgendwann gelang es mir doch, meine Kraftreserven zu mobilisieren. Ich straffte die Schultern und folgte Crys zurück zur Villa. Niemand sollte merken, dass etwas tief in mir zerbrochen war.

Ich würde einfach weitermachen wie zuvor.

Ich liebte Crys.

Doch ich liebte auch das Leben.

Heimkehr

Grace empfing mich an der Tür. »Gott sei Dank, da bist du ja!« Sie schloss mich in ihre durchtrainierten Arme und zog mich so fest an sich, dass mir beinahe die Luft wegblieb. »Ella, Liebes, wir hatten ja keine Ahnung, dass du hereinkommen würdest. Das ist mir ja so peinlich!«

Ihr aufdringliches Parfüm ätzte in meiner Nase.

»Ich war mir sicher, dass du in deinem Zimmer wärst.« An den ausgestreckten Armen hielt sie mich vor sich und musterte mich mitleidig.

Ich durchschaute ihren großen Auftritt als eiskalte Lüge, denn in ihren Augen blitzte Triumph. Als sie dann noch einen raschen Blick zur verschlossenen Tür des Arbeitszimmers warf, in das Crys sich vermutlich zurückgezogen hatte, sich verschwörerisch bei mir unterhakte und sagte: »Weißt du, bei Crys vergesse ich manchmal alles um mich herum. Er ist so ein fantastischer Liebhaber«, war ich mir sicher, dass sie ein bösartiges Spiel mit mir getrieben hatte.

Als Krönung des Ganzen beugte sie sich vor und säuselte mir verschwörerisch ins Ohr: »Ich hatte ja keine Ahnung, dass ich zu multiplen Orgasmen fähig bin!«

Weil sie meinen Arm so fest gepackt hielt, dass ich mich ihrem Griff nicht entziehen konnte, musste ich mir jedes einzelne ekelhafte Wort anhören.

Sie zerrte mich zur Küche. »Ich mache dir jetzt erst einmal einen Tee, und dann geht es dir bestimmt gleich viel besser.«

Beeindruckend, wie sie die fürsorgliche Schwägerin mimte.

Nachdem sie mich auf einen Stuhl bugsiert hatte, stellte sie den Wasserkocher an und öffnete den Schrank. »Hm, ich denke, wir nehmen etwas Beruhigendes, nicht wahr?«

Als ich nicht antwortete, holte sie kurzerhand einen Teebeutel heraus, gab ihn in einen Becher und schüttete das kochende Wasser dazu. »Hier, das wird dir guttun nach dem Schrecken. Ich hoffe, dass du es schnell verkraftest. Schließlich ist Sex ja das Natürlichste auf der Welt!« Sie lächelte mild, als ich bei dem Wort Sex leicht zusammenzuckte. »Ach, ich vergesse doch immer wieder, wie jung und unerfahren du noch bist!«

Weiterhin lächelnd verließ sie die Küche und ließ mich zerstört zurück. Wenn ich noch Tränen übrig gehabt hätte, hätte ich jetzt geweint.

Grace triumphierte zu Recht. Sie hatte gewonnen, obwohl Crys sie nicht liebte, und ich hatte alles verloren, obwohl ich es nie besessen hatte.

Ich stierte auf den Tee. Stierte und stierte, während es draußen Abend wurde.

Jemand knipste das Licht in der Küche an.

»Ella.«

Mein Kopf wog Tonnen, als ich ihn hob.

Arthur, der irgendwann hereingekommen war und mir still seine Schnauze auf den Oberschenkel gelegt hatte, schaute ebenfalls auf.

Crys stand im Türrahmen und musterte mich. »Wie geht es dir?«

»Ella isch truurig«, antwortete der Hund bedrückt.

Hilflos zuckte ich mit den Schultern. »Wie es mir geht, ist doch belanglos«, murmelte ich bitter. »Es ändert ja doch nichts.« Ich nahm einen Schluck Tee. Er war kalt.

Crys trat näher und ließ sich mir gegenüber nieder – schweigend, ohne mich aus den Augen zu lassen. Als ich seinen Blick nicht mehr ertrug, schaute ich wieder in den Teebecher.

»Ich weiß nicht, was ich tun soll«, sagte er irgendwann mit einem so verlorenen Klang in der Stimme, dass ich wieder aufsah. Er hatte den Kopf in die Hände gestützt und wirkte so mitleiderregend, dass ich ihn am liebsten sofort in die Arme geschlossen hätte. Aber ich durfte ihn nicht berühren. Noch nicht einmal über den Rücken streichen, denn die Nähe hätte es uns noch schwerer gemacht.

»Ich kann einfach nicht mehr, Crys«, flüsterte ich erschöpft. »Ich benötige eine Auszeit. Euch zusammen zu sehen, zerreißt mir das Herz.«

Er antwortete nicht.

Dafür machte Arthur große Augen. »Aber wir sind doch au no da!«, sagte der Hund verständnislos.

»Ich komme zurück, wenn es Grace so schlecht geht, dass sie den Haushalt nicht mehr schafft, und helfe euch dann, versprochen!«, bettelte ich, ohne den Hund zu beachten. »Und auch bei den Frauen danach: Wenn ihr mich braucht, komme ich!« Flehend legte ich den Kopf schräg. »Du kennst mich, Crys. Ich würde niemandem etwas verraten, dazu bist du mir zu wichtig!«

Immer noch reagierte er nicht.

»Bitte, Crys!« Verzweifelt schluchzte ich auf, weil er mich nie gehen lassen würde.

»Okay.« Er ließ seine Hände zu Fäusten geballt auf den Tisch sinken. »Du darfst gehen. Jetzt sofort, bevor ich es mir anders überlege.«

Verblüfft starrte ich ihn an und wusste nicht, ob ich jubeln oder weinen sollte.

Er ließ mich frei!

Nach all den Monaten ließ er mich endlich frei! Mir fehlten die Worte.

»Ella soll nöd gehen!«, winselte Arthur flehend.

»Crys, ich ...«

»Jetzt mach schon!«, brüllte er so laut, dass ich zusammenfuhr, und schlug mit der flachen Hand auf den Tisch.

Hastig sprang ich auf, hetzte nach oben, um zu packen, bis mir einfiel, dass ich im Grunde gar nichts besaß, was ich hätte mitnehmen können. Selbst mein alter Rucksack war weg. Den hatte Shards in seinem Auto mitgenommen. Ratlos stand ich mitten im Zimmer und schaute mich um. Die Kleidung, die Crys mir vor einem Jahr aus dem Abbruchhaus geholt hatte, passte nicht mehr.

»Nimm alles mit, was du möchtest«, sagte Crys, der gerade hereingekommen war, und legte einen großen Koffer auf mein Bett. Dann reichte er mir meine alte Geldbörse, in der sich auch der Schlüssel zum Haus meines Vaters befand.

»Danke«, hauchte ich bedrückt.

Er war leichenblass. Vielleicht sollte ich doch besser bleiben? Vielleicht war meine Anwesenheit für ihn von größerer Bedeutung, als ich ahnte?

»Das Wichtigste gehört dir ja schon. Mein Herz.« Er drehte sich auf dem Absatz um und verschwand wieder.

Ein Schluchzen entfuhr mir.

Aber ich durfte jetzt nicht schwach werden. Wir konnten nicht zusammen sein – nicht so.

Auf einmal machte mich das, was ich die ganze Zeit gewollt hatte – wieder in Freiheit zu sein –, gar nicht mehr glücklich.

James kam herein. »Ich höre, du gehst?«, fragte er gekränkt.

Wahllos warf ich Kleidungsstücke in den Koffer und wischte mir die Tränen von den Wangen. »Ja. Es tut mir leid!« Ich floh ins Bad, um ein paar Hygieneartikel zu holen, denn ich konnte seinen anklagenden Blick nicht ertragen.

Dabei hatte ich ganz andere Sorgen! Wo sollte ich jetzt hin, so plötzlich? In das Abbruchhaus wollte ich nicht mehr zurück, und einen Platz in der Wohngruppe würde ich so schnell wohl kaum erhalten.

Crys erwartete mich im Flur mit dem Autoschlüssel in der Hand. Er wirkte aufgewühlt. Arthur und James saßen bei ihm. Alle drei schauten mir unglücklich entgegen, als ich mit dem Koffer in der Hand die Treppe herunterkam.

»Ich habe ein Gschenk für dich, Ella«, sagte der Hund mit vollem Maul und legte seinen zerkauten, angesabberten Lieblingsball vor meine Füße. »Damit du uns nöd vergisst.«

»Das ist sehr lieb von dir, Arthur.« Ich streichelte die Tiere ein letztes Mal. »Ich werde euch so sehr vermissen«, stieß ich mit unsicherer Stimme hervor und steckte den Ball in meine Jackentasche.

Dann verließen Crys und ich das Haus. Dass die Tiere beide vor der Tür sitzen blieben und uns hinterherschauten, machte es nicht leichter.

»Ich muss mich noch von Mr Morris verabschieden!«, fiel mir ein, als wir in der Dämmerung an den Blumenbeeten vorbei Richtung Garage gingen. »Gib mir fünf Minuten!« Eilig rannte ich zum Gärtnerhaus und riss ohne Ankündigung die Tür auf.

Mr Morris saß gerade mit einem Buch in der Hand am Tisch und las. Verwundert schaute er auf, als ich hereinstürmte.

»Ich darf nach Hause!«, rief ich aufgelöst. »Crys lässt mich gehen!«

Der Gärtner erhob sich langsam. »Du verlässt uns?« Er wirkte nicht sehr begeistert.

»Aber ich komme doch wieder!«, erklärte ich und warf mich in seine Arme. »Ich weiß nur noch nicht genau, wann.«

Ungeschickt tätschelte Mr Morris meinen Rücken. »Du wirst mir fehlen, Kindchen!«, brummte er leise in seinen Bart, aber ich hatte ihn verstanden.

»Darf ich Sie anrufen?«

Er holte Stift und Zettel und schrieb mir seine Nummer auf.

Sorgsam nahm ich das Papier entgegen und steckte es in meine Hosentasche. »Danke!« Erneut drückte ich den alten Mann, dann eilte ich zur Tür.

Als ich mich noch einmal umwandte, um zu winken, sah ich, dass er mit hängenden Armen vor dem Haus stand und mir nachblickte. Waren seine Augen etwa feucht?

Noch jemand, den ich mit meiner Abreise traurig machte. Das wollte ich nicht.

»Ich melde mich bald, versprochen!«, beteuerte ich und rannte zur Villa zurück.

Mittlerweile hatte Crys den Koffer ins Auto verfrachtet und wartete an der geöffneten Wagentür auf mich. Als ich im Begriff war einzusteigen, kam Grace aus dem Haus gelaufen.

»Moment! Ich konnte mich von Ella ja noch gar nicht verabschieden!« Sie bemühte sich um einen angemessen zerknirschten Gesichtsausdruck. »Ich habe noch ein Geschenk für dich, meine Liebe!« Mit einem gekonnten Schniefen hielt sie mir ein Buch hin, um das sie eine dicke Schleife gewunden hatte. »Es ist zwar schon gebraucht, aber mir sehr lieb und teuer. Ich bin sicher, du verstehst, dass ich so schnell kein neues für dich besorgen konnte. Aber das hier …«, flötete sie mit einem theatralischen Augenaufschlag, »… das ist die Bibel!«

»Dankeschön«, bedankte ich mich höflich und nahm es entgegen. »Fit ohne Geräte: Trainieren mit dem eigenen Körpergewicht«, las ich. Super.

»Ach, Ella, du wirst mir so fehlen!« Mit einem Aufschluchzen umarmte sie mich.

Du mir überhaupt nicht.

»Bye«, murmelte ich bloß und befreite mich aus ihrem Griff.

Nachdem ich neben Crys in seinem SUV Platz genommen hatte, nannte ich ihm nach kurzem Überlegen die Adresse meines Vaters.

Ich blickte aus dem Fenster, als wir – unbehelligt von den Hainbuchen – das Tor passierten. Mein Magen schmerzte. Die Dämmerung zauberte ein wundervolles Gemälde aus warmen Farben an den bewölkten Abendhimmel.

Ich hatte mich entschieden, zunächst einmal heimzukehren. Von dort aus konnte ich bei der Dame in der Wohngruppe anrufen, deren Nummer immer noch in meiner Geldbörse steckte, falls mein Vater sich weiterhin so durchgeknallt verhielt. Aber vielleicht hatte auch er sich in der Zwischenzeit verändert.

Ich ließ das Autofenster herunter, sobald wir die befestigte Straße erreicht hatten, und warf das Buch kurzerhand hinaus in den Straßengraben.

Crys musterte mich erstaunt.

»Ich glaube, ich gefalle mir gut genug, so wie ich bin«, erklärte ich resolut und verschränkte die Arme.

Er lachte auf und nickte dann zustimmend. Während er den Wagen beschleunigte, strich er mir mit den Fingern leicht über den Oberschenkel. »Ich finde dich auch genau richtig, so wie du bist.« Er legte die Hand zurück ans Lenkrad, ohne mich anzusehen.

Ein leichter Schauer durchfuhr mich an der Stelle, obwohl meine Hose vor seiner Berührung geschützt hatte. Ich beobachtete Crys aus dem Augenwinkel, versuchte, mir sein Gesicht einzuprägen – den geliebten Anblick fest in mein Herz zu schließen.

Nachdem wir eine Weile durch einen Wald gefahren waren, erreichten wir bewohntes Gebiet. Kurz darauf erkannte ich bereits die Umgebung.

»Deine Villa liegt ja gar nicht weit von Brookville!«, rief ich erstaunt aus und drehte den Kopf aufgeregt von links nach rechts. Hier sah alles aus wie zuvor, was sich irgendwie komisch anfühlte, wo ich selbst mich doch im vergangenen Jahr so sehr verändert hatte.

»Dort hinten musst du abbiegen!«, rief ich nervös und zog bereits den Schlüssel zum Häuschen meines Vaters aus der Geldbörse.

Crys warf mir einen schnellen Seitenblick zu, den ich nicht deuten konnte, und konzentrierte sich dann wieder darauf, das PS-Monster sicher über die Straße zu lenken.

»Da! Da ist es!«, rief ich und schämte mich ein bisschen, als ich das winzige, schlecht gepflegte Haus meines Vaters erblickte.

Crys drosselte das Tempo und parkte am Straßenrand.

Ängstlich blickte ich zur überdachten Veranda, an der immer noch das Windspiel hing, welches ich einmal in längst vergangener Zeit gebastelt hatte. Hinter den Fenstern war es dunkel. Was, wenn er mich gleich wieder hinauswarf?

»Bist du so weit?«, fragte Crys leise. Ihm schien das alles genau so nahe zu gehen wie mir.

Ich schüttelte den Kopf. »Ja.«

Sein leises Lachen beschleunigte meinen Herzschlag.

»Meldest du dich, wenn ihr mich braucht?«, fragte ich. »Soll ich dir die Telefonnummer meines Vaters geben?«

»Nein«, sagte er ruhig. »Ich finde dich.«

»Gut. Sollte ich nicht mehr bei meinem Vater wohnen, rufe ich Mr Morris an und sage ihm Bescheid.«

Wir stiegen aus und Crys reichte mir den Koffer.

Unschlüssig stand ich vor ihm und wusste nicht, wie man sich verabschiedete, wenn man mehr als Freundschaft füreinander empfand, das aber weder fühlen noch zeigen durfte.

»Geh schon!«, befahl er mit angespannter Stimme. »Mach es mir nicht noch schwerer!«

»Crys, ich …«, ich stockte und knetete meine Finger. »Es tut mir leid!«, flüsterte ich.

»Geh!«, wiederholte er grimmig und stieg in den Wagen.

Mit hängenden Schultern wandte ich mich ab, ergriff den Koffer und ging zur Haustür. Eine ganze Weile lang blieb ich stehen, bevor ich den Mut fand zu klingeln. Hinter mir fuhr der schwarze SUV mit einem schrecklich endgültigen Geräusch davon.

Stark bleiben, Ella! Du tust das Richtige.

Schluchzend wartete ich, klingelte wieder, aber niemand öffnete. Der Wagen meines Vaters stand nicht auf der Auffahrt, vermutlich war er unterwegs. Schließlich schloss ich auf und trat ein.

Was würde mich erwarten? Früher war ich diejenige gewesen, die sich um den Haushalt gekümmert hatte, die gesaugt, aufgeräumt und gekocht hatte.

Der altbekannte, leicht muffige Geruch empfing mich, und mit ihm kamen die Erinnerungen. Nicht nur die schlechten. Es hatte auch gute Tage gegeben, an denen mein Vater mit mir gemeinsam ein Spiel gespielt oder vor dem Fernseher gesessen und Eis gegessen hatte.

Ich schaltete das Licht an und äugte angenehm überrascht in den Flur. Es war so ordentlich und sauber, dass ich mir zunächst nicht sicher war, ob mein Vater hier überhaupt noch lebte. Nun gut, das Geschirr vom Vortag stand noch in der Spüle und im Schlafzimmer lag ein Haufen Schmutzwäsche, wie ich feststellte, als ich durch die Räume wanderte, aber ansonsten war es durchaus vorzeigbar.

Ein Zimmer hatte ich bis jetzt ausgespart. Meines.

Nun öffnete ich auch diese letzte Tür und staunte. Alles war wie zuvor. Mein Bett war sorgfältig gemacht, im Schrank lag die Kleidung, aus der ich mittlerweile längst herausgewachsen war, und auf dem Kopfkissen saß sogar noch mein alter Teddybär. Ich ging zum Bücherregal und zog einen meiner Lieblingsromane heraus. Es fehlte nichts. Trotzdem erschien mir der Raum wie ein zu klein gewordenes Kleid. Es war ein Jugendzimmer, aber ich war im vergangenen Jahr erwachsen geworden.

Von der Haustür her ertönte ein Geräusch. »Hallo?«, hörte ich die besorgte Stimme meines Vaters.

Ich trat auf den Flur hinaus und blickte ihm abwartend entgegen. Ein stämmiger Mann mittlerer Größe mit hoher Stirn und buschigen Augenbrauen. »Hi, Dad.«

Er wirkte gepflegter als noch vor einem Jahr und sein dunkelblonder Vollbart war sauber gestutzt, stellte ich fest.

»Ella?« Die Einkaufstaschen, die er in der Hand gehalten hatte, polterten auf den Boden. Eine Packung Nudeln fiel heraus und platzte auf, eine Flasche Cola rollte hinterher, aber er beachtete es nicht. »Herrje, bist du … groß geworden!« Unsicher rieb er sich über den Arm. »Ich … Also … Es tut mir leid, was passiert ist. Also mit deinem Geld und so«, stotterte er und trat einen Schritt auf mich zu.

Misstrauisch taxierte ich ihn. »Kann ich hier für eine Weile bleiben?«, fragte ich zurückhaltend.

Er nickte. »Na klar!« Vermutlich hatte er sich erhofft, dass ich mich sofort reumütig in seine Arme werfen würde, aber so einfach war das nicht. Dazu hatte er zu viele Scherben hinterlassen.

Immer noch beäugte er mich, als wäre ich ein Geist. »Komm, wir setzen uns in die Küche, ich habe Eistee im Kühlschrank. Oder, ähm … möchtest du gerne etwas … ähm … Alkoholisches?«

Na, den hatte ich ja wohl völlig verunsichert! Ich musste mich stärker verändert haben, als ich dachte.

Sollte es wirklich so einfach sein? Kein Geschrei, keine Tätlichkeiten, ja noch nicht einmal Vorwürfe? Wer auch immer dieser Mann war, mit dem Vater, wie ich ihn kannte, hatte er keine Ähnlichkeit!

»Eistee wäre prima.« Ich folgte ihm. »Bist du unter die Hausmänner gegangen?« Prüfend ließ ich den Blick durch die Küche schweifen.

Er lächelte leicht. »Himmel, nein. Aber ich habe eine Therapie gemacht.«

»Ehrlich?«, fragte ich erstaunt.

Er stellte ein gefülltes Glas vor mich und setzte sich zu mir an den wackeligen Küchentisch.

»Ja. Mehrere Monate lang«, nickte er. »Kurz nach deinem Verschwinden habe ich meinen Job verloren, weil ich während der Arbeitszeit beim Spielen erwischt worden bin«, gestand er verschämt. »Ich war so gefangen in meiner Spielsucht, dass ich es noch nicht einmal hinbekommen habe, nach dir zu suchen. Es ist ganz schön bergab gegangen mit mir, nachdem du fort warst, und irgendwann habe ich mich nicht mal mehr aus dem Haus getraut«, berichtete er reumütig.

Er trank einen Schluck.

»Aber eines Tages rief dein Schulleiter hier an und hat mir berichtet, dass du an den letzten beiden Tagen nicht zum Unterricht erschienen wärst. Das hat mich endlich wachgerüttelt und ich habe dein Verschwinden der Polizei gemeldet.«

Mein Vater seufzte tief.

»Sie haben natürlich Fragen gestellt, als ich ihnen gestanden habe, dass du abgehauen warst. Ich habe mich so geschämt, als ich ihnen alles erzählt habe, und mir wurde endlich bewusst, dass ich etwas ändern musste. Darum habe ich mir psychologische Hilfe gesucht. Mittlerweile arbeite ich wieder und habe mein Leben so einigermaßen im Griff.«

»Keine Wutattacken mehr?«, fragte ich zweifelnd.

»Keine. Versprochen. Obwohl … neulich, als unsere Baseball-Mannschaft beim Heimspiel diesen …«

Lachend unterbrach ich ihn, denn wenn er erst einmal begonnen hatte, von seiner Lieblingssportart zu erzählen, fand er so schnell kein Ende. »Das klingt gut.« Ich lächelte erfreut.

Womöglich bräuchte ich gar nicht in eine Wohngruppe zu ziehen, sondern konnte stattdessen bei meinem Vater bleiben?

»Es tut mir wirklich leid, dass ich dein ganzes Geld verspielt habe, Ella«, fuhr er fort, »das musst du mir glauben! Ich würde so gerne etwas für dich ansparen, aber ich bin immer noch dabei, die Schulden abzubezahlen.« Er ließ den Kopf in seine Hände sinken. »Das dauert noch einige Jahre.«

»Schon okay«, sagte ich, friedfertig vor Erleichterung, dass mein Vater sich anscheinend nicht mehr von seiner Spielsucht beherrschen ließ. »Vielleicht kann ich ein Stipendium bekommen. Irgendwie schaffen wir das schon.«

»Aber jetzt erzähl mal: Wo hast du bloß die ganze Zeit gesteckt? Sogar das FBI hat nach dir gesucht!«

Da war sie, die gefürchtete Frage.

»Ich … ähm … habe eine Weile in einer Hausruine ganz in der Nähe gelebt. Aber irgendwann ist mir alles entglitten. Dann habe ich gebettelt, um genug Geld zu haben, und bin durchs Land gereist.« Ich wagte nicht, ihm in die Augen zu sehen, aus Angst, dass er meine Lüge durchschauen würde.

Er musterte mich. »Ella, sag mir die Wahrheit: Nimmst du Drogen?«

»Nein!«, beteuerte ich. Das Thema Sucht kam in meinem Leben in letzter Zeit deutlich zu häufig vor …

»Aber … musstest du …« Er räusperte sich verlegen. »Musstest du dich prostituieren?«

»Dad!«, rief ich empört.

»Gut«, seufzte er hörbar erleichtert. »Hast du sonst etwas erlebt, von dem ich wissen sollte?«

Definitiv! »Nein. Es war alles ganz harmlos. Ich bin herumgereist und habe in Hostels übernachtet. Wenn ich Geld brauchte, hab ich gebettelt.« Ich spürte, dass meine Wangen heiß waren, und versuchte, rasch vom Thema abzulenken. »Okay. Dann werde ich also erst einmal wieder hier wohnen. Zumindest, bis ich im nächsten Jahr aufs College gehe.«

»Gut.« Er sah zufrieden und ein bisschen erleichtert aus.

Auch wenn es noch so unerwartet kam, er schien sich wirklich Sorgen um mich gemacht zu haben. Die Zukunft wirkte auf einmal viel rosiger als befürchtet. Warum nur wollte sich dann trotzdem kein Glücksgefühl einstellen?

»Kommst du morgen mit, um mich wieder in der Schule anzumelden? Ich habe das Jahr über weitergelernt, und vielleicht kann ich sogar in meinem Jahrgang wieder einsteigen«, überlegte ich laut.

Alles Dinge, über die ich mir vorher keine Gedanken gemacht hatte, denn bis vor zwei Stunden hatte ich gedacht, für immer bei Crys bleiben zu müssen.

Crys. Ich schluckte.

Er fehlte mir jetzt schon entsetzlich. Besonders, als ich den Koffer auf das Bett legte und den Reißverschluss öffnete, um die nach seiner Villa riechende Wäsche in den Schrank zu legen. Tränen stiegen mir in die Augen, denn obenauf lag ein großer Umschlag mit meinem Namen. Ich öffnete ihn.

»Himmel!«, rief ich erstaunt, als mir ein Smartphone und ein ganzes Bündel Dollarscheine entgegenfielen. Mein erstes eigenes Handy! Immer noch sorgte er für mich, dachte ich mit einem leichten Brennen in der Herzgegend und holte die Scheine heraus.

Aber wie ich auch suchte, in dem Umschlag befand sich außer Geld nichts. Ich bemühte mich, die Enttäuschung zu unterdrücken und wählte stattdessen Jennas Nummer.

Das Gespräch würde nicht leicht werden, denn sie war viel misstrauischer als mein Vater, der vermutlich ganz froh gewesen war, sich nichts Schlimmeres anhören zu müssen.

Leider wurde es noch viel schlimmer als befürchtet.

»Hallo, Jenna, hier ist Ella«, meldete ich mich schüchtern.

Schweigen am anderen Ende der Leitung.

»Ich bin wieder da …« Meine Nervosität wuchs.

»Das höre ich.« Ihre Stimme klang mürrisch.

Oha. Da war jemand wütend auf mich. Richtig wütend.

»Es tut mir leid, dass ich mich nicht gemeldet habe!«, begann ich verlegen. »Weißt du, ich war …«

»Interessiert mich nicht«, würgte Jenna mich ab.

»Aber ich …«

»Ella, ich hab keinen Bock auf jemanden, der so tut, als wäre er meine beste Freundin, und sich dann monatelang nicht meldet!«, fauchte sie. »Weißt du eigentlich, was für Sorgen ich mir gemacht habe? Sogar deinen Vater hab ich angesprochen, aber der hatte auch keine Ahnung. Und jetzt rufst du so mir nichts, dir nichts an und sagst: ›Hallo, Jenna, hier ist Ella, ich bin wieder da!‹« Sie äffte meine Stimme nach, aber ich merkte, wie aufgelöst sie war.

»Ich konnte nicht anrufen!«, beteuerte ich, den Tränen nahe.

»Klar doch. Wir leben ja auch in der Steinzeit«, ätzte sie.

Eigentlich hatte ich ihr nicht die Wahrheit erzählen wollen. Aber ich spürte, dass sie sich mit weniger nicht zufriedengeben würde.

»Weißt du, Ella, mir ist das hier zu blöd. Wir sehen uns.«

»Warte, Jenna! Ich bin entführt worden!«, rief ich, bevor sie auflegen konnte.

So. Jetzt war es raus. Nun konnte ich nur hoffen, dass sie so ein guter Geheimnisbewahrer war wie früher.

Ich wollte Crys um jeden Preis schützen.

Für einen Augenblick herrschte Stille in der Leitung.

»Erzähl's jemandem, der es hören will«, knurrte Jenna, legte aber zum Glück nicht auf.

»Wirklich!«, schwor ich. »Von einem Mann, für den ich die Hausarbeit machen sollte.« Rasch redete ich weiter, weil mir bewusst war, wie schwach das klang, und erzählte in einem Atemzug die ganze Geschichte, bevor sie mich unterbrechen konnte.

Allerdings verschwieg ich diesen Raptor-Formae-Kram, die sprechenden Tiere und die schlagenden Hainbuchen. Das ließ sich irgendwie nicht plausibel erklären, und sie hätte es mir wohl auch nicht geglaubt.

»Was ist das überhaupt für eine Nummer, von der aus du anrufst?«, fragte sie, nachdem ich geendet hatte.

»Er hat mir ein neues Handy geschenkt.«

»Wer?«

»Na ja, Crys!«, druckste ich herum.

»Wenn das alles stimmt, weshalb bist du dann nicht zur Polizei gegangen?«, fragte sie misstrauisch.

»Weil ich ihn irgendwie … mag«, stammelte ich. »Also … so als Mann.«

»Als Mann?«, wiederholte sie fassungslos. »Ella, der Typ hat Gehirnwäsche bei dir betrieben!«

»Nein!«, beteuerte ich, obwohl ihr Argument nicht von der Hand zu weisen war. Vor allem, weil ich keine Ahnung hatte, inwieweit ich mich in Crys verliebt hätte, wenn er nicht diese blöden Anziehungskräfte besessen hätte. »Er ist kein schlechter Mensch! Er konnte nicht anders, weil seine Freundin krank war und niemand für ihn arbeiten wollte.«

Sie schnaubte. »Der Typ hat Kohle, hast du gesagt, vermutlich könnte der sich jede Menge Angestellte leisten!«

»Schon, aber seine Freundin war verrückt, für die wollte niemand arbeiten«, bog ich mir die Wahrheit zurecht. »Ich schwöre es, Jenna, er hat mich entführt und erst heute wieder freigelassen!«

»Du solltest trotzdem zur Polizei gehen«, beharrte sie unversöhnlich. »Wenn deine Geschichte stimmt, wird er bald die Nächste entführen.«

»Bitte! Du darfst niemandem davon erzählen!«, flehte ich. »Sag einfach, ich wäre abgehauen, um ein bisschen was von der Welt zu sehen. Können wir uns nicht treffen? Das bespricht sich alles so schlecht am Telefon.«

»Nein. Ich muss jetzt Schluss machen, gleich kommt Besuch. Mach's gut, Ella.« Sie legte auf. Einfach so.

Schluchzend ließ ich das Telefon in meinen Schoß sinken.

Der Gedanke, dass Jenna da sein würde, wenn ich zurück in die Schule kam, war das Einzige gewesen, das mich aufrechtgehalten hatte.

Nun konnte ich mir noch nicht einmal mehr ihre tröstende Stimme in meinem Hinterkopf heraufbeschwören, denn da war nur noch dieser harte, ablehnende Tonfall, der in meinem Ohr nachhallte.

Sie bekam Besuch. Bestimmt von ihrer neuen besten Freundin. Ich war es nicht mehr.

Zurück in der Schule

»Guck nicht so dämlich«, sagte ich ein paar Tage später zu meinem Spiegelbild. »Du gehst in die Schule. Das hast du schon an die zweitausend Mal gemacht! Nichts Besonderes. Nur Schule.«

Ich war so ängstlich, dass ich sogar schon Selbstgespräche führte.

Nach einem langen, ungemütlichen Gespräch mit dem Schulleiter, der es gar nicht witzig fand, dass ich so lange die Schule geschwänzt hatte, durfte ich heute probehalber in meinen alten Jahrgang zurückkehren.

Jenna war unversöhnlich geblieben und nicht mehr an ihr Telefon gegangen, so oft ich sie auch mit Anrufen und Nachrichten bombardiert hatte.

Noch einmal bürstete ich mir durch die frisch gewaschenen Haare, die mir mittlerweile weit auf den Rücken hinab reichten. Ich hatte Jeans und T-Shirt von den Sachen, die mir Honey noch besorgt hatte, angezogen – schlicht, aber hochwertig.

Es war wenig von der Goth-Ella aus dem letzten Jahr übrig geblieben.

Würde ich nach all der Zeit problemlos wieder in den Unterricht einsteigen können? Wie würden sich Jenna und die anderen mir gegenüber verhalten? Seufzend legte ich die Bürste auf die Ablage und zog die Schuhe an.

Mein Vater war bereits zur Arbeit gefahren. Wir kamen ganz gut miteinander klar. Er arbeitete viel, sodass ich ihn nicht oft zu sehen bekam, aber wenn er da war, verhielt er sich mir gegenüber nicht mehr aggressiv. Die Therapie schien geholfen zu haben.

Es klingelte an der Tür. Verwundert öffnete ich.

»Hi, äh … Ella? Wahnsinn, hast du dich aber verändert!«

Es war Jenna! Oh, mein Gott. Vor Überraschung stand ich stocksteif da.

»Du siehst gut aus!« Neugierig betrachtete sie mich von Kopf bis Fuß. »Ich dachte, du freust dich vielleicht, wenn ich dich an deinem ersten Tag abholen komme!« Sie deutete zu ihrem Wagen.

Ihre Haare waren ebenfalls deutlich länger als noch vor neun Monaten, aber ansonsten sah sie genauso aus wie vorher.

Mit offenem Mund sah ich sie an und spürte, wie meine Augen feucht wurden. »Du hast mir verziehen?«, fragte ich perplex.

Jenna verzog den Mund und nickte. »Ich kann doch meine beste Freundin nicht hängen lassen.«

Mit einem glücklichen Aufschrei warf ich mich in ihre Arme und begann, hemmungslos zu schluchzen.

»He, he«, murmelte sie verlegen, »du kennst mich doch. Eigentlich bin ich eine treue Seele.«

Ich quittierte es mit einem Schniefen.

Nachdem ich mich endlich wieder gefangen hatte, stiegen wir in ihr Auto und fuhren zur Schule.

So kann es ab sofort jeden Morgen laufen, dachte ich befreit. An Jennas Seite fühlte ich mich gleich viel stärker.

Sie begleitete mich ins Sekretariat, wo ich meinen Stundenplan erhielt.

»Die erste Stunde haben wir nicht zusammen, aber danach sehen wir uns in Geschichte«, sagte sie über das Blatt gebeugt. »Alles in Ordnung? Du siehst so blass aus.«

Ich verzog das Gesicht zu einem gequälten Grinsen. »Kommt darauf an, wie du ‚alles in Ordnung' definierst!«

Zwar war Jenna da, aber leider auch all die Mitschüler, die sich früher über mich lustig gemacht hatten.

In diesem Moment kam Finley, ein Junge aus unserem Jahrgang, auf uns zu, was noch nicht weiter verwunderlich war. Dass er aber vor Jenna stehen blieb, sie an sich zog und direkt auf den Mund küsste, war es schon. Mir fiel die Kinnlade herunter.

»Hi, Ella! Wow! Du siehst klasse aus!«, begrüßte er mich fröhlich und schmunzelte über mein verdattertes Gesicht. »Jenna, kann es sein, dass du ihr noch nichts von uns beiden erzählt hast?«

Sie errötete. »Ähm, sorry, Ella. Hat sich irgendwie vorher nicht ergeben.«

Wenn einer wusste, dass manche Sachen echt schwierig zu erklären waren, dann ja wohl ich!

»Kein Problem, ich freu mich für euch!«

Jenna wechselte noch ein paar Worte mit Finley, und sie küssten sich mehrmals. Glücklich sahen sie aus.

Ich ballte die Hände zu Fäusten, denn sie so mit ihrem Freund zusammen zu sehen, tat weh. Wieder huschte Crys' schönes Gesicht durch meine Gedanken.

Ich verabschiedete mich von den beiden. »Übrigens, Finley! Wenn du ihr das Herz brichst, bringe ich dich um!«

Er grinste, legte Jenna den Arm um die Schulter und zog sie mit sich.

Mit einem unangenehmen Gefühl von Traurigkeit und auch einem bisschen Neid machte ich mich auf den Weg zum Klassenzimmer. Zu allem Übel lief mir auch noch mein alter Schwarm Lucas über den Weg, während ich den Schülermassen Richtung Spind folgte. Er sah immer noch verdammt heiß aus.

Rasch senkte ich den Kopf, doch er hatte mich bereits entdeckt und versperrte mir den Weg.

»Hallo!«, rief er und zog dabei begeistert das »O« in die Länge. »Bist du neu hier?«

Unwillkürlich drehte ich mich um. Aber da war niemand hinter mir, den er hätte meinen können.

Irritiert lächelte ich ihn an. »Hallo, Lucas.«

»Ach!«, rief er überrascht und sah ein wenig geschmeichelt aus. »Mein Ruf eilt mir anscheinend voraus!«

»Hä?«, fragte ich dümmlich.

»Na, weil du meinen Namen schon weißt!«

Endlich begriff ich. Er erkannte mich nicht wieder!

»Ähm … Lucas, ich raube dir ja ungern deine Illusionen, aber ich bin's: Ella. Streberella und so. Wir hatten im letzten Jahr zusammen Bio und Mathe.«

»Ella?« Er runzelte die Stirn, dann weiteten sich seine Augen, als endlich der Groschen fiel. »Na, du hast dich aber verändert. Wo warst du denn die ganze Zeit? Im Ausland?«

»Sorry, Lucas, aber ich muss jetzt los. Wir sehen uns!«, antwortete ich knapp und eilte weiter, um nicht gleich am ersten Tag durch Zuspätkommen aufzufallen.

In meiner ersten Stunde hatte ich englische Literatur – mein absolutes Lieblingsfach. Nervös betrat ich den Klassenraum und ging zu einem freien Platz in der letzten Reihe, zu dem mich Victoria winkte. Erleichtert ließ ich mich neben ihr auf den Stuhl fallen.

»Hallo, Vicky!«, begrüßte ich sie mit einer Umarmung. »Ich freu mich, dich wiederzusehen!«

»Hi, Ella! Cool, dass du endlich zurück bist! Sag mal, bist du wirklich ausgerissen und durch das ganze Land gereist?«, fragte sie neugierig.

Das war die offizielle Version, die ich auch Jenna eingeschärft hatte.

Lässig nickte ich. »War aber nicht so toll, wie es klingt.«

»Oh Mann«, rief sie bewundernd. »Das würde ich mich nie trauen!«

Ich bemühte mich um ein unverbindliches Lächeln. Die ganze Lügerei war mir peinlich.

»Hallo, Ella!«, ertönte nun Daniels verhasste Stimme zwei Plätze weiter links.

Langsam drehte ich mich zu ihm, während ich bereits nach Antworten auf seine fiesen Sprüche suchte, die unweigerlich kommen würden. ›Stinkerella ist vor ihrem eigenen Geruch geflohen und fast ein Jahr fortgeblieben‹, oder so.

»Daniel«, grüßte ich ihn mit einem Seufzen und musterte ihn mit erhobenen Brauen. Von seinen pubertären Sprüchen würde ich mich nicht mehr einschüchtern lassen.

Aber anstatt mich mit Spott zu überschütten, lächelte er verlegen.

»Schön, dass du wieder da bist …«, war alles, was er von sich gab, bevor er sich hastig wieder zurücklehnte und somit hinter dem Mädchen zwischen uns verschwand. War er etwa rot geworden? Nein, das konnte nicht sein. Daniel war fies, nicht schüchtern.

Die Lehrerin kam herein und begann mit dem Unterricht, sodass ich Zeit hatte, über das merkwürdige Verhalten der Jungen nachzudenken. Ich musste mich mehr verändert haben als gedacht. Nicht nur innerlich.

Das bestätigte sich, als Lucas mich in der Mittagspause an seinen Tisch in der Cafeteria einlud – dort, wo die Cool-Kids saßen. Sozusagen die Crème de la Crème der Schule.

»Weißt du, Ella, ich hab dich echt vermisst!«, beteuerte Lucas und schenkte mir den berühmt-berüchtigten Herzensbrecherblick, bei dem er die Augenbrauen über der Nase leicht nach oben hob. Noch vor einem Jahr wäre ich jetzt sabbernd zu Boden gegangen. »Vielleicht magst du dich nach der Schule mit mir in der Eisdiele treffen? Ich lade dich ein!«, schlug er mit siegessicherem Lächeln vor.

»Lucas, du hast mich vorhin noch nicht einmal wiedererkannt!«, sagte ich ungläubig.

Hatte mich etwa gerade der heißeste Junge des gesamten Jahrgangs zum Eisessen eingeladen? Krass!

Aber dummerweise wollte sich das Herzklopfen, das mich früher bei seinem Anblick befallen hatte, nicht einstellen. Ich fühlte mich eher unangenehm bedrängt.

Nachdem ich sowohl Sitzplatz als auch Eis dankend abgelehnt hatte, ging ich zu Jenna, Finley, Victoria, Noah und Heather, mit denen ich früher auch immer gemeinsam gegessen hatte – meine alten Freunde, bei denen ich sicher war, dass sie nicht nur mit mir sprachen, weil ich jetzt Taille, Busen und keine Pickel mehr hatte, mir die Augenbrauen zupfte und teure Klamotten statt Gothic-Look trug.

Natürlich wollten alle ganz genau wissen, was ich erlebt hatte, aber ich leitete schnell zu einem wesentlich spannenderen Thema über: Was war hier passiert in der Zeit, als ich fort gewesen war? Und wer war mit wem zusammengekommen? Nach der Überraschung mit Jenna und Finley wollte ich lieber gewappnet sein.

»Ich bin jetzt mit Ethan zusammen, aber das hat wohl keinen überrascht«, berichtete Victoria, die schon vor meiner Entführung heftig mit ihm geflirtet hatte. »Und Lucas hat sich letzten Monat von Annabell getrennt.«

»Die hat herumgezetert, sag ich dir!«, ergänzte Heather. »Dabei war es doch vorherzusehen! Länger als ein paar Wochen hält der es mit keiner aus.«

Während ich den anderen lauschte und mich langsam entspannte, drückte ich unter dem Tisch kurz Jennas Hand und warf ihr einen erleichterten Blick zu. Sie zwinkerte verschwörerisch zurück.

Der Rest des Schultages verlief ähnlich. Ich wurde ausgefragt, wo ich denn gewesen sei, neugierig taxiert und für cool befunden, was eine ungewohnte und irgendwie auch ein wenig beängstigende Erfahrung war.

Vor dem Sportunterricht fing Lucas mich sogar noch einmal auf dem Gang ab und wiederholte seine Einladung, doch erneut lehnte ich freundlich ab. Mir war einfach nicht nach einem Date mit ihm, obwohl ich dafür vor meiner Entführung alles gegeben hätte.

»Ach, Ella, ich verstehe, dass du ein wenig schüchtern bist«, sagte Lucas mit seinem Zahnpastawerbung-Lächeln. »Aber das musst du nicht sein. Ich bin zwar einer der besten Basketballer der Schule, aber doch ein ganz normaler, netter Kerl!« Er griff nach einer meiner Haarsträhnen, um sie sinnlich um seinen Finger zu wickeln. »Und du bist ein sehr hübsches Mädchen.« Er beugte sich vor zu meinem Ohr. »Ich sag es ganz ehrlich: Du gefällst mir, Ella!«, flüsterte er so dicht, dass ich seinen Atem auf meiner Haut spürte.

Eine Gänsehaut überzog mich. Nur leider war es keine wohlige. Die ganze Zeit hatte ich darauf gewartet, dass das altbekannte Flattern in meiner Herzgegend einsetzte, aber da war weiterhin nichts. Im Vergleich zu Crys kam Lucas mir blass und kindisch vor.

Gerade wollte ich einen Schritt zurückweichen, um Abstand zwischen uns zu bringen, da spürte ich auf einmal Lucas' Lippen an meinem Mundwinkel. Erschrocken zuckte ich zurück und riss reflexartig die Hand hoch.

Ich erwischte Lucas voll im Gesicht.

»Au!«, brüllte er und hielt sich die Nase. Blut tropfte unter seiner Hand hervor.

»Oh, sorry, das tut mir wirklich leid!«, sagte ich – mühsam das Lachen unterdrückend. »Du hast mich erschreckt!« Ich holte ein Taschentuch hervor. »Möchtest du zum Schulsanitäter?«

»Nein, nein, schon gut!« Er wedelte mit der Hand, die er nicht auf seine Nase presste. »Bis dann, Ella! Man sieht sich!«

»Aber hoffentlich nicht so bald«, murmelte ich leise, damit die Schülermenge, die sich um uns versammelt hatte, mich nicht hörte.

Grinsend zog Jenna mich davon.

»Sag mal, hast du etwa gerade Hottie-Lucas eins auf die Nase gegeben, weil er dich küssen wollte?«, quietschte sie und boxte mir begeistert gegen den Arm.

»Nicht so laut!«, zischte ich. »Sonst habe ich in Sekundenschnelle auch noch einen Ruf als Schlägerin! Reicht doch, wie alle sich das Maul darüber zerreißen, dass ich von zu Hause abgehauen bin!«

Wir erreichten die Sporthalle und betraten die Umkleidekabine. »Wer hätte gedacht, dass ich hier trotz allem wieder so freundlich aufgenommen werde!«, sagte ich nachdenklich, während ich mir die Schuhe von den Füßen streifte.

»Nicht von jedem!«, flüsterte Jenna und deutete zu einer blonden Mitschülerin in extrem knapper Hose, die bei den Cheerleadern mittrainierte. Weil sie sich ebenfalls für den Sportunterricht umzog, konnte ich noch mehr von ihrer traumhaften Figur bewundern.

Sie wäre ideal für Crys, dachte ich mit einem schmerzhaften Ziehen in der Brust. Viel Schönheit zum Rauben.

»Everybody's Darling hat dich vorhin beinahe mit Blicken getötet, als Lucas versucht hat, dir einen aufzudrücken! Ich glaub, sie steht auf ihn.«

Ich zuckte mit den Achseln. »Kann ich mit leben, soll sie ihn sich krallen.«

Erstaunlicherweise war es mir nicht mehr wichtig, mit wem Lucas herummachte. Es reichte vollkommen, Jenna und die anderen aus unserer Clique an meiner Seite zu wissen, nachdem ich so lange Zeit allein mit meinen Sorgen gewesen war.

Allerdings stellte sich in den darauffolgenden Tagen heraus, dass mir so ziemlich alles egal geworden war. Ich ging zur Schule, machte meine Hausaufgaben, erledigte den Haushalt und verkroch mich in die Welt meiner Romane.

Jenna versuchte, mich dazu zu bewegen, mal auszugehen, aber mir fehlten die Kraft und Lust dazu.

Zuschauen, wie sie und Finley herumknutschten und sich glücklich in die Augen schauten? Nein danke.

Ständig musste ich an Crys denken und auch an das, was er vielleicht gerade mit Grace anstellte. Bestimmt redete sie schlecht von mir und genoss ihren Sieg. Und Crys? Ob er mich auch ein wenig vermisste?

Die Tage zogen an mir vorüber und in den Nächten hatte ich Albträume. Von Crys mit Grace und von Vampiren, die mich in den Hals bissen und aussaugten.

Mein Vater sprach mich unbeholfen darauf an, dass ich blass und traurig aussehen würde, aber ich zuckte nur mit den Schultern. Ich konnte es nicht ändern, dass Crys mir so sehr fehlte. Bestimmt würde die Zeit meinen Schmerz lindern.

Aber nun war ich bereits seit über zwei Wochen wieder zu Hause und immer noch tat jeder Gedanke, jede Erinnerung an ihn weh.

Als die dritte Woche verstrichen war, hielt ich es nicht mehr aus und nahm die Telefonnummer von Mr Morris zur Hand, die ich wie einen Talisman ständig in meinem Portemonnaie bei mir trug.

»Hallo, hier ist Ella!«, meldete ich mich schüchtern.

»Ella!«, rief Mr Morris erfreut und viel weniger grummelig als sonst. »Wie geht es dir?«

Interessante Frage.

»Prima«, log ich. »Alle sind nett zu mir, und in der Schule komme ich gut mit.«

»Und jetzt die Version, die du nicht jedem erzählst.«

Ich musste kichern, weil er mich so leicht durchschaut hatte. »Okay. Ich geb's zu: Ihr fehlt mir.«

»Wir alle oder jemand Spezielles?«

»Ihr alle!«, beteuerte ich.

Nach einer kurzen Pause sagte er: »Ich frage nur, weil es Crys auch nicht gut geht.«

»Was ist los?«, rief ich erschrocken. »Ist er krank?« Mein Herz schlug mir vor Aufregung bis zum Hals.

»Nein, nein. Es ist nur … er ist sehr still geworden und meistens schlecht gelaunt.«

»Ehrlich?«, rief ich begeistert. »Ähm, ich meine natürlich: Warum denn das?«

»Tja«, sagte der Gärtner, und ich hatte den Verdacht, dass er schmunzelte, »… Genaueres weiß ich auch nicht, er spricht nicht darüber.«

Ich versuchte, das breite Grinsen auf meinem Gesicht zu bekämpfen. »Wie geht es denn den Tieren?«

»Alle gesund. Aber du fehlst ihnen. Sie haben mir aufgetragen, dir mitzuteilen, dass sie dich sprechen wollen, falls du anrufst.«

»Oh, ich vermisse euch so sehr!«, entfuhr es mir.

»Dann komm zurück, Ella. Wir brauchen dich. Wir alle.«

Nun wurde ich schlagartig wieder ernst. »Ich … ich kann nicht, Sie wissen schon, wegen Grace …«

Ich hörte, wie der Gärtner am anderen Ende der Leitung gleichzeitig mit mir aufseufzte.

»Soll ich in zehn Minuten noch einmal anrufen und mit den Tieren sprechen?«, schlug ich nach einem Moment des Schweigens vor.

Und vielleicht mit Crys? Aber ich wagte nicht, dies laut auszusprechen, obwohl es mein sehnlichster Wunsch war, das tiefe, weiche Timbre seiner Stimme endlich wieder zu hören.

Aber vielleicht wollte er gar nicht mit mir reden? Vielleicht war er so erbost über meinen Wunsch, von ihm wegzukommen, dass er nichts mehr mit mir zu tun haben wollte? Nein. Es war nicht Crys' Art, beleidigt zu schmollen. Wütend – ja, das würde zu ihm passen.

Mr Morris durchbrach mein Gedankenkarussell. »In Ordnung, ich hole die beiden. Bis gleich, Ella!«

Als ich kurze Zeit später die Wahlwiederholung betätigte, hob Mr Morris sofort ab. »Hallo, Ella, ich stell mal auf laut.«

»Ellaaaaa!«, kam sogleich ein begeistertes Aufjaulen von Arthur. Sogar sein euphorisches Hecheln konnte man durchs Telefon hören. »Wann kommst du mich endlich mal wieder bsuchen? Keiner spielt mehr Stäckli-Werfen mit mir!«

Ich musste lachen, aber meine Augen waren feucht. »Leider kann ich hier im Moment nicht weg, mein Süßer, ich muss ganz viel für die Schule lernen.«

»Der blöde Köter nervt total rum, seit du weg bist«, klinkte sich nun James in das Gespräch ein.

»Du willst nur nöd mit mir spielen, weil du jetzt wieder auf Mäusejagd gehen musst, seit Ella dich nümme füttert!«, brummte Arthur gekränkt.

»He, Jungs, bitte keinen Streit!«, lachte ich. »Erzählt mir lieber, was ihr den ganzen Tag so anstellt, jetzt, wo ich nicht mehr aufpassen kann. Seid ihr brav?«

»Ich scho!«, beteuerte Arthur. »Aber James ärgert Grace.«

»Och, nur ein bisschen!«, gestand der wenig zerknirscht. »Habe herausgefunden, dass sie keine Mäuse mag.«

»Du hast ihr Geschenke gebracht?« Ich kicherte, weil mich die Vorstellung von der überheblichen Grace, die kreischend durch das Haus rannte, ein klitzekleines bisschen freute.

»Mhm. Den größten Erfolg hatte ich mit der lebenden Maus in ihrem Bett«, bestätigte der Kater zufrieden. »Wenn sie mir auch mal etwas Leckeres geben würde, so wie du, wäre ich vielleicht netter. Obwohl … nö.«

»Gibt es da nicht noch etwas zu beichten?«, mahnte Mr Morris im Hintergrund streng.

»Das mit der Ratte im Bad?«

»Igitt!« Ich schüttelte mich. »Das hätte mich aber auch zum Schreien gebracht. Lieb von dir, dass du mich damit verschont hast.«

»Das meinte ich nicht«, erklärte der Gärtner.

»Ah, er meint das mit em Trainingsazug!«, rief Arthur begeistert und ohne schlechtes Gewissen. »Ja, da waren wir ein gutes Team, nöd wahr, James?«

Als Antwort erklang ein gehässiges Katerlachen.

»Was habt ihr damit gemacht?«, fragte ich neugierig.

»Die beiden Halunken haben die Sportkleidung von Grace zerfetzt«, berichtete der Gärtner seufzend.

»Oje!«

»Aber am besten war das Draufpissen!«, johlte James.

»Ihr habt was getan …?«, rief ich entsetzt.

»Draufgepisst!«, erklang es sehr selbstzufrieden zweistimmig aus dem Hörer.

»Es gab zwar ein bisschen Ärger vom Chef, aber das war es wert«, erklärte James unbekümmert.

»Das war aber nicht nett von euch!« Es musste furchtbar gestunken haben, und ich wusste, wie pingelig Grace mit ihren geliebten Sportklamotten war. Sie hatte mich mal kräftig zur Schnecke gemacht, weil ich es gewagt hatte, ihr Hightech-Shirt mit ein wenig Weichspüler zu waschen. Konnte ja keiner ahnen, dass dadurch die Atmungsaktivität der Kleidung verloren ging.

»Ihr Lieben, ich muss jetzt Schluss machen, mein Vater kommt gleich nach Hause, und dann soll das Essen fertig sein. Aber ich melde mich ganz bald wieder, versprochen!«

Für einen winzigen Moment hatte ich überlegt, ob ich noch ein »Seid schön brav« hinzufügen sollte, ließ es dann aber bleiben. Sollten sie Grace ruhig ein bisschen quälen.

Nachdem wir uns verabschiedet hatten, stand ich eine ganze Weile regungslos am Fenster.

Verdammt, wann hörte diese fiese Sehnsucht endlich auf?

Shards

Als ich ein paar Tage später nach dem Unterricht auf dem Weg zum Bus war, beobachtete ich etwas Merkwürdiges: Nahezu jedes Mädchen, welches durch das Schultor hinaustrat, blieb so abrupt stehen, dass die Nachfolgenden in sie hineinstolperten. Dann strich es sich verführerisch durch die Haare und stolzierte hüftschwingend mit einem einladenden Lächeln weiter.

Mein Herz begann zu rasen. Könnte es sein? Stand da hinter dem Pfeiler vielleicht …?

»Shards!«, rief ich enttäuscht und machte instinktiv einen Schritt rückwärts, wobei ich nun ebenfalls gegen einen Mitschüler prallte.

»Hallo, Ella!«, sagte der Raptor Formae, der da lässig am Tor lehnte, mit betörendem Lächeln und schwenkte meinen alten Rucksack.

Sofort wollte ich noch weiter zurückweichen, doch die nachströmenden Schülermassen schoben mich mit sich.

»Bleib mir vom Leib!«, rief ich schrill und erntete dafür merkwürdige Blicke von den neuen Shards-Groupies.

»Bei mir darfst du gerne an den Leib!«, rief irgendein vorwitziges Ding, aber Shards beachtete es nicht.

Stattdessen folgte er mir, als ich überstürzt floh.

Verdammt, wo war bloß Jenna?! Jetzt hätte ich sie wirklich an meiner Seite gebraucht, aber bestimmt knutschte sie noch in irgendeiner Schulhofecke mit Finley.

Rücksichtslos drängte ich jemanden beiseite und versuchte, mich hinter einem groß gewachsenen Mitschüler zu verstecken. Doch es nützte nichts.

»Ella, sei nicht albern!«, rief Shards vergnügt. »Ich will nur mit dir reden.«

»Ich aber nicht mit dir!«, entgegnete ich mit schriller Stimme und rannte noch schneller, während ich fieberhaft überlegte, wo ich denn hinlaufen sollte. Ihm zu zeigen, wo ich wohnte, wäre mehr als dumm gewesen, also schlug ich den Weg zur belebten Innenstadt ein. Vor so vielen Leuten würde er mir nichts antun können, oder doch?

Das Heimtückische am Raub über Hautkontakt war ja leider, dass niemandem auffiel, was da gerade passierte. Aber zumindest würde er mich dort nicht so leicht entführen können wie in der wenig befahrenen Straße zu unserem Haus.

»Es geht um Crys!«, rief er mir hinterher.

Crys? Ich stoppte abrupt und drehte mich zu ihm. »Was ist mit ihm?«

Shards wollte nach meinem Arm greifen, aber ich konnte gerade noch rechtzeitig ausweichen. »Finger weg!«, schrie ich.

Mit einem trügerisch-sanftmütigen Lächeln hob er die Hände, als wolle er sich ergeben. »Keine Sorge! Ich tu dir doch nichts! Ich soll dir nur etwas ausrichten.«

»Von Crys?«, fragte ich misstrauisch. Warum konnte Crys mir das nicht selbst sagen?

Er nickte.

»Okay, schieß los. Aber wehe, du kommst mir zu nahe!«

Ich würde ihn keine Sekunde aus den Augen lassen und durfte mich auf keinen Fall mehr von seinem Raptor Formae-Charme einlullen lassen. Meine Hände zitterten.

»Nicht hier, wo uns jeder hören kann. Du weißt ja, wie sensibel Themen sind, die ihn betreffen …«, sagte er bedeutungsvoll.

»Geht es ihm gut?«, fragte ich besorgt.

Nachdenklich wiegte Shards den Kopf hin und her. »Lass uns erst einmal wegkommen aus dem Gedränge hier, dann erzähle ich es dir.«

Oh Scheiße! Mr Morris hatte es ja schon angedeutet: Crys ging es nicht gut. Vielleicht war es gar nicht sein Herz, das litt, wie ich es mir so schön romantisch überlegt hatte, sondern sein Körper. Vielleicht war er krank und benötigte meine Hilfe!

»Okay. Gehen wir ein paar Schritte. Aber komm ja nicht auf die Idee …«, meine Stimme versagte, denn im gleichen Augenblick, als ich mich zum Gehen wandte, ergriff Shards meinen bloßen Arm.

»Nein!«, schrie ich auf, während sich das gefährliche Kribbeln ausbreitete und mir klar wurde, dass er gerade raubte. Ich wollte um Hilfe rufen, aber ich konnte nur heiser krächzen, weil er zeitgleich irgendetwas in meinem Körper manipulierte, sodass mir jede Kraft zur Gegenwehr fehlte.

»Bitte!«, keuchte ich erstickt. »Lass mich gehen!«

Ich spürte meine Beine nicht mehr, während ich rettungslos in den Sog seiner unwiderstehlichen Anziehungskraft geriet. Wenn er mich nicht gehalten und an sich gezogen hätte, wäre ich zu Boden gestürzt. Für die Passanten musste es so aussehen, als würde ich mich an meinen Freund schmiegen. Niemand würde mir helfen.

Aber wollte ich überhaupt, dass mir jemand half?

Ich rang nach Luft. Es war schön, wie er mich hielt.

Warum hatte ich noch gleich gewollt, dass er mich nicht berührte? Ach ja! Crys! Ich liebte Crys.

»Shards …«, flehte ich leise, aber er hielt mich erbarmungslos gepackt, krallte seine Finger lächelnd in meine schutzlose Haut, während er konzentriert auf mich herabblickte.

»Schhh, ganz ruhig, es tut nicht weh. Du wirst jetzt mit mir kommen, Ella. Ohne Zickereien.« Er zerrte mich hinter sich her zu einem Wagen, und mein dummer Körper gehorchte dem Befehl seiner Berührung. »Du wirst es gut bei mir haben, glaub mir!«, fuhr er genüsslich fort. »Wir werden viel Spaß miteinander haben.«

»Warum?«, hauchte ich, während ich hinter ihm herstolperte.

»Als ich merkte, was du kannst, musste ich dich einfach besitzen, Ella!«

Verständnislos starrte ich ihn an. *Was ich kann? Besitzen?* Wie meinte er das? Halbherzig versuchte ich, mich von ihm zu lösen, obwohl seine Nähe mir in diesem Moment das Schönste schien, das ich je erlebt hatte.

Mein manipuliertes Hirn trieb am Rande der Bewusstlosigkeit.

»Ella, alles in Ordnung?«, durchbrach eine mir bekannte Stimme die Dunkelheit, die mich umhüllen wollte.

Sofort ließ Shards mich los und stellte mich auf die eigenen Beine.

»Ein kurzes Unwohlsein, weiter nichts«, erklärte er, während ich mich krümmte und keuchend nach Luft schnappte.

»Daniel!«, flüsterte ich. Noch nie war ich so froh gewesen, den Typen zu sehen, der mir das letzte Schuljahr zur Hölle gemacht hatte. Bittend streckte ich die Hand nach ihm aus, und zum Glück ergriff er meinen Arm, sonst wäre ich gestürzt.

»Was ist denn los?« Unsicher blickte er zwischen Shards und mir hin und her.

Der Raptor Formae stieß ein herablassendes Lachen aus. »Die Kleine hatte einen Nervenzusammenbruch, weil es ihrem Freund nicht gut geht, nicht wahr, Ella?« Mit erhobenen Augenbrauen musterte er mich drohend.

Er war so schön.

Verständnislos starrte ich zu ihm auf.

»Na, du weißt schon …« Mit einem berechnenden Lächeln beugte er sich zu mir herab. »Vielleicht ist es besser, wenn keiner weiß, dass es Personen wie Crys und mich gibt, oder?«, flüsterte er mir ins Ohr. »Ich an deiner Stelle würde niemandem etwas verraten.«

Endlich begriff ich, was er meinte, und nickte. Ich würde schweigen. Allein, um Crys zu schützen.

»Verschwinde endlich, Shards!«, murmelte ich erschöpft. Seiner Anziehungskraft nicht zu erliegen, war nahezu unmöglich. »Und lass dich nie wieder in meiner Nähe blicken!« Die Worte kosteten all meine Energie, denn mein Körper wollte sich unbedingt sofort wieder an ihn schmiegen.

Aber ich durfte nicht mit ihm gehen, auch wenn ich mir das noch so sehnsüchtig wünschte. Er war gefährlich. Bei ihm würde ich so enden wie Summer und Honey.

»Aber, Ella!«, tadelte Shards milde. »Wo bleibt denn dein gutes Benehmen? Was soll denn der liebe Daniel von dir denken?« Lässig nickte Shards meinem Retter zu, drückte mir meinen Rucksack in die Hand und wandte sich zum Gehen.

»Es hat mich sehr gefreut, dich wiederzusehen«, raunte er dicht an meinem Ohr, als er an mir vorbeiging. Ich fuhr zusammen.

Ehe ich reagieren konnte, zwinkerte er mir zu, bevor er in sein Auto stieg und wegfuhr.

Mit zusammengebissenen Zähnen und geballten Fäusten schaute ich ihm nach. Verdammt! Der Typ war wirklich Furcht einflößend! Und so sexy, dass es kaum auszuhalten war.

Ich spürte, wie mein Gehirn bei diesen Widersprüchen heiß lief.

Wenn Daniel nicht gekommen wäre, hätte er mich problemlos mit sich nehmen können. Ich selbst hätte es gewollt, und alle hätten geglaubt, dass ich schon wieder abgehauen wäre.

»Ich weiß, du magst mich nicht sonderlich, aber könntest du mich bitte nach Hause bringen?«, sagte ich mit dünner Stimme zu Daniel, der unschlüssig neben mir stand und meinen Arm hielt.

Erst ganz langsam klärten sich meine Gedanken. Shards hatte bei mir geraubt. Und ich wusste, was das für Auswirkungen haben würde. Ich musste schnellstmöglich heim, bevor ich in der Öffentlichkeit zusammenbrach.

»Klar!« Er stützte mich, als wir losgingen. »Aber weißt du … ähm … in Wahrheit fand ich dich schon immer gar nicht so übel!«

»Es ist wirklich nett, dass du mir hilfst, und ich weiß es sehr zu schätzen, aber könntest du bitte aufhören, mich zu verarschen!« In meinem gegenwärtigen Zustand hatte ich keine Kraft für solche Spielchen.

Daniel räusperte sich. »Ich meinte das eigentlich ernst«, sagte er leise. »Ehrlich gesagt hatte ich keine Ahnung, wie ich dir zeigen sollte, dass ich dich mag. Also habe ich … mhm … dich geärgert, damit du mich beachtest.« Er wirkte unglaublich verlegen, was irgendwie süß war. »Tut mir echt leid, dass ich mich im letzten Jahr so bescheuert verhalten habe. Als du nicht mehr zur Schule gekommen bist, hab ich mich verdammt schlecht gefühlt, weil ich dachte, es wäre vielleicht meine Schuld …« Zerknirscht sah er mich an.

»Keine Sorge, es lag nicht an dir«, beruhigte ich ihn nach einem Moment der Verblüffung.

»Dann … dann wäre es also okay, wenn ich dich frage, ob du mal mit mir ausgehen würdest?« Sein Blick erinnerte mich an Arthur.

Ungläubig schaute ich ihn an und wäre beinahe gestolpert, wenn er mich nicht immer noch gestützt hätte. Erst Lucas und jetzt auch noch Daniel? Das war doch nicht normal!

»Spürst du zufällig ein merkwürdiges Kribbeln, wenn ich dich anfasse?«, fragte ich ängstlich. »Ich meine nur da an der Haut, wo wir uns berühren«, fügte ich hastig hinzu, als er errötete.

»Nein?«, antwortete er verunsichert und war jetzt so tiefrot, dass ich grinsen musste.

»Dann ist ja gut!«, rief ich erleichtert. Ich war also nicht aus Versehen ebenfalls zum Raptor Formae geworden.

Wie funktionierte das überhaupt? Wurde man so geboren – eine Mutation vielleicht? Ein unbekannter Virus? Oder war es wie bei den Vampiren?

Den Rest der Woche blieb ich zu Hause. Meinem Vater gegenüber behauptete ich, dass ich krank sei, damit er mich in der Schule entschuldigte, aber in Wahrheit lag ich zitternd im Bett und durchkämpfte einen kalten Entzug.

Ich fror, ich schwitzte, ich konnte nicht schlafen und hatte so heftige Bauchkrämpfe, dass ich glaubte, meine Eingeweide würden sich nach außen kehren. Jeder Zentimeter meines Körpers schmerzte. Das Schlimmste jedoch war die tiefe Hoffnungslosigkeit, die mich überfiel und meine Sehnsucht nach Crys ins Unermessliche steigerte.

Als es mir endlich besser ging, ließ ich mich jeden Tag von einem meiner Freunde zur Schule abholen und wieder nach Hause bringen, meistens war es Jenna. Ich behauptete, da wäre ein Stalker, der mich verfolgen würde und bereits bedroht hätte. Das konnte Daniel bestätigen – Daniel, der seit meiner Rückkehr wie verwandelt war. Irgendwie schräg.

Am Freitag darauf lauerte Shards mir schon wieder auf dem Heimweg auf. Von Weitem lächelte er mir süffisant zu und bedeutete mir, dass er mich beobachtete.

Ich presste die Hand auf meinen Magen und taumelte hastig weiter, um den Anschluss an meine Freunde nicht zu verlieren. Vielleicht würde mich irgendjemand im Auto mitnehmen.

Mir wurde klar, dass Shards nicht aufgeben würde. Der Raptor Formae würde es wieder und wieder versuchen, bis er mich irgendwann doch einmal erwischte. Und es gab nichts, was ich dagegen tun konnte.

Weil ich mir nicht mehr anders zu helfen wusste, rief ich am Nachmittag Mr Morris an und berichtete ihm von Shards' Angriff.

»Das ist nicht gut«, murmelte der Gärtner, nachdem ich geendet hatte. »Überhaupt nicht gut.«

»Das ist mir ja auch klar!«, rief ich aufgebracht. »Aber was soll ich denn jetzt bloß tun?«

»Tja.« Ich konnte geradezu sehen, wie er sich nachdenklich über den grauen Bart rieb. »Da bin ich leider ratlos, Ella.«

»Meinen Sie, ich könnte einmal mit Crys sprechen? Er hat bestimmt eine Idee, was ich tun soll!«

Am anderen Ende der Leitung herrschte Stille.

»Mr Morris?«

»Mhm … Ella, da gibt es etwas, was du wissen solltest.«

Alles in mir zog sich ahnungsvoll zusammen.

»Crys würde es kräftemäßig nicht schaffen, zu telefonieren, und falls doch, wäre es lebensgefährlich für mich, ihm nahe zu kommen. Es geht ihm nicht gut. Er … er hungert, denke ich.«

»Er hungert?«, echote ich erschrocken. »Aber … Ich verstehe nicht?«

»Er raubt nicht mehr. Hat Grace rausgeworfen. Schon letzte Woche.«

»Er hat sie rausgeworfen?« Ich schnappte nach Luft und ließ mich auf einen Stuhl sinken. Das war ja … das war ja …!

Der Gärtner seufzte. »Seit du weg bist, Ella, geht es ihm immer schlechter. Er sagt es nicht, aber meiner Meinung nach hat er den Lebenswillen verloren.«

»Oh!« Ich schluckte hart und war froh, dass ich bereits saß. »Er begeht Selbstmord!«, flüsterte ich.

Okay, Ella. Ruhe bewahren. Das Wichtigste war jetzt, nicht in Panik zu verfallen und …

»Ich muss sofort zu ihm!«, schrie ich in den Telefonhörer. »Schnell! Wie lautet die Adresse?«

Mit zitternden Fingern krakelte ich die Daten, die Mr Morris mir gab, auf ein Blatt.

»Ella, warte! Überleg dir das genau! Es könnte für dich sehr gef…«

Hastig legte ich auf.

Oh Gott, Crys!

Rückkehr zur Villa

Ich rief bei der Taxizentrale an und hätte die Mitarbeiterin am liebsten durch die Leitung gezerrt, weil sie endlos lange benötigte, um zu notieren, wo das Taxi hinkommen sollte.

Dann schrieb ich hastig einen Brief an meinen Vater und erklärte, dass es einem Freund sehr schlecht ginge und ich ihn übers Wochenende besuchen fahren würde.

Die Zeit bis zum Eintreffen des Taxis nutzte ich, um Kleidung und Toilettenartikel in eine Tasche zu stopfen. Zum Schluss steckte ich mein Smartphone ein und zog die Tür hinter mir zu, um vor dem Haus zu warten.

Verdammt, verdammt, verdammt!, murmelte ich im Rhythmus meines tappenden Fußes. Wo blieb bloß dieses Scheißtaxi?

Rasch schrieb ich noch eine Nachricht an Jenna, damit wenigstens sie wusste, wo ich mich befand. Bei ihr war diese Information in sicheren Händen.

Als ich endlich im Taxi saß, fragte ich mich zum ersten Mal, wie ich Crys überhaupt helfen sollte, denn das, was er jetzt am nötigsten brauchte, war jemand zum Rauben.

Nervös kaute ich auf meinem Fingernagel und blickte aus dem Wagenfenster nach draußen, wo die letzten Häuser der Stadt bereits hinter uns verschwanden. War ich bereit, ihm das Rauben zu gestatten? Schaudernd erinnerte ich mich an die Folgen der Begegnungen mit Shards und wie schlecht es mir danach gegangen war.

Trotzdem lautete die Antwort: Ja. Ich war bereit, meine Gesundheit zu opfern, damit Crys weiterleben konnte.

Anschließend, wenn es ihm besser ging, konnte er sich ja wieder eine schöne Freundin suchen – zumindest, wenn sie sympathischer war als Grace. Ich würde das ertragen. Würde ich. Oder?

Zittrig sog ich die Luft ein, während ich meine Finger knetete. Konnte diese Schnecke von Taxifahrer sich nicht ein bisschen beeilen, statt mir ein Gespräch über das Wetter aufzudrängen?!

Was, wenn Crys so ausgehungert war, dass er sich nicht kontrollieren konnte? Wenn er nicht rechtzeitig mit dem Rauben aufhörte und dadurch mein Leben gefährdete? Warum nur hatte er Grace rausgeworfen und warum hatte er sich keine neue Schönheit besorgt?

Ganz ruhig, Ella. Weiteratmen.

Mr Morris und die Tiere waren ja auch noch da. Sie würden mich beschützen. Zumindest hoffte ich das.

»Ganz schön einsame Gegend, in die Sie da wollen, junge Dame!«, ließ der Taxifahrer sich schon wieder vernehmen.

»Stimmt«, antwortete ich knapp, in der Hoffnung, dass er mich dann endlich in Ruhe ließ.

Vergeblich. »Besuchen Sie Familie?«

»Nein.«

»Freunde?«

Der Typ ließ aber auch nicht locker! »Ja.«

»Die wohnen aber sehr abgelegen!«

»Stimmt.« Irgendwie drehte sich die Unterhaltung im Kreise.

Meine Nerven lagen blank, als wir endlich den Waldweg erreichten, an dem die Einfahrt zu Crys' Grundstück lag.

»Einfach da vorne anhalten«, bedeutete ich dem Taxifahrer.

Er stoppte vor dem Tor und sah die lange Allee hinauf. »Wollen Sie nicht lieber warten, bis das Tor geöffnet wird, und ich fahre Sie noch zum Haus?«

Ich dachte an die gewalttätigen Bäume. »Nein danke. Was bekommen Sie?« Geld hatte ich ja dank Crys genügend. Nachdem ich bezahlt und der Fahrer mir meine Tasche gereicht hatte, eilte ich zum Tor. So ein Mist, weshalb war hier denn keine Klingel?

»Soll ich noch warten?«, fragte der Fahrer, der sich wohl Sorgen machte, mich hier so mutterseelenallein stehen zu lassen.

»Nett von Ihnen, aber ich komme zurecht!«

Er sollte endlich abhauen! Nicht, dass ihm noch auffiel, dass hier so einiges nicht stimmte.

Endlich rollte das Taxi davon. Entschlossen drückte ich gegen das große Eisentor, das sich seltsamerweise widerstandslos öffnen ließ. Was, wenn ein ahnungsloser Besucher hereinkäme und von den Bäumen erschlagen würde?

Mit misstrauischem Blick auf die Hainbuchen, deren Laub sich bereits braun verfärbte, setzte ich behutsam einen Fuß auf die Allee. Gleich würde eine auf mich knallen, und dann war ich Matsch. Aber irgendwie musste ich hier durch.

»Crys?«, schrie ich laut. »Mr Morris!« Einer von ihnen sollte die blöden Bäume bändigen!

Ängstlich setzte ich auch den zweiten Fuß vor und wartete auf die Reaktion der Hainbuchen.

Was für eine Schnapsidee, mich alleine in die Fänge eines ausgehungerten Raptor Formae zu begeben …

Aber nichts geschah, auch nicht, als ich atemlos weiterging.

Entweder kam man hinein doch leichter als hinaus, oder Crys hatte dafür gesorgt, dass ich jederzeit gefahrlos zurückkehren konnte.

Ich warf meine Tasche über die Schulter und rannte los, Richtung Villa – voller Furcht vor dem, was mich erwarten würde. *Bitte, lass mich nicht zu spät sein!*

Während ich ins Haus stürmte und ein Zimmer nach dem anderen nach Crys absuchte, fragte ich mich, ob ich eigentlich noch ganz dicht war. Aber nun war es zu spät. Zu spät für Ausflüchte, zu spät zum Entkommen.

Die ganze Zeit über hatte ich versucht, vor Crys zu fliehen. Allein der Gedanke, er könnte seine Kräfte bei mir einsetzen, machte mir Angst. Aber … noch tausendmal mehr Angst bereitete mir der Gedanke, er könnte sterben.

So sehr, dass es körperlich schmerzte.

Ich würde es durchhalten. Alles ertragen. Die Alternative war einfach unvorstellbar. Ich wollte nicht, dass Crys starb.

Keuchend hechtete ich nun auch noch die Treppe unters Dach hinauf, nachdem ich alle anderen Räume erfolglos abgesucht hatte.

»Crys!«, brüllte ich zum wiederholten Male, aber ich erhielt keine Antwort.

Auch hier konnte ich ihn nirgendwo entdecken. Nur jede Menge Schmutz. Im ganzen Haus. Es schien eine Weile her zu sein, dass das letzte Mal geputzt worden war.

Verdammt, wo steckte dieser verrückte Kerl? Schwer atmend blieb ich stehen und rieb mir über die feuchte Stirn. War er überhaupt zu Hause? Ich musste in der Garage nachsehen, ob der Wagen da war. Anschließend würde ich es bei Mr Morris versuchen. Das hätte ich überhaupt als Allererstes tun sollen.

Ich hetzte nach draußen, Richtung Garage.

Und dann endlich fand ich ihn.

Zusammengekrümmt, mit geschlossenen Augen, lag er im Gras vor einem Beet, in dem die letzten roten Rosen der herbstlichen Kälte trotzten.

Ein Windstoß wirbelte ein paar Blütenblätter auf, sodass sie auf Crys' stillem Gesicht zu liegen kamen.

Wie dunkelrote Blutstropfen auf seiner leichenblassen Haut.

»Crys!«, schluchzte ich auf und fiel neben ihm auf die Knie. Fahrig suchte ich mit Zeige- und Mittelfinger an seinem Hals nach dem Puls, zitternd vor Panik, als ich ihn nicht gleich ertasten konnte. Doch dann fühlte ich endlich ein Pochen. Ganz schwach und unregelmäßig flatternd.

»Ich bin wieder da!«, schluchzte ich. »Crys! Bitte verlass mich nicht!«

Ohne nachzudenken, riss ich ihm das Shirt nach oben, sodass seine Haut am Oberkörper frei lag, machte bei mir dasselbe und warf mich über ihn. Um noch mehr Hautkontakt zu ermöglichen, legte ich meine Handflächen um sein Gesicht und wartete darauf, dass sich das kribbelnde Gefühl von den Berührungsstellen in meinem ganzen Körper ausbreiten würde, damit ich mir sicher sein konnte, dass Crys raubte und somit an Nahrung kam.

Aber es passierte nichts. Nur das leichte Summen an den Hautstellen, welches sich immer einstellte, wenn ich ihn berührte.

»Scheiße, Crys! Jetzt reiß dich zusammen und leg endlich los!«, schrie ich ihn verzweifelt an. Konnten Raptor Formae nur rauben, wenn sie bei Bewusstsein waren? Mein Hals war wie zugeschnürt, als ich auf Crys' Wange schlug, um ihn wieder zu Bewusstsein zu bringen.

»Jetzt komm schon!«

Nichts.

»Oh Gott, oh Gott!«, wimmerte ich.

Mehr Hautkontakt! Vielleicht war es das. Kurzerhand zerrte ich ihm und dann mir Hose und T-Shirt vom Leib und warf mich erneut auf die reglose Gestalt. Schlang mich um seine nackten Beine, klammerte mich mit den Armen wie eine Ertrinkende an ihn, ohne die Novemberkälte zu spüren.

»Tu mir das nicht an!«, flüsterte ich, während meine Tränen auf sein Gesicht tropften. Strich ihm wieder und wieder mit den Händen über seinen Nacken und seine Wangen. »Oh, bitte, Crys!«

Ohne dass ich wusste, wie mir geschah, befand ich mich auf einmal in Rückenlage mit Crys der Länge nach auf mir.

Erschrocken schnappte ich nach Luft und starrte ungläubig in seine leuchtend blauen Augen, die schmunzelnd auf mich herabblickten.

»So wollte ich schon immer von dir geweckt werden, meine Süße!«, flüsterte er mit rauer Stimme und strich mit der Hand zuerst über mein Gesicht, dann mit dem Daumen über meine Lippe. Es prickelte wie verrückt.

Erst jetzt wurde mir bewusst, dass ich praktisch nackt war. Und dass sich da bei ihm in der Hüftgegend etwas regte. Heiße Röte überflutete mein Gesicht.

»Äh, Crys ... Jetzt, wo es dir besser zu gehen scheint: Ich bekomme keine Luft!«

»Entschuldige!« Grinsend stützte er sich mit den Armen rechts und links von mir ab, machte jedoch keine Anstalten, sich von mir herunterzubewegen. Stattdessen neigte er den Kopf zu meinem Hals, sog dort tief die Luft ein und bedeckte ihn mit Küssen, bis das Summen auf meiner Haut kaum mehr auszuhalten war.

Himmel! Ich musste bereits süchtig sein, so wunderbar, wie es sich anfühlte, hier mit ihm zu liegen, obwohl ich genau wusste, dass es mir schadete.

Glücklich schlang ich meine Arme um seinen Nacken und zog ihn dichter an mich heran. »Ich habe dich so vermisst!«, gestand ich seufzend und schmiegte mich an ihn.

Crys hob den Kopf und schaute in meine Augen. Ich sah ihm an, dass er ebenfalls aufgewühlt war. Nun wanderte sein Blick zu meinem Mund. Erwartungsvoll leckte ich mir über die Lippen und entlockte ihm damit ein tiefes Knurren. Gleich! Gleich würde er mich endlich richtig küssen! Vorfreudig pochte das Herz in meiner Brust.

Doch anstatt Crys' Lippen traf mich etwas anderes.

Ein eiskalter Strahl erfasste uns, und wir schrien erschrocken auf.

»Runter von ihr!«, befahl eine brüchige Stimme, aber da waren wir bereits aufgesprungen.

»Schon gut, Mr Morris!«, rief ich, als ich den Angreifer erkannte, der einen Gartenschlauch drohend auf uns gerichtet hielt. Mit hochrotem Kopf griff ich hastig nach meiner Kleidung. »Crys hat mir nichts getan! Stellen Sie das Wasser ab.«

Einen winzigen Moment lang hatte ich überlegt, zu behaupten, Crys wäre gestolpert und auf mich gefallen, aber die Sache mit der fehlenden Kleidung hätte sich irgendwie schwer erklären lassen. Vor Kälte mit den Zähnen klappernd, kleideten wir uns wieder an.

»Hast du bei ihr geraubt?«, fuhr der Alte Crys böse an.

»Nein! Hat er nicht«, erwiderte ich, als Crys nicht antwortete, sondern nur ernst die Stirn runzelte. »Mir geht es wunderbar.«

»Crys?«, fragte Mr Morris drohend.

»Ehrlich gesagt …«, nachdenklich rieb er sich über den Nacken, »… ich bin mir nicht sicher. Es war anders als sonst, aber trotzdem fühle ich mich deutlich satter und kräftiger.« Er wandte sich an mich. »Es tut mir leid, Ella. Du musst sofort nach Hause fahren. In meiner Nähe bist du in Gefahr!«

Der Gärtner nickte bei seinen Worten nachdrücklich. »Ich rufe dir ein Taxi.«

Verärgert runzelte ich die Stirn. »Crys hat nicht geraubt!«, beharrte ich. »Es hätte doch sonst im ganzen Körper kribbeln müssen, richtig?«

Crys nickte.

»Seht ihr?! Das hat es nicht!« Energisch ergriff ich Crys' Hand und zog ihn zum Haus. »Wir werden uns jetzt erst einmal abtrocknen, und anschließend koche ich etwas Schönes zum Abendessen. In einer Stunde?«, rief ich Mr Morris zu, der immer noch verdutzt dastand.

Er nickte langsam und schaute uns besorgt nach.

Ich ließ Crys' Hand los. Auch wenn er bisher nicht geraubt hatte, wollte ich es vermeiden, ihn zu provozieren. Es machte mich so glücklich, wieder bei ihm zu sein. Aber auch Crys war anzumerken, dass mein Auftauchen ihn aus dem Gleichgewicht gebracht hatte. Ich spürte, wie sein Blick mich den ganzen Weg über nicht mehr losließ.

»Hat es wirklich nicht in deinem ganzen Körper gekribbelt?«, fragte er irgendwann leise und blieb stehen.

»Das habe ich doch schon gesagt!« Verwirrt blickte ich zu ihm auf. »Was war da vorhin los?«

»Ich verstehe es ja selbst nicht.« Er strich mir eine klitschnasse Strähne aus dem Gesicht. »Du hättest es überall spüren müssen. Ich bin mir sicher, dass ich von dir geraubt habe. Vorher konnte ich nicht stehen, geschweige denn auch nur einen Schritt gehen. Allerdings fühlt es sich anders an, irgendwie …« Er brach ab und stieg nachdenklich die Stufen hinauf, um mir die Haustür aufzuhalten.

»Müsste ich mich jetzt dann nicht schlapp fühlen, wenn du geraubt hättest?«, hakte ich nach, während wir eintraten. »Jedenfalls war es bei Shards immer so.«

»Eigentlich schon …« Er stockte und auf seiner Stirn erschienen auf einmal tiefe Furchen. »Wie meinst du das: immer? Hat er etwa mehrmals bei dir geraubt?« Sein Zorn war geradezu körperlich spürbar.

»Lass mich erst einmal etwas Trockenes anziehen und das Abendessen vorbereiten. Ich erzähle es dir später in Ruhe«, sagte ich lächelnd, stellte mich auf die Zehenspitzen und küsste federleicht seine Wange. »Wir haben noch das ganze Wochenende Zeit zum Reden.« Ein Gefühl, warm wie ein prickelndes Schaumbad, durchströmte mich, als mir klar wurde, wie wichtig es mir war, Zeit mit ihm zu verbringen.

Er stand ganz still, als hätte ich ihn schon durch diesen winzigen Kuss aus der Fassung gebracht.

Schmunzelnd wollte ich eintreten, doch im gleichen Augenblick schoss ein riesiges Fellbündel heran, sprang an mir empor und schleckte einmal quer durch mein Gesicht.

»Ellaaaa!«, heulte Arthur und führte einen Freudentanz um mich herum auf.

»Ist ja gut, mein Bester!«, lachte ich und knuddelte ihn glücklich.

Hierher zurückzukommen, fühlte sich viel mehr wie Heimkommen an als die Rückkehr zu meinem Vater.

»Das wurde aber auch Zeit«, meinte der Kater säuerlich und stolzierte auf mich zu, um sich an meinem Bein zu reiben. Die Tiere waren wohl im Park unterwegs gewesen.

Ohne Antwort nahm ich ihn auf den Arm, wo ich ihn so hielt, dass ich seinen Bauch kraulen konnte. »Ich hab dich auch vermisst, James!« Lächelnd schmiegte ich mein Gesicht an seines.

Statt einer Antwort schnurrte er, obwohl er es eigentlich hasste, auf den Arm genommen zu werden.

Es dauerte eine Weile, bis ich meine Sachen endlich nach oben bringen konnte.

»Ella?«, rief Crys mir hinterher, während ich die Treppe emporstieg.

»Ja?« Ich wandte mich um und blickte hinunter in die Eingangshalle, wo er noch immer reglos verharrte.

»Danke«, sagte er ernst und hielt meinen Blick fest.

Mit einem melancholischen Lächeln nickte ich ihm zu und eilte dann weiter, denn in mir waren so viele Gefühle, dass ich kaum wusste, wohin mit mir. Liebe, Sorge, Aufregung und unbändige Freude. Am liebsten hätte ich getanzt vor lauter Glück, wieder bei Crys zu sein.

Warum bloß war ich so verrückt nach ihm, wenn er vorhin nicht geraubt hatte? Schaudernd dachte ich an die Nebenwirkungen von Shards' Angriff.

In meinem Zimmer hatte sich in den vergangenen fünf Wochen nichts verändert. Sogar der zurückgelassene Teil meiner Garderobe befand sich noch im Schrank.

Ich beeilte mich, in trockene Sachen zu schlüpfen, um rasch wieder hinunter zu Crys zu kommen.

»Was hältst du von Nudeln mit Ketchup?«, fragte Crys und tauchte mit gerunzelter Stirn hinter der Kühlschranktür auf, als ich die Küche betrat. »Ich fürchte, etwas anderes ist nicht im Haus.«

Nachdenklich betrachtete ich ihn. Er war blass und wirkte kraftlos. Am schlimmsten aber war die Traurigkeit auf seinen Zügen. Mein Herz zog sich schmerzerfüllt zusammen.

»Du hast nicht mehr eingekauft, stimmt's? Weil du dachtest, dass du es nicht mehr benötigen würdest.«

Er hob die Schultern. Uns beiden war klar, dass essen sinnlos war, wenn man sich umbringen wollte.

»Mach so was nie wieder, verstanden?«, schimpfte ich zornig und öffnete den Vorratsschrank, um nachzusehen, was noch vorhanden war.

Crys schwieg und setzte das Nudelwasser auf. Ein ungewohnter Anblick.

Ich seufzte, denn mir war klar, dass er es wieder tun würde, wenn ich fort war. Niemand konnte ihn zwingen, sich eine neue Freundin zu suchen, bei der er rauben konnte.

Wir würden darüber reden müssen, aber das musste bis nach dem Essen warten.

Ich entdeckte doch noch eine Dose Tomaten und schüttete sie in einen Topf. Während ich die Soße zum Kochen brachte und würzte, trat Crys dicht hinter mich. Ich war mir seiner Nähe mehr als bewusst, als er sich vorbeugte und direkt an meinem Ohr flüsterte: »Wenn du wüsstest, was gut für dich ist, würdest du davonlaufen, so schnell es geht.«

Stocksteif verharrte ich, als ich seinen warmen Atem in meinem Nacken spürte, der eine wohlige Gänsehaut über meinen Rücken schickte. Er schien an mir zu schnuppern.

»Wenn du wüsstest, was gut für mich ist, würdest du mich endlich küssen!«, hauchte ich zurück – selbst von meinen Worten überrascht.

Ich hörte ihn scharf die Luft einsaugen. Aber schon mit dem nächsten Wimpernschlag hatte er mich an sich gezogen. Seine leuchtenden Augen sogen mich in ein anderes Universum. Ich roch ihn – vermutlich hatte er sich in den letzten Tagen nicht mehr gewaschen. Trotzdem war sein Duft das Wunderbarste, das ich je wahrgenommen hatte.

Mit einem animalischen Knurren schob er mich an die Wand und griff in meinen Nacken. Ich erzitterte, als seine Finger einen leichten Stromstoß auslösten, sobald sie an meinem Hals entlangglitten, und reckte ihm meinen Mund entgegen.

Es war sonnenklar, wer hier das Sagen hatte, und ich ergab mich seiner Macht, schwindelig vor unerwarteter Erregung.

Doch so plötzlich, wie es begonnen hatte, war es auch schon vorbei. Kurz bevor unsere Lippen aufeinandertrafen, ließ Crys mich unvermittelt los, als hätte er sich verbrannt.

»Verdammt, Ella! Hör auf, mich zu provozieren! Ich darf dich nicht berühren und schon gar nicht küssen.« Verzweifelt stöhnte er auf. »Ach, verdammt!«

Mit klopfendem Herzen sah ich zu ihm auf. »Das waren nicht deine Lockstoffe«, sagte ich leise. »Das war ich. Ich wollte dich. Ich, Ella. Die Sehnsucht nach dir hat nicht aufgehört, als wir uns nicht gesehen haben. Also muss es echt sein«, flüsterte ich bebend und streckte die Hand nach ihm aus.

Aber er wich zurück und hinterließ eine schmerzhafte Leere. »Du verstehst nicht! Ich habe die Frauen praktisch vergewaltigt, um an Nahrung zu kommen!«

Nachdenklich umschlang ich mich selbst mit den Armen. »Egal, was du sagst, du bist nicht böse. Die Frauen sind freiwillig mit dir gekommen.«

»Weil sie nicht anders konnten, nachdem ich einmal geraubt hatte«, erwiderte er bitter.

»Wieso hast du dann immer dafür gesorgt, dass deine Freundinnen rechtzeitig von dir getrennt wurden und auf Entzug gehen konnten, bevor es zu spät war? Bevor ihr Leben endgültig in Gefahr war? Wieso hast du nie bei ihnen geraubt, wenn deine Freunde da waren? Wieso hast du diese grausamen Selbstversuche durchgeführt? Und wieso hast du dich wieder und wieder bemüht, mich zu schützen?« Ich war einen Schritt vorgetreten und erwiderte Crys' zornigen Blick. »Du. Bist. Nicht. Böse!«, beharrte ich.

Die Lippen zu einer schmalen Linie zusammengepresst, fixierte er mich. »Oh doch.«

»Dann bist du vielleicht doch ein sexy Vampir?« Ich bemühte mich um einen neckenden Tonfall.

Ein winziges Lächeln huschte über seine Züge und war sofort wieder verschwunden. »Nein. Kein Vampir. Aber ich bin genauso gefährlich.«

Sein eindringlicher Blick hielt mich gefangen. Mein Puls wurde schneller.

»Ich glaube nicht, dass du mir etwas antun würdest«, flüsterte ich und schüttelte den Kopf, selbst überrascht von der Sicherheit, die ich in mir fühlte.

»Und was ist mit Summer? Und mit Honey? Denkst du, dass sie bemerkt haben, wie ich ihnen geschadet habe? Ihr spürt es nicht. Dass ist ja das Heimtückische!«, sagte er mit abgrundtiefer Traurigkeit in der Stimme. »Ich gehe jetzt duschen.«

Dann ließ er mich einfach stehen und verließ die Küche.

Hoffnungen

Mr Morris kam, als die Nudeln fertig waren, und ließ sich am bereits gedeckten Esstisch nieder. Es war fast ein bisschen wie früher, nur dass ich diesmal die einzige Frau in der Runde war.

Crys hatte sich eine frische Jeans und ein weißes T-Shirt übergezogen, das seine trainierte Figur betonte. Am Ausschnitt war ein kleiner Teil seiner Brust mit der Tätowierung zu sehen. Seine dunklen Haare waren noch nass vom Duschen und lagen wild durcheinander. Mein Herz schlug schneller.

Weil niemand sonst das Gespräch eröffnete und ich das Schweigen nicht länger ertragen konnte, berichtete ich ein wenig von der Schule und meinen Freunden dort, aber ich war mir nicht sicher, ob sie überhaupt zuhörten. Beide Männer sahen aus, als wären sie mit den Gedanken ganz woanders.

Warum Crys mich mit diesem ernsten, beinahe melancholischen Blick musterte, ahnte ich. Und Mr Morris überlegte vermutlich, wie er mich vor ihm beschützen und ihn gleichzeitig am Leben erhalten konnte. Es war der gleiche Zwiespalt, der auch mich plagte.

Es musste einen Weg geben, wie wir beide zusammen sein konnten, es musste einfach!

»Es wäre besser, wenn Ella bei mir übernachten würde«, mahnte der Gärtner, als wir schließlich den Tisch abdeckten. Mittlerweile dämmerte es.

»Das glaube ich auch«, stimmte Crys ihm zu.

»Ach, ihr seid albern!« Herausfordernd blickte ich Crys an. »Würdest du mir etwas antun?«

»Ich denke nicht«, antwortete er langsam.

»Sehen Sie?«, wandte ich mich an Mr Morris, der wenig überzeugt wirkte. »Alles okay, Sie können beruhigt …« Ich stockte, als mir etwas klar wurde. »Das ist diese … Kraft, oder?«

Beide Männer schauten mich fragend an.

»Na ja, dass ich denke … so fest überzeugt bin, du würdest mir nichts tun!«, sagte ich an Crys gewandt.

»Könnte sein …«, erwiderte der unbehaglich.

»Okay. Ich komme nachher rüber und schlafe bei Ihnen, Mr Morris. Aber erst einmal muss ich mit Crys in Ruhe reden. Ich habe tausend Fragen!«

»Das kann ich verstehen«, schmunzelte der Alte. »Aber lass dich nicht von seinem Charme einlullen. Ich erwarte Ella spätestens um elf Uhr, habt ihr gehört?«, fragte er drohend. »Bin schließlich nicht mehr der Jüngste.«

Nachdem er gegangen war, schauten Crys und ich uns schweigend an. Das, was er da mit seinen Augen tat, hatte die Grenze des Schicklichen längst überschritten. Er musterte mich so intensiv, dass er dafür bestimmt schon wegen Verführung Minderjähriger angezeigt werden konnte.

Aber es gefiel mir.

»Lass uns noch ein wenig spazieren gehen«, schlug ich verlegen vor. Dabei ließ es sich besser reden als hier am Tisch.

Crys nickte.

Sofort sprang Arthur, der unter dem Tisch gelegen hatte, ebenfalls auf. »Gassi gah?« Voller Vorfreude wedelte er heftig mit dem Schwanz.

Ich warf einen unbehaglichen Blick zu Crys, denn das, was wir zu bereden hatten, war vermutlich nicht für die Ohren des Hundes gedacht. Doch Crys stand am Fenster, schaute nachdenklich in den Garten und hatte anscheinend gar nicht gehört, was Arthur gesagt hatte.

»Lass die beiden besser alleine gehen, Sabberlefze«, schaltete sich James wenig charmant ein. »Herrchen und Frauchen haben ein bisschen was miteinander zu bereden.«

Als er *Frauchen* sagte, war ich zu ihm herumgefahren. Der Kater fixierte mich aus seinen unergründlichen gelben Augen.

»Bis später dann!«, verabschiedete ich mich verlegen und verließ mit Crys das Haus.

Der leichte Duft von nassem Herbstlaub stieg mir in die Nase, während wir zwischen den verblühenden Beeten hindurch zum See schlenderten.

Ich hatte die Villa und den schönen Park vermisst. Und auch die Bewohner der Villa. Das alles hier war wie ein Zuhause.

»Ich hätte nicht gedacht, dass du zurückkommen würdest!«, brach Crys das Schweigen, als wir gerade eine sauber gestutzte Eibenhecke passierten, und blieb abrupt stehen. »Warum, Ella?«

»Ich … ich …«

Da mir nicht die richtigen Worte einfielen, legte ich meine Arme um seinen Rumpf und zog ihn dicht zu mir heran. Nach einem kurzen Augenblick der Überraschung erwiderte er die Umarmung, schmiegte sein Gesicht in meine Haare und streichelte sanft über meinen Rücken. Ich fühlte mich derart liebevoll geborgen, dass ich mich am liebsten nie mehr von ihm lösen wollte.

Ein funktionierender Teil meines Verstandes kontrollierte, ob sich unsere Haut irgendwo berührte, aber es war an jeder Stelle Stoff oder Haar dazwischen, und ich spürte nicht dieses Kribbeln. Außer in meinem Bauch. Glücklich barg ich meinen Kopf an seiner Schulter. Als ich mich schließlich von ihm löste, ließ er es widerstandslos geschehen.

»Verstehst du es jetzt?«, fragte ich traurig.

Er lächelte. Es war nicht sein übliches bitteres Mundverziehen, sondern dieses weiche Lächeln, das er sorgsam unter Verschluss hielt und das mein Herz heftig zum Pochen brachte.

Sehnsüchtig blickte ich zu ihm auf. Er seufzte, nahm mein Gesicht in seine Hände und strich mit dem Daumen über meine Lippen. Würde er mich gleich küssen?

Nur meine Lippen prickelten.

So würde es immer sein, wenn ich mit ihm zusammen war, wurde mir bewusst. Ich würde seine Berührungen misstrauisch überwachen. Seufzend trat ich einen Schritt zurück. Sofort sackten seine Hände herab, und über sein Gesicht legte sich ein Schatten.

»Es ist richtig, Ella, dass du in meiner Gegenwart vorsichtig bist«, stieß er hervor. »Vergiss das niemals!«

Hilflos hob ich die Hände. »Ich wünschte wirklich, es wäre anders!«

Gedankenversunken gingen wir weiter.

»Warum hast du damals ausgerechnet mich entführt?«, fragte ich nachdenklich.

Er warf mir einen verlegenen Blick zu. »Ich habe beobachtet, dass du sauber, ordentlich und fleißig warst. Du hattest dein Leben auf eine verquere Art im Griff, aber du warst auch heimatlos und allein.« Er musterte mich genau, während er sprach. »Ich hätte nie gedacht, dass ich dich einmal begehren würde.«

»Weil ich nicht so schön bin«, ergänzte ich.

»Doch, das bist du. Aber es war zu spät, als ich das bemerkt habe.«

»Warum hast du das dann ständig behauptet?«

Er fuhr sich durch die Haare. »Ich konnte doch nicht zulassen, dass du dich in mich verliebst! Du bist noch nicht einmal erwachsen! Und ich bin ein Ungeheuer!«

»Du findest mich also hübsch?«, erkundigte ich mich zufrieden.

Mit einem Aufstöhnen blieb Crys stehen und wandte sich zu mir. »Wenn du wüsstest!«, rief er verzweifelt. »Dein Anblick hat mich ständig aufgewühlt und Dinge mit mir gemacht, die ich bis heute nicht verstehe. Ich war gemein zu dir, aber du hast dich nicht beirren lassen. Ich habe versucht, dich nicht mehr anzusehen, aber es gelang mir nicht. Nachts habe ich wach gelegen, mit deinem Bild vor Augen. Es wurde nicht besser, sondern Tag für Tag schlimmer. Selbst als du fort warst.«

»Mir ging es genauso«, gestand ich leise.

»Ja, weil du mein Opfer bist«, sagte er bitter. »Du wirst von mir angelockt wie die Motte vom Feuer, das sie verbrennen wird. Deine Gefühle sind vielleicht nicht echt.«

»Doch, das sind sie«, flüsterte ich überzeugt, und unsere Augen fixierten einander wie im Kampf. »Bei mir hat es auch nicht nachgelassen. Nach all den Wochen Trennung habe ich mich nach dir gesehnt.«

Verwirrt blickte er auf mich herab. Das war das erste Mal, dass er nicht perfekt, aber dafür noch viel umwerfender aussah.

Ohne ein Wort beugte er sich zu mir herab, ein erregendes Versprechen in seinen Augen. Erwartungsvoll verharrte ich, am ganzen Körper bebend. Sein Gesicht kam dem meinen immer näher. Noch näher … und dann endlich berührten sich unsere Lippen.

Es war mein erster richtiger Kuss, und ich hatte keine Ahnung, was Crys von mir erwartete. Aber zum Glück wusste er genau, was er tat. Ganz sanft begann er, meinen Mundwinkel mit kleinen Küssen zu bedecken, während er mein Gesicht mit den Händen hielt. Es prickelte atemberaubend. Erst nach ein paar Sekunden hilfloser Starre, in denen mein gesamter Körper von einer Gänsehaut überzogen wurde, war ich in der Lage, seinen Kuss zu erwidern.

Zärtlich streiften sich unsere Lippen, fingen an, sich zu necken und erzeugten eine Wärme, die mich von Kopf bis Fuß durchströmte. Dies hier übertraf meine geheimsten Fantasien. Es war, als hätte ich mein Leben lang geschlafen und wäre erst jetzt erwacht. So frisch und zugleich traumhaft fühlte ich mich. Als würde ich schweben.

Unsere Lippen öffneten sich, verschmolzen miteinander, als wären sie schon immer dazu bestimmt gewesen. Dann fühlte ich auf einmal seine Zunge an meinen Zähnen. Erschrocken schnappte ich nach Luft, und sofort nutzte Crys die Gelegenheit und drängte sich in meinen Mund.

Ich ließ ihn gewähren. Unsere Zungenspitzen berührten sich behutsam, strichen umeinander, sagten mehr, als Worte es je vermocht hätten.

Ein kehliger Laut entfuhr Crys, und er verstärkte seine Umarmung. Seine Hand griff unter meine Haare und umfasste drängend meinen Nacken.

Ich wollte alles, was zwischen uns stand, über Bord schmeißen. Wollte nie mehr über Raptor Formae, schädliche Berührungen und Sucht nachdenken müssen. Wollte diesen Augenblick festhalten und niemals mehr etwas anderes tun, als in seinen Armen zu liegen und ihn zu küssen.

Als Crys' Zähne sich in meine Unterlippe gruben, schob ich meine Finger am Rücken unter sein Shirt und genoss jeden einzelnen Blitz, der auf meinen Händen zuckte, als ich seine warme Haut unter meinen Fingern spürte. Ein glücklicher Seufzer entfuhr mir.

Im gleichen Moment schob Crys mich von sich.

Heftig keuchend standen wir voreinander und starrten uns an, während mein Gehirn endlich die Arbeit wieder aufnahm. Ich hätte ihn nicht an der bloßen Haut berühren dürfen.

»Tut mir leid«, flüsterte ich.

»Schon gut«, keuchte er. »Ich hätte dich nicht küssen dürfen.«

Mein Magen zog sich sehnsüchtig zusammen. Doch! Er sollte mich küssen und berühren!

»Ich weiß«, stieß ich stattdessen hervor. »Das verdammte Rauben. Du müsstest dir noch eine andere Partnerin neben mir suchen und würdest mir damit das Herz brechen. Ich möchte den Mann, den ich liebe, für mich allein.«

Ein Lächeln huschte über Crys' Züge. »Den Mann, den du liebst …«, wiederholte er mit rauer Stimme.

Schweigend nickte ich.

Er schluckte hörbar und schüttelte leicht den Kopf, als könne er dadurch seine Gedanken klären. »Und ich müsste die anderen Raptor Formae an dich heranlassen, wenn wir ein Paar wären.« Er stieß einen tiefen Seufzer aus. »Aber ich könnte den Gedanken nicht ertragen, dass sie dich berühren.«

Mit offenem Mund starrte ich zu ihm auf. »Weshalb müsstest du ihnen das erlauben?«, fragte ich fassungslos.

»Weil ich dazu gezwungen bin«, antwortete er knapp und setzte sich wieder in Bewegung, diesmal zurück Richtung Villa. »Es ist spät. Du musst zu Leander.« Ohne sich umzusehen oder auf mich zu warten, marschierte er los.

Bestürzt folgte ich ihm. Was waren das für merkwürdige Regeln, und weshalb musste Crys ihnen gehorchen?

Crys beantwortete mir an diesem Abend keine weiteren Fragen, sodass ich schließlich missmutig meine Tasche nahm und zum Gärtnerhaus hinüberstapfte.

Mr Morris empfing mich im Schlafanzug, mit besorgtem Blick.

»Du und Crys, ja?«, fragte er finster, während er die Haustür abschloss.

»Na ja«, druckste ich herum. »Ich weiß auch nicht so richtig …«

»Die Sache gefällt mir nicht«, brummte er und ging zurück in sein Schlafzimmer.

Achselzuckend schaute ich ihm nach, bis die Tür hinter ihm ins Schloss gefallen war, und kletterte dann die Stiege hinauf zum Gästezimmer.

Mir gefiel die Sache auch nicht, und so brauchte ich ziemlich lange, bis ich einschlafen konnte.

Die Sorge um Crys trieb mich trotz meiner Müdigkeit schon vor dem Frühstück hinüber zur Villa. Mr Morris war bereits bei der Arbeit.

Wie ging es Crys? Hatten unsere Berührungen gereicht, um ihn wieder auf die Beine zu bringen? Hegte er weiterhin Selbstmordgedanken?

»Crys?«, rief ich laut nach oben, während ich Arthur, der mich schon an der Tür empfangen hatte, die Seite tätschelte. »Alles okay?«

Ich zuckte zusammen, als sich neben mir die Tür zum Arbeitszimmer öffnete.

»Guten Morgen, Bella«, begrüßte Crys mich mit sanfter Stimme. Er hatte dunkle Schatten unter den Augen. Ich wusste nicht, ob er ebenfalls schlecht geschlafen hatte oder ob er dringend rauben musste.

Überhaupt wusste ich viel zu wenig über Raptor Formae.

»Hast du Hunger?« Ohne mich zur Begrüßung zu küssen oder wenigstens zu umarmen, ging er in die Küche.

Ich folgte ihm.

Das hier war schwer. Und dass er von hinten genauso sexy aussah wie von vorn, machte es nicht gerade leichter, auch wenn ich mich wirklich bemühte, meinen Blick von seinen breiten Schultern und dem wohlgeformten Po zu lösen.

»Mist!«, ertönte Crys' dumpfe Stimme aus den Tiefen des Kühlschranks. »Ich habe ja immer noch nichts im Haus.«

Sein Smartphone klingelte und er nahm den Anruf an. Währenddessen schaute ich auch noch einmal nach. Tatsächlich. Es gab noch nicht einmal Eier, sonst hätte ich Pfannkuchen machen können. Ich beschloss, wenigstens schon Teewasser aufzusetzen.

Im Flur hörte ich Crys reden. »Das müsst ihr nicht, es ist alles in Ordnung. … Nein, ihr braucht nicht extra herzukommen, mir geht es gut, ich hatte nur keine Lust auf Gesellschaft … Keine Ahnung. Die habe ich schon länger nicht mehr gesehen. Sie ist zu ihrem Vater zurückgezogen. Wieso fragst du?«

Ich horchte auf. Mit wem sprach er da? Und weshalb hatte seine Stimme diesen besorgten Unterton?

»Das ist Quatsch. Shards ist ein Spinner. Nein, wirklich nicht. Nächstes Mal bin ich dabei – versprochen.«

Den Rest des Gesprächs verstand ich nicht mehr, weil das Wasser so laut kochte. Stirnrunzelnd fuhr ich über die Arbeitsplatte und betrachtete den Schmutz, der sich an meinem Finger abzeichnete. Mein Tee und der Kaffee für Crys waren gerade fertig, als er in die Küche zurückkehrte.

Oha, da war aber jemandem eine Laus über die Leber gelaufen, dachte ich, als ich seinen finsteren Gesichtsausdruck bemerkte.

»Was ist los?«, erkundigte ich mich, aber er brummte nur irgendetwas Unverständliches und nahm ohne Dank den Kaffeebecher entgegen.

»Lass uns zum Frühstücken ausgehen. Dann können wir auch gleich ein paar Lebensmittel besorgen«, schlug er vor, nachdem er am Kaffee genippt hatte.

Obwohl ich den Verdacht hatte, dass er mir etwas Wichtiges verschwieg, stimmte ich zu.

»Weshalb konnte ich gestern ungehindert das Grundstück betreten?« Fragend zeigte ich auf die Hainbuchen, als wir die Allee hinunterfuhren. »Hast du sie …« Ich deutete mit den Fingern Anführungszeichen in der Luft an »… ausgeschaltet?«

Crys nickte, und ein winziger Hauch Röte überzog sein Gesicht.

»Du hast gehofft, dass ich zurückkomme!«, rief ich triumphierend.

Seine Augenwinkel kräuselten sich. »Ich gestehe.«

Lächelnd lehnte ich mich zurück und genoss es, abwechselnd die herbstliche Landschaft und Crys zu beobachten.

Als wir die Stadt erreicht hatten, führte er mich in ein nettes Restaurant und bestellte das größte Frühstück, das es gab.

»Müsstest du eigentlich wieder rauben?«, fragte ich, während ich ein Croissant mit Butter bestrich.

Er nickte knapp und füllte sich Eier und Speck auf. »Ja. Aber lass uns bitte lieber von etwas anderem reden, okay? Was liest du im Moment?«

Sein Gesicht wirkte verschlossen, und mir war klar, dass ich nichts weiter aus ihm herausbekommen würde. Aber es gab schlimmere Themen für mich als Belletristik.

»Ein wirklich wunderbares Buch über einen Mordfall im historischen London«, begann ich mit leuchtenden Augen. »Die Geschichte ist unglaublich spannend, weil ...« Ich brach ab, da mir beim besten Willen nicht mehr einfallen wollte, was in der Geschichte vorgekommen war. Ich wusste nur noch, dass mich das Buch schwer begeistert hatte.

»Keine Liebe?«, neckte Crys mich.

»Doch, auch ...«

Verwundert kratzte ich mich am Kopf, denn so etwas war mir vorher noch nie passiert. Dabei hatte ich mir immer so viel auf mein gutes Gedächtnis eingebildet. In meinem Hals bildete sich ein Kloß, als mir klar wurde, was das bedeuten musste.

»Es geht schon los, oder?«, fragte ich gepresst. »Weil du bei mir geraubt hast, werde ich vergesslich.«

Crys' Lippen wurden zu einer schmalen Linie.

»Das kann nicht sein!«, stieß er hervor. »Vermutlich habe ich gestern viel geraubt, nichtsdestotrotz müsste es – selbst wenn ich es regelmäßig täte – Wochen, ja sogar Monate dauern, bis sich solche Folgen zeigen!«

»Aber warum passiert es dann?«, fragte ich verunsichert.

Crys schwieg eine ganze Weile. Erst nachdem er ein ganzes Brötchen verputzt hatte, sagte er: »Ich habe da so eine Ahnung. Aber es ist so verrückt, dass ich es kaum aussprechen mag.«

Erwartungsvoll blickte ich ihn an.

»Verrate mir bitte erst einmal, wie es dir heute Morgen geht.« Abwartend musterte er mich.

Nachdenklich runzelte ich die Stirn. »Eigentlich ganz gut, abgesehen von der Müdigkeit.«

»Kein Schüttelfrost, Magenkrämpfe oder Ähnliches?«

»Nein!«, rief ich aufgeregt, weil ich endlich verstand, worauf er hinauswollte. »Ich habe keine Entzugserscheinungen!«

»Genau.« Ein winziges Lächeln huschte über seine stets viel zu ernsten Züge. »Und auch bei mir ist etwas anders, wenn ich bei dir raube: Es bereitet mir keine Schmerzen und ist wesentlich nahrhafter als bei anderen Frauen.«

»Das Rauben tut dir normalerweise weh?«, rief ich entsetzt. »Das ist ja schrecklich!« Mit Blick auf das köstliche Stück Ananas, welches ich soeben zum Mund führte, überlegte ich, wie schrecklich es sein musste, wenn die Nahrungsaufnahme mit Schmerzen verbunden war.

Er nickte. »Es ist auszuhalten. Vergleichbar mit Kopfschmerz. Aber wieder zu dir. Anscheinend wirst du bei mir nicht süchtig, bei Shards aber schon. Das ist unlogisch.« Nachdenklich rieb er sich über das Kinn. »Was, wenn ich bei dir etwas anderes raube als äußere Schönheit und Gesundheit? Was, wenn ich bei dir Schönheit rauben könnte, die du in dir trägst, zum Beispiel die aus Romanen, die du gelesen hast?«

»Du meinst … du raubst mir Geschichten?«, fragte ich verständnislos.

Verlegen hob er die Schultern. »Vermutlich eher die schönen Gefühle, die Geschichten in dir auslösen.«

»Okay. Das klingt wirklich verrückt«, murmelte ich kopfschüttelnd.

Aber es wäre eine Erklärung dafür, dass ich mich beim besten Willen nicht mehr an dieses tolle Buch erinnern konnte, das mich vor zwei Tagen noch gefesselt hatte.

»Wir können das testen, oder? Ich kann heute ganz viel in einem Liebesroman lesen …«

»… über Hinkelsteine«, warf er grinsend ein.

»… und dann raubst du bei mir. Wenn ich mich anschließend nicht mehr an die Geschichte erinnern kann, hast du recht gehabt mit deiner Theorie.«

Er wirkte nicht ganz überzeugt. Vermutlich machte er sich immer noch Sorgen, dass er mir mit dem Raub schaden könnte. Mich wiederum faszinierte die Idee.

»Dann könnte ich Bücher, die ich super fand, wieder und wieder lesen, ohne dass ich mich langweilen würde!«, freute ich mich, woraufhin Crys gequält das Gesicht verzog. »Lass uns gleich zurückfahren und es ausprobieren!«, schlug ich aufgeregt vor.

Wenn Crys bei mir rauben könnte, ohne dass ich süchtig wurde oder Schönheit und Gesundheit verlieren würde, wäre das vielleicht die Lösung für uns beide!

Aber Crys schien nicht begeistert. Und er fuhr mich auch nicht zur Villa zurück, sondern bestand darauf, dass wir nach dem ausgiebigen Frühstück erst einmal eine vollständige neue Garderobe für mich einkauften, obwohl ich dank Honey bereits alles besaß. Das war ziemlich merkwürdig, aber er ging nicht auf meine Nachfragen ein.

»Was bedeutet ›nahrhaft‹ für dich und deine Freunde?«, fragte ich, während wir, nach stundenlangem Anprobieren von Kleidungsstücken in irgendwelchen Boutiquen, durch den Supermarkt schlenderten. Am Obststand blieb ich stehen, um ein paar Äpfel in einen Plastikbeutel zu füllen.

»Mhm«, machte Crys nachdenklich, während ich die Tüte in den Einkaufswagen legte. »Durch den Raub werden unsere Sinne geschärft. Wir können wesentlich besser sehen, hören und riechen und sind kräftiger als normale Menschen.«

»Daher wusstest du ständig so genau, wo du mich finden konntest!«, rief ich verblüfft und erinnerte mich an meine Verzweiflung darüber, mich nicht vor ihm verstecken zu können, nachdem er mich entführt hatte.

»Genau«, stimmte er zu und schob den Einkaufswagen weiter. »Und wir heilen schneller.«

»Das habe ich bei deiner Knöchelverletzung schon gemerkt«, nickte ich.

»Interessanterweise hält mich der Raub bei dir länger satt als bei anderen Frauen. Eigentlich müsste meine Haut jetzt schon anfangen, blasser zu werden.«

»Cool!«, rief ich stolz und beäugte interessiert seine Gesichtsfarbe, bevor ich nach zwei Gurken griff.

Er sah gesund und gebräunt aus. Crys schnaubte, als wäre er sich gar nicht sicher, ob das wirklich so toll sei, dabei grinste er mich so süß an, dass ein sanftes Kribbeln zwischen meinen Schulterblättern hinablief.

Wann genau es passiert war, konnte ich nicht sagen, aber zwischen ihm und mir war eine behagliche Vertrautheit entstanden. Eine zarte Pflanze, die sich durch die Asphaltdecke unserer Probleme brach.

»Warum hast du dir eigentlich ausgerechnet Grace ausgesucht, wenn du so gut riechen kannst?«, fragte ich und griff nach einem Bund Möhren »Ihr Parfüm war so … aufdringlich.«

Mit einem gequälten Grinsen blieb Crys stehen und zuckte mit den Schultern. »Als Strafe.«

»Als Strafe?«, fragte ich entrüstet und pfefferte die Möhren in den Einkaufswagen. »Für mich?«

Mit einem sanften Lächeln nahm er meinen Arm, um mich zu sich zu ziehen, bis ich an seiner Brust lehnte. Mein Herz begann heftig zu klopfen, als ich in seine eisblauen Augen blickte, deren unergründliche Tiefen mich fesselten. Unfähig, mich zu bewegen, spürte ich Crys' Atem an meinem Gesicht und sog seinen unbeschreiblichen Duft ein, eine Mischung aus frischer Wäsche und Mann, die mich umhüllte, während die Welt rings um uns zu verblassen schien.

Er neigte den Kopf zu mir herab, woraufhin ich ihm mein Gesicht entgegenreckte, während meine Lider automatisch zufielen. Als sich unsere Münder trafen und das leichte Prickeln an der Berührungsstelle begann, entfuhr mir ein leises Seufzen. Crys reagierte prompt, zog mich näher an sich heran und öffnete seine Lippen. Wie von selbst griffen meine Hände in seine Haare. Verloren in diesem Kuss, vergaß ich alles um mich herum.

Erst ein höfliches Räuspern riss uns in die Wirklichkeit des Supermarktes zurück. Erschrocken fuhren wir auseinander. Eine ältere Frau wartete mit missbilligendem Blick darauf, dass wir den Gang freigaben, damit sie ihren Einkaufswagen weiterschieben konnte.

Verlegen machte ich Platz, während Crys sich an dieser Situation überhaupt nicht zu stören schien. Ganz im Gegenteil, er zwinkerte der Dame schelmisch zu, die daraufhin errötete und sein Lächeln erwiderte. Beinahe wäre sie gegen einen Warentisch mit Sonderangeboten gestoßen.

»Alter Charmeur!«, schimpfte ich, als sie weg war, und schlug ihm scherzhaft gegen den Arm. »Du nutzt deine blöden Kräfte ganz schön aus!« Und damit meinte ich nicht nur die alte Dame. »Also? Warum war Grace eine Strafe für mich?«, fragte ich herausfordernd.

Er sollte nur nicht glauben, dass er mich mit seinen unglaublichen Küssen vom Thema ablenken konnte. Schlagartig sanken seine Mundwinkel herab.

»Nicht für dich«, sagte er ernst. »Für mich. Um mich immer wieder daran zu erinnern, was ich bin. Daran zu erinnern, dass ich dir nicht zu nahe kommen darf.«

Bedrückt schaute ich ihn an.

»Ich hasse, dass ich dazu verdammt bin, ein Raptor Formae zu sein«, stieß Crys dumpf hervor. »Ich hasse, was ich tue, tun muss.«

»Du kannst doch nichts dafür!«, beteuerte ich – in meinem Kopf das Bild, wie ich ihn gestern reglos zwischen den verblühenden Rosen entdeckt hatte. Tränen traten in meine Augen. Ich versuchte, sie wegzublinzeln. »Ich liebe dich!«, entfuhr es mir. Sanft legte ich meine Handfläche an seine Wange und blickte sehnsüchtig zu ihm auf, legte all meine Zuneigung in diesen Blick.

Mit einem Knurren zog er mich wieder an sich und küsste mich erneut. Aber diesmal war es kein leidenschaftlicher Kuss. Er war verzweifelt und beinahe schon grob, als wären wir Verdurstende, die nach Tagen der Wanderung durch die Wüste einen Tropfen Wasser erhielten.

Erschrocken trat Crys einen Schritt zurück.

»Ich habe schon wieder geraubt!«, stieß er hervor und schlug die Hand vor den Mund. »Oh Gott, Ella, das wollte ich nicht!«

»Kein Problem«, versuchte ich, ihn zu beruhigen. »Hat es dir diesmal wehgetan?«

Er atmete tief durch. »Nein. Ich habe es kaum gemerkt, aber auf einmal fühle ich mich gestärkt, wie ich es nur nach einem Raub kenne.« Die Muskeln an seinem Kiefer arbeiteten.

»Kannst du denn den Raubvorgang nicht steuern?«

»Doch!«, stieß er hervor. »Normalerweise schon! Zumindest, wenn die letzte ›Mahlzeit‹ nicht zu lange her ist.« Er schluckte hörbar.

Ich konnte geradezu mitlesen, wie seine Gedanken sich wieder in die ›Ich-bin-eine-Bestie-Schleife‹ begaben. Hastig versuchte ich, das Gespräch in Gang zu halten.

»Was hilft denn beim Rauben? Braucht ihr Ruhe oder eine bestimmte Atmosphäre? Wie lange dauert solch eine ›Mahlzeit‹?«

»Es dauert meistens etwa zehn Minuten. Besonders leicht und ohne Energieverlust geht es bei sexueller Erregung der Partnerin«, erklärte er mit sichtlichem Unbehagen.

»Das hat Shards mir schon erzählt.« Ich errötete, und ein flaues Gefühl machte sich in meinem Magen breit, als mir erneut das Bild von Crys und Grace in den Kopf schoss. Erregt war sie definitiv gewesen!

»Allerdings habe ich soeben feststellen müssen, dass ich die Kontrolle anscheinend schneller verliere, wenn ich selbst erregt bin«, gestand er so zerknirscht, dass ich kichern musste.

Ein schöner Gedanke, dass er meinetwegen erregt war. Er ließ mich schon fast verzeihen, was er mit Grace getrieben hatte.

So Nah

Erst am späten Nachmittag kehrten wir zur Villa zurück, wo uns Mr Morris bereits an der Garage abfing.

»Wo wart ihr so lange?«, schnauzte er Crys an, sobald der aus dem Wagen gestiegen war. Man sah ihm an, dass er sich Sorgen um uns gemacht hatte.

»Waren sie da?«, fragte Crys.

Verwundert musterte ich ihn. »Hast du Besuch erwartet?« Weshalb hatten wir dann den ganzen Tag mit unnützem Kram in der Stadt vergeudet?

Crys ignorierte mich.

»Ja«, berichtete ihm der Gärtner. »Aber ich habe gesagt, dass du nicht zu Hause bist.«

»Nichts über Ella?«, hakte Crys nach.

»Nein. Wie besprochen«, antwortete der Gärtner.

Für einen kurzen Moment lehnte Crys sich mit den Armen auf das Autodach, schloss die Augen und atmete tief durch. »Gut.«

»Ist es denn ein Geheimnis, dass ich hier bin?«, erkundigte ich mich irritiert und schloss die Beifahrertür. »Wer waren die Besucher?«

»Glaub mir, es ist besser, wenn du es nicht weißt«, sagte Crys finster.

Ich musterte ihn prüfend. »Shards!«, stieß ich dann hervor. »Er sucht nach mir, oder?« An Crys' verkniffenem Mund und Mr Morris' unbehaglichem Gesichtsausdruck erkannte ich, dass ich richtig lag. »Aber warum?«

»Er hat gemerkt, dass du etwas Besonderes bist.«

»Etwas Besonderes?«, echote ich.

»Na, dass der Raub bei dir nahrhafter und angenehmer ist!«

»Na suuuuper«, stöhnte ich. »Deshalb hat er mir also vor der Schule aufgelauert.«

Crys' Augen wurden schmal. »Er hat was getan?«, stieß er so wütend hervor, dass ich automatisch einen Schritt nach hinten machte, als würde sein Zorn mir gelten.

»Er wollte mich entführen und hat mich festgehalten, um zu rauben. Aber zum Glück kam ein Mitschüler vorbei und hat mich gerettet.« Ich ging um den Wagen herum und öffnete die Kofferraumklappe. »Die Entzugserscheinungen waren wieder furchtbar.«

Mit einer aggressiven Geste rieb Crys sich über die Stirn. »Dafür bringe ich ihn um!« Er schmetterte seine Autotür zu und stapfte mit finsterem Blick zum Kofferraum, um die Einkäufe herauszuholen.

Mr Morris und ich warfen uns einen hilflosen Blick zu und packten dann mit an.

Nachdem wir die Einkaufstüten in die Villa getragen hatten, wollte Crys den Gärtner mit einer fadenscheinigen Begründung nach draußen komplimentieren.

»Mach keinen Quatsch, Junge!«, beschwor ihn Mr Morris. »Wenn ich euch jetzt allein lasse, wirst du deine Finger nicht bei dir behalten können. Das ist nicht gut für Ella.«

Doch! Her mit seinen Fingern!, dachte ich sehnsüchtig.

»Ich bereite jetzt erst mal das Abendessen vor«, versuchte ich, Mr Morris zu beschwichtigen. »Heute Nacht schlafe ich dann wieder bei Ihnen, in Ordnung?«

Missmutig vor sich hin murmelnd, verließ der alte Mann die Villa. Ich fand es reizend, dass er sich solche Sorgen um mich machte. Aber Crys und ich würden die Sache mit dem Raub in Ruhe ausprobieren müssen, und das würde Mr Morris nicht verstehen.

Ich verstand es ja selbst kaum!

Hastig suchte ich mir ein Buch aus dem Regal – möglichst seicht, mit viel Liebe – und schob anschließend drei Fertigpizzen in den Ofen. Das schnellste Gericht, das mir einfiel.

Zwar war ich mir nicht sicher, ob mein Geist sich in einem Zustand befand, der es mir gestatten würde, ein Buch zu lesen, aber ich musste es zumindest versuchen. Wenn ich es fertigbringen könnte, mich auf die Worte auf den Seiten zu konzentrieren, würde mir das sozusagen beim *Auftanken* helfen. Mich *mästen*, damit Crys etwas Nahrhaftes zum Rauben vorfand.

Ich musste über meine seltsamen Gedanken grinsen.

Ein gequältes Grinsen.

Während die Pizzen im Ofen waren, begann ich zu lesen. Irgendetwas über einen Skandal im historischen England, den eine widerspenstige junge Frau auslöst, die dann später trotzdem den hochmütigen, eleganten Herzog um den Finger wickelt.

Crys kam herein und seufzte, als er sah, was ich tat.

»Setz dich ins Kaminzimmer, Ella. Ich decke den Tisch.« Seine Zerrissenheit war geradezu spürbar.

»Wir müssen es einfach probieren!«, erklärte ich aufgeregt. »Sonst wirst du vielleicht ewig so weiterleben müssen!«

Oder auch nicht weiterleben, dachte ich. Und seine zynisch gehobenen Augenbrauen zeigten, dass er dasselbe dachte.

Als Mr Morris nach dem Abendessen gegangen war, schlug mir meine Aufregung immer mehr auf den Magen.

Misstrauisch hatte der Gärtner während der Mahlzeit von Crys zu mir geschaut, aber sich glücklicherweise nicht zu meiner Nervosität geäußert, obwohl ich es mittlerweile geschafft hatte, mich mit Pizza zu bekleckern, mein Glas umzustoßen und Arthur unter dem Tisch zu treten, weil ich meine Füße nicht still halten konnte.

Mit einem Lächeln, das seine Augen nicht erreichte, nickte Crys mir zu, als wir gleichzeitig aufstanden, um das schmutzige Geschirr in die Küche zu bringen.

»Jetzt?«, fragte ich schüchtern, als ich wenig später die eingeräumte Spülmaschine zuklappte.

Crys presste die Kiefer zusammen. »Okay.«

Nervös knetete ich meine Finger. »Aber ich muss mich nicht ganz ausziehen, oder?«, erkundigte ich mich errötend, weil ich nicht wusste, ob er gleich an Sex denken würde. Auch wenn ich ihn noch so heiß fand – die Umstände waren denkbar ungeeignet für mein erstes Mal.

»Nein«, stellte er sogleich klar. »BH und Hose kannst du anbehalten. Obwohl …« Mit blitzenden Augen betrachtete er mich einen Moment lang.

Meine Gesichtsfarbe intensivierte sich, woraufhin er sich vorbeugte, eine meiner Haarsträhnen griff und sie zwischen den Fingern zwirbelte.

»Ich liebe es, wenn du so verlegen auf deiner Unterlippe kaust.«

»Es ist nur … Ich habe noch nie …«, stammelte ich verschämt. Die Nähe seines Mundes war mir überdeutlich bewusst.

»Keine Sorge, meine Bella. Nichts wird gegen deinen Willen geschehen.«

Er umfasste mit beiden Händen mein Gesicht und küsste mich. Ein zärtlicher Kuss und gleichzeitig so besitzergreifend. Ein Kuss, der keinen Widerspruch duldete. Sehnsüchtig öffnete ich den Mund, ließ zu, dass er mit meiner Zunge spielte, an ihr sog und mit den Zähnen an meiner Unterlippe knabberte. Seine Finger kraulten die Haare in meinem Nacken, während er meinen Mund mit einer Entschlossenheit in Besitz nahm, dass mir ganz schwindelig wurde.

Als er sich schließlich von mir löste, stand ich schwankend vor ihm und rang glücklich nach Atem.

»Komm!« Er ergriff meine Hand und zog mich mehr Richtung Eingangshalle, als dass er mich führte.

»Soso«, rief ich herausfordernd. »Nichts gegen meinen Willen, ja?«

Sofort blieb er stehen. »Entschuldige, Ella«, sagte er rau und bannte meinen Blick mit seinen hellen Augen. »Möchtest du lieber zu Mr Morris?«

Irritiert runzelte ich die Stirn. Ich wollte Crys. Himmel, und wie ich ihn wollte! »Nein, schon gut …«

Ich verstummte, denn in seinem Gesicht las ich, dass er genau wusste, wie sehr ich ihm verfallen war. Wie hätte ich ihm auch widerstehen können – seinem perfekt geschwungenen Mund, den funkelnden Augen, dem markanten Gesicht, seinem sportlichen Körper und dieser unbeschreiblichen Anziehungskraft?

Aber das alleine war es nicht. Ich liebte seine Tiefgründigkeit und Ernsthaftigkeit, aber auch, wie er mich ständig neckte. Ich liebte, was er sagte und was seine Augen mir verrieten, wenn er schwieg. Ich liebte die Art, wie er mich ansah – zärtlich und gleichzeitig so gequält vor Sorge um mich.

Mit einem verschmitzten Lächeln nahm er erneut meine Hand. »Dann bringen wir es mal hinter uns.«

»Du weißt schon, wie man ein Mädchen hofiert, oder?«, maulte ich und ließ mich mitziehen.

»Hofiert!« Er lachte amüsiert. »Hast du eine Überdosis historische Liebesromane eingenommen?«

»Wo willst du überhaupt hin?«, fragte ich nervös, als wir die Treppe erreichten.

»In mein Zimmer.« Verlegen rieb er sich über den Bartschatten. »Da ist es ein bisschen gemütlicher als in der Küche.«

Hilfe! Jetzt wurde es ernst!

Als er mein Zögern bemerkte, fuhr Crys sich nachdenklich durch die Haare. »Warte bitte einen Moment in deinem Zimmer«, sagte er dann. »Ich habe eine Idee.« Er ließ mich stehen und lief die Treppe wieder hinab.

Kopfschüttelnd ging ich weiter nach oben. Was hatte er vor? Mittlerweile war ich mir gar nicht mehr so sicher, ob das Ganze eine gute Idee war.

Weil ich nicht wusste, was ich sonst tun sollte, nahm ich wieder ein Buch zur Hand, aber es gelang mir nicht, mich auf die Wörter zu konzentrieren. Ein bisschen fühlte ich mich, als sollte ich zur Schlachtbank geführt werden, obwohl wir uns ja nur aneinanderschmiegen würden. So ähnlich mussten sich andere Mädchen vor ihrem ersten Mal fühlen. Und irgendwie war es ja auch ein bisschen wie Sex. Viel nackte Haut und Berührungen.

»Ella?«, hörte ich Crys aus seinem Zimmer rufen. »Magst du herkommen?«

Mit weichen Knien erhob ich mich und legte das Buch weg, in dem ich kaum mehr als eine Seite gelesen hatte.

Als ich Crys' Zimmer betrat, erwartete mich eine Überraschung. Die Vorhänge waren zugezogen. Mehrere Kerzen spendeten warmes Licht. Zwei Sektgläser, in denen perlende Luftbläschen in der hellen Flüssigkeit aufstiegen, standen auf dem Nachtschrank, und die Bettdecke war einladend aufgeschlagen.

Crys schloss die Tür hinter mir und beobachtete mich erwartungsvoll. »Fühlst du dich nun angemessen hofiert?« Sein stolzes Lächeln erinnerte mich dabei an einen kleinen Jungen, der seiner Mutter ein Geschenk überreichte.

»Das sieht wirklich sehr gemütlich aus!«, lobte ich ihn, glücklich über das schummrige Licht, welches mir ein wenig die Hemmungen nahm.

Die Heizung war auf Höchststufe gedreht. Innerlich musste ich grinsen. Bestimmt wollte er, dass ich mich möglichst rasch meiner Kleider entledigte.

Unschlüssig blieb ich vor dem Bett stehen und wandte mich zu Crys, der mich aufmerksam beobachtete. Seine Augen glänzten mehr als je zuvor. In meinen Ohren begann es, vor Aufregung zu rauschen, als er langsam auf mich zukam und dicht vor mir stehen blieb.

»Muss ich mich jetzt … soll ich …«, stotterte ich unsicher.

Langsam neigte er den Kopf und legte seine Wange an meine. Brizz! Es war nahezu unmöglich, eine sinnvolle Frage zu formulieren, während er mich berührte.

»Bella.« Zärtlich zog er mich in seinen Arm. »Du musst gar nichts«, hauchte er unwiderstehlich in mein Ohr. »Du darfst entscheiden, was als Nächstes passiert. Aber ich würde mich sehr freuen, wenn wir es uns zunächst einmal bequem machen könnten.« Sanft legte er seine Hand an meine Taille und führte mich behutsam zum Bett.

Ein leichter Schauer lief mir über den Rücken, als er mich mit sich auf die Kissen und in seinen Arm zog, sodass mein Kopf auf seiner Schulter zu liegen kam.

»Können wir vielleicht erst einmal … reden?«, fragte ich unsicher und kickte mir die Hausschuhe von den Füßen.

»Sicher«, murmelte er in mein Haar und begann, über meinen Arm zu streicheln – dort, wo noch der Stoff meiner Bluse zwischen unserer Haut war. »Worüber möchtest du reden?«

»Ich weiß nicht … Wie fühlst du dich?«

Erstaunt musterte er mich. »Das hat mich schon lange keiner mehr gefragt«, antwortete er mit einem Hauch Melancholie in der Stimme.

Mitleidig küsste ich die rauen Stoppel an seiner Wange und spürte, wie er sich sofort verspannte, als das wohlbekannte Kribbeln einsetzte. »Sorry«, entschuldigte ich mich.

Er atmete tief durch. »Ella, ich will dich. Viel zu sehr. Viel mehr, als gut für dich ist, und ich kann es kaum kontrollieren.« In seinen Worten schwang eine Warnung mit.

Unsere Blicke hielten einander fest, sagten alles, ohne dass wir sprachen. Im Schutz des weichen Kerzenlichtes verlor ich meine Unsicherheit und Hemmungen. Wie hypnotisiert begann ich, die Knöpfe meiner Bluse zu öffnen.

Als ich aus den Ärmeln geschlüpft war und nur noch einen BH trug, ließ Crys seinen Blick eingehend über meinen Oberkörper gleiten.

Unwillkürlich wollte ich den Bauch einziehen, doch da flüsterte er: »Du bist wunderschön.« Langsam hob er die Hand, um mich zu berühren, stoppte und ließ sie wieder sinken, die Zähne zusammengepresst.

Ich genoss das schwirrende Glücksgefühl in meinem Bauch. Er würde sich beherrschen. Er würde warten, bis ich so weit war.

»Erzähl mir von dem Buch, das du vorhin gelesen hast«, stieß er hervor und drehte sich auf den Rücken, die Augen fest an die Zimmerdecke gerichtet. »Erzähl mir von den Gefühlen, die es in dir ausgelöst hat.«

Zumindest einer von uns beiden bemühte sich, die Nerven zu behalten.

»Ein Vorher-Nachher-Test!«

Crys nickte und lauschte dann aufmerksam, als ich ihm von der eigenwilligen Henrietta und ihrem attraktiven Herzog erzählte.

»Okay«, sagte er, nachdem ich geendet hatte, und zog sich das Shirt über den Kopf. Auf seinem linken Unterarm leuchteten neue Einstichstellen. Er hatte wieder experimentiert. »Berühr mich einfach irgendwann, wenn dir danach ist. Wir haben Zeit.« Seine Stimme klang heiser. Er ließ sich zurücksinken und schloss die Augen, wie um zu beweisen, dass er der passive Part sein würde.

Froh, dass er mich nicht drängte, ergötzte ich mich an seinem zusammengepressten Kiefer und genoss den Anblick seiner definierten Muskulatur. Ein Gefühl der Macht durchströmte mich – zumindest, bis ich mir die Tätowierung auf seiner Brust genauer ansah.

Es war ein Herz. Blutrot und anatomisch korrekt, was an sich schon verstörend genug war. Viel schlimmer jedoch fand ich, dass es

Dunkelheit auszustrahlen schien und von mehreren Dornenzweigen umschlungen war.

»Was bedeutet dein Tattoo?«, fragte ich beklommen.

Crys öffnete für einen kurzen Moment die Augen und schaute mich ernst an. Dann schloss er sie wieder. »Es symbolisiert die Gefahr, die von mir ausgeht, aber auch, wie sehr es mich quält, zu sein, was ich bin«, sagte er langsam.

Mein Hals wurde eng, und ich wünschte mir, ihm einen Teil seiner schweren Last abnehmen zu können.

Vielleicht war ich dazu sogar wirklich in der Lage.

Behutsam streckte ich die Hand aus und legte sie auf seine Brust. Er hielt den Atem an. Ich spürte den leichten Stromstoß, der durch meine Finger zischte, und das harte, schnelle Pumpen seines Herzens. Zufrieden rutschte ich ein Stück näher und beugte mich langsam zu ihm herunter.

»Ella, bitte!«, stöhnte er nach einer Weile gequält, als ich mich nicht durchringen konnte, den nächsten Schritt zu machen. »Worauf wartest du?«

»Ich … Könntest du vielleicht deinen Arm …?« Errötend verstummte ich. Die körperliche Nähe zwischen uns beunruhigte mich, auch wenn ich mich schon lange danach gesehnt hatte.

Doch Crys verstand mich auch ohne Worte. Sachte berührten seine Finger meinen Nacken und ließen das sanfte Prickeln über meine Haut rinnen, als er den Arm um mich legte.

Zufrieden kuschelte ich mich an seine warme Brust und atmete seinen unwiderstehlichen Duft ein. Ließ mich fallen in seine Umarmung, die mich schützte, beruhigte, aber gleichzeitig schrecklich nervös machte. So nah war ich noch keinem Mann gekommen!

Interessiert betrachtete ich den Kontrast zwischen unseren Hautfarben. Meine blass mit Sommersprossen und seine in diesem warmen Cappuccino-Ton, der variierte, je nachdem, wie lange seine letzte ›Raubmahlzeit‹ zurücklag.

»Oh Ella!«, stöhnte er matt.

Unter meiner Wange hob und senkte sich sein Brustkorb schneller. Die Finger seines um mich gelegten Arms glitten über meinen Rücken, als würden sie nach etwas suchen, pressten mich an sich, als hätte er vor, mich nie wieder loszulassen, um dann irgendwann mit diesem köstlichen Kribbeln liegen zu bleiben.

Nun endlich wandte er den Kopf, bis wir uns direkt in die Augen sahen. Unnachgiebig und doch so zärtlich blickte er mich an, bis ich kaum noch Luft bekam.

»Raubst du schon?«, fragte ich mit dünner Stimme.

Mit zusammengepresstem Kiefer schüttelte er den Kopf.

Mein Magen begann, sich schwindelerregend zu drehen, als Crys die freie Hand hob und mit dem Finger zuerst über mein Schlüsselbein und dann an meinem Hals entlangstrich, zart und bestimmt zugleich. Zittrig sog ich den Atem ein und reckte ihm mein Gesicht entgegen.

»Soll ich dich küssen, Ella?«, rächte er sich mit einem schelmischen Lächeln für mein Zögern und fuhr mit dem Daumen an meiner Unterlippe entlang.

Ich schloss die Lider. »Ja!«, flüsterte ich, schlang meine Arme um seinen Hals und presste mich an ihn, bis ich im Bereich seiner Lenden eine Regung verspürte, die ich überrascht und auch ein wenig stolz zur Kenntnis nahm. Er begehrte mich!

Unruhig zappelnd genoss ich die Berührung seiner Haut, die sich so wundervoll anfühlte, dass ich erzitterte, und gleichzeitig doch so räuberisch und gefährlich war.

»Ach, verdammt!«, fluchte er im selben Moment und presste seine Lippen fast schon brutal auf meine.

Als ich meinen Mund für einen hektischen Atemzug öffnete, drängte er seine Zunge mit einem leisen Knurren zwischen meinen Lippen hindurch. Ich keuchte auf in diesem leidenschaftlichen Sturm, der so verlockend über mich hereinbrach. So etwas hatte ich noch nie zuvor erlebt. Wenn sich seine Küsse bereits so anfühlten, wie musste dann erst der Sex sein?

Noch bevor ich den Gedanken zu Ende gebracht hatte, lag ich plötzlich auf dem Rücken mit Crys über mir, und sein muskulöser Brustkorb drückte mich in die Matratze. Ich rang nach Atem. Er hatte meine Handgelenke gepackt und hielt sie über meinem Kopf fest, während seine Lippen an meinem Hals lagen. Erschauernd spürte ich, wie die heiße Spitze seiner Zunge über meine Haut glitt, als wäre ich köstliche Eiscreme.

»Crys?«, flüsterte ich irritiert und wand mich unter ihm. »Du machst mir Angst!«

»Beweg dich nicht«, presste er konzentriert hervor, »dann kann ich es kontrollieren!«

Das Kribbeln an all den Stellen, an denen unsere Haut sich berührte, erfüllte mich mit elektrisierenden Schauern. Jetzt war es also so weit. Er raubte. Und es fühlte sich himmlisch an. Als würde sich auf meiner Haut ein sanftes, pulsierendes Glühen ausbreiten. Erhitzend, erregend und kühlend zugleich.

Wohlig seufzte ich auf, während ich darauf wartete, dass ich den Raub in meinem ganzen Körper spürte. Aber das geschah seltsamerweise nicht.

Je länger es dauerte, desto größer wurde meine Sorge. Wenn er zu viel raubte, war ich geliefert. Dann war es nur noch eine Frage der Zeit, bis ich so enden würde wie Summer und Honey.

Nachdem wir eine gefühlte Ewigkeit bewegungslos verharrt hatten, piepste ich erschöpft: »Hast du noch nicht genug?«

Betroffen schob er sich von mir herunter. »Ich habe wohl zu lange gehungert. Dann ist es unglaublich schwer, sich zu beherrschen.«

Immer noch raste mein Puls.

»Es tut mir so leid, Ella, das hätte ich wissen müssen«, stieß er erschüttert hervor, als er meinen verunsicherten Blick bemerkte. »Bitte verzeih mir!« Die Art, wie er sich mit der Hand durch die Haare fuhr, ließ mich ahnen, wie sehr er sich gerade wieder selbst verabscheute.

Mein Herz wurde weich. »Du bist keine Bestie«, sagte ich sanft, rollte mich auf die Seite zu ihm hin und strich mit den Fingern leicht über seine raue Wange. »Es war schließlich meine Idee, dass wir es versuchen sollten.«

Zerknirscht verzog er den Mund. »Klingt es schräg, wenn ich dir verrate, dass es sich einfach wundervoll anfühlt, bei dir zu rauben?«, fragte er mit einem schiefen Lächeln und stützte sich mit dem Ellenbogen auf.

Ich kicherte. »Tut es.«

Er lachte. Warm und herzlich. Nicht dieses Aufreißerlachen, das er für seine Exfreundinnen reserviert hatte, sondern ein echtes Lachen, das tief aus seiner Brust kam.

Die Schmetterlinge in meinem Bauch stoben auf, als ich zurücklächelte. »Bin ich jetzt süchtig nach dir?«

Er musste ja nicht wissen, dass ich es längst war!

Sein Gesicht verschloss sich. »Wahrscheinlich.«

»Kein Problem. Ich wusste ja vorher, was auf mich zukommen würde.«

Bis auf eine leichte Erschöpfung fühlte ich mich genau wie vorher. Als wäre nichts geschehen!

Meine Hand suchte erneut den Weg zu seiner bloßen Brust – dorthin, wo sich das eintätowierte Herz befand. »Mich wirst du nicht so schnell wieder los wie die anderen Mädchen!«

Crys schenkte mir ein melancholisches Lächeln.

Langsam ließ ich meine Finger zu seiner Seite wandern und von dort nach unten zu seinem Hosenbund. Zufrieden sah ich, wie sein Atem sich beschleunigte. Als ich sie von dort in die Mitte zu seinem Bauchnabel gleiten lassen wollte, von wo aus diese Spur dunkler Härchen in Richtung Hose verschwand, packte Crys meine Hand.

Erschrocken schnappte ich nach Luft. »Magst du das nicht?«, fragte ich unsicher und zog mein Handgelenk aus seinem Griff.

»Doch, ganz im Gegenteil«, erwiderte er mit belegter Stimme. »Aber ich denke, wir sollten besser aufhören, solange ich mich wenigstens ansatzweise beherrschen kann. Ich bin auch nur ein Mann. Und wir haben hoffentlich noch viel Zeit.«

Im ersten Moment verstand ich den Sinn seiner Worte nicht, doch dann schoss mir Hitze in die Wangen. »Oh«, stieß ich verlegen hervor.

Er schmunzelte. »In deiner Nähe fällt es mir extrem schwer, mich zu kontrollieren.«

Nachdenklich nickte ich, denn das kam mir bekannt vor. »Wir dürfen nicht weitergehen«, stimmte ich ihm zu. »Zumindest, solange wir nicht wissen, was für Folgen dein Raub für mich hat.«

Er nickte. »Apropos«, hakte er dann ein, »erzähl mir von diesem unsympathischen Herzog und seiner naiven Henrietta!«

Ich streckte ihm die Zunge heraus und versuchte es, aber ich konnte mich beim besten Willen kaum noch an die Geschichte erinnern.

»Du hattest recht!«, rief ich begeistert und ignorierte großzügig, dass er sich die Ohren zuhielt. »Du kannst mir Geschichten rauben. Das ist ja abgefahren!«

»Tatsächlich.« In seinem Blick sah ich einen Funken Hoffnung. »Wer hätte das gedacht.« Nachdenklich rieb er sich über das Kinn.

»Mr Morris liest ebenfalls gern!«, kam es mir in den Sinn. »Wahrscheinlich konntest du deshalb auch genug bei ihm rauben.«

»Gut möglich«, stimmte Crys zu.

Ich legte mich zurück und ließ ihm die Zeit, zu begreifen, was das für ihn bedeuten konnte – für uns.

»Dies ist das erste Mal seit über sieben Jahren, dass ich mich nicht allein fühle«, sagte Crys nach einer Weile leise.

»Oh, das ist sehr viel Verantwortung für mich, ich weiß nicht, ob ich das aushalten kann«, gab ich flapsig zurück und unterdrückte ein glückliches Lächeln.

Er verdrehte die Augen.

»Was war denn vor sieben Jahren?«, erkundigte ich mich ernst.

Sofort verhärteten sich seine Gesichtszüge. »Meine Wandlung«, murmelte er.

Ich sah ihm an, dass er nicht darüber reden wollte, aber ich musste es wissen. »Wie wird man ein Raptor Formae?«

»Themawechsel.« Er machte Anstalten, sich aufzurichten.

»Wage es ja nicht, jetzt wegzulaufen, Crys!«, drohte ich ihm. »Du bist alles – aber kein Feigling.« Ich drückte ihn energisch zurück in die Kissen.

Unwillig gab er nach und ließ sich auf den Rücken sinken. »Wenn ein intensiver Raub bei einem Mann stattfindet, wandelt er sich in einen Raptor Formae«, erklärte er sachlich mit geschlossenen Augen.

Misstrauisch beobachtete ich ihn. »Und?«, hakte ich nach, weil ich sicher war, dass da noch mehr dahinterstecken musste. Weshalb sonst sollte es ihn solch eine Überwindung kosten, davon zu erzählen.

Crys zuckte mit den Achseln und schwieg.

»Ist es schmerzhaft?«, fragte ich behutsam und spürte, wie sich sein Körper sofort anspannte und er die Fäuste ballte. Da hatte ich wohl ins Schwarze getroffen. »Du musst nicht davon erzählen, wenn du nicht magst, aber manchmal hilft es, über etwas Belastendes zu reden«, ermunterte ich ihn.

Mit einem Ruck warf er sich auf die Seite und funkelte mich an. Erschrocken zuckte ich zurück.

»Intensiver Raub bedeutet: Sex. S. E. X. Er hat mich vergewaltigt! Bist du jetzt zufrieden?«, fauchte er.

Entsetzt schlug ich mir die Hand vor den Mund. »Wer?«, flüsterte ich und spürte, wie mein Magen sich wehrte. »Wer hat das getan?«

Er schnaubte. »Als ob das jetzt noch eine Rolle spielen würde.«

»War es Shards?« Ihm würde ich so etwas zutrauen.

»Nein«, antwortete Crys müde. »Es war Ice.«

Der Anführer. Nun wurde mir einiges klar. »Hat er das bei euch allen gemacht?«, fragte ich entrüstet und spürte heiße Wut in mir aufsteigen.

Crys nickte mit verschlossenem Gesicht.

»Aber warum tut er so etwas?«, rief ich aufgebracht. »Warum hält ihn niemand auf?«

Crys schnaubte und zuckte mit den Achseln. »Wer sollte ihn aufhalten? Er ist der Stärkste von uns.«

»Weil er der Älteste ist?«

»Nein. Weil er der Skrupelloseste ist.«

Meine Augen weiteten sich. »Wie meinst du das?«

»Er kennt kein Maß. Er nimmt sich, was er will, ohne Rücksicht auf Verluste. Und er will viel. Er ergötzt sich daran, wenn er hoffnungsvolle junge Menschen seiner Macht unterwerfen kann. Ein neues Spielzeug für ihn, das er unbedingt besitzen will. Besonders viel Spaß macht es ihm, wenn sich jemand wehrt. Wenn er einen neuen Kumpel will, dann erschafft er ihn eben, und bei Frauen raubt er so, wie er Lust hat«, sagte Crys grimmig.

»Du meinst …« Ich konnte es nicht aussprechen.

»Genau. Manchmal raubt er, bis sie sterben.«

»Oh Gott!«, flüsterte ich, erfüllt von hilflosem Entsetzen, und biss in die Fingerknöchel meiner Faust.

»Nein«, entgegnete Crys bitter. »Der hat damit ganz bestimmt nichts zu tun.«

»Warum ruft ihr nicht die Polizei?«

»Um was genau zu erzählen?« Crys lachte zynisch auf. »Selbst wenn uns jemand Glauben schenken würde, wäre es nicht gerade klug, zu verraten, dass es uns gibt.«

»Scheiße.« Erschüttert ließ ich mich rückwärts in die Kissen sinken.

»Du sagst es.«

»Weshalb bist du dann jetzt mit Ice befreundet?«

»Nach meiner Wandlung war ich hilflos wie ein Baby. Ich wusste genau, dass etwas mit mir nicht stimmte, denn ich verspürte sofort diesen heftigen Drang. Aber ich hatte keinen blassen Schimmer, was das bedeutete und wie ich damit umgehen sollte. Ice kam nach einigen Tagen zurück, hat mich unter die Fittiche genommen und in seine Gruppe eingeführt. Lange Zeit war ich abhängig von ihm. Später war es wohl einfach Gewohnheit. Sicher hätte ich wegziehen und mir eine andere Gruppe suchen können, doch ich hänge sehr an meinem Elternhaus, und die anderen Jungs sind wirklich in Ordnung!«, verteidigte Crys sich.

»Es gibt noch mehr von euch?«, fragte ich erstaunt.

»Ich schätze mal, so an die zweihundert über die USA verteilt.«

»Zweihundert!«, keuchte ich. »Krass!«

Eine ganze Weile hingen wir schweigend unseren Gedanken nach.

»Vor fast acht Jahren sind deine Eltern gestorben, oder?«, wagte ich irgendwann nachzuhaken. »Hat Ice dich ausgewählt, weil du allein warst?«

»Nein. Weil ich hübsch war«, antwortete Crys langsam. »Danach sucht er sich sein neues Spielzeug aus. Durch die Wandlung in einen Raptor Formae wird die Attraktivität eines Mannes dann noch verstärkt. Meine Eltern waren dummerweise zu Hause, als er kam, um mich zu wandeln.«

Ich schnappte nach Luft und setzte mich auf. »Ice hat deine Eltern getötet? So meintest du das mit ›Raubüberfall‹?!« Ich ballte die Fäuste. »Das … das ist …«, keuchte ich entsetzt.

»… seine Vorgehensweise«, schloss Crys leise. »Richtig. Er hat bei ihnen geraubt, und dann ihre Körperfunktionen so manipuliert, dass sie einen Herzinfarkt erlitten. Bei der späteren Untersuchung konnte kein Fremdverschulden festgestellt werden.«

»Hat sich denn niemand gewundert, dass sie gleichzeitig gestorben sind?«

»Als Mr Morris uns fand und die Wandlung endlich abgeschlossen war, waren bereits zwei Tage vergangen, und man vermutete, dass einer der beiden den Schock über den Tod des Partners nicht verkraftet hat.«

Beklommen holte ich Luft. Das alles war so schrecklich, dass mir die Worte fehlten. »Zwei Tage …«, sagte ich heiser. Zwei Tage lang hatte er das alleine durchstehen müssen, in dem Wissen, dass seine toten Eltern im Haus lagen.

Er nickte. »Und glaub mir, die Entzugserscheinungen nach einem Raub sind ein Pappenstiel gegen das, was man bei einer Wandlung durchmacht.«

Ich glaubte es ihm unbesehen.

»Zum Glück haben Leander und seine Frau, die damals noch am Leben war, sich um mich gekümmert. Sonst hätte ich es wohl kaum geschafft, Kunstgeschichte zu studieren und eine Arbeit zu finden. Sie haben zu mir gehalten, obwohl ich ihnen verraten habe, dass Ice mich zum Monster gemacht hat.«

Ausgelaugt ließ ich mich wieder in die Kissen sinken und rang nach Worten. Aber für so etwas gab es keine Worte. Also schwieg ich, ebenso wie Crys.

Nach einer Weile nahm ich allen Mut zusammen, rückte behutsam näher an ihn heran und strich ihm leicht über den Arm. »Ich liebe dich, Crys«, sagte ich und hoffte, dass er die Wahrheit in meinen Worten erkannte. »Egal, wer du bist. Egal, was du erlebt hast.«

Langsam wandte er mir sein Gesicht zu und hob die Hand, um sie an meine Wange zu legen. Sein Blick war voller Schmerz, doch auch voller Liebe. »Bella«, sagte er heiser.

Sonst nichts.

Aber seine italienische Aussprache sagte alles.

›Bella‹ konnte nämlich nicht nur ›Schöne‹, sondern auch ›Liebste‹ oder ›Freundin‹ bedeuten, hatte ich mittlerweile herausgefunden …

Gebannt von seinen Augen, beugte ich mich zu ihm und hauchte einen Kuss auf seine Unterlippe. Im nächsten Moment griff er schon nach mir, zog mich halb über sich, fasste in meinen Nacken, um mich näher zu holen, und presste seinen Mund auf meinen. Nicht liebevoll, sondern aufgewühlt und sehnsüchtig.

Ich konnte ihn verstehen. Seufzend öffnete ich mich ihm, und Crys' harter Kuss gewann unerwartet an Weichheit. Er vergrub die Finger der einen Hand in meinem Haar, ließ die andere zu meiner Jeans hinabgleiten, wo er meinen Po knetete, und flüsterte Koseworte in meinen Mund, bis mir ganz schwindelig zumute war.

Irgendwann ließ er von mir ab und zog mich stattdessen eng an sich, als wolle er mich nie wieder gehen lassen. Ich schmiegte meinen Kopf auf seine Schulter. Meine Lider waren schwer und ich gähnte. In der letzten Nacht hatte ich nicht viel Schlaf bekommen.

»Du musst dir keine Sorgen machen, dass du von mir abhängig werden könntest, denn es ist genau andersherum. Ich bin süchtig nach dir!«, flüsterte er, die Nase in meinen Haaren vergraben, während mir bereits die Augen zufielen.

»Gut so«, murmelte ich und gähnte. Ich spürte, wie sein Oberkörper bebte, und vermutete, dass er lautlos lachte. »Wie spät ist es?«, fragte ich schläfrig. »Ich muss zu Mr Morris.«

»Ich denke, du solltest heute Nacht besser hierbleiben.« Während er sprach, schien er über jedes Wort sorgfältig nachzudenken.

»Du willst, dass ich hier schlafe?«, murmelte ich irritiert.

Langsam strich Crys mir eine Haarsträhne aus dem Gesicht. »Möchtest du?«

In meinem Bauch drehten die Schmetterlinge einen Looping. Und ob ich wollte! »Ja!«

»Weißt du, dass ich noch nie mit einer Frau zusammen im Bett geschlafen habe?« Er zog die Decke über unsere Körper.

»Nein?«, fragte ich erstaunt – fast schon wieder hellwach – und sah, wie er den Kopf schüttelte.

»Ich habe es nicht ausgehalten. Die Nähe, die Selbstvorwürfe und die Sorge, aus Versehen zu rauben. Aber mit dir würde ich es gerne ausprobieren.«

»Oh ja!«, gähnte ich – viel zu müde, um die Situation angemessen zu würdigen.

Er schmunzelte.

Zufrieden rollte ich mich auf die andere Seite und wandte ihm den Rücken zu. Ich hörte, wie er zur Sicherheit sein Shirt überstreifte und anschließend Mr Morris anrief, um ihm Bescheid zu geben, dass ich nicht kommen würde. Was der Gärtner antwortete, konnte ich glücklicherweise nicht hören, aber ich konnte mir denken, dass er nicht sehr erbaut war.

Dann legte Crys sich wieder ins Bett und rutschte an mich heran, bis sein Bauch meinen Rücken berührte. Seine Hand lag auf meiner

Hüfte, seine Knie fügten sich in meine angewinkelten Beine und sein Unterkörper schob sich gegen meinen Po.

Als ich genau dort wieder eine leichte Bewegung verspürte, musste ich kichern.

»Tut mir leid, aber du fühlst dich einfach so wundervoll an!«, hauchte Crys in meinem Nacken.

Geborgen in seiner Umarmung schlief ich ein.

Ein Geräusch weckte mich mitten in der Nacht, und ich stellte fest, dass sich die Gliedmaßen von Crys und mir irgendwann im Schlaf ziemlich ineinander verschlungen hatten.

Lächelnd schlug ich die Augen auf und zuckte zusammen, als von der Tür her erneut das Geräusch erklang. Jemand schabte dort einen Trommelwirbel, dann ein Maunzen, gefolgt von einem aufgeregten Bellen.

Irritiert richtete ich mich auf. James und Arthur, diese beiden Rabauken, dachte ich schmunzelnd. Die wunderten sich bestimmt, was ich hier bei ihrem Herrchen machte.

Während ich noch überlegte, wie ich das erklären sollte, war Crys bereits mit einem Satz an der Tür, hielt inne und öffnete sie dann vorsichtig. Fast alle Kerzen waren heruntergebrannt, sodass es im Zimmer ziemlich dunkel war.

Verwundert beobachtete ich, wie die Tiere sich aufgeregt durch den Spalt drängten. Hastig zog ich mir die Decke bis zum Hals.

»Ice und Shards!«, rief der Kater. »Sie sind gerade vorgefahren!«

»Scheiße!«, fluchte Crys. »Ella, verschließ die Zimmertür!«, befahl er. »Lass um Himmels willen niemanden herein!« Er warf mir einen eindringlichen Blick zu und war schon verschwunden, während ich noch benommen aus dem Bett kletterte, mir die Bluse überzog und zu verstehen versuchte, was da gerade über uns hereinbrach.

Hatte Crys bereits befürchtet, dass sie meinetwegen wiederkommen würden? Hatte er deshalb gewollt, dass ich bei ihm blieb? Um mich notfalls beschützen zu können, wenn sie nach mir suchten?

Eiskalt

Das Herz schlug mir bis zum Hals. Mucksmäuschenstill blieb ich an der Tür stehen und hielt den Atem an. Was wollten die Raptor Formae? Sollte ich mich wirklich einschließen, wie Crys es gesagt hatte? Oder wäre es schlauer, aus dem Fenster zu klettern und abzuhauen, während er sie ablenkte?

Nervös wippte ich auf den Zehenspitzen, unschlüssig, wie ich mich verhalten sollte. Obwohl mir klar war, dass dies die dümmste Idee von allen war, drückte ich die Klinke herunter und öffnete die Tür einen winzigen Spaltbreit.

Männerstimmen waren zu hören. Sie klangen ruhig.

Auf Zehenspitzen schlich ich auf den Flur hinaus. Ich musste unbedingt wissen, was da unten vor sich ging.

Schritt für Schritt tastete ich mich näher, bis ich den Mauervorsprung erreichte, hinter dem die Brüstung der Galerie begann. Mit angehaltenem Atem kauerte ich mich auf den Boden und schob meinen Kopf um die Ecke. Mein Puls raste, als ich, in der Dunkelheit des Obergeschosses von den Sprossen verborgen, hinabspähte.

Shards, Ice und Crys standen mitten in der Eingangshalle.

»Du kannst dir sicher vorstellen, dass ich von deinen Versuchen im Labor nicht gerade begeistert bin«, sagte Ice soeben mit sanfter Stimme, die mir eine Gänsehaut über den Rücken trieb. »Ein Raptor Formae zu sein, ist ein Privileg und erhebt uns meilenweit über den schwachen Rest der Menschheit!« Er seufzte leise. »Wir fünf müssen zusammenhalten. Schließlich seid ihr doch ein bisschen wie meine Kinder!«

Wenn ich nicht gewusst hätte, wie er seine Kinder ›gezeugt‹ hatte, hätte ich Mitleid mit Ice bekommen. Aber so fühlte ich nur, wie Übelkeit in mir aufstieg.

»Ich erwarte, dass du zu den Treffen erscheinst, dich an die Regeln hältst und mir damit den notwendigen Respekt erweist.«

»Mir ging es nicht gut, deshalb konnte ich nicht kommen!«, entgegnete Crys mürrisch.

Ice überging den Einwand. »Um mir deinen guten Willen zu zeigen, könntest du mir beispielsweise ein kleines Geschenk machen. Das würde meine Laune sicherlich heben«, fuhr er lauernd fort.

Geschenk?

»Nein, Ice, vergiss es. Ella ist zu ihrem Vater zurückgekehrt.«

Erschrocken schlug ich die Hand vor den Mund.

Ice erwartete, dass ich ihm übergeben wurde? Crys' starrer Blick ließ mich das volle Ausmaß der Gefahr begreifen, in der ich mich befand.

»Dann wirst du mich wohl zu ihr bringen müssen.«

»Lass sie in Ruhe! Du kannst so viele andere Frauen haben.« Ich merkte, wie Crys allmählich die Fassung verlor. »Sie ist noch nicht einmal achtzehn!«

»Bist du jetzt etwa unter die Gutmenschen gegangen, mein Lieber?« Ice kicherte gehässig, wurde aber so schnell wieder ernst, dass ich begriff, wie wütend er über Crys' Ungehorsam war. »Weißt du, es hat mich noch nie gestört, wenn sie ein bisschen jünger waren«, fügte er süffisant hinzu, woraufhin Crys ein Knurren ausstieß.

Meine Knie fingen an zu zittern, und ich hielt mich mit beiden Händen am Geländer fest.

»Ich verstehe durchaus, dass du so einen Leckerbissen für dich behalten möchtest, aber langsam machst du mich ein wenig wütend.« Weiterhin klang Ice' Stimme trügerisch ruhig. »Und das möchtest du doch nicht, oder, Crys? Ich verlange nicht viel, ich möchte nur einmal von ihr kosten.«

Mein Magen hob sich. Rasch presste ich die Hand auf meinen Mund, um jedes Geräusch zu unterdrücken.

Ich hatte genug gehört. Im Schneckentempo zog ich mich zurück, nicht dass er mich aufgrund seiner geschärften Raptor-Formae-Sinne doch noch bemerkte.

»Vergiss es, Ice!«, zischte Crys gerade zornig, während ich über den Flur zurückschlich. »Das werde ich nicht zulassen.«

»Na, dann wollen wir doch mal sehen, was es braucht, um dich umzustimmen …«, hörte ich Ice sagen und kurz darauf ein dumpfes Geräusch, gefolgt von einem Stöhnen.

Wie angewurzelt blieb ich stehen. Crys!

»Hilf ihm auf und halt ihn fest!«, befahl Ice jetzt.

Shards antwortete unsicher: »Es war nicht abgesprochen, dass wir ihn fertigmachen! Wir wollten nur nach Ella fragen.«

»Das Mädchen ist oben. Jetzt mach schon!«

Ich keuchte. *Scheiße, er hatte mich doch bemerkt!*

»Aber …«, begann Shards.

»Nun, es gibt andere Wege, um Hilfe von dir zu bekommen«, erklärte Ice gelassen.

Mein Herz pumpte die Panik durch meinen Körper. Eilig hastete ich zu Crys' Zimmer, um mich dort einzuschließen, als von unten ein unterdrückter Schrei ertönte. Verzweifelt stoppte ich erneut.

Ice' Lachen erklang. Kalt und grausam. Dann wieder ein dumpfer Schlag, ein Poltern und ein Aufstöhnen.

Obwohl ich wusste, dass es strohdumm war und ich gerade mein Leben aufs Spiel setzte, kehrte ich zurück zum Geländer, diesmal, ohne mich großartig zu verstecken. Das war auch nicht nötig, denn keiner der Männer hatte Zeit, hinaufzublicken.

Crys rappelte sich gerade vom Boden auf und stürzte sich erneut auf Ice, der ihn grimmig lächelnd erwartete, während er mit einer Hand Shards am Hals gepackt hielt.

Im selben Moment kamen die Tiere in die Eingangshalle. James mit gesträubtem Fell und Arthur mit gefletschten Zähnen. Sie spürten die Gefahr.

Gerade hatte Crys Ice erreicht, aber der schlug ihm mit der Faust so hart in den Bauch, dass Crys mit schmerzverzerrtem Gesicht zurücktaumelte.

Sofort griff Arthur bellend an und gleichzeitig erklang James' angriffslustiges Fauchen, als er Ice von hinten auf den Rücken sprang. Mit einer blitzschnellen Bewegung ließ der älteste Raptor Formae Shards los, packte den Kater, schleuderte ihn von sich und trat daraufhin heftig nach Arthur.

James fiepte schrill, als er aufprallte, und schoss durch die geöffnete Haustür davon. Doch Arthur hatte weniger Glück. Mit einem dumpfen Geräusch schlug er gegen die Wand und blieb dann seltsam verdreht reglos liegen. Aus seiner Schnauze lief Blut.

Ein entsetzter Schrei entfuhr mir, als sich unter seinem Kopf eine Blutlache zu bilden begann. Die Faust auf meinen Mund gepresst, sank ich zu Boden.

»Arthur!«, schluchzte ich fassungslos, als mir bewusst wurde, dass ich nie mehr erleben würde, wie der gutmütige Kerl mich anbettelte, mit ihm draußen zu spielen. Nie wieder würde ich ihm das weiche Fell seines Bauches kraulen.

Ice blickte zu mir nach oben.

»Du Scheißkerl!«, brüllte Crys markerschütternd und stürzte sich erneut auf Ice, der ihn mühelos mit einer Hand abwehrte, während er Shards bereits wieder am Hals gepackt hielt.

Durch den Tränenschleier vor meinen Augen konnte ich es kaum noch erkennen.

Als im selben Moment Shards mit bleichem Gesicht röchelnd in die Knie ging, begriff ich, dass Ice bei ihm raubte, um diese höllischen Kräfte zu erhalten und Crys überlegen zu sein.

Es gelang ihm. Mit einem gezielten Fausthieb von übermenschlicher Kraft gegen Crys' Brustkorb schleuderte er diesen von sich, sodass Crys zu Boden stürzte.

Ich bekam keine Luft mehr. Ich wollte um mich schlagen. Ich wollte weinen. Ich wollte schreien. Doch nichts als ein heiseres Wimmern kam über meine Lippen. »Crys!« Nicht auch noch er.

Ohne nachzudenken, rannte ich die Galerie entlang zur Treppe. Doch anders als Arthur, konnte Crys sich wieder aufrappeln. Über sein Gesicht rann Blut.

In Ice' Griff begann Shards jetzt, hilflos zu zucken. Schaum bildete sich vor seinem Mund.

»Du wirst ihn umbringen!«, keuchte Crys und kam schwankend zum Stehen.

»Na und? Dann erschaffe ich eben einen neuen Raptor Formae.« Beinahe liebevoll strich Ice seinem Opfer über das Gesicht. »Ich freue mich darauf.« Der gut gelaunte Tonfall, in dem er es sagte, machte die

Situation noch viel irrealer. Unvermittelt ließ Ice los, woraufhin Shards wie eine Marionette zu Boden sank und reglos liegen blieb.

Fassungslos starrte ich nach unten und bekam noch immer keine Luft.

Ice bewegte seine Finger, als wollte er sie mobilisieren.

»Du bist weich geworden, Crys. Das habe ich schon länger beobachtet. Es wäre besser gewesen, wenn du von deinem kleinen Leckerbissen da oben vernünftig geraubt hättest. Von ihr soll es besonders köstlich und nahrhaft sein, habe ich gehört.«

Hämisch auflachend ging er auf Crys zu, der sich mit unsicheren und viel zu langsamen Bewegungen in Kampfposition begab. Das Blut seiner Kopfwunde tropfte zu Boden.

»Tja. Dein Pech! So hast du gegen mich leider keine Chance. Ich hatte heute ein sehr erquickendes Abendessen. Leider hat die Gute meinen Appetit nicht überlebt.«

Er hatte sie getötet. Einfach so. Ich schmeckte Galle.

Direkt vor Crys blieb Ice stehen, stützte die Hände in die Hüften und legte den Kopf nachdenklich schräg. »Leider kann ich niemanden in meinem Zirkel dulden, der sich nicht an meine Regeln hält.« Genüsslich ergriff er Crys' Hals, dem es nicht mehr gelang, sich zu wehren.

»Neeein!« Mit einem schrillen Schrei stürzte ich die ersten Treppenstufen hinunter. »Lass ihn los, du Monster!«

»Ella, nicht!«, ächzte Crys hilflos zappelnd, während ihm nach und nach die Lebenskraft entzogen wurde. Er hatte die Zähne zusammengebissen, das Gesicht qualvoll verzerrt.

»Doch, doch!«, widersprach Ice erwartungsfroh. Sein gieriger Blick durchbohrte mich, während sein Lächeln zu einem gefährlichen Versprechen wurde. »Guten Abend, süße Ella, komm ruhig herunter zu uns, ich habe dich längst erwartet.«

Er lächelte, als ich in der Mitte der Treppe zögerte. »Es gibt jetzt zwei Möglichkeiten, Liebes. Entweder kommst du freiwillig und ich verschone das Leben von dir und diesem Weichei.« Er schüttelte den sich krümmenden Crys leicht. »Oder … ich töte ihn sofort, hole dich eigenhändig und raube auch bei dir, bis nichts mehr übrig ist. Deine Entscheidung.«

»Nein, Ella!«, rief Crys. »Glaub ihm ni…!« Seine Stimme brach mit einem Stöhnen ab, weil Ice ihm einen weiteren Schlag in den Magen verpasst hatte.

Tränen der Verzweiflung rannen mir über die Wangen, als ich Schritt für Schritt auf Ice zuging.

Er nickte zufrieden. »Jetzt holst du mir erst einmal eine schöne lange Schnur, damit ich Crys fesseln kann. Erst dann werde ich ihn loslassen. Der Dummkopf hört einfach nicht auf, sich zu wehren!«

Tränenblind rannte ich in den Keller, um die Paketschnur zu suchen. Je schneller ich zurück war, desto eher würde Ice aufhören, bei Crys zu rauben.

Als ich das Knäuel endlich gefunden hatte und zurückkehrte, lag Crys bereits zusammengekrümmt am Boden und rührte sich nicht mehr.

Selbstzufrieden rieb Ice seine Handflächen. »Ich hoffe, du bist den ganzen Ärger wert, Ella!«, sagte er mit unnatürlich freundlicher Stimme. Doch dabei fixierte er mich wie ein Panther, der zum tödlichen Sprung auf seine Beute ansetzt.

Eine Woge aus Grauen erfasste mich mit voller Wucht. Ich stürzte neben Crys auf die Knie und zog ihn in meine Arme, legte eine Hand auf die Haut seiner Wange. Es kribbelte leicht, aber seine Augen blieben geschlossen.

Ich wimmerte verzweifelt. Was sollte ich tun?

»Rührend. Wirklich ganz rührend, meine Liebe«, sagte Ice. »Keine Sorge, der lebt noch.« Seine Fingerspitzen streichelten in einer widerwärtigen Liebkosung meinen Nacken hinunter.

»Gehen Sie weg!«, stammelte ich und schob gleichzeitig meine andere Hand unter Crys' Hemd, damit er rauben konnte.

»Warum sollte ich? Ich bin genau da, wo ich hinwollte.«

Für einen Moment lang herrschte Stille, und ich betete, dass Ice nicht bemerkte, was ich da heimlich tat. *Komm schon, Crys!,* flehte ich insgeheim.

Doch schon riss Ice mich hoch, holte aus und schlug mir mit voller Wucht ins Gesicht. Ich konnte mich nicht einmal mehr wegdrehen, sodass er mich hart auf die Wange traf. Ruckartig wurde mein Kopf zur Seite geschleudert.

»Hältst du mich etwa für dumm?«, zischte er mit schmalen Augen.

Während ich noch panisch nach Atem rang, griff er nach meiner Kehle.

»Weshalb all diese Gewalt?«, keuchte ich erstickt. Mein Puls raste.

»Ich will deine Schönheit, süße Ella.« Er lockerte den Griff und strich mit dem Daumen der anderen Hand quälend langsam über meine Wange.

Bei der Berührung zuckte ich zusammen und versuchte, meinen Hals freizubekommen. Doch er packte fester zu, bis ich kaum noch Luft bekam, und presste sich mit seinem ganzen Körper gegen mich.

»Ah!«, seufzte Ice. »Hör doch nur! Ich liebe es, wenn ein Herz die Lebenskraft vor Angst so herrlich rasant durch die Adern pumpt.«

Mein Magen rebellierte.

»Lass dich fallen, mein Kind«, befahl er sanft. Während des Sprechens beugte er sich vor, sodass ich seinen warmen Atem an meinem Ohr spürte. Dann schmiegte er sein Gesicht an meines, küsste mich und leckte einmal von unten nach oben über meine Wange.

Ich begann zu schreien – laut und verzweifelt, während unkontrolliert Tränen über mein Gesicht rannen.

»Lecker!«, säuselte er, während das Prickeln durch meinen ganzen Körper fuhr und bewirkte, dass sich meine Furcht und der Ekel vor seiner Berührung in etwas anderes verwandelten, was sich einfach nur himmlisch anfühlte. Abrupt hörte ich auf zu kreischen.

Er sah wirklich unglaublich gut aus. Und dieser männliche Geruch … Irgendwie fand ich auf einmal sogar seine skrupellose Art sexy. Dieser Mann wusste zumindest, was er wollte. Seufzend ließ ich mich gegen ihn sinken und schlang meine Arme um seinen Hals, um ihn näher heranzuziehen.

»Ahhh!«, stöhnte ich vor Entzücken, woraufhin Ice den Griff von meiner Kehle löste.

Doch dann fiel mein Blick auf Arthur und Crys, die am Boden lagen. Crys' Brustkorb hob und senkte sich, im Gegensatz zu Arthurs. Im selben Moment nahm mein Gehirn seine Tätigkeit wieder auf.

Sosehr ich Ice in diesem Moment auch begehrte und vergötterte, ich durfte nicht vergessen, dass es nicht echt war und er mich töten würde.

Schon spürte ich, wie die Kraft aus meinem Körper wich, je länger er raubte. Wenn er mich nicht an den bloßen Armen festgehalten hätte, wäre ich hilflos zusammengesunken.

»Zu schade, dass ich schon so pappsatt bin«, sagte er bedauernd und setzte mich fürsorglich auf dem Boden ab.

Das erregende Kribbeln in meinem Körper erstarb und hinterließ eine dumpfe Leere. Benommen sah ich zu ihm auf, während er ein Stück von der Paketschnur abriss, als wäre es Nähgarn, und damit dem bewusstlosen Crys geschickt Hände und Füße zusammenschnürte. Der Schock hielt mich regungslos.

»Ich hatte mal eine Freundin, die hat genauso köstlich geschmeckt wie du«, erzählte er, während er den letzten Knoten knüpfte. »Ich frage mich, wie das kommt.«

Als ich die Lippen zusammenpresste, um nicht zu verraten, was wir herausgefunden hatten, beugte Ice sich lächelnd zu mir herab und legte die Hand an meinen Nacken. Verzückt schloss ich die Augen.

»Hat sie gern gelesen und sich Texte gut merken können?«, sprudelte es aus mir heraus, obwohl ich das eigentlich gar nicht hatte sagen wollen. Mir wurde klar, dass er mich gerade manipulierte.

Nachdenklich nickte Ice, die Hände weiterhin an meinem Hals. »Bei all den vielen Frauen fällt es mir schwer, mich genau zu erinnern, aber ich meine, dass sie Bibliothekarin war. Mit so einer niedlichen Hornbrille.«

»Es sind die schönen Gefühle oder Geschichten, die bei uns geraubt werden. Sozusagen ein nachwachsender Rohstoff«, flüsterte ich heiser. »Sie könnten dafür sorgen, dass Ihre Freundinnen ganz viel lesen und dann nicht krank werden müssen!«

Er ließ mich los, sodass ich entkräftet auf die kalten Fliesen der Eingangshalle fiel.

Mit aller Macht kämpfte ich gegen das Gefühl an, ihn zu lieben. Wie sollte ich Crys sonst retten? Ich liebte nicht Ice, ich liebte Crys.

Ein hilfloses Schluchzen entfuhr mir.

»Klingt faszinierend«, meinte Ice desinteressiert. »Doch mir macht es nichts aus, häufiger die Freundin zu … hm … wechseln.«

Ungläubig schüttelte ich den Kopf. Das konnte doch nicht sein Ernst sein! Wie konnte ein einzelner Mensch so grausam und gefühllos sein?

Ich bemühte mich, das erneute Würgen zu unterdrücken, und stemmte mich hoch, denn aufrecht fühlte ich mich nicht ganz so hoffnungslos unterlegen. Immer wieder wanderte mein Blick zu Crys und half mir damit, mich von der Vorstellung zu lösen, dass ich Ice liebte. Warum rührte er sich nicht endlich?

»Wir werden jetzt gehen, Liebes«, erklärte Ice fröhlich. »Hier ist die Stimmung so mies.«

Alles in mir wollte ihm unbedingt folgen. Standhaft sagte ich mir, dass das nur die Sucht war, die er erzeugt hatte.

Das, was ich für Crys empfand – auch nach dessen Raub –, fühlte sich ganz anders an. Mehr nach glücklich tanzenden Schmetterlingen, anstatt nach drängender, verzehrender Sehnsucht.

Während ich noch überlegte, verlor Ice die Geduld. Grob packte er mich und drehte mir mit Händen wie Schraubzwingen einen Arm nach hinten auf den Rücken, bis ich schmerzerfüllt aufstöhnte.

Höhnisch grinste er auf mich herab. »Das hier ist nichts im Vergleich zu dem, was dir noch bevorsteht, Kleines«, säuselte er und nötigte mich zur Karikatur einer Verbeugung, indem er den verdrehten Arm höher zog.

Schmerzerfüllt schrie ich auf und versuchte, mich loszureißen, doch Ice hielt mich fest gepackt und zwang mich dadurch vorwärts.

Der Schmerz vermischte sich mit der Sehnsucht nach ihm zu einem Gemisch, das mich an den Rand des Wahnsinns trieb – vor allem, als er mich an Crys vorbeiführte.

War ich in Ice verliebt oder hasste ich ihn? Und was empfand ich für Crys? Meine Gefühle spielten verrückt, und ich wusste kaum noch, woran ich glauben sollte.

Crys. Ich liebte Crys.

»Lass mich los, du Bastard!«, schrie ich Ice an und schlug und trat wie eine Furie um mich, als meine Gefühle für Crys erneut aufflackerten.

Sein spöttisches Lachen schallte in meinem Ohr. »Na, na, wo haben wir denn diese schlimmen Worte aufgeschnappt, Ella?«

Er nahm den Rest der Paketschnur, zwang meine andere Hand ebenfalls auf den Rücken und fesselte meine Handgelenke. »Ich wundere mich nur, dass es dir noch gelingt, gegen mich anzukämpfen …«

Für einen Augenblick musterte er mich nachdenklich. Dann packte er mich, warf mich kurzerhand über die Schulter und trug mich aus der Villa zu seinem Auto, als wäre ich nicht schwerer als ein Rucksack. Dort stieß er mich auf die Rückbank, sodass ich schmerzhaft auf die gefesselten Arme fiel. Aufstöhnend rollte ich mich auf die Seite.

»Schön brav sein, Ella!«, witzelte Ice, schlug die Tür zu und verriegelte den Wagen mit der Fernbedienung.

Wie sollte es mir mit gefesselten Händen bloß gelingen, zu entkommen?

Ich hörte, wie er irgendetwas aus dem Kofferraum holte und ihn dann wieder schloss. Im Auto roch es nach Zigarettenrauch. Irgendwie absurd: ein nikotin*süchtiger* Raptor Formae.

Als ich mich endlich in eine aufrechte Position geschoben hatte, konnte ich durch das Fenster beobachten, wie Ice zum Haus ging. In einer Hand trug er einen Benzinkanister.

Eiskalte Panik lief mir über den Rücken.

»Crys!«, brüllte ich aus Leibeskräften und zerrte an meinen Fesseln, obwohl ich wusste, dass er es – selbst wenn er nicht mehr bewusstlos war – nicht bis ins Haus hören konnte. Ich musste hier raus, ihm helfen. Verdammt, es musste doch irgendeine Möglichkeit geben, aus diesem beschissenen Wagen zu gelangen!

Vielleicht gab es vorne einen Knopf zum Entriegeln? Ich mobilisierte meine letzten Kräfte, um mich zwischen den Vordersitzen hindurchzuwinden – nahezu unmöglich mit gefesselten Händen.

Während ich noch festgeklemmt im Auto hing, bemerkte ich in der Dämmerung eine Gestalt, die sich auf das Haus zubewegte. Mr Morris! Und vor ihm sah ich den Umriss einer Katze. James war also nicht einfach nur geflohen, sondern hatte Hilfe geholt!

Was, wenn sie Ice direkt in die Arme liefen?

Aber glücklicherweise verschwanden sie gerade noch rechtzeitig Richtung Hintereingang aus meinem Blickfeld, denn kurz darauf trat Ice aus der Tür. Er schaute noch einmal zufrieden hinter sich und schlenderte dann seelenruhig zum Auto. Währenddessen war durch die Fenster im Erdgeschoss bereits ein orange glühendes Flackern zu sehen.

Panisch schrie ich auf. Mr Morris lief die Zeit davon, während Ice neben dem Auto stand und die höher lodernden Flammen beobachtete. Mittlerweile quoll Rauch aus dem Haus.

Ich rang nach Atem. Irgendwie musste ich den Kerl ablenken.

Noch hatte er in der Dämmerung nicht bemerkt, dass ich nicht mehr auf der Rückbank lag. Schluchzend schob ich mich weiter nach vorn, ignorierte den Schaltknüppel, der sich schmerzhaft in meine Seite bohrte, und wand mich schließlich in eine Position, in der ich mit den gefesselten Händen die Handbremse lösen konnte. Dann nahm ich den Gang heraus.

Langsam, ganz langsam setzte das Auto sich in Bewegung und rollte die abschüssige Auffahrt hinab, während ich gleichzeitig laut schrie.

Endlich hatte ich Ice' volle Aufmerksamkeit. Sekundenschnell hatte er die Wagentür aufgerissen, mich herausgezerrt und mir einen heftigen Schlag gegen die Schläfe verpasst. Mir wurde schwarz vor Augen.

Als ich wieder zu mir kam, befand ich mich erneut auf dem Rücksitz und der Wagen bewegte sich vorwärts. Hastig richtete ich mich auf, um aus dem Fenster zu blicken, während wir langsam die Allee hinunterrollten. Der Dachstuhl des Hauses brannte bereits lichterloh. Der Anblick ließ mein Herz zusammenkrampfen.

Wie lange war ich bewusstlos gewesen? Hatte mein Trick funktioniert? Hatte ich Ice von den Geschehnissen im Haus ablenken können? Oh Gott, betete ich verzweifelt. Hoffentlich konnten sie Crys retten! Hoffentlich gelang es Mr Morris irgendwie, Crys aus dem brennenden Haus zu schleppen.

Bloß nicht an Arthurs leblosen Körper denken. Am besten gar nicht denken.

»Du hast mir den schönen Anblick versaut, Ella«, sagte Ice traurig und beobachtete mich im Rückspiegel. »Das war nicht nett von dir und hat mich wirklich, wirklich enttäuscht.«

Die Art, wie er es sagte, machte mir klar, wie verrückt dieser Mann tatsächlich war und dass er sich für die verpasste Show an mir rächen würde.

Mit einem stummen Aufschluchzen sog ich den Atem ein.

Was, wenn niemand das Feuer überlebt hatte?

Tränen rannen mir über das Gesicht. Mit verschwommenem Blick starrte ich zurück zum Feuerschein, der die Villa mittlerweile vollständig umhüllte.

Arthur. Crys.

Als der Wagen bereits auf halbem Weg Richtung Tor war, kam auf einmal ein Schatten hinter uns hergelaufen. Ein winziger Hoffnungsschimmer flackerte in mir auf.

Er musste sich beeilen, denn sobald wir die Straße erreicht hatten, würde uns niemand mehr einholen können. Aber wie um Himmels willen sollte ich den Wagen anhalten?

Weil mir nichts Besseres einfiel, warf ich mich mit dem ganzen Körpergewicht gegen den Fahrersitz und stieß gleichzeitig einen gellenden Schrei aus. Direkt an Ice' Ohr.

Wenn man bedenkt, wie gut Raptor Formae hören können, dürfte das ziemlich unangenehm sein, dachte ich zufrieden.

Ice zuckte zusammen und trat so abrupt auf die Bremse, dass ich hart gegen den Vordersitz geschleudert wurde.

Dann ging alles so schnell, dass mein benommener Verstand es kaum realisieren konnte. Mit einem Ruck wurde von außen die Fahrertür aufgerissen. Keine Sekunde später hatte jemand Ice am Hals gepackt.

Es war Crys.

Er lebte!

Ein lautes, erleichtertes Schluchzen schüttelte mich.

Im gleichen Moment stieß Ice ein fieses Röcheln aus, als er an der Kehle aus dem Auto gezogen und draußen mit einem heftigen Schlag gegen die Schläfe empfangen wurde. Er taumelte benommen. Anscheinend hatte er sich nicht einmal die Mühe gemacht, sich anzuschnallen.

Der Überraschungseffekt hatte Crys einen Vorteil verschafft. Bevor Ice auch nur den Hauch einer Chance hatte, sich wieder zu fangen, ließ Crys dessen Kopf mit einem dumpfen Knall auf die Kühlerhaube aufschlagen. Obwohl Ice sofort versuchte, sich aufzurichten, hatte er gegen Crys' ungezügelten Zorn keine Chance. Verbissen schlug er wieder und wieder zu, bis Ice irgendwann mit blutüberströmtem Gesicht zu Boden sank.

Aber das reichte Crys noch nicht. Er hielt ihn fest gepackt, und an Ice' Zucken merkte ich, dass der Spieß umgedreht worden war. Crys raubte nun bei dem Mann, der ihn auf solch grausame Weise verwandelt hatte. Woher hatte er auf einmal diese Kraft? Jetzt sprang auch noch der Kater mit einem Satz in das Gesicht des Raptor Formae und zerriss ihm mit seinen scharfen Krallen die Haut.

Das war der Moment, wo ich den Kopf abwenden musste, weil ich den Anblick nicht mehr ertrug. Als ich aus dem anderen Fenster blickte, entdeckte ich Shards, der langsam, aber unaufhaltsam näherschlurfte. Er wirkte wie ein uralter Mann. Oder wie ein Zombie.

»Vorsicht, Shards kommt!«, schrie ich Crys ängstlich zu, aber der nickte nur und zertrümmerte gleich darauf mit einem gezielten Schlag Ice das Nasenbein. Ein schrilles Jaulen durchschnitt die Nacht.

Entsetzt sah ich, dass Ice' Gesicht nur noch aus rohem Fleisch bestand. Ich musste würgen.

Blindlings schlug er um sich. Beinahe hätte er Crys erwischt. Im letzten Moment konnte der ihn abwehren und zu Boden pressen, wo er ihm das Hemd vom Leib riss.

Jetzt hatte auch Shards den Wagen erreicht. Was, wenn er Crys in den Rücken fiel? Ich keuchte auf.

Aber es kam anders.

»Er gehört dir!«, stieß Crys hervor, woraufhin Shards sich langsam neben den vor Schmerz jaulenden Ice kniete. Der Schein des Feuers tauchte die drei Männer in orangerotes Flackern.

Mit einem zufriedenen Lächeln legte Shards die Hände auf den bloßen Oberkörper von Ice und begann zu rauben.

Um mich herum begann sich die Welt in psychedelische Farben aufzulösen. Erschöpft ließ ich mich in die Polster des Wagens sinken, während Ice' angestrengtes Röcheln in meinen Ohren verklang. Mir war kalt und mein ganzer Körper bebte. Das mussten die Folgen des Raubes sein. Oder der Schock. Vermutlich beides.

Crys war da. Er gehörte zu mir. Und ich gehörte zu ihm. Das war alles, was ich noch wusste. Was ich wissen musste.

Wie hatte ich je daran zweifeln können, dass er mich retten würde? Er würde mich beschützen, notfalls auch noch vor Shards.

Ich schloss die Augen und ließ mich treiben.

Erlöst

»Bella!«, hörte ich jemanden in das Dunkel, das mich umgab, hineinflüstern. Eine liebevolle Stimme, die ich unter Millionen anderer erkannt hätte. Crys. Sanft und warm berührte seine Hand meine Wange.

»Lass mich noch ein bisschen schlafen«, murmelte ich benommen.

Er ignorierte meine Bemerkung, zog mich zu sich heran und hob mich in seine Arme. Seine Hände streichelten liebevoll über meinen Rücken, während er mich an sich drückte. Kraftlos vergrub ich mein Gesicht an seiner Schulter.

»Ich hatte einen furchtbaren Traum«, sagte ich verwirrt.

Crys' Finger krampften sich in meine Bluse. »Ich dachte, ich hätte dich verloren«, flüsterte er.

Eine gefühlte Ewigkeit verging, in der er mich einfach nur hielt.

»Crys, könntest du bitte erst einmal die blöden Fesseln lösen?«

»Nein«, wisperte er in mein Ohr und drückte mich noch fester an sich.

Jemand räusperte sich. »Ich störe ja nur ungern eure traute Zweisamkeit, aber ich fahre jetzt mal nach Hause. Wird ja wohl niemand was dagegen haben, wenn ich das Auto von Ice nehme«, meldete sich eine Stimme, die mir bekannt vorkam.

Mühsam hob ich den Kopf und zuckte zusammen. Es war Shards. Er sah erschöpft aus, aber nicht mehr ganz so blass.

Mein Blick fiel auf eine reglos am Boden liegende Gestalt.

Ice.

Hastig drückte ich mein Gesicht an Crys' Schulter.

Dann war das alles kein Traum gewesen?

Arthur! Ein Schluchzen entfuhr mir. »Wo sind Mr Morris und James?«, wisperte ich. Noch mehr Leid würde ich nicht ertragen können.

»Alles in Ordnung. Sie sind okay.« Beruhigend strich Crys über meinen Rücken. »Ich rufe dir ein Taxi«, sagte er dann zu Shards. »In deinem Zustand solltest du nicht mehr fahren. Außerdem ist die Windschutzscheibe von Ice' Wagen hin.«

Er schien keine Angst vor Shards zu haben. Behutsam ließ er mich los. »Kannst du stehen?« Er packte sofort wieder zu, als meine Beine einfach ihren Dienst verweigerten und unter mir wegknickten.

»Nein«, hauchte ich und ließ mich an ihn sinken. Er würde mich schon halten.

Er lachte leise und begann, mich von den Fesseln zu befreien. Dann hob er mich wieder hoch, schlang einen Arm um meine Taille und stützte mit dem anderen meine Kniekehlen.

Seine Wärme und sein Duft umhüllten mich und seine Lippen berührten meine Stirn, weich und sanft.

Als ich das nächste Mal die Augen aufschlug, erkannte ich, dass ich auf dem Bett im Dachzimmer des Gärtnerhauses lag und noch immer dieselbe Bluse und Hose trug. Draußen schien die Sonne.

Was war geschehen? Wie lang war ich bewusstlos gewesen? Ging es allen gut?

Augenblicklich durchfuhr mich ein Schwall Panik. Hastig setzte ich mich auf. Meine Hände begannen, unkontrolliert zu zittern. Jede Bewegung tat weh.

»Mr Morris?«, rief ich verängstigt. »Crys?«

»Mach nicht so einen Krach!«, maunzte jemand am Fußende des Bettes ungnädig.

»James!« Erleichtert beugte ich mich vor, um den Kater zu streicheln. »Wie geht es dir?«

»Mir ist nichts passiert.« Er holte tief Luft. »Aber ich muss zugeben, der olle Köter fehlt mir doch sehr. Hätte im Leben nicht geglaubt, dass ich das einmal sagen würde.« Seine Stimme klang ungewohnt dünn.

Schmerzerfüllt sog ich den Atem ein, als das Bild des toten Arthurs vor meinen Augen erschien. Widerstandslos ließ der Kater sich von mir auf den Arm nehmen.

»Mir auch.« Stumm weinte ich in sein Fell. Der kuschelige, warme Körper des Tieres gab mir Trost.

Unten im Flur waren Schritte zu hören, dann kletterte jemand die Stiege empor.

»Crys!«, rief ich froh.

Lächelnd setzte er sich auf die Bettkante und wischte die Tränen von meiner Wange, während James sich ins Erdgeschoss verzog.

»Ich bin froh, dass Arthur nicht lange leiden musste«, sagte Crys mit belegter Stimme.

Wortlos umarmte ich ihn.

»Es war dumm von dir, Ella, sehr, sehr dumm, aus dem Zimmer zu kommen!«, murmelte er in mein Haar. »Und schrecklich mutig.«

»Wo ist Mr Morris?«, fragte ich besorgt, nachdem ich mich etwas beruhigt hatte.

»Ich habe ihn ins Krankenhaus gefahren«, antwortete Crys. »Nachdem er zuerst mir geholfen und anschließend Shards aus dem brennenden Haus geholt hatte, bekam er Probleme mit dem Kreislauf und Atemnot. Keine Sorge, er ist auf dem Weg der Besserung.«

»Wie hat der alte Mann euch denn allein aus der brennenden Villa bekommen?«

»Er hat gegeben.«

»Gegeben?«, echote ich verständnislos.

Crys nickte. »Genau. Ich weiß jetzt, weshalb du nicht süchtig geworden bist durch meinen Raub und weshalb es mir nicht wehtat.«

Erstaunt schaute ich ihn an.

»Als er ins Haus gekommen ist, um mich zu retten, hat Leander ganz bewusst meine bloße Haut berührt, um mich rauben zu lassen. Er wollte mir helfen«, fuhr Crys fort. »Genauso war es bei dir gestern Abend. Und auch damals, als du meinen Fuß verbunden und dabei meine Haut berührt hast, wolltest du mir etwas Gutes tun, richtig?«

Nachdenklich nickte ich.

Crys' Augen blitzten begeistert. »Ich vermute, es ist so ähnlich wie bei einer Mücke. Damit das Opfer nicht merkt, dass es gestochen und ausgesaugt wird, stößt das Insekt mit seinem Speichel ein betäubendes, gerinnungshemmendes Sekret aus. Das wäre zu vergleichen mit dem Gift, das ich abgebe, welches die Opfer süchtig macht und dieses

Kribbeln im gesamten Körper auslöst. Wenn jemand aber freiwillig ›gibt‹, scheine ich das nicht zu tun – vermutlich, weil es nicht nötig ist. Ich kann mich entspannen und es tut mir nicht weh. Daher hast du den Raub nicht im ganzen Körper gespürt und bist auch nicht süchtig geworden, ebenso wenig wie Leander.«

»Das heißt also, ich kann dir – zumindest, wenn ich weiterhin fleißig lese – ›geben‹, ohne mir Sorgen um meine Gesundheit machen zu müssen«, schloss ich verblüfft.

»So ist es!« Sein Lächeln war gleichzeitig unsicher und erwartungsvoll.

»Dann können wir ein richtiges Paar sein?« Ich konnte es kaum glauben.

Er nickte stumm.

Crys würde leben, begriff ich. Nie mehr müsste er diese grauenhaften Selbstversuche durchführen. Er könnte mich berühren, ohne sich Vorwürfe machen zu müssen. Er würde sich an mir ›satt essen‹ können und musste daher keine Sorge mehr haben, aus Hunger versehentlich bei anderen zu rauben.

Mit offenem Mund starrte ich ihn an und versuchte, das Gesagte zu verarbeiten.

»Solltest du mich irgendwann zu alt für dich finden oder genug von mir haben, kannst du mich ohne Gewissensbisse verlassen«, sagte Crys leise. »Ich könnte mir eine andere Leseratte suchen, die freiwillig bereit wäre zu ›geben‹.«

Mit gerunzelter Stirn klappte ich meinen Mund wieder zu. »Vergiss es, mein Lieber«, drohte ich. »Nachdem ich so lange um dich gekämpft habe, wirst du mich nicht so schnell wieder los!« Ich seufzte. »Viel mehr Sorge bereitet mir allerdings der Gedanke, dass du dir eine schönere Leseratte als mich suchen könntest!«

Er runzelte die Stirn und zog mich dann so fest in seine Arme, dass ich kaum noch Luft bekam. »Niemals, Ella«, schwor er mit rauer Stimme. »Ich kann mir ein Leben ohne dich nicht mehr vorstellen.«

Mit einer Mischung aus Weinen und Lachen schlang ich meine Arme um seinen Hals. »Ich liebe dich, Crys!«, stieß ich schluchzend hervor. »Aber du bringst mich mit deiner Kraft gleich um, wenn du nicht loslässt!«

Augenblicklich lockerte er seinen Griff, sodass ich die Hände in seinen Nacken legen konnte. Sehnsüchtig reckte ich ihm das Gesicht zum Kuss entgegen.

Mit einem zärtlichen Lächeln senkte er den Kopf. Seine Lippen berührten prickelnd meine Stirn, meine Lider, meine Nasenspitze und suchten schließlich meinen Mund. Ich fuhr mit den Fingern durch sein dunkles Haar und presste mich noch enger an ihn, wollte ihn überall spüren, während leichte, erregende Stromstöße auf meiner Haut kribbelten. Ein unterdrückter Laut drang aus meiner Kehle, als seine Zunge in meinen Mund glitt, mich mit dem Versprechen auf Erfüllung lockte.

Doch als Crys seine Hand zielstrebig unter meine Bluse gleiten ließ, hielt ich ihn zurück.

»Ich muss ständig an Arthur denken«, erklärte ich ernst. Es fühlte sich wie ein Verrat an, wenn ich mich jetzt mit Crys vergnügte. »Außerdem sollte ich besser erst einmal ein paar Seiten Romantik lesen, bevor wir …« Entschuldigend hob ich die Schultern.

Schlagartig ernst geworden, rutschte er ein wenig von mir ab und rieb sich betroffen über die Stirn. »Ich bin ein Sittenstrolch – schließlich bist du noch nicht einmal erwachsen! Du verwirrst mich so sehr, dass ich alles andere glatt vergesse«, sagte er mit einem verlegenen Jungenlächeln, das mein Herz schneller schlagen ließ.

»Sittenstrolch! Das klingt wie aus einem meiner Romane.« Ich musste lächeln. »Verdammt, da habe ich mich doch glatt in einen alten Knacker verliebt! Wie gut, dass ich in fast einem Monat endlich erwachsen bin.«

Ich setzte mich so zurecht, dass ich ihn besser ansehen konnte, während wir uns unterhielten, denn ich hatte noch viele Fragen.

»Wie heißt du in Wirklichkeit?« Seine Eltern hatten ihn wohl kaum ›Crystal‹ genannt!

Er seufzte. »Robin. Robin Harper.«

Prüfend musterte ich ihn. »Das ist ein guter Name. Weshalb willst du nicht so genannt werden?«

»Ich bin nicht mehr der Robin von damals. Kein übermütiger Teenager mehr, der viel Unsinn im Kopf hatte und am liebsten mit seinen Freunden in der Stadt abhing. Ich bin ein Raptor Formae. Ich kann nicht mehr in die Disco oder zu einem Konzert gehen, weil die laute Musik mein Trommelfell zersprengen würde. Ich vermeide Menschenansammlungen, weil die Gerüche mir Kopfschmerzen bereiten. Jede meiner Bewegungen muss ich kontrollieren, um niemanden zu berühren, denn keiner darf wissen, was ich bin. Zeit meines Lebens werde ich ein Raubtier sein, eine Gefahr für andere.«

In meinem Hals saß ein Kloß. Langsam hob ich die Hand, legte sie in seinen Nacken und zog ihn zu mir heran. Ganz dicht. Er ließ es geschehen.

»Ich liebe dich. Wer du auch bist!«, flüsterte ich und küsste ihn sanft.

Stumm erwiderte er meinen Kuss.

»Darf ich dich trotzdem Robin nennen?«, fragte ich behutsam, als wir uns wieder voneinander gelöst hatten.

Er senkte den Blick und atmete tief durch. »Ja«, sagte er schließlich und sah wieder auf. »Es klingt irgendwie richtig, wenn du meinen Namen aussprichst.«

Ich konnte sehen, wie viel Überwindung es ihn gekostet hatte, das zu sagen, und mein Herz wollte überquellen vor Liebe zu ihm.

Weil er seine Hände zu Fäusten geballt hatte und seine Augen so merkwürdig glänzten, wechselte ich das Thema. »Wie lange war ich ohnmächtig?«

»Beinahe zwei Tage«, antwortete er. »Ich habe dich in eine Art künstlichen Schlaf versetzt, damit du den Entzug nicht bei vollem Bewusstsein durchleiden musstest.«

Ah, er hatte schon wieder seine Kräfte benutzt. Ich hatte mich schon gewundert, weshalb ich nichts gespürt hatte. »Du wärst bestimmt ein hervorragender Arzt!«

»Der die Menschen nicht so ohne Weiteres berühren darf …«, antwortete er melancholisch.

»Stimmt. Wo sind Shards und Ice jetzt?«

»Shards ist nach Hause zurückgekehrt. Aber keine Sorge, er wird dir nichts mehr tun. Er hat es geschworen, nachdem wir sein Leben gerettet haben. Und Ice …« Für einen winzigen Moment zögerte Robin mit seiner Antwort. »Er ist tot«, sagte er schließlich gepresst. »Wir haben seinen Körper in die Flammen geworfen, nachdem Shards mit ihm fertig war. Da war er allerdings bereits nicht mehr am Leben. Shards konnte sich in seinem Zorn nicht zügeln.«

Ich schluckte. *Tot.*

So war es bestimmt das Beste für alle. Ice hätte weiterhin skrupellos gemordet, und kein Gericht der Welt hätte ihn verurteilen können, weil niemand dieses Raptor-Formae-Ding geglaubt hätte. Und ich hätte mein Leben lang in Angst vor ihm gelebt. Trotzdem hatte ich kein gutes Gefühl dabei.

Aber ich suchte vergeblich nach einem Anflug von Mitleid in mir. Da war nichts.

Er hatte Arthur auf dem Gewissen und hätte, ohne zu zögern, auch Robin und Shards getötet, wenn Mr Morris sie nicht gerettet hätte. Was er anschließend mit mir angestellt hätte, darüber wollte ich lieber nicht weiter nachdenken.

»Dafür könnt ihr ins Gefängnis kommen!«, schoss es mir in den Sinn.

»Keine Sorge. Die Polizei hat den Fall bereits untersucht, nachdem die Feuerwehr abgezogen war. Alle Hinweise zeigen eindeutig, dass Ice den Benzinkanister mitgebracht und das Haus angezündet hat«, erklärte er. »Leider, leider hat der Arme es nicht mehr rechtzeitig hinausgeschafft und ist verbrannt.« Entschuldigend hob Robin die Schultern.

Mein Bauch krampfte sich bei dem Gedanken zusammen und ich atmete tief durch. »Konnte wenigstens das Haus gerettet werden?«

Robin schüttelte bedrückt den Kopf. »Es ist eine Ruine, alles ist verbrannt … auch Arthur. Ich hätte ihn gerne begraben.«

Erneut stiegen mir Tränen in die Augen.

Gleichzeitig streckten wir die Arme nacheinander aus und hielten uns umschlungen, bis die Geborgenheit und Nähe, die wir uns gegenseitig gaben, unsere Trauer ein kleines bisschen erträglicher machte.

Fünf Monate später …

Robin Harper parkte seinen SUV vor dem Einfamilienhaus von Jennas Eltern und stieg aus. Er trug einen schwarzen Anzug und ein schiefergraues Hemd mit farblich abgestimmter Krawatte. In der Hand hielt er ein kleines Sträußchen mit roten Rosen, gebunden mit einem schwarzen Samtband – schwarz wie das Kleid, das Ella tragen würde.

Seine Ella.

Bei dem Gedanken an sie huschte sofort ein Lächeln über seine Züge.

Sie war nicht nur die Frau, die er liebte.

Sie war das Licht, das diesen gottverdammten Abgrund erhellte, in den er mit seiner Wandlung gestürzt war. Seine Rettung aus einem Teufelskreis von Abhängigkeiten und Lügen.

Und heute fand ihr Schulabschlussball statt.

Bereits vor vier Stunden hatte er sie zu Jenna gefahren, wo sie sich gemeinsam mit ihren Freundinnen auf den Ball vorbereiten wollte. Er hatte keine Ahnung, was sie die ganze Zeit gemacht hatten, Ella hatte irgendetwas von wegen Einstimmen, Kosmetikerin und Frisuren gefaselt.

Robin kam direkt von der Wohnung, die seit einigen Monaten ihr gemeinsames Heim war. Allerdings mussten sie demnächst erneut umziehen. Ella würde tatsächlich Medizin studieren, und er hatte sich entschlossen, für diese Zeit mit ihr zu kommen und von dort zur Arbeit zu pendeln.

Ihr Traum, Ärztin zu werden, sollte sich also erfüllen. Ihren Abschluss hatte sie problemlos geschafft, auch wenn sie immer behauptet hatte, Robin würde sie viel zu sehr vom Lernen ablenken …

In der Nähe der Uni hatte Robin bereits ein Haus mit großem Garten gemietet. Es war modern – nicht zu vergleichen mit der Villa –, aber sie würden es sich dort schon gemütlich machen, und die Katzen hatten genügend Platz.

Plural! Denn mittlerweile waren es zwei.

Weil nichts und niemand Arthur ersetzen konnte, hatten sie sich gegen einen neuen Hund entschieden. Doch James hatte begonnen, sich in der kleinen Übergangswohnung zu langweilen. Daher hatten sie beschlossen, ein Katzenjunges aufzunehmen, und nun hielt eine lebhafte kleine Katzendame den Kater ganz schön auf Trab. Vor allem, seit Robin ihre Körperfunktionen so verändert hatte, dass sie sprechen konnte …

Mr Morris hatte die schlimmen Ereignisse glücklicherweise gut überstanden. Der alte Herr wohnte weiterhin im Gärtnerhaus und würde das Grundstück pflegen, bis Ella ihr Studium beendet hatte. Dann wollten sie zurückkehren und ein neues Haus auf den Mauern der Brandruine errichten.

Robin konnte die aufgeregten Stimmen von Ellas Freundinnen durch das geschlossene Fenster hören, während er die Auffahrt hinaufging. Jetzt hatten sie ihn entdeckt und seufzten einstimmig.

Er schmunzelte. Die Mädchen konnten nicht wissen, dass er aufgrund seiner geschärften Sinne in der Lage war, sie bis hierher zu hören. Nur um Ella zu necken, die alles andere als glücklich darüber war, wie die Damenwelt auf ihn reagierte, fuhr er sich lässig durch die Haare, was ihre Freundinnen wie Groupies aufquieken ließ.

»Ach, Ella, du bist so ein Glückspilz! Magst du nicht mit mir tauschen? Streuselkuchen gegen Sahneschnitte?«, jammerte Victoria, als er die Haustür fast erreicht hatte.

Weil sie am vergangenen Wochenende alle gemeinsam im Kino gewesen waren, wusste Robin, dass Victorias Freund Ethan momentan ein kleines Akneproblem hatte. Er unterdrückte ein Grinsen.

Durch das Fenster konnte er Jenna, Ellas beste Freundin, erkennen. Auf ihrem Kopf türmten sich bunte Lockenwickler.

»Ich hätte damals, als du noch in deinem ›Schwarz-ist-bunt-genug‹-Pullover herumgerannt bist, nicht gedacht, dass ich dich einmal in einem Ballkleid sehen würde, Ella«, sagte sie gerade.

»Ich auch nicht!«, hörte er Ella stöhnen, während sie die Stoffmassen ihres Kleides raffte und zur Tür eilte, um ihn hereinzulassen.

Jetzt musste Robin doch breit grinsen.

Er hatte ihr ein Ballkleid aus mehrlagigem schwarzen Chiffon mit einer geschnürten Korsage geschenkt, das einen winzigen Hauch von Gothic-Charme verströmte. Er war sich sicher, dass es ihr gut stand, auch wenn Ella sich unwohl zu fühlen schien.

Als sie die Tür öffnete, sank Robins Unterkiefer nach unten.

Sie sah wundervoll aus.

Abgesehen davon, dass er sehr zufrieden mit seiner Kleiderwahl war, gefiel es ihm, wie ihre kastanienbraunen Haare in kunstvollen Wellen über ihre hellen Schultern flossen und wie die sanfte Wölbung ihrer Brüste von der schwarzen Korsage in Szene gesetzt wurde. Ihre Lippen und Augen waren dezent mit Make-up betont, und die Aufregung malte eine entzückende Röte auf ihre Wangen, die kein Rouge der Welt so hinbekommen hätte.

Er schluckte.

Und dann ihr Geruch! Sie brauchte kein Parfüm, um den wundervollsten Duft der Welt zu verströmen – diese ganz spezielle, unwiderstehliche, frisch-blumige Ella-Mischung.

Erst das leise Grummeln ihres Magens riss ihn in die Wirklichkeit zurück, und er bemerkte, dass sie angesichts seiner eingehenden Musterung verlegen den Blick gesenkt hatte.

»Keine Sorge, du siehst wunderschön aus, meine Bella«, sagte er mit belegter Stimme und platzierte sanft seine Hand auf ihrer Wange.

Wozu hatte sie schließlich einen Raptor Formae zum Freund? Behutsam spürte er in sie hinein, tastete sich sacht vor, bis er bei ihrem ängstlich zusammengezogenen Magen angekommen war. Konzentriert verschaffte er sich Zugriff, ermunterte die Magensäure, sich zu neutralisieren, und löste die Verkrampfung.

Als sie begriff, was er tat, riss sie überrascht die Augen auf. Noch vor einem halben Jahr wäre sie verstört zurückgewichen. Doch nun lächelte sie ihn stattdessen vertrauensvoll an. »Danke!«

»Bestimmt würdest du in einem Brautkleid ebenfalls umwerfend aussehen«, flüsterte er und nahm seine Hand wieder fort.

Atemlos blickte er sie an und beobachtete besorgt ihre Reaktion.

Hochzeit. Über das Thema hatten sie zuvor noch nie gesprochen, aber als sie ihn so angesehen hatte – mit ihren ausdrucksvollen warmbraunen Augen –, da war es einfach aus ihm herausgerutscht.

Er konnte hören, wie ihr Herz schneller klopfte, während sie weiterhin stumm zu ihm aufschaute.

So langsam wurde er ernsthaft nervös.

»Sieh mich bitte nicht so an, Ella«, bat er und versuchte, sich seine Sorge nicht anmerken zu lassen. »Du hast doch bestimmt geahnt, dass ich dich nicht wieder gehen lassen werde?«

Statt einer Antwort packte sie ihn am Aufschlag seines Jacketts und zog ihn zu sich herab. »Ich liebe dich, Robin Harper!«, hauchte sie und ließ damit einen ganzen Schmetterlingsschwarm in ihm auffliegen. »Und ich werde nur zu gerne Ja sagen, wenn es so weit ist – aber lass mich erst mein Studium beenden!« Zärtlich küsste sie ihn auf den Mundwinkel.

Seit Jahren hatte er niemandem erlaubt, ihn Robin zu nennen. Selbst Mr Morris nicht. Aber wenn Ella es tat, war das wie nach Hause zu kommen. Sie war der einzige Mensch, in dessen Gegenwart er sich vollständig entspannen konnte. Auf der anderen Seite verspürte er in ihrer Nähe meistens nicht nur Entspannung, sondern durchaus eine gewisse Erregung …

»Wir werden sehen«, lächelte Robin zufrieden und erwiderte ihren Kuss.

»Vorsicht, nicht so doll!«, lachte sie, als er verlangend in ihren Nacken griff, und kräuselte ihre zarte Nase mit den süßen Sommersprossen. »Du ruinierst vier Stunden harter Arbeit!«

»Hör auf, im Flur herumzumachen, Ella, und komm endlich rein, damit wir deinen Freund auch ein wenig anhimmeln können!«, ertönte Jennas vergnügte Stimme aus dem Wohnzimmer.

Kichernd zog Ella Robin mit sich. »Aber erschrick nicht wegen des Ungetüms auf Jennas Kopf!«

»Ich höre dich, Ella Bowen!«, warnte Jenna, die sich gerade von einer fremden Frau die Lockenwickler herausnehmen ließ. Das musste die angekündigte Kosmetikerin sein.

Eine undurchdringliche Wolke von Parfüm, Deo und Haarspray empfing Robin und brannte fast schmerzhaft in seiner Nase. Der extreme Geruch ließ ihn zurückzucken. Nur widerstrebend betrat er das Wohnzimmer, in dem Jenna, Victoria und Heather ihn schon erwarteten. Alle drei trugen ebenfalls Abendkleider und hatten sich schick herausgeputzt.

Fürsorglich öffnete Ella ein Fenster, als sie bemerkte, wie er sich bei dieser Geruchsmischung verspannte. Robin fragte sich ein weiteres Mal, womit er diese Frau verdient hatte.

»Guten Abend, ihr Schönheiten!«, begrüßte er Ellas Freundinnen galant und löste damit aufgeregtes Gekicher aus.

Alle drei hießen ihn fröhlich willkommen. Sie kannten sich bereits, denn Robin war schon mehrfach zu gemeinsamen Unternehmungen mitgekommen.

Er wusste, dass es Ella bedrückte, dass sie sich demnächst wieder von ihren Freunden trennen musste, da alle in unterschiedlichen Städten studieren würden.

Doch vielleicht würden auch die anderen Raptor Formae seines Zirkels irgendwann einmal zu ihren Freunden zählen.

Er hoffte es sehr, denn die regelmäßigen Treffen waren ihm wichtig. Glass, Meth und Shards waren Gleichgesinnte, seine Leidensgenossen und Freunde. Bei wem sonst konnte er sich derart verstanden fühlen? Mit wem sich über die Schwierigkeiten seines Daseins austauschen?

Aber noch war Ella nicht so weit, Vertrauen aufzubauen, ja noch nicht einmal bereit, einem von ihnen zu begegnen! Besonders der Name ›Shards‹ ließ sie auch nach all den Wochen noch empfindlich zusammenzucken …

Er konnte es ihr kaum verdenken. Immer, wenn er daran dachte, wie sehr Shards mit seinem beschissenen Egotrip Ella in Gefahr gebracht hatte, verspürte er eine derartige Wut und ein drängendes Jucken in den Fäusten, die sich kaum unterdrücken ließen.

Inzwischen hatte Robin die anderen seiner Art darüber aufgeklärt, was Ella und er herausgefunden hatten, und ihnen einen neuen Verhaltenskodex vorgeschlagen:

Die Erschaffung eines Raptor Formae sollte verboten sein.

Nur erwachsene Frauen mit gutem Gedächtnis, die viel lasen und sich ohne vorherigen Hautkontakt in einen von ihnen verliebten, durften als Partnerinnen ausgewählt werden. Außerdem mussten die

Frauen vor dem ersten Raub informiert werden, mit wem sie es zu tun hatten und was das für sie bedeuten würde. Nur so konnten sie freiwillig ›geben‹.

Sollte sich eine Frau jedoch nicht darauf einlassen wollen, müssten die Raptor Formae ihre Fähigkeiten einsetzen, um ihre Erinnerungen zu manipulieren. So würde sie vergessen, was sie erfahren hatte.

»Heißt das etwa, du kannst einfach so in meinem Gedächtnis herumpfuschen?«, hatte Ella ihn entsetzt angefahren, als er es ihr erklärt hatte. »Wenn ich zum Beispiel lieber einen anderen Kinofilm ansehen möchte, dann kannst du meine Wahl einfach auslöschen? Oder wenn wir Streit haben und ich sauer auf dich bin? Zack – einfach so weg?«

Diesen Gedanken fand sie anscheinend ziemlich verstörend.

Robin hatte gelacht und sie in den Arm genommen. »Keine Sorge. Eingriffe in ein Gehirn kosten Kraft wie ein Marathonlauf. Glaub mir, das macht man nicht mal eben so aus Spaß!«

Leider hatten sich die anderen Raptor Formae bisher nicht darauf einigen können, seinem Vorschlag zuzustimmen.

Ella fand es unverantwortlich, dass sie sich so sträubten, aber Robin konnte es verstehen. Unter diesen Bedingungen erschwerte sich die Suche nach einer Partnerin erheblich. Nichtsdestotrotz würde er weiterhin alles daransetzen, seine Freunde zu überzeugen.

Erfreulicherweise waren sie aber sofort damit einverstanden gewesen, dass bei ihren Treffen nicht mehr bei den Partnerinnen der anderen geraubt wurde, wie Ice es immer gewollt hatte. Keiner hatte sich jemals getraut, gegen Ice aufzubegehren, denn der war gnadenlos gegen jeden Widerstand vorgegangen. Aber das gehörte ja zum Glück der Vergangenheit an.

Als die anderen Abschlussball-Dates ebenfalls eingetroffen waren, machte die Kosmetikerin im Garten bei strahlendem Sonnenschein die obligatorischen Fotos von den Highschool-Absolventen.

Ein Foto von Robin und sich schickte Ella per Handy gleich an Mr Morris und auch an ihren Dad, der heute Morgen beinahe so etwas wie Stolz gezeigt hatte, als die beiden telefoniert hatten. Zwar würde er nie ein Vorzeigevater sein, aber man konnte sehen, dass er sich Mühe gab.

Beim ersten Treffen hatte er Robin mit unverhohlener Skepsis betrachtet. »Ist der nicht ein bisschen zu alt für dich?«, hatte er Ella gefragt, als er dachte, dass Robin es nicht hören könnte. Aber wenig später hatten die beiden Männer dann bereits lebhaft über Baseball gefachsimpelt.

Nachdem sie alle gemeinsam gegessen hatten, fuhr Robin mit Ella zum großen Festsaal von Brookville, wo der Abschlussball stattfinden sollte.

Er parkte den Wagen, stellte den Motor aus und wandte sich ihr zu. »Bereit?«, fragte er lächelnd.

»Nein«, seufzte sie und strich mit ihren Fingern nervös über das Kleid.

Er konnte einen winzigen Hauch von Angstschweiß riechen. Schmunzelnd ergriff er ihre Hand.

»Du siehst wirklich zum Anbeißen aus, meine Bella.« Er hauchte einen zarten Kuss auf ihr Handgelenk und war dankbar, dass sie seinetwegen auf Parfüm verzichtet hatte. »Und ich werde dich anbeißen, heute Nacht, glaube mir!« Er lehnte sich zu ihr herüber und küsste die sensible Stelle hinter ihrem Ohr. »Zum Beispiel hier …«, flüsterte er und knabberte dann leicht an ihrem Ohrläppchen.

Sie lächelte in vorfreudiger Erwartung.

Zwar war es Robin gelungen, standhaft zu bleiben, was Sex mit Minderjährigen anging, auch wenn Ella alles darangesetzt hatte, ihn dazu zu überreden – aber dieses Problem hatte sich ja zum Glück mit ihrem Geburtstag letzten Dezember erledigt.

Das Warten hatte sich mehr als gelohnt. Sex mit ihr war großartig.

Und auch ihr schien es zu gefallen, wie er mit einer gewissen Selbstzufriedenheit festgestellt hatte. Einmal konnte er belauschen, wie Ella sich mit Jenna darüber unterhalten hatte. (Gut, dass ihr nicht bewusst war, wie hervorragend sein Gehör in Wirklichkeit funktionierte …) Flüsternd hatte sie ihrer Freundin anvertraut, wie beglückend ihr Liebesleben war und dass es ihrem Freund oft mehrfach gelang, sie zum Höhepunkt zu bringen.

»Mehrfach!«, hatte Jenna daraufhin ein wenig neidisch geächzt. »Finley hat Mühe, es überhaupt hinzubekommen, ohne dass ich ihm genaue Anweisungen erteile!«

Oh ja. Ihr Liebesleben war äußerst beglückend. Aber das Beste daran war, dass er sich bei Ella nicht die ganze Zeit über zu kontrollieren brauchte. Solange sie viel las und sich ihm freiwillig ›geben‹ wollte, konnte ihr nichts passieren. Keine schwindende Schönheit, keine Sucht mit ihren entsetzlichen Folgeerscheinungen.

»Wollen wir?«, fragte er und ließ ihre Hand los.

»Ja, aber das eine muss ich dir noch sagen«, merkte Ella mit einem verschmitzten Grinsen an. »Ich bin ein bisschen enttäuscht.«

»Wieso?«, fragte er überrascht.

»Hatte ich nicht von einer Kutsche gesprochen, mit der mich mein Märchenprinz zum Ball abholen soll?«

Robin lachte laut auf. »Für dich würde ich sogar mein geliebtes Auto gegen eine Kutsche und sechs Pferde eintauschen! Ich fürchte nur, dann würden wir einen größeren Garagenstellplatz benötigen …« Er nahm ihr Gesicht in beide Hände und küsste sie zärtlich.

Und dann begleitete er die wundervollste Frau der Welt zu ihrem Abschlussball. Die Frau, die ihn wirklich liebte.

Obwohl er war, was er war …

… ein Raptor Formae.

Dank und so …

Nach etwa zwei Jahren ist es endlich geschafft. Und Ihr würdet nicht glauben, wie sehr sich diese Geschichte gesträubt hat, erzählt zu werden!

Ein entführtes sechzehnjähriges Mädchen ist einfach nicht witzig oder schlagfertig. Aber als Ella anfing, ihre trotzige Art zu entwickeln und eine Vorliebe für schwarze Klamotten zeigte, ging es endlich weiter.

Ich hoffe, Ella und Crys konnten Euch ein paar schöne Lesestunden bereiten!

Ohne folgende Lieblingsmenschen hätte ich das ›Räuberherz‹ nie zum Schlagen gebracht:

Meine mutigen Testleser Anna, Astrid, Christian, Elgin, Franziska, Martina, Meike, Richard, Sarah, Vero und Virko, die sich durch die Rohversionen des Textes gemüht haben. Ihr seid die Besten!

Meine großartige Drachenmond-Familie, an die ich mich zu jeder Tages- (und Nacht-)zeit mit meinen Fragen wenden durfte.

Meine wunderbare Lektorin Konny, die mit Adlerauge und grenzenloser Geduld jede Menge hilfreiche Tipps gegeben und Fehler gefunden hat.

Mirjam, die Arthur den zauberhaften Schweizer Dialekt verpasst hat.

Alexander Kopainski – der Covergott meines Herzens.

Michaela, die auch ganz am Ende noch Fehler entdeckt hat.

Astrid Behrendt vom Drachenmond Verlag, die an diese Geschichte geglaubt hat, bevor ich es tat.

Meine heiß geliebte Familie, die (mehr oder weniger) geduldig meine Schreibattacken ertragen hat. (»Mama! Du guckst deinen Computer öfter an als mich!« Ups.) Ich hoffe, meine Große wird mir irgendwann einmal verzeihen können, dass ich Arthur sterben ließ …

Und am Ende möchte ich Euch von ganzem Herzen danken, meine Leserinnen und Leser, weil Ihr meine Geschichten kauft und Euch oftmals die Mühe macht, mir Kommentare, Nachrichten und Rückmeldungen zu senden oder sogar Rezensionen zu schreiben!

Wer mag, erreicht mich über meine Facebook-Seite oder unter:
Julianna-Grohe@online.de.

Alles Liebe
Eure Julianna

Julianna Grohe

Die vierte Braut

ISBN: 978-3-95991-121-4, kartoniert, EUR 14,90

In Wahrheit war die Sache mit Cinderella ganz anders …
Auf Wondringham Castle findet eine riesige Brautschau mit vielen Prüfungen statt. Unzählige junge Damen aus allen Teilen des Landes kommen zum Schloss, um die Gunst eines der vier Prinzen zu erlangen. Aber die junge Gouvernante Mayrin Barnaby, die durch unglückliche Umstände ebenfalls dorthin gerät, will gar keinen Königssohn heiraten, sondern nur schnellstmöglich zurück nach Hause. Dort warten ihre beiden jüngeren Geschwister auf sie, für die sie verantwortlich ist.
Als jedoch der charismatische Hauptmann dafür sorgt, dass Mayrin bleiben kann, beginnt ein aufregendes Abenteuer voller Leidenschaft und Intrigen.

Julia Adrian

Winters zerbrechlicher Fluch

ISBN: 978-3-95991-244-0, Klappenbroschur, EUR 14,90

»Verschenke dein Herz mit Bedacht,
denn es ist aus Glas und Glas zerbricht in falschen Händen.«

Als Cinderella auf den Ball gerauscht kommt und des Prinzens Herz stiehlt, steht Mary vor den Scherben ihres Lebens. Schließlich sollte sie selbst Duncan heiraten und Königin von Maywater werden. Doch das Schicksal gewährt ihr eine zweite Chance. Am Ende der Nacht ist die schöne Fremde im Himmelskleid verschwunden und der einzige Beweis ihrer Existenz bleibt ein gläserner Schuh. Doch wer hätte gedacht, dass ein Schuh aus Glas so schwer zu zerstören ist?

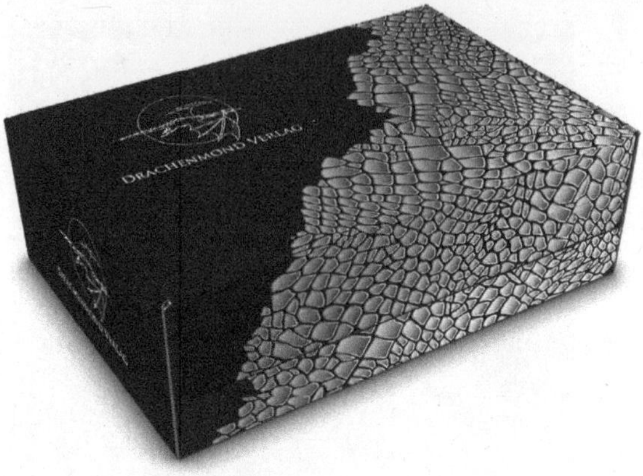
Drachenmond Verlag